LE SORTILÈGE DE L'OMBRE

Née en 1944 aux États-Unis, Katharine Kerr est une grande dame de la fantasy. Avec le *Cycle de Deverry*, elle déploie un récit qui transcende le genre. Aventures, amours éternelles, batailles et pure magie sont ses terrains de prédilection. Selon le *Chicago Sun Times*, « cette saga est de loin la meilleure série de fantasy celtique publiée ».

DU MÊME AUTEUR

Le Sortilège de la dague
Le Cycle de Deverry 1
Mnémos, 2005
et « Points Fantasy », n° P1776

Le Sortilège de l'aube
Le Cycle de Deverry 3
Mnémos, 2007

Katharine Kerr

LE SORTILÈGE DE L'OMBRE

Le Cycle de Deverry II

ROMAN

Traduit de l'anglais (États-Unis)
par Marguerite Roger

Éditions Mnémos

COLLECTION DIRIGÉE PAR FABRICE COLIN

TEXTE INTÉGRAL

TITRE ORIGINAL
Darkspell

ISBN 978-2-7578-0232-8
ISBN 978-2-7578-0602-9, n° général
(ISBN 2-915159-87-4, 1re publication)

À mon père, le sergent John Carl Brahtin, 1918-1944, qui est mort au combat pour libérer l'Europe d'un mal pire que tout ce qu'un romancier peut inventer.

Les Provinces
du
Royaume de
Deverry
en l'an de grâce
1060
Echelle en kilomètres
0
80
160
Collines
Montagnes
Taer Angwidd
Taer Angwidd
Taer Angwidd
Dun Pyr
Ladotyn
Bober
Caer Iref
Gwingedd
Cerrgonney
Averby
Fren Cludan
Trev Hael
Arcodd
Gwaentaer
Cantrae
Dun Cantrae
Riddbry
Mabyndyr
Lyn Ebyn
Gaddmyr
Dun Aridvil
Laenwn
Belgwgyr
Loghcarn
Loc Drw
Dun Drw
Dun Trebyc
Hendyr
Glasloc
Muir
Loc Las
Blaeddbyr
Dun Hiraedd
Pyrdon
Yvrodyr
Dun Deverry
Buccbrad
Cwm Pecl
Mwbbry
Deverry
Cerexyn
Camynwaen
Drauddbry
Auddglyn
Eldidd
Elrydd
Arddbry
Riddlit
Dun Aedyn
Cermmeton
Glyngwaver
Moriyn
Dun Mannanan
Beiglaedd
Cerrmor
Slaith
Ynis Bel
Bel Meton
Taer Elcyion Lacar
Brodddlyn
Dun Gwerbyn
Aberwyn
Abernaudd
Moc
Ad Mocyclau
Dun Tonau
Cannobaen
MOR I'R DDAE
Ynisodd Pecl
Wmmglaedd

Prologue
Automne, An de grâce 1062

Toute lumière projette une ombre. De même en est-il pour le dweomer. Certains hommes choisissent la lumière ; d'autres les ténèbres. Ayez toujours conscience que l'endroit où vous vous tenez n'est qu'une question de choix, et ne laissez pas l'ombre vous gagner à l'improviste...

— *Le Livre Secret de Cadwallon le Druide*

Au XIe siècle, le royaume reculé de Deverry se composait de terres éparses qui étaient sous la juridiction provisoire de Sa Majesté le Roi, et la province d'Eldidd était l'une de ses régions les moins peuplées. Les villes étaient particulièrement rares dans ses étendues occidentales, et à l'Ouest, Dun Gwerbyn constituait une sorte de siège gouvernemental, bien que ses hauts remparts de pierre abritent à peine cinq cents chaumières rondes et trois temples, dont deux étaient de simples lieux de pèlerinage de passage. Néanmoins, sur une colline située au centre de la ville se dressait le *dun*, ou fort, du *tieryn*, lequel était suffisamment grand et solide pour être impressionnant dans n'importe quelle province de cette époque. Bordés d'une double rangée de terrassements et de fossés, des remparts de pierre abritaient les écuries et les casernes réservées à la garnison du tieryn composée d'une centaine d'hommes, un ensemble de cabanes et de réserves, ainsi que le complexe seigneurial lui-même, une tour en pierre ronde de trois étages flanquée de deux tours latérales plus petites.

C'était une matinée particulière : la basse-cour grouillait de domestiques, et alors que certains portaient des provisions à la cuisine ou des piles de bois aux cheminées de la grande salle, d'autres faisaient rouler de grands fûts de bière des réserves au donjon. Près des portes en fer forgé, d'autres serviteurs s'inclinaient à l'arrivée des invités du mariage. Cullyn de Cerrmor, le capitaine de la garnison du tieryn, rassembla ses hommes dans la cour et les inspecta. Pour une fois, ils étaient tous propres, rasés et présentables. Lui-même, un homme de forte carrure mesurant bien plus d'un mètre soixante, avait revêtu la plus neuve de ses deux chemises en cette occasion.

« Très bien, les gars, dit Cullyn, vous avez l'air pas mal pour une bande de crapules. À présent, écoutez-moi : aujourd'hui, tous les seigneurs et toutes les dames du tierynrhyn seront ici présents. Je ne veux voir personne se saouler, et je ne veux aucune bagarre non plus. C'est un mariage, souvenez-vous, et la future mariée mérite que ce soit un heureux événement après tout ce qu'elle a enduré. »

Ils hochèrent tous la tête d'un air solennel. Si un seul d'entre eux oubliait ses ordres, ils le regretteraient – et ils le savaient.

Cullyn les fit entrer dans la grande salle, une immense pièce circulaire qui occupait tout le rez-de-chaussée du donjon. Aujourd'hui, les nattes de paille recouvrant le sol étaient fraîches ; les tapisseries avaient été secouées et retendues. La salle était emplie de tables supplémentaires. Non seulement les invités nobles étaient nombreux, mais en plus, chaque seigneur avait emmené cinq hommes de sa bande armée en guise d'escorte d'honneur. Les domestiques se frayaient un passage en se glissant à travers la foule, chargés de chopes de bière et de corbeilles à pain ; un barde chantait, mais on l'entendait à peine ; près de leur foyer, les cavaliers jouaient des pièces de cuivre aux dés et plaisantaient ; plus loin, au coin de la cheminée d'honneur, les dames de noble lignée jacassaient tels des oiseaux tandis que leurs époux buvaient. Cullyn fit asseoir ses hommes, répéta sa consigne de ne pas se bagarrer, puis se fraya un chemin jusqu'à la table d'honneur où il s'agenouilla aux côtés du tieryn.

Tieryn Lovyan était une sorte d'exception à Deverry, en qualité de femme souveraine d'un vaste domaine qu'elle gouvernait en son propre nom. Initialement, c'était son unique frère qui avait détenu ce dun, mais lorsque celui-ci était mort sans héritier, elle en était devenue la propriétaire sous l'effet d'une dérogation aux lois prévoyant que de grands domaines puissent rester au sein d'un même clan, même si une femme devait les diriger. Bien qu'approchant la cinquantaine, Lovyan était encore une belle femme aux cheveux noir de jais grisonnant, aux grands yeux bleu vif, dont le maintien, le dos bien droit, était celui d'un dirigeant qui a l'habitude de gouverner. Ce jour-là, elle portait une robe de soie rouge de Bardek, doublée de la cape aux couleurs rouge, blanc et brun du clan Clw Coc.

« Les soldats sont de service, Madame, dit Cullyn.

— Très bien, Capitaine. Avez-vous vu Persaunn ?

— Non, Madame.

— Cela lui ressemblerait bien de se tenir à l'écart. Il déteste tant les foules et les grandes cérémonies, mais si vous le voyez, dites-lui de venir se joindre à moi. »

Cullyn se leva, la salua et retourna auprès de ses hommes. De son siège, il pouvait voir la table d'honneur, et tout en sirotant sa bière, il étudia la jeune mariée, Dame Donilla, une très belle femme à la chevelure châtain, tirée en arrière, telle une vierge, pour l'événement. Cullyn se sentit profondément désolé pour elle, car son premier époux, le Gwerbret Rhys d'Aberwyn, l'avait répudiée récemment en raison de sa stérilité. Si Lovyan ne lui avait pas trouvé de nouvel époux, elle aurait été obligée de retourner au dun de son frère, acte déshonorant. Néanmoins, son nouveau mari, Sire Garedd, était un homme convenable plus âgé qu'elle de quelques années, à la chevelure blond grisonnant et portant une épaisse moustache. D'après ce que les hommes de sa garnison disaient, c'était un homme d'honneur, à la voix douce en temps de paix et totalement sans pitié en temps de guerre. Veuf, il avait également une kyrielle d'enfants et était ainsi plus qu'heureux d'épouser une belle et jeune fille, qu'elle soit stérile ou non.

« Garedd semble vraiment fou d'elle, non ? » remarqua Persaunn.

Poussant un cri, Cullyn se retourna et se retrouva face au vieil homme qui lui adressa un large sourire. En dépit de ses cheveux blancs et d'un visage aussi ridé qu'un vieux sac de cuir, Persaunn avait la vigueur et la résistance d'un jeune homme ; il se tenait là le dos bien droit, les mains sur les hanches.

« Je ne voulais pas vous faire sursauter, dit-il avec un sourire narquois.

— Tiens donc, je ne vous ai même pas vu entrer !

— Vous ne regardiez pas dans la bonne direction, c'est tout. Je ne me suis pas rendu invisible, bien que j'admette avoir voulu vous jouer un petit tour.

— Et j'ai mordu à l'hameçon, effectivement. Le tieryn désire vous avoir à ses côtés.

— À la table d'honneur ? Quel ennui ! J'ai bien fait de mettre une chemise propre. »

Cullyn éclata de rire. Habituellement, Persaunn s'habillait comme un fermier, avec des vêtements usés bruns, mais ce jour-là, il avait effectivement enfilé une chemise blanche arborant le lion rouge de Lovyan et un brigga gris rapiécé mais convenable. Il avait beau ressembler à un modeste citadin ou à un domestique sans importance, il n'en était pas moins le maître de dweomer le plus puissant de tout le royaume.

« Avant que vous n'y alliez, dit Cullyn, n'avez-vous aucune... eh bien, aucune nouvelle de ma chère Jill ?

— Des nouvelles ? Pourquoi ne me demandez-vous

pas si je ne les ai pas vus au cours d'une séance de pyromancie ? Il faudra bien que vous vous habituiez à la magie, tôt ou tard, Capitaine. Allons, suivez-moi. »

Ils se frayèrent un chemin jusqu'à la cheminée des domestiques où un porc entier, rôtissant sur une broche, grésillait : il était si grand qu'il fallait deux garçons de cuisine pour le retourner. Pendant un moment, Persaunn fixa intensément les flammes.

« Je vois Jill et son cher Rhodry, dit-il enfin, ils ont l'air de bonne humeur. Ils traversent une ville, à pied, par un beau jour d'été, et se rendent à une boutique... Attendez ! Je connais cet endroit. Ils sont chez Otho l'orfèvre, à Dun Mannannan, mais celui-ci ne semble pas être là pour le moment.

— Je suppose que vous ne pouvez pas me dire si elle attend un enfant.

— Si elle est enceinte, ça ne se voit pas. Je comprends votre anxiété.

— C'est que... cela doit arriver, tôt ou tard. J'espère juste qu'elle aura la présence d'esprit de revenir ici lorsque ce sera le cas.

— Jill n'a jamais manqué de bon sens. »

Même si Cullyn était d'accord, il se rongeait d'inquiétude. Après tout, Jill était son unique enfant.

« J'espère juste qu'ils auront assez d'argent pour l'hiver, remarqua le capitaine.

— Eh bien, à nous tous, nous leur en avons donné une somme importante, et cela devrait suffire, si Rhodry ne gaspille pas tout pour boire, en tout cas.

— Oh, Jill ne le laissera pas faire. Ma fille est aussi près de ses sous qu'une vieille fermière. » Il esquissa un bref sourire. « Elle connaît bien la longue route. »

Comme le matelas était rempli de punaises, Rhodry Maelwaedd, autrefois héritier de Dun Gwerbyn, était assis sur le sol de sa minuscule chambre d'auberge. Jill se tenait tout près de lui, à la lumière de leur unique et toute petite fenêtre. Elle portait un brigga bleu sale et une chemise d'homme en lin simple, ses cheveux dorés coupés ras à la garçonne, mais elle était si belle, avec ses grands yeux bleus, ses traits délicats et ses douces lèvres, qu'il adorait ne serait-ce que la regarder. Concentrée, les sourcils froncés, elle était en train de raccommoder l'unique chemise déchirée de Rhodry.

« Ah, par le cul noir et poilu du Seigneur de l'Enfer ! ragea-t-elle, ça suffira bien comme ça. Je déteste coudre.

— Je te remercie humblement de t'être abaissée à repriser mes vêtements. »

Poussant un autre râle de mécontentement, elle lui jeta sa chemise à la figure. Il la secoua en riant : jadis blanche, sa chemise de lin était à présent tachée de sueur et de rouille laissée par sa cotte de mailles. Sur les empiècements étaient brodés les blasons du lion rouge, et tout ce qui lui restait de son ancienne existence. À peine un mois plus tôt, son frère, le Gwerbret Rhys d'Aberwyn, l'avait condamné à l'exil, l'éloignant à la fois de sa famille et de son clan. Il enfila sa chemise, puis boucla son ceinturon par-dessus. À sa gauche, il portait son épée, une magnifique lame forgée du meilleur acier dont la garde était sculptée en forme de dragon, et à sa droite, le poignard d'argent marquant son déshonneur. C'était le signe distinctif des mercenaires, qui erraient sur les routes seuls ou par paires et se battaient uniquement pour l'argent, non par loyauté, ni par honneur. Dans le cas de Rhodry, ce poignard le signalait comme quelqu'un d'encore plus étrange, et c'était la raison pour laquelle ils étaient venus à Dun Mannannan.

« Tu crois que ce forgeron est rentré maintenant ? demanda-t-il.

— Sûrement. Otho ne laisserait pas sa boutique longtemps. »

Ensemble, ils sortirent de l'auberge et s'enfoncèrent dans la ville non fortifiée, composée de chaumières rondes et de boutiques disséminées le long d'une rivière. Sur la rive herbeuse gisaient des bateaux de pêche délavés qui, à l'aspect de leurs quilles fissurées et de leurs planches trouées, étaient tout juste en état de naviguer.

« Je ne comprends pas comment ces gens font pour gagner leur vie, remarqua Rhodry. Regarde ce mât. L'ensemble tient grâce à des cordes et du goudron. »

Lorsqu'il entreprit de s'approcher pour les examiner de plus près, Jill l'attrapa par le bras et le tira en arrière. Deux hommes du coin, aux yeux durs et vêtus de haillons crasseux, les regardaient.

« Cela ne paie pas de fourrer son nez dans les affaires des autres, jeune homme, s'écria l'un d'entre eux.

— Surtout pour une ordure comme toi, sale mercenaire », renchérit l'autre.

Ils crachèrent tous les deux par terre et rirent. Rhodry essaya de se libérer mais Jill le retint farouchement.

« Non, Rhoddo, murmura-t-elle, ce ne sont que des paysans. Ils sont bien trop indignes de toi pour que tu te battes avec eux. »

D'un mouvement brusque de la tête, Rhodry se détourna. Bras dessus, bras dessous, ils reprirent leur chemin le long de la rue sinueuse.

« Au sujet de ces bateaux, expliqua Jill, ils ne sont pas aussi miteux qu'ils le semblent. Ils les gardent dans cet état dans un but précis, pour dissimuler des choses par exemple. Il y a des tas de cargaisons qui entrent de manière illégale.

— Par les dieux ! Tu veux dire que nous sommes dans un repaire de contrebandiers ?

— Parle moins fort ! C'est exactement ça. »

La boutique d'Otho se trouvait à la lisière de la ville, juste en face d'un chemin poussiéreux menant à un champ de choux. Sous un pan de toit affaissé, la planche qui servait de porte était fermée mais n'était plus cadenassée. Lorsque Jill l'ouvrit, des cloches d'argent se mirent à tinter au-dessus de leurs têtes.

« Qui est là ? vociféra une voix grave.

— Jill, la fille de Cullyn de Cerrmor, et un autre Poignard d'Argent. »

Rhodry la suivit dans une petite pièce vide de la chaumière ronde délimitée par des panneaux en osier poussiéreux. Entre deux cloisons était suspendue une couverture verte usée servant de porte, apparemment, car Otho l'écarta et entra. Bien qu'il ne mesurât qu'un mètre trente, il était parfaitement proportionné et musclé, ses bras ressemblant à ceux d'un forgeron en miniature. Il avait une épaisse barbe grise soigneusement taillée et des yeux noirs perçants.

« Tiens ! C'est bien Jill, dit-il, et je suis ravi de vous revoir. Où est votre père, et qui est ce jeune homme ?

— Père est en Eldidd. On lui a offert une place en tant que capitaine de la garnison d'un tieryn.

— Vraiment ? Otho sourit, sincèrement heureux de la nouvelle. J'ai toujours pensé que c'était un homme trop bien pour porter un poignard d'argent. Mais qu'avez-vous donc fait ? Vous seriez-vous enfuie avec ce bel homme ici présent ?

— Allons, voyons ! répondit Rhodry d'un ton hargneux. Cullyn lui a donné sa permission. »

Otho s'étrangla, sceptique.

« C'est vrai, intervint Jill. Père lui a même fait prêter allégeance aux Poignards d'Argent.

— Vraiment ? » Le forgeron semblait toujours suspicieux, mais il laissa tomber le sujet. « Quel bon vent vous amène ici, jeune homme ? Un butin de guerre à me vendre ?

— Non. Je suis venu pour mon poignard.

— Qu'a-t-il donc, vous l'avez ébréché ? cassé ? Je ne vois pas comment quelqu'un pourrait abîmer ce métal.

— Il veut en retirer le dweomer, expliqua Jill, pouvez-vous faire cela, Otho ? Retirer le sortilège qu'il y a sur cette lame ? »

L'orfèvre se retourna, bouche bée.

« Je sais fort bien qu'il y a un sortilège dessus, poursuivit-elle. Rhoddo, prends-le et montre-lui. »

À contrecœur, Rhodry tira la dague de son fourreau usé. C'était une lame admirable, aussi brillante que l'argent, mais plus dure que l'acier, composée d'un alliage que seuls peu de forgerons savaient préparer. Sur la lame était gravé un faucon en plein piqué (l'ancien emblème de Cullyn, auquel le poignard jadis appartenait), mais dans la main de Rhodry, celui-ci était presque invisible, disparaissant sous l'éclat et le flamboiement d'une lumière dweomérique qui se dégageait de la lame avec la fluidité de l'eau.

« Du sang elfique dans vos veines, n'est-ce pas ? remarqua Otho d'un ton brusque. Et une bonne quantité en plus.

— Eh bien, oui, admit Rhodry. Je viens de l'Ouest, vous comprenez, et ce vieux proverbe selon lequel il y a du sang elfique dans les veines d'Eldidd est avéré. »

Lorsque Otho saisit le poignard, la lumière faiblit, réduite à un pâle éclat.

« Je ne veux pas de vous dans mon atelier, annonça-t-il, votre peuple vole tout. Et ne peut même pas s'en empêcher, je suppose ; c'est probablement dû à votre éducation.

— Au nom des dieux de l'Autre Monde, je ne suis pas un voleur ! Je suis un Maelwaedd et j'ai été élevé comme un Maelwaedd, et ce n'est pas de ma faute s'il y a du sang elfique quelque part dans les cantonnements de mon clan.

— Ah ! Je ne vous laisserai pas entrer dans mon atelier quand même. » Otho se tourna et de manière ostensible, ne s'adressa qu'à Jill. « Ce que vous me demandez est difficile, jeune fille. Je n'ai aucun réel pouvoir dweomérique. Le sortilège de la dague est le seul que je sache lancer, et je ne comprends même pas ce que je fais lorsque je m'en sers. C'est juste un petit tour que nous nous transmettons de père en fils, pour ceux d'entre nous qui connaissons ce sort en tout cas.

— C'est ce que je redoutais, répondit-elle en soupirant, mais il faut que nous fassions quelque chose pour ce poignard. Il ne peut pas l'utiliser à table, car il flamboie de cette lueur dweomérique à chaque fois qu'il le sort. »

Otho réfléchit, se mâchouillant la lèvre inférieure.

« Bon, s'il s'agissait d'un poignard ordinaire, je vous l'aurais juste échangé contre une nouvelle dague non ensorcelée, mais puisqu'il s'agit de celui de Cullyn, j'essaierai de défaire le dweomer. Peut-être qu'en reprenant tout en sens inverse, cela suspendra le sortilège. Mais cela vous coûtera très cher. C'est risqué, de toucher à ce genre de choses. »

Au bout de quelques minutes animées de marchandage, Jill lui remit cinq écus d'argent, environ la moitié du prix que l'orfèvre lui avait demandé.

« Revenez au coucher du soleil, dit Otho, nous verrons si j'aurais réussi ou non. »

Rhodry passa l'après-midi à essayer de louer ses services. Même si l'hiver était trop proche pour qu'il y ait une guerre, il trouva un marchand qui devait rapporter des marchandises à Cerrmor. En dépit de leur déshonneur, les mercenaires étaient très sollicités pour escorter les caravanes, parce que leur clan jouissait d'une réputation selon laquelle ils étaient plus honnêtes que la plupart des gens. Tout homme ne pouvait pas devenir un Poignard d'Argent. Un guerrier désespéré au point de le devenir devait d'abord trouver un autre mercenaire, le suivre un certain temps, puis faire ses preuves avant d'être autorisé à rencontrer l'un des rares forgerons qui servaient leur bande. Ce n'était qu'à partir de ce moment-là qu'il pouvait réellement « suivre la longue route » ; c'est ainsi que les mercenaires appelaient leurs vies.

Si Otho pouvait lever le sortilège, Rhodry n'aurait plus à garder son poignard dans son fourreau de crainte de révéler son étrange lignée. Il pressa Jill de finir son dîner et la bouscula jusqu'à l'atelier de l'orfèvre peu avant le coucher du soleil. La barbe d'Otho était beaucoup plus courte, et il n'avait plus du tout de sourcils.

« J'aurais dû y réfléchir à deux fois avant de faire une faveur à un maudit elfe, annonça-t-il.

— Otho, recevez nos humbles excuses. » Jill lui saisit la main et la serra. « Mais je suis bien contente que vous n'ayez pas été brûlé gravement.

— Contente ? Ah ! Bon, entrez, jeune homme. Faites un essai. »

Lorsque Rhodry prit son poignard, la lame demeura un simple bout de métal sans aucune trace de lumière. Il le rangea dans son fourreau, le sourire aux lèvres.

« Merci, cher orfèvre, merci mille fois. Vraiment, je regrette de ne pouvoir vous récompenser davantage du risque que vous avez pris.

— Moi aussi. Mais ce sont les manières de votre peuple : de belles paroles mais pas une seule pièce, sonnante et trébuchante.

— Otho, je vous en prie, répondit Jill, il n'a guère qu'un peu de sang elfique.

— Ah ! Voilà ce que je répondrai à cela, jeune Jill. Ah ! »

Toute la journée, les gens de l'Ouest arrivèrent au lieu de rencontre prévu pour l'*alardan*, une prairie herbeuse si loin à l'ouest d'Eldidd que seul un humain l'avait vue jusqu'alors. Ils arrivèrent par petits groupes, dirigeant leurs troupeaux de chevaux et de moutons devant eux. Après avoir pacagé les animaux, ils installaient leurs tentes de cuir, peintes de couleurs vives et ornées de motifs d'animaux et de fleurs. Enfants et chiens couraient à travers tout le camp ; des feux de cuisson flambaient ; il y avait une odeur de fête dans l'air. Au coucher du soleil, il y avait plus d'une centaine de tentes autour du lieu de rassemblement. Lorsque le dernier feu fut allumé et flamboya, une femme se mit à chanter la longue complainte de Donabel et de son amour perdu, Adario. Un harpiste se joignit à elle, puis un joueur de tambour, puis quelqu'un sortit un *conaber*, et trois musiciens jouèrent du chalumeau en guise de basse.

Devaberiel Main d'Argent, généralement considéré comme le meilleur barde dans cette partie des territoires elfiques, songea à déballer sa harpe et à se joindre aux musiciens, mais il était tout simplement trop affamé pour le faire. Il prit un bol et une cuillère en bois dans sa tente et alla faire un tour à la fête. Chaque tribu, ou *alar*, pour leur donner leur nom elfique, avait préparé une importante quantité d'une spécialité culinaire. Chacun flânait, grignotant de-ci de-là ce qui lui faisait envie, pendant que la musique, les discussions et les rires se faisaient entendre dans tout le camp. Devaberiel recherchait Manaverr, dont l'alar faisait rôtir à l'ancienne un agneau entier sur une broche.

Il finit par trouver son ami en bordure du camp. Deux jeunes elfes étaient en train de retourner l'agneau, tandis que d'autres empilaient des feuilles vertes pour constituer un plat propre où le poser. Manaverr cessa de diriger l'opération et se dépêcha d'accueillir le barde. Ses cheveux étaient si blonds qu'ils étaient presque blancs, et ses yeux aux pupilles de chat brillaient d'une lueur pourpre foncé. Ils posèrent chacun leur main gauche sur l'épaule droite de leur compagnon en guise de salutations.

« C'est un grand rassemblement, remarqua Manaverr.

— Ils savaient tous que tu serais là pour préparer l'agneau. »

Manaverr rit en secouant la tête. Un petit lutin vert apparut avec un bruit sec et se percha sur son épaule. Lorsque l'elfe leva la main pour lui donner une petite tape, la créature eut un large sourire qui révéla ses dents pointues.

« As-tu vu Calonderiel ? demanda Manaverr.

— Le chef de guerre ? Non. Pourquoi ?

— Il interroge chaque barde ici présent sur un point obscur de la généalogie de quelqu'un. Il viendra probablement te voir tôt ou tard. »

Le lutin lui tira brusquement les cheveux, puis s'évanouit avant que Manaverr ait pu le corriger. L'alardan grouillait de créatures du Peuple Sauvage, qui couraient çà et là, aussi excitées que des enfants. Lutins, gnomes, sylphes et salamandres : tels étaient les esprits des éléments, qui se matérialisaient parfois pour prendre une apparence solide, même si leur demeure se situait quelque part ailleurs dans les nombreuses strates de l'univers. Devaberiel ignorait où exactement ; seuls les maîtres de dweomer étaient au courant de ce genre de choses.

Avec un dernier effort, les hommes soulevèrent l'agneau, l'enveloppèrent dans un tissu brut carbonisé et le laissèrent tomber sur les feuilles. L'odeur de la viande rôtie, très relevée et cuisinée avec des fruits, était si alléchante que Devaberiel se rapprocha sans même en avoir conscience, mais il dut attendre pour en avoir une portion. Calonderiel, qui était le cousin de Manaverr et lui ressemblait, s'avança à grands pas et le héla.

« Quelle est cette mystérieuse question ? demanda

Devaberiel, Manaverr m'a dit que tu t'interrogeais au sujet de la généalogie de quelqu'un.

— Ce n'est qu'une question de curiosité. Savais-tu que j'ai accompagné Aderyn lorsqu'il est allé sur le territoire des hommes ?

— L'été dernier, tu veux dire ? J'en ai entendu parler en partie, oui.

— Très bien, alors. J'ai rencontré un chef de guerre humain nommé Rhodry Maelwaedd, un jeune homme de vingt ans. De manière assez étrange, il a de notre sang qui coule dans ses veines. Je me demandais si tu savais comment il avait pu s'introduire dans son clan.

— Une femme de notre Peuple a épousé Pertyc Maelwaedd en... oh, quand cela s'est-il passé... bon, disons il y a deux cents ans. Pertyc était un homme important, si je me souviens bien. Je sais qu'il avait un fils qui devait hériter de sa position et auquel a dû être transmis notre sang elfique.

— Mais il y a deux cents ans ! Cela remonte à bien longtemps, non ! J'ai vu Rhodry tenir une lame en argent forgée par les nains, et elle flamboyait entre ses mains.

— Vraiment ? Euh, tu as raison, le sang de cet ancêtre lointain est bien trop ténu pour que cela soit possible. Comment s'appelait son père ?

— Tingyr Maelwaedd, et sa mère est Dame Lovyan du Clan Clw Coc. »

Devaberiel se tut. *Quand cela s'était-il passé ?* Il pouvait toujours voir son visage, mentalement, une jeune fille fort belle en dépit de ses oreilles et de ses yeux ronds, *et elle était si mélancolique. Mais quand l'avait-il rencontrée ? N'était-ce pas lors de cet été exceptionnellement sec ? Si, et cela remontait à vingt et un ans, admettons...*

« Oh, par le Soleil Noir en personne ! s'écria Devaberiel. Je n'ai jamais su que j'avais mis Lovva enceinte ! »

Calonderiel poussa un rire de joie. Autour d'eux, hommes et femmes se tournèrent pour les dévisager. Devaberiel pouvait les entendre murmurer des choses comme : « Qu'a-t-il dit ? » « A-t-il dit ce que je pense qu'il a dit ? ».

« Cela n'est-il pas amusant ? » Calonderiel marqua un temps d'arrêt et esquissa un large sourire. « Je suis certainement tombé sur le barde idéal pour répondre à ma question. Tu as un certain penchant pour ces femmes Oreilles Rondes, mon ami.

— Mm... Pas tant que ça. »

Lorsque Calonderiel éclata de rire, Devaberiel lui envoya un coup de poing.

« Arrête de crier comme un lutin ! Je veux en savoir plus au sujet de mon fils. Chaque détail dont tu te souviendras. »

Quelques jours plus tard, Rhodry fut le sujet d'une autre discussion, cette fois-ci à Bardek, de l'autre côté de la Mer du Sud. Au cœur de la région vallonnée de l'île principale, dans une pièce située à l'étage d'une villa isolée, deux hommes se prélassaient sur un divan pourpre et en regardaient un troisième, assis à une table jonchée de rouleaux de parchemin et de livres. Ce dernier était obèse, aussi flasque et ridé que du cuir déchiré, et il ne lui restait que de rares mèches de cheveux blancs sur son crâne basané. Chaque fois qu'il levait les yeux, ses paupières s'affaissaient de manière incontrôlable, recouvrant à moitié ses yeux bruns. Il s'était engagé si totalement et depuis si longtemps dans l'art du dweomer noir qu'il n'avait plus de nom. On l'appelait simplement l'Ancien.

Les deux autres hommes étaient des Deverriens. Alastyr, qui semblait avoir cinquante ans mais approchait en réalité davantage des soixante-dix ans, était du genre robuste, avec un visage carré et des cheveux gris.

Au premier abord, il ressemblait à un marchand typique de Cerrmor, avec son brigga soigné et sa chemise ornée de broderies, et effectivement, il prenait grand soin à tenir ce rôle. Sarcyn, son compagnon, venait d'avoir trente ans. Son épaisse chevelure blonde, ses yeux bleu nuit et ses traits réguliers auraient dû lui conférer une certaine beauté, mais quelque chose dans sa manière de sourire et dans l'expression ardente de ses yeux le rendait repoussant pour la plupart des gens. Aucun d'entre eux ne dit mot, jusqu'à ce que l'Ancien redresse la tête et la penche en arrière de manière à pouvoir les voir tous les deux.

« J'ai vérifié tous les principaux calculs. » Sa voix était aussi sèche que deux brindilles mortes que l'on frotte l'une contre l'autre. « Quelque chose de caché est à l'œuvre, que je ne comprends pas, un secret, une force du Destin peut-être, qui contrecarre nos plans.

— Cela ne peut-il être tout simplement le Maître de l'Éther ? demanda Alastyr. La guerre de Loddlaen se déroulait à merveille jusqu'à ce que Persaunn intervienne. »

L'Ancien remua négativement la tête et saisit une feuille de parchemin.

« Voici l'horoscope de Tingyr, le père de Rhodry. Mon art est très complexe, petit Alastyr. Un horoscope renferme à lui seul quelques secrets.

— Je vois. Je ne l'avais pas réalisé.

— Certainement, car rares sont ceux qui connaissent les étoiles aussi bien que moi. Et nombreux sont les imbéciles qui pensent que lorsqu'un homme meurt, son horoscope n'est plus d'aucune utilité. Or, l'astrologie est l'art d'étudier les commencements et quoi qu'un homme entreprenne dans sa vie – un fils, par exemple – ses étoiles ont une influence, même après sa mort. Cependant, lorsque j'ai corrélé cet horoscope avec certains passages, il semblait évident que Tingyr perdrait un fils cet été, suite à la tromperie de quelqu'un. L'horoscope de son fils aîné montrait qu'il était en danger, aussi était-il évident que Rhodry était celui qui devait périr.

— Eh bien, l'année n'est pas encore achevée. Il serait facile d'envoyer des assassins à ses trousses.

— Facile, mais tout à fait inutile. Les présages disent clairement qu'il mourra au combat. As-tu oublié tout ce que je t'ai dit ?

— Je vous prie de m'excuser.

— En outre, l'année deverrienne s'achève le jour de Samaen. Il nous reste moins d'un mois à présent. Non, c'est comme ce que j'ai dit. Il y a quelque chose de secret à l'œuvre. » Il laissa son regard s'attarder sur la table surchargée. « Et pourtant, il me semblait avoir toutes les informations dont je pouvais avoir besoin. Cela ne présage rien de bon – pour nous tous. Non, Alastyr, nous n'enverrons pas d'assassins et ne ferons rien de précipité tant que je n'aurai pas déchiffré ce mystère.

— Il en sera fait ainsi que vous le souhaitez, bien entendu.

— Naturellement. » L'Ancien prit un stylet en os et tapota négligemment un autre parchemin. « Cette femme m'intrigue. Jill m'intrigue au plus haut point. Rien dans les présages ne parlait d'une femme qui sache se battre comme un homme. Je souhaiterais avoir plus d'informations à son sujet, sa date de naissance si possible, que je puisse déchiffrer ses étoiles.

— Je ferai de mon mieux pour le découvrir lorsque je retournerai là-bas. »

D'un hochement de tête approbateur qui fit trembler son menton, l'Ancien mua sa masse sur sa chaise.

« Envoie ton apprenti chercher mon repas. »

Alastyr fit un signe à Sarcyn, qui se leva et quitta

docilement la pièce. L'Ancien contempla la porte close un instant.

« Il te déteste, dit-il finalement.

— Vraiment ? Je ne m'en étais pas rendu compte.

— Nul doute qu'il fait de gros efforts pour le dissimuler. Ceci dit, il est bon qu'un apprenti s'oppose à son maître. Personne n'apprend sur le chemin du Sentier Noir sans se battre pour obtenir la connaissance. Mais la haine ? C'est un sentiment très dangereux. »

Alastyr se demanda si l'Ancien avait vu un signe indiquant que Sarcyn représentait une réelle menace. Le magicien ne le lui dirait jamais, sauf s'il le payait un prix élevé. L'Ancien était le plus grand expert en vie de cette branche particulière du dweomer noir, celle qui consiste à arracher à un univers réticent des allusions à de futurs événements. Sa version personnelle et déformée de l'astrologie ne constituait qu'une partie de cet art, lequel impliquait une forme de méditation et un type de voyage astral dangereux. Comme il était d'une honnêteté irréprochable à sa manière, aussi bien que précieux, l'Ancien inspirait un respect et une loyauté rares chez les maîtres de dweomer du Sentier Noir et représentait une sorte de chef, si leur « Confrérie » pouvait un tant soit peu en avoir un. Comme son âge et sa corpulence l'obligeaient à rester dans sa villa, Alastyr avait conclu un marché avec lui. En échange de l'aide du maître pour ses propres projets, il se chargeait des affaires de l'Ancien qui nécessitaient un déplacement.

Quelques minutes plus tard, Sarcyn revint avec un bol servi sur un plateau, le posa devant l'Ancien, puis reprit sa place à côté d'Alastyr. Le bol contenait de la viande crue, fraîchement abattue et mélangée à du sang encore chaud, aliment nécessaire pour les maîtres âgés du dweomer noir. L'Ancien en prit délicatement un petit morceau et le lécha.

« À présent, concernant tes propres plans, reprit-il, le

temps est venu pour toi d'obtenir ce que tu cherches, mais il te faudra faire très attention. Je sais que tu as pris de nombreuses précautions, mais pense à tous les efforts que nous avons déployés pour supprimer Rhodry. Tu sais parfaitement comment cela s'est terminé.

— Je vous assure que je serai constamment sur mes gardes.

— Bien. L'été prochain, les planètes auront une certaine configuration qui sera défavorable à l'horoscope du Roi de Deverry. Cette configuration sera elle-même influencée par des facteurs subtils qui dépassent ta compréhension. Tous ces présages, pris conjointement, indiquent que le Roi pourra perdre un gardien puissant si quelqu'un œuvre à cette fin.

— Merveilleux ! Le bijou que je recherche est justement un gardien de ce genre. »

L'Ancien prit un autre morceau de viande et une autre rasade de sang.

« Cela est vraiment très intéressant, petit Alastyr. Jusqu'ici, tu as respecté ta part de notre marché, peut-être même mieux que tu ne peux le savoir. Il y a tant de choses étranges. » Sa voix était presque rêveuse. « Très, très intéressant. Nous verrons, lorsque vous retournerez à Deverry, si d'autres faits étranges croisent notre route. Comprends-tu ce que je veux dire ? Tu dois rester sur tes gardes à chaque instant. »

Alastyr sentit son estomac se nouer. Il était averti, peu importait que ce soit avec circonspection, que l'Ancien ne pouvait plus se fier à ses propres prédictions.

Devaberiel Main d'Argent s'agenouilla à l'intérieur de sa tente en cuir rouge et farfouilla méthodiquement dans un sac suspendu brodé de vignes et de roses. Comme ce dernier était très grand, l'elfe mit un certain temps avant de trouver ce qu'il cherchait. Avec irritation, il écarta de vieux trophées remportés à des concours de chant, le premier ouvrage de broderie que sa fille avait maladroitement réalisé, deux boucles d'oreilles d'argent non appariées, une bouteille de parfum de Bardek et un cheval en bois que lui avait offert une maîtresse dont il avait oublié le nom. Tout au fond, il trouva la petite bourse en cuir tant recherchée, qui était si ancienne qu'elle se craquelait.

Il l'ouvrit et en retira un anneau. Celui-ci, constitué d'argent forgé par les nains, brillait toujours autant que le jour où il l'avait rangé mais ne recelait pourtant aucun dweomer, ou du moins, aucun sortilège qu'un sage ou un maître de dweomer n'avait été capable de défaire. Il s'agissait d'un anneau d'argent d'environ quatre-vingts millimètres d'épaisseur ; sur son pourtour extérieur étaient gravés des roses et quelques mots en lettres elfiques, mais sur son contour intérieur était inscrit un langage inconnu. En deux cents ans, depuis qu'il détenait cet anneau, jamais Devaberiel n'avait trouvé de sage qui ait pu déchiffrer ce langage.

La manière dont il l'avait obtenu était également énigmatique. Il était jeune alors, et venait de terminer son apprentissage de barde, voyageant avec l'alar d'une femme qu'il avait particulièrement aimée. Un après-midi, un voyageur était arrivé au dos d'un bel étalon doré. Lorsque Devaberiel et deux autres elfes s'étaient avancés pour l'accueillir, quelle n'avait pas été leur surprise : bien que de loin, le voyageur ait l'air d'un homme ordinaire du Peuple de l'Ouest, aux cheveux bruns et aux yeux de jais typiques de ceux de l'Extrême-Occident, de près, il était difficile de dire exactement à quoi il ressemblait. Ses traits semblaient se modifier en permanence, mais subtilement ; sa bouche paraissait parfois s'agrandir puis s'amincir, et il donnait également l'impression de changer de taille. Il avait mis pied à terre et examiné le groupe qui était venu l'accueillir.

« J'aimerais parler à Devaberiel le barde.

— C'est moi, je suis là. » Devaberiel s'était avancé. « Comment connaissez-vous mon nom ? »

L'étranger s'était contenté de sourire.

« Puis-je vous demander le vôtre, alors ? avait demandé Devaberiel.

— Non. L'étranger avait souri à nouveau. Mais j'ai quelque chose pour vous, un cadeau pour l'un de vos fils, jeune barde, pour les fils que vous aurez. À chaque fois que l'un d'entre eux naîtra, consultez une personne qui connaisse le dweomer. Ils seront capables de vous dire lequel de vos enfants recevra ce présent. »

C'est ainsi que l'étranger avait remis à Devaberiel cette bourse et cet anneau, et à cet instant-là, ses yeux noirs avaient semblé virer au bleu.

« Merci, bon Monsieur, mais qui êtes-vous ? »

L'étranger avait ri, puis était monté sur son cheval et s'en était retourné sans dire un autre mot.

Au cours des années qui s'étaient écoulées entre-temps, Devaberiel n'avait rien appris de plus au sujet de l'anneau. Tous les sages et les maîtres de dweomer qu'il avait consultés lui avaient suggéré toutefois que celui qui lui avait confié ce cadeau devait être l'un des Gardiens, les demi-divinités dont la route mystérieuse croise parfois le chemin des elfes. Aucun mortel, du moins, c'est ce qu'ils lui avaient raconté, ne pouvait comprendre les Gardiens, lesquels s'en venaient et repartaient comme bon leur semblait et changeaient d'apparence aussi facilement qu'un homme change de chemises.

Devaberiel avait effectivement eu des fils, deux pour être exact, et lorsque chacun d'entre eux était venu au monde, il avait consciencieusement emmené anneau et bébé consulter un maître de dweomer. Les présages s'étaient montrés négatifs à chaque fois : l'anneau ne leur était pas destiné. Or, voilà qu'à présent, il avait un troisième fils. L'anneau à la main, il se rendit à l'entrée de sa tente et regarda dehors. Une bruine froide et grise s'était abattue sur le camp, accompagnée d'un vent frais. Il allait avoir un trajet désagréable, mais il était déterminé à retrouver la maîtresse de dweomer qui semblait avoir le plus d'affinité pour l'anneau. Sa curiosité ne lui laisserait aucun répit tant qu'il ne saurait pas s'il appartenait au jeune Rhodry ap Devaberiel, qui se prenait toujours pour un Maelwaedd.

Sous un vent froid mordant, la pluie tombait dru, cinglant les rues grises de Cerrmor. Jill et Rhodry n'avaient pas grand-chose à faire, hormis se terrer comme des renards dans leur auberge, près de la porte nord de la ville. Comme ils disposaient de suffisamment d'argent pour rester au chaud et être nourris tout l'hiver, Jill se sentait aussi riche et heureuse qu'un seigneur, mais Rhodry avait sombré dans une humeur noire qui ne peut que recevoir le nom intraduisible d'*hiraedd*, un regret mélancolique que l'on garde d'une chose inaccessible. Il restait assis dans la taverne pendant des heures, le dos voûté, à fixer sa chope de bière pendant qu'il ressassait la perte de son honneur. Rien de ce que Jill pouvait faire ou dire ne le faisait sortir de sa torpeur. Même si cela lui fendait le cœur, elle finissait par le laisser muré dans son silence.

La nuit, lorsqu'ils remontaient dans leur chambre, elle pouvait au moins utiliser baisers et caresses pour le faire changer d'humeur. Après l'amour, il redevenait joyeux pendant un temps et lui parlait tandis qu'ils se tenaient enlacés et serrés l'un contre l'autre. Lorsqu'il se laissait gagner par le sommeil, elle restait souvent éveillée et le regardait telle une vraie énigme vivante à étudier.

Rhodry était un homme de grande taille, à la musculature développée, mais droit des épaules aux hanches, avec de longues mains délicates qui faisaient allusion à son sang elfique. Il avait les cheveux noir de jais et les yeux bleu vif caractéristiques des hommes d'Eldidd, mais sa beauté avait quelque chose d'atypique. Ses traits étaient si parfaits qu'il aurait eu l'air efféminé s'il n'avait eu plusieurs petites cicatrices et coupures de guerre au visage. Ayant rencontré des Elfes, que les Deverriens appelaient le Peuple de l'Ouest, Jill savait qu'ils étaient également aussi beaux que lui. Elle s'interrogeait souvent sur cette trace de sang elfique présente dans le clan de Rhodry, laquelle, ou du moins comme Persaunn le lui avait assuré, s'était tout simplement manifestée d'un coup chez lui. Logiquement, cela semblait improbable.

Une nuit, ses longues réflexions à ce sujet lui apportèrent la réponse à la question. Parfois, Jill faisait des rêves prémonitoires, qui étaient en réalité des visions dweomériques échappant au contrôle de son esprit conscient. Généralement, ils venaient, comme celui-ci le fit, lorsqu'elle avait consacré beaucoup de temps et d'efforts à réfléchir à un problème. Cette nuit-là, tandis que la pluie tambourinait sur les volets et que le vent mugissait autour de l'auberge, elle s'endormit dans les bras de Rhodry et rêva des *Elcyion Lacar*. Elle eut l'impression de flotter au-dessus des terres verdoyantes de l'Ouest, par une journée où le soleil faisait des percées à travers les nuages pour disparaître aussitôt après. Loin au-dessous d'elle, dans un océan vert d'herbe haute étaient dressées un groupe de tentes elfiques, brillant tels des bijoux multicolores.

Brusquement, elle se retrouva au sol, entre les tentes. Emmitouflé dans une cape rouge, un homme de grande taille passa à grands pas à côté d'elle et entra dans une tente violet et bleu. Sur un coup de tête, elle le suivit. La tente était décorée de manière sophistiquée de draperies tissées, de sacs muraux brodés et de tapis de Bardek utilisés pour habiller le sol. Sur une pile de coussins de cuir était assise une elfe aux cheveux blonds très clairs, coiffée de deux nattes tombant derrière ses oreilles, de longues oreilles pointues dont l'extrémité délicate ressemblait à celle d'un coquillage. Son visiteur pressa ses mains l'une contre l'autre, s'inclina devant elle, retira sa cape et s'assit sur le tapis placé à côté d'elle. Ses cheveux étaient aussi blonds que le clair de lune, et ses yeux bleu nuit, fendus verticalement comme tous les yeux des elfes, avaient des pupilles de chat. Pourtant, Jill le trouva aussi beau que son cher Rhodry, en dépit de son étrangeté, et elle eut l'impression, curieusement, de l'avoir déjà vu.

« Très bien, Devaberiel », dit la femme elfe – et bien qu'elle parlât en langage elfique, Jill la comprenait –, « j'ai étudié mes pierres et j'ai une réponse à vous donner.

— Merci, Valandario. » L'elfe se pencha davantage.

C'est à ce moment-là que Jill réalisa qu'un tissu brodé de motifs géométriques était étendu entre eux. À divers endroits sur la toile de triangles et de carrés étaient posées des gemmes sphériques : des rubis, des béryls jaunes, des saphirs, des émeraudes et des améthystes. Au centre du tissu brillait un simple anneau d'argent. Valandario se mit à déplacer les pierres le long de diverses lignes, introduisant finalement une gemme de chaque couleur au centre pour former un pentagone autour de l'anneau.

« La Destinée de votre fils est encerclée par cet anneau, expliqua-t-elle, mais je ne sais quelle Destinée l'attend, sauf qu'il la rencontrera quelque part dans le Nord et quelque part dans les airs.

— Dans les airs ? Qu'est-ce que cela est censé dire ?

— Tout cela sera révélé avec le temps. » Valandario fit un vague signe de la main. « Mais je sais que cet anneau lui appartient.

— Qu'il soit fait ainsi que le souhaitent Dieu et ses

Gardiens, alors. Je vous remercie sincèrement. Je veillerai donc à ce que Rhodry récupère cet anneau. J'irai peut-être jusqu'à Dun Gwerbyn moi-même pour voir ce jeune homme qui est mon fils.

— Il serait malavisé de lui dire la vérité. Très, très malavisé.

— Bien sûr. D'après ce que m'a dit Calonderiel, il est en position d'hériter d'une bonne partie des biens de son présumé père, et je ne veux pas m'immiscer dans leurs affaires. Je désire juste le voir. Après tout, c'est assez surprenant d'apprendre que l'on a un fils arrivé à l'âge adulte. Lovyan aurait difficilement pu me tenir au courant, bien sûr, étant toujours mariée à cet autre individu. Un homme très puissant, et de haut rang, également.

— Je comprends votre point de vue. » Valandario leva soudain les yeux et les porta directement sur Jill. « Eh là ! Qui êtes-vous, à venir m'espionner par l'esprit ? »

Lorsque Jill essaya de répondre, elle constata qu'elle ne pouvait pas parler. Exaspérée, Valandario leva une main et dessina un *sceau* en l'air. Brusquement, Jill se réveilla et se rassit dans son lit, Rhodry ronflant à côté d'elle. Comme il faisait froid dans la pièce, elle se rallongea et se dépêcha de se pelotonner sous les couvertures. *C'était une vision*, pensa-t-elle, *oh, au nom de la Déesse de la Lune, l'homme que j'aime est à moitié un elfe !*

Elle resta éveillée un long moment, à réfléchir à son rêve. Bien sûr, elle avait l'impression d'avoir déjà vu Devaberiel parce qu'il était le père de Rhodry. Elle était sincèrement choquée de découvrir que Dame Lovyan, qu'elle admirait beaucoup, avait trompé son époux, mais elle la comprenait car Devaberiel était d'une beauté exceptionnelle. Elle songea un instant à raconter son rêve à Rhodry, mais l'avertissement de Valandario l'en dissuada. En outre, apprendre qu'il n'était pas un vrai Maelwaedd, mais un fils adultérin ne ferait que plonger Rhodry plus profondément dans son hiraedd. Or, elle avait déjà du mal à supporter ses humeurs noires comme ça.

Et puis, il y avait cet anneau d'argent. Il s'agissait là d'une autre preuve de ce que Persaunn lui avait affirmé l'été dernier : le Wyrd de Rhodry était complexe et secret. Elle décida que s'il lui était permis de revoir le vieil homme un jour, elle lui parlerait de ses songes. Tandis que le sommeil la gagnait, elle se demanda si leurs routes se croiseraient un jour à nouveau. Son pouvoir dweomérique avait beau la terrifier, Jill avait beaucoup d'affection pour Persaunn, mais le royaume était très vaste, et qui savait où le vieil homme choisirait d'aller vagabonder.

Le lendemain matin, elle réalisa toute la portée de son rêve lorsqu'ils s'assirent dans la taverne. Une fois encore, le dweomer avait fait irruption dans son esprit et avait pris son contrôle sans prévenir. Pendant un instant, elle se recroquevilla sur elle-même, comme un lièvre entend des chiens aboyer et se tapit, pétrifié, au milieu des fougères.

« Quelque chose ne va pas, mon amour ? demanda Rhodry.

— Non, rien, tout va bien. J'étais juste en train de... oh, je pensais à l'été dernier.

— C'était un drôle d'été, effectivement. » Il frissonna comme si un courant d'air froid avait soufflé à la base de sa nuque. « Ce type, Loddlaen, avec ses sales tours de magie ! C'est déjà difficile d'apprendre que quelqu'un veut votre mort, mais ne même pas savoir pourquoi...

— Eh bien, Persaunn a dit qu'il était fou. Il avait complètement perdu la tête, d'après lui, et il était devenu fou furieux.

— Il m'a dit la même chose également. » Rhodry baissa la voix et murmura : « Tout ce fichu dweomer ! Cela suffit pour rendre fou n'importe qui ! Je prie tous les dieux pour que nous n'ayons plus jamais affaire à la sorcellerie. »

Jill l'approuva d'un signe de tête, mais elle savait qu'il demandait l'impossible. Alors même qu'il parlait, son petit gnome gris était apparu sur la table et s'était assis à côté de la chope de Rhodry. Toute sa vie, Jill avait été capable de voir les créatures du Peuple Sauvage, et ce petit être maigre au grand nez était un ami proche. *Oh, mon pauvre Rhoddo*, se dit-elle, *tu es entouré de dweomer où que tu ailles !* Elle se sentait à la fois en colère et effrayée, souhaitant que ses dons particuliers disparaissent, redoutant que jamais ils ne le fassent.

Pourtant, l'été dernier, Persaunn lui avait dit une fois que si elle refusait d'utiliser ses talents, ceux-ci finiraient par s'affaiblir et partiraient. Même si elle espérait que le vieil homme ait raison – et assurément, il en connaissait beaucoup plus à ce sujet qu'elle – elle avait ses propres doutes, en particulier lorsqu'elle songeait à la manière dont le dweomer l'avait entraînée dans la guerre de Rhodry et dans la vie de celui-ci, l'été dernier. Jusqu'alors, elle n'avait été qu'une personne totalement insignifiante, la fille illégitime d'un mercenaire, jusqu'à ce que son père ait accepté ce qui semblait un travail parfaitement ordinaire : escorter la caravane d'un marchand jusqu'à la frontière occidentale d'Eldidd. Pourtant, dès l'instant où le marchand avait offert ce travail à Cullyn, elle avait su qu'il allait se passer quelque chose d'inhabituel et avait senti avec une certitude inexplicable que sa vie était arrivée à un croisement. Comme elle avait eu raison ! Tout d'abord, la caravane s'était rendue à l'ouest, dans le pays des Elcyion Lacar, des elfes, qui étaient supposés n'exister que dans les mythes et les contes de fée. Ensuite, accompagnés de certains de ces elfes qui s'étaient joints à eux, ils étaient retournés en Eldidd et s'étaient retrouvés au cœur d'une guerre dweomérique.

Juste à temps pour qu'elle sauve la vie de Rhodry en tuant un homme qui, du moins, comme semblait le déclarer le dweomer, était invincible : Sire Corbyn jamais ne mourra de la main d'un homme, tel était ce qu'une prophétie avait affirmé. Mais comme toutes les énigmes dweomériques, celle-ci était à double tranchant, et ce fut la main d'une fille qui le tua, effectivement. Lorsqu'elle y repensa, tout lui sembla trop bien ficelé, trop astucieusement construit, comme si les dieux forgeaient le Wyrd d'une personne à la manière dont un artisan de Bardek façonne une boîte à énigmes et l'orne de petits détails bien précis qui ne représentent absolument rien sur le long terme. Puis, elle se rappela que les elfes n'étaient pas des hommes, dans aucun sens du terme, et que Rhodry lui-même en était à moitié un. Elle comprit alors qu'il aurait pu abattre son ennemi lui-même, si seulement il s'en était cru capable, et que sa venue, tout en étant pratique, n'avait pas forcément été prévue d'avance, pas plus que l'on puisse prétendre qu'une tempête de neige survenant en hiver résulte d'un puissant sort dweomérique.

Cependant, c'était le dweomer qui l'avait conduite à lui ; de cela, elle en était certaine, et si ce n'était pas pour qu'elle le sauve, alors, c'était pour un autre but obscur. Tout en frissonnant à cette pensée, elle se surprit également à se demander pourquoi le dweomer la terrifiait autant, pourquoi elle était certaine que suivre la voie du dweomer la conduirait à sa mort. Soudain, elle le comprit : elle avait peur que si elle devait un jour utiliser le dweomer, cela provoquerait non seulement sa mort mais aussi celle de Rhodry. Elle avait beau se répéter que cette idée était stupide, cette peur irrationnelle sembla l'envelopper tel un manteau de fumée, âcre et suffocant. Pendant un moment, en effet, elle crut voir des tentacules gris traverser la pièce en ondulant. Lorsqu'elle se leva d'un bond, prête à crier au feu, la fumée disparut : c'était une vision dweomérique.

Elle n'avait aucun moyen de savoir que cette fumée provenait d'un feu qui avait brûlé près de trois cents ans auparavant, au cours d'une autre vie que Rhodry et elle avaient partagée, car toutes les âmes ont plusieurs vies, autant de vies que de fois où la lune passe de la lumière aux ténèbres, puis retourne à la lumière, interminablement.

Deverry
An de grâce 733

Tous les hommes connaissent les deux visages souriants de la Déesse : ceux de Celle qui donne de bonnes récoltes et de Celle qui emplit d'amour le cœur des gens. Certains ont vu Son visage sévère, celui de la Mère qui parfois doit châtier ses enfants égarés. Mais combien sont ceux à avoir vu le quatrième visage de la Déesse, qui est dissimulé même à la plupart des femmes marchant sur Terre ?

— *Discours de la Prêtresse Camylla*

Le cavalier se mourait. Il glissa de son cheval sur les pavés, tituba une fois et tomba à genoux. Gweniver se jeta par terre et le saisit par les épaules avant qu'il ne tombe face contre terre. Du sang chaud coula à travers sa chemise sur les mains de Gwen.

« Perdu, Madame, souffla-t-il, votre frère est mort. »

Du sang monta à sa bouche et forma une bulle. Il avait rendu l'âme. Lorsqu'elle le reposa, son cheval boiteux remua la tête une fois, puis trembla tout simplement, dégoulinant de sueur. Elle se releva juste au moment où un garçon d'écurie arrivait en courant.

« Fais ce que tu peux pour ce cheval, lui dit-elle, puis dis à tous les domestiques de faire leurs bagages et de s'enfuir. Il faut que vous partiez tous d'ici, autrement, vous ne passerez pas la nuit. »

S'essuyant les mains sur sa robe, Gweniver traversa la cour en courant jusqu'au grand donjon du clan des Loups, lequel brûlerait cette nuit sans qu'elle ne puisse rien faire pour le sauver. Dans la grande salle, sa mère, Dolyan, sa sœur cadette Macla et Mab, leur vieille servante, étaient blotties les unes contre les autres près de la cheminée d'honneur.

« Les hommes des Sangliers ont dû surprendre notre troupe sur la route, expliqua Gweniver, Avoïc est mort, et ceci met un terme à cette querelle. »

Dolyan rejeta sa tête en arrière et chanta une mélopée funèbre pour son époux et ses trois fils. Macla éclata en sanglots et se cramponna à Mab.

« Oh, taisez-vous ! lança Gweniver d'un ton brusque. Les hommes des Sangliers vont sûrement venir ici sur-le-champ pour nous réclamer. Voulez-vous finir comme des trophées ?

— Gwen ! pleura Macla. Comment peux-tu être aussi impitoyable ?

— Mieux vaut être impitoyable que se faire violer. Maintenant, dépêchez-vous, vous toutes. Rassemblez tout ce que vous pouvez transporter sur un seul cheval. Nous allons au Temple de la Lune. Si nous arrivons jusque-là en vie, la prêtresse nous donnera refuge. M'entendez-vous, Mère, ou voulez-vous nous voir, Maccy et moi, aux mains de leurs soldats ? »

La brutalité délibérée de Gwen força Dolyan au silence.

« Bien, dit Gweniver, maintenant, dépêchez-vous, chacune d'entre vous ! »

Elle suivit les autres lorsqu'elles montèrent avec bruit les escaliers en colimaçon, mais se rendit à la chambre de son frère au lieu d'aller dans la sienne. D'un coffre sculpté posé près de son lit, elle sortit son ancien brigga et une de ses chemises. Se vêtir des habits d'Avoïc lui arracha des larmes éparses : elle adorait son frère, qui n'avait que quatorze ans, mais elle n'avait pas le temps de se laisser aller aux larmes. Elle accrocha sa deuxième meilleure épée à son ceinturon, ainsi qu'un vieux poignard. Même si elle était loin d'être un guerrier entraîné, ses frères lui avaient appris à se servir d'une épée. Finalement, elle détacha ses longs cheveux blonds et les coupa court avec sa dague. De nuit, elle ressemblerait suffisamment à un homme pour donner à réfléchir à tout maraudeur solitaire qui voudrait les attaquer sur la route.

Comme elles avaient une douzaine de lieues à parcourir pour se mettre en lieu sûr, Gweniver malmena les autres pour qu'elles maintiennent une bonne allure, les faisant prendre le trot, aller au pas, puis lançant parfois leurs chevaux au galop. De temps en temps, elle se retournait sur sa selle et scrutait la route à la recherche d'un nuage de poussière qui signifierait que la mort les poursuivait. Peu de temps après le coucher du soleil, la pleine lune se leva et diffusa sa lumière sainte pour les guider. Sa mère suait sur sa selle, épuisée. Gweniver aperçut un bosquet d'aulnes en bordure de route et les y mena pour qu'elles se reposent un court instant. Dolyan et Mab eurent besoin d'aide pour descendre de leurs montures.

Gweniver retourna à pied sur la route pour monter la garde. Loin à l'horizon, dans la direction dont elles arrivaient, un feu doré flamboya, semblable à la montée d'une lune miniature. Ce devait être le dun qui brûlait. Elle tira son épée et en étreignit la garde tout en regardant aveuglément la lumière. Soudain, elle entendit des bruits de sabot et vit un cavalier galoper le long de la route. Derrière elle, dans le bosquet, les chevaux hennirent doucement un signe de bienvenue, accueillant indifféremment amis et traîtres.

« En selle ! cria-t-elle. Remontez sur vos chevaux ! »

Le cavalier s'arrêta net, puis descendit de sa monture et tira son épée. Lorsqu'il s'avança à grands pas vers elle, elle vit la broche en bronze de sa cape briller au clair de lune : c'était un homme du clan des Sangliers.

« Qui es-tu, garçon ? » demanda-t-il.

Gweniver s'accroupit en position de combat.

« Un page des Loups, à en juger par ton silence. Mais que protèges-tu si loyalement ? Je déteste tuer les gamins de ton genre, mais les ordres sont les ordres, alors approche maintenant, livre-moi ces dames. »

Complètement désespérée, Gweniver se fendit et

attaqua. Pris par surprise, le soldat glissa, brandissant son épée vers le haut hasardeusement. Elle décocha un autre coup et l'entailla sérieusement au cou sur un côté, puis le frappa de revers de l'autre côté, comme son frère aîné Benoïc le lui avait enseigné. Avec incrédulité, le soldat, gémissant, tomba à genoux et mourut à ses pieds. Gweniver faillit vomir. Au clair de lune, la lame de son épée était teintée de sang et ne brillait plus, intacte et propre, comme pendant leurs séances d'entraînement. Sa mère poussa un cri de terreur qui lui fit retrouver ses esprits. Elle courut après le cheval du soldat des Sangliers, saisit ses rênes au moment où il allait s'emballer et le ramena au taillis.

« En être arrivé là ! sanglota Mab. Qu'une jeune fille dont je me suis occupée soit obligée de se battre sur les routes ! Oh par tous les dieux saints, quand aurez-vous pitié de notre royaume ?

— Lorsque cela leur chantera, un point c'est tout, répondit Gweniver. Maintenant, montez sur ces chevaux ! Il faut que nous partions d'ici. »

La nuit était fort avancée lorsqu'elles arrivèrent au Temple de la Lune, perché au sommet d'une colline et entouré d'une imposante muraille de pierre. Conjointement avec ses amis et vassaux, c'était le père de Gweniver qui avait financé la construction de ce rempart, acte de générosité prévoyant de sa part, puisqu'il devait à présent sauver la vie de son épouse et de ses filles. Si un guerrier grisé par la bataille était suffisamment fou pour enfreindre le *geis* et risquer d'encourir la fureur de la Déesse en exigeant d'entrer dans son temple, ce rempart l'empêchait d'y pénétrer jusqu'à ce qu'il retrouve ses esprits. Aux portes, Gweniver cria, hurla et continua jusqu'à ce qu'enfin, elle entende une voix effrayée lui répondre que son propriétaire arrivait. Une prêtresse drapée d'un châle ouvrit les portes d'un coup sec, puis les entrouvrit davantage avant d'apercevoir Dolyan.

« Oh Madame, le pire se serait-il abattu sur votre clan ?

— Oui. Pouvez-vous nous offrir un abri ?

— Avec plaisir, mais je ne sais que faire de ce jeune homme qui vous accompagne.

— Ce n'est que Gwen, dans les habits de son frère, intervint Gweniver, j'ai pensé que nous ferions mieux de faire croire qu'un homme nous accompagnait.

— Très bien alors. Maintenant, rentrez toutes rapidement. »

Sombre, projetant des ombres au clair de lune, le vaste complexe du temple était composé de plusieurs bâtiments, certains en pierre, d'autres en bois, construits avec précipitation. Des prêtresses qui avaient jeté des capes par-dessus leurs robes de nuit se regroupèrent autour des réfugiées. Certaines emmenèrent les chevaux aux écuries ; d'autres conduisirent Gweniver et sa troupe vers le long bâtiment de bois réservé aux visiteurs. Cet endroit, jadis élégant, réservé aux femmes nobles de passage était désormais une pièce bondée de coffres et de petits lits de camp, car des femmes de tous rangs venaient s'y réfugier. La querelle héréditaire qui avait réduit le clan des Loups à trois femmes n'était qu'un drame isolé et secondaire en cette époque hideuse de guerre civile.

À la lumière d'une lanterne, les prêtresses trouvèrent aux nouvelles arrivantes des lits vides dans un coin de la pièce. Au milieu des murmures et de la confusion, Gweniver s'allongea sur le lit le plus proche et s'endormit sans se déshabiller, ni même retirer ses bottes et son épée.

Elle se réveilla dans un dortoir silencieux et vide, inondé par la lumière du jour qui filtrait à travers d'étroites fenêtres placées haut, près du toit. Elle était venue dans ce temple si souvent qu'un instant, elle fut perdue : était-elle ici pour prier au sujet de sa vocation ou pour représenter son clan au rite des récoltes ? Puis, la mémoire lui revint, la frappant aussi violemment qu'un coup d'épée.

« Avoïc, murmura-t-elle, oh, Avoïc ! »

Pourtant, aucune larme ne coula, et elle réalisa qu'elle était affamée. Courbaturée, elle se leva en s'étirant, franchit une porte au hasard au bout du dortoir et entra dans le réfectoire, une pièce étroite remplie de tables destinées aux invités désespérés. Une néophyte vêtue d'une robe blanche ourlée de vert poussa un cri, puis se mit à rire.

« Mes excuses, Gwen. J'ai pensé un instant que vous étiez un garçon. Asseyez-vous, je vais aller vous chercher de la bouillie. »

Gweniver déboucla son ceinturon et le posa sur la table. Elle fit courir un doigt sur le deuxième meilleur fourreau d'Avoïc, façonné dans un argent terni et incrusté de spirales et de loups entrelacés. Aux yeux de la loi, elle était le chef du clan des Loups désormais, mais elle doutait de pouvoir un jour revendiquer son rang. En tant que femme, pour hériter de ses domaines, il lui faudrait surmonter d'autres obstacles que le Tieryn Burcan du clan des Sangliers.

Quelques minutes plus tard, Ardda, grande prêtresse du temple, entra et s'assit à côté d'elle. Même si ses cheveux grisonnants et les cernes qu'elle avait sous les yeux étaient autant de signes qu'elle vieillissait, la démarche et le maintien d'Ardda étaient aussi souples que ceux d'une jeune fille.

« Alors, Gwen. Vous me dites depuis des années que vous désirez devenir prêtresse. L'heure est-elle arrivée maintenant ?

— Je l'ignore, Madame. Vous savez que j'ai toujours eu des doutes quant à ma vocation, mais ai-je le choix dans cette affaire à présent ?

— N'oubliez pas que vous possédez les terres des

Loups en guise de dot. Lorsque la nouvelle se répandra, je suis sûre que les hommes seront légion parmi les alliés de votre père à vouloir vous faire sortir d'ici.

— Mais oh, grands dieux, je n'ai jamais voulu me marier ! »

Poussant un petit soupir, Ardda leva sa main inconsciemment et caressa sa joue droite, recouverte d'un tatouage bleu représentant un croissant de lune. Quiconque, parmi les hommes, touchait une femme portant cette marque devait mourir. Non seulement les seigneurs nobles, mais aussi n'importe quel homme libre tueraient le profanateur ; tout le monde savait que la fureur de la Déesse signifierait que les récoltes seraient mauvaises et provoquerait la stérilité de tous les hommes.

« Vous connaissant, Gwen, vous désirez conserver les terres de votre clan, répliqua Ardda, ce qui signifie qu'il vous faudra vous marier.

— Il n'est pas question seulement de nos terres. Je veux maintenir mon clan en vie. Que la Déesse me maudisse si je laisse la victoire à ces ordures de Sangliers !

— J'aimerais que vous ne blasphémiez pas dans le temple.

— Je ne blasphème pas. Je suis sérieuse. Et il y a ma sœur. Si je prête serment à la Déesse, Maccy héritera du clan. Elle a toujours eu pléthore de prétendants, même lorsqu'elle n'avait qu'une petite dot.

— Mais est-elle capable de gouverner le clan ?

— Bien sûr que non, mais si je lui trouve un bon époux... Oh, écoutez-moi parler ! Comment vais-je pouvoir présenter ma requête au Roi ? Je présume que les Sangliers sont en route pour ici en ce moment même et qu'ils voudront nous confiner comme des lapins. »

Sa prédiction se confirma moins d'une heure plus tard. Gweniver était en train de faire nerveusement les cent pas près du dortoir lorsqu'elle entendit des hommes et des chevaux cavalant dans leur direction. Lorsqu'elle courut aux portes, des prêtresses l'accompagnèrent, criant à la garde-barrière de les refermer. Gweniver était en train de l'aider à replacer la barre en fer lorsque les cavaliers arrivèrent dans un cliquetis de sabot et de mailles. Ardda se tenait déjà sur le chemin de ronde. Tremblant de rage, Gweniver s'y hissa et la rejoignit.

Sur le sol plat au pied de la colline du temple, la troupe des Sangliers tournait sur place tandis que les hommes essayaient de tirer leurs chevaux et de les disposer dans un semblant d'ordre. Burcan lui-même fit sortir son cheval de la cohue et s'avança avec insolence jusqu'aux portes. Il s'agissait d'un homme d'une quarantaine d'années, aux cheveux noir grisonnant et portant une épaisse moustache. Tout, dans son enfance, avait poussé Gweniver à le haïr, et à présent, voilà qu'il avait tué son clan. Si elle avait été plus près, elle lui aurait craché à la figure.

« Que voulez-vous ? lança Ardda. Approcher la Lune Sainte en tenue de guerre est une insulte à la Déesse.

— Nous ne voulons lui porter aucune insulte, Votre Sainteté », répondit-il de sa voix profonde et râpeuse. « Je suis simplement venu ici en toute hâte. Je vois que Dame Gweniver est saine et sauve auprès de vous.

— Et en sécurité elle le restera, à moins que vous ne souhaitiez que notre Déesse jette une malédiction sur vos terres et les rende arides.

— Pour quel homme me prenez-vous, moi, profaner le sanctuaire saint ? Je suis venu faire une proposition de paix à notre dame. » Il se tourna sur sa selle pour regarder Gweniver. « Nombreuses sont les querelles héréditaires qui ont pris fin grâce à un mariage, Madame. Acceptez mon fils cadet pour époux et gouvernez les terres des Loups au nom des Sangliers.

— Je ne laisserai jamais un de vos fils poser un seul de ses sales doigts sur moi, espèce de bâtard ! Qu'espérez-vous de moi, que je jure fidélité à ce Roi félon que vous servez ? »

Le large visage de Burcan s'empourpra de colère.

« Je vous fais un serment. Si mon fils ne vous épouse pas, alors, aucun homme ne le fera, et cela vaut également pour votre sœur. Je revendiquerai tout aussi bien vos terres au nom de cette querelle héréditaire, si je dois le faire.

— Vous vous oubliez, Seigneur ! répondit Ardda d'un ton rageur. Je vous interdis de rester sur le domaine de ce temple une minute de plus. Emmenez vos hommes et cessez de menacer une adoratrice de la Déesse ! »

Burcan hésita, puis haussa les épaules et fit faire demi-tour à son cheval. Criant des ordres, il rassembla ses cavaliers et se retira vers la route publique, à une certaine distance du pied de la colline. Lorsque la troupe se dispersa dans la prairie située de l'autre côté de la route, Gweniver serra les poings très fort, si fort qu'ils lui firent mal : ils se trouvaient légalement hors du domaine du temple, mais dans une position idéale pour le surveiller.

« Ils ne peuvent pas rester là éternellement, remarqua Ardda. Ils devront retourner à Dun Deverry sous peu pour remplir leurs obligations envers leur roi.

— C'est vrai, mais je parie qu'ils resteront ici aussi longtemps qu'ils le pourront. »

S'adossant contre le rempart, Ardda soupira. Elle parut soudain très âgée, et très fatiguée.

C'est ainsi que la guerre civile avait commencé : vingt-quatre ans auparavant, le Roi de Deverry était mort sans laisser de prince héritier, et sa fille, une jeune femme maladive, était décédée peu de temps après lui.

Chacune des trois sœurs du roi, cependant, avait eu des fils avec leurs époux de haut rang, le Gwerbret de Cerrmor, le Gwerbret de Cantrae et le prince Héritier du royaume d'Eldidd. Selon la loi, le trône aurait dû être transmis au fils de sa sœur aînée, l'épouse du Gwerbret de Cantrae, mais on suspecta celui-ci d'avoir empoisonné le Roi et la princesse pour accéder au trône. Le Gwerbret de Cerrmor utilisa ces soupçons pour revendiquer la couronne pour son fils, puis le prince d'Eldidd fit également valoir le droit de son fils à la couronne en prétextant de sa double lignée royale. Comme le père de Gweniver n'aurait jamais prêté allégeance à un étranger provenant d'Eldidd, le choix du clan des Loups avait été scellé lorsque leurs ennemis jurés, les Sangliers, avaient soutenu la revendication du Gwerbret de Cantrae.

Année après année, le combat avait fait rage autour du réel trophée convoité de cette guerre, la cité de Dun Deverry, prise par l'un des partis un été pour ne tomber aux mains d'un autre que quelques années après. Après tant de sièges, Gweniver doutait qu'il restât grand-chose à revendiquer de la Cité Sainte, mais s'emparer d'elle, même à tout prix, était le but de chacun des prétendants qui symboliserait l'assise de son autorité sur le royaume. Tout l'hiver, la ville était restée aux mains du Gwerbret de Cantrae, mais à présent, le printemps approchait. Partout à travers le pays déchiré, les prétendants au trône rassemblaient leurs vassaux et réaffirmaient leurs alliances. Gweniver était certaine que désormais, les alliés de son clan se trouveraient dans la province de Cerrmor.

« Bien, écoute-moi, Maccy, dit-elle, il se peut que nous devions passer tout l'été ici, mais un jour, quelqu'un emmènera sa bande armée et nous fera sortir de ce temple. »

Macla acquiesça d'un air malheureux. Elles étaient

assises dans les jardins du temple, sur un petit banc, entre les rangs de carottes et de choux. Macla, âgée de seize ans, était en temps normal une jolie jeune fille, mais aujourd'hui, sa chevelure blonde était tirée en arrière et nouée de manière peu soignée, et ses yeux étaient rouges et bouffis par les larmes.

« J'espère juste que tu as raison, répondit enfin Macla. Mais que se passera-t-il si personne ne trouve nos terres dignes d'intérêt ? Même si quelqu'un t'épouse, il devra toujours combattre ce vieux Sanglier de Burcan pourri. Et tu ne peux te permettre de me donner une dot à présent, et je moisirai donc probablement dans ce vieux et horrible temple pour le restant de mes jours.

— Ne jacasse pas ainsi ! Si j'entre dans les ordres, tu auras alors en guise de dot toutes les terres qu'une femme pourrait souhaiter.

— Oh ! » Une lueur d'espoir réapparut dans les yeux de Macla. « Tu as toujours parlé de devenir prêtresse.

— Exactement. Maintenant, ne t'inquiète pas. Nous te trouverons bientôt un mari. »

Macla sourit, mais les plaintes qu'elle avait formulées avaient semé le doute dans l'esprit de Gweniver. Et si, effectivement, personne ne voulait reprendre les terres des Loups, puisqu'elles signifiaient également reprendre leur querelle avec les Sangliers ? Toute sa vie, Gweniver avait écouté les éternelles discussions au sujet de la guerre, et elle savait quelque chose que la plus innocente Maccy ignorait : le territoire des Loups se situait dans une mauvaise position stratégique, juste à la frontière de Cantrae et si loin à l'est de Cerrmor qu'il était difficile aux Cerrmoriens de le protéger. Qu'adviendrait-il si le Roi, réfugié en Cerrmor, décidait de consolider sa frontière et de céder du terrain ?

Gweniver laissa Maccy dans le jardin et alla se promener, préoccupée. Si seulement elle pouvait se rendre en Cerrmor et soumettre sa requête au Roi ! Au dire de tous, il s'agissait d'un homme à l'honneur irréprochable, à l'écoute de ses gens. Si seulement elle pouvait se rendre auprès de lui. Elle monta sur le chemin de ronde et regarda la route. Même s'ils avaient quitté le temple depuis trois jours, Burcan et ses hommes campaient toujours dans le pré.

« Combien de temps allez-vous rester ici, bande de bâtards ? » marmonna-t-elle entre ses dents.

Pas longtemps, comme cela s'avéra par la suite. Le lendemain matin, lorsqu'elle grimpa sur les remparts juste après le lever du soleil, elle vit les cavaliers seller leurs chevaux et charger leurs charrettes de provisions. Cependant, lorsqu'ils se retirèrent, ils laissèrent quatre hommes et une charrette derrière eux, quatre gardes qui devaient la surveiller et étaient approvisionnés pour des mois. Gweniver lâcha toute une bordée d'insultes au point d'en être hors d'haleine. Elle aurait dû s'y attendre, supposa-t-elle. Même si Burcan était reparti avec tous ses hommes, elle n'aurait jamais pu parcourir seule la centaine de lieues qui la séparaient de Cerrmor.

« À moins que je n'y aille à titre de prêtresse ? » remarqua-t-elle à haute voix.

Une fois qu'elle aurait le tatouage bleu sur sa joue, personne n'oserait la toucher, et elle pourrait parcourir les routes en toute sécurité, comme escortée d'une armée. Elle irait voir le Roi, avec la force de ses vœux de chasteté, et l'implorer de laisser survivre son clan, elle trouverait un homme pour épouser Maccy et perpétuer le nom des Loups. Si elle réussissait, elle reviendrait et reprendrait sa vie au temple. Elle se tourna et s'appuya contre le rempart, puis regarda le bâtiment sacré. Déjà, les néophytes et des prêtresses de rang inférieur travaillaient dans le jardin ou portaient du bois aux cuisines. Quelques-unes d'entre elles flânaient, en pleine méditation, près du temple circulaire. Pourtant, malgré toute cette activité, le silence régnait sous le soleil brûlant de l'été. Personne ne parlait à moins que cela ne soit nécessaire, et si tel était le cas, d'une voix douce seulement. Un instant, elle eut l'impression de suffoquer à la seule vision étouffante de la vie qui l'attendait ici.

Elle éprouva alors une colère aveugle et irrationnelle. Elle était piégée tel un loup dans une cage, mordillant les barreaux et se déchaînant sur eux, enragé. Sa haine pour Burcan monta en elle, aussi violemment qu'un désir sexuel, puis se tourna contre le Roi de Cerrmor. Elle était piégée entre eux, obligée de supplier l'un de lui permettre de reprendre ce qui lui appartenait légitimement, et de prier l'autre de se venger pour elle. Elle trembla et remua la tête comme pour dire non au monde entier, emplie d'une colère aussi amère et palpable qu'un éclat de verre dans sa gorge.

Elle se fit violence et retrouva son calme. Céder à des accès de folie furieuse ne lui serait d'aucune utilité.

Il faut que tu réfléchisses, se dit-elle, *et que tu pries la Déesse. Elle est ton seul espoir.*

« Le corps principal de leur troupe s'est retiré, annonça Dagwyn. Mais ils ont laissé quatre hommes derrière eux.

— Les bâtards ! s'écria Ricyn d'un ton rageur. Traiter notre Dame comme un cheval de valeur ou quelque chose de ce genre à dérober ! »

L'air sombre, Camlwn acquiesça d'un signe de tête. Ils étaient les trois derniers hommes en vie de la bande armée des Loups, et ils campaient depuis des jours dans les collines boisées situées derrière le Temple de la Lune, où ils pouvaient veiller sur la femme qu'ils considéraient être leur seigneur, à la vie comme à la mort. Ils servaient le clan des Loups depuis leur plus tendre enfance et étaient prêts à continuer de le servir jusqu'au bout.

« Comment effectuent-ils leur surveillance ? demanda Ricyn. Armés et prêts à se battre ?

— Pas le moins du monde. » Dagwyn s'interrompit pour esquisser un sourire sans joie. « Lorsque je les ai observés discrètement, ils étaient assis dans l'herbe, aussi gais que des pinsons, et ils jouaient aux dés, les manches retroussées jusqu'aux coudes.

— Oh, vraiment ? Alors, espérons que les dieux fassent durer leur partie de dés. »

Les alleutiers qui travaillaient sur le domaine du temple étaient extrêmement loyaux envers la grande prêtresse, en partie parce que les taxes qu'elle leur faisait payer sur leurs récoltes étaient plus faibles que celles qu'un seigneur noble aurait imposées, mais généralement parce qu'ils pensaient que c'était un honneur pour eux et leurs familles de servir la Déesse. Ardda était certaine, du moins, c'est ce qu'elle affirma à Gweniver, que l'un de ces hommes ferait volontiers le long trajet jusqu'à Dun Deverry pour porter un message pour elle.

« Cela doit cesser ! Je ne peux pas ordonner à ces hommes de quitter des terres qui ne m'appartiennent pas, mais que je sois maudite si je les laisse s'installer ici tout l'été. Vous n'êtes pas des criminelles, venues ici chercher asile, et ils n'ont donc aucun droit de vous cloîtrer ici. Mais nous savons toutes qu'ils vous assassineraient s'ils le pouvaient. Nous verrons si le Roi que Burcan sert peut lui ordonner de rappeler ses hommes.

— Pensez-vous que ce Roi écoutera votre requête ? répondit Gweniver. Je parie qu'il souhaiterait que nos terres reviennent aux mains d'un de ses vassaux.

— Il ferait bien de m'écouter ! Je vais demander à la grande prêtresse du temple de Dun Deverry elle-même d'intercéder en personne. »

Gweniver tint les brides du palefroi d'Ardda lorsque

celle-ci se hissa sur la selle et ajusta sa longue robe tandis qu'elle s'asseyait en amazone, puis elle marcha à côté de son cheval jusqu'aux barrières. Comme les quatre hommes des Sangliers n'avaient montré aucune envie d'essayer d'entrer dans le temple, les portes étaient restées ouvertes. Gweniver et Lypilla, la garde-barrière de la journée, restèrent ensemble et regardèrent Ardda franchir les barrières, assise le dos droit, avec une attitude de défi, sur sa selle. Lorsqu'elle rejoignit la route, les hommes des Sangliers se levèrent avec difficulté et s'inclinèrent respectueusement devant elle.

« Bande de bâtards, marmonna Gweniver, ils respectent la loi à la lettre mais la bafouent dès qu'ils le peuvent.

— Exactement. Je me demande s'ils iraient jusqu'à vous assassiner.

— Ils m'emmèneraient à Burcan pour m'obliger à épouser un de ses fils, plus probablement. Mais plutôt mourir ! »

Elles échangèrent un regard inquiet. Gweniver avait toujours connu Lypilla, tout comme elle avait toujours connu Ardda. Elles étaient aussi proches d'elle que des tantes ou des grandes sœurs, et pourtant, elle se demandait au fond du cœur si elle pourrait supporter de partager leur vie ordonnée. Au loin, sur la route, Ardda tourna à l'angle d'une colline, prenant la direction du nord, puis disparut. Les hommes des Sangliers se rassirent et retournèrent à leur jeu de dés. Gweniver se surprit à penser à l'homme qu'elle avait tué sur la route et à espérer pouvoir leur faire subir le même Wyrd.

Elle aurait pu retourner au temple et se rendre utile aux cuisines, mais elle s'attarda au niveau des portes pendant un moment, discutant avec Lypilla pour passer le temps et contemplant les collines et les prés, symboles de la liberté qui lui était refusée. Soudain, elles entendirent des bruits de sabots lointains, en direction du sud, qui se rapprochaient rapidement.

« Je suppose que c'est Burcan qui envoie des messagers ou quelque chose de ce genre à ses hommes », remarqua Lypilla.

Les hommes des Sangliers postés dans la prairie semblaient être du même avis car ils se levèrent, s'étirèrent négligemment et se tournèrent vers le bruit. Brusquement, trois cavaliers vêtus de cottes de mailles et tenant leurs épées en garde surgirent d'un bosquet. Les hommes des Sangliers restèrent pétrifiés un instant, puis crièrent et jurèrent en tirant leurs épées : les cavaliers chargeaient droit sur eux. Gweniver entendit Lypilla hurler lorsqu'un homme des Sangliers s'effondra, la tête tranchée. Un cheval se cabra et chancela, et Gweniver aperçut le bouclier de son cavalier.

« Des Loups ! »

Sans réfléchir, elle se mit à courir, l'épée à la main, et descendit la colline pendant que Lypilla hurlait et la suppliait de revenir. Le deuxième soldat des Sangliers tomba pendant qu'elle courait ; le troisième se faisait encercler par deux des cavaliers ; le quatrième s'enfuit et courut droit vers le sommet de la colline, comme si, pris de panique, il essayait d'atteindre le sanctuaire du temple que sa seule présence souillait. Lorsqu'il vit Gweniver foncer sur lui, il hésita, puis fit un saut de côté comme pour la contourner. Prise d'un éclat de rire surnaturel qui jaillit de sa bouche de son propre gré, elle le chargea et lui assena une botte, le touchant à l'épaule droite avant qu'il ait pu parer son coup. Lorsque l'épée du cavalier glissa de ses doigts inertes, elle rit à nouveau et lui trancha la gorge. Son rire se transforma en un cri de fée lorsque son sang vif jaillit, puis il s'effondra.

« Madame ! » C'était la voix de Ricyn, qui coupa court à son rire. « Oh, par le Seigneur des Enfers ! »

Son rire s'évanouit, et elle se retrouva, malade et gelée, en train de fixer le cadavre qui gisait à ses pieds. Vaguement, elle eut conscience que Ricyn descendait de cheval et courait vers elle.

« Madame ! Dame Gweniver ! Me reconnaissez-vous ?

— Comment ? Elle leva la tête, perplexe. Bien sûr que je vous reconnais, Ricco. Est-ce que je ne vous connais pas depuis ma tendre enfance ?

— C'est que, Madame, ce n'est pas tous les jours qu'un homme est pris de frénésie guerrière comme vous venez de l'être. »

Elle eut l'impression qu'il lui avait jeté un seau d'eau glacée à la figure. Pendant un moment, elle le dévisagea stupidement pendant qu'il l'observait, inquiet. Âgé de dix-neuf ans, tout comme elle, Ricyn était un jeune blond au visage large et épanoui, qui était selon ses frères l'un des hommes les plus fiables de leur bande armée, voire de tout le royaume. C'était étrange qu'il la regarde comme si elle était dangereuse.

« Eh bien, c'est ce qui vous est arrivé, Madame. Grands dieux, cela m'a figé le sang de vous entendre rire ainsi.

— Pas autant que cela a figé le mien. Folle furieuse. Par la Déesse Elle-même, j'ai été prise de frénésie guerrière. »

Dagwyn, un homme aux cheveux bruns, svelte et souriant constamment, avança son cheval et lui fit une révérence.

« C'est dommage qu'ils n'aient laissé que quatre hommes, Madame. Vous auriez pu en maîtriser deux vous-même.

— Peut-être même trois, commenta Ricyn. Où est Cam ?

— Il met fin aux souffrances de son cheval. L'un de ces bâtards a quand même pu brandir son épée dans la bonne direction.

— Eh bien, nous avons leurs chevaux à présent, ainsi que toutes leurs provisions. Ricyn jeta un coup d'œil à Gweniver. Nous étions cachés dans les bois, Madame, attendant de lancer notre assaut. Nous avions supposé que les Sangliers ne pourraient pas camper ici tout l'été. Le dun a été rasé, à propos. Nous y sommes retournés et c'est ainsi que nous l'avons appris.

— Je m'en doutais. Et Blaeddbyr ?

— Le village est toujours là. Les gens nous y ont donné à manger. » Ricyn détourna les yeux, la bouche contractée. « Les Sangliers ont surpris la troupe sur la route, vous comprenez. C'était juste à l'aube, et nous étions seulement à moitié habillés lorsque ces bâtards sont arrivés par la colline sans même lancer un défi ou le son d'un cor. Ils étaient deux fois plus nombreux que nous, aussi Sire Avoïc a-t-il crié que c'était chacun pour soi et sa propre survie, mais nous n'avons pas réussi à riposter rapidement. Pardonnez-moi, Madame. J'aurais dû périr là-bas avec lui, mais j'ai pensé à ce moment... eh bien... à vous et à toutes les dames du dun, je veux dire, aussi ai-je cru qu'il valait mieux mourir dans la cour en vous défendant.

— Et nous aussi, expliqua Dagwyn en poursuivant le récit. Mais nous sommes arrivés trop tard. Nous avons dû nous montrer très prudents avec tous ces Sangliers dans les parages, et lorsque nous sommes arrivés au dun, il était en train de brûler. Et nous étions à moitié fous d'inquiétude, pensant que vous aviez été massacrées, mais Ricco a dit que vous étiez peut-être parties au temple.

— C'est pourquoi nous sommes venus ici, poursuivit Ricyn. Et lorsque nous sommes tombés sur ces raclures de Sangliers en train de camper à ses portes, nous avons su que vous étiez forcément dedans.

— Et effectivement, répondit Gweniver, nous avons pu arriver jusqu'ici. Très bien. À présent, prenez ces chevaux et montez cette charrette de provisions. Il y a des cabanes en haut, pour les époux des femmes qui viennent au temple pour une journée ou deux. Vous pourrez y rester pendant que je déciderai de ce que nous ferons. »

Contrairement à Dagwyn qui s'empressa de suivre ses ordres, Ricyn s'attarda à ses côtés, frottant son visage sale du revers de sa main qui l'était davantage encore.

« Nous ferions mieux d'enterrer ces hommes, Madame. Nous ne pouvons pas laisser cela aux pieuses dames.

— C'est vrai. Euh. Je me demande ce que la grande prêtresse va dire à ce sujet. Eh bien, c'est à moi qu'il revient de m'en soucier, pas à vous. Merci de m'avoir délivrée. »

À ces paroles, il sourit, très légèrement, du coin des lèvres, puis se dépêcha de rejoindre ses camarades.

Ardda ne fut pas ravie d'apprendre que quatre hommes avaient été tués à ses portes, mais elle se montra résignée, allant jusqu'à remarquer que la Déesse avait peut-être puni l'impiété des Sangliers dans cette affaire.

« Sans doute, répondit Gweniver. Parce que c'est Elle qui a tué ce jeune homme. Je n'étais qu'une épée entre Ses mains. »

Ardda la regarda soudain avec intérêt. Elles étaient assises dans son bureau, une modeste pièce en pierre meublée d'une étagère fixée à un mur sur laquelle étaient posés six livres saints, et d'une table jonchée de rapports sur le temple située près de l'autre mur. Même à présent, alors que sa décision se précisait dans son esprit, Gweniver tergiversait encore. Jadis, sa plus grande ambition avait été de devenir elle-même grande prêtresse de ce temple et d'hériter de ce bureau.

« Tout l'après-midi, je Lui ai adressé mes prières,

poursuivit Gweniver. Je vais vous quitter, Madame. Je vais prêter serment à la Lune et remettre notre clan à Macla. Ensuite, je prendrai mes hommes et me rendrai à Cerrmor pour soumettre la requête des Loups au Roi. Une fois que j'aurai le tatouage, les Sangliers n'auront aucune raison de s'en prendre à moi.

— C'est vrai, mais cela reste dangereux. Je déteste l'idée de vous savoir sur les routes par ces temps, accompagnée seulement de trois cavaliers pour escorte. Qui sait ce que les hommes peuvent faire de nos jours, même à une prêtresse ?

— Nous ne serons pas trois seulement, Madame. Je serai le quatrième. »

Ardda garda le silence et se recroquevilla sur sa chaise lorsqu'elle commença à comprendre l'allusion de Gweniver.

« Vous souvenez-vous de la fois où vous m'avez parlé du quatrième visage de la Déesse ? poursuivit Gweniver. De sa face cachée, lorsque la lune devient rouge sang puis noire, de la mère qui dévore ses propres enfants.

— Gwen. Pas ça.

— Si. » Hochant brusquement la tête, Gwen se leva pour arpenter la chambre. « J'emmènerai mes hommes et me joindrai à l'ost. Cela fait trop longtemps qu'une guerrière de la Lune ne s'est pas battue à Deverry.

— Vous allez vous faire tuer. » Ardda se leva d'un bond. « Je ne le permettrai pas.

— Est-ce à l'une d'entre nous de permettre ou d'interdire à la Déesse de m'appeler ? J'ai senti Ses mains sur moi aujourd'hui. »

Elles se regardèrent droit dans les yeux, se livrant à une partie nerveuse de bras de fer. Lorsque Ardda détourna le regard la première, Gweniver réalisa qu'elle n'était plus une enfant.

« Il existe des moyens pour mettre à l'épreuve de

telles inspirations, dit enfin Ardda. Venez au temple cette nuit. Si la Déesse vous accorde une vision, ce ne sera pas moi qui m'opposerai à votre volonté. Mais si ce n'est pas le cas...

— Je me laisserai guider par votre sagesse à ce sujet.

— Très bien, alors. Mais si Elle vous accorde une vision, mais pas celle que vous pensez vouloir ?

— Alors, je Lui prêterai allégeance, de toute manière. L'heure est arrivée, Madame. Je veux entendre le nom secret de la Déesse et prononcer mes vœux. »

En vue de la cérémonie, Gweniver jeûna ce soir-là. À l'heure du dîner, elle alla chercher de l'eau au puits et se prépara un bain en la chauffant dans l'âtre de la cuisine. Une fois lavée, alors qu'elle s'habillait, elle s'interrompit pour regarder la chemise de son frère, qu'elle lui avait brodée un an auparavant. Sur chaque empiècement, tissé de rouge, le loup du clan était représenté en plein élan, entouré d'une bande entrelacée. Le motif s'enroulait si ingénieusement autour de lui-même qu'il ressemblait à une chaîne de nœuds composée de plusieurs fils, mais en réalité, il n'y en avait qu'un et chaque nœud s'imbriquait inévitablement dans le suivant. *Mon Wyrd est comme cet enchevêtrement de nœuds*, se dit Gweniver, *enchaînés les uns aux autres.*

À cette idée, un frisson glacial la parcourut, comme si elle en avait dit plus qu'elle n'en savait réellement. Lorsqu'elle eut fini de s'habiller, elle fut effrayée. Non pas du fait qu'elle pouvait mourir au combat ; elle savait qu'elle se ferait tuer, peut-être dans peu de temps, peut-être dans quelques années. Elle avait peur de la manière dont la Déesse des Ténèbres demandait à ses prêtresses de faire leur ultime sacrifice une fois qu'Elle avait décidé que l'heure était venue. Lorsque Gweniver attrapa son ceinturon, elle hésita, à moitié tentée de le jeter par terre ; mais elle le boucla et sortit de la chambre à grands pas.

Le temple en bois circulaire se tenait au centre du complexe. Des deux côtés de la porte poussaient des cyprès torsadés rouge vif, ramenés de Bardek, qui avaient survécu à de nombreux hivers rigoureux grâce aux soins qu'on leur avait apportés. Lorsque Gweniver passa entre eux, elle sentit une vague d'énergie et eut l'impression de traverser une barrière conduisant à un autre monde. Elle frappa neuf fois à la porte en chêne et attendit les neuf coups étouffés que l'on porta de l'intérieur pour lui répondre. Puis elle l'ouvrit et entra dans l'antichambre, faiblement éclairée par une seule chandelle. Une prêtresse vêtue de noir l'attendait.

« Mettez ces habits pour entrer dans le temple. Prenez également votre épée. Tels sont les ordres de la grande prêtresse. »

Dans le lieu saint, les murs en bois poli brillaient à la lumière de neuf lampes à huile, et le sol était recouvert de paille fraîche. Près du mur opposé à l'entrée se dressait l'autel, une grosse pierre laissée à l'état brut sauf en son sommet, qui avait été poli pour constituer une table. Derrière lui était accroché un immense miroir circulaire, l'unique représentation que la Déesse souhaitait avoir d'Elle-même dans les temples qui Lui étaient dédiés. Vêtue de noir, Ardda se tenait à gauche du miroir.

« Dégainez votre épée et posez-la sur l'autel. »

Gweniver s'inclina devant le miroir, puis fit comme la grande prêtresse l'avait ordonné. Par une porte latérale, trois prêtresses plus âgées entrèrent sans un mot et se postèrent à droite de l'autel, attendant de témoigner de ses vœux.

« Nous sommes réunies pour instruire et recevoir celle qui servira la Déesse de la Lune, dit Ardda. Gweniver du clan des Loups est connue de nous toutes. Y a-t-il des objections à sa candidature ?

— Aucune, répondirent les trois prêtresses à l'unisson, elle est connue de nous comme étant bénie par Notre Suzeraine.

— Très bien, alors. La grande prêtresse se tourna vers Gweniver. Jurez-vous de servir la Déesse tous les jours et toutes les nuits de votre vie ?

— Oui, Madame.

— Jurez-vous de rester vierge ?

— Oui, Madame.

— Jurez-vous de ne jamais trahir le secret de son nom sacré ?

— Oui, Madame. »

Ardda leva les bras et frappa trois fois dans ses mains, puis trois fois encore, et enfin une troisième fois trois fois, répartissant le nombre saint dans sa juste proportion. Gweniver ressentit une paix solennelle mais divine, une douceur semblable à de l'hydromel se répandant dans tout son corps. Sa décision était enfin prise, et son serment avait été accepté.

« De toutes les déesses, reprit Ardda, seule Notre Dame n'a aucun nom connu du commun des mortels. On parle d'Épona, de Sirona, d'Aranrhodda, mais toujours Notre Dame restera en toute simplicité la Déesse de la Lune. » Elle se tourna vers les trois témoins. « Et pourquoi en est-il ainsi ?

— Son nom est un secret.

— C'est un mystère.

— C'est une énigme.

— Et pourtant, répondit Ardda après ces trois réponses, c'est une énigme qu'il est facile de résoudre. Comment s'appelle notre Déesse ?

— Épona.

— Sirona.

— Aranrhodda.

— Et, ceci dit à l'unisson, tous les autres noms.

— Ce que vous dites est la vérité. » Ardda se tourna vers Gweniver. « Ainsi, voilà la réponse à l'énigme. Toutes les déesses n'en forment qu'une. Elle est connue sous tous les noms et sous aucun nom à la fois, parce qu'Elle est unique. »

Gweniver se mit à trembler d'une joie farouche.

« Peu importe comment les hommes ou les femmes L'appellent, Elle est unique, continua Ardda. Il n'existe qu'un seul ordre à Son Service. Elle est comme la lumière pure du soleil lorsqu'elle perce le ciel couvert de pluie et devient arc-en-ciel, revêtant de nombreuses couleurs mais restant unique à la source.

— Depuis longtemps, c'est ce que je pense, chuchota Gweniver. Désormais, je le sais. »

À nouveau, la grande prêtresse frappa neuf fois dans ses mains, puis se tourna vers les témoins.

« Maintenant se pose la question consistant à savoir comment Gweniver, qui n'est plus une femme mais une nouvelle prêtresse, doit servir la Déesse. Qu'elle s'agenouille au pied de l'autel pour le demander. »

Gweniver s'agenouilla en face de son épée. Dans le miroir, elle put se voir, silhouette floue sous la lumière vacillante, mais elle reconnut tout juste son visage, ses cheveux noués, sa bouche affichant une mine sévère, ses yeux assoiffés de vengeance. *Aide-moi, oh Dame des Cieux*, pria-t-elle, *je désire faire couler le sang et me venger, non verser des larmes de deuil et me lamenter.*

« Regardez dans le miroir, chuchota Ardda. Demandez-Lui de venir Vous trouver. »

Gweniver posa ses mains sur l'autel et regarda à nouveau dans le miroir. Tout d'abord, elle ne vit que son visage et le temple derrière elle. Lorsque Ardda se mit à réciter une complainte aiguë dans une langue ancienne, elle eut l'impression que les lampes à huile vacillèrent en phase avec les longs rythmes débités. Le chant monta puis retomba, résonnant dans le temple comme le vent froid du nord. Dans le miroir, la lumière changea, faiblit, devint une ombre, une ombre tremblante aussi froide qu'un ciel sans étoile. Le chant poursuivit ses sanglots, exprimés par d'anciens mots. Gweniver sentit ses cheveux se hérisser au bas de sa nuque lorsque dans le miroir terne, apparurent des étoiles, la roue et la danse d'un ciel sans fin. Au milieu des étoiles se forma l'image de l'Autre Déesse.

Elle se dressait de manière imposante au milieu des étoiles, et son visage était sévère, assoiffé de sang, lorsqu'elle remua la tête et déploya une immense mèche de cheveux noirs sur le ciel. Gweniver eut le souffle coupé lorsque ses yeux noirs la regardèrent. Il s'agissait de la Déesse de l'Époque des Ténèbres, dont le cœur même est percé d'épées et Qui n'en exige pas moins de celles qui veulent lui vouer un culte.

« Madame, murmura Gweniver, prenez-moi en sacrifice. Je vous servirai toute ma vie. »

Ses yeux la scrutèrent un long moment, farouches, étincelants, entièrement dépourvus de pitié. Gweniver sentit sa présence tout autour d'elle, comme si la Déesse se tenait à la fois à côté, derrière et devant elle.

« Prenez-moi, répéta-t-elle, je ne serai qu'une épée entre Vos mains. »

Sur l'autel, l'épée de Gweniver flamboya et fut parcourue d'une lumière teintée de sang, qui se dégagea vers le haut et fit rougir le miroir. Le chant cessa. Ardda avait vu le signe.

« Jurez-Lui... » La voix de la prêtresse tremblait. « Qu'à Son service, vous consacrerez votre vie... », sa voix se brisa, « et mourrez.

— Je le jure, du fond du cœur. »

Dans le miroir, les yeux de la Déesse rayonnaient de joie. La lumière de l'épée dansa et flamba vers le haut, tel un feu, puis se retira. Lorsqu'elle s'évanouit, le miroir s'obscurcit, ne laissant apparaître que les étoiles tournantes, puis redevint totalement noir.

« Ainsi soit-il ! » Ardda frappa dans ses mains, bruit qui retentit et se répercuta dans tout le temple.

Le miroir reflétait le visage pâle et en sueur de Gweniver.

« Elle est venue à vous, dit la grande prêtresse. Elle vous a donné Sa bénédiction, que beaucoup appelleraient une malédiction. Tel est votre choix, et vous avez prêté serment. Servez-La bien, ou la mort sera le dernier de vos ennuis.

— Jamais je ne La trahirai. Comment le pourrais-je, alors que j'ai plongé mon regard dans les yeux de la Nuit ? »

Ardda frappa neuf fois dans ses mains, trois fois trois fois. Toujours tremblante, Gweniver se releva et reprit son épée.

« Jamais je n'avais pensé qu'Elle aurait accepté votre prière. » Ardda était sur le point de pleurer. « Mais maintenant, tout ce que je peux faire, c'est prier pour vous.

— Je chérirai ces prières, quelle que soit la distance à laquelle je me trouverai. »

Deux autres prêtresses entrèrent dans le temple. L'une d'elles portait un bol d'argent de poudre bleue, l'autre une paire de fines aiguilles d'argent. Lorsqu'elles virent l'épée dans les mains de Gweniver, elles se regardèrent, surprises.

« Donnez-lui la marque sur la joue gauche, dit Ardda, elle sert Notre Dame des Ténèbres. »

Grâce aux provisions qu'ils avaient récupérées des hommes des Sangliers, Ricyn et ses compagnons prirent un petit déjeuner bien chaud pour la première fois depuis plusieurs jours, composé de bouillie d'orge et de bacon fumé. Ils mangèrent lentement, dégustant chaque bouchée, et savourant encore plus leur sécurité temporaire. Ils venaient de finir leur repas lorsque Ricyn entendit des pas accompagné du claquement de sabots, monter à leur cabane. Il se leva, se précipita dehors, l'épée tirée au cas où les Sangliers auraient envoyé un espion, mais c'était Gweniver, vêtue des habits de son frère et menant un imposant cheval de bataille gris. Sous le soleil du matin, on aurait dit qu'elle avait la joue gauche brûlée, car elle était particulièrement rouge et gonflée, et au centre de la décoloration apparaissait le croissant bleu de la Lune. Lorsque Dagwyn et Camlwn le rejoignirent dehors, ils la dévisagèrent tous les trois en silence, pendant qu'elle leur souriait impartialement.

« Madame ? dit enfin Dagwyn, resterez-vous au temple, alors ?

— Non. Nous plions bagages et prenons la route de Cerrmor dès aujourd'hui. Chargez autant de provisions que peuvent en porter les chevaux que nous avons récupérés. »

Ils acquiescèrent tous les trois d'un signe de tête, par totale obéissance. Ricyn ne pouvait détacher ses yeux de son visage. Bien que personne n'eût qualifié Gweniver de belle fille (son visage était trop large et ses mâchoires trop fortes pour cela), elle était attirante, grande et svelte, et avait la grâce d'un animal sauvage lorsqu'elle se déplaçait. Depuis des ans, il l'aimait éperdument et avait pris l'habitude de s'asseoir d'un côté de la grande salle, dans le dun des frères de Gwen, et de la contempler, inaccessible, assise de l'autre côté. Constater qu'elle avait fait vœu de chasteté était d'un triste réconfort. Mais désormais, aucun autre homme ne la posséderait.

« Quelque chose ne va pas ? lui demanda-t-elle.

— Rien, Madame. Si je puis me permettre, je m'interrogeais juste au sujet de votre tatouage. Pourquoi se trouve-t-il sur votre joue gauche ?

— Vous avez entièrement le droit de le savoir. Il fait de moi une guerrière de la Lune. » Gweniver sourit, et ce faisant, il eut l'impression qu'elle devenait une femme différente, froide, aux yeux durs, farouche. « Allons, à en juger votre mine, vous pensiez tous que ces guerrières n'existaient que dans les chansons de geste, n'est-ce pas ? »

Ricyn eut la gorge serrée, aussi surpris que si elle l'avait giflé. Dagwyn retint son souffle, étonné.

« Dame Macla est le chef du clan des Loups désormais, poursuivit-elle. Elle m'a nommée capitaine de sa troupe jusqu'à ce qu'elle se marie et que son époux reprenne le commandement de ses cavaliers. Si nous sommes toujours en vie d'ici là, vous aurez tous le droit de choisir : soit de jurer fidélité à son nouvel époux, soit de me suivre. Mais pour le moment, nous nous rendons en Cerrmor pour la campagne de cet été. Les Loups ont juré de respecter le service d'ost, et les Loups respectent toujours leur parole.

— Très bien, Madame, répondit Ricyn. Peut-être n'avons-nous rien d'une troupe armée, mais si quiconque dit un seul mot de travers au sujet de notre capitaine, je lui trancherai la gorge, à ce bâtard. »

Une fois hors du temple, ils avancèrent prudemment, au cas où des hommes des Sangliers se cacheraient au bord des routes. Dagwyn et Camlwn, à tour de rôle, repéraient les lieux au fur et à mesure qu'ils progressaient le long des sentiers, à travers les collines. Même si Cerrmor se trouvait à une dizaine de jours de route, ils étaient plus en sécurité dans les terres des anciens alliés du clan des Loups qui se trouvaient au sud et à l'est. Pendant deux jours, ils contournèrent le domaine du clan, n'osant traverser leur propre territoire au cas où les Sangliers y patrouilleraient. Le troisième jour, dans la matinée, ils franchirent la Nerr au niveau d'un gué peu utilisé et obliquèrent davantage vers l'est que vers le sud, cherchant à atteindre le territoire du clan des Cerfs. Cette nuit-là, ils campèrent à la lisière d'une forêt que les Cerfs et les Loups utilisaient conjointement comme réserve de chasse. À la vue des arbres familiers, les larmes montèrent aux yeux de Gweniver tandis qu'elle se rappelait à quel point ses frères adoraient chasser dans ces bois.

Pendant que ses hommes attachèrent les chevaux et dressèrent le camp, Gweniver, agitée, fit les cent pas. Elle commençait à éprouver de sérieux doutes. C'était une chose qu'elle-même parte en guerre, mais une autre de voir sa troupe minuscule et de réaliser que la vie de ses hommes dépendait de l'efficacité avec laquelle elle les dirigerait. Prétextant d'aller chercher du bois mort pour faire un feu, elle entra dans la forêt et erra entre les arbres, puis trouva un ruisseau silencieux au lit rocailleux et aux rives tapissées de fougères. Autour d'elle, les vieux chênes projetaient des ombres qui semblaient se trouver là depuis le commencement du monde.

« Déesse, chuchota-t-elle, ai-je fait le bon choix ? »

À la surface dansante du ruisseau, elle ne vit rien. Elle tira son épée et regarda la lame, se remémorant la manière dont elle s'était enflammée sur l'autel de la Déesse, puis elle eut l'impression que les fantômes de ses morts se rassemblaient autour d'elle : Avoïc, Maroïc, Benoïc et enfin, son père, Caddryc, ces hommes grands et sévères dont les vies avaient dominé la sienne, et dont la fierté avait perduré dans la sienne.

« Je jure de vous venger. »

Elle les entendit soupirer à l'amertume de leur Wyrd, ou peut-être était-ce simplement le vent dans les arbres, car ils repartirent aussi silencieusement et rapidement qu'ils étaient venus. Pourtant, elle sut que la Déesse lui avait accordé un signe, ainsi qu'Elle l'avait fait lorsqu'Elle avait béni son épée.

« Vengeance ! Nous obtiendrons vengeance pour l'amour de la Déesse, mais je nous vengerai tous. »

L'épée toujours à la main, Gweniver repartit trouver ses hommes, mais elle entendit une brindille craquer et un bruit de pas derrière elle. Elle virevolta et brandit son épée.

« Sortez de là ! lança-t-elle d'un ton brusque. Qui ose déranger une prêtresse de l'Époque des Ténèbres ? »

Vêtus de haillons crasseux, portant une barbe de plusieurs jours, les cheveux emmêlés, deux hommes armés d'épées sortirent des sous-bois, prêts à se battre. Lorsqu'ils la regardèrent les yeux plissés, Gweniver sentit la Déesse se concentrer derrière elle, présence tangible qui hérissa ses cheveux sur sa tête. Elle les examina avec un froid sourire qui sembla apparaître sur son visage de son propre gré.

« Vous ne m'avez pas répondu, dit Gweniver, qui êtes-vous, et que faites-vous ici ? »

L'un des étrangers, un homme aux cheveux bruns et svelte, jeta un coup d'œil à son camarade roux avec l'ombre d'un sourire ; ce dernier toutefois remua la tête négativement et s'avança.

« Y a-t-il un temple près d'ici, Madame ? répondit-il, ou êtes-vous une ermite de cette forêt ?

— Je transporte mon temple dans mes sacoches de selle. Vous n'avez jamais rencontré une prêtresse de mon culte auparavant, et vous n'en rencontrerez sans doute plus jamais.

— Elle porte la marque sur son visage, assurément, intervint l'homme aux cheveux bruns, mais je parie qu'elle...

— Tais-toi, Draudd, lança le roux d'un ton brusque, il y a quelque chose d'étrange dans tout cela. Allons,

Madame, êtes-vous vraiment sortie seule dans cette forêt ?

— En quoi cela vous regarde-t-il ? La Déesse sait lorsqu'il y a sacrilège, peu importe à quelle distance des yeux des mortels cela se produit. »

Lorsque Draudd se mit à parler, Gweniver s'avança, brandissant la pointe de son épée vers le haut comme pour le défier en duel. Elle croisa son regard et le soutint, puis lui fit baisser les yeux, sentant la Déesse telle une ombre noire derrière elle, tandis que son sourire se figeait sur ses lèvres. Draudd recula rapidement, et ses yeux écarquillés étaient emplis de terreur.

« C'est une folle, chuchota-t-il.

— J'ai dit : tais-toi ! lança le roux brusquement. Il y a les fous, et ceux qui sont touchés par les dieux, espèce de sale bâtard ! Madame, excusez-nous de vous avoir dérangée. Nous donnerez-vous la bénédiction de votre Déesse ?

— Oh, avec plaisir, mais vous ignorez ce que vous êtes en train de demander. » Elle se mit soudain à rire, saisie d'une hilarité glaçante qu'il lui était impossible de réprimer. « Venez avec moi. »

Gweniver tourna les talons et s'enfonça à grands pas entre les arbres. Même si elle les entendait derrière elle, Draudd lançant des murmures de protestation, elle ne se tourna pas une seule fois avant d'avoir atteint le camp. Lorsque Ricyn vit des hommes la suivre, il poussa un cri et s'avança en courant, l'épée à la main.

« Tout va bien, dit Gweniver, j'ai peut-être même trouvé des recrues. »

Les hommes se regardèrent tous, muets de stupeur.

« Draudd ! Abryn ! s'exclama Ricyn. Par tous les dieux, que diable vous est-il arrivé ? Où est le reste de votre bande ? »

Ce n'est qu'à ce moment-là que Gweniver remarqua

les blasons à peine visibles brodés sur leurs chemises couvertes de boue : des cerfs.

« Ils sont morts, répondit Abryn d'une voix glaciale et monotone, et Sire Maer aussi. Une maudite troupe de Cantrae nous a attaqués il y a environ cinq jours. Le dun a été rasé, et que les dieux me maudissent si je sais ce qui est arrivé à l'épouse de notre seigneur et à leurs enfants.

— Nous essayions de nous rendre chez les Loups, voyez-vous », intervint Draudd. Il marqua une pause pour esquisser un sourire crispé, plein d'amertume. « Je suppose que cela ne nous aurait pas avancés à grand-chose.

— Effectivement, répondit Gweniver, notre dun a été rasé lui aussi. Allons, avez-vous faim ? Nous avons à manger. »

Tout en engloutissant des galettes et du fromage comme s'ils étaient à une fête, Abryn et Draudd racontèrent leur histoire. Près de cent cinquante soldats du prétendu roi, Gwerbret de Cantrae, s'étaient jetés sur les Cerfs juste au moment où ceux-ci quittaient leur dun pour se rendre en Cerrmor. Tout comme Avoïc, Sire Maer avait ordonné à ses hommes de se disperser, mais les chevaux d'Abryn et de Draudd avaient tous les deux été abattus pendant qu'ils essayaient de se libérer. Les hommes de Cantrae ne les avaient pas poursuivis ; ils avaient pris directement la direction du dun et étaient entrés sans prévenir avant que les portes aient pu se refermer.

« Du moins, c'est ce qu'ils ont dû faire, résuma Abryn. En tout cas, le dun avait été pris lorsque nous y sommes retournés. »

Gweniver hocha la tête, pensive.

« Eh bien, finit-elle par dire, il me semble qu'ils avaient planifié cette incursion en même temps que celle qu'ils ont effectuée chez nous. Je comprends ce que ces minables avaient en tête : isoler les terres des Loups de manière à ce qu'il soit plus simple pour ces maudits Sangliers de s'emparer d'elles.

— Il lui sera difficile, à ce porc, de s'emparer du fief des Cerfs, dit Abryn, Sire Maer a deux frères au service du Roi.

— Ils ne vont certainement pas se risquer à essayer de garder vos terres, répondit Gweniver, elles se situent trop loin au sud. Mais en rasant le dun et en tuant votre seigneur, ils ont éliminé notre allié le plus proche. Maintenant, ils essaieront d'établir une position forte sur le domaine des Loups et de grignoter celui des Cerfs.

— Vous avez raison. » Abryn la regardait avec une sincère admiration. « Madame s'y connaît en matière de guerre, assurément.

— C'est que, j'ai toujours entendu parler de cette guerre, comment en serait-il autrement ? Bon, écoutez maintenant, nous avons des chevaux en trop. Joignez-vous à nous si vous le souhaitez, mais je vous préviens, la Déesse que je sers est une déesse des ténèbres, assoiffée de sang. C'est ce que je voulais dire tout à l'heure, au sujet de Sa bénédiction. Réfléchissez bien avant de prendre votre décision. »

Ils réfléchirent à la question tout en la dévisageant, jusqu'à ce que Abryn finisse par prendre la parole pour eux deux.

« Que pouvons-nous faire d'autre, Madame ? Nous ne sommes que deux hommes déshonorés sans seigneur ni clan à servir.

— Eh bien, c'est décidé alors. Vous êtes sous mes ordres, et je vous promets que vous aurez l'occasion de vous venger. »

Ils sourirent, sincèrement reconnaissants. En ces temps-là, un guerrier qui avait survécu à une bataille au cours de laquelle son seigneur avait péri était un homme déshonoré, qui ne pouvait trouver refuge chez personne et dont on se moquait où qu'il puisse aller.

Lorsqu'ils reprirent leur route vers le sud, en direction de Cerrmor, ils rencontrèrent d'autres hommes comme Abryn et Draudd : d'autres survivants de la garnison des Cerfs ; des hommes qui restèrent obstinément muets au sujet de leur passé ; tous suffisamment désespérés pour faire abstraction de leur étonnement de trouver une prêtresse à la tête d'une bande armée. En tout, Gweniver recruta finalement trente-sept soldats, juste trois hommes de moins que le nombre de cavaliers qu'Avoïc avait promis d'emmener. En fait, ils lui avaient prêté allégeance avec un tel plaisir et l'avaient acceptée si facilement qu'elle en avait été surprise. La dernière nuit qu'ils passèrent sur la route, elle partagea un feu de camp avec Ricyn, qui lui présenta ses respects comme un officier.

« Dites-moi, lui dit-elle, pensez-vous que ces hommes suivront toujours mes ordres une fois que nous serons en Cerrmor ?

— Bien sûr, Madame. » Il semblait surpris qu'elle lui pose la question. « Vous êtes celle qui les a sauvés de leur vie errante et qui leur a donné le droit de retrouver leur fierté. En plus, vous êtes prêtresse.

— Est-ce que cela leur pose problème ?

— Oh, deux fois plutôt qu'une. Voyons, c'est que... nous avons tous entendu ces histoires au sujet de ces guerrières de la Lune, non ? Mais en rencontrer une, en chair et en os, cela relève du miracle. La plupart d'entre eux pensent que c'est un signe, vous comprenez. C'est comme le dweomer, et vous êtes touchée par le dweomer. Nous savons tous que cela ne peut que nous porter chance.

— Vous porter chance ? Oh, cela ne nous portera pas chance, mais nous attirera seulement la faveur de la Lune dans sa phase obscure. Désirez-vous réellement ce type de faveur, Ricyn ? C'est très pénible à supporter, un vent glacial venant de l'Autre Monde. »

Ricyn frissonna comme s'il sentait ce vent souffler. Pendant un long moment, il fixa le feu de camp.

« Pénible ou non, c'est tout ce qui me reste, répondit-il finalement, je vous suivrai, vous, vous suivez votre Déesse, et nous verrons bien ce qu'Elle nous apportera à tous les deux. »

La cité de Cerrmor se situait à l'embouchure de la Belaver, le fleuve qui constituait la colonne vertébrale naturelle du royaume, là où l'estuaire avait creusé un vaste port dans ses falaises crayeuses. Abritant plus de six mille personnes derrière ses hauts remparts de pierre, il s'agissait de la seconde plus grande ville du royaume, à présent que Dun Deverry avait été pillée et désertée. Depuis une longue rangée de jetées et d'embarcadères, la cité se prolongeait en amont par une étendue de rues sinueuses semblables à des rides formées par une pierre jetée dans un bassin. Tant que les gwerbrets continuaient de faire d'elle un lieu sûr, son commerce avec Bardek assurait sa prospérité. Forteresse à l'intérieur d'une forteresse, Dun Cerrmor se dressait sur une petite colline artificielle placée au centre de la cité, non loin de la rivière. Un double cercle de remparts abritait la citadelle seigneuriale, des bâtiments et des casernes, tous en pierre et dotés de toits d'ardoise ; nulle part il n'y avait le moindre morceau de bois auquel une flèche embrasée aurait pu mettre le feu. À l'extérieur de la porte principale, il y avait des barbacanes, et les portes elles-mêmes étaient forgées de fer, s'ouvrant et se refermant à l'aide d'un treuil.

Lorsque Gweniver fit avancer sa troupe dans la cour pavée, des acclamations s'élevèrent : « Ce sont les Loups ! Par tous les dieux, voici les Loups ! » Des hommes sortirent en masse du donjon et des casernes pour les regarder, et des pages vêtus dans les couleurs rouge et argent du Roi vinrent les accueillir en courant.

« Monseigneur, s'écria un jeune garçon, nous avions entendu dire que vous étiez mort !

— Mon frère a été tué, effectivement, répondit Gweniver. Allez dire au Roi que Dame Gweniver est ici pour honorer le serment de Sire Avoïc. »

Les yeux exorbités, le page regarda fixement son visage tatoué, puis retourna dans le donjon avec précipitation. Ricyn la rejoignit et lui adressa un large sourire.

« Ils pensaient que vous étiez un fantôme revenu de l'Autre Monde, Madame. Dois-je dire à nos hommes de descendre de selle ?

— Exactement. C'est que... vous agissez comme leur capitaine depuis des jours. Il est temps que je vous dise que vous l'êtes officiellement.

— Madame me fait trop d'honneur.

— Non, et vous le savez. Vous n'avez jamais été humble, Ricco, alors ne faites pas semblant de l'être maintenant. »

Avec un rire, il lui fit une semi-révérence sur sa selle et retourna auprès de ses hommes.

En attendant le retour du page, Gweniver resta debout à côté de son cheval et examina nerveusement le complexe seigneurial. Bien que ses frères lui aient décrit la splendeur de Cerrmor, elle n'y avait jamais mis les pieds auparavant. Mesurant bien six étages de haut, le donjon massif était flanqué de trois demi-tours plus petites, et la citadelle gris sombre se dressait tel le poing d'un géant pétrifié par dweomer. À côté, il y avait suffisamment de casernes et d'écuries pour abriter des centaines de soldats. Une bannière rouge et argent volait au-dessus de tout, annonçant fièrement que le Roi en personne était chez lui. Lorsqu'elle jeta un coup d'œil à la foule grossissante autour d'elle, elle vit que tous les seigneurs nobles la regardaient, effrayés de lui parler avant que le Roi n'ait prononcé son avis sur cette étrange affaire. Juste au moment où elle maudissait le page d'être aussi lent, les portes de fer s'ouvrirent, et le Roi lui-même sortit, suivi d'un cortège de pages et de conseillers.

Glyn, Gwerbret de Cerrmor, ou Roi de tout le royaume de Deverry, ainsi qu'il préférait être connu, allait sur ses vingt-six ans. C'était un homme de grande taille et robuste et ses cheveux blonds décolorés étaient enduits de glu à la manière des rois pour être retenus en arrière, encadrant son visage carré telle la crinière d'un lion. Ses yeux d'un bleu profond affichaient une expression si tourmentée qu'elle se demanda s'il venait de perdre un de ses proches. Lorsque Gweniver s'agenouilla à ses pieds, elle ressentit un profond respect pour lui. Toute sa vie, elle avait entendu parler de cet homme, et à présent, il était là, les mains sur les hanches, et l'observait avec un petit sourire perplexe.

« Levez-vous, Dame Gweniver, dit Glyn. J'espère ne pas me montrer rustre, mais jamais je n'ai pensé qu'un jour, je verrais une femme m'amener des recrues. »

Gweniver lui fit une révérence, du mieux qu'elle le pouvait dans son brigga.

« C'est que... mon respectable suzerain, jamais le clan des Loups n'a failli à sa parole, pas une seule fois depuis ces longues années de guerre.

— Je suis tout à fait conscient de cela. » Il hésita, choisissant soigneusement ses mots. « Je sais que vous avez une sœur. Plus tard, lorsque vous vous serez reposée, vous souhaiterez assurément me parler du sort des Loups.

— Oui, Majesté, et je suis honorée que vous vouliez bien prêter attention à cette affaire.

— Bien sûr. Accepterez-vous de rester quelque temps en ma demeure, à titre d'invité d'honneur, ou avez-vous besoin de retourner sur-le-champ à votre temple ? »

Le moment crucial était venu, et Gweniver invoqua sa Déesse en son for intérieur.

« Majesté, répondit-elle, la Lune sainte m'a choisie pour La servir à titre de guerrière de la Lune. Je suis venue vous demander une faveur, je vous demande l'autorisation de conserver la place que j'occupe à la tête de ma bande armée, de rejoindre les rangs de votre armée et de vivre sous votre commandement.

— Comment ? » Le Roi avait oublié toutes ses règles de politesse. « Allons, vous devez plaisanter ! Que rechercherait une femme à se mêler de batailles et d'autres choses de ce genre ?

— Ce que tout homme désire, Majesté : l'honneur, la gloire, et l'occasion de tuer les ennemis du Roi. »

Glyn hésita, dévisageant son tatouage comme s'il était en train de se remémorer les vieux récits qui parlaient des serviteurs de la Déesse des Ténèbres, puis il se tourna vers les hommes de Gwen.

« Eh bien, soldats, demanda-t-il à haute voix, honorez-vous votre Dame comme votre capitaine ? »

D'un seul homme, ils répondirent à voix haute positivement. À l'arrière de leur ligne, Dagwyn cria audacieusement que Gweniver était touchée par le dweomer.

« Alors, je prendrai la venue d'une guerrière de la Lune à ma cour comme un présage, répondit Glyn. Très bien, Madame. Je vous accorde votre faveur. »

Glyn fit un signe de la main, et des domestiques descendirent. Des garçons d'écurie vinrent emmener les chevaux ; des cavaliers de la garde personnelle du Roi se dépêchèrent d'emmener Ricyn et les autres aux casernes ; des conseillers apparurent aux côtés de Gweniver et s'inclinèrent ; et deux sous-chambellans accoururent pour l'accompagner dans la grande salle. À la vue de la pièce, elle fut stupéfaite. Suffisamment grande pour contenir une centaine de tables pour les troupes armées, elle possédait quatre immenses cheminées. Des bannières rouge et argent étaient suspendues entre de fines tapisseries tendues sur les murs et, au lieu de paille, des carreaux d'ardoise colorés recouvraient le sol. Gweniver resta debout, bouche bée, en bonne campagnarde qu'elle était, lorsque le maître chambellan, Sire Orivaen, s'approcha prestement pour l'accueillir.

« Bienvenue, Madame, lui dit-il. Permettez-moi de vous trouver un logement dans notre humble donjon. Voyez-vous, comme vous êtes à la fois de noble lignée et une prêtresse, je ne suis vraiment pas certain du rang que cela vous confère. Peut-être le même que celui de tieryn ?

— Oh, mon bon Monsieur, tant que ma chambre possède un lit et une cheminée, n'importe quoi fera l'affaire. Une prêtresse de la Lune Noire ne se soucie guère de son rang. »

Orivaen lui baisa la main, sincèrement reconnaissant, l'emmena dans une petite suite située dans une tour latérale, puis envoya des pages chercher ses affaires.

« Cela vous suffira-t-il, Madame ?

— Bien sûr. C'est magnifique.

— Merci. Tant de seigneurs sont, pourrions-nous dire, si soucieux de ce que leur logement peut signifier.

— Je vous demande pardon ?

— Euh, eh bien, ils peuvent se sentir offensés, vous comprenez. »

Gweniver n'avait pas compris, mais elle sourit et hocha la tête. Une fois les pages partis, ainsi que Orivaen, elle arpenta la pièce, nerveuse. À présent que le clan des Cerfs avait essuyé tant de pertes, elle se demanda si le Roi considérerait les terres des Loups comme dignes d'être préservées. Quelques minutes plus tard, quelqu'un frappa à sa porte.

« Entrez ! »

Un possible allié dans la bataille qu'elle menait pour préserver son clan entra, incarné en la personne de Sire Gwetmar, un jeune homme dégingandé aux joues creuses et à la chevelure brune peu soignée. Bien que noble de naissance, sa famille possédait peu de terres et était considérée comme peu recommandable parmi les grands clans. Les parents de Gweniver, toutefois, l'avaient toujours traité sur un pied d'égalité. Il prit ses deux mains dans les siennes et les serra fort.

« Gwen, par tous les dieux, je me réjouis de vous voir en vie. La nouvelle de la mort d'Avoïc m'a rendu malade d'inquiétude, et je me demandais si votre sœur et vous aviez été blessées. Je serais venu sur-le-champ, mais notre Roi n'a pas voulu le permettre.

— Il ne voulait certainement pas vous perdre, vous et vos hommes, en plus des nôtres. Maccy est saine et sauve au temple, et Maman est avec elle. »

Avec un large sourire, Gwetmar s'allongea sur une chaise. Gweniver s'assit sur le rebord de la fenêtre et l'observa.

« Eh bien, dites-moi à présent, dit-il, allez-vous vraiment rejoindre l'armée du Roi ?

— Oui. Je veux avoir l'occasion de me venger, même si je dois mourir pour cela.

— Je comprends. Je prie tous les dieux de me laisser tuer l'assassin d'Avoïc. Écoutez, si nous sommes encore en vie cet automne, je vous accompagnerai avec mes hommes et vous soutiendrai dans votre querelle.

— Merci beaucoup. Je n'en espérais pas moins de vous, parce que je m'interrogeais pour les terres des Loups. Elles appartiennent à Maccy désormais, du moins, elles lui appartiendront si le Roi accepte ma requête et permet que les femmes de notre clan en héritent. Mais je suis toujours l'aînée, ainsi qu'une prêtresse, et elle épousera le mari que je lui aurai choisi.

— Et vous lui trouverez certainement un bon

époux. » Gwetmar détourna la tête, soudain mélancolique. « Maccy le mérite.

— Écoutez, grand idiot, je suis en train de parler de vous. Je sais que Maccy a toujours été une petite écervelée sans pitié vis-à-vis de vous, mais maintenant, elle épouserait le Seigneur des Enfers lui-même pour sortir de ce temple. Je ne dirai à aucun autre seigneur assoiffé de terres où elle se trouve, tant que vous n'aurez pas couru le risque de lui faire des déclarations.

— Gwen ! Il se trouve que j'aime profondément votre sœur, pas seulement ses terres !

— Je le sais. Pourquoi, à votre avis, est-ce que je vous offre sa main ? »

Il rejeta la tête en arrière et rit, d'un rire aussi limpide que le soleil qui fait une percée dans les nuages lors d'un orage.

« Jamais je n'avais pensé que j'aurais une chance de l'épouser. Reprendre le nom des Loups et leur querelle semble un bien faible prix à payer en échange. »

Gwetmar accompagna Gwen jusqu'à la grande salle. Dans la courbe du mur, il y avait une longue estrade où le Roi et les nobles prenaient leurs repas. Bien que Glyn ne fût pas présent, un certain nombre de seigneurs étaient déjà attablés et buvaient de la bière en écoutant un barde chanter. Gweniver et Gwetmar s'assirent avec Sire Maemyc, un vieil homme qui avait bien connu le père de Gweniver. Il caressa sa moustache grise et la regarda tristement, mais à son grand soulagement ne décocha pas un mot au sujet du choix qu'elle avait fait. À présent que le Roi lui avait donné son approbation, personne n'oserait le remettre en question.

La conversation en vint inévitablement à la campagne d'été qui approchait. Les choses promettaient peu d'évolution. Après les campagnes sanglantes des dernières années, Cerrmor n'avait tout simplement pas assez d'hommes pour assiéger Dun Deverry, et Cantrae n'en avait pas assez non plus pour frapper Cerrmor de manière significative.

« Des tas d'escarmouches sont à prévoir, si vous voulez mon avis, affirma Maemyc. Et peut-être une bonne attaque au nord, pour venger les clans des Loups et des Cerfs.

— Quelques raids et d'autres petites opérations éclairs, acquiesça Gwetmar. Mais en outre, Eldidd causera également des problèmes sur la frontière occidentale.

— Effectivement. Il lança un regard à Gweniver. Le prince d'Eldidd s'enhardit de plus en plus, à faire de profondes incursions pour nous saigner, nous et Cantrae. Je parie qu'il ménage ses forces et qu'il les lancera lorsque nous serons tous épuisés.

— Je vois. Cela semble bien pensé, effectivement. »

De l'autre côté de l'estrade, il y eut un léger remue-ménage au niveau de la petite porte qui conduisait aux quartiers privés du Roi. Deux pages s'agenouillèrent cérémonieusement pendant qu'un troisième ouvrait la porte. S'attendant à ce que le Roi entre, Gweniver s'apprêta à se lever, mais ce fut un autre homme qui arriva et qui marqua une pause pour observer la compagnie assemblée. Blond aux yeux bleus, il ressemblait beaucoup à Glyn, mais il était aussi svelte que le Roi était trapu. Il avait les bras croisés sur la poitrine, de longs bras d'épéiste, et il regardait les seigneurs présents les yeux plissés et d'un air méprisant.

« Qui est-ce ? demanda Gweniver à voix basse. Je pensais que le frère du Roi était défunt.

— Son vrai frère l'est, répondit Gwetmar. Il s'agit de Dannyn, l'un des enfants illégitimes du précédent Gwerbret, le seul fils du lot. Le Roi le tient en grande faveur cependant, et il l'a nommé capitaine de sa garde personnelle. Lorsque vous l'aurez vu se battre, vous ne pourrez pas lui reprocher sa naissance. Il manie son épée comme un dieu, non comme un homme. »

Les pouces enfoncés dans son ceinturon, Dannyn s'approcha à grands pas, fit un signe de tête agréable mais distrait à Gwetmar, puis regarda Gweniver. Sur les empiècements de sa chemise étaient brodées les armoiries de Cerrmor, le bateau de la province, mais sur ses manches étaient représentés des faucons en plein piquet.

« Ainsi, dit-il enfin, vous êtes la prêtresse qui se prend pour une guerrière, n'est-ce pas ?

— Oui. Et je suppose que vous pensez pouvoir me dire le contraire. »

Dannyn s'assit à côté d'elle et se tourna pour s'affaler sur la table. Lorsqu'il parla, il contempla la grande salle au lieu de la regarder.

« Qu'est-ce qui vous pousse à croire que vous savez manier une épée ? demanda-t-il.

— Demandez à mes hommes. Je ne me suis jamais vantée.

— J'ai déjà parlé à Ricyn. Il a eu l'effronterie de me dire que vous deveniez folle furieuse.

— Oui. Allez-vous me traiter de menteuse ?

— Je suis mal placé pour vous traiter de quoi que ce soit. Le Roi m'a ordonné de vous prendre, vos hommes et vous, dans sa garde, et je fais ce qu'il dit.

— Moi aussi.

— À partir de maintenant, vous faites ce que moi je dis. Compris, jeune fille ? »

D'un petit coup de poignet, Gweniver lui lança son quart de bière à la figure. Tandis que les seigneurs attablés, interloqués, juraient, elle se dégagea de la table et se leva, fixant Dannyn qui leva la tête, aussi glacial que le vent d'hiver, et laissa la bière couler le long de ses joues sans y faire attention.

« Vous, écoutez-moi, lança-t-elle, vous êtes le fils d'une garce, effectivement, mais moi, je suis la fille d'un Loup. Si vous souhaitez mettre mes compétences à l'épreuve, alors, sortons.

— Écoutez-vous. Sale petite catin, vous cherchez la bagarre ? »

Elle le gifla si violemment qu'il chancela en arrière.

« Personne ne me traite de catin. »

Dans la grande salle s'instaura un silence de mort, tandis que tous ceux qui étaient présents, du page au noble seigneur, se tournaient pour les regarder.

« Vous oubliez à qui vous vous adressez, poursuivit-elle. Ou êtes-vous aveugle au point d'être incapable de voir le tatouage sur mon visage ? »

Lentement, Dannyn porta sa main à sa joue et se frotta là où elle l'avait giflé, mais ses yeux ne quittèrent pas les siens un seul instant. Son regard était glacial, profond et effrayant d'intensité.

« Madame acceptera-t-elle mes excuses ? »

Il s'agenouilla à ses pieds, et la salle entière reprit haleine, poussant un soupir général semblable au bruit des vagues.

« Je suis vraiment sincèrement désolé de vous avoir insultée, Votre Sainteté. Vraiment, j'ai dû être pris d'un accès de folie. Si un homme ose vous qualifier de catin à nouveau, il devra répondre à mon épée.

— Je vous remercie. Vous avez mon pardon. »

Avec un petit sourire, Dannyn se releva et s'essuya le visage sur la manche de sa chemise tout en continuant à la regarder. L'espace d'un instant, elle regretta d'avoir fait vœu de chasteté. Sa manière fluide de se déplacer, son aisance, son arrogance même lui parurent magnifiques et la frappèrent aussi vivement et nettement que la coupure de la lame d'une épée. Lorsqu'elle se rappela les yeux noirs de sa Déesse, son regret passa.

« Dites-moi, demanda-t-il, menez-vous vos hommes à leur tête ?

— Oui. Plutôt mourir que d'entendre dire de moi que je mène mes hommes depuis l'arrière.

— Je n'en attendais pas moins de vous. »

Dannyn la salua, puis passa lentement et avec arrogance près des seigneurs nobles jusqu'à la porte. Lorsqu'elle se referma derrière lui, la salle se remplit d'un bruissement de murmures.

« Grands dieux ! » Gwetmar épongea son front couvert de sueur. « J'ai vraiment cru que votre dernière heure était arrivée. Vous êtes la seule personne du royaume qui ait contrarié Dannyn et soit encore en vie cinq minutes après.

— Oh, ne dites pas n'importe quoi, répondit Gweniver. Il est trop sensé pour offenser une prêtresse de la Lune.

— Ha ! dit Maemyc en grognant. Dannyn agit d'abord, ce n'est qu'après qu'il réfléchit. »

Quelques minutes plus tard, un page vint trouver Gweniver et lui expliqua que le Roi désirait lui parler en privé. Consciente de l'immense honneur qui lui était fait, elle le suivit au premier étage de la tour maîtresse, où Glyn possédait une suite meublée de chaises, de tables sculptées, de tentures et de tapis de Bardek finement tissés. Le Roi se tenait devant une cheminée de grès clair dans laquelle étaient gravés des bateaux et des motifs entrelacés. Lorsqu'elle s'agenouilla devant lui, il la pria de se relever.

« J'étais en train de songer à tous vos parents qui sont morts à mon service, expliqua Glyn. Le sort des Loups me préoccupe fortement, Votre Sainteté. Désirez-vous me demander de remettre leurs terres et leur nom aux femmes de votre clan ?

— Oui, Sire. À présent que j'ai prêté mes vœux, je ne peux posséder que ce que je peux transporter dans un grand sac, mais ma sœur sera bientôt fiancée à un homme désireux de reprendre pour nous la querelle de nos ancêtres.

— Je vois. Eh bien, permettez-moi d'être franc. Il se peut que je ne puisse pas agir aussi rapidement que je le voudrais dans l'affaire qui concerne vos terres, mais je suis tout à fait disposé à garantir que le nom des Loups sera transmis aux fils de votre sœur. De même, j'aimerais tout autant obliger les Sangliers à se retirer de votre domaine, mais beaucoup de choses dépendent de l'évolution des affrontements de cet été.

— Mon suzerain est fort honorable et généreux. Les malheurs de mon clan ne sont pour lui qu'un problème parmi tant d'autres.

— Malheureusement, Votre Sainteté, vous avez raison. Si seulement cela pouvait en être autrement. »

Au moment où elle prit congé, Gweniver tomba sur Dannyn, qui était en train d'ouvrir la plus privée des portes du dun sans cérémonie ni annonce. Il lui adressa un petit sourire pincé.

« Votre Sainteté, dit-il, je souffre pour la mort de vos parents. Je ferai de mon mieux pour les venger.

— Sire Dannyn est fort gentil, et je l'en remercie. »

Gweniver se dépêcha de traverser le couloir, mais au niveau de l'escalier, elle jeta un coup d'œil en arrière et constata qu'il était toujours en train de la regarder, la main sur la porte. Soudain, elle frissonna et sentit un danger comme une main moite posée sur son dos. Elle ne put que supposer que sa Déesse lui envoyait un avertissement.

Le lendemain matin, Gweniver se promenait dans la cour extérieure avec Ricyn lorsqu'elle vit un vieil homme d'allure modeste faisant entrer deux mules de somme dans la cour. Vêtu d'un brigga marron sale et d'une chemise maintes fois reprisée arborant les armoiries de Glyn, il se tenait aussi droit et marchait aussi vigoureusement qu'un jeune prince. Plusieurs pages accoururent pour l'aider à faire avancer ses mules, et elle remarqua qu'ils traitaient le vieil homme avec respect.

« Qui est-ce, Ricco ?

— Le vieux Persaunn, Madame, et tel est son véritable nom. Il dit que c'est son père qui l'a appelé "personne", dans un accès de dépit. » Curieusement, Ricyn semblait rempli de respect et de crainte pour le vieil homme. « C'est un herboriste, voyez-vous. Il trouve des herbes sauvages et les apporte aux médecins, et il en fait pousser ici dans le dun, également. »

Les pages emmenèrent les mules. Un sous-chambellan qui passait par là s'arrêta pour saluer l'herboriste.

« Allons, dit Gweniver, ce Persaunn est évidemment le genre de serviteur qu'il est utile d'avoir à son service, mais pourquoi les gens le traitent-ils comme un seigneur ?

— Euh, c'est que... » Ricyn avait l'air étrangement embarrassé. « On raconte des choses à son sujet qui vous poussent à le respecter.

— Vraiment ? Allez ! Pas de secret ! Je sais que vous me cachez quelque chose.

— Eh bien, Madame, tout le monde dit que c'est un maître de dweomer, et moi-même, j'en suis à moitié convaincu.

— Oh, ne dites pas de bêtises !

— Ce ne sont pas des bêtises, Madame. Écoutez, il paraît que le Roi descend au jardin du vieux Persaunn et a l'habitude de parler avec lui pendant des heures.

— Et cela signifie-t-il qu'il soit maître de dweomer ? Le Roi doit sûrement avoir besoin d'oublier ses affaires d'État de temps en temps, et ce vieil homme le distrait probablement ou l'amuse, quelque chose dans ce genre.

— Si Madame le dit. » Il était évident, cependant, que Ricyn ne croyait pas un mot de ce qu'elle disait.

À ce moment-là, Persaunn lui-même s'approcha en saluant chaleureusement Ricyn, lequel s'inclina promptement devant lui. Lorsque le vieil homme regarda Gweniver, ses yeux devinrent froids comme le vent du nord et semblèrent pénétrer au plus profond de son âme. Brusquement, elle eut la certitude de le connaître, que, d'une manière étrange, elle attendait de le retrouver et que sa vie entière l'avait conduite jusqu'ici, jusqu'à ce modeste herboriste. Puis, ce sentiment s'évanouit, et il lui adressa un sourire aimable.

« Bonjour, Madame, lui dit-il. Votre réputation a fait le tour de tout le dun.

— Déjà, vraiment ? Gweniver se sentait encore bouleversée. Eh bien, je suppose que je dois m'en réjouir.

— C'est que... il est rare de rencontrer une guerrière de la Lune, même si, à vrai dire, les temps sont suffisamment sombres pour Celle au Cœur Percé d'Épées. »

Gweniver était médusée. *Comment un homme connaissait-il ce nom secret ?* Persaunn s'inclina gravement devant elle.

« Vous m'excuserez, Votre Sainteté. Je dois m'assurer que ces pages déballeront mes herbes avec soin. Nous nous reverrons sûrement. »

Lorsqu'il repartit à grandes enjambées, Gweniver le dévisagea un long moment. Finalement, elle se tourna vers Ricyn.

« Oh, d'accord, Capitaine, lança-t-elle d'un ton brusque. C'est un maître de dweomer, assurément. »

À peu près au même moment, le Roi tenait une réunion privée dans l'étroite salle du conseil, une pièce vide ne comprenant qu'une longue table et une carte en parchemin de Deverry accrochée au mur de pierre. Au bout de la table, Glyn était assis sur un fauteuil à haut dossier, drapé de la cape cérémonielle, symbole de la royauté. Dannyn était assis à sa droite, et ses conseillers, vêtus de leurs robes noires, étaient perchés sur des tabourets comme des corbeaux autour de grains de blé éparpillés. Ce matin-là, le Roi avait invité Amain, grand prêtre de Bel de Cerrmor, à assister à la réunion. Pendant que les conseillers se levaient à tour de rôle pour donner de graves conseils sur les opérations militaires, Dannyn regardait par la fenêtre et pensait à d'autres choses, parce que les vraies décisions seraient prises plus tard, débattues par le Roi et ses vassaux. Toutefois, vers la fin de la réunion, la discussion aborda un sujet qui attira son attention. Saddar, un homme âgé avec des favoris blancs et un menton tremblotant, se leva et salua le Roi.

« Je vous présente mes plus humbles excuses, Majesté, de vous poser cette question, dit-il, mais je me demandais pour quelles raisons vous aviez accepté Dame Gweniver dans votre armée.

— Après tout ce que son clan a fait pour moi, j'ai senti que je ne pouvais pas lui refuser la faveur qu'elle me demandait. Je suis certain que Dannyn ici présent se débrouillera pour qu'il ne lui arrive rien de mal, et qu'elle ne tardera pas à se fatiguer de la guerre.

— Ah. » Le vieil homme marqua une pause, lançant un regard aux autres conseillers pour chercher leur soutien. « Nous pensions que peut-être, il serait possible de lui épargner les rigueurs de la guerre plus simplement, voyez-vous, en la contraignant à retourner dans son temple. »

Dannyn tira sa dague ornée de bijoux et la lança en visant la table juste en face de Saddar. Le souffle coupé, le conseiller bondit en arrière lorsque la lame se planta en tremblant dans le bois.

« Dites-moi, remarqua Dannyn. Comment un lâche comme vous peut-il juger une guerrière comme elle ? »

Lorsque le Roi éclata de rire, tous ses conseillers se forcèrent à rire également, même Saddar.

« Dannyn a une haute opinion d'elle, mes bons Messieurs, intervint Glyn. Je me fie à son jugement en ce qui concerne ces choses-là.

— Jamais je ne remettrai en cause Sire Dannyn sur des questions militaires, Majesté. Je pensais simplement à la bienséance de l'affaire.

— Vous pouvez vous la fourrer dans le derrière, lança Dannyn d'un ton brusque.

— Silence ! Le Roi intervint avec brusquerie. Bon conseiller, je vous assure que je respecte votre sagesse beaucoup plus que mon arrogant de frère, mais j'ai déjà donné à notre dame ma parole d'honneur. En outre, j'ai convié Sa Sainteté ici présente à ce conseil pour qu'il nous explique cette histoire. »

Chacun se tourna vers le prêtre, qui se leva en inclinant la tête en signe de reconnaissance envers tout le monde. Comme tous les vassaux de Bel, sa tête était entièrement rasée, et il portait une torque dorée autour du cou et une tunique de lin simple, cintrée au niveau de la taille par un morceau de corde brute. À sa ceinture pendait une petite faucille dorée.

« Le Roi souhaitait connaître le prestige du culte de Dame Gweniver, dit Amain d'une voix douce et grave. C'est un culte des plus légitimes, remontant à l'Époque de l'Aube, qui est apparu, comme le décrivent les chroniques, lorsque les femmes ont été forcées de se battre sous la pression des circonstances. Le culte de la Lune dans sa phase obscure ne doit en aucun cas être confondu avec les rites d'Épona ou d'Aranrhodda. » À la mention du second nom, il marqua une pause et croisa les doigts pour se protéger de la sorcellerie. Les conseillers furent nombreux à l'imiter. « Maintenant, pour être franc, j'ai été surpris de découvrir que la connaissance de ces rites guerriers avait survécu, mais j'en conclus que les dames saintes des temples en ont préservé les usages. »

Lorsque Amain se rassit, les hommes se regardèrent, mal à l'aise.

« Ainsi, vous comprenez, bon Saddar, reprit Glyn, que je ne peux contrarier la volonté de la Sainte Déesse en cette affaire.

— Bien sûr que non, Majesté, et puisse-t-Elle me

pardonner d'avoir remis en question le but de la jeune dame. »

La séance fut levée sur des signes de têtes conciliants et des révérences à tout bout de champ. Lorsque Glyn sortit de la pièce à grandes enjambées, Dannyn s'attarda pour aller récupérer sa dague plantée dans la table. Tandis qu'il la remettait dans son fourreau, Saddar lui porta un regard haineux. Dannyn se dépêcha de rattraper le Roi et le suivit jusqu'à ses appartements. Glyn demanda à un page de leur apporter à chacun une chope de bière, puis prit place sur une chaise près de la cheminée. Dannyn accepta celle que son frère lui avait offerte, mais il se serait assis volontiers comme un chien à ses pieds.

« Écoute-moi à présent, Danno, dit le Roi, cette bande de vantards me fatigue autant que toi, mais je dois gagner leur loyauté. Qui d'autre gérera ce qui reste de ce royaume lorsque nous partirons en guerre ?

— Vous avez raison, Majesté, et je vous présente mes excuses. »

Avec un soupir, Glyn sirota sa bière et regarda fixement l'âtre vide. Ces derniers temps, il broyait souvent du noir ; cela troublait profondément son frère.

« Quelle est l'origine de votre peine, Majesté ? demanda Dannyn.

— La mort de Sire Avoïc, et la mort de tous ses frères également. Ah, par les Enfers, il y a des fois où je me demande si je peux être Roi, lorsque je songe à la mort que ma prétention au trône a semée dans ce royaume.

— Comment ? Allons, seul un vrai Roi peut éprouver de tels doutes. Je parie que le Gwerbret de Cantrae se fiche bien de ceux qui meurent pour sa cause.

— Tu crois en moi, n'est-ce pas, Danno ?

— Je mourrais pour vous. »

Glyn leva la tête, les yeux troublés par ce qui ressemblait étrangement à des larmes. « Tu sais, dit-il au bout d'un long moment, parfois, je crois que je deviendrais fou sans toi. »

Dannyn était trop bouleversé pour parler. Remuant brusquement la tête, Glyn se leva.

« Laisse-moi, lança-t-il brutalement. Nous aimerions être seul. »

Sans prendre la peine de faire une révérence, Dannyn se dépêcha de sortir. Le cœur lourd, il sortit au hasard dans la cour. Sa seule consolation était que l'humeur noire de Glyn se dissiperait certainement une fois qu'ils seraient partis en guerre, mais c'était une piètre consolation. Il était fort probable qu'il y aurait peu d'affrontements directs cet été. Ce serait lui-même, certainement, qui mènerait les quelques raids prévus pendant que le Roi resterait dans son dun et broierait du noir : il était bien trop important pour courir le risque de s'exposer à la moindre blessure lors d'une quelconque opération militaire insignifiante.

Les déambulations de Dannyn le conduisirent dans le quartier des casernes. Devant leur écurie, les hommes des Loups soignaient leurs chevaux. Dame Gweniver elle-même était perchée sur le battant d'une charrette en bois et les regardait. En dépit de ses cheveux noués et de sa tenue masculine, Dannyn ne pouvait s'empêcher de la considérer comme une femme, une femme attirante... Ses grands yeux lumineux dominaient son visage et brillaient tels des fanaux. La manière dont elle bougeait l'attirait également : chacun de ses gestes était fluide mais précis, comme si elle puisait dans une source cachée d'énergie. Lorsqu'elle le vit, elle glissa de la charrette et s'avança à sa rencontre.

« Sire Dannyn, mes hommes ont besoin de couvertures et d'habits.

— Eh bien, ils les auront aujourd'hui. Vous faites partie de la maisonnée du Roi à présent, alors, souvenez-vous que ce dont vous avez besoin, vos hommes et vous, est compris dans votre pension.

— Merci, alors. Notre Majesté est vraiment d'une grande générosité.

— Oui. J'ai plus de raisons que la plupart d'entre nous de faire les éloges de sa générosité. Combien de bâtards ont-ils reçu un titre et une place à la cour ? »

Lorsqu'elle tressaillit, il sourit. Il aimait aborder le sujet délicat de sa naissance en public et le jeter à la figure des nobles avant qu'ils puissent l'utiliser contre lui. Pendant un instant, il resta songeur, se rappelant l'exposé d'Amain sur le culte de Jill, mais quelque chose sembla le pousser à parler.

« Cette lune sur votre joue, marque-t-elle des vœux sincères ?

— Et que marquerait-elle d'autre ?

— Eh bien, je pensais à une ruse, un moyen de voyager en toute sécurité, mais jamais je ne vous en blâmerais. Une femme sur les routes accompagnée d'une troupe armée ferait bien d'avoir la protection de la Déesse – ou de faire croire qu'elle l'a.

— Ceci est entièrement vrai, mais ce croissant représente toute ma vie désormais. Je Lui ai prêté serment, et je Lui resterai fidèle. »

La froideur et le calme de sa voix ne laissaient aucun doute.

« Je vois, répondit Dannyn précipitamment. Eh bien, loin de moi l'idée de contester la manière dont une prêtresse reçoit ses visions. Il y a cependant une autre chose que je voulais vous demander. Votre sœur a-t-elle un prétendant qui aurait votre approbation ? Je parlerai au Roi en sa faveur.

— Le feriez-vous ? Ce serait un immense privilège.

— Allons ? Qu'est-ce qui vous fait dire cela ?

— Oh, Seigneur, ne voyez-vous pas quel trésor vous détenez aux yeux de la cour ? Vous avez plus d'influence sur le Roi qu'aucun homme ici. Si vous n'y faites pas attention, cela pourrait tourner au désastre. »

Dannyn se contenta de sourire, rendu perplexe par le ton insistant de sa voix. Cela le stupéfiait toujours lorsque les femmes faisaient toute une scène pour des détails sans importance. Au bout d'un moment, elle haussa les épaules.

« Le prétendant que j'approuve est Sire Gwetmar, du clan des Aulnes.

— J'ai combattu à ses côtés, et c'est un homme bien. Je mentionnerai son nom au Roi.

— Merci. »

Avec une petite révérence, Gweniver s'éloigna, l'abandonnant à un sinistre hiraedd pour une femme qui lui était interdite.

Sire Dannyn tint sa promesse beaucoup plus tôt que Gweniver ne s'y était attendue. Cet après-midi même, le conseiller Saddar vint la trouver dans sa chambre pour lui porter d'importantes nouvelles. Par égard pour son âge, elle l'installa sur une chaise, à côté de la cheminée, lui servit une petite timbale d'hydromel, puis prit une chaise en face de lui.

« Merci beaucoup, Votre Sainteté, dit-il de sa voix grêle et sèche. Je voulais vous dire en personne que je me réjouis que le clan des Loups soit toujours en vie.

— Et je vous en remercie, Monseigneur. »

Il sourit et prit une délicate gorgée d'hydromel.

« Bien, le Roi lui-même m'a demandé de venir vous parler, poursuivit-il, en insistant sur les mots “le Roi lui-même”. Il a pris une importante décision : Sire Gwetmar pourra se départir de son allégeance envers le clan des Aulnes et épouser votre sœur.

— C'est merveilleux ! » Gweniver trinqua avec lui avec son verre à pied. « Maintenant, tout ce que nous avons à faire est d'aller chercher Macla au temple et de la mettre en lieu sûr.

— Ah, j'ai d'autres nouvelles à ce sujet. Le Roi aimerait que vous alliez la chercher sous peu. Il vous prêtera, à vous et Gwetmar, deux cents hommes de sa garde personnelle à ajouter à vos troupes.

— Grands dieux ! Notre Majesté est très généreuse.

— Effectivement. Sire Dannyn vous accompagnera à leur tête. »

Saddar marqua une pause, comme s'il s'attendait à une réaction capitale. Gweniver pencha la tête d'un côté et l'observa.

« Eh bien, dit enfin le conseiller. Que pense Sa Sainteté de Sire Dannyn, si je puis me permettre ?

— Mes hommes m'ont dit qu'il était merveilleux au combat, et sincèrement, bon Monsieur, c'est tout ce qui m'importe.

— Vraiment ? »

Quelque chose dans le sourire du vieil homme lui rappela l'étrange avertissement qu'elle avait reçu de la Déesse, et elle garda le silence.

« Eh bien, dit Saddar, ce n'est pas à moi de poser des questions à ceux qui ont fait des vœux pieux, Madame, mais permettez qu'un homme comme moi, que les années ont rendu franc, vous mette en garde. Sire Dannyn est très impétueux. Je garderais un œil sur lui, si j'étais à votre place. Il s'interrompit pour finir sa coupe d'hydromel. Ah, cela me réjouit de vous voir ici, Votre Sainteté. Votre Déesse vous a sans doute envoyée en témoignage de Sa faveur pour notre Roi.

— Espérons que non. Sa faveur est aussi sinistre et pénible qu'une lame ensanglantée. »

Le sourire de Saddar se crispa sur ses lèvres. Il se leva peu de temps après, lui fit poliment une révérence et se dépêcha de prendre congé.

Pendant quelque temps, Gweniver réfléchit aux

paroles étranges et troublantes du conseiller. Elle voulut s'adresser à sa Déesse et lui demander Son avis, mais en vérité, elle ne savait pas exactement comment procéder. Seuls quelques fragments des rites de la Lune Noire avaient été conservés. Les prêtresses connaissaient certains chants et certains rituels à effectuer lors du décroissement de la lune ; des bribes de traditions et certaines prières à réciter sur un champ de bataille avaient survécu, remontant à l'Époque de l'Aube ; rien de plus. Sans temple, ni miroir, ni autel, Gweniver ignorait tout simplement comment s'adresser à sa Déesse. Dans ses sacoches de selle, elle trouva une lettre d'introduction d'Ardda à la grande prêtresse du temple de Cerrmor, mais elle avait peur d'aller trouver cette femme rodée aux mœurs de la ville et de la cour avec son étrange histoire de la Lune dans sa phase obscure.

Toutefois, elle réalisa qu'elle avait besoin d'un miroir avant tout. Le lendemain matin, Gweniver partit se promener dans la cité, mais au lieu d'aller au temple, elle se rendit au marché et s'acheta un miroir en bronze au tain argenté, suffisamment petit pour entrer dans une sacoche de selle. Cette nuit-là, après le dîner, elle s'enferma dans sa chambre avec une lanterne en guise de seule lumière, adossa le miroir contre un coffre et s'agenouilla devant lui. La glace lui renvoya son regard et l'image de son visage, argenté et déformé.

« Madame, chuchota-t-elle, Madame des Ténèbres. »

Mentalement, elle se représenta la vision qu'elle avait eue dans le temple, simple souvenir visuel désormais évanoui. Au cours de ces dernières semaines, elle avait tant ressassé ce souvenir que l'image était toujours ancrée dans son esprit, tellement nette qu'elle avait pu examiner sous différents angles, puisqu'elle avait d'abord regardé son épée posée sur l'autel, puis le miroir ou Ardda, debout à côté d'elle. *Si seulement il y avait un moyen pour que je puisse la voir dans ce miroir*, se dit-elle, *peut-être l'image s'animerait-elle ?* Mais lorsqu'elle essaya de visualiser la surface argentée, celle-ci resta obstinément muette. Brusquement, elle se sentit ridicule. Ce qu'elle voulait faire était sans doute impossible, mais elle essaya avec une obstination instinctive de visualiser l'image de la Déesse sur le miroir argenté et brillant.

Il était très tard également et commençant à bâiller, elle avait du mal à se concentrer et à fixer ses yeux sur la glace. Soudain, elle trouva l'astuce par hasard, mentalement, comme un enfant se démène pour apprendre à faire rouler un cerceau avec un bâton et a l'impression qu'il a beau essayer, le cerceau finit toujours par tomber... et puis, tout à coup, sans effort conscient, se met à rouler et roule à chaque essai. Gwen aperçut d'abord l'ombre vacillante d'une image sur le miroir ; puis, d'un seul coup, l'image de la Déesse apparut, pendant un instant seulement, mais elle était là, sur la glace argentée.

« Que loué soit le nom de Madame ! »

La fatigue de Gweniver s'était envolée. Pendant la moitié de la nuit, elle resta devant son miroir, saisie de crampes douloureuses aux genoux et au dos, mais elle demeura jusqu'à ce qu'elle puisse voir sa Déesse aussi nettement que si l'image avait été peinte sur l'argent. La vision finit par s'animer, et les yeux sombres de la nuit la regardèrent une fois de plus. La Déesse souriait, bénissant l'unique adoratrice qu'elle possédait dans tout le royaume de Deverry. Gweniver pleura, mais de joie, d'une joie pure, saine et sincère.

Comme son plan était simple, Dannyn pensait qu'il marcherait. Pendant qu'il escorterait Gweniver et ses hommes au Temple de la Lune, les deux frères de Sire Maer, du clan des Cerfs, mèneraient un raid punitif sur le territoire détenu par Cantrae, frappant les terres des Sangliers eux-mêmes.

« Les frères de Sire Maer écument tels des chiens enragés, devant l'insulte qui a été portée à leur clan, remarqua Glyn. Je dois leur offrir l'occasion de se venger.

— C'est la meilleure des feintes que nous puissions faire, Majesté. Nous ramènerons Dame Macla saine et sauve.

— Bien. Glyn réfléchit un instant. Le vrai combat pour le domaine des Loups ne commencera pas avant l'automne, lorsque les Sangliers auront le loisir de reprendre leur querelle héréditaire.

— Oui, tout juste. Eh bien, à ce moment-là, nous aurons tout le loisir de leur répondre. »

Lorsque le Roi l'eut congédié, Dannyn se rendit au pavillon des femmes pour voir son fils. Quelques années plus tôt, Glyn lui avait trouvé une épouse issue d'un noble clan disposée à ignorer sa bâtardise en échange d'une faveur royale. Même si Garaena avait succombé à l'accouchement, son fils était né en bonne santé. Bien que l'usage voulût que le bébé soit placé dans une famille d'accueil, Glyn avait outrepassé cette tradition : un enfant même à demi royal pouvait devenir un otage bien trop facilement pour qu'il le laisse sortir du dun. À quatre ans, Cobryn parlait déjà d'armes et de batailles.

Cet après-midi-là, Dannyn le sortit de la garderie royale et l'emmena dans la cour. Comme les bandes armées revenaient d'une journée d'exercice, la cour était remplie de soldats et de chevaux, qui passèrent près d'eux dangereusement vite, et Dannyn prit son fils dans ses bras et l'installa contre son épaule comme un sac de graines. C'était un bel enfant aux cheveux aussi blonds que le lin, qui avait hérité des yeux bleu vif de son père. Cobryn posa ses bras autour du cou de Dannyn et l'embrassa.

« Je vous aime, Père. »

Un instant, Dannyn fut trop surpris pour répondre, car il avait passé son enfance à haïr son propre père.

« Vraiment ? répondit-il à la longue. Eh bien, merci. »

Tandis qu'ils traversaient la cour en flânant, Cobryn jacassant au sujet de chaque cheval qu'il voyait, Dannyn aperçut Gweniver qui parlait à un groupe de seigneurs près de la porte principale. Son fils toujours dans les bras, il alla les rejoindre sans se presser. Cobryn se tortilla et la montra du doigt.

« Papa, c'est une fille ! »

Quand tout le monde éclata de rire, le jeune garçon s'effaroucha et se cacha dans l'épaule de Dannyn. Gweniver se rapprocha d'eux tranquillement pour mieux le voir.

« Quel bel enfant ! dit-elle. Ce n'est pas le vôtre, si ?

— Si. J'ai été marié, jadis.

— Allons, ça, c'est une surprise. Je pensais que vous étiez du genre à rester éternellement célibataire.

— Vous vous méprenez gravement sur mon compte, Madame. »

Gweniver s'abstint de répondre, prudente, telle une biche effarouchée. Il y eut un long silence gêné, et lorsqu'il la regarda, Dannyn se traita de tous les noms : pourquoi tout ce qu'il disait était si maladroit ? Finalement, Cobryn se fit entendre et vint à son secours.

« Vous savez quoi ? Le Roi est mon oncle.

— Oui, effectivement. » Gweniver reporta son attention sur l'enfant avec un certain soulagement. « Le respectes-tu ?

— Oui. C'est un homme merveilleux.

— Plus merveilleux encore que mon petit morveux de fils peut s'en rendre compte à son âge, reprit Dannyn. Notre Majesté a officiellement reconnu Cobryn parmi ses successeurs, juste après ses propres fils. Ce n'est pas souvent que le rejeton d'un bâtard peut devenir prince.

— C'est bien rare, en effet ! Très bien, jeune Cobryn, tu as tout à fait raison. Le Roi est vraiment un homme merveilleux. »

Pendant le dîner, Dannyn se surprit à regarder Gweniver, même si ses pensées étaient impies. Un vieux proverbe résumait parfaitement sa situation : *un homme aimant une fille dévouée à la Lune doit mettre bonne distance entre lui et son désespoir*. Ses cheveux dorés miroitèrent à la lumière des chandelles lorsqu'elle saisit un verre d'argent entre ses longs doigts, si jolis et si délicats qu'il lui fut difficile de croire qu'elle pouvait réellement se servir d'une épée. D'après ce que Ricyn lui avait dit, elle avait abattu des hommes uniquement par chance, et la chance pouvait abandonner un homme au combat.

Lorsqu'ils eurent fini de manger, Dannyn se leva et alla à sa table, où il s'accroupit devant elle, l'obligeant à se pencher pour lui parler.

« Je voulais vous demander quelque chose, lui dit-il. Avez-vous une cotte de mailles ?

— Non. Vous savez, je n'en ai même jamais porté.

— Comment ? Oh, grands dieux, alors vous n'avez aucune idée du poids que cela représente, non ?

— Je m'y habituerai certainement. Ma Déesse me protégera tant qu'Elle voudra que je sois en vie, puis me laissera périr lorsqu'Elle souhaitera ma mort. Lorsque ce jour viendra, que je porte ou non la meilleure armure du royaume importera bien peu.

— C'est tout à fait vrai, assurément, car lorsque le Wyrd vient chercher quelqu'un, il est implacable, mais une bonne rangée de mailles peut détourner de nombreux coups de malchance. »

Lorsqu'elle sourit, leurs yeux se croisèrent, et à cet

instant, il sentit qu'ils se comprenaient dangereusement bien. Il se releva prestement.

« Mais vous ne mourrez pas cet été si je peux l'en empêcher, Votre Sainteté. Cela vous blesse certainement de recevoir les ordres d'un bâtard, mais une fois que nous aurons ramené votre sœur, vous vous entraînerez avec moi comme un cavalier de treize ans qui vient d'entrer dans la troupe. Nombre d'entre eux sont encore en vie et sont devenus adultes, non ? Faites ce que je dis, et vous aussi, vous pourrez grandir. »

Ses yeux jetèrent des éclairs de colère et elle commença à se lever, mais il se recula vivement.

« Bonne nuit, Madame, et que tous vos rêves soient pieux. »

Il se dépêcha de s'éloigner avant qu'elle ait pu le défier en combat singulier. Il avait pu voir monter sa colère dans son regard.

Persaunn n'était pas tout à fait certain du moment où le Roi avait commencé à se douter que son vieux et modeste serviteur était maître de dweomer. Lorsqu'il était arrivé à Dun Cerrmor, quelque six années plus tôt, il avait offert ses services à titre d'herboriste capable de faire pousser des plantes médicinales et de préparer des remèdes. Un sous-chambellan l'avait reçu et conduit à une maison de domestiques typique qu'ils étaient plusieurs à partager. Cette année-là, il n'avait vu Glyn que de loin, habituellement lors de défilés ou de cérémonies officielles. L'anonymat convenait bien à Persaunn ; il n'était là que pour surveiller les événements, non pour se mêler de politique, du moins, c'est ainsi qu'il l'entendait, et il avait choisi la cour de Glyn uniquement parce qu'il ne pouvait pas supporter Slwmar de Cantrae, qui était sournois, perfide et suspicieux, à la limite de la paranoïa.

Pourtant, comme Glyn était bienveillant envers ceux

qui le servaient, à un certain stade au cours de sa deuxième année de service, il s'était renseigné sur l'homme qui offrait à son dun des médicaments cruellement nécessaires en temps de guerre et avait convoqué Persaunn dans la grande salle pour une audience protocolaire. Celle-ci avait été de très courte durée, bien sûr, et d'autres domestiques avaient été conviés avec Persaunn, mais il avait dû dire quelque chose qui avait attiré l'attention du Roi, car peu de temps après, Glyn était venu visiter en personne son jardin d'herbes aromatiques situé derrière les écuries et lui avait adressé à nouveau la parole. Cela était devenu une sorte d'habitude : dès que le Roi avait du temps libre, il descendait le voir et lui posait des questions diverses au sujet de cette herbe-ci ou de telle autre, du cycle des saisons ou de la croissance des plantes. Cela semblait le soulager des pressions et des intrigues qui l'entouraient.

Au cours de la troisième année, on avait donné à Persaunn sa propre chambre, une pièce agréable située dans l'une des tours latérales, sans d'autres explications que celle selon laquelle il méritait un peu d'intimité. Peu de temps après, il avait reçu une place dans la grande salle à une table réservée à des serviteurs plus courtois. Les visites du Roi s'étaient allongées également, particulièrement en hiver, où il avait plus de temps libre, et parfois, Glyn avait carrément demandé à son serviteur des conseils sur les affaires de la cour. Bien que Persaunn fût toujours prudent dans ses réponses, elles avaient semblé plaire au Roi, lequel, occasionnellement, avait laissé échapper de petites allusions sous-tendant qu'il savait que Persaunn était quelqu'un de bien plus important que le vieil homme crasseux qu'il semblait être.

Le Roi avait manifestement décidé que l'heure était venue d'être franc. Un matin, le jour où les hommes des Cerfs étaient partis à la tête d'une petite armée pour démarrer leurs incursions chez les Sangliers, Persaunn était en train de sarcler une rangée de plants de consoude lorsqu'un page arriva, lui annonçant que le Roi désirait le voir dans la chambre du conseil. À la hâte, Persaunn se lava les mains dans un seau d'eau en cuir et suivit le garçon dans le donjon.

Glyn était seul dans l'étroite pièce, assis avec désinvolture sur le bord de la table et fixant la carte parcheminée baignée par la lumière du soleil qui pénétrait par la fenêtre. Découpée dans une peau de vache entière, la carte était usée, les inscriptions effacées par endroits. Çà et là, des traits avaient été tirés à l'encre rouge, puis effacés par frottement, les anciennes frontières et les fronts de bataille étant visibles au travers, palimpseste saignant. En la voyant, Persaunn ne put s'empêcher de penser que c'était son royaume que d'autres hommes se disputaient. Plus que quiconque à Deverry, il aurait pu prétendre au trône des Wyvern, si, naturellement, il avait pu prouver que le prince Galrion était toujours en vie après toutes ces années – ce qui était une tâche loin d'être aisée, effectivement.

« Je vous ai appelé pour vous demander quelque chose, lui dit Glyn abruptement. Vous êtes le seul homme à qui je peux faire confiance et qui tiendra sa langue à ce sujet. Même les prêtres parlent entre eux comme de vieilles commères.

— Les vieilles femmes tiennent mieux leur langue, Majesté.

— Pourtant, cette question nécessite les connaissances d'un prêtre pour pouvoir y répondre. » Là, Glyn marqua une pause. « J'espérais qu'un maître de dweomer pourrait me conseiller.

— Et monseigneur pense-t-il que je possède de telles connaissances ?

— Oui. Votre seigneur se trompe-t-il ?

— Non. »

Glyn eut un sourire de triomphe très bref.

« Alors, répondez à cette question, poursuivit-il. Si un homme ou une femme a prêté ses vœux dans un temple, n'existe-t-il aucun moyen pour qu'il ou elle puisse revenir sur sa parole sans offenser les dieux ?

— Eh bien, seulement en de rares circonstances. Supposez que quelqu'un ait prêté un faux serment avec la connivence d'un prêtre corrompu, dans ce cas, le supérieur de ce prêtre peut prononcer l'invalidité de ce vœu. Il peut également être possible à la personne qui a prêté serment d'y renoncer en vouant le reste de sa vie au service du dieu concerné, mais cela poserait un problème encore plus épineux en fait.

— C'est probablement le cas ici.

— Oh oh ! Je suppose que Sa Majesté a remarqué comment son frère se languissait d'une chose interdite.

— Oui, c'est exactement cela. Il n'est pas besoin de dweomer pour voir un cheval dans une chambre, mon bon sorcier.

— C'est vrai. J'espère seulement que personne hormis nous ne l'a remarqué, Majesté. Nombreux sont ceux qui envient Dannyn. »

Poussant un soupir, Glyn acquiesça d'un signe de tête.

« Si un vieil homme peut donner un conseil à Sa Majesté, poursuivit Persaunn, le Roi ferait mieux d'en parler à son frère. Cela serait terrible et impie que Dannyn séduise Gweniver et l'oblige à rompre son serment. »

Glyn soupira et regarda la carte.

« Je devrais m'arranger pour que Dannyn se marie à nouveau, dit-il. J'avais pensé lui remettre Dame Macla et le fief des Loups, mais je ne voulais pas qu'il passe l'hiver si loin de ma cour. Et peut-être, au final, mon égoïsme aura-t-il servi pour le mieux. Car Gweniver rendra certainement souvent visite à sa sœur.

— Assurément, Majesté. Puis-je me montrer présomptueux au point de vous demander pourquoi vous tenez Sire Dannyn en si grande estime ? Ce n'est pas que je ne le trouve pas digne de votre faveur, attention, mais rares sont ceux qui comprennent les bâtards de leur père aussi clairement. La plupart préfèrent ne pas les voir du tout.

— C'est vrai. Eh bien, voyez-vous, depuis que mon père a revendiqué le trône pour moi, alors que je n'étais qu'un bébé dans ses bras, j'ai été éduqué pour devenir roi. Pour un garçon, c'était comme un rêve : je devais réclamer la Cité Sainte après de glorieuses batailles, être le gouverneur de tout ce que je pourrais passer en revue et préserver le royaume de la guerre. Mais un jour, j'étais dans la cour, et j'ai vu les garçons d'écurie tourmenter cet autre enfant. Il avait à peine six ans environ, et moi, j'en avais huit. Ils se moquaient de lui et le traitaient de bâtard, et lorsqu'il a essayé de frapper l'un d'entre eux, ils l'ont encerclé et se sont mis à le battre. J'ai donc accouru et leur ai ordonné d'arrêter. Je me suis senti très généreux, véritablement royal, à défendre cette pauvre petite créature. » Il eut un sourire d'autodérision trop scrupuleux. « Ensuite, j'ai relevé le garçon, j'ai essuyé son nez ensanglanté et, au nom de chaque dieu du ciel, c'était comme si je m'étais regardé dans un miroir. Je suppose qu'il va sans dire que personne n'avait informé le jeune Roi de l'intérêt que son père portait aux filles de cuisine. Eh bien, je l'ai découvert ce matin-là. J'ai donc fait irruption dans la chambre de Père, comme le Roi pour lequel je me prenais, et je lui ai demandé de me dire ce qu'il pensait faire. C'est dommage que vous ne puissiez voir la tête qu'il a tirée. »

Persaunn laissa échapper un rire.

« Mais à tout prix, poursuivit Glyn, j'ai insisté pour que Dannyn vienne vivre avec moi au donjon, parce que c'était mon frère, peu importait ce que notre père en pensait. Et petit à petit, il m'a raconté ce qu'il avait vécu, les railleries et le dédain qu'il avait endurés en tant que garçon de cuisine, la reconnaissance qu'il avait été amené à éprouver lorsqu'il recevait des quignons de pain à manger. Et c'est ainsi que j'ai commencé à réfléchir à ce qu'un souverain devait être, bon sorcier, à ma façon, avec les yeux d'un enfant. J'ai juré solennellement au Grand Bel que jamais je ne ferais passer ma volonté avant tout et que jamais je ne gouvernerais comme mon père l'avait fait. Rien que pour cela, je respecte Dannyn. Il m'a offert un présent qui vaut plus d'une centaine de chevaux. Mais outre cela, c'est le seul homme à cette cour qui m'aime pour ce que je suis, non pour l'influence et les terres qu'il peut obtenir de moi. Ai-je l'air d'un fou à me soucier de telles choses ? Sûrement, je suppose.

— Sa Majesté n'est pas fou. C'est l'un des hommes les plus sains que j'aie jamais rencontrés, et de peur que vous ne pensiez que ce ne soit qu'une flatterie non fondée, laissez-moi ajouter que cette santé mentale est une malédiction en ces temps insensés.

— Vraiment ? » Pendant un instant, le Roi détourna le regard, la mâchoire pendante. « C'est vrai, je suppose. Eh bien, merci, bon Monsieur, pour vos conseils. Si les choses le permettent, je descendrai dans votre jardin un de ces jours pour voir comment il pousse. »

Au lieu de retourner à son désherbage après avoir quitté le Roi, Persaunn rentra dans sa chambre. Le cœur troublé, il se demanda si Glyn était destiné à régner comme l'unique Roi de Deverry, espérant que tel était son Wyrd, conscient cependant que l'avenir lui était fermé. Après avoir barré sa porte pour être certain de ne pas être dérangé, il se tint debout au centre de sa petite chambre et imagina que sa main droite tenait une épée bleue de feu. Lentement, il se concentra sur l'image jusqu'à ce que celle-ci prenne vie indépendamment de sa volonté. Ce n'est qu'alors qu'il l'utilisa pour tracer un cercle de feu bleu autour de lui, imaginant les flammes jusqu'à ce qu'elles aussi s'animent de leur propre volonté.

Posant l'épée de côté, il s'assit au centre du cercle lumineux en bondissant et invoqua devant lui l'image mentale d'une étoile à six branches brûlant d'un feu doré, symbole du centre et de l'équilibre de tout, source de la vraie souveraineté. Invoquant les Rois de l'Éther, il plongea son regard dans l'hexagone formé au centre des triangles entrelacés et l'utilisa pour voyager dans le plan astral, comme les maîtres de dweomer les plus maladroits utilisent un miroir ou une boule de cristal.

Les visions arrivèrent, d'abord floues, se formant à peine avant de se dissoudre, devenant nettes et se dissipant comme des nuages pris dans un autan, mais il n'y vit rien au sujet du Wyrd de Glyn. Même dans les Terres Intérieures, c'est-à-dire dans le plan astral, les courants étaient agités, les forces en déséquilibre, la lumière ombragée. Pour chaque royaume ou peuple correspond une partie du plan astral supérieur – certains magiciens pensent que c'est un lieu – qui représente la vraie source des événements qui se déroulent dans ce royaume des Terres Extérieures, le plan physique. De même, chacun possède une âme secrète et immortelle, qui détermine la volonté ou la chance d'une personne. Le peuple de Deverry avait assisté à bien des guerres opposant des hommes ambitieux ; ces hommes se considéraient eux-mêmes comme les auteurs de leurs actions ; Persaunn voyait la vérité. Les petites prises de bec futiles de ces prétendus rois n'étaient que les symptômes de la crise, comme la fièvre n'est que le symptôme de la maladie, une chose douloureuse en elle-même, mais non la véritable racine du mal. Dans les Terres Intérieures, les forces sombres de la Mort Déséquilibrée étaient hors de contrôle, plongeant tout dans le chaos, et seule une poignée de guerriers au service de la Lumière était là pour se dresser contre elles. Bien que Persaunn ne soit que l'humble serviteur des Grands Illuminés, il avait son propre rôle à jouer dans cette guerre qui déchirait le royaume. Après tout, une fièvre peut tuer un malade si on la laisse monter sans la maîtriser.

Maintenant, faites comme si vous n'avez jamais considéré ces forces de la Mort Déséquilibrée comme des personnes, une sorte d'armée du mal menée par des êtres possédant une âme reconnaissable. Au contraire, imaginez que ce sont des forces aussi naturelles que la pluie, mais hors de contrôle, tel un fleuve en crue qui sort de son lit et emporte fermes et villes sur son passage. Chaque peuple ou royaume comprend une propension au chaos dans son âme, des faiblesses, des sentiments de cupidité, d'orgueil et d'arrogance, qui peuvent soit être satisfaits, soit refoulés. Lorsque ces sentiments sont satisfaits, ils libèrent de l'énergie – pour utiliser une métaphore – qui se dégage vers le lieu sombre des Terres Intérieures correspondant. Tel était le cas de Deverry en cette période de grande agitation. Ces forces s'étaient accrues et se déversaient, emportant tout sur leur passage, exactement comme un fleuve en crue.

À quel point pouvait-il intervenir sur le plan physique ? Persaunn l'ignorait, tout simplement. Le travail du dweomer est subtil, mélange d'influences, d'images et de lent travail interne. Une action directe sur le monde est normalement si inhabituelle pour un maître de dweomer que Persaunn avait peur d'intervenir avant que l'heure exacte ne soit arrivée. Un mauvais pas, même à bon dessein, ne ferait que marquer une autre victoire du Chaos et des Ténèbres. Pourtant, il souffrait d'attendre, de contempler la mort, la maladie, la douleur et la pauvreté que les guerres répandaient dans tout le royaume. Le pire de tout était de savoir qu'il y avait çà et là des maîtres maléfiques du dweomer noir qui jubilaient à la vue de cette souffrance et aspiraient l'énergie dégagée par la marée du Chaos pour leurs propres et lugubres projets. *Leur temps viendrait*, se souvint-il, *pour eux, les ténèbres se trouvent au bout du monde et la malédiction à la fin des âges et des temps.*

Mais lui, simple serviteur, ne pouvait les expédier dans les ténèbres avant leur heure, pas plus qu'il ne pouvait voir si Glyn régnerait un jour sur un royaume unifié et en paix à Dun Deverry. Poussant un soupir, il coupa court à ses vaines méditations et bannit les étoiles et le cercle. Il alla à sa fenêtre et se pencha pardessus, regardant les guerriers traverser la cour à la hâte et rentrer dans la grande salle pour dîner. Les voir rire et plaisanter sema un sentiment de culpabilité dans son cœur. C'était son ancienne faute qui avait entraîné cette guerre, du moins, c'est ce qu'il pensait. Longtemps auparavant, alors qu'il était prince, il avait eu le choix d'épouser Brangwen, du clan des Faucons, et devoir progresser plus lentement dans l'apprentissage du dweomer (puisqu'il aurait dû prendre soin d'une femme et de ses enfants), ou de rompre ses fiançailles et se dédier tout entier à la voie du dweomer. Dans sa tentative maladroite de tirer le meilleur de ces deux possibilités, il avait conduit trois personnes à la mort : Brangwen elle-même, son frère Gerraent, qui avait ressenti pour sa sœur une passion incestueuse et impie, et Sire Blaen des Sangliers, un prétendant honorable de Brangwen qui avait eu le malheur de se laisser entraîner dans la folie de Gerraent.

Si seulement j'avais épousé Brangwen, se reprocha-t-il, *nous aurions eu des enfants, qui auraient eu à leur tour des enfants qui auraient hérité de la couronne dans les règles et empêché la guerre civile. Peut-être.* Il se rappela que personne ne pouvait savoir ce qui se serait réellement passé. En revanche, le problème avec les Sangliers était plus étroitement lié à son erreur. Depuis qu'ils avaient reçu les terres des Faucons pour la mort de Blaen, les Sangliers étaient devenus orgueilleux et arrogants. C'était sous leur pression que le Gwerbret de Cantrae avait réclamé une couronne qu'il n'avait jamais été destiné à recevoir. Persaunn lui-même avait vécu tous ces événements, les observant de loin, en sécurité. Son dweomer le maintenait en vie, mais pas à titre de récompense – à titre de châtiment plutôt, jusqu'à ce qu'il puisse redresser ses anciens torts.

Et aujourd'hui, tous les acteurs de cette ancienne tragédie étaient réunis ici, à Cerrmor. Ce soir-là, au dîner, Persaunn inspecta la grande salle et repéra chacun d'entre eux : Blaen, mangeant avec le reste des cavaliers des Loups en la personne de Ricyn, leur capitaine ; Gerraent, assis à gauche de Glyn dont il était le demi-frère ; Brangwen, sur la joue de laquelle était gravé le tatouage bleu des guerrières de la Lune. Ils étaient tous encore liés, mais c'était le sort réservé à Gweniver dans cette vie qui le peinait le plus.

Persaunn était assis à une table, sur le plancher de la grande salle, en compagnie du scribe, de son épouse, du chambellan, de ses deux sous-chambellans et du Maître d'Armes veuf prénommé Ysgerryn. Ce soir-là, ce dernier remarqua que Persaunn regardait Dame Gweniver pendant qu'elle mangeait et mentionna que juste avant, Dannyn était venu le voir avec elle pour l'équiper d'une cotte de mailles.

« Heureusement, j'avais conservé un jaseran que Dannyn lui-même avait porté avant qu'il n'ait atteint sa taille adulte, poursuivit Ysgerryn. J'aurais pu le démanteler et l'agrandir, bien sûr, mais c'était une si belle pièce que je l'avais gardée pour qu'elle serve, un jour ou l'autre, à l'un des jeunes princes. Elle s'avère utile aujourd'hui.

— Effectivement. Mais que pense notre seigneur à l'idée que la gente dame portera son ancienne armure ?

— Assez curieusement, il était content. Il a dit que c'était une sorte de signe. »

Ce serait bien de lui, pensa Persaunn, *maudit soit-il !*

Une fois le repas terminé, Persaunn se leva pour quitter la salle, mais il remarqua que Dannyn était allé s'asseoir à côté de Gweniver à sa table. Il s'attarda au pied de l'estrade pour écouter leur conversation, mais Dannyn ne faisait que lui poser une question anodine au sujet de sa cotte de mailles.

« Oh grands dieux, répondit-elle en riant. Mes épaules me brûlent à force de la porter ! Elle doit bien peser douze kilos.

— Oui, au minimum, répliqua Dannyn. Mais continuez de la porter, chaque minute que vous pourrez la supporter. Je n'aimcrais pas perdre un homme de votre esprit juste par manque d'entraînement. »

Le jeune Sire Oldac, un jeune blond bien en chair bien trop infatué de lui-même se pencha par-dessus la table, un largc sourire aviné aux lèvres.

« Un homme ? remarqua-t-il. Allons, Dannyn, qu'arrive-t-il à vos yeux ?

— Ils voient parfaitement le tatouage bleu gravé sur son visage. Pour tous ceux qui sont sous mon commandement, c'est un homme, ou tout comme.

— Ça, c'est bien dit, assurément. » Oldac essuya sa moustache imbibée d'hydromel du revers de la main. « Mais voyons, Jill, il est indéniable que vous êtes une catin suffisamment séduisante pour qu'un homme l'oublie. »

Aussi rapide et direct qu'un coq de bruyère sortant à découvert, Dannyn se leva et se pencha par-dessus la table pour saisir Oldac par la chemise. Les verres roulèrent et se renversèrent puis les hommes crièrent lorsqu'il souleva par-dessus la table le jeune seigneur qui hurlait et donnait des coups de pied. Le hissant dans un dernier effort, il le jeta aux pieds de Gweniver.

« Excusez-vous ! lança hargneusement Dannyn. Personne ne traite une dame et une prêtresse de catin. »

Dans un silence de mort, tous ceux qui étaient présents dans la grande salle les regardèrent. Oldac reprit son souffle et se releva avec peine sur un genou.

« Je vous présente mes sincères excuses, dit-il d'une voix haletante. Jamais je ne vous traiterai ainsi à nouveau, Votre Sainteté. J'implore votre Déesse de me pardonner.

— Vous êtes fou, répondit Gweniver, mais j'accepte vos excuses. »

Oldac se leva, déplissa sa chemise trempée d'hydromel et se tourna vers Dannyn.

« Que la Déesse pardonne mon affront, lui dit-il, mais quant à vous, petit bâtard... »

Lorsque Dannyn posa sa main sur la garde de son épée, des hommes se levèrent de leurs sièges.

« Sa Seigneurie voudrait-elle officiellement me lancer un défi ? » La voix de Dannyn était aussi douce que celle d'une servante.

Piégé, Oldac regarda de tous côtés, la bouche crispée, tandis qu'il débattait du choix qui s'imposait à lui entre l'honneur ou une mort certaine. Dannyn attendait, le sourire aux lèvres. À la table d'honneur, le Roi se leva.

« Assez ! cria Glyn. Maudits soyez-vous tous les deux pour vous battre dans ma grande salle ! Danno, revenez vous asseoir. Oldac, j'aimerais vous dire deux mots plus tard dans mes appartements. »

Rougissant de honte, Oldac tourna les talons et sortit de la pièce en courant. La tête baissée comme un chien battu, Dannyn retourna furtivement auprès de son frère. Lorsque Persaunn sortit, il s'interrogea au sujet de

Gerraent, comme il avait tendance à l'appeler en des moments de faiblesse. Apparemment, il semblait déterminé à traiter Gweniver avec respect et à ignorer cette passion longtemps refoulée, qui semblait se frayer un chemin vers la surface. *Le jeune homme a plus de force*, pensa Persaunn, *peut-être s'affranchira-t-il de son passé dans cette vie ?* Mais à cette pensée, il sentit comme une main moite se poser sur son dos, un avertissement dweomérique. Le danger rôdait alentour, et dont il n'était pas encore conscient.

À la tête d'une petite armée, Gweniver arriva au Temple de la Lune tard un matin de printemps, au moment où le soleil illuminait ses hauts remparts de sa lumière dorée. Laissant ses hommes au pied de la colline, accompagnée de Gwetmar, elle marcha jusqu'aux barrières qui s'ouvrirent avec un bruit sec sur Lypilla.

« C'est vous, Gwen ! cria-t-elle. Lorsque nous avons vu l'armée, nous avons pensé qu'il s'agissait de ces maudits Sangliers ou de leurs comparses qui revenaient.

— Eh bien non, justement. Nous sommes venus chercher Maccy. Je lui ai promis un mariage, et mariage elle aura.

— C'est merveilleux ! La pauvre petite a la mort dans l'âme. Entrez, entrez. Je suis si contente de vous revoir. »

Lorsque Gweniver entra, Macla courut à sa rencontre et se jeta dans les bras de sa sœur. La cour du temple était remplie de femmes, qui les regardèrent avec des sourires compatissants pendant que Maccy pleurait de joie.

« J'étais si inquiète, je pensais que tu étais peut-être morte, sanglota-t-elle.

— Eh bien, non, je suis là. Allons, reprends-toi, Maccy. Je t'ai amené ton futur époux, et tout est pour le mieux. Ce sera un grand mariage, tu verras, que nous célébrerons à la cour même. »

Macla poussa un cri de joie et pressa ses mains sur sa bouche.

« Allons, va chercher tes affaires pendant que je parle à Ardda, poursuivit Gweniver. Sire Gwetmar t'attend.

— Gwetmar ? Mais il n'a aucun charme !

— Eh bien, tu n'auras pas de souci à te faire alors, il n'engendrera pas une lignée de bâtards avec vos servantes. Écoute-moi, jeune écervelée, c'est le seul homme de la cour qui voulait t'épouser par amour, non pour ta dot, alors commence à être attentive à ses qualités. Tu ne verras pas son visage lorsqu'il soufflera la bougie, de toute manière. »

Macla gémit de façon théâtrale, puis se rendit au dortoir au pas de course. Ce n'est qu'à ce moment-là que Gweniver remarqua leur mère, qui se tenait à l'écart de la foule. Dolyan avait les bras croisés sur la poitrine, comme si elle était accablée de chagrin, les yeux à moitié remplis de larmes. Lorsque Gweniver s'avança et tendit ses mains vers elle, sa mère se détourna à moitié.

« Tu as arrangé un bon mariage pour ta sœur, lui dit-elle d'une voix tremblante. Je suis fière de toi.

— Merci, Mère. Vous portez-vous bien ?

— Aussi bien que je le peux, lorsque je te vois dans cette tenue. Gwen, Gwen, je t'en prie. Reste ici, au temple.

— Je ne le puis, Mère. Je suis le seul honneur qu'il reste du clan.

— Honneur ? Oh, alors, il est question d'honneur ? Tu es aussi mauvaise que ton père, et que tous tes frères, lorsqu'ils me parlaient d'honneur au point de me faire penser que je devenais folle. Ce n'est pas l'honneur que tu recherches, c'est le fait de tuer qui te plaît. » Brusquement, elle remua la tête, et ce fut une cascade de paroles, une marée de colère. « Ils se fichaient bien de mon amour ; oh, cela leur importait peu, contrairement à leur fichu honneur, leur devoir de partir en guerre, de saigner le clan aux quatre veines, et tout cela pour semer le chagrin dans le royaume ! Gwen, comment peux-tu me faire ça ? Comment peux-tu partir en guerre comme eux l'ont fait ?

— Je n'ai pas le choix, Mère. Vous avez Maccy, et bientôt, vous serez douairière et retournerez sur nos terres.

— Où donc retournerais-je ? » Dolyan vida son sac. « Une maison brûlée, des terres ravagées, et tout cela pour une question d'honneur ! Gwen, s'il te plaît, ne pars pas ! » Puis elle se mit à pleurer, sanglotant tout haut.

Gweniver ne put ni parler, ni bouger. Les autres femmes se précipitèrent aux côtés de Dolyan, la relevèrent et se dépêchèrent de l'emmener, lançant pendant tout ce temps des regards noirs comme autant de poignards à cette fille ingrate. Lorsque Gweniver se sauva en traversant les portes en sens inverse, elle entendit les sanglots de Dolyan, un long gémissement empreint de chagrin. *Je suis déjà morte pour elle*, pensa-t-elle. La mélopée continua, s'élevant, aiguë et claire sous le soleil du matin, puis cessa soudainement, comme si les autres femmes avaient fait rentrer sa mère dans le temple.

« Que se passe-t-il ? demanda Gwetmar brusquement. Qui est mort ?

— Personne, personne. Il n'y a rien de grave. Maccy sera là dans peu de temps. » Elle se détourna et chercha du regard Ricyn parmi ses hommes, au pied de la colline. « Par le cul noir et poilu du Seigneur des Enfers, je suis contente de retourner à Cerrmor. »

Où que soit Ricyn, elle ne put le trouver mais elle aperçut Dannyn, assis avec décontraction sur son cheval, à la tête des cavaliers du Roi. Bientôt, elle partirait à la guerre sous son commandement, et elle se dit que sa Déesse lui avait envoyé un excellent maître versé dans l'art de tuer.

Bien que Persaunn ait plusieurs apprentis herboristes, la plus capable était une jeune femme du nom de Gavra, une fille de grande taille, élancée, aux cheveux noir de jais et aux yeux noisette. Comme elle était la fille d'un aubergiste de Cerrmor, elle était habituée à travailler dur et déterminée à améliorer ainsi sa condition. Au cours des deux années d'étude qu'elle avait effectuées avec lui, elle avait fait d'énormes progrès dans l'apprentissage des herbes et de leurs utilisations multiples. En conséquence, il lui permettait de l'aider tous les après-midi lorsqu'il soignait les maladies ou les blessures bénignes des domestiques du château, indignes de l'attention des médecins officiels. Gavra utilisait également son esprit à bon escient lorsqu'il s'agissait des intrigues de la cour. Dannyn et Gweniver n'étaient de retour au dun que depuis deux jours lorsque l'apprentie de Persaunn lui rapporta d'intéressantes nouvelles.

« Sire Oldac m'a arrêtée aujourd'hui pour me parler, remarqua Gavra.

— Vraiment ? Vous harcèle-t-il de ses attentions à nouveau ?

— Eh bien, il s'est montré aussi poli que d'habitude, mais je pense qu'il avait de mauvaises intentions. Maître, pourriez-vous lui parler ? C'est assez délicat d'insulter un noble, mais la dernière chose que je souhaite dans la vie, c'est d'avoir un enfant illégitime avec l'un d'eux – ou d'avoir un bâtard tout court, en l'occurrence.

— Je lui en toucherai deux mots alors. Vous êtes sous ma protection autant que si vous étiez ma fille, et j'irai même en parler au Roi si nécessaire.

— Merci beaucoup, merci mille fois. Mais ce ne sont

pas seulement ses sourires d'ivrogne qui m'ont gênée. Il a eu l'effronterie d'insulter Dame Gweniver. Je la trouve fantastique, et je ne tolérerais aucune mauvaise parole à son sujet de la part de personne.

— Qu'a-t-il dit au juste ?

— Oh, il insinuait toutes sortes de choses, sur la manière dont Sire Dannyn et elle passaient autant de temps ensemble sur le terrain d'exercice. »

Persaunn grogna dans sa barbe.

« Il a dit cela plus contre Sa Seigneurie que contre Sa Sainteté, reprit Gavra. Il m'a demandé si je ne trouvais pas cela étrange qu'il soit si empressé d'enseigner à Dame Gweniver sa spécialité, mais cela ne m'a pas fâchée. Je lui ai dit qu'une servante roturière comme moi n'était pas digne de critiquer Sa Seigneurie, d'une manière ou d'une autre, et après, je suis partie.

— Bonne enfant. Il va me falloir parler à Oldac de plusieurs choses à la fois, je crois. Si Gweniver apprend qu'il l'a insultée, il se peut qu'il meure très subitement.

— Eh bien, cela ne me chagrinerait pas si c'était le cas. »

Le lendemain après-midi, Gweniver et Dannyn vinrent les trouver dans leur infirmerie improvisée. Ils venaient de finir de passer un baume sur la main écorchée de l'aide fauconnier lorsqu'ils rentrèrent à grandes enjambées dans le cliquetis de leurs cottes de mailles. Dannyn tenait un chiffon imprégné de sang pressé contre sa joue.

« Voudriez-vous soigner notre capitaine, bon herboriste ? demanda Gweniver. Il est trop gêné à l'idée d'aller voir le médecin.

— Si je pouvais traiter une prêtresse de garce, marmonna Dannyn à travers le chiffon, je le ferais. »

Gweniver se contenta de rire. Le capitaine retira son chiffon, dévoilant sa joue éraflée qui avait sérieusement gonflé et sur laquelle deux petites coupures saignaient.

« Nous utilisions des épées émoussées, expliqua Gweniver, mais elles peuvent quand même faire des bleus, et il refuse de porter un heaume pendant nos leçons.

— Quelle sottise, remarqua Dannyn. Je parle de la mienne. Je n'ai jamais pensé qu'elle pourrait me toucher.

— Vraiment ? remarqua Persaunn. Il semble que notre jeune demoiselle a plus de talent pour ce genre de chose que nous ne l'aurions pensé. »

Dannyn lui adressa un sourire si insolent que Persaunn fut tenté de laver ses plaies avec l'hamamélis le plus puissant qu'il possédait. Mais agissant avec humilité, il utilisa de l'eau chaude, se forçant à se rappeler que Dannyn n'était pas Gerraent, que même si son âme était la même à la base, sa personnalité s'était épanouie différemment, et que Dannyn avait des excuses pour expliquer son arrogance que Gerraent n'avait jamais eues. Pourtant, à chaque fois que les yeux froids du capitaine se portaient sur Gweniver, Persaunn était furieux. Lorsqu'il partit, Persaunn laissa échapper un soupir, se lamentant de la fierté absurde des hommes, qui étaient capables de garder rancune pendant cent trente années.

Gweniver, quant à elle, s'attarda dans la pièce et regarda avec curiosité les herbes et les potions, discutant avec désinvolture avec Gavra, qui bienheureusement ne dit rien au sujet de l'affront de Sire Oldac. Bien qu'elle semblât inconsciente de leur présence, des créatures du Peuple Sauvage la suivaient dans la pièce, s'accrochant parfois timidement à sa manche, comme pour lui demander de les regarder. Pour une raison que Persaunn ne comprenait pas réellement, elles pouvaient toujours discerner les personnes possédant des talents dweomériques et les trouvaient fascinantes. Finalement, elles s'évanouirent en hochant la tête, déçues. Persaunn se demanda soudain si Gweniver avait découvert ses talents latents et les utilisait au service de sa Déesse. Cette pensée le figea de peur, et cela dut transparaître sur son visage car Gweniver remarqua son trouble.

« Quelque chose ne va pas, bon herboriste ? demanda Gweniver.

— Oh, rien, rien. Je me demandais seulement quand vous retourneriez sur le front.

— Bientôt, après le mariage de Maccy. Nous allons patrouiller le long de la frontière d'Eldidd. Il est possible que nous n'ayons pas une seule bataille à livrer, du moins, c'est ce que Sire Dannyn m'a dit, aussi, ne vous inquiétez pas, mon bon Monsieur. »

Lorsqu'elle lui sourit, Persaunn sentit à nouveau la peur lui serrer le cœur, mais il se contenta de faire un signe de tête sans parler.

Les festivités du mariage durèrent toute une journée, rythmées par des représentations de combat, des courses de chevaux, des danses et des chansons de geste. Ce soir-là, les quelques âmes encore sobres furent gavées au point d'en somnoler. Avant que Gwetmar et Macla ne se retirent dans leur chambre pour leur nuit de noces, une dernière formalité restait. Glyn convoqua le couple dans sa chambre, Gweniver et une poignée de témoins chargés de surveiller la signature du contrat de mariage. Bien qu'en temps normal, le Roi lui-même n'eût pas à se mêler de ce genre de contrat, la transmission d'un grand clan à une femme était une importante affaire. Lorsque Gweniver arriva, elle fut assez surprise de voir Persaunn parmi les témoins, Dannyn, Yvyr et Saddar.

Le scribe du Roi lut à voix haute le décret qui faisait de Gwetmar le chef du clan des Loups et lui remettait la dot de Macla, à condition qu'il les gouverne au nom des Loups et jure fidélité au clan. Gwetmar apposa sa marque en premier sur le parchemin ; puis Gweniver apposa la sienne, dernier acte qu'elle faisait au titre de chef des Loups. Ensuite, ce fut le tour de Dannyn, puis des autres témoins, tous de savants conseillers, qui signèrent le parchemin.

« Voilà, c'est réglé, déclara Glyn. Gwetmar des Loups, vous avez notre permission pour emmener votre jeune épouse dans vos quartiers. »

Avec force courbettes et révérences, les mariés et les conseillers quittèrent la chambre, mais Glyn signifia à Gweniver et à Persaunn de rester avec lui et Dannyn. Un page leur apporta de la bière dans des quarts d'argent, puis se retira discrètement.

« Eh bien, Votre Sainteté, déclara le Roi. J'ai tenu la promesse que je vous ai faite pour le nom des Loups. J'espère sincèrement que votre père et vos frères l'entendront dans l'Autre Monde.

— Je partage cet espoir, Majesté. Je vous remercie sincèrement, et suis fort heureuse de la générosité que vous témoignez à l'égard de ceux dont le rang est bien inférieur au vôtre.

— Allons, cela m'est difficile de penser qu'une prêtresse est de rang inférieur au mien.

— Sa Majesté est très pieuse, et la Déesse le respectera pour cela. Gweniver lui fit une révérence. Mais prêtresse ou non, je suis sous votre commandement.

— Ou sous le mien, lorsque nous serons en pleine campagne, intervint Dannyn. J'espère que Madame s'en souviendra. »

Ils se tournèrent tous vers lui, les yeux de Glyn lui lancèrent un avertissement glacial. Dannyn était complètement ivre, le visage rouge, la mâchoire pendante.

« Je suis sous les ordres de ma Déesse et de personne d'autre, répondit Gweniver d'une voix la plus froide possible. J'espère que Sire Dannyn s'en souviendra.

— Oh, allons. » Dannyn s'interrompit pour boire une

gorgée de bière tout à fait superflue. « Tout ce que je désire est servir votre Déesse en vous maintenant en vie. Difficile de réciter des rites lorsqu'on est mort, non ? En plus, vous êtes bien trop précieuse pour que l'on vous perde. Tout le monde sait que c'est un bon présage que vous soyez ici. »

Glyn fit mine de parler, mais Persaunn prit la parole avant lui.

« Sa Seigneurie dit vrai, remarqua le vieil homme, mais il ferait mieux de faire attention à la manière dont il formule ses phrases lorsqu'il s'adresse à une sainte.

— Ah, qu'est-ce que cela vous fait, vieil homme ?

— Danno ! lança le Roi d'un ton brusque.

— Excusez-moi. » Dannyn se tourna vers Gweniver, les yeux troubles. « Et excusez-moi également, Madame, mais je voulais juste vous avertir. Je sais que vous vous prenez pour une guerrière, mais...

— Que je mc prends pour une guerrière ? » Gweniver se leva. « La Déesse m'a désignée pour verser le sang, et ne pensez pas que vous allez m'en détourner.

— Vraiment ? Eh bien, c'est ce que nous verrons. Je me disputerai avec le Seigneur des Enfers lui-même pour fairc progresser la cause de mon frère, et dc même, je me chamaillerai avec votre Déesse si j'ai à le faire.

— Dannyn, taisez-vous, intervint Persaunn, vous ne savez pas ce que vous êtes en train de dire. »

Dannyn rougit de colère. Le Roi le saisit par le bras, mais il était trop tard : poussant un juron, Dannyn jeta son quart de bière à la tête de Persaunn. Le vieil homme glapit un mot incompréhensible. Le quart s'arrêta en suspension dans les airs, comme s'il avait été saisi par une main invisible. La bière se répandit partout sur le sol. Gweniver blêmit et son visage devint aussi blanc que la neige en hiver. La main invisible posa le quart par terre en le retournant dans le bon sens.

Dannyn le regarda fixement, essaya de parler, puis se mit à trembler, ramené dans un état proche de la sobriété par la peur qu'il éprouvait. Glyn, quant à lui, éclata de rire.

« Lorsqu'il retrouvera ses sens, cher Persaunn, dit-il, mon frère vous présentera ses excuses.

— Ce ne sera pas nécessaire, Majesté. Un homme ivre n'est pas entièrement responsable de ses écarts. Je vous prie de m'excuser, Majesté, pour la tache que cela a laissée sur votre tapis. Les esprits ne réfléchissent pas beaucoup, voyez-vous, aussi ne leur est-il pas venu à l'esprit de rattraper le quart à l'endroit. »

Les esprits ? pensa Gweniver, *grands dieux, cette pièce doit en être remplie, si Persaunn est maître de dweomer !* Elle regarda partout autour d'elle, mal à l'aise, mais n'en vit aucun. Prétextant entre ses dents d'aller chercher un page pour nettoyer le tapis, Dannyn se leva et quitta la chambre précipitamment.

« Il existe plus d'une manière d'obliger un homme à rester courtois, remarqua le Roi. Madame, permettez-moi de vous présenter mes excuses.

— Ce n'est pas de votre faute, Majesté. Comme Persaunn l'a dit, un homme ivre n'est pas tout à fait lui-même. »

Même s'ils restèrent avec le Roi quelques instants supplémentaires, l'étrange incident les obligea à partir peu de temps après. Gweniver supposa que le Roi aurait une vive conversation avec son frère plus tard. Tandis qu'elle descendait le couloir en compagnie de Persaunn, elle se demanda pourquoi un homme avec ses pouvoirs se contentait d'une place si humble à la cour, mais elle était trop effrayée pour lui poser la question franchement.

« Eh bien, bon sorcier, finit-elle par dire, je suppose que Notre Majesté ne tardera pas à devenir Roi de Deverry, avec un homme tel que vous pour l'aider.

— Je ne parierai pas un sou là-dessus. »

Elle s'arrêta et se tourna pour le dévisager. Persaunn lui adressa un sourire las.

« Qui sait ce que les dieux nous réservent ? poursuivit-il. La Déesse que vous servez a un cœur de pierre, comme vous le savez bien. Il est possible qu'Elle vous ait envoyée ici pour présider une sanglante défaite.

— Peut-être que oui. » Cette idée la rendit malade, mais elle était logique. « Je prierai pour qu'il en soit autrement.

— Moi aussi. Glyn est un homme bon et un excellent roi, mais il ne m'est pas donné de savoir la fin de cette histoire. Madame, je vous prie de taire le secret de mes pouvoirs dweomériques au reste de la cour.

— Comme vous le souhaitez. Je doute qu'il y ait quelqu'un pour me croire, de toute manière.

— Peut-être que non. Il s'interrompit, la scrutant du regard. J'espère que Sire Dannyn vous traitera avec tout le respcct que votre rang mérite.

— Ce serait dans son intérêt. Je vous assure que je n'ai pas l'intention de rompre mes vœux. »

Persaunn eut l'air surpris, ce qui la fit rire.

« Il incombe à une prêtresse de se montrer directe parfois, dit-elle. Ma sœur vous dira que je n'ai jamais pu retenir ma langue.

— Bien. Permettez-moi d'être direct, également. J'ai de la peine de savoir que vous allez partir en guerre. Je prierai votre Déesse pour qu'elle vous protège. »

Lorsqu'elle reprit son chemin, Gweniver se sentit immensément flattée qu'un homme avec un tel pouvoir se préoccupe d'une simple fille comme elle.

L'armée se rassembla dans la cour à la lueur des flambeaux qui brûlaient sur les murs. Bâillant après une courte nuit de sommeil, Ricyn marchait au milieu de ses hommes, criant des ordres pour qu'ils continuent de se dépêcher. Chargées de provisions, des charrettes passèrent à côté d'eux avec fracas, les charretiers endormis faisant claquer leurs longs fouets. Ricyn souriait. Il avait toujours rêvé de ce jour où il partirait en guerre, au titre de capitaine, pas comme un simple cavalier. Un par un, ses hommes conduisirent leurs chevaux à la queue leu leu jusqu'à l'abreuvoir. Ricyn trouva Camlwn en train de tenir les rênes du cheval de Dagwyn en même temps que les siennes.

« Mais où est Dagwyn ? » demanda Ricyn.

En guise de réponse, Cam pointa son pouce en direction de l'étable la plus proche, où Dagwyn et une fille de cuisine s'embrassaient fougueusement à l'ombre d'un mur.

« Un dernier doux au revoir, commenta Camlwn, un large sourire aux lèvres. Je ne sais pas comment il fait. Je jurerais qu'il a ensorcelé une fille dans chaque dun où nous avons été.

— Si ce n'est pas deux. Daggo, allez ! Économise-toi pour le retour ! »

Les douces notes argentines du cor de Sire Dannyn se firent entendre dans tout le dun. Lorsque Dagwyn s'arracha des bras de la jeune fille, sa troupe siffla et le railla. Criant des ordres, Ricyn monta en selle. Le tintement familier et traînant qui s'éleva lorsque ses hommes suivirent son exemple était plus doux qu'aucune chanson de barde. Il les conduisit devant le dun, où le reste de l'armée, plus de trois cents hommes au total, attendait près des portes, les charrettes, les chevaux de bât et les domestiques postés d'un côté. Gweniver sortit son cheval de la cohue et vint prendre place à côté de Ricyn.

« Bonjour, Madame. » Il lui fit une demi-révérence sur sa selle.

« Bonjour. C'est merveilleux, Ricco. Je n'ai jamais été aussi excitée de toute ma vie. »

Ricyn sourit, pensant qu'elle ressemblait à un jeune homme lors de sa première sortie à cheval. Il lui semblait impossible qu'elle fût là, portant une cotte de mailles comme tous les autres, la capuche rejetée en arrière, révélant les boucles de ses cheveux dorés et le tatouage bleu gravé sur sa joue. Le ciel devint gris à la lueur de l'aube et fit pâlir celle des flambeaux. Au niveau des portes, les domestiques commencèrent à attacher les chaînes au treuil. Sire Dannyn descendit la colonne avec son hongre noir et trapu, s'arrêta çà et là pour parler à certaines personnes, puis remonta au petit trot jusqu'à Gweniver.

« Vous venez avec moi à la tête de la colonne, Votre Sainteté.

— Oh, vraiment ? À quoi dois-je cet honneur ?

— À votre noble naissance. » Dannyn lui sourit, les lèvres pincées. « Cela fournira aux hommes une plus belle vue que moi, non ? »

Lorsqu'ils s'éloignèrent, Ricyn fixa le dos de Dannyn et fut pris de haine pour lui.

Toute la matinée, l'armée marcha d'un pas tranquille vers l'ouest, longeant la route côtière qui serrait les falaises. Ricyn pouvait voir l'océan turquoise et scintillant, tacheté de blanc, qui faisait rouler de lentes vagues sur le sable pâle loin en contrebas. Sur leur droite s'étendaient les champs bien tenus et dorés comme le chaume du domaine personnel du Roi, qu'un paysan longeait de temps en temps, courbant doublement sous le poids des dernières graines de la première récolte qu'il avait glanées. Habituellement, Ricyn aurait sifflé en chemin, juste parce que la journée s'annonçait magnifique et qu'ils étaient en route pour la gloire, mais ce jour-là, il resta plongé dans ses pensées, seul à la tête de ses hommes, au lieu de chevaucher à côté d'un partenaire de route familier. De temps à autre, lorsque la route tournait, il pouvait voir Gweniver loin devant et espérait qu'elle fût à ses côtés.

Ce soir-là, lorsque l'armée mit le camp dans les vastes prairies qui longeaient les falaises, Gweniver vint le trouver au coin de son feu, les bras chargés de ses affaires. Il se leva d'un bond et la déchargea.

« Vous auriez dû me laisser m'occuper de votre cheval, Madame.

— Oh, je peux attacher un cheval à un pieu si je dois le faire. Je vais partager votre feu.

— J'en suis ravi. Je me demandais justement combien de temps Sire Dannyn vous garderait à ses côtés.

— Et qu'insinuez-vous donc par là ?

— Rien que ce que j'ai dit, Madame. Je vais vous chercher à manger aux charrettes. »

Tandis qu'il s'éloignait en hâte, Gweniver le regarda les mains posées sur les hanches. À son retour, elle était assise près du feu et fouillait dans ses sacoches de selle, mais elle les reposa pour prendre le pain et la viande qu'il lui tendait. Pendant qu'ils mangeaient en silence, il eut conscience qu'elle le regardait les yeux plissés. Enfin, elle parla.

« Que vouliez-vous dire au juste au sujet de notre bâtard ? Je veux la vérité.

— C'est que... l'armée entière et moi-même respectons votre serment. Mais lui ?

— Il n'aura pas le choix. Qu'est-ce qui vous fait penser le contraire ?

— Rien, Madame. Je vous demande pardon. »

Elle hésita, le regardant toujours avec des yeux suspicieux, puis elle se détourna, sortit une paire de dés de ses sacoches de selle et les secoua dans une main comme un cavalier endurci.

« Êtes-vous prêt ? lui demanda-t-elle. Nous pouvons jouer des éclats de bois.

— Bien sûr, Madame. Commencez. »

Hochant la tête, elle jeta les dés à la lueur du feu.

« Cinq, par les dieux ! grogna-t-elle. À votre tour, maintenant, mais j'espère que c'est le dernier cinq à partir de maintenant. »

Ils jouèrent aux dés toute la soirée, et elle ne mentionna plus une seule fois le nom de Sire Dannyn. Néanmoins, le lendemain matin, elle alla parler au capitaine du Roi, puis revint annoncer à ses hommes qu'elle resterait désormais avec eux.

Un épais brouillard était monté de la mer, qui rendait l'air aussi froid qu'en hiver et humidifia leurs épaisses capes de laine lorsque l'armée reprit sa route, étrangement silencieuse dans l'air gris du matin. Gweniver ruminait à ce sujet à voix haute, comme n'importe lequel de ses hommes, mais au final, le brouillard s'avéra être une vraie bénédiction. Vers midi, ils arrivèrent à Morlyn, une petite ville portuaire située à une douzaine de lieues de la frontière d'Eldidd, et dont ils trouvèrent les portes fermées. Lorsque Dannyn les héla au nom de Glyn, les gardes se penchèrent par-dessus les remparts.

« Des hommes de Cerrmor, grands dieux ! s'exclama l'un d'eux. Ouvrez les portes, les gars ! Nous sommes heureux de vous voir, Sire Dannyn.

— Pourquoi ? Avez-vous eu des problèmes ?

— Plutôt deux fois qu'une. Des bateaux d'Eldidd croisent le long de la côte, hors du port, et les hommes d'Eldidd mettent le feu aux fermes le long des routes montant vers le nord. »

Ricyn bénit alors le brouillard, qui obligeait les navires de guerre à faire du surplace en haute mer, d'où ils ne pouvaient ni lancer de raid ni brûler le port. Lorsqu'ils franchirent les portes, ils trouvèrent une ville semblable à une foire de marché. Habitant à des lieues à la ronde, les fermiers s'étaient réfugiés à l'intérieur des remparts de la ville et avaient emmené famille, bétail et cochons avec eux. Chaque rue était un camp où les femmes s'affairaient dans des tentes rudimentaires, les enfants courant entre les feux de cuisson, des chiens traînant derrière eux. Dannyn essaya de trouver un endroit où aligner ses hommes, puis décida de les laisser entrer dans les ruelles à la queue leu leu, là où ils pouvaient : les rues étaient pleines d'animaux d'élevage attachés. Ricyn suivit Gweniver lorsqu'elle se fraya un chemin à travers la cohue pour rejoindre Dannyn.

« Eh bien, Madame, dit Ricyn, il semble que nous allons avoir un peu d'exercice, finalement.

— J'espère que oui. »

Un homme corpulent aux cheveux gris surgit d'une auberge voisine, portant une longue robe de cérémonie noire par-dessus sa chemise et son brigga. Il étreignit l'étrier de Dannyn en signe d'allégeance et se présenta sous le nom de Morlo, le maire de la ville.

« Quand avez-vous vu ces bateaux ? demanda Dannyn.

— Il y a trois jours, Seigneur. Ce sont des pêcheurs qui sont venus annoncer la nouvelle, il y aurait un navire de commerce, d'après eux, et deux galères.

— Je vois. Bon, votre port est probablement en sécurité alors. Je parie que ces bateaux ne sont là que pour approvisionner les pillards. Où se trouve votre seigneur ? Tieryn Cavydd, n'est-ce pas ?

— C'est lui. » Morlo s'interrompit pour passer anxieusement sa main sur ses yeux. « Mais nous ne l'avons pas vu, ni lui, ni ses hommes, depuis ces deux derniers jours, ce qui est mauvais signe, dirais-je. Nous avons eu peur de lui envoyer un message. »

Jurant, Dannyn se tourna vers Gweniver.

« Faisons sortir nos hommes d'ici. Si Cavydd n'est pas mort, il doit être en état de siège. Nous ferions mieux d'envoyer un messager à Cerrmor, également, un homme fiable, et de faire venir quelques bateaux jusqu'ici pour chasser ces maudits Eldiddiens. » Il jeta un coup d'œil autour de lui et aperçut Ricyn à côté d'elle. « Votre capitaine fera l'affaire pour cette mission.

— Non. » Gweniver parla avec fermeté. « Monseigneur. »

Dannyn rougit de colère. Seules les longues années de discipline militaire de Ricyn le retinrent de porter sa main à son épée.

« Comme vous le souhaitez, Madame, répondit finalement Dannyn. J'enverrai un de mes hommes. »

En désordre, l'armée traversa tant bien que mal la ville, puis se reforma sur la route menant au nord. À contrecœur, Gweniver resta aux côtés de Dannyn lorsqu'il lui en donna l'ordre, laissant Ricyn à ses sombres pensées jusqu'à ce que Dagwyn rompe les rangs et parvienne à son niveau. Ils avancèrent à vive allure sur quatre bonnes lieues, laissant le train d'approvisionnement suivre sa propre allure, puis firent halte dans un grand pâturage réservé aux vaches. Ricyn put voir Dannyn envoyer des éclaireurs en reconnaissance.

« À ton avis, qu'est-ce que cela signifie ? demanda Dagwyn.

— Des ennuis. Quoi d'autre ? Par le fondement des dieux, je ne voulais pas que notre dame voie une bagarre aussi tôt.

— Ah, arrête de dire des bêtises, Ricco. D'entre nous tous, c'est elle qui court le moins de danger. La Déesse la protège nuit et jour. »

Il parlait avec un tel calme et une telle conviction que Ricyn en fut rassuré. Au bout d'une heure et demie environ, les éclaireurs revinrent. Les nouvelles circulèrent d'un homme à l'autre : le dun de Tieryn Cavydd était assiégé par une centaine d'Eldiddiens, et il se situait à moins d'une lieue. Sans attendre les ordres, les hommes s'armèrent, plaçant leurs boucliers en garde sur leurs bras gauches, desserrant leurs épées dans leurs fourreaux, remontant le capuchon de leurs jaserans et plaçant leurs javelots à portée de main. Ricyn vit Gweniver se disputer rageusement avec Dannyn, sortir son cheval du rang en jurant tout haut, puis revenir vers ses hommes au trot.

« Quel bâtard arrogant ! lança-t-elle rageusement.

— Qu'a-t-il fait, Madame ? demanda Ricyn. Il vous a ordonné de rester à l'arrière, à titre de réserve ?

— Exactement. Comment le savez-vous ?

— C'est logique, Madame. Notre bande n'a jamais combattu avec eux auparavant. Cela fait une certaine différence.

— Oh, tout ceci est très juste, mais il m'a narguée, maudit soit-il ! "Si Madame veut bien être gentille et rester hors du passage ?" "Si mes trois cents hommes ne peuvent pas tuer un tiers de ces chiens eldiddiens, alors, nous aurons très sérieusement besoin de l'aide de votre Déesse."

— Ce n'est qu'un chien arrogant lui-même !

— Oui, tout juste. C'est l'insulte qu'il a faite à ma Déesse plus que celle qu'il m'a portée qui me met en rage. Si le Roi ne le respectait pas autant, je le tuerais ici et sur-le-champ. »

Lorsque l'armée se remit en marche, la troupe de Gweniver resta à l'arrière. Au trot, ils traversèrent des champs fraîchement incendiés, étendues noires et témoins muets des raids, puis passèrent une rivière à gué et grimpèrent sur une petite colline. Au sommet de celle-ci, Ricyn aperçut la tour du donjon gris à l'intérieur de ses fortifications, et le camp des assiégeants s'étalant sur toute une prairie. Poussant un cri de guerre, Dannyn tira son épée et mena son armée à tombeau ouvert en bas de la colline, tandis que le camp ennemi s'animait et s'emplissait de cris. La réserve suivit, à une allure raisonnable.

Au pied de la colline, le camp fut envahi par un tourbillon de poussière et de cris, les hommes courant à leurs chevaux, se battant désespérément à pied tandis que la charge de Dannyn les submergeait. *Même si Gweniver désobéissait aux ordres*, réfléchit Ricyn, *il ne leur serait guère possible de prendre part au combat inégal*, parce que les hommes de Dannyn avaient envahi le champ comme une vague se brisant sur la plage. À ce moment même, les portes du fort s'ouvrirent et les hommes de Cavydd se jetèrent sur leurs assiégeants par-derrière. Les cris résonnaient tandis que les combats progressaient à l'avant et à l'arrière, les chevaux se cabrant, les épées lançant des éclairs. Gweniver sourit si jovialement à ce spectacle que soudain, Ricyn eut peur d'elle.

Poussant des cris de guerre qui ressemblaient plus à des cris de terreur, un petit groupe d'Eldiddiens se libérèrent de la mêlée et, dans leur panique, se sauvèrent en fonçant droit sur la réserve. Ricyn eut à peine le temps de tirer son épée que Gweniver lançait déjà un défi et éperonnait son cheval dans leur direction. Poussant un cri, il s'élança derrière elle. Bien qu'il ait entendu ses hommes le suivre, il garda ses yeux braqués sur elle lorsqu'elle plongea dans la mêlée désespérée.

« Eh mince ! » Il éperonna violemment son cheval.

Il vit l'épée de Gwen étinceler, couverte de sang, et un homme tomber de sa selle, mais il y en avait trois autres autour d'elle. Hurlant un cri de guerre, il chargea la mêlée depuis l'arrière. Il tailla dur, jouant de l'estoc et du revers comme s'il était en train de repousser des chiens de meute rassemblés autour d'une biche à coups de fouet. Sur sa droite, Ricyn vit Dagwyn abattre un homme ; puis un ennemi fit volter son cheval pour l'affronter. Ricyn le poignarda, enfonçant sa lame si violemment qu'il transperça sa cotte de mailles et le tua sur le coup. Lorsqu'il retira sa lame, le défunt tomba de son cheval et roula sous les sabots de la monture de Ricyn, qui se cabra. Lorsque son cheval retomba, Ricyn entendit Gweniver rire, crier, hurler comme un démon, et il vit qu'elle avait abattu un autre homme. Puis, les cavaliers des Loups apparurent tout autour d'eux. La bataille était finie.

Aussi joyeuse qu'après avoir écouté une bonne plaisanterie, Gweniver trotta jusqu'à lui.

« J'en ai eu deux, annonça-t-elle en se vantant. Qu'est-ce qui ne va pas, Ricco ? Vous avez l'air effrayé.

— Bon sang ! La prochaine fois que vous foncez dans une mêlée, avec de si maigres chances, emmenez-moi au moins ! Espèce d'idiote ! Je ne pensais pas vous revoir en vie. Je veux dire... eh bien, euh... Madame.

— Je savais que vous auriez la présence d'esprit de me suivre, et c'est ce que vous avez fait, non ? »

Leurs hommes se regroupèrent autour d'eux pour la dévisager, emplis d'un respect mêlé de crainte.

« Regardez, dit Dagwyn. Son cheval n'a pas même une égratignure. »

Les hommes se chuchotèrent à l'oreille, murmure superstitieux qui témoignait d'autant de crainte que de respect.

« C'était la Déesse, répliqua-t-elle. Elle m'accompagne. »

Sous une rafale de jurons et de chuchotements, les hommes firent reculer leurs chevaux – mais seulement à quelques pas – parce que sa puissance de prêtresse touchée par les dieux semblait dégager la chaleur ardente d'un feu. Ricyn n'avait jamais vu un sourire comme le sien, aussi pincé et froid qu'un sourire gravé sur le visage d'une statue représentant un dieu. Pourtant, lorsqu'elle entendit un cri familier derrière eux, son sourire s'évanouit. Les hommes s'écartèrent pour laisser passer Sire Dannyn qui s'avança jusqu'aux côtés de leur maîtresse.

« Ainsi, vos hommes ont eu un peu d'exercice, finalement ? lança-t-il. Avez-vous mené cette charge,

Ricco ? J'espère, par tous les dieux, qu'elle a eu le bon sens de rester en dehors de ce combat. »

Tous les hommes se tournèrent vers lui, les yeux brillants de colère, et l'encerclèrent. Lorsque la main de Dannyn chercha la garde de son épée, Ricyn tira la sienne.

« Reculez ! cria Gweniver. Laissez-le tranquille ! Épargnez-le ! »

Jurant tout bas, ils firent reculer leurs chevaux, sauf Ricyn qui s'avança au niveau du seigneur et lui fit une demi-révérence, l'épée toujours à la main.

« Sa Seigneurie oublie qu'il parle à une prêtresse. Mes hommes et moi la prions humblement de s'en souvenir à partir de maintenant. C'est notre Dame qui a mené cette charge, Sire. Nous l'avons tous vue tenir à distance quatre hommes avant de la rejoindre, et elle a abattu deux d'entre eux. »

Le visage livide, Dannyn se tourna vers Gweniver.

« Je n'étais pas entièrement sous vos ordres, expliqua-t-elle. Vous pouvez ergoter avec la Lune sur la question du commandement si vous le souhaitez. Mais quant à vous, Ricco, vous vous êtes battu comme un démon sorti des enfers également. Je jure que vous étiez à moitié fou furieux. »

Lorsqu'il réalisa qu'elle disait vrai, Ricyn se sentit assailli par des sentiments qu'il ne put s'expliquer. Il n'avait jamais été ce type de combattant auparavant, préférant cibler son ennemi et ne prêter attention qu'à la stratégie. Il avait l'impression que la Déesse de Gwen avait tendu le bras et posé ses mains sur lui, et il frissonna, soudain saisi d'effroi.

Le Tieryn Cavydd, un homme blond et svelte ressemblant plus à un garçon à la fin de l'adolescence qu'à un homme, riait plus qu'il ne parlait, rendu à moitié hystérique par cette aide inattendue. Pendant un repas pris en hâte dans la grande salle, il raconta son histoire à Gweniver et Dannyn, attablés à sa table d'honneur, pendant que l'armée de Cerrmor était assise par terre, à défaut de bancs en nombre suffisant. Sa jeune épouse enceinte était assise à côté de lui et l'écoutait, son repas auquel elle n'avait pas touché posé devant elle.

« Je ne les ai jamais connus aussi hardis, commenta Cavydd. Nous avons l'habitude d'affronter leurs attaques, certes, vous le savez, mais jamais autant. Au nom du Seigneur des Enfers, ils étaient au moins trois cents à mes portes, peut-être quatre cents, et tous en même temps. Après, ils ont laissé une partie de leur armée pour m'empêcher de bouger et sont repartis. J'étais persuadé qu'ils allaient à Morlyn, mais si j'avais fait une sortie avec une cinquantaine d'hommes seulement, jamais nous n'aurions survécu et atteint cette ville. J'étais en train de prier que mes alliés apprennent la nouvelle et viennent me délivrer.

— Ils sont sûrement repartis les poches pleines, remarqua Dannyn. Très bien, nous les poursuivrons vers le nord dès demain.

— Je dois laisser des hommes en garnison ici, mais je vous accompagnerai moi-même, bien entendu.

— Cela est inutile et tout à fait imprudent. Ils peuvent faire volte-face et revenir ici chercher les hommes qu'ils ont laissés pour vous assiéger à tout moment. Je laisserai cinquante hommes pour renforcer votre troupe.

— Ce ne sera pas ma bande, ni moi, intervint Gweniver. Sire Dannyn peut tirer une croix sur cette idée. »

Lorsque Dannyn se tourna vers elle pour la dévisager d'un regard glacial, Gweniver sourit, se rappelant la manière dont ses hommes l'avaient encerclé plus tôt, sur le champ de bataille. Dannyn semblait s'en souvenir lui aussi.

« Comme Madame le désire, dit-il. Bon, cela ne présage rien de bon, Votre Grâce. Il semblerait qu'Eldidd projette de nous mener la vie dure sur notre frontière occidentale, désormais. »

La femme de Cavydd se leva et quitta la grande salle.

« À quelle distance se trouvent vos plus proches vassaux ? demanda Dannyn.

— À près de cinq lieues vers le nord d'ici, et à huit bonnes lieues environ à l'ouest – du moins, c'était ainsi avant. Qui sait si leur dun tient toujours debout ? »

Lorsque Dannyn jura tout haut, la bouche de Cavydd esquissa ce qui pouvait passer pour un sourire.

« Lorsque vous retournerez à la cour, dit-il posément, dites à Notre Majesté quelque chose pour moi, voulez-vous ? J'ignore combien de temps nous pourrons encore tenir. Lorsque vous partirez pour le nord, Seigneur, regardez bien autour de vous. Jadis, il y avait des domaines tout le long du chemin entre ici et la frontière d'Eldidd, tout le long de l'Aver Vic. Regardez autour de vous et voyez combien il reste de seigneurs deverriens.

— Je suis certain que notre suzerain remédiera à la situation.

— Ce serait dans son intérêt. J'ai juré que je mourrais pour notre Roi, et je le ferai s'il le faut, mais il y en a qui sont disposés à faire la paix avec Eldidd si cela peut mettre fin à toutes ces incursions. »

Dannyn posa violemment ses deux mains sur la table et se pencha en avant.

« Alors, laissez-moi vous dire quelque chose, grogna-t-il. Si l'un d'eux le trahit, ce sera moi et mes hommes qui ravagerons ses terres. Demandez à vos amis grognons ce qui serait le pire pour eux. »

Il repoussa le banc derrière lui pour se dégager, tourna les talons et sortit à grands pas sans dire un mot. Cavydd soupira et saisit son quart de bière.

« Connaissez-vous bien Dannyn, Dame Gweniver ? demanda-t-il.

— Pas vraiment, Votre Grâce. Je ne l'avais jamais vu avant ce printemps.

— Alors, vous avez une période qui s'annonce très intéressante devant vous. »

Le lendemain matin, l'armée fit route vers le nord, traversa des fermes abandonnées et pillées, autant de traces laissées sur la route par les pillards d'Eldidd. Au coucher du soleil, ils arrivèrent à un village réduit en cendres. Un fouillis de poutres carbonisées encore fumantes gisait entre des arbres noircis et un amas de pierres craquelées, vestiges du puits du village.

« Il semble que les gens du coin se soient enfuis à temps, Madame, dit Ricyn.

— Il semble que oui. Regardez ! »

Près des ruines s'étendaient les terres communales du village, bordées d'une épaisse rangée de peupliers. Entre les arbres, il y avait des femmes et des enfants blottis contre elles, des hommes avec des fléaux, des fourches, des bâtons, toutes armes improvisées qu'ils avaient réussi à trouver lorsque les Eldiddiens les avaient attaqués. Gweniver mit pied à terre et rejoignit Dannyn lorsque deux hommes âgés vinrent à leur rencontre. Ils dévisagèrent le tatouage de Gweniver, puis s'agenouillèrent.

« Vous êtes des Cerrmoriens, affirma l'un d'eux.

— Oui, répondit Dannyn. Quand avez-vous été attaqués ? Combien d'hommes y avait-il ?

— Il y a deux jours maintenant, Votre Seigneurie. » Le vieil homme suça ses doigts, pensif. « Mais quant à savoir combien qu'ils étaient, eh bien, c'est difficile à dire, cause qu'ils ont surgi de tous côtés. Le jeune Molyc était dehors avec les vaches, vous voyez, et sans lui, nous serions morts, car c'est lui qui les a vus v'nir et qu'est venu nous avertir en courant.

— Et comment Molyc a-t-il su que c'était des ennemis ?

— Ils avaient ces boucliers bleus, avec des dragons d'argent dessus, et Molyc n'avait jamais vu cela auparavant, alors, il a supposé que cela ne présageait rien de bon.

— Et il a eu tout à fait raison. Dannyn regarda Gweniver. Savez-vous ce que signifient ces boucliers ? Que cette armée fait partie de la troupe du Roi d'Eldidd lui-même, et celle-ci ne sort jamais sans qu'un de leurs princes ne l'accompagne.

— Un prince ? Le vieil homme cracha par terre. Un bien piètre prince que ce doit être s'il a si désespérément b'soin de nos vaches. Ils nous ont tout pris, Seigneur. Nos vaches, nos poules, le moindre reste que nous avions à manger.

— Je vous crois, assurément. Eh bien, vous n'allez manquer de rien pendant quelque temps. Nous allons vous laisser ce que nous pouvons, ainsi qu'un ou deux chevaux de bât que vous pourrez peut-être échanger contre du blé. »

Le vieil homme baisa sa main, puis se mit à sangloter convulsivement. Gweniver resta bouche bée, car elle s'attendait à ce que Dannyn se fasse autant de soucis pour des paysans que la majorité des seigneurs, c'est-à-dire fort peu. Le capitaine se tourna vers elle, un sourire crispé aux lèvres.

« Je sais ce que cela fait de ne rien avoir, expliqua-t-il. Je m'en souviens chaque jour. C'est quelque chose que vous ne pouvez pas comprendre, non ? Ma très noble dame. »

Gênée, Gweniver s'éloigna à grands pas, mais le premier ordre qu'elle donna fut que les charretiers déchargent de la nourriture pour les villageois.

Une fois l'armée installée pour la nuit et les gardes postés, Gweniver rejoignit Dannyn à son feu pour assister au conseil de guerre. À la lueur dansante des flammes, son visage était grave, parcouru d'ombres, tandis qu'il traçait sur le sol un plan de la vallée.

« Tôt ou tard, ils devront redescendre vers le sud pour retrouver leurs bateaux, dit-il. C'est là que nous les surprendrons, si ce n'est avant.

— Je suis d'accord. Et écoutez, si nous capturons ce prince en vie, nous aurons un beau trophée à rapporter.

— Comment ? Je préférerais avoir sa tête sur un piquet.

— Ne soyez pas idiot. Si nous détenons un prince eldiddien en otage, nous pourrons faire cesser ces attaques sans même avoir à nous battre. »

Dannyn siffla tout bas et releva la tête.

« Eh bien, Madame, quoi que j'aie pu penser au sujet de vos compétences avec une épée, vous vous entendez en matière de guerre sans l'ombre d'un doute. C'est d'accord, alors. Nous ferons de notre mieux pour piéger ce prince comme un lapin. »

Le lendemain matin, des éclaireurs partirent en reconnaissance avec les meilleurs chevaux, tournoyant devant l'armée ennemie tels des goélands autour d'un bateau rentrant au port. Juste après midi, ils trouvèrent l'emplacement où les Eldiddiens avaient campé la veille. Au milieu de l'herbe aplatie et des déchets habituels laissés par une grande troupe, il y avait deux trous, vestiges d'un feu, et les restes dispersés de deux carcasses. Deux des vaches du village ne retourneraient jamais chez elles, mais ces traces annonçaient clairement que les Eldiddiens voyageaient toujours avec une trentaine de bêtes.

« Et cela signera leur arrêt de mort, remarqua Dannyn avec enthousiasme. Même avec ces fichues charrettes, nous pourrons avancer plus vite qu'ils ne le peuvent s'ils conduisent du bétail. Une fois que nous serons à proximité, voici notre plan. Nous laisserons les charrettes derrière et partirons de bonne heure pour les surprendre sur la route. Le prince sera sûrement à la tête de la colonne, et une escouade de mes meilleurs hommes attaquera son armée juste derrière lui pour l'isoler pendant que les autres acculeront la colonne de marche vers leur train d'équipage. Vous, une poignée d'hommes que nous choisirons, et moi foncerons droit sur le prince pour l'encercler. N'essayez pas de le faire tomber de son cheval. S'il se fait piétiner à mort, il ne nous restera pas grand-chose comme otage.

— Ce plan me paraît parfait. Je suis ravie d'apprendre que vous nous incluez, mes hommes et moi, dans cette attaque.

— Nous avons besoin de chaque homme dont nous disposons. Même si l'un d'entre eux est une femme. »

Le reste de la journée, Dannyn fit avancer son armée à un rythme soutenu en restant à l'arrière et en persécutant les charretiers. À l'avant, seule à partager la splendeur d'être à la tête de la colonne, Gweniver recevait les rapports des éclaireurs et dirigeait l'armée là où ils le suggéraient. Au moment où ils dressèrent leur camp, environ une heure avant le coucher du soleil pour permettre aux chevaux de paître, les éclaireurs avaient déterminé avec certitude que les pillards eldiddiens ne se trouvaient qu'à près de deux lieues devant eux. La meilleure des nouvelles était qu'ils n'avaient rencontré aucun éclaireur ennemi, ce qui témoignait de manière réconfortante de l'arrogance du prince héritier.

Gweniver et Ricyn jouaient aux dés devant leur feu de camp lorsqu'elle lui annonça la nouvelle.

« Eh bien, Madame, nous allons donc bien nous divertir demain matin.

— Oui, effectivement. Vous m'accompagnerez lorsque nous poursuivrons le prince. »

Il sourit, lança le dé et obtint un cinq, qui lui fit perdre la partie. Lorsqu'il lui remit deux brindilles de bois, elle se rappela la fois où il lui avait tendu un bouquet des premières violettes du printemps, timidement, sans même prononcer un mot, alors qu'il avait dû passer des heures à les trouver. Elle se demanda comment elle avait pu être aussi aveugle pour ne jamais suspecter qu'un simple cavalier était amoureux d'elle depuis toutes ces années.

« Allez-vous lancer ce dé ? lui dit-il. Je suis bien trop à la traîne pour vous laisser vous retirer du jeu maintenant. »

Elle lança le dé, pensant qu'elle se fichait éperdument qu'il oublie par moments de l'appeler « Madame » ou qu'il lui crie dessus lorsqu'elle faisait quelque idiotie. C'était étrange, compte tenu que ses frères l'auraient fustigé pour une telle impertinence. Cela l'amena à se demander si, à sa manière, elle l'aimait elle aussi, mais il était trop tard pour se poser ce genre de question. À présent, elle n'appartenait qu'à sa Déesse, et à jamais.

Ce matin-là, l'armée se leva aux aurores. Dannyn répartit ses hommes, désigna des capitaines provisoires et rassembla les vingt-cinq hommes qui devaient les accompagner, Gweniver et lui, lors de leur assaut sur le prince. Le soleil vif de l'été dardait ses rayons sur les prairies vertes lorsqu'ils partirent. Elle se sentait parfaitement calme et légère, comme si elle flottait dans les airs, sans souffrir de la douzaine de kilos de mailles qu'elle portait. En silence, elle fit une longue prière à sa Déesse et se mit à sourire. Comme elle avait passé de longues heures de travail à scruter son miroir, ce fut sans effort que lui apparut l'image des yeux noirs comme la nuit et de la beauté fatale de la Déesse, laquelle tremblait d'excitation à l'idée de l'effusion de sang qui s'annonçait. Gweniver entendit un chant, un gémissement larmoyant si ancien, si étrange, qu'elle fut certaine de le connaître depuis très longtemps, depuis l'époque à laquelle le culte de la Lune Noire avait pris son essor. Le chant devint si réel et si fort qu'elle fut surprise lorsque Dannyn donna l'ordre de s'arrêter.

Hébétée, elle regarda autour d'elle et constata qu'ils faisaient halte près d'un domaine boisé. Jadis, ces bois devaient faire partie de la réserve de chasse d'un seigneur, parce que c'était une forêt composée principalement de mélèzes et d'érables, avec peu de broussailles pour freiner les cavaliers. Criant ses ordres, Dannyn rompit les rangs de son armée et dispersa ses hommes au couvert des arbres. La route se trouvait de l'autre côté, et plus loin vers le nord, elle vit un nuage de poussière arriver. Les hommes ajustèrent leurs boucliers et tirèrent leurs javelots aussi lentement que les envahisseurs eldiddiens se dirigeaient d'un pas nonchalant vers l'embuscade.

Ils n'étaient qu'à cinq cents mètres lorsqu'un jeune garçon aux yeux perçants de leur troupe remarqua quelque chose d'anormal dans les bois où ils arrivaient. Un cri se répandit comme une traînée de poudre parmi eux lorsqu'ils s'arrêtèrent brusquement, déconcertés. Gweniver pouvait voir le bétail beugler misérablement à l'arrière de la colonne.

« Maintenant ! hurla Dannyn, en oubliant son cor. À l'attaque ! »

Comme une pluie de flèches, les hommes quittèrent le couvert des arbres et chargèrent la ligne ennemie. Les pointes des javelots scintillèrent au soleil lorsqu'ils s'abattirent comme la grêle sur la ligne d'Eldidd entière – sauf à l'avant, où un tir chanceux aurait pu les priver du plaisir de capturer le prince. Lorsque les envahisseurs firent volte-face pour les accueillir, la première troupe frappa, épées en main, près de l'avant-garde. Dans un tourbillon chaotique d'hommes et de chevaux, le combat se répandit des deux côtés de la route.

« Sur le prince ! » cria Dannyn.

Poussant un cri de guerre, il chargea la tête de la colonne, suivi de près par les hommes qu'il avait choisis. Lorsque Gweniver essaya de crier, elle éclata de rire. D'un rire froid cette fois-ci, d'une telle froideur et si faux qu'elle sut que c'était sa Déesse qui se servait de sa voix et de son corps, parlait et se battait par l'intermédiaire de Sa prêtresse. Devant, dans le nuage de poussière, dix Eldiddiens galopaient à leur rencontre. Lorsqu'elle vit un bouclier arborant un dragon bordé d'argent et incrusté de pierres, elle sut que la bravoure du prince jouait en leur faveur.

« Ricco ! hurla-t-elle. Il est là ! »

Sa voix se perdit dans un éclat de rire lorsque les deux troupes se croisèrent, se séparèrent et firent volter leurs chevaux. Elle taillada un cheval d'Eldidd, le coupa et vit du sang vif couler sur la pointe de son épée. Le monde entier prit soudain une teinte brumeuse et rouge. Riant et criant, elle taillada, pressa son cheval vers l'avant, assena un autre coup et para une riposte maladroite. À travers le voile rouge, elle vit le visage terrifié de son ennemi lorsqu'il para et riposta tandis que son rire montait tel le chant qu'elle avait entendu dans sa tête. La peur même de son ennemi le rendit détestable à ses yeux. Elle feinta, l'amenant à tendre son bras trop loin, puis risqua une dangereuse botte et le coupa au visage. Du sang jaillit, effaçant la peur qu'il éprouvait du champ de vision de Gwen. Elle le laissa tomber de son cheval, puis se fraya un chemin jusqu'à Ricyn.

Surpassés comme ils étaient, les Eldiddiens se regroupèrent autour de leur prince et tentèrent désespérément de tenir l'escouade de Cerrmor à distance. Gweniver vit Dannyn s'enfoncer depuis l'arrière, aux prises avec un cavalier qui s'était jeté sur son passage pour lui bloquer le chemin jusqu'au prince. En deux coups de taille rapides, Dannyn tua d'abord le cheval, puis le cavalier, puis avança encore, restant d'un silence de marbre tandis qu'il se battait, la bouche légèrement pendante, comme si tout ce massacre l'ennuyait. Lorsque le groupe entourant le prince essaya de se reformer, Gweniver saisit sa chance. Elle frappa un homme d'Eldidd de côté et le tua en le poignardant sous l'aisselle, à la jointure de sa cotte de mailles. Son rire se transforma en un cri de fée lorsqu'elle se tourna vers le cavalier ennemi d'à côté.

Le prince brandit son bouclier d'argent dans sa direction lorsque son cheval blanc l'emporta dans une charge désespérée. Gweniver aperçut ses yeux bleu vif, froids et déterminés, lorsqu'il lui porta proprement un coup d'estoc. Le coup fut si violent et si bien placé qu'il fissura le bouclier de Gwen à moitié, mais elle riposta par en dessous et frappa son poignet ganté du plat de son épée. Avec un cri, il lâcha la sienne. La pâleur cadavérique de son visage lui apprit que son poignet était cassé. Arrivant de côté, Dannyn brandit son bouclier et le frappa à la tête. Assommé, haletant, le prince chancela sur sa selle. Gweniver rangea son épée et saisit le bord argenté de son bouclier, l'obligeant à se redresser vers elle. À ce moment-là, Ricyn attrapa les rênes du cheval blanc crème : le prince était capturé.

« Bien joué ! lança Dannyn. Emmenez-le maintenant ! »

Les yeux emplis d'horreur et de douleur, soudain, le prince tenta de saisir de sa main gauche le poignard qu'il portait à son ceinturon, mais Gweniver s'en empara avant lui.

« Pas de suicide, lança-t-elle. Vous n'avez pas envie de voir Cerrmor, jeune homme ? »

Dannyn et le reste de ses hommes firent virevolter violemment leurs chevaux et retournèrent dans le tourbillon et la clameur de la bataille qui faisait rage derrière eux. Suivi de Dagwyn qui les avait rejoints, Gweniver et Ricyn emmenèrent le prince dans la direction opposée, le long de la route, puis s'arrêtèrent à l'ombre d'un arbre.

« Retirez-lui ce gantelet, Ricco, ordonna Gweniver. Si son poignet se met à gonfler, il faudra un forgeron pour l'ouvrir et l'en dégager. »

Le prince retira son heaume de la main gauche et le jeta violemment dans la poussière. Lorsqu'il la regarda les yeux remplis de larmes, elle réalisa qu'il était plus jeune qu'elle de quelques années. Lorsque Ricyn retira son gantelet, il grogna et se mordit la lèvre inférieure, si fort qu'elle se mit à saigner. Soudain, Gweniver eut un frisson dans le dos quand elle prit conscience du danger. Avec un cri, elle se tourna sur sa selle et aperçut une escouade d'une dizaine de cavaliers eldiddiens galoper droit dans leur direction, suivie de Cerrmoriens, mais les Eldiddiens avaient quelques longueurs d'avance sur eux.

« Eh mince ! cria Dagwyn. Ils ont dû voir le cheval du prince ! »

Gweniver tira violemment sur son cheval pour se retourner, puis tira son épée en chargeant sur les cavaliers qui arrivaient. Riant à gorge déployée, elle vit le voile rouge sang se lever à nouveau. Les deux hommes de tête l'évitèrent et se dirigèrent vers le prince. Elle entama un demi-tour, mais un bouclier eldiddien fonça sur elle. Son rire se transforma en gémissement lorsque, oubliant toute leçon de prudence, elle se fendit, penchée dangereusement sur sa selle, et frappa sans penser à parer le coup. Son bouclier fissuré éclata sous le coup que lui porta son ennemi, mais la Déesse guida son épée. Elle l'enfonça si violemment que le jaseran de l'Eldiddien se déchira. Lorsqu'il glissa, mort, de son cheval, elle fit virevolter sa monture. Elle avait une seule idée en tête : Ricyn, derrière, allait être surpassé.

Entre-temps, les Cerrmoriens avaient rattrapé leur retard et s'étaient précipités à l'attaque du prince en hurlant. Gweniver put voir le cheval blanc de ce dernier se cabrer et ruer sous son cavalier sans défense. Les épées étincelèrent, et elle entendit le cri de guerre de Ricyn lorsqu'elle fonça dans la mêlée.

« Ricco ! Dagwyn ! hurla-t-elle. Je suis là ! »

C'était peut-être ridicule, mais Dagwyn répondit par un cri de guerre et se battit comme une fée. Tête-bêche, Ricyn et lui paraient davantage qu'ils n'attaquaient, essayant désespérément de rester sur leur monture au milieu des épées des Eldiddiens qui les assaillaient. Gweniver balafra le dos d'un ennemi, se balança sur sa selle et para tout juste un coup porté de côté. Elle entendit les voix des Cerrmoriens derrière et autour d'elle, mais elle continua d'avancer sans cesser de rire, taillada dur, sentit les coups ricocher sur sa cotte de mailles, ripostant à chaque fois, jusqu'à ce qu'elle se soit frayé un chemin jusqu'à Ricyn. Son cheval était mourant et son visage couvert de sang.

« Sautez derrière moi ! » hurla-t-elle.

Ricyn se dégagea de sa selle lorsque son cheval s'écroula. Elle tailla et para à l'aveuglette lorsqu'il monta tant bien que mal derrière elle, le cheval de Gwen s'ébrouant et dansant sous leurs poids. Un Eldiddien chargea, puis hurla et se tortilla lorsqu'un homme de Cerrmor le frappa par-derrière. Criant à pleins poumons, Dannyn se fraya un chemin dans la mêlée et saisit les rênes du cheval blanc du prince. Le petit tourbillon funèbre se dissipa lorsque les hommes de Cerrmor chassèrent le dernier des intrus eldiddiens du chemin.

Soudain, Gweniver sentit la Déesse la quitter. Elle s'affaissa sur sa selle, regarda autour d'elle, hébétée, puis pleura comme une enfant qui s'est endormie dans les bras de sa mère et se réveille seule dans un lit étranger.

« Seigneur ! lança Dannyn rageusement. Êtes-vous blessée ?

— Non. Il y a une minute à peine, ma Déesse avait

Ses mains posées sur moi mais Elle vient juste de me quitter.

— Je L'ai vue, dit Ricyn, d'une voix faible. Lorsque vous vous battez, Gwen, vous êtes la Déesse. »

Elle se tortilla pour le regarder. Une main pressée sur la coupure ensanglantée qu'il avait au visage, il plissait les yeux de douleur. Le calme et la conviction de sa voix étaient effrayants.

« Je le pense vraiment, reprit Ricyn. Pour moi, vous *êtes* la Déesse. »

C'était la première fois que Gweniver, inexpérimentée, partait en guerre, mais lorsqu'elle rentra à Dun Cerrmor, quatre semaines après son départ, elle était devenue un véritable guerrier. Comme il désirait garder la plus grande partie de son armée près de la frontière d'Eldidd, Dannyn les avait renvoyés elle et ses hommes, en guise d'escorte à leur trophée royal, le prince Maël d'Aberwyn, puîné de la famille royale eldiddienne des Dragons. Lorsqu'elle pénétra dans la cour et regarda l'imposante citadelle seigneuriale, elle réalisa que sa place était ici. Le donjon n'était plus écrasant car sa splendeur n'était désormais plus synonyme que de halte entre deux campagnes. Elle salua l'essaim de domestiques et de pages d'un petit signe de tête, puis descendit de selle et aida Ricyn à couper les liens du prince capturé qui le retenaient à sa selle. Juste au moment où Maël mettait pied à terre, le conseiller Saddar accourut et s'inclina devant eux. Le prince se tint raide, regardant à la fois le conseiller et le dun avec un petit sourire méprisant.

« Notre Majesté est dans sa chambre de réception, Votre Sainteté, annonça Saddar. Nous avons reçu vos messages, et Elle tient beaucoup à voir le prince.

— Bien. Je serai heureuse de me débarrasser de lui, à vrai dire. C'est un piètre compagnon de route. »

Quatre hommes de la garde de Glyn les conduisirent à la chambre de réception résonnante située à l'intérieur de la tour maîtresse. Au bout de la pièce, il y avait une petite estrade recouverte de tapis et derrière laquelle étaient tendues deux immenses tapisseries, l'une illustrant le Roi Bran lorsqu'il découvrit la Cité Sainte, l'autre représentant le même Roi à la tête d'une charge de bataille. Assis dans un fauteuil au haut dossier, le Roi Glyn attendait, paré de ses habits de cérémonie : une tunique d'un blanc pur, richement travaillée, une épée dorée qu'il tenait sur le côté et la cape royale, fixée au niveau de l'épaule par une immense broche ronde qui faisait de lui le Roi. Fraîchement décolorés, ses cheveux blonds étaient tirés en arrière comme s'il faisait face à un vent qui ne soufflait que sur lui. Il répondit à l'entrée de Maël et de Gweniver, tous deux crasseux, leurs tenues abîmées, d'un petit signe de sa main baguée. Lorsque Gweniver s'agenouilla, Maël resta debout et regarda Glyn sans détourner les yeux : après tout, son rang ne dépassait pas le sien.

« Bienvenue, dit le Roi. Même si je désavoue et remets en cause la revendication de votre clan sur mon trône, je suis tout à fait attentif à vos droits. Je vous assure que vous serez traité avec la plus grande courtoisie durant votre séjour ici.

— Vraiment ? répondit Maël d'un ton brusque. Avec autant de courtoisie que votre cour grossière peut en offrir, en tout cas.

— Je vois que notre prince a un fort caractère. » Glyn se permit un petit sourire. « J'enverrai bientôt des hérauts à la cour de votre père pour leur annoncer officiellement votre capture. Souhaitez-vous leur confier un message ?

— Oui, une lettre à mon épouse. »

Gweniver fut sincèrement surprise. Bien qu'il soit de pratique courante dans les familles royales de marier leurs héritiers très tôt, Maël ressemblait tant à un jeune garçon, à se tenir ainsi dans ses habits sales, qu'il était difficile de croire qu'il était marié. Maël s'inclina devant elle.

« Mon épouse devait entrer en couches lorsque je suis parti, Votre Sainteté. Peut-être que de telles choses ne vous intéressent guère, mais son bien-être me préoccupe sincèrement.

— Mon propre scribe viendra vous trouver plus tard, répondit Glyn. Dites à votre jeune épouse ce que vous souhaitez.

— Une plume et de l'encre suffiront amplement. Les hommes de *ma* maisonnée savent lire et écrire.

— Très bien alors. Le Roi sourit à nouveau. Je vous tiendrai au courant des progrès des négociations. Gardes. »

Comme une main étreint un trésor, les gardes entourèrent le prince et le raccompagnèrent.

Au sommet de la tour centrale, la chambre du prince était une grande pièce circulaire dotée d'une cheminée privée, de fenêtres vitrées, d'un tapis de Bardek posé sur le sol et de meubles décents. À chaque fois que Persaunn lui rendait visite, Maël faisait les cent pas, tel un âne attaché à une roue de moulin. Les gardes avaient raconté à Persaunn qu'il arpentait la pièce ainsi la nuit également. Le maître de dweomer lui avait rendu visite la première fois pour soigner son poignet cassé, mais au cours du même mois, il avait continué de venir le voir par simple pitié. Comme le prince savait lire et écrire, Persaunn lui apportait des livres de la bibliothèque tenue par les scribes et s'attardait une heure ou deux pour en discuter avec lui. Le jeune homme était exceptionnellement vif, avec le genre d'esprit qui peut se muer en sagesse s'il vivait suffisamment longtemps pour cela. Perspective peu probable, car en dépit de toute la courtoisie de Glyn, la menace persistait réellement : si le Roi d'Eldidd ne voulait pas payer de rançon pour son fils, Maël serait pendu. Comme lui-même avait jadis été le troisième fils de son père, et donc un prince de trop, Persaunn doutait que le Roi d'Eldidd se rabaisserait outre mesure quand il s'agirait de sauver la vie de Maël. Ce dernier en doutait lui aussi.

« Si seulement j'avais pu me donner la mort avant qu'ils m'aient capturé, remarqua-t-il un après-midi.

— Cela aurait été un acte déplorable. Un homme qui fuit son Wyrd a une dette difficile à payer dans l'Autre Monde.

— Aurait-ce été plus pénible que de mourir pendu comme un voleur de cheval ?

— Oh, allons, jeune homme, il se peut que votre père vous rachète. Glyn n'est pas du genre cupide quant au montant de votre rançon, et votre père se sentirait honteux s'il vous laissait périr. »

Maël se jeta sur une chaise et se recroquevilla, ses longues jambes de poulain dépassant du siège, ses longs cheveux noir de jais ébouriffés.

« Je peux vous apporter un autre ouvrage, poursuivit Persaunn. Les scribes ont un exemplaire des *Annales de l'Époque de l'Aube*, de Dwvoryc. Il est question de magnifiques batailles dans ce livre, à moins que lire des récits de guerre vous fasse souffrir ? »

Le prince fit un signe négatif de la tête et regarda le ciel bleu par la fenêtre.

« Vous savez ce qui a été le pire pour moi ? dit-il au bout d'un moment. C'est d'avoir été capturé par une femme. J'ai cru que j'allais mourir de honte lorsque je l'ai regardée et que j'ai vu qu'il s'agissait d'une femme.

— C'est que, il ne s'agit pas de n'importe quelle femme, Votre Altesse. Il n'y a aucune honte à se faire capturer par une guerrière de la Lune.

— C'est ce que j'espère, alors. Mais sincèrement, je n'avais jamais vu personne se battre comme elle. Elle riait aux éclats. » Maël s'interrompit, la mâchoire pendante tandis qu'il se souvenait. « C'était comme si une déesse était descendue sur le champ de bataille, vu la manière dont elle riait et se battait. Un de ses hommes l'a même traitée de déesse et vous savez quoi, je l'ai cru. »

Persaunn se sentit malade à l'idée que Gwen se dévouait si entièrement à cette soif de bataille.

« Mon bon Monsieur, vous semblez sage, poursuivit le prince. Je pensais qu'il était impie pour une femme de prendre les armes.

— Eh bien, cela dépend du prêtre que vous avez choisi d'écouter. Pour la Déesse de Dame Gweniver, c'est un acte de piété. Chaque homme qu'elle tue est autant de sacrifice fait à la face cachée de la Lune.

— Vraiment ? Alors, sa Déesse a dû être repue après ce combat, et ses corbeaux de guerre saints aussi.

— Assurément. C'est que, à l'Époque de l'Aube, il y avait de nombreuses vierges guerrières, toutes fidèles à la Lune Noire, même si je doute que ce culte fût loin d'être ce que l'on pourrait qualifier de répandu. Les Rhwmanes le trouvaient impie, mais à cette époque, tout ce que leurs femmes pouvaient faire, c'était s'asseoir et tisser.

— Vous voulez dire dans la Terre Patrie, et donc avant le grand Exil.

— Exactement, longtemps avant que le Roi Bran conduise son peuple aux Îles Occidentales. Mais une fois qu'ils se sont retrouvés là-bas, coupés de la Terre Patrie, eh bien, je suppose qu'une femme enceinte était simplement trop précieuse pour qu'elle coure le risque de se battre. Je ne le comprends pas vraiment, mais le culte de la Lune Noire s'est éteint. Il y a un passage à ce sujet dans le livre dont je vous ai parlé.

— J'aimerais vraiment le lire, alors. Cela m'aide à

digérer ma honte, de savoir que je n'ai pas été capturé par la seule et unique d'entre elles. »

Les hérauts revinrent d'Eldidd ce même jour. Les commérages allaient bon train à la cour, où l'on se demandait quel prix le Roi d'Eldidd proposait pour son fils, et si Glyn l'accepterait. Les oreilles curieuses entendirent tout de suite l'une des nouvelles rapportées : l'épouse de Maël avait mis au monde un beau garçon en bonne santé. Persaunn se demanda à quel point le Roi se soucierait de Maël à présent qu'il avait encore un autre héritier... Très peu, comme la suite allait le prouver. Persaunn entendit la nouvelle de la bouche du Roi, lorsque Glyn le convoqua dans ses appartements au cours de la soirée, comme il avait pris l'habitude de le faire, juste pour écouter le point de vue que le maître de dweomer pouvait lui apporter.

« Eldidd m'a promis une immense quantité d'or, expliqua Glyn. Mais plus que d'argent, c'est d'une frontière paisible dont j'aurais besoin. Je projette de faire traîner les négociations aussi longtemps que possible, et je l'ai averti que je ferai pendre son fils s'il continue ses incursions tant que je le détiens.

— Il respectera certainement ces conditions, Majesté, au moins pendant un temps.

— C'est ce que j'espère. Je répugnerais à pendre un prisonnier sans défense. Après tout, Eldidd peut conforter sa prétention au trône en s'attaquant aux terres de Cantrae. Ils ont une longue frontière en commun au nord. » Le Roi sourit doucement. « Que Slwmar constate ce que cela fait d'être un morceau de viande déchiré entre deux mâchoires. »

Naturellement, l'une de ces mâchoires était Dannyn et l'Armée du Roi, lesquels menaient des attaques éclairs au nord du royaume. Chaque fois qu'un messager revenait, Persaunn lui demandait des nouvelles de Gweniver, et à chaque fois, le messager lui répondait avec un respect mêlé de crainte que non seulement elle se portait bien, mais encore qu'elle était une inspiration pour toute l'armée. Touchée par les dieux, c'est ainsi qu'ils l'appelaient. Persaunn supposa que c'était ainsi que la plupart des gens la verraient, comme une de ces rares personnes que les dieux favorisent directement en leur accordant pouvoir et chance. Lui, bien sûr, était d'un avis différent, parce qu'il savait ce que sont les dieux : de vastes centres de force dans les Terres Intérieures, qui correspondent à une partie du monde naturel ou de l'esprit humain. Pendant des milliers d'années, des fidèles avaient façonné les images des dieux et leur avaient insufflé de l'énergie, jusqu'à ce qu'elles donnent l'impression d'être des personnes à part entière. Quiconque sait comment former les images mentales appropriées et réciter le type d'incantation correct – le choix des termes exact importe peu – peut contacter ces centres d'énergie et en tirer des pouvoirs pour ses propres fins. Les prêtres contactent ces centres par foi aveugle ; les maîtres de dweomer, de sang-froid : ils savent que ce sont les hommes qui créent les dieux, non l'inverse ; Gweniver était tombée sur un sombre repli de l'esprit féminin que les femmes avaient été obligées d'enterrer depuis sept siècles. Sans temple du Rite Noir pour le lui enseigner, elle était comme une enfant qui essaie de recueillir un feu allumé qu'elle trouve joli, et Persaunn était inquiet.

Pourtant, même s'il savait que son véritable Wyrd était avec le dweomer, ses vœux lui interdisaient d'intervenir impunément dans la vie de Gwen. Tout ce qu'il pouvait, c'était gagner sa confiance, faire des allusions occasionnelles et espérer qu'un jour, elle lui poserait les bonnes questions. Si, bien sûr, elle vivait suffisamment longtemps. La seule chose qu'il pouvait faire était prier pour que l'hiver arrive tôt cette année. Une fois qu'ils seraient tous réunis dans le dun, à la fin de leur campagne d'été, il aurait l'occasion de devenir son ami.

Pendant un mois encore, les soldats de Cerrmor lancèrent des attaques impunément le long de la frontière septentrionale de Cantrae, parce que Slwmar était obligé de détourner ses troupes vers l'ouest et de faire face à la nouvelle menace qui venait d'Eldidd. De temps en temps, ils étaient confrontés à une armée assez importante, mais Dannyn se retirait généralement avant la bataille, préférant mettre à sac les sources d'approvisionnement de Cantrae plutôt que de perdre des hommes. Un jour, cependant, Slwmar fut suffisamment désespéré pour contraindre les Cerrmoriens à se battre en refoulant les hommes de Dannyn vers la Belaver, grâce à quelques manœuvres rusées. Même si le combat, techniquement, se solda par une victoire de Cerrmor qui mit les hommes de Slwmar en déroute et les repoussa vers le nord et la Cité Sainte, leurs pertes avaient été lourdes.

Ce soir-là, tandis qu'il traversait à pied le champ de bataille, où ses hommes s'affairaient encore à trouver et à ramener les blessés, Dannyn sut qu'une autre bataille rangée les anéantirait. Gweniver l'accompagnait, aussi crasseuse et collante de sueur qu'aucun d'entre eux, le visage et les épaules couverts de sang. Pendant qu'ils marchaient, elle regarda le carnage avec une indifférence qui l'effraya. Il avait beau aimer la gloire des batailles et le combat, il détestait voir ses hommes se faire tuer. Sa bataille idéale relèverait d'une ancienne saga, où les nobles se défieraient entre eux en combat singulier pendant que leurs troupes les acclameraient.

« Nous allons devoir battre en retraite, dit-il soudainement.

— Tout ce que vous voudrez, tant que nous revenons.

— Il se peut que oui, comme il se peut que non. Avec Eldidd en trêve, je peux peut-être dépouiller Dun Cerrmor de la garde du fort, mais je ne suis pas sûr de le vouloir. C'est au Roi qu'il incombe de prendre la décision finale, naturellement. »

Elle tourna la tête pour le regarder, exaspérée.

« Sa Sainteté ferait mieux de se rappeler que nous avons besoin d'hommes pour nous occuper des Sangliers cet automne. Ce sera encore un vrai carnage alors, un carnage peut-être suffisant pour la satisfaire. »

Remuant la tête en réponse à l'insulte, elle planta Dannyn et retourna à grands pas auprès de ses hommes. Un instant, il la regarda partir et souhaita pouvoir la trouver repoussante et arrêter de la considérer comme une femme, ainsi que son vœu de chasteté aurait dû le pousser à le faire. Même s'il était loin d'être un homme pieux, Dannyn croyait en l'existence des dieux, et il savait qu'il risquait d'encourir leur fureur en désirant coucher avec une de leurs prêtresses. Pourtant, parfois, lorsqu'elle lui souriait ou simplement marchait près de lui, son désir devenait si fort qu'il avait du mal à respirer pendant un moment. Il se promit que si un jour arrivait où il aurait à lever deux armées, il s'assurerait qu'ils soient tous les deux séparés.

Il aurait été plus simple pour lui d'oublier son désir s'il n'y avait pas eu Ricyn. Au cours de leur lente marche vers le sud et Cerrmor, il remarqua à plusieurs reprises la manière dont son capitaine et elle discutaient tous les deux, si intimement, si près l'un de l'autre, qu'il se demanda si elle avait peut-être déjà rompu ses vœux, avec un manant qui plus est. Il se rongeait de jalousie, si bien qu'il se mit à détester Ricyn, alors qu'il l'avait toujours apprécié auparavant, voire admiré, pour sa constance, son courage, son calme et les manières simples qu'il avait avec les hommes qui étaient sous son commandement. Désormais, il passait parfois des journées à rêver d'envoyer le capitaine de Gweniver à une mort certaine, dans une charge désespérée.

Lorsqu'ils furent rentrés à Dun Cerrmor, et privés de la distraction de la bataille, les sentiments qu'éprouvait Dannyn pour Gweniver lui furent encore plus difficiles à ignorer. Il fit de son mieux pour l'éviter, mais il restait leurs leçons d'escrime. Même s'il tournait ses sentiments en ridicule en se répétant qu'il n'était rien qu'un étalon en rut, il l'aimait sincèrement et suffisamment pour que l'idée qu'elle se fasse tuer le terrifie. Il était donc déterminé à lui enseigner la moindre astuce qu'il connaissait pour compenser son manque de poids et la portée plus réduite de ses coups.

Tous les matins, ils s'entraînaient pendant des heures. Ils n'utilisaient que des lames émoussées et des boucliers en osier, mais parfois, le combat tournait en véritable duel. Quelque chose déclenchait sa colère, et au lieu de marquer de légères touches, elle devenait folle furieuse et commençait à le rouer de coups, à assener de violentes frappes de son épée qui déclenchaient la furie de Dannyn et le poussait à l'imiter. Pendant quelques minutes, ils se battaient, puis, arrêtés par un consentement réciproque à moitié inconscient, reprenaient leur leçon de manière plus civilisée. Même s'il remportait toujours ces combats, Dannyn n'avait jamais l'impression de la dominer. Il pouvait passer la matinée à lui faire des bleus, le lendemain, elle recommençait, le poussant à bout avec un coup difficile à parer. Il commençait à penser qu'elle était déterminée à le mater.

Le fait d'être de retour au dun lui rendait également difficile la tâche d'ignorer Ricyn. Souvent, il les voyait ensemble, riant d'une plaisanterie quelconque, Ricyn penché vers elle tandis qu'ils se promenaient dans la cour, ou jouant aux dés comme une paire de vieux cavaliers. Parfois, Ricyn venait les voir s'entraîner. Il se tenait à la limite du terrain d'exercice, tel un chaperon, sans rien dire, puis la raccompagnait lorsqu'ils avaient fini. Comme il n'avait aucune raison valable de demander au capitaine d'un autre seigneur de partir, Dannyn devait le supporter.

Un après-midi, Dannyn fut suffisamment furieux pour se joindre à eux, alors qu'ils se trouvaient devant les écuries : il n'aimait tout simplement pas la manière dont Ricyn lui souriait et s'approcha à temps pour entendre la fin d'une curieuse plaisanterie sur les lapins.

« Bonjour, lança Dannyn. Quelle est cette histoire de lapins, Madame ?

— Oh, Ricco est doué pour les prendre au piège avec ces fils qu'il porte toujours sur lui, aussi j'étais juste en train de lui dire qu'il pouvait peut-être me piéger quelques Sangliers. »

Dannyn aimait encore moins entendre Gwen utiliser le surnom de Ricyn.

« C'est un tour que vous avez appris à la ferme ? lança-t-il d'un ton brusque.

— Effectivement, Sire, répondit Ricyn. On apprend beaucoup de choses lorsque l'on est fils de fermier. Comme la manière de discerner un cheval pur-sang d'un canasson.

— Et que voulez-vous insinuer par là ? » Dannyn posa sa main sur la garde de son épée.

« Seulement ce que j'ai dit. » Ricyn l'imita. « Monseigneur. »

Lâchant un juron, Dannyn dégaina. Il aperçut un éclair métallique ; puis son poignet le brûla, et son épée vola. Jurant, il se recula juste au moment où Gweniver frappa le bras de Ricyn du plat de son épée. Elle avait anticipé leurs gestes et les avait désarmés tous les deux.

« Au nom de tous les dieux, pas seulement du mien, dit-elle. Je tuerai le premier d'entre vous qui recommencera, même si je suis pendue pour cela. Vous m'avez comprise tous les deux ? »

Ricyn se tourna et partit en courant en direction de la caserne. Dannyn se frotta le poignet et le regarda battre en retraite d'un œil mauvais jusqu'à ce que Gweniver lui tapote la poitrine de la pointe de son épée.

« Si vous lui menez la vie dure sur le champ de bataille, et s'il en meurt, je vous tuerai. »

Il n'y avait pas l'ombre d'un doute qu'elle le pensait. Refusant de répliquer, il récupéra son épée tombée sur les pavés. Ce n'est qu'à ce moment-là qu'il remarqua la foule de badauds qui les regardaient, souriants, pensant sans aucun doute que le bâtard l'avait bien cherché.

Pris d'une colère aveugle, Dannyn retourna à grands pas au dun et monta dans sa chambre en courant. Il se jeta sur son lit et y resta allongé, tremblant de rage. Puis, lentement, sa colère l'abandonna pour céder la place à un froid désespoir. *Très bien, alors ; si la catin préfère son sale fermier, eh bien, qu'elle couche avec lui !* La Déesse les punirait tous les deux bien assez tôt, s'ils couchaient ensemble. Avec un soupir, il se rassit, réalisant que ce n'était probablement pas le cas. Il devrait maîtriser sa jalousie désormais, se dit-il, de peur de sombrer dans une colère encore plus intense que son envie.

Pendant le reste de cette journée, Ricyn évita Gweniver, mais au dîner, dans la grande salle, il se surprit à la regarder pendant qu'elle mangeait sur l'estrade avec les autres nobles. C'était un véritable enfer de se souvenir de la manière dont il s'était ridiculisé devant elle. Il avait oublié sa Déesse. C'était aussi simple que cela : pendant un instant, il l'avait traitée comme une femme, non comme la prêtresse sacrée qu'elle était réellement. Que Dannyn ait fait la même erreur n'était pas une véritable excuse. La Déesse l'avait choisie et marquée, et c'était ainsi. Lorsqu'il eut fini de manger, Ricyn prit un deuxième quart de bière et le but lentement en réfléchissant à ce qu'il allait faire pour se racheter, non envers Gweniver, mais envers la Déesse. Il n'avait pas l'intention de mourir lors de son prochain combat parce qu'Elle voulait qu'il se fasse tuer.

« Tu rentres à la caserne ? lui demanda Dagwyn. Nous pourrions faire une partie de dés.

— Oh, je vous rejoins dans un petit instant. Je voudrais parler au vieil herboriste.

— Pour quoi faire ?

— Ce ne sont pas tes affaires. »

Haussant les épaules, Dagwyn se leva et s'en alla. Ricyn n'était pas sûr de savoir pourquoi il pensait que Persaunn savait des choses sur la Déesse des Ténèbres, mais le vieil homme semblait si sage que cela valait la peine d'essayer. Au milieu de la grande salle, Persaunn était en train de finir son repas, absorbé par sa conversation avec le Maître d'Armes. Ricyn décida d'attendre qu'il ait fini et de le suivre dehors. Un par un, les autres cavaliers des Loups quittèrent la table, jusqu'à ce qu'il se retrouve seul dans un petit îlot de tranquillité perdu au milieu de la bruyante pièce. Il alla se chercher une troisième chope, se rassit et maudit le Maître d'Armes d'être aussi bavard.

« Capitaine ? » l'appela quelqu'un derrière lui.

Il s'agissait de Sire Oldac, les pouces calés dans son ceinturon. Même si Ricyn ne lui avait jamais pardonné d'avoir traité Gweniver de putain, il se leva et s'inclina devant lui comme l'exigeait son rang.

« J'aimerais vous parler. Sortons. »

Ricyn le suivit dans la cour froide, par la porte de derrière. Ils restèrent à la lueur d'une fenêtre, Oldac attendant que deux servantes qui passaient soient hors de portée de voix.

« Quel était ce petit accrochage entre Sire Dannyn et vous aujourd'hui ? demanda Oldac.

— Sans vouloir vous offenser, Sire, je ne vois pas en quoi cela vous regarde.

— Oh, ce ne sont assurément pas mes affaires. Simple question de curiosité. L'un des pages m'a dit que Sire Dannyn avait insulté Sa Sainteté, et que vous l'aviez défendue. »

C'était tentant pour Ricyn de mentir et de laisser se répandre cette histoire moins honteuse pour lui.

« Eh bien, Seigneur, ce n'est pas vrai. J'ai dit quelque chose que Sire Dannyn a compris de travers, et Dame Gweniver est intervenue.

— C'est que notre bâtard est du genre susceptible, non ? » Assez étrangement, Oldac avait l'air déçu. « Bien, j'étais curieux de le savoir, c'est tout. »

Lorsqu'il retourna dans la grande salle, Ricyn constata que Persaunn était déjà parti. Maudissant Oldac en son for intérieur, il trouva un page qui lui apprit que le vieil homme s'était retiré dans sa chambre. Ricyn hésita, par peur de déranger un détenteur supposé de pouvoirs dweomériques, mais après tout, s'il n'apaisait pas la Déesse promptement, sa vie serait en jeu. Il monta dans la chambre de Persaunn, où il trouva le vieil homme en train de trier des herbes à la lueur d'une lanterne.

« Bonsoir, bon Monsieur, dit Ricyn. Puis-je vous parler un instant ?

— Bien sûr, jeune homme. Entrez et fermez la porte. »

Comme Persaunn ne possédait qu'une chaise, Ricyn resta debout, mal à l'aise, près de la table, et regarda les herbes à l'odeur suave.

« Vous ne vous sentez pas bien ? lui demanda Persaunn.

— Oh, je ne suis pas venu pour vos herbes. Écoutez, vous avez l'air d'être un homme d'une grande sagesse. Savez-vous si la Déesse des Ténèbres accepterait les prières d'un homme ?

— Je ne vois pas pourquoi elle ne le ferait pas. Bel écoute bien les prières des femmes, non ?

— Je ne peux pas le demander à Dame Gweniver, vous comprenez. J'ai bien peur d'avoir offensé sa Déesse, j'en suis fichtrement conscient. Aussi ai-je pensé que je pouvais peut-être me réconcilier avec Elle à ma manière, parce que je ne souhaite pas mourir lors de ma prochaine bataille. Mais c'est plutôt difficile à faire puisqu'Elle n'a même pas un temple approprié où je puisse aller. »

Persaunn l'observa d'un regard curieux à mi-chemin entre l'exaspération et l'admiration.

« Eh bien, la Déesse le comprendra certainement, répondit Persaunn. D'une certaine manière, Elle n'a besoin d'aucun temple, puisque la nuit entière est Sa demeure et que les ténèbres sont Son autel.

— Eh bien, Monsieur, avez-vous été prêtre ?

— Oh, non, mais j'ai lu de nombreux livres sur les rites sacrés.

— Très bien alors. Dois-je Lui faire un sacrifice ? Les dieux semblent toujours aimer ça.

— Effectivement. » Persaunn réfléchit un instant, affichant une expression solennelle impressionnante. « Je vais vous donner un morceau de racine de mandragore, car elle est fourchue comme un homme et possède des vertus dweomériques. Descendez à la rivière à la première heure du jour, jetez-la dedans, puis priez qu'Elle l'accepte à votre place et qu'Elle vous accorde son pardon.

— Merci, mon bon Monsieur, sincèrement, merci. Je vous paierai pour la racine.

— Oh, ce n'est pas nécessaire, jeune homme. Je ne voudrais pas que votre offrande échoue et que vous vous fassiez tuer parce que vous croyez que la Déesse s'est montée contre vous. »

Ricyn enveloppa la précieuse racine dans un bout de

tissu et la dissimula dans sa chemise, puis retourna à la caserne. Il s'allongea sur sa couchette et pensa à ce qu'il allait dire à la Déesse, car il voulait trouver les mots justes. Savoir qu'il pouvait lui aussi Lui vouer un culte l'emplit d'une paix solennelle. *Les ténèbres sont Son autel* – il aimait la manière dont le vieux Persaunn avait dit cela. Un jour, lorsque son Wyrd viendrait le trouver, il se laisserait tomber dans les bras de la Déesse, silencieusement, épuisé, reposant en paix dans les ténèbres, laissant toute l'agitation et la souffrance de cette guerre sans fin derrière lui.

« Dagwyn ? appela Gweniver. Où est Ricyn ? »

Dagwyn se tourna et regarda à la hâte dans l'écurie.

« Si seulement je le savais, Madame, répondit-il. Il était là il y a à peine une minute. »

Gweniver se dépêcha de sortir sous la lumière vive du soleil du matin et longea les écuries. *Il fait encore exprès de m'éviter*, supposa-t-elle Cette supposition s'avéra correcte lorsqu'elle finit par le trouver. Il lui adressa un regard surpris, puis baissa les yeux.

« Venez faire un tour avec moi, Ricco.

— Si Madame l'ordonne.

— Arrêtez de marcher furtivement comme un chien battu ! Allons, je n'ai jamais été en colère contre vous, mais si je voulais remettre Dannyn à sa place, je devais être équitable, non ? »

Ricyn leva les yeux et laissa échapper un rapide sourire, signe furtif de son habituelle bonne humeur. Elle adorait le voir ainsi.

« Eh bien, c'est ce que vous avez fait, répondit-il. Mais je n'arrête pas d'y penser tout de même.

— C'est du passé à présent, en ce qui me concerne. »

Ensemble, ils passèrent à côté des réserves et des charrettes vides, derrière les écuries, et trouvèrent un coin ensoleillé et tranquille près du rempart du dun. Ils s'assirent le dos contre une réserve, et regardèrent l'imposante masse de pierres grises qui les retenait enfermés et empêchait leurs ennemis d'entrer.

« Vous savez, dit Gweniver, vous devriez vous trouver une amie dans le dun. Nous resterons ici pour le restant de nos jours. »

Ricyn tressaillit comme si elle l'avait giflé.

« Qu'est-ce que j'ai dit ? demanda-t-elle.

— Rien.

— Balivernes. Dites-moi la vérité. »

Ricyn soupira et se frotta la nuque comme si cela l'aidait à réfléchir.

« Eh bien, supposez que je me trouve une bonne amie. Comment le prendriez-vous ? J'espérais que vous... ah, bon sang !

— Vous espériez que je l'envierais ? Ce serait le cas, je serais jalouse d'elle, mais ceci est mon fardeau, non le vôtre. C'est moi qui ai choisi la Déesse. »

Il sourit, les yeux baissés.

« Vous seriez vraiment jalouse ?

— Oui. »

Il hocha la tête et fixa les pavés comme s'il était en train de les compter.

« J'y ai songé, finit-il par dire. Il y a bien une ou deux filles qui me plaisent bien, en quelque sorte, et l'une d'elles m'aime beaucoup. Hier, justement, elle s'est promenée avec moi, et j'ai su que je pouvais coucher avec elle assez facilement, si cela ne me dérangeait pas de la partager avec plusieurs autres garçons, et je n'y avais jamais prêté attention auparavant. Mais soudain, je me suis rendu compte que je m'en fichais éperdument, de pouvoir coucher avec elle ou non, et je l'ai donc laissée. Il resta muet quelques minutes. Cela ne changera jamais rien que je sois avec une autre. Je vous aime beaucoup trop. Je vous aime depuis des années.

— Oh, allons, vous n'avez pas trouvé la bonne fille, c'est tout.

— Ne plaisantez pas avec moi, Gwen. Je ne vivrai pas assez longtemps pour le supporter. Vous êtes disposée à mourir, n'est-ce pas ? Je peux le lire dans vos yeux, à chaque fois que nous partons nous battre. Eh bien, je ne vous survivrai pas une minute de plus. Je prie votre Déesse et je le Lui ai promis. » Enfin, il la regarda. « C'est ce à quoi je pensais, je peux tout aussi bien prêter le même serment que vous.

— Non ! Ce n'est pas nécessaire, et si vous le rompez...

— Vous ne me croyez pas capable de le respecter ?

— Ce n'est pas ce que je voulais dire. C'est juste qu'il n'y a aucune raison pour que vous le fassiez.

— Si, justement. Que donnent la plupart des hommes à la fille qu'ils aiment ? Une maison, et plein de choses à manger, et une nouvelle robe de temps en temps. Eh bien, je ne serai jamais capable de vous donner quoi que ce soit de ce genre, mais je vous donnerai ce que je peux. » Il lui sourit de manière aussi désinvolte et enjouée que d'habitude. « Que vous l'aimiez ou non, Gwen, vous ne me verrez jamais avec une autre fille, ni n'en entendrez parler. »

Elle fut aussi surprise qu'une fermière qui utilise toujours la même marmite et la retrouve un jour transformée en argent.

« Ricco, je ne romprai jamais mon serment. Comprenez-vous cela ?

— Si je ne l'avais pas compris, prêterais-je un serment à ma façon ? »

Elle lui saisit le bras et sentit sa Déesse la pousser à parler.

« Vous savez, Ricco, si jamais je devais rompre mon serment, c'est vous que je choisirais, pas Dannyn. Vous valez deux fois mieux que lui, en dépit de son rang. »

Il se mit à pleurer, laissant échapper deux minces filets de larmes, qu'il réprima rapidement.

« Oh grands dieux, chuchota-t-il, je vous suivrai, même dans la mort.

— C'est ce qui vous attend si vous me suivez tout court.

— Votre Déesse nous aura tous au final, de toute manière. Pourquoi diable me préoccuperais-je de la date de notre mort ?

— Très bien alors. Je vous aime. »

Il lui prit la main et entrelaça ses doigts entre les siens. Pendant un long moment, ils restèrent ainsi, sans parler ; puis il poussa un profond soupir.

« Quel dommage que je ne puisse pas même vous offrir une broche de fiançailles, remarqua-t-il. Juste histoire de vous offrir quelque chose, pour sceller notre parole.

— J'éprouve la même chose. Attendez, je sais. Échangeons notre sang, comme ils le faisaient à l'Époque de l'Aube. »

Il sourit, acquiesçant d'un signe de tête. Avec le poignard qu'elle lui tendit, il lui fit une petite entaille au poignet, puis en fit une sur le sien, et pressa leurs plaies saignantes l'une contre l'autre, pour que leurs sangs se mélangent. Lorsqu'elle releva les yeux pour plonger son regard dans le sien, elle eut envie de pleurer : il avait l'air si grave, et parce que c'était la seule cérémonie de mariage qu'ils auraient. Un filet de sang, aussi mince que les larmes de Ricyn, coula le long de son bras. Brusquement, elle sentit la Déesse, glaciale présence, l'envelopper. Elle sut que la Dame des Ténèbres était contente, que leur amour était aussi propre et puissant qu'une autre épée à déposer sur Son autel. Il pencha la tête et lui donna un baiser, juste un, puis la laissa partir.

Un peu plus tard au cours de cette même matinée,

une promenade sans but les conduisit au jardin aromatique de Persaunn et à l'herboriste lui-même, lequel, assis à genoux, s'occupait de ses plantes. Lorsqu'ils le hélèrent, il se leva en essuyant ses mains boueuses sur son brigga.

« Bonjour, leur répondit-il. J'ai entendu dire que vous alliez bientôt repartir tous les deux dans le fief des Loups.

— Oui, en effet, répondit Gweniver. Et nous le débarrasserons de la vermine qui le souille. »

Persaunn pencha sa tête d'un côté et les regarda alternativement, son regard se durcissant.

« Qu'avez-vous à votre poignet, Ricco ? demanda-t-il. Il semble que votre dame a une coupure similaire à la vôtre. »

En riant, elle leva la main pour lui montrer la traînée de sang séché.

« Ricyn et moi avons prêté un serment tous les deux. Nous ne partagerons jamais un lit, mais une tombe.

« Espèce de jeunes idiots, lança Persaunn à voix basse.

— Allons, expliqua Ricyn, vous pensez que nous ne le respecterons pas ?

— Oh, bien sûr que si. Cela ne fait aucun doute que vous respecterez votre serment avec brio et que vous aurez aussi exactement la récompense que vous recherchez, une mort précoce sur le champ de bataille. Et que les bardes parleront de vous dans leurs chansons pendant des années et des années à venir.

— Alors, pourquoi avez-vous l'air si inquiet ? l'interrompit Gweniver. Nous n'avons jamais rien demandé de plus.

— Je sais. » Le vieil homme se détourna. « Et c'est ce qui me chagrine. Eh bien, c'est votre Wyrd, pas le mien. »

Et sans dire un mot de plus, il s'agenouilla à nouveau et retourna à son désherbage.

Cette nuit-là, Persaunn n'eut pas le cœur de s'attarder dans la grande salle et de regarder Gweniver rire avec les autres nobles. Il se retira dans sa chambre, alluma des chandelles, puis arpenta la pièce en se demandant ce qui clochait dans sa race pour qu'elle prenne plaisir à souffrir, pour qu'elle aime la mort comme d'autres races aimaient le confort et la richesse, tout comme Gwen et son cher Ricyn pensaient qu'ils s'aimaient réciproquement, alors qu'en fait, ils aimaient l'engouement pour les ténèbres de l'âme deverrienne.

« Ah, grands dieux ! Cela ne me concerne pas à présent. »

La chandelle coula comme si elle remuait sa tête dorée négativement. Si, c'était son affaire, qu'il réussisse ou non à les aider dans cette vie ou qu'il soit forcé d'attendre jusqu'à ce qu'ils renaissent. Et non seulement les problèmes de Gweniver le concernaient, mais ceux de Ricyn également. Qu'ils rompent leur serment ou le respectent, ils étaient liés tous les deux par une chaîne de Wyrd, et cette chaîne, il faudrait la sagesse d'un Roi Bran pour la démêler et la force d'un Vercingétorix pour la rompre. Songer à ces deux héros de l'Époque de l'Aube ne fit qu'assombrir la mauvaise humeur de Persaunn. Prêter un serment scellé par le sang, cela était digne d'un vieux récit épique ! Il voulut leur expliquer, les obliger à comprendre qu'il était toujours plus facile de baisser les bras que de s'accrocher, que se laisser tomber procurait un merveilleux sentiment de bien-être et de puissance. Mais elle ne l'écouterait jamais. Il était probablement trop tard.

Persaunn se jeta sur une chaise et fixa la cheminée vide. Il sentait que le royaume entier régressait au fur et à mesure que les guerres civiles éclataient et bafouaient toutes ces longues années de culture, d'érudition et d'honneur raffinés, où l'on s'était soucié des pauvres

– toutes ces choses civilisées que tant d'hommes avaient mis tant d'années à essayer d'insuffler dans l'âme de Deverry. Combien de temps s'écoulerait avant qu'ils ne recommencent à trancher des têtes et à les garder comme trophées ? Pour la première fois de sa vie anormalement longue, il se demanda si les services qu'il vouait à la Lumière avaient un sens, s'il existait vraiment une Lumière à servir, puisque les choses pouvaient sombrer si facilement dans les ténèbres. Jamais auparavant il n'avait été aussi conscient de la fragilité de la civilisation, qu'elle flottait comme de l'huile dans l'océan noir des esprits des hommes.

Quant à Gweniver, Persaunn eut un dernier espoir. Si seulement il pouvait lui faire comprendre que le dweomer offrait un pouvoir plus grand que n'importe quoi au monde : elle adorait le pouvoir. Peut-être pourrait-il l'emmener loin de la cour – avec Ricyn, parce qu'elle ne l'abandonnerait jamais – et se retirer dans les terres sauvages du Nord, voire à Bardek. Là, il pourrait l'aider à se débarrasser du fardeau qu'elle avait endossé d'elle-même et lui faire comprendre. Cette nuit même, il se rendit dans sa chambre lui parler.

Gweniver lui servit de l'hydromel et lui offrit sa meilleure chaise. À la lueur des chandelles, ses yeux brillaient, son sourire était jovial et figé, comme s'il avait été gravé au couteau sur son visage.

« Je peux deviner la raison pour laquelle vous êtes ici, annonça-t-elle. Pourquoi êtes-vous aussi inquiet pour le serment que Ricyn et moi avons prêté ?

— Principalement parce qu'il me semble manquer de perspicacité. Il vaut mieux réfléchir attentivement avant de s'engager dans une voie à sens unique. Certaines routes passent par de nombreuses contrées différentes et offrent de nombreux points de vue différents.

— Et d'autres routes sont directes et courtes. Je le

sais, mais ma Déesse a choisi ma route, et je ne puis rebrousser chemin.

— Oh, bien sûr que non, mais il y a d'autres manières de La servir qu'avec une épée.

— Pas pour moi. Je me fiche profondément, cher Persaunn, que ma route soit courte. C'est... oh, voyons, c'est comme lorsqu'il y a beaucoup de bois à brûler. Certains l'économiseront, utiliseront une bûche à la fois mais auront ainsi un petit feu malingre toute la nuit. D'autres préféreront empiler tout le bois et avoir une belle flambée, même si elle est de courte durée.

— Pour ensuite mourir de froid ? »

Elle fronça les sourcils derrière son verre à pied.

« Eh bien, dit-elle enfin, je n'ai pas choisi la meilleure façon de m'exprimer, alors ? Ou bien, si, c'est un assez bon exemple. Ils ne meurent pas de froid, non, ils se jettent eux-mêmes dans le feu. »

Lorsqu'elle rejeta sa tête en arrière et gloussa, Persaunn comprit finalement ce qu'il refusait de voir depuis très longtemps : elle était folle. Longtemps auparavant, elle avait été poussée au-delà des limites de la raison, et désormais, la folie brillait dans ses yeux et se reflétait dans son sourire pincé. Pourtant, il y avait différentes folies ; dans ce monde sens dessus dessous, elle serait considérée comme une héroïne, couverte d'honneur et de gloire par des hommes à peine légèrement moins fous qu'elle. Rester assis dans sa chambre à continuer de discuter fut l'une des choses les plus pénibles que Persaunn ait jamais faites. Elle avait beau parler de ses plans à long terme pour Blaeddbyr et le clan des Loups, elle semblait une suicidée en sursis.

Finalement, il se retira poliment et retourna dans sa chambre. Il ne pourrait jamais la conduire à la voie du dweomer à présent, car étudier la magie nécessitait le plus sain de tous les esprits possible. Ceux qui étaient ne serait-ce que légèrement déséquilibrés lorsqu'ils commençaient à étudier le dweomer se retrouvaient peu de temps après déchirés par les puissances et les forces qu'ils invoquaient. Dans cette vie, il le savait, elle ne trouverait jamais son véritable Wyrd. Tandis qu'il arpentait sa chambre, Persaunn se mit soudain à trembler. Il s'effondra sur une chaise et se demanda s'il était malade lorsqu'il réalisa qu'il était en train de pleurer.

Les giboulées d'été avaient transformé le dun du clan des Loups en une mare de boue. Le donjon sans toit dont il ne restait que les murs se dressait au milieu de la terre détrempée, des cendres et des poutres carbonisées, le tout craquant sur les pavés, bouchant le puits et dégageant une odeur nauséabonde et écœurante de pourriture et de brûlé. Çà et là, à l'ombre des murs, de la moisissure et de la rouille s'étaient développées, telle de la neige noire infectée. Gweniver et Gwetmar, assis sur leurs chevaux, franchirent l'ouverture qui avait jadis servi de porte au dun et inspectèrent les lieux.

« Eh bien, dit Gweniver, vous voilà un grand seigneur à présent, assurément.

— Votre Sainteté partagera-t-elle l'hospitalité de ma magnifique grande salle ? » Il lui fit un simulacre de révérence. « Nous pourrions tout aussi bien poursuivre notre chemin et aller voir le village.

— C'est vrai. Vous n'aurez pas le temps de reconstruire Dun Blaedd avant l'hiver. »

Ils retournèrent auprès de l'armée qui les attendait au pied de la colline. Outre leur propre garnison, constituée d'environ soixante-dix hommes, deux cents hommes du Roi, menés par Dannyn, les avaient accompagnés. La générosité de Glyn s'était étendue à un long train de provisions et à un contingent d'artisans qualifiés chargés de fortifier les quelques bâtiments toujours en état qu'ils trouveraient. Lorsqu'ils traversèrent le domaine des Loups, Gweniver se demanda si leur fief pourrait être préservé, parce que les serfs qui s'occupaient des champs avaient tous fui. Deux fois, ils passèrent devant l'un de leurs villages pour en découvrir les cabanes rudimentaires brûlées, comme si les serfs avaient décidé d'afficher leur mépris pour leurs anciens maîtres au moment où ils s'étaient échappés. En revanche, Blaeddbyr, qui avait été tenu par des vilains, était toujours debout, même si ses habitants étaient partis, chassés dans leur cas par la peur des Sangliers, non celle des Loups. Les mauvaises herbes avaient poussé, vertes et épaisses, autour du puits du village et dans les allées. Sous les pommiers, les fruits non ramassés pourrissaient tels des gouttes de sang séché. Les maisons semblaient recroquevillées, leurs fenêtres aux volets fermés semblables à des yeux tristes accablant de reproches ceux qui les avaient abandonnées.

« Je serai un excellent seigneur effectivement, sans personne à gouverner, remarqua Gwetmar d'une voix à moitié ironique.

— Les villageois reviendront à la longue. Envoyez des messagers au sud et à l'est, là où ils ont de la famille. Mais en ce qui concerne vos terres personnelles, mon ami, je pense que vous devrez vous contenter des corvées des vilains – si vous pouvez en trouver qui veuillent bien s'installer ici. »

Gwetmar brisa sans cérémonie le cadenas posé sur la maison du forgeron et la déclara sienne, simplement parce que c'était la plus grande. Comme ils n'avaient pas le temps de construire un solide rempart de pierre, le maître maçon et le maître charpentier se décidèrent à faire des terrassements et un fossé autour de la palissade de rondins qui abritait le village. Pendant que les lents travaux se mettaient en route, l'armée menait en permanence de petites patrouilles le long de la frontière entre les terres des Sangliers et celles des Loups. Il s'écoula ainsi une quinzaine de jours avant que les ennuis n'arrivent. Gweniver, à la tête d'une escouade, traversait des prairies abandonnées lorsqu'elle aperçut au loin sur la route un nuage de poussière annonçant l'arrivée de cavaliers. Elle envoya un messager prévenir Dannyn et le corps principal de l'armée, puis aligna sa troupe en ordre de bataille en travers du chemin.

Lentement, la poussière se dissipa, laissant apparaître dix cavaliers arrivant au petit trot. Lorsqu'ils virent l'escouade, ils s'arrêtèrent et formèrent une ligne grossière. Ils étaient restés de leur côté de la frontière ; les Loups étaient sur leurs territoires ; la situation s'éternisa dans un silence où l'on pouvait entendre les battements de cœur, jusqu'à ce que le chef des Sangliers fasse avancer son cheval pour venir trouver Gweniver à mi-chemin entre les deux troupes.

« Vous êtes des Loups, n'est-ce pas ? demanda-t-il.

— Oui. Qu'est-ce que cela vous fait ? »

Le cavalier jeta un rapide coup d'œil à ses vingt-quatre hommes et estima ses chances désespérées. Haussant les épaules, il fit cabrer son cheval et ordonna à sa troupe de battre en retraite. Lorsqu'ils repartirent, elle constata que l'un d'eux portait un bouclier vert arborant les armoiries des Wyvern de la Cité Sainte.

« Ainsi, dit-elle à Ricyn, je comprends pourquoi Glyn a envoyé ses hommes pour nous accompagner.

— Exactement, Madame. Slwmar de Cantrae ne laissera pas ses terres sans se battre.

— Nous ferions mieux de rentrer annoncer la nouvelle aux autres. »

Lorsqu'ils rentrèrent à Blaeddbyr, le fossé était achevé et les terrassements avaient été érigés, même s'ils n'avaient pas encore été tassés, ni consolidés. À l'intérieur, formant un cercle grossier, les rondins de la palissade se dressaient telles les dents d'un requin sur le sol. Gweniver trouva Gwetmar et Dannyn en train de discuter avec le maître charpentier et les conduisit à l'écart pour leur annoncer la nouvelle.

« Je parie que Burcan saura que nous sommes de retour avant le coucher du soleil, conclut-elle.

— Effectivement, répondit Dannyn. Ils savent que nous ne pouvons pas rester dans le dun en ruine, aussi, je parie qu'ils viendront directement ici. Nous ferions mieux de les attendre sur la route. Si nous sommes vraiment en infériorité numérique, nous reviendrons au village et les fortifications compenseront notre désavantage.

— Si nous devons nous retirer, intervint Gwetmar, nous devrons le faire dès que nous réaliserons que c'est nécessaire. Il ne faudrait pas qu'ils nous coupent la retraite.

— Bien sûr, dit Dannyn, mais vous resterez ici pour garder le village.

— Comment ça ! Attendez un peu, j'ai bien l'intention de me battre pour défendre mes terres.

— Votre intention est noble, Seigneur, mais la pensée est courte. Mes hommes et moi sommes ici pour une seule raison : vous garder en vie. »

Lorsque Gwetmar rougit de colère, Gweniver intervint.

« Ne soyez pas stupide ! lança-t-elle d'un ton brusque. Nous n'avons aucun moyen de savoir si l'enfant que Maccy porte est une fille ou un garçon. Si vous mourez dans la bataille, et si votre enfant ne survit pas, alors, il n'y aura plus de clan des Loups avant que Maccy se remarie. Et nous devrons tout recommencer et endurer à nouveau tout ceci.

— Exactement. Dannyn lança à Gwetmar un sourire qui se voulait conciliant. Vous, vous produisez vos héritiers, Messire, et nous, nous récupérons les terres pour eux. »

Le lendemain matin, Dannyn réveilla ses hommes de

bonne heure et leva le camp à la première lueur grise de l'aube, parce que si Burcan progressait à bonne allure, il atteindrait le village en fin d'après-midi. Au milieu de la matinée, ils franchirent la frontière séparant les deux domaines et traversèrent des champs abandonnés aux mauvaises herbes et aux fleurs sauvages. Çà et là, ils aperçurent des fermes vides, pourrissant sous les intempéries. À midi, ils arrivèrent dans une vaste prairie au bord de laquelle poussait un épais bosquet. Dannyn envoya des éclaireurs, puis permit au corps principal de laisser les chevaux se reposer un court instant avant de former la ligne de combat. Les deux tiers des hommes s'alignèrent en travers de la route ; le dernier tiers se cacha sous les arbres, où il devait attendre que la bataille ait commencé pour tomber ensuite sur le flanc de Burcan.

Ils attendaient sous le soleil brûlant lorsque les éclaireurs revinrent, rapportant la nouvelle selon laquelle ils avaient croisé des éclaireurs des Sangliers. Gweniver se tourna vers Ricyn en souriant.

« Très bien. Ils sont en route. Rappelez-vous de me laisser Burcan.

— Oui, Madame. Et si je ne vous revois pas cette nuit, je vous reverrai dans l'Autre Monde. »

Lorsqu'elle tira son javelot, ses hommes l'imitèrent, les pointes de leurs armes étincelant et formant comme une ligne de feu perpendiculaire à la route. Ils attendirent encore, les chevaux nerveux trépignant d'impatience, les hommes demeurant totalement muets. Brusquement, Gweniver sentit un frisson lui parcourir le dos. Lorsqu'elle regarda autour d'elle, elle vit son père, ses frères et ses oncles, assis sur des chevaux spectraux aussi peu solides qu'eux, d'un côté de la ligne de combat. Ils la regardaient d'un air grave, aussi silencieux que les vivants, attendant d'assister à la victoire ou à la mort de leur clan.

« Quelque chose ne va pas ? lui demanda Ricyn.

— Vous ne pouvez pas les voir ? Regardez. Là. »

Profondément perplexe, il regarda dans la direction qu'elle lui avait indiquée, et les fantômes sourirent, comme s'ils pensaient que ce cher Ricyn au cœur tendre n'avait pas beaucoup changé depuis la dernière fois qu'ils l'avaient vu. Juste à ce moment, quelqu'un lança un cri. Sur la route, un nuage de poussière apparut : c'étaient les Sangliers, venus relever le défi. Ils s'arrêtèrent à une cinquantaine de mètres et formèrent un grossier coin de charge. Ils étaient près de deux cents et pensaient affronter une troupe composée de seulement cent cinquante cavaliers. Dannyn fit avancer doucement son cheval pendant que Burcan faisait de même.

« Des Cerrmoriens, n'est-ce pas ? cria le Sanglier. Mais j'ai également vu les blasons des Loups avec vous.

— Oui, car les Loups ont fait appel à l'unique et légitime Roi pour défendre leurs terres ancestrales.

— Ah ! Le vrai Roi de Dun Deverry m'a alloué ces terres au nom de la querelle héréditaire qui nous opposait.

— On en revient à une bataille opposant Roi contre roi, alors ? lança Dannyn d'un rire joyeux. Espèce de minable petit pourceau. »

Poussant un cri, Burcan lança son javelot sur lui, mais Dannyn le dévia calmement de son bouclier et le fit tomber dans la poussière. Criant, hurlant, les hommes des Sangliers chargèrent, leurs javelots dessinant une courbe dans le ciel et sifflant sous le soleil. Éperonnant son cheval vers l'avant, Gweniver tira son épée. Elle voulait Burcan en personne, maudit soit-il, et maudit soit Dannyn également, qui échangeait des coups avec lui au milieu de la bataille. Les lignes se rencontrèrent, les hommes se détachèrent, puis virevoltèrent pour s'affronter en combats singuliers, dans la clameur et le choc de la bataille générale. Gweniver se mit à rire en se frayant un chemin à coups d'estoc et de taille vers Burcan. Au moment où elle rejoignit Dannyn, leurs hommes qui s'étaient cachés sortirent du couvert des arbres et foncèrent sur l'arrière-garde des Sangliers. Un cri s'éleva, mais il n'était pas question que les Sangliers réchappent au piège qui leur avait été tendu.

« Gwen ! cria Dannyn. Il est à vous ! »

Se protégeant d'un coup de bouclier, Dannyn fit virevolter son cheval en tirant violemment sur les rênes et laissa Gwen se rapprocher de Burcan. Elle entendit sa haine déferler sous la forme d'un long rire, encaissa un coup sur son bouclier et riposta d'une botte que Burcan para de son épée. Pendant un moment, leurs lames restèrent bloquées, et elle le fixa droit dans les yeux tout en continuant de ricaner. Elle le vit blêmir de peur et comme toujours, la vue d'une telle couardise la plongea dans une colère noire. Elle dégagea son épée, allongea une autre botte et réalisa que le temps s'était comme ralenti.

Lentement, elle fit un moulinet avec son épée pour donner un coup de taille par en bas ; lentement, la lame de Burcan dériva vers la sienne et la repoussa, comme s'ils dansaient une ronde – une sorte de danse macabre et élégante qui rendait le moindre déplacement surnaturellement lent – ainsi s'échangèrent-ils leurs coups. Un bruit semblable au vent s'abattit sur eux, un vent nocturne et froid mugissant et emportant au loin le tumulte de la bataille. Lorsque Burcan tenta une botte maladroite qu'elle bloqua sur son bouclier, elle réalisa qu'il était décalé par rapport au rythme de la danse. Toujours aussi lentement, le cheval de Burcan remua la tête et gêna le coup de son maître. Pressant son cheval de ses genoux, elle se pencha vers son flanc. Avant qu'il ait pu se tourner, elle le frappa tranquillement d'un coup de taille dérivant. Son épée s'abattit sur le bras de Burcan, si lentement, si légèrement, que cela lui sembla incroyable qu'il se mette à jurer, balance et lâche son bouclier. Le vent gémissait et hurlait lorsqu'elle prolongea son coup vers l'avant, son bras et son épée semblables à une lance s'enfonçant dans son flanc. Avec un cri de douleur, suffocant, il tira violemment sur les rênes de son cheval pour faire volte-face, comme pour s'enfuir. Mais, à nouveau, il évalua mal la danse.

Gwen était là pour lui bloquer le passage. Penché sur sa selle, étreignant le pommeau des deux mains, il la regarda fixement tandis que son sang coulait toujours aussi lentement de son flanc.

« Pitié, chuchota-t-il, je céderai à votre demande. »

Gweniver hésita, mais elle vit son père se rapprocher d'elle et les regarder d'un œil triste. D'un coup de taille direct, elle balafra le Sanglier entre les deux yeux, l'entendit hurler, le frappa de revers et le vit glisser de son cheval et heurter le sol dur tandis qu'autour d'eux, les chevaux se cabraient et ruaient pour éviter de le piétiner. Son père la salua de son épée spectrale, puis disparut. À cet instant, le monde redevint normal, le vent cédant la place au tumulte et aux cris de la bataille.

« Gweniver ! C'était la voix de Ricyn. À Gweniver ! »

Brusquement, ses hommes se retrouvèrent tous autour d'elle, se battant farouchement, criant, repoussant les hommes des Sangliers qui étaient sur le point de l'encercler. Des cors d'argent se firent entendre lorsque la ligne ennemie se rompit et battit en retraite, déroutée, poursuivie par les hommes de Dannyn.

« Bien joué, Madame ! dit Ricyn d'un ton triomphant. Oh, oui, bien joué ! »

Ainsi, c'était donc fini. Son long été de haine s'achevait, piétiné comme Burcan sur le champ de bataille couvert de sang. Aussi hébétée que si elle avait été assommée, elle baissa son épée et se demanda pourquoi elle ne pleurait pas de joie. Elle comprit subitement qu'elle ne pleurerait plus jamais, et que sa Déesse l'avait réclamée tout entière.

Dès que son armée se fut reposée de la bataille, Dannyn laissa cinquante hommes à Gwetmar en guise de renfort, puis ramena le reste de ses hommes à Cerrmor. Lorsqu'ils parcoururent les rues grises et rendues glissantes par la pluie de la cité, il sentit la mélancolie l'envahir, aussi palpable que sa cape mouillée. À moins que le nouveau chef des Sangliers n'entreprenne un acte totalement inconsidéré, la campagne tirait à sa fin. Lorsqu'ils arrivèrent au dun, il fit son rapport au Roi, puis monta dans sa chambre et prit un bain. Il était en train de s'habiller lorsque le conseiller Saddar frappa à sa porte pour lui demander de s'entretenir avec lui.

« Faites-le entrer, dit Dannyn à son page. Nous verrons bien ce que ce vieux schnoque a à nous dire. »

Souriant, le jeune garçon fit ce qu'il lui avait été demandé, mais Saddar lui ordonna de rester dehors, dans le couloir, pendant qu'il s'entretiendrait avec son maître.

« Eh là, lança Dannyn d'un ton brusque. Pourquoi avez-vous ordonné à mon page de rester dehors ?

— Parce que ce que j'ai à vous dire est trop grave pour tomber dans les oreilles d'un jeune homme. » Le conseiller s'assit sur une chaise sans se faire prier et lissa sa robe noire. « Je sais, bien sûr, que je peux compter sur la discrétion de Sire Dannyn sur cette affaire. En fait, je suis venu ici dans l'espoir que vous dissiperez mes soupçons et que vous me direz que je me trompe complètement.

Si c'est vrai, se dit Dannyn, *ce serait la première fois de son inutile de vie qu'il voulait entendre qu'il avait tort*.

« De quels doutes parlez-vous ? demanda-t-il tout haut.

— Ah, l'affaire est si vile que je peux à peine en parler à haute voix. Saddar semblait effectivement très bouleversé. C'est une histoire de sacrilège, ou devrais-je dire, de possible sacrilège. Loin de moi l'idée d'insulter une femme qui peut tout aussi bien être irréprochable. »

Il regarda Dannyn comme s'il s'attendait à ce qu'il comprenne exactement ce qu'il voulait dire.

« De quelle dame parlez-vous ? demanda Dannyn.

— De Dame Gweniver, naturellement. Je vois que je ferais mieux d'être direct, quoi qu'il me coûte de le faire. Bon, vous êtes en sa compagnie depuis des mois, Messire. Avez-vous remarqué comment... eh bien, quelles relations intimes elle semble partager avec son capitaine ? Ce serait une terrible chose si elle rompait ses vœux sacrés. Je suis certain qu'une malédiction s'abattrait sur nous tous si la Déesse des Ténèbres se mettait en colère. S'il vous plaît, je vous implore de me dire que leur amitié ne dépasse pas le genre de lien étroit que des guerriers partagent souvent entre camarades.

— Autant que je sache, c'est le cas. Grands dieux, vieil homme, ses hommes la massacreraient, je parie, s'ils pensaient qu'elle commettait un sacrilège. Ils savent que leurs vies dépendent d'elle.

— Ah, eh bien, cela me soulage. » Il soupira de manière dramatique. « C'était juste cette histoire de serment scellé par le sang, vous voyez, qui...

— Quoi ? De quoi voulez-vous parler ?

— Eh bien, Dame Gweniver a prêté un serment sur son sang avec le jeune Ricyn. Vous étiez sûrement au courant. »

Dannyn sentit sa colère s'embraser tel un feu sur lequel on a jeté de l'huile.

« Je n'étais pas au courant, justement, lança-t-il rageusement.

— Oh. Eh bien, c'est ce que je me demandais, comme Sa Seigneurie est souvent distraite par les questions militaires. Mais vous pouvez comprendre mon inquiétude à présent. »

Poussant un grognement inarticulé, Dannyn marcha jusqu'à la fenêtre, empoigna le rebord des deux mains et regarda dehors, à l'aveuglette, tremblant de colère. Peu importait ce qu'il avait dit au conseiller, il était persuadé à présent que Jill avait rompu son vœu de chasteté, que Ricyn et elle s'étaient profanés, et probablement à plusieurs reprises. Il ne vit même pas le conseiller partir, ce qui fut malheureux, parce que Saddar souriait intérieurement et était loin d'avoir l'air bouleversé.

Ce ne fut que plus tard, lorsqu'il retrouva son calme, que Dannyn, rendu fou de douleur, franchit un cap dans sa ligne de réflexion. *Si Gweniver avait déjà rompu son serment, pourquoi, par tous les dieux, ne pourrait-il pas coucher avec elle lui aussi ?*

Quelques jours plus tard, alors que Gweniver rassemblait ses hommes près des portes, Persaunn traversa la cour par hasard. Il s'arrêta pour les regarder lorsque Ricyn et elle montèrent sur leurs chevaux. Ils formaient un beau couple, beaux et blonds tous les deux. *Et condamnés*, se dit-il. *Oh, grands dieux, combien de temps pourrai-je supporter de rester ici, à contempler leur Wyrd ?* Lorsqu'il reprit sa marche, il avait le cœur si gros qu'il faillit rentrer dans Dannyn.

« Excusez-moi, lança Persaunn. J'étais juste en train de réfléchir. »

Dannyn écarquilla les yeux, témoignant d'un respect mêlé de crainte.

« Pas à propos d'esprits puissants ou de quelque chose de la sorte, Sire, expliqua Persaunn.

— Très bien alors. » Il se força à esquisser un sourire qui se voulait plaisant, mais qui évoqua à Persaunn un loup demandant les restes du dîner. « Savez-vous où va Dame Gweniver ?

— Non. Je suppose qu'elle et ses hommes sortent juste pour exercer leurs chevaux.

— Probablement, oui. »

Entre-temps, la troupe avait franchi les portes avec fracas. Dannyn regarda Gweniver avec une telle intensité que Persaunn en fut inquiet.

« Allons, écoutez, jeune homme, lui dit-il. Elle vous est interdite, à vous comme à tout autre homme. Vous devriez avoir le bon sens de le comprendre. »

Dannyn se tourna vers lui si brusquement que Persaunn se recula, invoquant le Peuple Sauvage au cas où le capitaine voudrait se montrer violent, mais assez curieusement, Dannyn semblait plus blessé qu'en colère. Pendant un moment, il hésita, comme s'il voulait poser une question, puis il tourna les talons et s'éloigna rapidement. Se sentant tout penaud, Persaunn s'interrogea à son propos. Puis il chassa le problème de son esprit et monta rendre visite au prince Maël.

Dans sa chambre, au sommet de la tour, le jeune homme était penché sur le rebord de la fenêtre et regardait en contrebas, contemplant les minuscules silhouettes des derniers hommes des Loups qui disparaissaient les uns derrière les autres au pied de la colline et pénétraient dans la ville.

« Lorsque j'étais enfant, dit Maël, j'avais des jouets de Bardek, des petits chevaux et des guerriers d'argent. Cette troupe vue d'ici avait la même taille qu'eux. J'avais l'habitude de les aligner et de les désaligner pour le jour où je devrais conduire mes hommes au combat. Ah, grands dieux ! Ce jour est arrivé et il est passé si vite.

— Écoutez, Votre Altesse, il se peut encore que l'on vous rachète. »

Maël lui adressa un sourire amer et se jeta dans une chaise, près de la cheminée, où un petit feu brûlait pour dissiper la fraîcheur de la pièce. Persaunn s'assit en face de lui et tendit ses mains vers le feu.

« Il n'y aura plus de hérauts avant le printemps, annonça le prince en soupirant. Un hiver entier ici ! Vous savez, mon épouse voulait venir et partager mon emprisonnement, mais Père n'a pas voulu la laisser faire. Il a eu raison, je suppose. Cela n'aurait fait que donner à Glyn une certaine emprise sur le clan de ma bien-aimée.

— Vous semblez être profondément épris.

— Oui. Père a arrangé notre mariage lorsque j'avais dix ans et elle huit, et elle a vécu avec nous à la cour lorsque nous nous sommes fiancés. Pour son éducation, vous comprenez, en tant que future épouse d'un prince. Nous nous sommes mariés il y a trois ans. On s'habitue aux gens, et après ils vous manquent. Mais, allons, mon bon Monsieur, excusez-moi. Je radote aujourd'hui.

— Ne vous excusez pas, jeune homme. »

Pendant un long moment, le prince se contenta de fixer le feu, puis finit par se secouer.

« J'ai terminé ce recueil de chroniques, dit-il. C'est assez étrange. Je vais devenir le prince le plus cultivé d'Eldidd, mais cela ne sera d'aucune utilité pour mon royaume.

— Allons, allons, il est beaucoup trop tôt pour renoncer. »

Maël se tourna face à lui.

« Allons, cher Persaunn, tous les gardes jurent que vous êtes maître de dweomer. Répondez-moi, honnêtement. Quitterai-je ce dun un jour, si ce n'est le jour de ma pendaison ?

— Cela ne m'a pas été donné de le savoir. »

Maël hocha lentement la tête, puis retourna contempler le feu. Persaunn dut lui parler plusieurs fois avant qu'il ne lui réponde, et à ce moment-là, ce ne fut que pour discuter de ses lectures.

Tel un mur d'argent, la pluie tombait sur Dun Cerrmor. La chambre du conseil était humide, le froid se condensant sur les murs de pierre. Gweniver s'emmitoufla dans sa cape tandis que les conseillers poursuivaient leurs longs discours. De l'autre côté de la table, Dannyn jouait avec son poignard. Le Roi se pencha en avant sur sa chaise avec une expression d'attention si sérieuse qu'elle se demanda ce qu'il pensait réellement.

« La tempérance et la patience sont toujours les meilleures des vertus, Majesté, disait Saddar. Et encore plus dans le cas du prince d'Aberwyn. Nous devons maintenir Eldidd dans un questionnement constant aussi longtemps que possible.

— Effectivement, répondit Glyn. Et ceci est fort bien dit. »

Un petit sourire aux lèvres, Saddar se rassit.

« Maintenant, mes respectables Messieurs, poursuivit le Roi, je projette de permettre à Sire Gwetmar des Loups de se retirer de la guerre l'été prochain, de manière à ce qu'il puisse reconstruire son dun et trouver des fermiers pour s'occuper de ses terres. Trouvez-vous ce plan avisé ? »

Se courbant, Yvyr se leva pour parler.

« Tout à fait sage, Majesté. Je doute qu'un seul de vos vassaux contestera votre décision. Tout le monde sait que les fiefs des Loups représentent un important point stratégique.

— Bien. » Glyn se tourna vers Gweniver. « Eh bien, voilà, Votre Sainteté. Le problème est réglé comme vous le souhaitiez.

— Je vous remercie du fond du cœur. Mon suzerain est fort généreux, et ses conseillers fort sages. »

Faisant un signe de tête à la ronde, Glyn se mit

debout et leva la séance. Lorsque Gweniver partit, elle réalisa que Dannyn la suivait, mais à distance. Elle se dépêcha de traverser le couloir et de descendre les escaliers jusque dans la grande salle, mais il la rattrapa juste avant qu'elle ait pu atteindre l'estrade. La colère à peine réprimée qui brillait dans ses yeux était terrifiante.

« Je voudrais vous parler, lui dit-il. Dehors.

— Il n'y a rien que vous ayez à me dire que vous ne puissiez déclarer ici.

— Vraiment ? Je ne le pense pas, Madame. »

Brusquement, elle sentit le frisson d'avertissement lui indiquant qu'elle ferait mieux de lui céder avant qu'il ne fasse une scène juste là, dans la grande salle. Avec réticence, elle le suivit dehors jusqu'à l'abri imparfait du toit d'une cabane de provisions.

« Je réfléchis à mes mots depuis trois jours, lança-t-il d'un ton brusque. Je ne peux pas attendre plus longtemps. On m'a dit que vous aviez prêté un serment sur votre sang avec Ricyn.

— Oui, effectivement. En quoi cela vous concerne-t-il ? Nous avons promis de partager une tombe, pas un lit.

— Je n'y crois guère.

— Vous devriez le croire, car c'est la vérité. »

Un moment, il hésita, sur le point de la croire ; puis il sourit, d'un sourire un peu déformé. Pour la première fois, elle réalisa qu'à sa manière, il l'aimait sincèrement et n'avait pas seulement envie de coucher avec elle.

« Danno, écoutez, lui dit-elle en adoucissant sa voix. Si jamais je rompais mon serment envers ma Déesse, je mourrais le jour d'après. J'en suis certaine. Elle trouverait un moyen de m'abattre.

— Vraiment ? Qu'êtes-vous alors, un fantôme revenu de l'Autre Monde ?

— Je n'ai pas rompu mon serment. Et si vous êtes si

sûr du contraire, pourquoi ne proclamez-vous pas publiquement mon sacrilège ?

— Cela doit être pourtant bien évident. »

La manière sournoise dont il sourit la fit reculer, mais il n'engagea aucun mouvement vers elle.

« Cela me torture de vous le dire, poursuivit-il, mais je vous aime.

— Alors, je suis peinée pour vous, car c'est un fardeau que vous devrez porter seul.

— Laissez-moi vous dire quelque chose. Je n'ai jamais refusé un seul défi.

— Ce n'est pas un défi, mais la simple vérité.

— Vraiment ? C'est ce que nous verrons. »

Au cours des jours suivants, Gweniver eut l'impression d'effectuer une danse mortelle pour rester à distance de Dannyn. Chaque fois qu'elle entrait dans la grande salle, il venait et s'asseyait avec elle comme s'il avait tous les droits d'être à ses côtés. Chaque fois qu'elle allait aux écuries, il la suivait. Chaque fois qu'elle se rendait à sa chambre, elle le croisait dans le couloir. Il s'efforçait d'être charmant, et c'était douloureux de voir un homme si fier essayer de se montrer courtois et séduisant. Le jour, Gweniver tenait à passer autant de temps que possible avec Ricyn. Le soir, elle rendait visite à Persaunn dans sa chambre ou s'enfermait dans la sienne avec sa servante pour lui tenir compagnie.

Un soir, alors que le vent gémissait dans les corridors de pierre, Gweniver se rendit à la chambre de Persaunn et constata qu'il avait apporté des chaises. Sur sa table, il avait étalé une nappe et posé un pichet d'hydromel et trois verres à pied.

« Bonsoir, Madame, lui dit-il. J'aimerais vous inviter à rester, mais je reçois quelques invités. Je fais attention à mes règles de politesse et essaie de m'attirer les bonnes grâces de Saddar et Yvyr.

— Cela est assurément fort sage de votre part. Ils ne pourraient sans doute qu'être indignés de l'influence que vous avez sur le Roi, si vous ne le faisiez pas.

— C'est ce que je pensais, en effet. »

Gweniver avait à peine fait cinq pas dans le couloir après avoir quitté Persaunn qu'elle aperçut Dannyn qui l'attendait, adossé au mur. En soupirant, elle reprit sa route sans se presser.

« Laissez-moi tranquille, voulez-vous ? lança-t-elle. C'est horriblement ennuyeux de vous avoir toujours sur mes talons.

— Oh, Gwen, s'il vous plaît. Je me meurs d'amour pour vous.

— Alors, allez demander à Persaunn une potion. »

Lorsqu'elle passa près de lui, il l'attrapa par l'épaule.

« Ne me touchez pas, je vous prie ! Laissez-moi tranquille ! »

Elle avait parlé trop fort, sa voix résonna dans le couloir vide. Le visage rouge de colère, Dannyn commença à parler, mais quelqu'un venait vers eux. Gweniver repoussa sa main et courut, frôlant Saddar en s'excusant d'un ton sec. Elle se dépêcha de descendre les escaliers et entra en trombe dans la grande salle où elle put s'asseoir avec ses hommes, en toute sécurité. Ce soir-là, elle caressa l'idée de déposer une plainte contre Dannyn, mais il était un homme bien trop important pour le bien-être du royaume. Elle se consola en sachant que sa Déesse la protégerait.

Le lendemain, Dannyn sembla l'éviter toute la journée. Elle était aussi perplexe que soulagée jusqu'à ce que Persaunn lui mentionne qu'il avait eu deux mots avec le capitaine et l'avait averti de la laisser tranquille. Toutefois, quelques jours plus tard, Dannyn semblait avoir oublié l'avertissement. Un soir de pluie, alors qu'elle revenait des écuries, il la surprit derrière le donjon, sans personne d'autre pour les voir.

« Que voulez-vous ? lança-t-elle d'un ton brusque.
— Juste quelques mots, en toute franchise, avec vous.
— Alors, les voici : vous ne partagerez jamais ma couche.
— Alors, c'est différent avec votre manant de fils de fermier, n'est-ce pas ?
— Je vous ai dit la vérité à ce sujet. Et de toute façon, quelqu'un comme vous n'a pas à remettre en question les vœux d'une prêtresse. »

Elle fit volte-face et retourna au donjon à grands pas.

La servante de Gweniver, une jeune fille blonde et modeste prénommée Ocladda, adorait travailler à la cour principalement parce que le travail y était beaucoup plus facile que les corvées de nègre qui l'attendaient à la ferme de son père. Curieusement, elle s'enorgueillissait de l'excentricité de sa maîtresse et veillait à ce que les appartements peu meublés de Gweniver soient d'une propreté irréprochable. Comme Gweniver n'avait pas de longs cheveux à coiffer ni de vêtements élégants à repriser, Ocladda s'accommodait du mieux qu'elle le pouvait de sa situation en polissant continuellement les armes et les articles de sellerie de sa maîtresse. En travaillant, elle avait l'habitude de parler des ragots qui circulaient dans les quartiers des domestiques et le pavillon de la Reine, sans jamais être attentive au fait que sa maîtresse l'écoutait d'une oreille distraite. Ce fut donc un mauvais signe qu'Ocladda, par un froid après-midi d'automne, travaillât en silence et préparât un feu sans avoir prononcé un seul mot.

« Allons, finit par dire Gweniver. Qu'y a-t-il ?
— Oh, Madame. » Elle se détourna de la cheminée. « J'espère juste que vous me croirez. Lorsqu'un domestique affirme une chose et un seigneur le contraire, personne ne traite le seigneur de menteur. Je sais bien qu'il réfuterait la moindre de mes paroles. »

La première chose à laquelle pensa Gweniver fut que quelqu'un avait mis la jeune fille enceinte.

« Allons, allons, dit-elle d'un ton apaisant. Dites-moi qui.

— Sire Dannyn, Madame. Il m'a croisée dans le couloir ce matin, et il a essayé de me soudoyer. Il a dit qu'il me donnerait une pièce d'argent si je vous laissais seule dans votre chambre cette nuit. Je lui ai répondu que jamais je ne ferais une chose pareille, alors il m'a giflée.

— Oh, vraiment ? Ne vous en faites pas... je vous crois. Retournez travailler pendant que j'y réfléchis. »

Au dîner, elle fut consciente que Dannyn la regardait en permanence, en souriant d'un air suffisant. Elle mangea rapidement et quitta sa table avant qu'il ait pu finir son repas et la rejoindre, mais elle eut peur de retourner dans sa chambre. S'il la suivait et se montrait désagréable devant Ocladda, tous les domestiques du dun finiraient par en entendre parler. Évidemment, il considérait la jeune fille comme trop insignifiante pour réfléchir à cette sinistre possibilité. Elle finit par redescendre dans la grande salle et chercha Persaunn, qui était en train de discuter avec Ysgerryn autour d'un verre de bière.

« Bonsoir, bons Messieurs. Je me demandais si vous aimeriez vous joindre à moi dans ma chambre, et boire un peu d'hydromel. »

Les sourcils broussailleux de Persaunn se levèrent. Ysgerryn était radieux, tout souriant à l'idée d'être invité par une noble dame.

« Ce serait un grand honneur, Votre Sainteté, répondit le Maître d'Armes. Je dois juste dire un mot au chambellan, et ensuite, je serai libre de vous rejoindre.

— Moi aussi, répondit Persaunn. Merci de votre invitation. »

Devançant les deux hommes qui devaient la rejoindre,

Gweniver se dépêcha de retourner dans sa chambre et envoya Ocladda à la cuisine chercher de l'hydromel et des verres. À l'aide d'un morceau de bois d'allumage tiré de la cheminée, elle allumait deux lanternes lorsque quelqu'un frappa à la porte.

« Entrez, mes bons Messieurs », s'écria-t-elle.

Dannyn entra et referma la porte derrière lui.

« Que faites-vous ici ?

— Je suis juste venu vous voir. Gwen, s'il vous plaît, votre cœur ne peut être aussi insensible envers moi que vous le prétendez.

— Mon cœur n'a rien à voir avec ce que vous avez en tête. Maintenant, écoutez, sortez d'ici ! J'ai deux...

— Ne me donnez pas d'ordre.

— Ce n'est pas un ordre, mais un avertissement. Des invités... »

Avant qu'elle ait pu finir sa phrase, il la saisit par les épaules et l'embrassa. Elle se dégagea de son étreinte et le gifla. Ce qui fit s'écrouler toute la courtoisie qu'il avait pris soin d'afficher.

« Gwen, maudite soyez-vous ! J'en ai assez de toutes ces simagrées. »

Il bougea si vite qu'elle ne put l'esquiver. Il la saisit par les épaules et la plaqua contre le mur. Elle eut beau se débattre, donner des coups de pied et de poing, il était beaucoup trop lourd pour qu'elle puisse le repousser lorsqu'il se serra contre elle comme une brute. Jurant, il tint le coup et lui meurtrit les épaules, puis essaya de l'embrasser à nouveau.

« Lâchez-moi ! Espèce de sale bâtard, lâchez-moi ! »

Il l'envoya si violemment contre le mur qu'elle en eut le souffle coupé. Soudain, elle entendit un cri traverser la chambre. Dannyn la relâcha et virevolta au moment même où Persaunn et Ysgerryn entraient en courant. Sur le seuil de la chambre, Ocladda continuait de crier.

« Sacrilège ! lança Ysgerryn à voix basse, horrifié. Oh, chère Déesse, pardonnez-nous !

— Danno, espèce d'imbécile ! cria Persaunn. Vous êtes complètement fou. »

Haletante, bouleversée, Gweniver sentit son dos et ses épaules la lancer, mais la douleur n'était rien en comparaison de l'angoisse qui lui nouait le ventre. Elle avait failli être souillée par la force brute de Dannyn. Ysgerryn se tourna vers Ocladda.

« Cessez de crier, jeune fille ! Courez chercher un page. Et les gardes. Dépêchez-vous ! »

Lorsque la jeune fille, toujours sanglotante, partit en courant, Dannyn se tourna vers la porte. Persaunn s'avança calmement devant lui.

« Allez-vous lever la main sur deux hommes âgés pour sortir de cette chambre ? demanda-t-il doucement. Je pense que vous valez mieux que cela. »

En silence, Dannyn se mit à trembler, comme un peuplier sous le vent. Gweniver voulut crier. Elle plaqua ses mains contre sa bouche et le regarda trembler. Toute sa gloire, toute sa puissance sur le champ de bataille et sa fierté à manier une épée, tout lui avait été retiré. La force brute de Dannyn l'avait transformée en une femme ordinaire et effrayée, et c'est pour cela plus que tout qu'elle le détestait. Ysgerryn posa une main paternelle sur son bras.

« Madame, comment allez-vous ? Vous a-t-il fait mal ?

— Pas grièvement », répondit-elle d'une voix étranglée.

Hors de la chambre, dans le couloir, des hommes criaient. Quatre gardes du Roi firent irruption dans la pièce, l'épée tirée, et s'arrêtèrent, fixant leur capitaine comme s'ils se trouvaient eux-mêmes en plein cauchemar. Dannyn essaya de parler, mais continua de trembler. Au bout de quelques minutes pénibles qui semblèrent durer une éternité, Glyn lui-même entra en hâte, suivi de Saddar. À la vue de son frère, Dannyn craqua, tomba à genoux et pleura comme un enfant. Saddar se recula en soufflant de manière mélodramatique.

« Sacrilège ! s'écria le conseiller. Et dire que je redoutais cela depuis si longtemps. Dame Gweniver, oh, quelle abomination !

— Allons, attendez un instant, intervint Glyn. Danno, que s'est-il passé ? »

Le visage baigné de larmes, Dannyn tira son épée et la tendit à son Roi, mais il ne pouvait toujours pas parler.

« Majesté, Persaunn et moi l'avons vu, expliqua Ysgerryn. Il essayait de forcer la sainte dame.

— Oh, grands dieux, s'exclama Saddar. Quelle terrible malédiction la Déesse lancera-t-elle sur nous ? »

Frissonnant violemment, les gardes s'écartèrent de l'homme qui avait voulu profaner une prêtresse.

« Danno, dit le Roi, cela ne peut pas être vrai.

— Si. » Enfin, Dannyn se força à parler. « Tuez-moi, tout simplement, le ferez-vous ? »

Dannyn rejeta sa tête en arrière pour exposer sa gorge. Jurant, Glyn jeta son épée dans la chambre.

« Je jugerai cette affaire demain matin. Gardes, emmenez-le dans sa chambre et enfermez-le. Retirez-lui son poignard, également. » Il jeta un regard aux témoins livides. « J'aimerais consulter Sa Sainteté. Seule. »

Pendant que les gardes emmenaient Dannyn, Glyn regarda fixement le mur. Un par un, les autres se dépêchèrent de sortir, Saddar traînant en dernier. Le Roi claqua la porte derrière lui, puis se jeta sur une chaise et regarda fixement le feu bondissant dans la cheminée.

« En cette affaire, Votre Sainteté, déclara-t-il, c'est vous le monarque, et moi votre sujet. Je soumettrai Sire Dannyn à n'importe quel châtiment exigé par votre Déesse, mais à titre personnel, je vous implore d'épargner la vie de mon frère. Il marqua une pause, la gorge serrée. La loi exige qu'un homme accusé d'avoir touché à une prêtresse soit fustigé. Publiquement, puis pendu. »

Gweniver se rassit et pressa ses mains tremblantes l'une contre l'autre. Elle allait savourer chaque coup de fouet que le bourreau lui donnerait ; elle se réjouirait de le voir pendu, également. Puis elle sentit la Déesse se matérialiser derrière elle, présence sinistre et implacable semblable au vent d'hiver se faufilant par une fenêtre. Elle réalisa que si elle utilisait les lois saintes pour se venger personnellement, elle commettrait un acte impie, autant que si elle les ignorait par égard envers le Roi. Elle leva les mains et pria silencieusement sa Déesse pendant que Glyn continuait de scruter le feu, attendant sa réponse.

Tout le monde dans la grande salle avait su que quelque chose d'insensé était arrivé lorsqu'un page effrayé s'était précipité sur l'estrade et avait saisi le bras de Sa Majesté. Après le départ de Glyn, cavaliers et nobles avaient spéculé à voix basse. Qu'est-ce qui avait pu se passer d'aussi grave pour que le jeune homme ait ainsi oublié ses manières ? Ricyn avait pensé que cela ne le regardait pas et s'était remis à boire. Bien assez tôt, selon lui, tout le monde serait au courant. Les bavardages étaient en train de se dissiper lorsque Sire Oldac se fraya un chemin entre les tables et lui tapota l'épaule.

« Suivez-moi, Capitaine. Le conseiller Saddar désire vous parler. »

Saddar se tenait au pied de l'escalier et se frottait les mains.

« Une chose terrible est arrivée, Capitaine, annonça le conseiller. Sire Dannyn a essayé de violer Dame Gweniver. »

Ricyn eut l'impression d'être une feuille morte, piégée dans la glace au moment de la gelée des eaux.

« J'ai pensé que vous devriez être au courant, poursuivit le vieil homme. Je suis sincèrement terrifié à l'idée que notre suzerain puisse lui pardonner, contrairement à toutes les lois. Si tel devait être le cas, je vous prie d'implorer votre dame pour qu'elle épargne notre cité de la malédiction de sa Déesse.

— Écoutez, vieil homme, répliqua Ricyn d'un ton brusque. Si Notre Majesté essaie de se défiler, je tuerai ce bâtard moi-même. »

Oldac et Saddar échangèrent un bref sourire. Ricyn monta les escaliers quatre à quatre, courut dans le couloir et se retrouva face à face avec les deux gardes postés devant la porte de Gweniver.

« Vous ne pouvez pas entrer. Le Roi est à l'intérieur. »

Ricyn saisit le garde qui avait parlé par l'épaule et le poussa violemment contre le mur.

« Je me fiche que le Seigneur des Enfers soit là. Je dois voir Madame. »

Au moment où l'autre garde essayait de le saisir, la porte s'ouvrit violemment : c'était Gweniver, le visage livide, bouleversée, mais indemne.

« J'ai cru entendre votre voix, dit-elle. Entrez. »

Lorsque Ricyn s'avança, il aperçut le Roi, qui se leva de sa chaise. Jamais auparavant, il n'avait approché de si près l'homme auquel il se dévouait en second, juste après Gweniver. Pris d'un sentiment de crainte et de respect, il tomba à genoux à ses pieds.

« Qu'est-ce que cela ? demanda Glyn. Comment êtes-vous au courant ?

— C'est le conseiller Saddar qui me l'a raconté, Majesté. Vous pouvez me flageller si vous le voulez pour m'être introduit de force, mais je devais voir si ma maîtresse était saine et sauve de mes propres yeux.

— Assurément. » Il regarda Gweniver. « Le conseiller Saddar, c'est cela ?

— Et Sire Oldac », ajouta Ricyn.

Gweniver contemplait le sol, réfléchissant intensément. Il sut que la Déesse était sur elle à la manière dont elle se tenait raide comme un piquet, ainsi qu'à l'intensité glaciale de ses yeux.

« Dites-moi, Capitaine, reprit le Roi. Comment les hommes prendront-ils cette nouvelle ?

— Eh bien, Majesté, je ne peux pas parler pour les hommes de Sire Dannyn, mais les miens, ainsi que moi-même combattrions le Seigneur des Enfers lui-même pour défendre l'honneur de notre maîtresse. Nous ne pourrions pas le prendre avec sang-froid.

— En particulier si le conseiller attise la colère de tout le monde, Majesté, remarqua Gweniver. Vous savez, je viens de réaliser quelque chose au sujet de Saddar – même si c'est quelque chose que nous ne pourrions jamais prouver.

— Vraiment ? » Glyn regarda Ricyn. « Laissez-nous. »

Ricyn se leva, s'inclina et sortit de la chambre à reculons. Il passa une nuit longue et angoissante, allongé sur sa couche, à se demander ce que sa maîtresse et son Roi décideraient ensemble.

Le lendemain matin, Gweniver vint le chercher à la caserne. À sa demande particulière, Ricyn fut autorisé à assister au jugement rendu dans la salle d'audience. Sur l'estrade, Glyn était assis, paré de ses habits de cérémonie, une épée dorée à la main. Quatre conseillers, dont Saddar, se tenaient debout derrière lui, tandis que deux prêtres de Bel l'assistaient à sa droite. Les témoins parmi lesquels figurait Gweniver se trouvaient au pied de l'estrade. Au son d'un cor d'argent, quatre gardes firent entrer Dannyn qu'ils escortaient. D'après les cernes noirs qu'il avait sous les yeux, Ricyn estima qu'il n'avait pas fermé l'œil de la nuit. *Bien*, pensa-t-il, *que ce bâtard savoure chaque minute amère de son jugement*.

« Nous avons devant nous un chef d'accusation de

sacrilège, annonça Glyn, Sire Dannyn est accusé d'avoir essayé de profaner la personne de Dame Gweniver, baronne et prêtresse. Que les témoignages commencent.

— Majesté, s'écria Dannyn, laissez-moi vous épargner cela. Je l'avoue et plaide coupable. Emmenez-moi et tuez-moi. En mémoire de mes loyaux services, faisons au plus vite. »

Glyn le regarda avec des yeux si froids qu'il aurait tout aussi bien pu regarder un étranger. Saddar sourit intérieurement.

« Dame Gweniver, reprit le Roi, avancez-vous. »

Gweniver s'avança au pied du trône.

« Nous vous proposons le choix de son châtiment, afin de prendre en compte les conseils et les désirs de la Déesse. La mort ou la mise au ban. Le bannissement de notre cour et de notre royaume. Sire Dannyn sera déchu de ses droits, de son rang et de ses privilèges, même si nous garderons son fils, que nous élèverons comme le nôtre, par pitié pour un enfant trop jeune pour partager l'acte immoral de son père. Cette sentence lui épargnera la vie uniquement parce que son crime n'a pas été consommé. Si la Déesse en décide autrement, nous lui donnerons cinquante coups de fouet, puis le pendrons jusqu'à ce que mort s'ensuive sur la place du marché de notre cité de Cerrmor. Au nom de votre Déesse, parlez et prononcez la sentence de cet homme. »

Bien que Ricyn soit au courant de ce qu'elle allait dire, il dut admirer l'expression qu'elle prit lorsqu'elle fit semblant de débattre de la question, l'air grave et solennel. Saddar semblait avoir du vinaigre dans la bouche lorsqu'il commença à comprendre ce qui se passait. Mais finalement, Gweniver s'inclina devant le Roi.

« L'exil, Majesté. Bien que cette affaire soit grave et sacrilège, la Déesse peut se montrer miséricordieuse lorsqu'un crime a été librement confessé, et lorsque le criminel a été poussé à des actions insensées par des choses qui échappent à son contrôle. »

Elle marqua une pause et chercha le regard de Saddar. Le vieil homme blêmit, effectivement.

« Bien, alors. » Glyn leva haut son épée dorée. « Dans ce cas, nous prononçons donc la susdite sentence de bannissement pour Dannyn, déchu de son rang de seigneur. Gardes ! Emmenez-le pour qu'il se prépare à quitter notre cité. Qu'il n'emporte que les vêtements qu'il porte, deux couvertures, un poignard et les deux pièces d'argent dues à un homme mis au ban. »

Lorsque les gardes traînèrent le prisonnier hors de la pièce, la salle pleine à craquer se mit à chuchoter, s'emplissant d'un murmure semblable à de l'eau qui jaillit. Afin de remplir sa mission, Ricyn se faufila par une porte latéralc et se dépêcha de se rendre dans les appartements de Dannyn. Au milieu de sa chambre, celui-ci était à genoux et enroulait une cape dans son tapis de couchage. Il regarda Ricyn, puis reprit son occupation.

« Êtes-vous venu me tuer ? lui demanda-t-il.

— Non. J'ai un message de la part de Dame Gweniver.

— C'est dommage qu'elle n'ait pas voulu me laisser pendre. La flagellation aurait été mieux que cet exil.

— Ne soyez pas idiot. » Ricyn sortit le message qu'avait préparé Gweniver de sa chemise. « Rendez-vous à Blaeddbyr et donnez ceci à Sire Gwetmar. Il a besoin d'un bon capitaine, avec tous ces maudits Sangliers à sa frontière. »

Dannyn regarda le rouleau tendu longuement, puis le prit et le glissa dans sa chemise.

« Elle est très généreuse envers ceux qu'elle a conquis, mais accepter sa faveur, c'est le comble ! Dites-moi honnêtement, Ricco, au nom des batailles que nous avons menées ensemble. Couchez-vous avec elle, oui ou non ? »

La main de Ricyn sembla trouver la garde de son épée comme si elle avait une pensée propre.

« Non, et jamais je ne le ferai.

— Oh. Ainsi, vous serez son petit chien bien dressé ? Je pensais que vous étiez un homme plus viril que cela.

— Vous oubliez la Déesse.

— Beuh ! » Il s'agissait plus d'un grognement que d'une parole.

Ricyn se retrouva l'épée à la main sans même avoir eu conscience de l'avoir dégainée. Dannyn se rassit sur ses talons et lui lança un sourire suffisant. Se contrôlant à grand-peine, Ricyn rengaina son arme.

« Bâtard rusé, n'est-ce pas ? Mais je ne vous tuerai pas et ne vous soustrairai pas à votre honte. »

Le visage de Dannyn se décomposa et il devint tout mou. Ricyn tourna sur ses talons et le laissa en claquant la porte derrière lui.

La basse-cour était pleine à craquer, tous les seigneurs, tous les cavaliers et tous les domestiques du dun étant présents, attendant en chuchotant le départ de Dannyn. Ricyn retrouva Gweniver et Persaunn près des portes, où deux gardes du Roi tenaient le hongre noir de Dannyn, sellé et prêt à partir. Lorsque celui-ci sortit du donjon, la foule s'écarta pour le laisser passer. La tête haute, il portait son tapis de couchage d'une main, aussi décontracté et gai que s'il partait en campagne. Les murmures reprirent autour de lui, mais il sourit au garde, tapota l'encolure de son cheval et fixa son tapis de couchage à la selle, ignorant les rires, les gloussements et les filles de cuisine qui le montraient du doigt. Lorsqu'il monta en selle, quelques « Bâtard ! » railleurs s'élevèrent au-dessus des murmures. Dannyn se tourna sur sa selle et fit une révérence à ceux qui se moquaient de lui, le sourire aux lèvres.

Poussée par une impulsion que Ricyn ne put comprendre, Gweniver le suivit lorsqu'il franchit les portes. Ricyn chercha Persaunn du regard et fit signe au vieil homme de le suivre tandis qu'il se dépêchait de la rattraper. Lorsque Dannyn traversa lentement les rues pleines de monde, les citadins se tournèrent pour le dévisager, le traitant à voix basse ou haute de bâtard, mais il resta assis le dos droit et fier sur sa selle. Aux portes de la cité, il salua les gardes, lança son cheval au galop et s'élança sur la route libre qui s'ouvrait à lui. Ricyn poussa un soupir de soulagement. Mais malgré lui, il sentit une vague de pitié l'envahir.

« Madame ? demanda-t-il à Gweniver Pourquoi l'avez-vous suivi ?

— Je voulais voir s'il craquerait. Dommage qu'il ne l'ait pas fait.

— Grands dieux, Gwen ! lança Persaunn d'un ton brusque. J'espérais que vous auriez le cœur de lui pardonner.

— Allons, c'est la première fois que je vous entends dire une chose aussi stupide, cher Monsieur. Pourquoi, par tous les diables, devrais-je le pardonner ? J'ai permis au Roi de le bannir par égard pour Sa Majesté, non pour Dannyn, et notre suzerain peut s'estimer heureux d'avoir obtenu cela de ma part.

— Vraiment ? répondit le vieil homme avec une certaine rudesse, la haine lie deux personnes entre elles bien plus fort que l'amour. Vous devriez y réfléchir. »

Ils flânèrent le long de la route du nord, bordée des prairies vertes du domaine personnel du Roi. Dans le ciel clair et froid, des nuages blancs s'amoncelaient et couraient dans le vent. Ricyn était en train de penser qu'il aimerait bien retrouver la chaleur de la grande salle lorsqu'il aperçut un cheval trotter dans leur direction. Il s'agissait du hongre noir de Dannyn, sans cavalier, les rênes attachées au pommeau de la selle. Poussant un juron, Ricyn courut vers lui et l'attrapa par la bride. Toutes les affaires de son maître étaient encore fixées sur sa selle.

« Oh grands dieux, s'écria Persaunn, Gwen, ramenez ce cheval au dun et expliquez aux gardes comment vous l'avez trouvé. Ramenez-les avec vous. Ricco, venez. Il ne peut pas être bien loin. »

Ricyn découvrit que Persaunn courait étonnamment vite pour un homme de son âge. Ils filèrent le long de la route sur près d'un quart de lieue et parvinrent à une petite butte au sommet de laquelle poussait un chêne. Quelqu'un était assis sous l'arbre. Jurant, Persaunn escalada la colline en courant, et Ricyn le suivit, haletant. Dannyn gisait par terre, serrant toujours son poignard couvert de sang dans sa main. Il s'était tranché la gorge à moins d'une lieue du Roi qu'il aimait tant. Lorsque Ricyn se détourna de son cadavre, il vit Dun Cerrmor surplomber la ville, ses bannières rouge et argent claquant au vent.

« Et mince ! s'écria Ricyn. Pauvre homme !

— Est-ce une vengeance suffisante pour vous ?

— Plus que suffisante. Je lui avais pardonné, pour tout le bien que cela va lui faire dans l'Autre Monde. »

Hochant légèrement la tête, Persaunn se détourna.

« Très bien, dit-il. C'est au moins un lien de brisé dans cette chaîne, après tout.

— Comment ?

— Oh, rien, rien. Regardez. Voici les gardes de la cité qui arrivent. »

Persaunn resta une année supplémentaire à Cerrmor, mais à la longue, il ne supporta plus de voir Gweniver partir à la guerre ou attendre son retour avec la crainte qu'elle ne rentrerait jamais. Il quitta le dun par un jour humide de printemps, et prit sans but la direction du nord, pour faire ce qu'il pouvait pour les gens ordinaires du royaume. Même si, au début, il pensait souvent à Gweniver, tant de choses le préoccupaient qu'il finit par l'oublier. Année après année, les combats faisaient rage et la peste se déclarait juste après. Où qu'il allât, Persaunn essaya de conseiller les seigneurs de faire la paix et les gens du peuple de tenter de survivre, mais il avait l'impression de faire si peu de chose, en dépit de la gratitude des personnes qu'il aidait, qu'il céda au désespoir. Au fond de lui-même, il avait atteint les Sentiers Noirs, où même le dweomer finit en poussière et en cendre, sans confort ni joie. Par devoir envers la Lumière, il poursuivait son travail, mais le comble de tout était qu'il la servait uniquement par devoir, plus par amour, comme il le faisait auparavant.

Cinq printemps s'étaient écoulés, et les pommiers étaient en fleur dans les vergers abandonnés, lorsque quelque chose lui rappela Gweniver À cette pensée, sa curiosité l'emporta sur le reste. Cette nuit-là, il s'agenouilla près de son feu de camp et se concentra sur les flammes. Très nettement, il vit Gweniver et Ricyn traverser la cour de Dun Cerrmor. Ils avaient l'air d'avoir si peu changé qu'il pensa que ce n'était qu'un souvenir particulièrement net, mais ensuite, elle tourna la tête et il vit une cicatrice sur son tatouage bleu. Il mit fin à la vision, mais il avait revu Brangwen et ne put l'oublier à nouveau. Le lendemain matin, se lamentant de la folie des hommes, il prit la route de Cerrmor.

Une douce brise et l'odeur de l'herbe fraîche raillaient les souffrances du royaume quand Persaunn franchit les portes de la cité. Il était en train de mettre pied à terre pour conduire son cheval et sa mule de somme à travers les rues encombrées lorsqu'il entendit quelqu'un le héler. Il se tourna et se trouva face à Gweniver et Ricyn, tirant leurs chevaux tandis qu'ils se pressaient à sa rencontre.

« Persaunn ! cria-t-elle. Je suis ravie de vous voir.

— Et moi de même, et je suis content également de revoir Ricco ici présent. Je suis flatté que vous vous souveniez de moi.

— Comment ? Oh, allons, comment pourrions-nous vous oublier ? Ricco et moi allions nous promener, mais laissez-nous vous offrir un quart de bière à la place. »

Devant l'insistance de Gweniver, ils se rendirent dans la meilleure auberge de Cerrmor, un élégant établissement au parquet poli et aux murs chaulés. Elle insista également pour leur commander la meilleure des bières, avec la générosité spontanée d'un guerrier qui peut mourir à tout instant et dépense son argent sans penser au lendemain et en faisant plaisir à ses amis. Lorsqu'ils se furent installés, Persaunn prit le temps de l'observer alors qu'elle lui racontait les dernières nouvelles de la guerre. Même si elle s'était endurcie, comme si son corps entier était devenu une arme, ses mouvements, quoique fermes, étaient d'une grâce surnaturelle. Quant à Ricyn, il était aussi joyeux et fade que d'habitude, buvant sa bière timidement sans cesser de la regarder.

De temps en temps, lorsque leurs yeux se croisaient, ils se souriaient, et leur échange était chargé d'autant de tension que d'amour, comme si leurs cœurs étaient des verres remplis à ras bord d'un liquide tremblant, qui ne débordait cependant jamais. Le lien qui les unissait était si fort qu'il était visible à Persaunn et à sa vue dweomérique, semblable, dans leurs auras, à une toile de lumière blafarde formée par leur énergie sexuelle banale transcendée en lien magique. Il ne doutait pas que cette énergie circulait entre eux, que d'une manière ou d'une autre, ils savaient toujours où l'autre se trouvait au pire de la bataille, qu'ils se transmettaient des pensées si instinctivement qu'ils en étaient inconscients. Voir les talents dweomériques de Gwen ainsi mal utilisés le rendit malade.

« Alors, cher Persaunn, finit-elle par dire. Vous deviez

venir au dun. Est-ce le dweomer qui vous a ramené auprès de nous ?

— Pas vraiment. Pourquoi ? Il y a un problème ?

— En quelque sorte. » Ricyn regarda autour d'eux et baissa la voix. « Il s'agit de notre Roi, vous comprenez. Il est d'humeur très morose, et personne ne peut le tirer de son abattement.

— Il broie du noir, intervint Gweniver, à voix basse également. Il raconte qu'après tout, il ne pourra pas devenir Roi, et d'autres sottises de ce genre. La Reine craint qu'il ne devienne fou. »

Ils le regardaient tous les deux, pleins d'attente et convaincus qu'il pourrait tout résoudre. Persaunn se sentit si inutile que leur confiance faillit le faire pleurer.

« Qu'y a-t-il ? demanda Gweniver.

— Eh bien, je suis juste si fatigué ces derniers temps, de voir le pays sens dessus dessous, sans que je puisse faire quoi que ce soit pour mettre un terme à toutes ces souffrances.

— Allons, au nom de tous les dieux ! Ce n'est pas à vous de le faire. Ne vous mettez pas dans tous ces états. Ne vous rappelez-vous pas ce que vous aviez dit au Roi lorsqu'il se lamentait sur la mort de Dannyn ? Vous lui avez dit que seule la vanité poussait un homme à croire qu'il pouvait changer le Wyrd de quelqu'un.

— La vanité ? Eh bien, oui, c'est cela. »

À sa manière, sans réfléchir, elle lui avait donné le mot qu'il avait besoin d'entendre. *La vanité*, pensa-t-il, *oui, j'ai été vaniteux, tout comme Glyn. Au fond de moi, je suis toujours le prince, pensant que le royaume tourne toujours autour de moi et de mes actes.* Lorsqu'il se rappela qu'il n'était qu'un serviteur dans l'attente de ses ordres, il eut soudain la certitude que cet ordre viendrait. Un jour, il verrait la Lumière briller à nouveau.

Lorsqu'ils retournèrent au dun, des domestiques accoururent et se massèrent autour de lui comme s'il était réellement un invité princier. Orivaen insista pour lui donner une chambre confortable dans la tour maîtresse et l'y accompagna personnellement. Pendant que Persaunn défaisait ses affaires, le chambellan lui rapporta les derniers commérages. Sire Gwetmar et Dame Macla avaient deux fils ; le prince Maël était toujours dans la tour ; Gavra, son ancienne apprentie, était à présent herboriste dans la cité.

« Et Notre Majesté ? » s'enquit Persaunn.

Les yeux d'Orivaen s'assombrirent.

« Je vous arrangerai un entretien privé avec lui ce soir. Lorsque vous l'aurez vu, nous pourrons en parler.

— Je vois. Et Saddar ? Est-il toujours à la cour, ou a-t-il finalement eu l'humilité de partir ?

— Il est mort. Étrangement, d'une certaine manière. C'est arrivé juste après votre départ, cet été-là. Il a développé une curieuse congestion de l'estomac. »

Lorsque Persaunn jura tout bas, Orivaen prit une expression complètement terne. Persaunn se demanda si c'était le Roi lui-même qui avait ordonné d'empoisonner le vieux conseiller, ou si un loyal courtisan s'en était occupé lui-même, dès le départ du seul herboriste qui aurait pu le sauver.

Au cours de l'après-midi, Persaunn descendit dans la cité de Cerrmor et alla voir Gavra, qui vivait avec la famille de son frère, dans l'auberge de ce dernier. Elle tomba dans ses bras en riant, lui servit de la bière et l'emmena dans sa chambre, à l'étage, pour bavarder. Elle était devenue une jeune femme impressionnante, toujours jolie et élancée, mais avec une profondeur de sentiment et une lueur de perspicacité dans ses yeux noirs. Sa chambre était encombrée d'herbes, de boîtes à pommades et des autres objets de son commerce, soigneusement répartis entre ses meubles, un lit simple, un coffre en bois et un berceau près de la cheminée. À l'intérieur, une petite fille d'environ dix mois dormait.

« C'est le dernier enfant de votre frère ? demanda Persaunn.

— Non, c'est ma fille. Me mépriserez-vous pour cela ?

— Comment ? Qu'est-ce qui vous fait croire cela ?

— C'est que, mon frère fut loin d'être content d'apprendre qu'il y avait un bâtard dans sa famille. J'ai juste de la chance de pouvoir gagner suffisamment d'argent pour nous nourrir. »

Comme si elle savait qu'on parlait d'elle, la petite bâilla, ouvrit ses yeux bleu vif et se rendormit.

« Pourquoi son père ne vous a-t-il pas épousée ?

— Il est déjà marié à quelqu'un d'autre. Je sais que je ne suis qu'une idiote, mais je l'aime quand même. »

Persaunn se laissa tomber sur le coffre en bois. Il ne s'était jamais attendu à ce que son intelligente Gavra se mette dans ce genre de situation. Elle se percha sur le rebord de la fenêtre et vit, dehors, la façade d'une autre maison et une petite cour poussiéreuse avec un poulailler.

« C'est le prince Maël, annonça-t-elle brusquement. Mon pauvre amour captif.

— Grands dieux !

— Je vous prie de ne le dire à personne. Ils pourraient tuer mon enfant s'ils apprenaient que Eldidd avait un bâtard royal ici, en ville. J'ai raconté que son père était l'un des cavaliers du Roi, Dagwyn, qui s'est fait tuer lors des affrontements de l'an dernier. Dame Gweniver m'aide, voyez-vous. Je pense que Dagwyn était très doué avec les filles, et tout le monde m'a crue sans y réfléchir à deux fois.

— Gweniver est-elle la seule à le savoir ?

— Oui, même Ricyn l'ignore. » Elle marqua une pause pour regarder dans le berceau, un sourire ironique aux lèvres. « Je devais le dire à quelqu'un, et Gweniver est prêtresse, quel que soit son rang ou son titre. Et même si c'est triste. Ricyn vient ici de temps en temps et me donne de l'argent pour la fille de son ami. La petite Ébrua semble compter beaucoup pour lui.

— Alors, il vaut mieux qu'il n'apprenne jamais la vérité. Mais allons, comment cela est-il arrivé ? Pouvez-vous voler tel un oiseau ?

— Oh, non, je monte les escaliers jusqu'au sommet de la tour, malheureusement, répondit-elle, à moitié en riant. Mais peu de temps après votre départ, le prince a attrapé une fièvre, et tous les médecins étaient partis avec l'armée. Aussi Orivaen a envoyé quelqu'un me chercher pour maintenir leur otage royal en vie. Grands dieux, j'étais si désolée pour Maël, alors Orivaen m'a autorisée à lui rendre visite comme vous aviez l'habitude de le faire. Maël m'a proposé de m'apprendre à lire et à écrire, voyez-vous, juste pour avoir une sorte de passe-temps. J'ai donc accepté, et nous sommes devenus amis, et puis... » Elle eut un haussement d'épaules éloquent.

« Je vois. Est-il au courant pour son enfant ?

— Oh, comment ne le saurait-il pas ? Mon pauvre amour captif. »

Lorsqu'il retourna au dun, Persaunn ne manqua pas de monter au sommet de la tour pour voir le prince. Même si son agréable chambre n'avait pas du tout changé, Maël était devenu un homme à présent. Il avait grandi et forci, et il arpentait la pièce d'un air grave au lieu de se recroqueviller sur lui-même, agonisant d'impatience. Il était également d'une pâleur mortelle, sa peau d'albâtre contrastant avec ses cheveux noir de jais. Sursautant, Persaunn réalisa que cela faisait sept ans que le prince n'avait pas senti la lumière du soleil.

« Vous ne pouvez pas savoir à quel point je suis heureux de vous revoir, déclara Maël. Mon professeur m'a cruellement manqué lorsqu'il est parti.

— Excusez-moi, mais lorsque le dweomer appelle un homme, il le mène sur de nombreuses routes étranges.

Il me semble vous avoir laissé une consolation, toutefois. J'ai parlé à Gavra. »

Le prince rougit et se détourna.

« Ah, eh bien, dit-il au bout d'un moment. C'est étrange, vraiment. À une époque, j'aurais pensé qu'une roturière ne méritait pas mon attention. Aujourd'hui, je me demande ce que Gavra peut bien vouloir d'un pauvre diable comme moi.

— Votre Altesse a eu un Wyrd difficile, assurément.

— Oh, pas aussi dur que nombre d'entre nous. J'en ai eu assez de m'apitoyer sur moi-même, voyez-vous. Certains hommes sont tels des faucons et meurent jeunes au combat. Moi, je suis un petit pinson, prisonnier dans une cage royale et rêvant d'arbres. Mais ma cage est belle, et mon auge ne manque pas de grains.

— C'est vrai.

— Les livres que vous m'avez laissés sont devenus de plus en plus réconfortants, également. Et Gavra m'a déniché une œuvre intéressante chez le libraire du temple de Wmm. Il s'agit de l'abrégé d'un philosophe nommé Ristolyn, qui date de l'Époque de l'Aube. S'agissait-il d'un Rhwmane ?

— Non, mais l'une des tribus de l'époque s'appelait les Greggyciens, un peuple d'une grande sagesse d'après le peu que nous avons appris de leurs livres. Je crois que ces brutes de Rhwmanes ont conquis leur royaume, comme ils ont conquis celui qui appartenait à nos ancêtres, dans la Terre Patrie. Ristolyn m'a toujours m'est toujours apparu comme un écrivain digne de réflexion. J'ai lu une partie de ses *Éthiques de Nichomachea.* »

Ils passèrent une heure agréable à discuter de choses dont Persaunn n'avait pas beaucoup entendu parler depuis des années. Même si le prince s'animait avec l'ardeur d'un homme lettré, lorsqu'il fut l'heure de partir pour Persaunn, la mélancolie l'envahit à nouveau, comme le brouillard monte de l'océan. Ce n'était pas un érudit, après tout, mais un homme désespéré se raccrochant à tout ce qu'il pouvait trouver pour ne pas devenir fou.

Passer de la chambre silencieuse de Maël à la grande salle fut comme pénétrer dans un autre monde. Comme l'armée était en train de se rassembler, la pièce était remplie de seigneurs et de leurs troupes : d'hommes criant, riant, réclamant de la bière et se jetant réciproquement des plaisanteries comme des poignards. Persaunn s'assit à la table d'Orivaen avec les conseillers du Roi, juste au pied de l'estrade. Pendant le service, Glyn entra par sa porte privée, accompagné de Gweniver. Mais lorsqu'il se dirigea vers la table d'honneur, celle-ci descendit de l'estrade et alla manger avec les gardes du Roi et son cher Ricyn.

« Dame Gweniver semble mépriser sa noblesse, remarqua Persaunn à Orivaen.

— En effet. Je lui en ai parlé bien souvent, mais il n'est tout simplement pas possible de discuter avec ceux bénis par les dieux. »

Au cours du repas, Persaunn observa Glyn, qui ne semblait pas avoir du tout changé : toujours aussi droit et gracieux que jamais, il souriait aux plaisanteries ou écoutait la conversation de ses seigneurs honorés. Le changement ne lui apparut que plus tard, lorsqu'un page le conduisit à ses appartements privés.

Glyn se tenait debout à côté de la cheminée. La lueur des chandelles lançait des étincelles sur l'argent, brillait sur les riches couleurs des tentures et des tapis et rehaussait les cernes sombres qu'il avait sous les yeux. Insistant pour que Persaunn prenne une chaise, il resta lui-même debout à faire les cent pas près de l'âtre pendant leur conversation. Au début, ils échangèrent des nouvelles et des plaisanteries, puis, lentement, progressivement, la présence royale s'effaça, et Glyn se pencha avec lassitude contre le chambranle, la mort dans l'âme.

« Sa Majesté semble porter beaucoup d'estime à Dame Gweniver, remarqua Persaunn.

— Elle est digne de ces honneurs. Je lui ai confié le commandement de ma Garde, voyez-vous. Personne n'osera envier un guerrier béni des dieux. »

Ainsi, tel était le souvenir qu'ils devaient affronter.

« Sa Majesté pleure-t-elle toujours la mort de son frère ?

— Je le ferai sans doute chaque jour de ma vie. Ah, bon sang, si seulement il ne s'était pas suicidé ! Nous aurions pu nous voir de temps en temps, en secret, ou peut-être l'aurais-je affranchi de son ban un jour ou l'autre.

— C'est que, sa fierté ne lui aurait pas permis d'attendre. »

Avec un soupir, Glyn finit par s'asseoir.

« Tant d'hommes à mon service ont échoué, dit-il. Il n'y a pas de solution en vue. Au nom des dieux de notre peuple ! Parfois, je crois que je ferais mieux de laisser Cantrae avoir ce maudit trône et d'en finir avec cette guerre, mais dans ce cas, tous ceux qui sont morts pour moi auraient péri en vain. Et mes loyaux amis... Cantrae pourrait tous les massacrer. » Il marqua une pause, esquissant un sourire las et crispé. « Combien de gens à la cour vous ont-ils dit que je devenais fou ?

— Plusieurs. Est-ce le cas ? Ou confondent-ils simplement bonne santé mentale et folie ?

— Je préférerais opter pour la dernière réponse, bien entendu. Depuis la mort de Danno, je me sens assiégé. Je pouvais lui parler, à lui, et s'il pensait que je débitais des inepties, il me le disait. Maintenant, que me reste-t-il ? Des flagorneurs, des hommes ambitieux, des chacals, pour la moitié d'entre eux, et si je ne leur jette pas assez de morceaux de viande, eh bien, ils mordent. Et si j'essaie de soulager mon esprit d'une quelconque sinistre pensée, ils rampent.

— C'est que, Majesté, leurs vies dépendent de vous, après tout.

— Je le sais. Oh, grands dieux, je le sais si bien ! Si seulement j'étais un simple roturier. Tous les hommes de la cour envient le Roi, mais vous savez qui le Roi envie ? Le Ricyn de Gweniver. Je n'ai jamais vu un homme plus heureux que Ricco, qu'il soit fils de fermier ou non. Quoi qu'il fasse, quoi qu'il lui arrive, il dit que c'est la volonté de sa Déesse et cela lui permet de passer une bonne nuit de sommeil. » Glyn s'interrompit un instant. « Pensez-vous que je suis fou ? Ou suis-je juste idiot ?

— Le Roi n'a jamais été idiot, et il serait plus heureux s'il était fou. »

Glyn rit d'une manière qui rappela soudain à Persaunn le prince Maël.

« Persaunn, je vous serais si reconnaissant si vous rejoigniez ma cour. Vous portez sur les choses un regard objectif avec beaucoup de recul. Le Roi admet humblement qu'il a cruellement besoin de vous. »

Pensant que l'avenir ne lui réservait que du chagrin, Persaunn voulut mentir et prétendre que le dweomer lui interdisait de rester. Parce qu'il aimait trop toutes ces personnes pour rester indifférent à leurs inévitables souffrances. Pourtant, il comprit soudain qu'il avait un rôle à jouer, qu'il avait abandonné Glyn, Maël et Gavra lorsqu'il s'était enfui pour ses propres et égoïstes raisons.

« J'en suis des plus honoré, Majesté. Je resterai et vous servirai aussi longtemps que vous aurez besoin de moi. »

Et c'est ainsi que Persaunn accepta à contrecœur ce que bien des hommes convoitaient au point de tuer : le titre de conseiller du Roi et la faveur personnelle de celui-ci. Il lui fallut deux années pour dissiper le sentiment de jalousie que cette soudaine promotion avait suscité, mais au bout de ces deux années, personne ne remit sa place en question. Tout le monde dans le royaume savait que le centre du pouvoir à la cour reposait sur ce vieil homme d'allure modeste, qui présentait un intérêt excentrique pour les plantes. Mais rares étaient ceux à savoir pourquoi.

Et au cours de ces deux années, ainsi qu'au début de la troisième, la guerre s'éternisa en une succession d'incursions et de feintes sporadiques.

La pluie les surprit à une bonne quinzaine de lieues du camp principal. Un violent orage doublé d'un vent froid qui pénétrait leurs capes transforma la route en véritable gadoue. Même si la situation était désespérée, il était impossible aux chevaux d'avancer plus vite qu'au pas. *Le seul avantage de la pluie*, songea Ricyn avec amertume, *est qu'elle ralentit également l'ennemi.* Il ne manqua pas de le dire aux trente-quatre hommes qui lui restaient sur les cent cinquante qui étaient partis en campagne. Tous se contentèrent de répondre par un simple grognement. Ricyn parcourut la colonne dcux fois, s'adressa à chaque cavalier en les appelant par leur nom, cria après les retardataires et félicita ceux qui avaient conservé un tant soi peu d'esprit. Il doutait que cela servît à quoi que ce soit. Lorsqu'il le dit à Gweniver, elle acquiesça.

« Les chevaux sont dans un état pire que les hommes, dit-elle. Nous devrons bientôt nous arrêter.

— Et s'ils nous rattrapent ? »

Gweniver se contenta de hausser les épaules. Aucun d'entre eux n'avait la moindre idée de la distance qui les séparait des troupes de Cantrae. La seule chose dont ils étaient certains était qu'ils étaient poursuivis. La bataille qu'ils avaient livrée, qui avait réduit leur bande armée à une maigre troupe épuisée, était de celles que les hommes de Cantrae se faisaient un devoir de venger.

Peu avant le coucher du soleil, ils rencontrèrent deux fermiers, qui se démenaient avec une charrette tirée, à défaut d'un cheval, par une vache à lait. À la lumière déclinante, Ricyn put tout juste voir que leur charrette était chargée de meubles, d'outils et de tonneaux. Lorsque la troupe les encercla, les fermiers relevèrent la tête et restèrent sans expression, épuisés, comme s'ils se fichaient de se faire massacrer sur leur route.

« D'où vous enfuyez-vous ainsi ? demanda Gweniver

— De Rhoscarn, Madame. Le dun est tombé hier, et nous essayons de rejoindre le sud.

— Qui l'a rasé ?

— Ces hommes avec comme des bêtes vertes sur leurs boucliers. »

Ricyn jura tout bas : le clan Wyvern de Cantrae.

« Ils n'ont pas rasé le dun, espèce d'idiot ! cria le deuxième fermier. Nous n'avons pas vu de fumée, ni quoi que ce soit de la sorte, non ?

— C'est vrai, répondit le premier. Mais c'est la même chose pour moi. Nous avons vu un très grand nombre de ces hommes en chemin, Madame. »

Gweniver demanda à sa troupe de quitter la route pour laisser passer les fermiers exténués.

« Qu'en penses-tu, Ricco ? Nous pourrions aller jusqu'à Rhoscarn et trouver un toit pour nos têtes. S'ils sont déjà passés par là, ils n'y retourneront pas. »

Et c'est ainsi qu'ils foncèrent droit dans le piège. Ce n'est que plus tard que Ricyn réalisa avec quelle habileté il avait été tendu, avec quelle perfection les hommes de Cantrae avaient joué leur rôle de fermiers et avec quelle finesse leur chef avait prédit ce qu'ils feraient. Sur le moment, il fut seulement heureux de trouver un abri pour les chevaux. Lorsqu'ils parvinrent au dun, ils trouvèrent ses remparts de pierre ébréchés en trois endroits. Le corps du Tieryn Gwardon gisait sans tête entre les gravats. Même s'il y avait plein d'autres cadavres, il faisait trop noir pour les dénombrer. Comme ce dun avait été pris et brûlé à maintes reprises auparavant, il n'avait pas de donjon de pierre, juste une grande rotonde en bois au milieu d'une cour boueuse.

C'était peut-être rudimentaire, mais ils étaient au sec à l'intérieur de la rotonde. Les hommes placèrent les chevaux d'un côté, posèrent leurs affaires de l'autre, puis fendirent les meubles et allumèrent des feux dans les cheminées. Lorsque les chevaux furent occupés à plonger leur museau dans les derniers sacs d'orge, ils sortirent ce qui restait de leurs rations. Ricyn était sur le point de mentionner à Gweniver qu'ils devraient essayer de trouver du fourrage le lendemain matin lorsqu'il sentit le danger arriver, un frisson glacial au bas du dos. À la manière dont elle frissonna, il sut qu'elle aussi l'avait senti. D'un accord tacite, ils sortirent en courant dans la cour. Ricyn attendit pendant qu'elle escalada le rempart. Dans le noir, il vit son ombre se hisser au sommet ; puis elle se tourna et cria :

« Des hommes ! Gardez les brèches ! On nous attaque ! »

Lorsqu'il rentra en courant, il entendit le son lointain de chevaux qui se dirigeaient rapidement vers le dun. Criant des ordres, il entra en trombe dans la rotonde et activa ses hommes. Attrapant leurs épées, jurant, ceux-ci se répartirent et se postèrent à chaque trou. Entre-temps, le bruit d'une armée les cerna, semblable aux vagues martelant la plage. À travers une brèche, Ricyn aperçut des hommes mettre pied à terre et encercler les remparts.

« Piégés, dit Gweniver négligemment. Tu crois que nous pourrons tenir ce siège une journée entière ?

— Même pas une demi-journée. Eh bien, je suis surpris que la Déesse ne nous ait pas avertis lorsque nous étions en train de parler aux fermiers.

— Non. J'ai toujours su que le jour viendrait où Elle voudrait notre mort. »

Elle s'approcha de lui et déposa un baiser sur sa bouche, juste un, avant de s'éloigner pour commencer à donner ses ordres.

Comme il était improbable que l'ennemi les attaque

dans le noir et sous la pluie, ils postèrent des gardes au niveau des brèches et dormirent à tour de rôle. Environ une heure avant le lever du jour, la pluie cessa, et un vent froid se leva pour éclaircir le ciel. Ricyn réveilla ses hommes, qui s'armèrent dans un silence absolu. Chacun regardait ses amis d'une manière qui voulait dire adieu, sans qu'ils aient besoin de parler. Pendant que Gweniver montait la garde au niveau de la brèche où jadis se tenaient les portes, Ricyn posta sa troupe au niveau des autres trous.

« C'est un combat à mort, répéta-t-il. Tout ce que nous pouvons faire, c'est leur faire payer très cher. »

À maintes reprises, les hommes acquiescèrent en silence d'un hochement de tête. Près du mur, à l'arrière du dun, Ricyn alla voir Alban, qui venait d'avoir quatorze ans cet été, recrue toute neuve de l'armée cerrmorienne. Même si le jeune garçon se tenait aussi droit et vaillamment que tous les hommes présents, Ricyn était déterminé à épargner sa vie s'il le pouvait.

« Allons, écoute-moi, jeune homme, lui dit-il. J'ai une mission importante à te confier. Je t'ai choisi toi parce que tu es le plus petit d'entre nous et le plus discret. Nous devons prévenir le Roi et c'est toi qui lui porteras ce message. »

Les yeux grands ouverts dans l'aube naissante, Alban hocha la tête.

« Voici ce que tu vas faire, poursuivit Ricyn. Tu t'accroupis derrière ce tas de décombres jusqu'à ce que tu voies un homme de Cantrae tomber et que tu puisses t'emparer de son bouclier. Une fois leur attaque passée, tu te faufiles dehors, tu prétends que tu es blessé, et tu te mêles à l'ennemi. Là, tu dérobes un de leurs chevaux si tu es toujours en vie et tu fonces comme si les enfers s'ouvraient sous tes pieds jusqu'au Roi.

— Oui, c'est compris, et s'ils me prennent, alors, je dînerai avec le reste d'entre vous dans l'Autre Monde. »

Lorsqu'il s'éloigna, Ricyn pria la Déesse pour qu'elle permette à cette ruse maladroite de fonctionner.

Lorsqu'il rejoignit Gweniver aux portes du dun, l'équipe qui devait se battre derrière eux était déjà en position.

« Ils sont plus d'une centaine, remarqua Gweniver. Ils sont en train de se mettre en place pour leur attaque à présent. Au moins, ils sont à pied.

— Pourquoi gaspiller des chevaux pour tuer des rats dans un trou ? »

Lorsqu'il se plaça à côté d'elle, ils échangèrent un sourire. De l'autre côté de la brèche, il vit des hommes monter lentement vers le dun, puis se déployer vers les autres trous. Un silence de mort régnait à l'intérieur, rompu occasionnellement par le tintement d'une épée ou d'un bouclier. Lorsque le ciel s'illumina à l'est, Ricyn entendit son cœur battre la chamade, mais il n'avait pas vraiment peur, il se demandait juste à quoi l'Autre Monde ressemblerait. *Je reverrai Dagwyn*, se rappela-t-il, *et je lui dirai qu'il a une fille*. La lumière de l'aube fit briller le métal des épées, des armures, des heaumes et des ombons. Loin à l'arrière de la ligne de Cantrae, un cor d'argent retentit. Poussant un cri, les boucliers des Wyvern se déployèrent en avant.

La bataille avait commencé.

Les hommes de Cerrmor tinrent les brèches beaucoup plus longtemps qu'ils n'auraient pu raisonnablement l'espérer. Gweniver et Ricyn, combattant côte à côte, auraient pu contenir à eux deux un grand nombre d'ennemis au niveau d'une brèche de cette taille – si seulement il n'y avait pas eu de trous derrière eux. Ils se battirent farouchement, à peine conscients de la hauteur à laquelle montait le soleil. Les attaquants se jetèrent sur eux en hurlant, mais Ricyn continua de jouer de l'épée, d'allonger des bottes et de se retirer, parfaitement en rythme avec le partenaire parfait. Les morts commencèrent de s'empiler devant la brèche, entravant les charges de Cantrae. Ricyn sentit la sueur perler dans son dos et eut soif d'eau pendant qu'il continuait de se battre. Près de lui, un homme de Cerrmor tomba ; un autre s'avança pour tuer l'homme de Cantrae qui l'avait abattu. Brusquement, Ricyn entendit des cris derrière lui – des cris d'avertissement, de désespoir.

« Repli ! hurla Gweniver. Ils ont réussi à passer par-derrière. »

Prudemment, un pas à la fois, leur ligne battit en retraite, tailladant, parant, essayant de se déployer en éventail tandis que les hommes de Cantrae affluaient par-devant. Alors que les autres escouades de Cerrmor tentaient de reformer leurs lignes, la cour ressemblait à un asile de fous courant en tous sens Ricyn se mit à jurer, lançant tout bas une bordée de jurons, mais il entendit Gweniver rire et crier, prise d'un accès de frénésie guerrière. Brusquement, le soleil disparut. Alors qu'il faisait une rapide botte à un ennemi, Ricyn sentit une odeur de fumée et vit un épais nuage tournoyer. Se rapprochant peu à peu de la rotonde, trébuchant sur les cadavres d'amis et ennemis défunts, étouffé par la fumée, continuant d'échanger des coups d'épée, Ricyn avait tout de même toujours le temps de regarder Gwen et de l'entendre rire tandis qu'ils se faisaient encercler. Ils atteignirent la rotonde et gardèrent la porte pendant que, un par un, ceux qui restaient de la troupe de Cerrmor entraient, qui en boitillant, qui en rampant, qui en courant. Ils n'étaient plus que huit.

« Entre, Ricco ! » cria Gweniver.

Il entra, s'écarta pour lui laisser la place de le suivre, puis aida Camlwn à refermer la porte et à la barrer. Ils étouffaient de chaleur dans la rotonde, le premier étage prenant feu. Les chevaux se cabrèrent et crièrent de panique lorsque les hommes saisirent leurs rênes et les firent avancer vers l'entrée. À l'extérieur, les hommes de Cantrae réclamaient des haches et frappaient aux volets en bois des fenêtres. Finalement, ils réussirent à rassembler les chevaux, hystériques, derrière la porte. Ricyn et Camlwn l'ouvrirent rapidement tandis que les hommes postés derrière les chevaux criaient après eux et les frappaient du plat de leurs épées. Les chevaux sortirent et foncèrent sur les hommes de Cantrae, les piétinant, ruant, tels des gourdins vivants.

Ricyn virevolta et se mit à crier un ordre. Puis il vit Gweniver, et sa voix mourut dans sa gorge.

Elle s'était reculée du passage en chancelant pour mourir dans la courbure du mur. Dans la fièvre de la bataille, il n'avait pas vu qu'elle avait été blessée. Il courut jusqu'à elle, tomba à genoux et vit qu'elle avait été poignardée dans le dos, à la jointure de sa cotte de mailles. Lorsqu'il la retourna, son visage était étrangement calme, ses ravissants yeux bleus grands ouverts tandis que son sang se répandait sur le sol. Cc n'est qu'à ce moment-là que Ricyn comprit qu'il ne verrait jamais le soleil de midi. Il lâcha son épée, prit celle de Brangwen comme un talisman et courut à la porte. La fumée s'épaissit et tournoya autour des hommes de Cantrae qui se regroupaient dans la cour.

« Attaquons-les, les gars, déclara Ricyn. Pourquoi mourir comme des rats ? »

En criant une dernière fois le nom de Glyn, ses hommes formèrent les rangs derrière lui. Camlwn lui lança un dernier large sourire ; puis Ricyn brandit l'épée que la Déesse avait jadis bénie et chargea droit sur l'ennemi. Pour la première fois, il se mit à rire, aussi froidement que Gwen l'avait fait, comme si la Déesse lui permettait pour ce court instant de prendre la place de Sa Prêtresse.

Ricyn trébucha sur un cheval mort et se jeta sur le premier homme de Cantrae qui vint vers lui. Il le tua d'un coup, puis virevolta pour affronter les boucliers des Wyvern qui se massaient autour de lui. Il toucha légèrement un ennemi du revers, virevolta et allongea une botte à un autre, puis sentit une morsure métallique au visage, si violente qu'un instant, il pensa avoir reçu de la poix bouillante, et du sang jaillit, chaud et salé, dans sa bouche. Lorsqu'il chancela, une épée s'enfonça dans son flanc. Il jeta son bouclier inutile et se retourna, porta un coup violent et tua l'homme qui l'avait blessé. Le feu ronflait et la fumée était aussi épaisse que le brouillard sur l'océan. Il tituba, porta un autre coup, s'étrangla à cause de son propre sang et tomba en essayant de tousser pour le faire sortir. Les ennemis le laissèrent pour mort et s'éloignèrent en courant.

Ricyn se releva tant bien que mal et fit quelques pas, mais ce n'est que lorsqu'il trébucha sur le linteau de la rotonde qu'il réalisa qu'il avait tourné en rond. À l'intérieur, le feu s'était déjà propagé aux murs. Il se leva et se dirigea vers Gweniver en titubant. Même si chaque pas le faisait souffrir de douleur, il finit par l'atteindre. Il tomba à genoux à côté d'elle, puis hésita, se demandant si la Déesse le condamnerait pour ce geste. *Elle n'y fera plus attention*, pensa-t-il. Il se jeta à terre, s'allongea et attira Gweniver dans ses bras jusqu'à ce qu'il puisse poser sa tête sur sa poitrine. Sa dernière pensée fut une prière à la Déesse, lui demandant de lui pardonner s'il faisait quelque chose de mal.

La Déesse était miséricordieuse. Il se vida de son sang et mourut avant que les flammes ne l'atteignent.

Persaunn se trouvait dans la tente du Roi, à leur campement, lorsqu'il entendit les cris et les bruits de sabots qui signifiaient que l'armée était rentrée. Il attrapa une cape et courut sous la bruine jusqu'à la prairie plongée dans la confusion tandis que les hommes descendaient de cheval. Il se fraya un chemin en jouant des coudes et retrouva le Roi en train de remettre ses rênes à son officier. Le visage de Glyn, couvert d'une barbe de plusieurs jours, était crasseux : le sang d'un autre avait séché sur sa joue, et une traînée de cendres noires s'étirait sur ses cheveux raides et blonds.

« Il n'y a aucun survivant, annonça-t-il. Nous avons enterré tous ceux que nous avons pu trouver, mais pas de trace de Gweniver, ni de Ricyn. Ces bâtards de Cantrae avaient mis le feu au dun, et il est donc fort probable qu'ils se trouvaient à l'intérieur de la rotonde. Au moins, ils auront eu un bûcher funéraire, comme à l'Époque de l'Aube.

— Ils auraient aimé en avoir un. Eh bien, ainsi soit-il.

— Néanmoins, nous avons surpris l'armée de Cantrae sur la route – ce qui restait d'elle en tout cas. Nous les avons tous décimés. »

Persaunn hocha la tête, ne se fiant pas à ce qu'il disait. *Gwen aurait aimé cela plus que tout autre chose*, pensa-t-il, *qu'on la venge*. Le Roi se détourna et demanda qu'on lui amène Alban. Pâle et si fatigué qu'il titubait, le jeune homme s'avança.

« Pouvez-vous faire quelque chose pour lui, Persaunn ? demanda Glyn. Je ne voudrais pas qu'il attrape une fièvre ou quelque chose de ce genre, après tout ce qu'il a fait pour rapporter ce message. »

La louange du Roi lui-même brisa la dernière résistance d'Alban. Il remua la tête une fois, puis se mit à pleurer comme le jeune enfant qu'il était. Lorsque Persaunn l'emmena voir le médecin, il eut du mal à réprimer ses propres larmes. *Cela arrivera encore et encore*, se rappela-t-il, *ceux que j'aime mourront longtemps avant moi*. Il aurait voulu maudire son Wyrd, mais il savait qu'il était le seul à blâmer.

Interlude
Printemps, an de grâce 1063

Un chasseur qui pose des pièges ferait mieux de regarder où il pose ses pieds.

— *Vieux proverbe deverrien*

De toutes les villes du vaste royaume de Deverry, le Peuple de l'Ouest n'avait visité que Cernmeton et Dun Gwerbyn, et en de rares occasions seulement. Les habitants des deux villes avaient de curieuses réactions chaque fois que des Elcyion Lacar venaient les voir. Par une sorte de conspiration inconsciente, ils refusaient simplement d'admettre à quel point les elfes étaient différents. Ils racontaient aux enfants qui s'interrogeaient sur leurs oreilles que cette bande de sauvages écourtait celles de ses bébés. Et tout enfant qui montrait du doigt leurs étranges yeux de chat recevait l'ordre de se taire sous peine de subir le même châtiment. Les adultes eux-mêmes, toutefois, avaient du mal à regarder un elfe dans les yeux, ce qui était l'une des raisons pour lesquelles le Peuple de l'Ouest trouvait les hommes sournois et indignes de confiance.

Ainsi, Devaberiel ne fut pas surpris lorsque les gardes postés aux portes de Dun Gwerbyn le dévisagèrent de la tête aux pieds, puis détournèrent rapidement les yeux. Ils firent la même chose avec ses compagnons, Jennantar et Calonderiel, mais ils réussirent à regarder avec attention les deux chevaux de bât qui tiraient leurs travois, ainsi que l'écurie de douze chevaux non montés qu'ils avaient emmenés.

« Êtes-vous venus ici pour les vendre ? demanda le garde. Il y a des taxes à payer si telle est votre intention.

— Non. Ils sont ici pour rendre hommage au tieryn.

— Ah. Entrez, alors. »

Même si ce n'était pas la première fois que Jennantar et Calonderiel venaient en Eldidd, ils n'étaient jamais entrés à l'intérieur d'une cité, et Devaberiel remarqua qu'ils regardaient avec mépris les maisons rondes et crasseuses, les toits de chaume délabrés et noircis par la fumée, et les rues étroites serpentant selon un motif apparemment désorganisé. Devaberiel lui-même se sentait légèrement mal à l'aise devant la manière dont tous les bâtiments étaient entassés. Il était tout simplement impossible d'avoir une vue dégagée dans une ville humaine, dans n'importe quelle direction que ce fût.

« Nous ne resterons pas ici longtemps, n'est-ce pas ? grommela Calonderiel.

— Non, pas très longtemps. Si tu veux, tu pourras même partir immédiatement après que nous aurons amené les chevaux au dun.

— Oh, non. Je veux revoir Rhodry, et Cullyn aussi. »

Ils virent Cullyn tout de suit, car il se se tenait devant les portes ouvertes du fort lorsqu'ils parvinrent au sommet de la colline, haletants. Poussant un cri de bienvenue, il descendit à leur rencontre en courant. Même si Devaberiel avait entendu parler de cet homme qui passait pour être le meilleur épéiste de tout Deverry, il n'était pas préparé à le voir. Mesurant plus d'un mètre quatre-vingts, il était large d'épaules et fortement musclé. Une vieille cicatrice traversait sa joue gauche, et ses yeux bleus n'aidaient pas à dissiper la mine sévère qu'il affichait. Ils étaient aussi durs et froids qu'un orage en hiver, même lorsqu'il sourit et serra vigoureusement la main de Calonderiel.

« Eh bien, ceci est un cadeau des dieux, dit Cullyn. Je suis ravi de vous revoir.

— Et moi également, répondit le chef de guerre. Nous avons apporté un présent à Dame Lovyan et au jeune Rhodry.

— Eh bien, notre baronne en sera ravie. » Ses yeux se firent encore plus durs. « Mais le Gwerbret Rhys d'Aberwyn a mis Rhodry au ban, l'automne dernier.

— Comment ? » Les trois elfes avaient parlé en même temps.

« Et oui. Mais venez, entrez donc. Je vous raconterai toute l'histoire autour d'une chope de bière que vous offrira le tieryn. »

Lorsqu'ils reprirent leur route jusqu'au dun, Devaberiel eut l'impression d'avoir reçu un coup de pied au ventre.

« Cullyn ? demanda-t-il. Mais alors, où se trouve Rhodry à présent ?

— Quelque part sur la longue route, qu'il parcourt en tant que Poignard d'Argent. Savez-vous ce que cela signifie, bon Monsieur ?

— Oui. Oh, grands dieux, il pourrait être n'importe où dans ce maudit royaume ! »

Lorsqu'ils entrèrent dans la cour, domestiques et valets d'écurie accoururent, s'exclamant à la vue des chevaux. Les bêtes qu'élevaient les elfes, connues à Deverry sous le nom de Chasseurs de l'Ouest, mesuraient entre seize et dix-huit paumes, avaient une large poitrine et de délicates têtes. Même si ces chevaux étaient habituellement gris, couleur peau de daim ou rouans, certains, les plus prisés, avaient une intense robe dorée. Devaberiel avait emmené une de ces juments pour que son fils l'utilise dans son haras, mais à présent, il était tenté de la ramener. *Allons*, se dit-il, *je dois bien offrir quelque chose à Lovva pour le fils qu'elle m'a donné.*

Le fracas et les cris à l'extérieur avaient apparemment aiguisé la curiosité de celle-ci, parce qu'elle sortit du donjon et s'avança sans se presser pour les accueillir. Vêtue d'une robe en soie rouge de Bardek, doublée de la cape rouge, blanc et brun de son clan, Lovyan avait la démarche souple d'une jeune fille, mais lorsqu'elle se rapprocha, le cœur de Devaberiel se serra pour la deuxième fois de la journée. Elle avait vieilli, son visage s'était couvert de rides et une importante partie de sa chevelure avait grisonné. Elle lui jeta un coup d'œil, se raidit légèrement, puis le regarda aussi platement que s'ils ne s'étaient jamais rencontrés. Il eut de la peine pour elle, et il se traita d'idiot et des pires insultes qui lui venaient à l'esprit. Elle vieillissait, alors qu'il ressemblait toujours à un jeune homme de vingt ans. Ce fut l'un des rares moments dans sa vie où il ne put rien trouver à dire.

« Dame Lovyan, s'exclama Calonderiel en lui faisant une révérence. Votre Grâce, Tieryn de Dun Gwerbyn. Nous sommes venus porter hommage à votre puissance et à vos terres.

« Merci, bon Monsieur. Je suis fort contente de recevoir un si magnifique présent. Entrez et veuillez partager l'hospitalité de ma grande salle. »

Comme il ne pouvait pas refuser, Devaberiel les suivit. Faisant une faveur à Cullyn, Lovyan lui permit de se joindre à eux à la table d'honneur. Lorsqu'ils furent tous servis, le capitaine raconta l'histoire de l'exil de Rhodry en détail. Contrairement à Calonderiel et à Jennantar qui l'interrompaient sans cesse pour lui poser des questions, Devaberiel eut du mal à l'écouter jusqu'au bout. Il ne cessait de se maudire d'avoir eu l'idée de venir et de provoquer tant de souffrances à lui-même et à la femme qu'il avait jadis aimée. Lorsque le récit de Cullyn fut terminé, chacun but son verre d'hydromel silencieusement. Devaberiel risqua un autre coup d'œil à Lovyan et constata qu'elle le regardait également. Lorsque leurs yeux se croisèrent, son sang-froid vacilla un instant, ses yeux devinrent hagards et sa bouche se contracta, si bien qu'il eut peur qu'elle ne pleurât. Mais elle se détourna et le moment passa.

« Eh bien, bons Messieurs du Peuple de l'Ouest, dit-elle, resterez-vous dans mon dun quelque temps ?

— Nous vous remercions sincèrement de cet honneur, Votre Grâce, répondit Devaberiel, mais mon peuple a l'habitude de flâner dans les prairies et les forêts. Cela nous met mal à l'aise de rester entre des murs de pierre. Cela déplairait-il à Votre Grâce si nous campions hors de la ville pour la nuit, puis reprenions notre route ?

— Comment puis-je refuser une faveur à des hommes qui viennent de me faire un si magnifique présent ? À moins d'une lieue vers le nord se trouve ma réserve de chasse. Je vous remettrai un gage à l'intention de mon forestier et vous pourrez y camper aussi longtemps qu'il vous plaira. »

Et les yeux de Lovyan le remercièrent de refuser son hospitalité et de repartir loin de son dun.

Toutefois, ils eurent l'occasion d'échanger quelques mots en privé lorsque les domestiques apportèrent les montures et les chevaux de bât des elfes. Cullyn et ses deux compagnons restèrent sur les marches du dun et discutèrent ensemble avec la gravité de vieux camarades de guerre, mais Lovyan signifia au barde de la suivre à quelques pas plus loin.

« Êtes-vous venu ici seulement pour m'apporter des chevaux ? lui demanda-t-elle.

— Non. Je suis venu voir notre fils.

— C'est donc cela. Vous connaissez la vérité à ce sujet, alors ?

— Oui. Lovva, s'il vous plaît, pardonnez-moi. Je n'aurais jamais dû venir, et je vous promets que vous ne me reverrez plus jamais.

— Cela vaut mieux. Rhodry ne doit jamais apprendre la vérité. Le comprenez-vous ?

— Bien sûr. Je voulais juste voir le jeune homme qu'il est devenu. »

Elle sourit brièvement.

« Il vous ressemble beaucoup, sauf qu'il a les cheveux noir de jais des hommes d'Eldidd. Notre Rhodry est un bel homme. »

Il lui prit la main et la serra, puis la relâcha avant que quelqu'un n'ait pu les voir.

« Je me demande si je le verrai un jour, reprit-il. Je n'ose pas aller plus loin vers l'est. Ils n'ont pas appris à faire abstraction de nos yeux et de nos oreilles dans cette partie du royaume.

— C'est vrai. Vous savez, j'ai toujours entendu dire que votre peuple vivait longtemps, mais je n'avais pas réalisé à quel point vous étiez resté jeune. » Sa voix se brisa. « Ou bien, cette vieille légende est-elle vraie, est-ce que vous vivez éternellement ?

— Non pas éternellement, mais très, très longtemps. Et nous vieillissons nous aussi, mais pas avant d'être prêts à mourir. C'est comme cela que nous apprenons qu'il est temps de préparer notre dernier voyage.

— Vraiment ? » Elle se détourna et caressa inconsciemment sa joue ridée. « Peut-être sommes-nous plus chanceux alors, car même si nous vieillissons prématurément, nous ne sommes jamais accablés par le fait de connaître l'heure de notre mort. »

Il soupira, se rappelant le chagrin qu'il avait éprouvé lorsque les cheveux de son père avaient commencé à blanchir et ses forces à le quitter.

« Peut-être, répondit-il. Il se peut, en effet... »

Il s'éloigna rapidement, parce que des sanglots lui nouaient la gorge.

Lorsqu'ils repartirent, Devaberiel ne dit pas un mot à ses compagnons, et ils respectèrent son silence jusqu'à ce qu'ils aient atteint la réserve de chasse. Le forestier de Lovyan les emmena dans un vallon traversé par un ruisseau où poussait de la bonne herbe pour les chevaux, fit la remarque que le gibier était abondant cette année, puis s'en alla assez rapidement pour éviter de passer trop de temps avec des gens de l'Ouest. Ils piquèrent leur tente rouge, attachèrent leurs chevaux, puis ramassèrent des petites branches de bois à ajouter à leur réserve de fumier séché afin de faire un feu. Devaberiel était toujours muet, et finalement, Calonderiel ne put le supporter plus longtemps.

« Venir ici était vraiment une stupide idée, remarqua-t-il.

— Notre chef de guerre est connu partout pour son tact, répondit Devaberiel d'un ton brusque. Par le Soleil Noir lui-même, pourquoi dois-tu verser du fiel dans le verre d'un homme qui a soif ?

— Eh bien, je suis désolé mais...

— Vous oubliez l'anneau, intervint Jennantar. Le dweomer a dit que Rhodry devait l'avoir.

— Oui, c'est vrai, répondit Calonderiel. Je suppose donc que Dev est excusable. »

Jurant tout bas, Devaberiel alla chercher une outre d'hydromel dans le travois. Jennantar le suivit et s'accroupit à côté de lui.

« Ne prends pas à cœur tout ce que dit Cal. Il est toujours comme ça.

— Alors, je suis sacrément heureux de ne pas faire partie d'une de ses escadrilles.

— Il faut s'y habituer, c'est tout. Mais je me demandais comment tu allais faire pour porter cet anneau à ton fils ? As-tu la moindre idée ?

— J'y ai réfléchi lorsque nous étions sur la route. J'ai un autre fils, vois-tu, dont la mère est deverrienne. Il ressemble plus à elle qu'à ceux de notre race.

— Bien sûr... Ébañy ! » Jennantar avait l'air inquiet. « Mais vas-tu vraiment lui confier l'anneau ?

— Je sais ce que tu penses, et effectivement, j'ai mes propres doutes également. Grands dieux, c'est un garçon si sauvage ! Peut-être que je n'aurais jamais dû l'enlever à sa mère, mais la pauvre fille ne pouvait pas s'occuper d'un enfant toute seule, et son père était blême de colère qu'elle en ait un. Je ne comprends pas ces Deverriens parfois. Ce n'est pas eux qui doivent porter le bébé, non, alors, en quoi cela les regarde-t-il si leur fille a un enfant ? En tout cas, si j'ordonne, à titre de père, à Ébañy d'apporter cet anneau à son frère, il le fera certainement. C'est justement le genre d'escapade qui lui plairait.

— Sais-tu où il se trouve ?

— Non, et c'est là le vrai problème, non ? On ne peut jamais savoir, avec lui. Je dois juste annoncer que je désire le voir en espérant que le message lui parvienne, et le plus tôt sera le mieux. »

À cette époque, au XIe siècle après la Grande Migration, Cerrmor était devenue une cité comptant plusieurs centaines de milliers d'âmes. Non seulement elle s'étendait loin en amont de la rivière, mais encore, de riches marchands avaient également construit de splendides maisons sur les falaises en surplomb, loin du bruit et de la poussière de la ville. Le dun que Glyn occupait jadis au titre de Roi avait été rasé une centaine d'années auparavant et un nouveau fort bien plus grand avait été construit pour les gwerbrets de Cerrmor. Dans la ville, près du front de mer, il y avait toutefois un quartier qui n'avait rien de resplendissant. Des maisons closes, des auberges bon marché et des tavernes avaient ouvert leurs portes les uns à proximité des autres, dans un labyrinthe de rues et de passages sinueux dans lesquels les honnêtes citoyens ne s'aventuraient jamais, à l'exception des gardes du gwerbret, qui se rendaient là bien plus souvent que les habitants ne l'auraient aimé. Ce quartier s'appelait la Sentine.

Chaque fois qu'il allait à la Sentine, Sarcyn marchait d'un pas rapide, toujours sur le qui-vive, resserrant son aura autour de lui, un sort dweomérique qui rendait sa présence difficile à remarquer. Il n'était pas vraiment invisible – si quelqu'un passait à côté de lui, cette personne s'apercevait de sa présence – mais il n'attirait l'attention de personne, en particulier lorsqu'il rasait les murs ou se déplaçait dans l'ombre. Cet après-midi-là, le temps était couvert et plusieurs personnes faillirent lui rentrer dedans, oublieuses de partager la rue avec quelqu'un. Et toujours, Sarcyn gardait sa main sur la garde de son épée.

Comme la journée tirait à sa fin, les rues se remplissaient. Des marins venus dépenser leur paie flânaient le long des rues dans lesquelles les vendeurs colportaient leur nourriture bon marché et leurs babioles encore moins chères. Quelques prostituées étaient déjà dehors, celles que l'on surnommait les « Pavés ronds » parce qu'elles n'avaient que les sombres ruelles où emmener leurs clients. Çà et là, il croisa une bande de marins bardékiens aux visages basanés soigneusement maquillés, dont les cheveux noirs avaient été graissés à l'occasion de leur nuit de permission. Un moment, six gardes de la ville passèrent près de lui, restant en formation serrée, leurs masses prêtes. Sarcyn se réfugia dans l'embrasure d'une porte et y resta jusqu'à ce qu'ils soient hors de vue. Puis il reprit sa route, avançant rapidement dans ce dédale déroutant. Même s'il n'était pas venu à Cerrmor depuis quelque temps, il connaissait bien la Sentine. C'est là qu'il était né.

Il finit par atteindre sa destination, une maison ronde en pierre à deux étages, au toit de chaume récent et aux murs soigneusement chaulés. Gwenca pouvait se permettre d'entretenir sa maison close en bon état parce qu'elle satisfaisait les besoins d'une clientèle de rang plus élevé que celui de simples marins. Il s'arrêta à sa porte, libéra son aura, puis entra dans la taverne, au rez-de-chaussée. Disposées autour de l'escalier en colimaçon central, des tables en bois étaient posées sur de la paille fraîche. Un feu de tourbe couvait dans la cheminée pour réchauffer la pièce, car les jeunes femmes assises sur des bancs rembourrés étaient nues ou ne portaient que des chemises vaporeuses de Bardek. Une blonde vêtue uniquement d'un carré de soie noir noué autour des hanches accourut. Ses yeux bleus étaient entourés de khôl de Bardek, et ses longs cheveux blonds sentaient la rose.

« Cela fait bien longtemps que nous ne vous avons pas vu, Sarco, dit-elle. En avez-vous ?

— Oui, mais votre maîtresse est la seule qui vous en donnera. »

Une goutte de sueur coula entre ses seins. Il tendit le bras et l'essuya du revers de sa main qu'il laissa traîner. Elle eut un sourire affecté et se rapprocha de lui.

« Où est Gwenca ?

— Dans la cave, mais vous ne pouvez pas m'en donner un peu maintenant ? Vous pourrez venir pêcher dans mon seau si vous m'en donnez.

— Je ne vous donnerai rien tant que votre maîtresse ne l'aura pas ordonné. »

Le tavernier déplaça deux barriques de bière de la courbe du mur et tira la trappe pour le laisser descendre dans ce qui ressemblait à une cave ordinaire. Des fûts de bière et d'hydromel abondaient ; des jambons étaient pendus au plafond au milieu de filets d'oignons. Mais de l'autre côté de la pièce, il y avait une porte, et lorsqu'il frappa, une voix féminine râpeuse lui demanda d'un ton brusque qui il était.

« Sarcyn, de retour de Bardek. »

Sur cette réponse, la porte s'ouvrit et Gwenca lui sourit. Âgée d'environ cinquante ans, il s'agissait d'une femme corpulente aux cheveux teints au henné qui avait un filet de rides et des poches sous ses yeux marron. À chaque doigt, elle portait un anneau orné de pierreries et autour du cou, une chaîne avec une amulette bleu et argent destinée à la protéger contre le mauvais œil. Sarcyn sourit intérieurement ; elle ne le connaissait qu'à titre de trafiquant de drogue et ne se doutait absolument pas qu'il était précisément le genre de personne capable de jeter le mauvais œil.

« Entrez, beau jeune homme. Je suppose que vous avez quelque chose à me proposer.

— C'est exactement ça, et c'est de la marchandise de bonne qualité. »

Les appartements privés de Gwenca étaient mal aérés et étouffants. Même s'il y avait des orifices près du plafond, la pièce puait le parfum et la fumée d'opium, comme si les tentures et les coussins exhalaient cette odeur. Gwenca s'assit à une petite table dans laquelle était incrustée une spirale de verre aux couleurs éclatantes rouge et bleu, et le regarda déboucler son ceinturon, le poser à portée de main sur une chaise et retirer sa chemise par-dessus tête. Suspendues en bandoulière autour de son cou telles des sacoches de selle, il portait deux bourses en cuir plates. Il les retira et les posa en les agitant devant elle.

« Cinq pièces d'argent par tablette. Vous comprendrez pourquoi lorsque vous les ouvrirez. »

De ses doigts avides, elle délia les bourses et en sortit une première tablette, qui mesurait près de sept centimètres et demi de longueur sur cinq de large. Elle retira le parchemin huilé et renifla l'opium noir et lisse.

« Il m'a l'air fameux, commenta-t-elle. Mais je ne dirai rien avant d'en avoir fumé un peu. »

Une chandelle posée sur la table brûlait près d'une

longue pipe en terre blanche et d'une pile d'éclats de bois. Elle émietta une petite quantité d'opium avec son poignard de table, en bourra la pipe, puis alluma un morceau de bois. Elle passa la flamme d'abord sur le fourneau, puis alluma l'opium collant en aspirant par le tuyau. La première bouffée la fit tousser mais elle continua d'aspirer la fumée.

« C'est exquis, dit-elle en recrachant une bouffée accompagnée d'une autre quinte de toux. Quel prix vous me faites si j'achète dix tablettes ?

— Cinquante pièces d'argent.

— Quoi ? Vous ne me faites pas de réduction du tout ?

— Rien.

— Eh bien, je n'en achèterai peut-être pas. »

Il se contenta de sourire, attendant sa réaction.

« Vous êtes dur en affaire, Sarco. » Avec réticence, elle reposa la pipe. « Je vais aller chercher l'argent. »

Pendant que Sarcyn comptait les tablettes, elle disparut dans une autre chambre, puis revint avec les lourdes pièces d'argent.

« Voulez-vous profiter d'une de mes filles tant que vous êtes ici ? » Elle lui remit l'argent. « Gratuitement, bien sûr.

— Merci, mais je ne peux pas. J'ai d'autres affaires à régler.

— Revenez ce soir si vous voulez.

— Eh bien, j'accepte alors. La blonde avec du khôl autour des yeux... dites-lui d'être prête. Vous rappellerez-vous le prix que vous avez fixé ? »

Le visage de Gwenca s'illumina d'un sourire édenté.

« Parce que vous allez vous en souvenir ? Euh. Quelqu'un m'a dit que vous préfériez les garçons. M'ont-ils menti ?

— Qu'est-ce que cela vous fait ?

— Rien. C'était par pure curiosité. De quel genre

êtes-vous alors, seriez-vous comme certains marchands de Bardek, qui jouent aux dés des deux mains et s'amusent ainsi d'autant plus ? »

Sarcyn la regarda droit dans les yeux.

« Vieille femme, vous allez trop loin. »

Gwenca tressaillit et se recula. Pendant que Sarcyn finissait de se rhabiller, elle se recroquevilla sur sa chaise et tripota son amulette.

Lorsqu'il quitta la Sentine, Sarcyn remonta la rivière, évitant les rues principales à chaque fois que cela lui fut possible. Même si, pour éviter d'attirer l'attention, il était descendu dans une auberge située dans un autre quartier pauvre de la ville, il refusait de se loger où que ce soit près de la Sentine, qui renfermait trop de souvenirs douloureux pour lui. Sa mère avait été une prostituée de luxe dans une maison close ressemblant beaucoup à celle de Gwenca. Après être tombée enceinte à maintes reprises, sur un coup de tête, elle avait eu finalement deux enfants, Sarcyn et sa sœur cadette, Évy. Leur mère, tour à tour, les avait gâtés ou ignorés, jusqu'à ce qu'elle se fasse étrangler par un marin ivre. Sarcyn avait alors sept ans et Évy trois. Le propriétaire du bordel les avait mis à la porte à coups de pied, et ils avaient vécu dans la rue comme des mendiants pendant des mois, dormant sous les chariots ou dans des fûts de bière cassés, se faisant offrir ce qu'ils pouvaient et se battant pour empêcher les garçons plus grands qu'eux de leur voler ce qu'ils avaient trouvé à manger.

Puis un jour, un marchand bien habillé s'était arrêté pour leur donner une pièce et leur avait demandé pourquoi ils mendiaient. Lorsque Sarcyn lui avait répondu, il leur avait donné quelques pièces supplémentaires et ce jour-là, leurs ventres furent rassasiés pour la première fois depuis des mois. Naturellement, Sarcyn s'était mis à guetter cet homme généreux. Chaque fois qu'il avait vu Alastyr, celui-ci lui avait donné des pièces et s'était arrêté pour discuter avec eux. Bien que Sarcyn fût devenu un rat de gouttière à la sagesse prématurée, lentement, Alastyr avait gagné sa confiance. Lorsque le marchand leur avait proposé de venir habiter chez lui, ils avaient pleuré de reconnaissance.

Pendant un certain temps, Alastyr les avait traités gentiment, quoique avec distance. Ils avaient reçu de beaux habits, des lits chauds et toute la nourriture qu'ils désiraient, mais ils ne voyaient leur bienfaiteur que rarement. Lorsqu'il repensa à quel point il avait été heureux à cette époque, Sarcyn ne ressentit que du dégoût pour l'innocent petit idiot qu'il avait été. Une nuit, Alastyr était venu dans sa chambre à coucher, l'avait amadoué d'abord de promesses et de caresses, puis violé froidement. Il se rappela être resté allongé juste après, pelotonné sur son lit, pleurant de honte et de douleur. Bien qu'il ait songé à s'enfuir, ils n'avaient nulle part où aller hormis les rues froides et crasseuses de la ville. Nuit après nuit, il avait enduré le désir sexuel du marchand, sa seule consolation étant qu'Alastyr ne s'intéressait pas à sa sœur. D'une manière ou d'une autre.

Puis, ils étaient partis vivre à Bardek et Alastyr avait reporté son attention sur sa sœur également, en particulier dès que Sarcyn avait atteint l'âge de la puberté et était devenu moins intéressant pour lui, en tout cas dans un lit. L'année où la voix de Sarcyn avait mué, Alastyr l'avait affecté à des travaux de dweomer noir, par exemple en le forçant à aller sur le plan astral sous son contrôle ou en l'hypnotisant si minutieusement que Sarcyn n'avait aucune idée de ce qu'il avait fait lors de ses transes. En contrepartie, Alastyr lui avait offert une sorte de récompense : il lui avait donné des leçons de dweomer noir. En revanche, il n'avait rien enseigné à Évy. Lorsqu'elle avait atteint l'âge de la puberté, Alastyr l'avait vendue à une maison close.

Séparé de sa sœur qui était tout ce qui lui restait de

son ancienne existence, Sarcyn s'était dévoué au dweomer noir : c'était toute sa vie. Dans sa tête, il avait enduré les premières étapes d'un pénible apprentissage afin de se montrer digne du dweomer noir. Et c'est ainsi qu'il était toujours lié à Alastyr, même si Sarcyn le détestait tant que parfois, il avait des envies de meurtre et faisait de longs rêves fourmillant de détails. Cela valait le coup de supporter son maître pour acquérir la connaissance. Au moins, à Cerrmor, il était débarrassé d'Alastyr pour quelques jours, pendant qu'il vendait ses produits. Le maître ne restait jamais longtemps à Cerrmor ; il y avait trop de gens qui pouvaient le reconnaître.

En rentrant à son auberge, la route qu'il emprunta le conduisit sur l'une des nombreuses places de la ville. Même si ce n'était pas jour de marché, une foule assez importante s'était rassemblée autour d'une tribune improvisée, faite de planches posées sur des fûts de bière. Sur l'estrade, il y avait un homme grand et svelte, aux yeux gris et aux cheveux blonds, les plus blonds que Sarcyn ait vus de toute sa vie. C'était un très bel homme, aux traits réguliers presque féminins. Sarcyn resta pour le regarder. D'un grand geste du bras, l'étranger tira un foulard de soie de la manche de sa chemise, le secoua et le fit disparaître en l'air. La foule l'acclama.

« Bienvenue, chers citoyens. Je suis un charlatan, un ménestrel itinérant, un conteur qui ne vend que des mensonges, des plaisanteries et des fanfreluches. Je suis, en deux mots, un *gerthddyn*, venu vous emmener, pour quelques heures agréables, au pays qui n'exista jamais et n'existera jamais. » Il fit réapparaître le foulard, puis le fit disparaître à nouveau. « Je viens d'Eldidd, et vous pouvez m'appeler Salamander, car mon vrai nom est si long que vous ne vous en souviendriez jamais. »

Riant, la foule lui jeta quelques pièces. Sarcyn songea à reprendre son chemin, parce que ce genre de bêtises n'avait rien à offrir à un homme tel que lui, qui connaissait les vraies ténèbres de ce monde. Mais le gerthddyn avait l'air d'être un excellent conteur. Lorsqu'il se lança dans le récit d'une aventure du Roi Bran affrontant un puissant mage de l'Époque de l'Aube, la foule resta fascinée. Il joua tous les personnages, sa voix prenant des inflexions mélodieuses pour une belle vierge, féroces pour le méchant sorcier, tonitruantes pour le puissant Roi Bran. Il entrecoupa par instants son récit de chansons, faisant retentir sa voix limpide de ténor. Lorsqu'il s'arrêta au milieu de son récit, prétextant la fatigue, les pièces plurent pour raviver son esprit essoufflé.

Même s'il se sentait idiot de le faire, Sarcyn apprécia ainsi chaque minute du spectacle. Il s'amusait pour des raisons qui lui étaient propres. Chaque fois que la foule frémissait d'une peur délectable devant les abominables méfaits du méchant mage, Sarcyn riait intérieurement. Tout ce massacre gratuit et ces machinations ridicules pour blesser inutilement les gens n'avaient pas de place dans le dweomer noir. Pas une seule fois le récit n'aborda le vrai fond de cet art : avoir la maîtrise de soi-même. D'abord, un homme apprenait à se dominer jusqu'à ce qu'il devienne aussi froid et dur qu'une barre de fer, puis il utilisait cette volonté de fer pour arracher les secrets qu'il souhaitait des griffes d'un monde hostile. Parfois, il était vrai que d'autres personnes mouraient ou étaient brisées, mais c'étaient des faibles et ils le méritaient. Leur douleur n'était que secondaire, et non l'essentiel du problème.

Enfin, le gerthddyn termina son histoire, et l'extinction de sa voix indiqua la raison pour laquelle il refusa d'en entamer un autre, malgré l'insistance de la foule. Lorsque celle-ci se dissipa, le gerthddyn sauta de son perchoir et s'éloigna. Sarcyn se fraya un chemin jusqu'à lui et pressa une pièce d'argent dans la main de Salamander.

« C'était le récit le mieux raconté que j'aie jamais entendu. Puis-je vous offrir une chope de bière ? Vous avez besoin de boire quelque chose pour soulager votre gorge.

— Oui, effectivement. » Salamander l'observa un moment, puis lui adressa un léger sourire. « Mais hélas, je ne peux accepter votre très généreuse proposition. Une fille, voyez-vous, m'attend en ce moment même. »

Il y avait juste assez d'insistance sur le mot « fille » pour faire passer un message clair sans manquer de courtoisie.

« Très bien, alors, répondit Sarcyn, je vais reprendre ma route. »

Lorsqu'il repartit, Sarcyn était plus inquiet que déçu. Soit le gerthddyn était exceptionnellement perspicace, soit Sarcyn avait montré plus d'intérêt qu'il ne l'avait voulu. Finalement, il décréta qu'un homme sillonnant les routes pour gagner sa vie avait vu suffisamment de choses pour reconnaître une proposition lorsqu'il en entendait une. À la sortie de la place cependant, il s'arrêta un instant pour regarder une dernière fois le beau gerthddyn et vit une foule de créatures du Peuple Sauvage le suivre tandis que celui-ci s'éloignait. Sarcyn resta figé sur place. Même si Salamander semblait ne pas avoir conscience de la présence de ses étranges compagnons, l'intérêt qu'ils lui portaient pouvait bien signifier qu'il avait le dweomer de lumière. *Tu as eu une sacrée chance qu'il ait décliné ton invitation*, se dit-il. Puis il se dépêcha de retourner à son auberge. Il s'assurerait que le gerthddyn ne le revoie plus jamais au cours de son séjour à Cermor.

Le lendemain matin, le temps se dégagea et le soleil du printemps darda ses rayons puissants sur le port.

Posté sur la dunette du marchand de Bardek qu'il transportait, Élaeno, le capitaine du bateau, se demandait comment les barbares pouvaient supporter de porter des pantalons en laine par ce temps. Même s'il était lui-même vêtu d'une simple tunique en lin et de sandales, la chaleur était d'une moiteur étouffante. Sur son île natale d'Orystinna, les jours d'été étaient très secs et plus faciles à supporter. En dessous, sur le pont principal, l'équipe de débardeurs de Cerrmor travaillait torse nu. À côté, Masupo, le marchand qui avait loué son bateau pour cette traversée, vérifiait chacune de ses barriques et balles de marchandises. Certaines d'entre elles contenaient de délicats objets en verre, fabriqués spécialement pour les nobles barbares.

« Monsieur ? appela le second d'Élaeno. Les douaniers veulent vous parler.

— J'arrive. »

Sur l'embarcadère en bois attendaient trois Deverriens blonds aux yeux bleus, aussi difficiles à distinguer que la plupart des barbares de Cerrmor. Lorsque Élaeno s'approcha, ils parurent très surpris, puis composèrent soigneusement des expressions polies sur leurs visages. Il en avait l'habitude, parce qu'il suscitait ces regards surpris, même dans la plupart des îles que les Deverriens avaient mises dans le même sac sous le nom de Bardek. Comme beaucoup de ses compatriotes, il était solidement bâti, mesurant plus de deux mètres de haut, et sa peau d'un noir intense tirait sur le bleu, non sur l'un des divers tons classiques de marron.

« Bonjour, Capitaine, dit l'un des barbares. Je m'appelle Sire Merryn, responsable des douanes au service de Sa Grâce, le Gwerbret Ladoïc de Cerrmor.

— Bien le bonjour à vous, Monseigneur. Qu'attendez-vous de moi ?

— La permission de fouiller votre bateau une fois que la cargaison aura été déchargée. Je réalise que c'est assez outrageant, mais nous avons un sérieux problème de contrebandes portant sur un certain type de marchandises. Si vous le souhaitez, nous pouvons exempter votre bateau, mais dans ce cas, ni vous, ni aucun de vos hommes ne pourrez descendre à terre.

— Je n'ai rien contre cela. Je parie que Sa Seigneurie veut parler d'opium et de poisons, et je refuse d'avoir affaire à ce type de commerce immonde.

— Très bien alors, et merci beaucoup. C'est également mon devoir de vous avertir que si vous avez des esclaves à bord, nous ne les chasserons pas pour vous s'ils cherchent à devenir libres.

— Les habitants de mon île n'ont pas d'esclaves. » Élaeno entendit le grognement qu'il avait laissé échapper. « Je m'excuse, Sire. C'est un sujet délicat pour nous, mais naturellement, vous ne pouviez pas le savoir.

— Non, effectivement. Je m'en excuse, Capitaine. » Les deux autres douaniers semblaient profondément embarrassés. Élaeno lui-même se sentit mal à l'aise. Il était aussi mauvais qu'eux, il le savait, à toujours classer tous les étrangers dans la même catégorie, dès qu'il ne prenait plus garde à mettre de côté ses préjugés.

« Je dois vous complimenter pour votre maîtrise de notre langue, dit Merryn au bout d'un moment.

— Je vous remercie. J'ai appris à la parler tout petit, vous comprenez. Ma famille avait pris en pension un herboriste de Deverry, qui était venu faire des études avec nos médecins. Puisque nous travaillions dans le commerce, mon père voulait que tous ses enfants parlent bien le Deverrien, et le vieil homme nous a donné des leçons en échange du gîte et du couvert.

— Ah, je vois. Cela semble avoir été un bon marché.

— Oui, effectivement. » Et ce disant, Élaeno pensa que ce marché avait été bien meilleur que ce que ces hommes pouvaient soupçonner.

Une fois les marchandises déchargées sur l'embarcadère, une équipe de douaniers les inspecta et discuta avec Masupo des taxes qu'il devrait payer pendant qu'une deuxième équipe passait chaque centimètre du bateau au peigne fin. Élaeno resta sur la dunette, appuyé confortablement contre le garde-fou, et regarda le soleil briller sur la houle modérée de l'océan. Comme l'eau était l'élément qui lui convenait le mieux, il contacta facilement l'esprit de Persaunn et entendit le vieil homme lui répondre mentalement qu'il lui faudrait un certain temps avant de trouver un point de focalisation. Peu de temps après, l'image du visage de Persaunn apparut au-dessus de l'eau.

« Alors, dit-il mentalement à Élaeno, *tu es à Deverry ?*

— *Oui, à Cerrmor. Nous resterons à quai une quinzaine de jours, probablement.*

— *Très bien. Je suis en route pour Cerrmor actuellement. J'arriverai dans quelques jours. Ma lettre t'est-elle parvenue avant ton départ ?*

— *Oui, et ce fut une bien sinistre nouvelle. J'ai mené mon enquête dans divers ports, et j'ai quelques informations à vous donner.*

— Magnifique, mais pas maintenant. Nous pourrions être espionnés.

— Vraiment ? Eh bien, on se voit dès que vous serez arrivé ici. Je vis à bord de mon bateau lorsque nous sommes à quai.

— Très bien. Oh, au fait, Salamander est à Cerrmor. Il est descendu dans une auberge appelée le Perroquet Bleu, un nom assez pertinent, je crois.

— *La Pie qui Jacasse aurait été plus appropriée. Grands dieux, c'est difficile de croire que ce garçon a de vrais pouvoirs dweomériques.*

— *Eh bien, qu'attendais-tu du fils d'un elfe barde ?*

Et notre Ébañy a son utilité, qu'il soit un enfant difficile ou non. »

L'image de Persaunn disparut en un clin d'œil. Les mains serrées derrière le dos, Élaeno arpenta la dunette. Si Persaunn redoutait la présence d'espions, c'est que la situation devait vraiment être grave. Il se mit en colère, comme il le faisait toujours lorsqu'il pensait au dweomer noir. Il éprouverait un réel plaisir à poser ses grosses mains autour du cou d'un de ces magiciens fous, un de ces jours, mais naturellement, il valait mieux les combattre avec des armes plus subtiles.

Trois jours plus tard, Sarcyn rôdait à l'extérieur d'une taverne, juste à l'entrée de la Sentine. Son aura resserrée autour de lui, il était adossé au bâtiment et attendait le messager. Il ne disait jamais aux divers hommes qui faisaient entrer illégalement des drogues et des poisons dans Deverry où il logeait réellement à Cerrmor ; ils savaient qu'ils pouvaient le trouver ici, et après, il les emmenait dans un lieu sûr pour leur transaction. Quelques minutes plus tard, il aperçut la silhouette corpulente de Dryn longeant l'étroite rue. Sarcyn était sur le point de libérer son aura et de révéler sa présence lorsque six gardes de la ville surgirent d'une ruelle et cernèrent le marchand.

« Arrêtez ! aboya l'un d'entre eux. Au nom du gwerbret !

— Qu'est-ce qui se passe, mon bon garde ? » Dryn essaya de sourire.

« Vous le saurez au corps de garde. »

Sarcyn n'attendit pas d'en entendre davantage. Il contourna la taverne, puis se faufila rapidement dans le dédale de la Sentine. Il descendit les ruelles, se glissa entre les bâtiments, entra par la porte principale dans la maison de Gwenca et sortit par l'issue de derrière, serpenta jusqu'à ce qu'il eût traversé la Sentine et en fût ressorti par le côté nord, puis se dirigea vers son auberge. Il ne doutait pas que Dryn révélerait tout ce qu'il savait pour essayer de sauver sa vie.

Mais longtemps avant que les gardes aient pu soutirer son nom et sa description au marchand, Sarcyn avait déjà franchi les portes de la cité et avait pris la direction du nord pour se mettre en lieu sûr.

Dans sa chambre de justice, le Gwerbret Ladoïc tenait une audience publique. Assis à une table d'ébène polie, sous la bannière ornée du bateau symbolisant son *rhan*, il tenait l'épée en or de cérémonie posée devant lui. Des prêtres de Bel étaient assis de part et d'autre de son siège. Les témoins se tenaient à sa droite, Sire Merryn, trois gardes de la ville, Persaunn et Élaeno. Devant lui étaient agenouillés l'accusé, le marchand d'épices Dryn, et Édycl, le capitaine du bateau de marchandises *la Brillante Étoile*. Le gwerbret était adossé à son fauteuil et se frottait le menton pendant qu'il réfléchissait aux témoignages qui avaient été faits devant lui. À trente ans, Ladoïc était un homme impressionnant, de grande taille et musclé, aux yeux gris d'acier et aux hautes pommettes communes aux hommes du Sud.

« La preuve est assez évidente, dit-il. Dryn, vous avez abordé l'herboriste et lui avez proposé de lui vendre des marchandises prohibées. Heureusement, Persaunn est un homme honorable et en a parlé à Élaeno, qui a immédiatement contacté le chef des douanes.

— Je n'ai pas abordé ce maudit vieil homme, Votre Grâce, s'écria Dryn d'un ton brusque. C'est lui qui m'a fait des allusions.

— C'est possible, en effet, mais cela ne changerait rien si c'était vrai. Pouvez-vous vraiment nier que les gardes de la cité ont trouvé quatre sortes de poisons sur vous lorsqu'ils vous ont arrêté ? »

Dryn se voûta et regarda le sol d'un air malheureux.

« Quant à vous, Édycl. » Le gwerbret braqua ses yeux

froids sur lui. « C'est très bien de prétendre que c'est Dryn qui a chargé votre bateau de ses herbes immondes à votre insu, mais pourquoi les douaniers ont-ils trouvé une cachette d'opium dans les murs de votre cabine privée ? »

Édycl tremblait de tous ses membres, et de la sueur coulait sur son front.

« J'avoue, Votre Grâce. Vous n'avez pas besoin de me torturer, Seigneur. C'était pour l'argent. Il m'a offert tant d'argent, alors que mon bateau avait besoin d'être réparé, alors, j'ai...

— Cela suffit. » Ladoïc se tourna vers le prêtre. « Votre Sainteté ? »

Le prêtre âgé se leva et s'éclaircit la gorge, puis récita les lois en regardant dans le vide.

« Les poisons sont une abomination pour les dieux. Pourquoi ? Parce qu'ils ne peuvent être utilisés que pour tuer, jamais pour se défendre, et donc personne ne serait désireux de les utiliser à moins d'avoir des idées de meurtre. Par conséquent, que ces substances soient prohibées dans notre royaume. Passage des Édits du Roi Cynan, An de Grâce 1048. » Il s'éclaircit une nouvelle fois la gorge. « Quelle punition attend le contrebandier de poisons ? Celle qui sied le mieux est que le trafiquant avale lui-même un de ses produits. Jurisprudence de Mabyn, grand prêtre de Dun Deverry. »

Lorsque le prêtre se rassit, Dryn se mit à pleurer et ses larmes coulèrent silencieusement le long de ses joues. Persaunn était désolé pour lui ; ce n'était pas un mauvais homme, juste un individu cupide qui avait été corrompu par le vrai mal. Le problème, toutefois, ne relevait plus de lui. Ladoïc saisit l'épée dorée et la brandit la pointe vers le haut.

« Les lois ont parlé. Dryn, par acte de miséricorde, vous pourrez choisir le poison le moins douloureux de votre réserve. Quant à vous, Édycl, on m'a dit que vous aviez quatre enfants en bas âge et que, effectivement, la pauvreté vous a poussé à accepter ce marché. Vous recevrez vingt coups de fouet sur la place publique. »

Dryn leva la tête, puis craqua, sanglotant tout haut, se balançant de côté comme s'il sentait déjà le poison le ronger. Un garde s'avança, le fit taire d'une gifle puis le tira pour qu'il se lève. Ladoïc se leva et frappa le pommeau de son épée sur la table.

« Le gwerbret a parlé. L'audience est terminée. »

Les gardes emmenèrent Dryn mais laissèrent Édycl recroquevillé aux pieds du gwerbret. Rapidement, la salle se vida jusqu'à ce qu'il ne reste que Persaunn et Élaeno avec le seigneur et son prisonnier. Ladoïc regarda Édycl comme s'il contemplait un déchet jeté sur les pavés.

« Vingt coups de fouet peuvent tuer un homme, remarqua-t-il sur le ton de la conversation. Mais si vous dites à ces gentilshommes ce qu'ils veulent entendre, je réduirai votre peine à dix coups de fouet.

— Merci, Votre Grâce, oh, grands dieux, merci. Je leur dirai tout ce que je peux.

— L'an dernier, vous avez passé l'hiver à Orystinna, dit Élaeno. Après avoir fait une dernière traversée tardive. Pourquoi ?

— Eh bien, en y repensant, ce fut une bien étrange affaire. « Édycl fronça les sourcils, pensif. » Il était tard, effectivement, et je songeais à placer *la Brillante Étoile* en cale sèche lorsque cet homme de Bardek m'a abordé et m'a raconté qu'un de ses amis, un homme très riche, devait aller à Myleton avant l'hiver. Il m'a offert une très grosse somme d'argent pour que je les emmène, suffisante pour faire un profit important même malgré les dépenses occasionnées par un séjour à Bardek, aussi ai-je accepté. J'ai passé l'hiver à Orystinna parce que c'est moins cher qu'à Myleton.

— Je vois. À quoi ressemblaient ces hommes ?

— Eh bien, celui qui m'a abordé était un homme

typique de Myleton, au teint pâle, et son maquillage facial le marquait comme étant un membre de la Maison Onodanna. L'autre type était un Deverrien. Il s'appelait Procyr, mais je ne pense pas qu'il m'ait donné son vrai nom. Il avait quelque chose qui me donnait la chair de poule, mais j'ignore ce que c'était, parce qu'il avait une élocution soignée et n'était pas dérangeant. Il est resté dans sa cabine la plupart du temps, parce que c'était une rude traversée, et je parie qu'il a été malade comme un cochon pendant tout le voyage.

— À quoi ressemblait ce Procyr ? demanda Persaunn.

— Eh bien, bon Monsieur, je n'en suis pas certain. Il fait froid en mer à cette époque de l'année, et chaque fois qu'il était sur le pont, il était emmitouflé dans une cape à capuche. Néanmoins, il avait la cinquantaine, dirais-je, c'était un homme costaud, aux cheveux gris, avec des lèvres plutôt fines, et des yeux bleus. Par contre, je me souviens très bien de sa voix. Elle était assez mielleuse, et trop douce pour un homme. Elle m'a donné la chair de poule.

— Sans aucun doute, marmonna Persaunn. Eh bien, nous y voilà, Votre Grâce. Élaeno et moi sommes plus que certains que l'homme que vient de décrire Édycl joue un rôle très important dans le commerce de poisons.

— Alors, j'ouvrirai l'œil pour le trouver, répondit Ladoïc. Ou plutôt, compte tenu de sa voix, j'ouvrirai grand mes oreilles. »

Évidemment, le supposé Procyr était susceptible d'être plus qu'un simple trafiquant de poisons. Persaunn était quasiment certain qu'il devait être le maître de dweomer noir qui avait provoqué la guerre de Loddlaen l'été dernier et qui semblait déterminé à tuer Rhodry. Lorsqu'il y réfléchit, il se demanda pourquoi, peut-être pour la millième fois.

Salamander, ou Ébañy Salomonderiel tranDevaberiel, pour lui donner son nom elfique entier, logeait dans une des auberges les plus chères de Cerrmor. Sa chambre de réception était spacieuse, dotée de tapis de Bardek posés sur un parquet poli, de chaises à moitié rondes matelassées et de fenêtres vitrées. Lorsque ses visiteurs arrivèrent, il leur servit de l'hydromel puisé d'un flacon d'argent dans des coupes de verre. Élaeno et Persaunn regardèrent tous les deux autour d'eux d'un air revêche.

« J'en conclus que tes histoires paient bien ces derniers jours, commenta Persaunn.

— Oui, en effet. Je sais que vous désapprouvez toujours mon humble personne pour ses goûts qu'il faut reconnaître comme étant vulgaires, grossiers, extravagants et frivoles, mais je n'y vois aucun mal.

— Il n'y en a pas. C'est juste que cela n'apporte rien de bien non plus. Bon, cela ne me regarde pas. Je ne suis pas ton maître.

— Exactement, même si, sincèrement, j'aurais été plus qu'honoré, au-delà de mon mérite, d'avoir été votre apprenti.

— Tu as entièrement raison, intervint Élaeno. Je veux dire, que c'est bien plus que ce que tu mérites. »

Salamander se contenta de sourire. Il aimait plaisanter avec le colosse bardékien, même s'il doutait que Élaeno aimât autant ce jeu que lui.

« Je sais que mes talents sont modestes, répondit Salamander. Mais bon, si j'avais le pouvoir du Maître de l'Éther, je serais aussi dévoué que lui. Hélas, les dieux ont cru bon de ne me donner qu'un goût éphémère du dweomer avant de retirer brutalement de mes lèvres cette coupe douce comme le miel.

— Ce n'est pas exactement vrai, répliqua Persaunn.

Valandario m'a dit que tu pouvais aisément faire des progrès – si seulement tu faisais des efforts. »

Salamander tressaillit. Il n'avait pas réalisé que sa maîtresse avait dit tant de choses au vieil homme.

« Mais tout cela n'a aucun rapport avec ce qui nous intéresse maintenant, poursuivit Persaunn. Ce que je veux savoir, c'est pourquoi tu es à Deverry.

— La vraie question est : pourquoi ne serais-je pas à Deverry ? J'adore vagabonder dans le pays de ma mère. Il y a toujours quelque chose à voir sur les routes, et puis, je suis loin, très loin de mon estimé père, qui est toujours en train de me réprimander dans la prose la plus parfaite pour une erreur ou une autre, à la fois réelle et imaginaire.

— Le plus souvent réelle, dirais-je, marmonna Élaeno.

— Oh, assurément. Mais si je peux rendre service à l'un de vous, vous n'avez qu'à me le demander.

— Bien, répondit Persaunn, parce que, effectivement, tu peux nous aider. Pour une fois, tes vagabondages peuvent nous être utiles. J'ai toutes les raisons de penser que des maîtres de dweomer noir sont éparpillés aux quatre vents du royaume. Je ne veux pas que tu essaies de te frotter à eux, attention ! Ils sont beaucoup trop puissants pour cela. Mais ils subviennent à leurs besoins en faisant entrer en contrebande des drogues et des poisons. Je veux savoir où ces produits sont vendus. Si nous pouvons démanteler ce commerce répugnant, cela nuira sérieusement à nos ennemis. Après tout, ils doivent manger comme les autres – plus ou moins comme les autres, en tout cas. Je veux que tu sois sans cesse aux aguets, en quête de signes de ce commerce impie. Un gerthddyn est bien accueilli où qu'il aille. Tu n'auras qu'à tendre l'oreille.

— Oui, ça, je peux le faire. Je serais heureux de plonger mon long nez d'elfe dans cette affaire pour vous.

— Ne le plonge pas trop profondément, il ne faudrait pas qu'on te le coupe, plaisanta Élaeno. Rappelle-toi bien que ces hommes sont dangereux.

— Très bien alors. Je serai la prudence même, et déploierai ruses, pièges et tromperies. »

À environ quatre lieues à l'est de Dun Deverry vivait une femme du nom d'Anghariad, qui avait été mise en retraite sur un petit lopin de terre après de nombreuses années de service à la cour du Roi. Aucun de ses voisins ne savait avec certitude ce qu'elle faisait réellement là, parce qu'elle était du genre peu bavarde, mais les gens disaient d'ordinaire qu'elle était une sage-femme doublée d'une herboriste, parce qu'elle connaissait bien les plantes. Souvent, les villageois lui donnaient des poules et d'autres produits en échange de ses soins au lieu de faire le long et pénible trajet jusqu'à la cité pour aller chez l'apothicaire. Toutefois, lorsqu'ils allaient la voir, ils croisaient habituellement leurs doigts en signe de superstition, parce qu'il y avait quelque chose d'étrange chez cette vieille femme aux joues creuses et aux yeux noir luisant.

Apparemment, les nobles non plus n'avaient pas oublié la femme qui les avait jadis servis. Il était fréquent de voir une paire de chevaux élégants aux harnachements peu discrets attachés devant sa chaumière, ou encore une noble dame en personne, en train de parler longuement avec Anghariad dans son jardin. Les villageois se demandaient ce que les nobles pouvaient bien avoir à dire à la vieille femme. S'ils avaient su, ils auraient été épouvantés. Pour les fermiers, dont chaque enfant représentait une précieuse paire de mains pour travailler la terre, l'idée même d'avortement était repoussante.

Mais outre ses potions abortives, Anghariad avait d'autres marchandises étranges à vendre aux clients intéressés. Cet après-midi-là, elle fut extrêmement mécontente du peu de produits que Sarcyn avait à lui proposer pour réapprovisionner ses réserves.

« Je n'y peux rien, expliqua-t-il. L'un de nos coursiers s'est fait prendre avec toutes ses marchandises à Cerrmor. Estimez-vous heureuse d'avoir déjà un peu d'opium. »

La vieille femme ramassa la tablette noire et la raya avec son ongle, puis examina attentivement la manière dont elle s'effritait.

« Je préfère lorsqu'il est mieux raffiné que ça, lança-t-elle d'un ton brusque. Les nobles ont des goûts plus difficiles à satisfaire encore que les ivrognes invétérés de Bardek.

— Je vous l'ai dit : estimez-vous heureuse d'en avoir tout court. Maintenant, si vous me faites une faveur, je vous donne cet opium gratuitement. »

Soudain, la vieille femme fut tout sourires et l'écouta attentivement.

« Je connais l'identité de certains de vos clients réguliers. » Sarcyn s'approcha d'elle. « Et l'un d'eux m'intéresse particulièrement. Je voudrais le rencontrer. Annoncez à Sire Camdel que vous avez été livrée et dites-lui de venir seul ici. »

« Oh grands dieux, grommela Rhodry. Pour une fois que l'on trouve une taverne servant de l'hydromel décent, tu m'annonces qu'on ne peut pas se permettre d'en commander.

— Eh bien, répondit Jill, si tu n'étais pas aussi fier et avais accepté cet emploi de garde de caravane...

— Ce n'est pas juste une question de fierté ! C'est aussi une question d'honneur. »

Jill roula les yeux vers le ciel pour demander aux dieux de témoigner de son entêtement, puis laissa tomber le sujet. En vérité, il leur restait une jolie somme d'argent après l'hiver, mais elle n'avait pas l'intention de le mettre au courant. Il était simplement comme son père, dépensant leur argent en boisson ou en aumônes aux mendiants sans jamais penser à ce qui pouvait les attendre sur la longue route. Tout comme elle l'avait fait avec Cullyn, elle faisait donc croire à Rhodry qu'ils étaient désargentés comme des mendiants.

« Si tu dépenses notre argent pour de l'hydromel maintenant, lui dit-elle, comment allons-nous faire lorsque nous reprendrons la route affamés, sans même avoir un sou pour nous acheter du pain ? Je parie que le souvenir de l'hydromel te laissera alors un goût suffisamment amer.

— Oh, vraiment ! Je vais chercher de la bière. »

Elle lui remit quatre sous, et il partit chercher leurs verres. Ils se trouvaient dans la taverne de l'auberge la moins chère de Dun Aedyn, une ville commerçante prospère perdue au milieu des terres cultivées les plus riches de tout le royaume. Lorsqu'ils avaient quitté Cerrmor, ils étaient venus ici parce qu'ils avaient entendu parler d'une querelle familiale opposant le seigneur de la ville et un de ses voisins, mais malheureusement, elle avait été réglée par le gwerbret du coin avant qu'ils n'arrivent. Dun Aedyn représentait un enjeu trop important dans la stabilité du rhan pour que son suzerain reste les bras croisés et laisse la région se faire dévaster par la guerre. Rhodry revint avec deux chopes, les posa sur la table, puis s'assit à côté d'elle sur un banc.

« Tu sais, dit-elle, nous pourrions aller vers l'est, dans l'Yr Auddglyn. Il est probable que des combats éclateront cet été.

— C'est vrai, et c'est beaucoup plus près que Cerrgonney. Nous pourrions couper par les collines, près de la frontière ? »

Comme la route par là était plus courte que celle du

sud longeant la côte, Jill fut sur le point d'accepter la proposition de Rhodry lorsqu'elle eut soudain l'impression qu'une main invisible lui fermait la bouche pour lui imposer silence. Aveuglément, irrationnellement, elle sut qu'ils devaient se rendre à Dun Mannannan avant d'aller dans l'Auddglyn. *Encore le dweomer, maudit soit-il !* pensa-t-elle. Un moment, elle lutta contre lui, décréta qu'ils feraient tout aussi bien de passer par les collines s'ils le souhaitaient, mais elle savait obstinément et farouchement que quelque chose d'important les attendait à Dun Mannannan.

« As-tu entendu ce que j'ai dit ? demanda Rhodry d'un ton sec.

— Oui. Excuse-moi. Euh, écoute, mon amour. Je voudrais prendre la route qui longe la côte. Je sais qu'elle est plus longue, mais... eh bien... il y a quelque chose que je voudrais demander à Otho l'orfèvre.

— Très bien, alors. Mais aurons-nous assez d'argent pour prendre la route la plus longue ?

— Oui, si tu acceptes d'escorter cette caravane. Ils vont sur la côte. » Elle posa ses mains sur ses épaules et lui sourit en le regardant au fond des yeux. « S'il te plaît, mon amour ?

— Je ne veux pas le faire. »

Elle mit fin à ses ronchonnements en l'embrassant.

« Oh, très bien, dit-il en soupirant, je vais aller voir ce marchand tout de suite. »

Lorsqu'il fut parti, Jill sirota sa bière et s'interrogea sur l'étrange pensée qui s'était immiscée dans son esprit. Elle se demanda également pourquoi elle y avait cédé, mais cette réponse était simple à trouver : par simple curiosité. S'ils n'allaient pas à Dun Mannannan, elle se demanderait toujours ce qui se serait passé.

Comme Sa Majesté le Roi aurait été furieuse de découvrir que ses nobles serviteurs touchaient à de l'opium de Bardek, les rares d'entre eux qui avaient succombé à ce dangereux penchant ne se permettaient jamais de le satisfaire à l'intérieur du dun. Dans la cité de Dun Deverry même, il y avait donc une auberge de luxe dont l'étage était réservé aux nobles clients qui avaient besoin d'une chambre pour des raisons d'ordre privé. Nombreuses étaient les jeunes et jolies filles de la ville à avoir perdu leur vertu dans cette auberge, et nombreuses avaient été les bouffées d'opium qui avaient pollué son air. Pour sa deuxième rencontre avec Sire Camdel, Maître du Bain du Roi, Sarcyn avait loué une chambre dans cette auberge-là.

Le jeune seigneur était à moitié assis, à moitié allongé contre une pile de coussins sur un divan de style bardékien et faisait tournoyer une pipe en terre vide entre ses longs doigts. Âgé d'environ vingt ans, Camdel était mince, avait une épaisse chevelure brune, des yeux bruns très enfoncés et le sourire le plus arrogant que Sarcyn ait jamais vu sur le visage d'un homme. Au cours de leur première rencontre, il avait traité Sarcyn comme un serviteur, claquant des doigts lorsqu'il demandait à boire ou une meilleure chaise.

« Sa Seigneurie semble être le genre de jeune homme ambitieux que nous recherchions, lui dit Sarcyn. Cela pourrait vous être très profitable de vous joindre à nous. »

Hochant légèrement la tête, Camdel leva les yeux, les pupilles dilatées, les paupières lourdes.

« Cela ne me dérangerait pas d'être débarrassé d'Anghariad, répondit Camdel. Ce qu'elle vend est vraiment cher.

— Justement, et si vous vous mettez à revendre la marchandise vous-même, nous vous ferons un bien meilleur prix qu'elle. Je suis sûr que je peux me fier à votre discrétion, Sire.

— Bien sûr. Je me suis jeté dans la gueule du loup, non ? »

Sarcyn sourit, pensant que l'image était des plus pertinentes.

« Mais avant que je n'accepte quoi que ce soit, poursuivit Camdel, j'insiste pour parler à votre supérieur, non plus à un simple messager.

— Bien sûr, Monseigneur. Je n'ai été envoyé ici que pour vérifier si Sa Seigneurie était intéressée. Je vous assure que l'homme qui nous commande s'entretiendra avec vous personnellement. Il arrivera à Dun Deverry dans une semaine.

— Bien. Vous pouvez lui dire qu'il peut arranger une rencontre ici même. »

Sarcyn inclina la tête dans un petit geste d'humilité. Il s'était tracassé pour trouver un moyen de réunir le seigneur et Alastyr. Comme c'était gentil à cet arrogant de Camdel de faire le travail pour lui !

La lente caravane mit quatre jours pour arriver à Dun Mannannan, mais finalement, la longue colonne d'hommes et de mules déboucha petit à petit dans la place publique centrale de la ville, qui servait de place de marché. Lorsque Rhodry eut reçu sa rétribution, Jill et lui emmenèrent leurs chevaux à la petite auberge située près de la rivière dans laquelle ils avaient séjourné l'automne dernier, mais ils découvrirent qu'elle avait brûlé. Quelques poutres carbonisées dépassaient désespérément des ruines, pointant vers le ciel l'endroit où il y avait eu jadis du chaume frais. Une passante leur expliqua spontanément que deux jeunes hommes du coin s'étaient battu et que la bagarre avait pris fin lorsqu'une chandelle était tombée par terre et avait embrasé la paille.

« Oh, la barbe ! répondit Jill. Maintenant, nous allons devoir camper à la belle étoile.

— Quoi ? répondit Rhodry d'un ton brusque. Il y a une auberge parfaitement correcte de l'autre côté de la ville.

— Elle est très chère.

— Je m'en fiche, mon pauvre amour. Après avoir campé au milieu de ces mules puantes, je veux prendre un bain, quoi qu'il nous en coûte. »

Après une courte chamaillerie, elle capitula et ils prirent la direction de l'autre auberge. Un homme corpulent sortit d'un air affairé pour les accueillir dès qu'ils entrèrent dans la cour.

« Pas de mercenaires dans mon auberge ! » lança-t-il d'un ton sec.

Jill s'avança doucement entre lui et Rhodry.

« Mon bon Monsieur, dit-elle, il n'y a nulle part ailleurs où nous puissions dormir en ville. Oh, je vous en prie, ne nous laissez pas dormir dehors sous la pluie.

— Vous êtes une fille ?

— Oui Monsieur, et s'il vous plaît, ne pouvons-nous dormir dans votre grenier à foin ? De cette manière, nous ne gênerons pas vos autres clients.

— Ah, eh bien, pourquoi pas, dans ce cas ? Ce sera deux pièces de cuivre par nuit, disons, et la nourriture pour vos chevaux.

— Oh, volontiers. Nous vous remercions, sincèrement, merci. »

Faisant un rapide signe de tête à Rhodry, l'aubergiste rentra à grands pas dans son auberge.

« Je parie que tu es contente de toi, dit Rhodry à Jill. C'est dégoûtant de demander des faveurs à un individu de ce genre.

— Eh bien, nous avons un endroit où dormir, non ? Et le grenier à foin nous fera économiser quelques pièces, en plus.

— J'aurais dû m'en douter ! Grands dieux. »

Même Jill dut admettre que, boisson chère ou non, il

était agréable de s'asseoir dans une taverne qui ne sentait pas la paille moisie et le chien puant. Ils avaient une table pour eux seuls, car à chaque fois qu'un client entrait, il regardait Rhodry, voyait le pommeau de sa dague d'argent et décidait de s'asseoir à une autre table.

Quelques minutes plus tard, cependant, entra un homme ressemblant à un voyageur, à en juger par la méfiance avec laquelle les autochtones le regardaient. Il était vêtu d'une élégante cape verte, d'un brigga gris en laine soyeux et d'une chemise couverte de broderies ; et il lança au serveur de l'auberge deux pièces de cuivre pour qu'il porte ses affaires, alors que quiconque ne lui en aurait donné qu'une. Il insista également pour que l'aubergiste lui montre la meilleure chambre. Lorsqu'il le suivit dans l'escalier en colimaçon, Jill l'étudia avec curiosité. De grande taille et élancé, il avait les cheveux blonds et les beaux traits d'une personne ayant une goutte de sang elfique dans ses veines. Curieusement, son visage lui disait quelque chose également, mais elle n'arrivait pas à situer où elle l'avait vu. Le serveur avait remarqué son intérêt et se dépêcha d'aller la trouver.

« Ce type s'appelle Salamander, lui apprit-il. Et il est gerthddyn.

— Vraiment ? Eh bien, nous allons passer un agréable moment alors, à écouter ses histoires un peu plus tard. »

Jill supposa ainsi qu'elle l'avait vu jouer quelque part, sur la longue route. Toutefois, lorsqu'il redescendit les escaliers peu de temps après, il s'arrêta et regarda Rhodry les sourcils légèrement froncés, perplexe, comme s'il se demandait s'il connaissait ce mercenaire. Les voir tous les deux de profil lui fit réaliser que le gerthddyn ressemblait suffisamment à Rhodry pour être son frère. À ce moment-là, elle se souvint de l'étrange idée qui les avait poussés à venir à Dun Mannannan et frissonna.

« Eh là, mon bon Monsieur, cria-t-elle. Venez vous joindre à nous si vous le désirez. Un gerthddyn est toujours le bienvenu autour d'un verre.

— Merci beaucoup, gente dame. » Salamander lui fit une révérence. « Mais permcttez-moi de vous offrir une tournée. »

Lorsque la bière fut servie et payée, Salamander s'installa cordialement à leur table. Rhodry et lui s'examinèrent un moment, tous les deux perplexes. Après tout, ils ne faisaient que se regarder dans un miroir, un jour où ils s'étaient rasés, et les miroirs de bronze ne renvoyaient jamais à un homme une bonne image de lui-même.

« Dites donc, demanda Rhodry, nous sommes-nous déjà rencontrés auparavant ?

— Je me posais justement la même question, mercenaire.

— Avez-vous été à Aberwyn ?

— Oh, maintes fois. Venez-vous de là ?

— Oui, et peut-être vous ai-je ainsi déjà vu raconter une histoire sur la place du marché. Je m'appelle Rhodry, et voici Jill. »

Salamander rit et leva sa chope pour trinquer.

« Eh bien, voici une belle rencontre alors. Je suis un bon ami du vieil herboriste, Persaunn. »

Rhodry resta bouche bée.

« Qu'y a-t-il ? demanda Salamander.

— Comment savez-vous qui nous sommes ?

— J'ai juste vu le vieil homme à Cerrmor. Pourquoi ?

— Vraiment ? intervint Jill. L'avez-vous vu récemment ?

— Il y a tout juste six jours. Il avait toujours l'air autant en forme. Je jurerais que sa santé est la meilleure publicité pour ses herbes Si je le revois, ce qui est fort possible, je lui dirai que vous allez tous les deux très bien.

— Nous vous en remercions, répondit Rhodry. Avez-vous entendu parler de guerres privées dans cette partie du royaume ? Un gerthddyn connaît toujours les nouvelles qui courent. »

Pendant que Rhodry et Salamander discutèrent des commérages du coin, Jill les écoutait d'une oreille distraite. Même s'il semblait que Salamander ne se doutait pas que Persaunn était un maître de dweomer, ce qui rendait peu probable le fait que le gerthddyn lui-même possédât ce don, des créatures du Peuple Sauvage s'étaient amassées autour de lui. Elles s'assirent sur la table, grimpèrent sur ses genoux, se perchèrent sur ses épaules et lui tapotèrent affectueusement les cheveux. De temps en temps, ses yeux bougeaient comme s'il pouvait les voir. Bien sûr, tous les elfes pouvaient voir le Peuple Sauvage, et donc, il était au moins à moitié un elfe, elle en était sûre. En revanche, Rhodry, lui, ne pouvait pas les voir. C'était un mystère, et elle les observa tous les deux attentivement, relevant tous les petits points de ressemblance entre eux : la courbure de leurs lèvres, la manière dont les coins de leurs paupières s'affaissaient légèrement, et surtout, la forme de leurs oreilles, plus pointues que celles de la plupart des êtres humains. Elle se souvint de la vision qu'elle avait eue de Devaberiel, et assurément, ils lui ressemblaient tous les deux. Sa curiosité passa de contratiété à angoisse.

Peu de temps après, Rhodry quitta la table pour aller leur chercher de la bière, et la curiosité la démangeait tellement qu'elle y céda.

« Salamander, dit-elle, savez-vous que j'ai passé beaucoup de temps, jadis, à l'ouest du royaume.

— Persaunn m'en a parlé vaguement. Pourquoi ?

— Votre père s'appellerait-il Devaberiel par hasard ?

— Oui, en effet. C'est amusant que vous le sachiez !

— Eh bien, je l'ai juste deviné. » Elle trouva un mensonge pratique. « Un homme du nom de Jennantar m'a dit en passant qu'un de ses amis avait un fils gerthddyn, ici, à Deverry, je veux dire. Alors, je me suis dit qu'il n'y avait probablement pas deux personnes comme vous, à moitié elfe et humain.

— Par les dieux, rien ne vous échappe ! Eh bien, je dois le reconnaître, à présent que vous avez démêlé mes liens de parenté si clairement, je suis effectivement le fils de cet honorable barde, même si cela semble profondément le contrarier par instants. Et je connais bien Jennantar, d'ailleurs. J'espère qu'il va bien. Je ne suis pas retourné dans le royaume des elfes depuis... oh, deux ans à présent.

— Il allait bien la dernière fois que je l'ai vu, l'été dernier. »

Ainsi, pensa-t-elle, *je parie qu'il ignore que Rhodry est son frère.* Elle se sentit triste, consciente qu'elle ne pourrait jamais leur dire la vérité, mais elle garda le silence. Il valait mieux, effectivement, que Rhodry se considère toujours comme un Maelwaedd, pour son bien et celui d'Eldidd.

Plus tard dans la soirée, lorsqu'ils sortirent pour se coucher dans le grenier à foin, Salamander les accompagna pour s'entretenir « en privé » avec eux, leur dit-il. Lorsqu'elle entendit ce dont il voulait parler, Jill fut très heureuse qu'il ait eu le bon sens de ne pas le faire dans la taverne.

« Des trafiquants d'opium ? s'exclama-t-elle. Seigneur ! Ne me dites pas que vous êtes stupide au point de fumer ce produit.

— Jamais de ma vie, répondit Salamander. Persaunn m'a demandé de l'aider à mettre la main sur eux, aussi ai-je pensé que Dun Mannannan serait l'endroit idéal pour commencer mon enquête.

— Oh, les gars d'ici ne toucheraient jamais à ce type de cargaison. Les maîtres contrebandiers ont un certain sens de l'honneur, vous comprenez.

— Tout cela pour ça, alors. Eh bien, c'est une chance que je vous aie rencontrés, car sincèrement, j'ai beau avoir la langue bien pendue, j'avais du mal à trouver les bonnes questions à poser.

— Et si vous aviez posé les mauvaises, on vous aurait tranché la gorge.

— Cette possibilité m'avait traversé l'esprit. Maintenant, Jill, d'après ce que Persaunn m'a dit, vous avez parcouru tout le royaume et avez été dans maints endroits étranges également. Avez-vous une petite idée quant à ceux qui achètent le vil produit de la distillation des graines de pavot ?

— Les propriétaires de maisons closes, pour la plupart. Ils utilisent l'opium pour tenir leurs filles tranquilles. »

Salamander siffla tout bas. Rhodry écoutait comme s'il ne pouvait pas croire ce qu'elle avait dit.

« Je n'ai jamais su cela, dit Rhodry. Comment es-tu au courant ?

— C'est Père qui me l'a dit, bien sûr. Il me mettait toujours en garde contre les hommes qui attiraient les jeunes filles dans les maisons de passe. C'est très courant à Cerrmor, m'a-t-il dit, mais cela arrive tout le temps.

— Oh, par le cul noir et poilu du Seigneur des Enfers ! s'exclama Salamander. Et dire que c'est sous notre nez depuis le début ! La prochaine fois que je verrai Persaunn, je devrai lui dire que les mercenaires savent beaucoup de choses dignes d'intérêt. »

Flottant au-dessus du feu, l'image de Persaunn avait l'air aussi surpris que s'il venait de recevoir un seau d'eau froide.

« *Je n'aurais jamais pensé à cela en un millier d'années*, pensa le vieil homme, perplexe. *Et quelle chose vile et impie ! Eh bien, je suis presque arrivé en Eldidd. Je pense que j'aurai une longue conversation avec notre cher Cullyn.*

— *Cela semble assez sensé*, lui répondit mentalement Salamander. *Et je retournerai à Cerrmor si vous le voulez.*

— *Très bien, mais ne tente rien avant que je te dise de le faire. Il y a de vrais bandits mêlés à ce trafic, ainsi que des maîtres de dweomer noir, et nous devrons agir très prudemment, et poser des pièges intelligents.*

— *Exactement. Vous savez, certaines maisons closes sont secrètement tenues par des hommes influents.* »

La réponse de Persaunn ressembla au grognement d'un loup.

« *Oh, c'est certain ! Eh bien, nous verrons ce que nous pourrons faire. Merci, jeune homme. C'est une nouvelle très intéressante que tu viens de me rapporter.* »

Lorsqu'ils eurent rompu le contact, Salamander étala le feu dans le brasero de charbon d'un geste de la main. À travers la fenêtre, la lumière grise de l'aube se faufilait dans sa chambre. Lorsqu'il regarda dehors, il vit Jill et Rhodry dans la cour, en train de seller leurs chevaux. En hâte, il chaussa ses bottes et descendit leur dire au revoir. Sans qu'il ait pu dire pourquoi, il n'avait jamais rencontré un homme qu'il ait autant apprécié dès sa première rencontre que Rhodry.

« Je suppose que vous partez sur les ailes de l'aube, leur dit Salamander.

— Effectivement, répondit Rhodry. D'ici, c'est un long voyage pour aller dans l'Yr Auddglyn.

— Oui. Je suis triste que nos chemins se séparent alors qu'ils viennent seulement de se croiser. Ah, eh bien, peut-être nous reverrons-nous sur la longue route.

— Je l'espère. Rhodry lui tendit sa main. Adieu,

gerthddyn. Peut-être que les dieux nous permettront de nous asseoir à nouveau autour d'un quart de bière. »

Lorsqu'ils se serrèrent la main, Salamander sentit une main froide dweomérique lui toucher le bas du dos. Ils se reverraient, il le savait, mais pas dans les conditions qu'ils espéraient. Le frisson dweomérique était si intense qu'il se mit à trembler convulsivement.

« Eh bien, demanda Jill, avez-vous attrapé froid ?

— Oui, légèrement. Grands dieux, je déteste me lever tôt. »

Ils rirent tous les trois et se séparèrent en souriant. Mais toute la journée, lorsqu'il retourna à Cerrmor, Salamander se rappela ce frisson dweomérique mordant.

Dans une magnifique chambre d'auberge de Dun Deverry, Alastyr et Camdel étaient assis à une petite table et marchandaient le prix de vingt tablettes d'opium. Sarcyn était penché sur le rebord de la fenêtre et se contentait de regarder cette comédie futile. Même si l'argent n'était pas important pour Alastyr, il devait jouer le jeu pour que Camdel reste convaincu qu'il n'était qu'un importateur travaillant dans l'ombre. Finalement, l'affaire fut conclue et l'argent changea de main. Il était temps de passer aux choses sérieuses. Sarcyn ouvrit sa seconde vue pour regarder comment cela allait se passer.

« Monseigneur, dit Alastyr, vous devez comprendre qu'il est dangereux pour moi de venir à Dun Deverry. Maintenant que nous nous sommes rencontrés, je préférerais que vous traitiez directement avec Sarcyn. »

Souriant d'un air méprisant, Camdel leva les yeux et émit une objection, mais Alastyr projeta un fil de lumière de son aura, l'envoya autour de celle du seigneur, puis fit tourner l'œuf de lumière comme une toupie Camdel chancela comme s'il avait bu.

« Sarcyn est très important, murmura Alastyr. Vous

pouvez lui faire confiance autant qu'à moi. Vous devez lui faire confiance. Vous le devez.

— Oui, dans ce cas, répondit Camdel, je lui ferai confiance.

— Bien. Vous oublierez que vous êtes sous le charme d'un maléfice. Vous oublierez que vous avez été ensorcelé. »

Alastyr retira le fil et laissa l'aura de Camdel se stabiliser.

« Bien sûr, je comprends, dit Camdel brusquement. Traiter avec votre bras droit sera un grand honneur. »

Sarcyn referma sa vue, escorta le seigneur jusqu'à la porte et le salua, puis ferma la lourde porte en chêne derrière lui. Alastyr gloussa tout bas et se leva en s'étirant le dos.

« Eh bien, voilà une bonne chose de faite, remarqua le maître. À présent, souviens-toi, travaille-le lentement. Si tu peux, envoûte-le seulement lorsqu'il a bu ou fumé, de manière à ce qu'il ne réalise jamais que quelque chose de louche se trame.

— C'est comme si c'était fait, Maître. Il boit comme un cochon et fume comme un pompier. »

Alastyr eut un autre petit rire. Sarcyn ne se souvenait pas l'avoir déjà vu aussi content, mais effectivement, Alastyr avait travaillé des années pour arriver à ce stade de ses projets. À titre de serviteur intime du Roi, Camdel était idéalement placé pour leur dérober un objet qu'ils ne pourraient jamais atteindre eux-mêmes.

« Je vois que ce jeune homme te démange, poursuivit Alastyr. Mais tu as toujours été un petit coquin au lit. » Avec désinvolture, il flatta son apprenti sur les fesses.

Sarcyn se raidit, choqué. Jamais il n'avait réalisé auparavant qu'Alastyr pensait qu'il avait apprécié les attentions de son maître, il y avait de cela toutes ces années.

« Excuse-moi, dit Alastyr, comprenant sa réaction de travers. Mais n'est-il pas à ton goût ?

— Je déteste l'effronterie de ce petit cochon.

— Oh, eh bien, bientôt, tu pourras lui faire payer. Continue de le travailler jusqu'à ce que nous puissions le tenir comme un cheval – avec une très longue bride. J'attendrai hors de la ville. Une fois qu'il sera profondément envoûté, viens me rejoindre. Mais souviens-toi, il n'y a pas le feu. Si cela prend des semaines, eh bien, nous attendrons. »

Lorsque Alastyr fut parti, Sarcyn passa un long moment à arpenter la chambre, tourmenté par les aiguillons de la haine.

Malgré son attitude de vieil herboriste aux allures modestes, Persaunn était bien connu dans le grand donjon de Dun Gwerbyn. Lorsqu'il arriva aux portes un matin, les deux hommes de garde le saluèrent tous les deux, puis appelèrent des domestiques pour qu'ils emmènent son cheval et sa mule de somme aux écuries. Dans la basse-cour, il y avait plusieurs grandes charrettes, et des domestiques, travaillant lentement sous le soleil brûlant, les chargeaient de barriques et de paquets.

« Le tieryn part-il bientôt pour sa demeure d'été ? demanda Persaunn.

— Oui, répondit le page. Dans deux jours à peine, nous partirons pour Cannobaen. Sa Grâce est dans la grande salle en ce moment. »

Lovyan était assise à la table d'honneur en compagnie d'un scribe. Même s'ils semblaient discuter d'affaires importantes, elle le congédia dès qu'elle aperçut Persaunn et fit asseoir le vieil homme à sa droite. Sur-le-champ, il lui raconta toutes les nouvelles qu'il avait de Rhodry, parce qu'il savait que son cœur avait cruellement besoin d'entendre que son fils était sain et sauf.

« Et enfin, je les ai vus hier soir, lors d'une séance de pyromancie, résuma-t-il. Ils se trouvent dans l'Auddglyn, et cherchent un travail. Je dois reconnaître que Jill sait comment presser un citron et réduire les dépenses. Ils semblent avoir mis de côté beaucoup d'argent cet hiver.

— J'en suis ravie, mais ah, grands dieux, l'été vient juste de commencer, et voilà que mon pauvre petit enfant vend lcs services de son épée sur les routes.

— Oh, allons, Lovva. Vous devez admettre que votre “pauvre petit enfant” se trouve être l'un des meilleurs épéistes du royaume.

— Même les guerriers les meilleurs peuvent avoir de la malchance.

— C'est vrai, et malgré toutes mes belles paroles, je suis inquiet moi aussi.

— Je le sais, et, bien sûr, j'ai oublié que vous ne seriez pas encore au courant ! L'exil de Rhodry m'inquiète, mais ce n'est pas seulement pour son bien que je me fais du mauvais sang ces derniers temps. Persaunn, la chose la plus terrible vient de se produire. Vous souvenez-vous de Donilla, la femme que Rhys a répudiée parce qu'elle était stérile ?

— Oui, je me souviens très bien d'elle.

— Eh bien, son nouvel époux est absolument fou d'elle, et il la courtise comme si c'était une jeune fille. Et apparemment, il a eu du succès, parce qu'elle est enceinte.

— Oh, par tous les dieux ! Rhys est-il au courant ?

— Oui. Je suis allée à Aberwyn moi-même pour le lui apprendre, pensant qu'il valait mieux que ce soit moi qui lui annonce la nouvelle. Il ne l'a pas bien pris.

— Assurément. Vous savez, au fond de moi-même, j'arrive même à me sentir désolé pour Rhys. La nouvelle a dû se répandre comme une traînée de poudre.

— Il est devenu la risée de tous les seigneurs d'Eldidd. Je suis vraiment peinée pour sa pauvre petite épouse. Ils la traitent comme une jument dans un haras !

À vrai dire, les gens font même des paris quant à savoir si elle va concevoir ou non, et j'imagine que les chances pour que cela arrive sont très faibles. Ah, grands dieux, à quel point les hommes peuvent être cruels !

— Effectivement. Mais je comprends ce que vous vouliez dire pour Rhodry. Il est le dernier héritier Maelwaedd d'Aberwyn. Nous devons le faire revenir.

— Avec Rhys, en colère comme il l'est ? Vous ne l'avez pas vu. Il tourne en rond, plongé dans une rage folle toute la journée, et pas une âme n'ose prononcer le mot de « bébé » en sa présence. Il ne rappellera jamais Rhodry désormais. En outre, il y a bien trop d'hommes ambitieux qui alimentent la haine qu'il éprouve pour son frère et qui espèrent que si Rhys meurt sans héritier, leur clan aura une chance d'accéder au titre de gwerbret.

— Cela a le répugnant accent de la vérité.

— Bien sûr. Je parie que les intrigues et les manœuvres qui règnent au sein du Conseil des Électeurs ont déjà commencé. » Elle lui adressa un léger sourire d'autodérision. « J'ai déjà fomenté mes propres complots. Lorsque nous irons à Cannobaen, je retirerai la fille illégitime de Rhodry à sa famille d'accueil et la prendrai sous mon aile. La petite Rhodda sera un pion dans ce combat, et je veux superviser son éducation moi-même. Après tout, l'homme qui épousera la fille héritière de Rhodry, illégitime ou non, pourra prétendre à son titre devant le Conseil.

— Par la Déesse elle-même, vous forcez mon admiration. La plupart des femmes seraient encore en train de s'arracher les cheveux au sujet de l'exil de leur fils, mais vous, vous faites des projets quatorze ans à l'avance.

— La plupart des femmes n'ont jamais détenu le pouvoir que j'ai, pas même les femmes de mon rang. »

Pendant plusieurs minutes, ils restèrent assis dans un silence gêné. Lovyan avait l'air si lasse et malheureuse que Persaunn présuma qu'elle était en train de réfléchir à l'amère vérité : Rhodry n'était pas un vrai Maelwaedd du tout. Pourtant, il était crucial que tous le pensent. Même si Persaunn ne pouvait pas lire dans l'avenir clairement, bien sûr, il était certain que Rhodry devait régner en Eldidd Occidentale, et si ce n'était pas au titre de Gwerbret d'Aberwyn, alors, au moins en tant que tieryn de Dun Gwerbyn. Ni lui, ni les Seigneurs du Wyrd ne se souciaient de l'identité de son père, mais pour les nobles, elle serait au centre de leur préoccupation.

« Savez-vous ce que je redoute le plus ? demanda soudain Lovyan. Que les choses en arrivent à une guerre ouverte à la mort de Rhys. C'est ce qui arrive, vous savez, lorsqu'un candidat mécontent se prétend lésé par le Conseil. Eh bien, je serai partie depuis longtemps moi-même entre-temps, et cela ne me concernera plus. »

Comme Rhys était un homme en bonne santé de seulement vingt-neuf ans, sa remarque était parfaitement raisonnable, mais Persaunn sentit un avertissement dweomérique. Vraisemblablement, Lovyan aurait à enterrer encore un autre fils.

« Quelque chose ne va pas ? lui demanda-t-elle, déchiffrant son expression.

— Oh, je pensais juste que nous devrions pousser Rhys à rappeler Rhodry.

— Si les mots étaient des pièces d'or, nous serions tous aussi riches que le Roi. » Elle soupira bruyamment. « C'est toujours difficile d'assister à la mort d'un grand clan, mais ce serait réellement dommage d'assister à la fin des Maelwaedd.

— Ce le serait, effectivement. »

Et un dommage bien plus grand qu'elle ne pouvait le savoir, en fait. Le clan Maelwaedd avait toujours été important pour le dweomer, depuis son humble et étrange naissance, près de trois siècles auparavant.

Cerrmor et Eldidd
Ans de grâce 790 à 797

Toutes les choses qui arrivent dans la vie sont-elles déterminées d'avance par les dieux ? Non, parce que de nombreux événements arrivent par pure chance. Souvenez-vous bien de cela : chacun a un Wyrd, et chacun a une Chance. Le secret de la sagesse est de distinguer l'un de l'autre.

— *Le Livre Secret de Cadwallon Le Druide*

À près d'une semaine de route d'Aberwyn, sur ce qui aurait aussi bien pu passer pour la frontière occidentale d'Eldidd, puisque personne ne vivait au-delà de cette ligne, un dun se dressait au sommet d'une falaise herbeuse surplombant l'océan. Un rempart de pierre nécessitant cruellement d'être réparé entourait une grande cour où de mauvaises herbes avaient poussé au milieu des pavés. À l'intérieur se dressaient un donjon carré en pierre, un ensemble de cabanes en bois et une tour étroite semblable à une cigogne au milieu de poulets. Chaque après-midi, Avascaen escaladait les cent cinquante marches en colimaçon qui menaient au sommet plat de la tour. Utilisant un lourd treuil et une poulie, il hissait des fagots de bois à brûler, que ses fils chargeaient au pied de la tour, puis les empilait sous le petit abri, au-dessus de l'emplacement destiné au fanal. Juste au coucher du soleil, il allumait une torche et enflammait le premier fagot. Non loin au large, il y avait des rochers immergés qui provoquaient un petit clapotis d'eau vive discernable de son poste d'observation, mais quasiment invisible à un bateau se dirigeant sur eux. Tout capitaine qui voyait le phare de Cannobaen savait qu'il devait virer au large et se diriger en lieu sûr en haute mer.

Non pas que beaucoup de bateaux aient fait route

dans leur direction ces dernières années. En raison de la guerre faisant rage pour le trône de Deverry, le commerce avait fait une chute vertigineuse. Parfois, lorsque le vent vif de l'hiver fouettait sous l'abri, Avascaen se demandait pourquoi il se donnait la peine de continuer à entretenir le feu. *Si un seul bateau sombre*, se disait-il alors, *pense à ce que tu ressentiras*. En outre, c'était le prince Maël lui-même qui lui avait enjoint de garder le phare, il y avait de cela de nombreuses années, avant son départ en guerre dont il ne revenait pas.

Avascaen formait ses deux fils, Maryl et Égamyn, pour qu'ils reprennent son métier de gardien de phare lorsqu'il mourrait. Maryl, un garçon impassible, était assez content de ce travail et de la position quelque peu privilégiée qu'ils avaient au village de Cannobaen. En revanche, Égamyn, qui n'avait que quatorze ans, ronchonnait, jurait et menaçait constamment de partir s'enrôler dans l'armée du Roi. Avascaen lui donnait généralement une petite calotte sur la tête et lui disait de se taire.

« Le prince m'a demandé à ma famille et à moi de garder le phare, disait Avascaen. Et c'est ce que nous ferons.

— Oh, allez, Papa, répondait toujours Égamyn, je parie que tu ne reverras jamais le prince.

— Peut-être bien que non, mais dans le cas contraire, il apprendra que j'ai tenu parole. Je suis comme un blaireau. J'attends. »

Avascaen, son épouse, Scwna, et leurs fils vivaient tous dans la grande salle du donjon, où ils faisaient la cuisine, dormaient et s'occupaient. Les étages supérieurs étaient fermés pour faire des économies de chaleur en hiver. Deux fois par an, Scwna aérait chaque chambre, dépoussiérait les meubles et balayait le plancher, juste au cas où le prince reviendrait un jour ou l'autre dans sa demeure d'été. Dans la cour, ils avaient un potager, quelques poules et quelques cochons. Les fermiers du village voisin leur fournissaient le reste des produits dont ils avaient besoin, en échange d'une partie des taxes qu'ils devaient au phare de Cannobaen. Ils les approvisionnaient également en bois provenant des vastes forêts primitives de chênes s'étendant au nord et à l'ouest du phare.

« Nous avons une vie agréable, disait Avascaen à Égamyn. Tu devrais remercier les dieux de cette tranquillité. »

Égamyn ne faisait que remuer sa tête brune et bornée et marmonner qu'il s'ennuyait. Hormis les fermiers, les visiteurs étaient rares à Dun Cannobaen.

Ce fut donc un véritable événement lorsqu'un après-midi, quelqu'un franchit les barrières du dun. Comme il faisait la grasse matinée, Avascaen venait juste d'entamer sa journée par une balade dans la cour lorsqu'il aperçut un cavalier au dos d'un cheval alezan longer la route, suivi de deux mules grises lourdement chargées. Lorsque le cavalier mit pied à terre, Avascaen réalisa avec surprise qu'il s'agissait d'une femme corpulente d'une cinquantaine d'années. Bien qu'elle portât une robe, elle avait un brigga sale en dessous de manière à pouvoir monter à cheval comme un homme. Ses cheveux gris étaient attachés par une pince, ce qui signifiait qu'elle n'était pas mariée, et ses yeux noirs débordaient de bonne humeur. La chose la plus curieuse chez elle était la couleur de ses mains, tachées d'un bleu marron sale jusqu'aux coudes.

« Bonjour, mon bon Monsieur, dit-elle, je parie que vous êtes surpris de me voir ici.

— Eh bien, oui, effectivement, mais vous êtes la bienvenue, quoi qu'il en soit. Puis-je vous demander comment vous vous appelez ?

— Primilla d'Abernaudd, bon Monsieur. Je suis

venue ici chercher des plantes rares pour la guilde des teinturiers d'Abernaudd.

— Quelle drôle d'idée ! Eh bien, voulez-vous accepter notre hospitalité ? Je peux vous offrir un repas, si vous vous fichez d'avoir un petit déjeuner en guise de dîner, en tout cas. »

Cela ne la dérangeait pas. Pendant que Maryl s'occupait de son cheval et de ses mules, elle piqua aimablement dans un tranchoir de lard et un bol de bouillie. Elle ne manquait pas de nouvelles précieuses d'Abernaudd, la cité royale d'Eldidd, et Scwna et Égamyn l'écoutèrent avidement lorsqu'elle décrivit les activités de la ville.

« Je suppose que vous n'avez aucune nouvelle du prince Maël, demanda finalement Avascaen.

— Eh bien, si, il y en a, mais ce sont de mauvaises nouvelles. Son épouse vient de décéder, la malheureuse, elle a succombé à une fièvre. » Primilla hocha tristement la tête. « Quelle chose déplorable qu'elle n'ait jamais pu revoir son mari. »

Des larmes montèrent aux yeux de Scwna. Avascaen se sentit un peu bouleversé lui-même.

« Et est-il question de répudier mon prince et de mettre son fils à sa place ?

— Eh bien, oui, effectivement, et qu'en penseriez-vous ?

— Maël est le prince que j'ai juré de servir, et c'est lui seul que je servirai. Je suis comme un blaireau, gente dame. J'attends. »

Primilla sourit comme si elle trouvait sa loyauté charmante, ce qui fut d'un grand soulagement pour Avascaen après toutes les personnes qui s'étaient moqué de lui. Tout en observant les yeux de Primilla – des yeux perspicaces, réellement, malgré la jovialité de son visage rond et de ses joues roses – Avascaen s'interrogea à son sujet.

Cette nuit-là, lorsque la lune fut à son zénith, Primilla monta les marches de pierre en haletant et rejoignit Avascaen au sommet de la tour. Elle l'aida à poser la seconde charge de bois sur le fanal, puis alla au bout de la tour en flânant et contempla la vue. Loin en dessous d'eux, la pleine lune projetait une route argentée sur la mer ridée s'étirant jusqu'à l'horizon monotone de la nuit. Dans le ciel dégagé du printemps, les étoiles semblaient être à portée de main.

« C'est beau, n'est-ce pas ? remarqua Avascaen. Mais rares sont les gens qui se donnent la peine de monter pour regarder, outre mes fils et moi.

— Vous devez avoir de solides jambes, mon bon Monsieur, avec toutes ces maudites marches à escalader.

— Oh, on s'y habitue en peu de temps, en fait. »

Lorsque le bois frais s'enflamma, une lueur dorée dansa autour d'eux. Primilla s'appuya confortablement sur la rampe de pierre et contempla la plage en contrebas, où les brisants déferlaient tels des fantômes d'argent.

« Je vous demande pardon, Madame, lui dit Avascaen, mais il est rare qu'une femme voyage seule. N'avez-vous pas peur du danger qui vous attend sur les routes ?

— Oh, je sais me débrouiller seule lorsque cela est nécessaire, répondit Primilla avec un petit rire. Et en outre, il n'y a pas grand monde par ici pour m'ennuyer. Venir ici fouiller les bois et trouver des plantes en vaut la peine. Vous comprenez, j'ai été teinturière toute ma vie, ayant appris mon métier très jeune et le pratiquant depuis de nombreuses années à présent. J'ai appris suffisamment de choses pour tester une plante ou telle autre, et trouver de meilleures couleurs pour ma guilde. Nous étudierons ce que je ramènerai, teindrons quelques pièces de tissu avec et observerons comment ils se comportent au lavage et le reste. On ne sait jamais si on a trouvé une plante valant une petite fortune. » Elle leva ses mains décolorées. « Voici toute ma vie, mon bon Monsieur, gravée jusque dans ma peau teintée. »

Comme Avascaen pensait que la douleur transcende l'esprit, il comprit où elle voulait en venir. Longtemps après le départ de Primilla, il pensait de temps en temps à cette femme aux mains bleues et se demandait ce qu'elle devenait.

La cité royale d'Abernaudd enjambait l'Elaver à une lieue environ en amont de la côte et du port. Derrière des remparts de pierre fortifiés, des rues pavées serpentaient le long de collines arrangées en terrasses. Au sommet de la butte la plus haute se dressait le dun royal, où flottait la bannière bleu et argent du trône du Dragon, tandis que dans les vallées se blottissaient les cabanes puantes et tassées des indigents. À Abernaudd, la hauteur à laquelle on vivait au sens géographique du terme indiquait le rang social que l'on occupait. À titre de directrice de la Guilde des Teinturiers, Primilla vivait au sommet d'une petite colline dans une maison spacieuse adaptée à son rang. Ses cinq apprentis vivaient avec elle dans sa maison ronde à deux étages, apprenant leurs métiers. À l'arrière de la maison, dans la cour pavée, il y avait de longs baraquements abritant les ateliers de la guilde. Les tissus teintés là sous son étroite supervision étaient destinés à la maisonnée royale à titre de taxes que la guilde lui devait.

Même si Primilla avait effectivement trouvé des plantes tinctoriales rares lors de son voyage à Cannobaen, elle était contrariée d'avoir pris du temps sur ses affaires. Mais son devoir envers le dweomer, cependant, prévalait toujours sur son devoir envers les teinturiers. Lorsque Persaunn lui avait demandé son aide, elle n'aurait jamais pu la refuser à son ancien professeur de magie. Même s'il devait encore lui expliquer les raisons de son intérêt pour les affaires de Maël, prince d'Aberwyn et de Cannobaen, elle était disposée à mener son enquête et à apprendre ce qu'elle pouvait. À présent qu'elle avait découvert que Cannobaen était resté loyal envers ce dernier, elle pouvait se concentrer sur l'affaire plus importante consistant à connaître le sort que la cour lui réservait.

Comme cela était souvent le cas, Persaunn avait posé ses questions exactement au bon moment. Cet été-là, Primilla aurait souvent l'occasion de fréquenter les cercles de la cour, parce que le Roi avait demandé aux guildes de la cité de lui prêter une considérable somme d'argent pour continuer de briguer le trône de Deverry. Même si, en temps normal, les nobles se moquaient avec dédain du commerce, chaque fois que le Roi avait besoin d'argent, les guildes et les marchands se voyaient courtisés par tous les gens de bonne famille. Le soir même de son retour, Primilla assista à la première des nombreuses réunions sollicitées par les guildes et les marchands pour choisir les ambassadeurs qui les représenteraient au palais et négocieraient les termes de l'emprunt. Comme elle désirait ce travail, elle obtint facilement une place lors de ce conseil. Bien que les marchands rivalisent entre eux pour les titres et les fonctions, peu d'artisans pouvaient se permettre de passer du temps loin de leur travail.

Finalement, au bout d'une semaine de rencontres et de pressions, la commission de la guilde composée de cinq membres, présidée par Grotyr le prêteur sur gages, rencontra quatre conseillers du Roi dans une étroite pièce située au premier étage du donjon royal, pendant que des scribes des deux partis prenaient des notes avec soin. Primilla s'attendait à une séance de dérobades et de discussions acharnées, mais le premier conseiller du Roi, un homme aux yeux noirs ventripotent du nom de

Cadlew, annonça avec impassibilité que le Roi désirait mille pièces d'or.

« Grands dieux ! cracha Grotyr. Réalisez-vous, bon Monsieur, que les guildes feraient faillite si un tel prêt n'était pas promptement remboursé ? »

Cadlew se contenta de sourire, parce que tout le monde dans la pièce savait que Grotyr mentait. Pendant que le marchandage se poursuivait sérieusement, Primilla médita sur le montant du prêt. Si le Roi avait autant besoin d'argent, c'est qu'il semblait préparer une offensive majeure, et cela ne présageait rien de bon pour le prince captif retenu à Cerrmor. La réunion s'acheva d'une manière peu concluante, comme tout le monde le savait d'avance. Lorsque les représentants de la guilde prirent la direction de la sortie, Primilla s'attarda et demanda à Cadlew s'il avait un moment pour lui montrer les jardins royaux.

« Bien sûr, gente dame. Cela vous intéressera certainement.

— C'est un vrai plaisir pour moi de voir des fleurs entières, puisque mon travail consiste principalement à les déchiqueter et à les ébouillanter. »

Avec un rire agréable, il la conduisit dehors et lui fit faire le tour du donjon. Un bas mur de brique destiné à barrer le passage aux chevaux délimitait un complexe de minuscules pelouses entourées de parquets de fleurs, semblables à des perles vertes enfilées sur des fils de couleurs. Ils passèrent un agréable quart d'heure à discuter des diverses fleurs présentes avant que Primilla ne sente qu'elle pouvait agir.

« Vous savez, dit-elle, il y a peu de temps, je suis allée chercher des plantes rares près de la frontière occidentale et il se trouve que je me suis arrêtée à Cannobaen, vous savez, la maison de campagne du prince Maël.

— Ah. Se souviennent-ils encore de leur prince là-bas ?

— Oh, très bien, en fait. C'est un bien triste sort que le Wyrd de Maël. Je ne peux m'empêcher de penser que cet emprunt signifie que le Roi va le laisser tomber.

— Gardez cela pour vous, gente dame, mais vous avez deviné juste. Notre Majesté aurait dû laisser tomber Maël et guerroyer il y a longtemps, mais la princesse Maddyane a plaidé la cause de son époux et l'a maintenu en sursis. Comme elle a grandi ici à la cour, le Roi l'a toujours considérée comme sa fille.

— Mais à présent, la princesse est morte.

— Exactement.

— Et le fils de Maël ?

— Eh bien, par honneur, Ogrétoryc plaide pour la vie de son père, mais grands dieux, le jeune garçon est né en l'absence de ce dernier. Combien de temps un homme peut-il rester attaché sentimentalement à quelqu'un qu'il n'a jamais vu ? »

Surtout lorsqu'il est bien placé pour hériter du rang de cette personne, pensa Primilla. Il était temps, décida-t-elle, de prendre des mesures directes au lieu d'attendre d'autres allusions de la part de conseillers malavisés. Plus tard au cours de la semaine, elle sélectionna plusieurs écheveaux de ses fils de broderie bleus les plus raffinés et les envoya en guise de présent à l'épouse prénommée Laligga d'Ogrétoryc. Son bleu de guède était toujours très demandé, parce que seul un maître teinturier pouvait s'assurer que l'écheveau entier était exactement de la même couleur. Ce présent lui valut une audience avec la dame le lendemain même de sa première visite à la cour.

Un page l'escorta à une chambre étonnamment petite, au deuxième étage d'une des tours latérales. Bien que la pièce fût luxueusement garnie de tapis et de chaises matelassées, elle avait une piètre vue sur laquelle donnait une unique fenêtre. Laligga, une jolie blonde de seize ans, reçut Primilla seule au lieu d'être accompagnée des suivantes qui auraient dû marquer son haut rang. Son seul compagnon était un petit terrier, qui resta assis sur ses genoux et grogna de temps en temps au cours de leur entrevue.

« Je vous remercie pour ce délicat écheveau, chère Madame. Il en sera fait bon usage, car j'en ornerai une chemise de mon époux.

— Dans ce cas, Madame, j'en suis très honorée. »

Avec un sourire, Laligga lui indiqua un tabouret capitonné près de sa chaise. Primilla s'assit obligeamment dessus et laissa la princesse l'examiner.

« J'ai passé toute ma vie à la cour, remarqua Laligga. Je doute que ce présent ne soit qu'une agréable attention de votre part. Quelle faveur voulez-vous de mon époux ?

— Une toute petite faveur. Je veux seulement qu'il sache que je suis là. Vous comprenez, à la frontière occidentale du royaume poussent des plantes tinctoriales très rares. J'aimerais un jour que notre guilde ait le droit de les récolter, même si la guilde d'Aberwyn en a la priorité. Après tout, le prince gouverne à la fois Aberwyn et Cannobaen.

— Le prince ? Il n'est pas même prince pour le moment.

— Eh bien, il l'est davantage que ne l'est son père, compte tenu des circonstances. »

Brusquement, Laligga se leva en posant son chien par terre. Lorsqu'elle se dirigea vers la fenêtre, la bête resta collée à ses jupes.

« Ai-je perturbé Madame ? demanda Primilla. Je vous présente mes humbles excuses.

— C'est juste que vous m'avez rappelé la vérité. Personne ne sait qui est mon époux ni ce qu'il nous est permis de faire. Je suppose que vous n'avez jamais rencontré la princesse Maddyane.

— Je n'ai jamais eu cet honneur, effectivement, mais j'ai entendu dire qu'elle était une femme douce et dévouée.

— Elle l'était. Tout le monde l'adorait, mais regardez quel bien cela lui a fait. J'étais si désolée pour elle... mais maintenant, elle est décédée.

— Et de droit, vous devriez avoir son titre.

— Je n'aurai aucun titre du tout, chère Madame, tant que mon beau-père ne sera pas mort. Oh, cela semble une pensée bien horrible de ma part, mais je suis juste si effrayée ! Il pourrait m'arriver la même chose qu'à Maddyane, si je reste assise sans rien faire. En outre, le Roi ne m'aime guère, pas autant qu'elle en tout cas.

— Je peux comprendre les craintes de Madame. »

Primilla comprit autre chose également ; alors que Ogrétoryc n'avait jamais vu son père, il voyait son épouse toutes les nuits. Elle décida qu'elle ferait mieux de contacter Persaunn sur-le-champ et de lui dire quelle graine empoisonnée elle avait glanée.

À titre de conseiller en lequel le Roi Glyn avait le plus confiance, Persaunn avait des droits qui dépassaient de loin ceux des courtisans habituels de la cour. Dès que sa conversation avec Primilla fut terminée, il se rendit aux appartements royaux sans même envoyer un page annoncer sa venue. Dans le passé, il s'était souvent demandé s'il avait le droit de révéler au Roi des informations militaires recueillies par dweomer. À présent qu'il en avait à lui offrir, il décida que oui, simplement parce que la prétention du Roi d'Eldidd au trône de Deverry était si faible qu'il était un usurpateur manifeste. Il tomba sur un invité, le prince Cobryn, à présent capitaine de la Garde du Roi. À vingt et un ans, Cobryn était devenu grand, svelte et beau, et ressemblait tellement à Dannyn que parfois, il était difficile à Persaunn et au Roi de le regarder.

« Votre affaire est-elle urgente, Seigneur ? lui demanda Cobryn. Je peux prendre congé de Notre Majesté.

— Oui, c'est une affaire urgente, mais elle vous concerne également. » Persaunn s'inclina devant Glyn, qui se tenait debout devant la cheminée. « Eldidd est en train de lever un prêt d'un montant considérable auprès des principales guildes d'Abernaudd. Je ne vois qu'un seul endroit où il voudrait dépenser autant d'argent : nos frontières.

— Tiens donc ! Je me demandais combien de temps nous pourrions lui faire verser des larmes pour le prince Maël, troisième héritier d'Eldidd. Eh bien, Cobryn, cela signifie que nous devrons modifier nos plans pour la campagne de cet été. Euh. Je parie qu'Eldidd déploiera son armée sur notre frontière avant que nous ayons reçu le message formel de répudiation. Et je n'ai pas besoin de dweomer pour me le dire.

— Exactement. » Cobryn rit et grommela froidement entre ses dents de loup. « Mais nous allons préparer une bonne surprise à ces pauvres bâtards.

— Majesté, intervint Persaunn, allez-vous mettre à exécution votre menace et pendre le prince Maël ? »

Glyn se frotta le menton du revers de la main tout en réfléchissant au problème. Toujours de forte constitution, son visage était devenu carré et avait forci avec l'âge, et ses joues étaient d'un rouge rubicond.

« Cela me peinerait de faire pendre un homme inoffensif, mais il se peut qu'Eldidd ne me laisse pas le choix. Je ne ferai rien tant que je n'aurai pas le message de reniement officiel entre mes mains. Eldidd peut changer d'avis, mais il sera impossible de ramener le prince du royaume des morts une fois qu'il sera pendu. »

Cette même semaine, le prince Cobryn emmena cinq

cents hommes le long de la côte jusqu'à la frontière d'Eldidd, soutenus par des bateaux chargés de vivres et des navires de guerre. Au bout de trois semaines angoissantes, des messagers revinrent ; ils avaient remporté une victoire écrasante sur une armée eldiddienne très surprise. Deux jours plus tard, un héraut du Roi d'Eldidd apporta une lettre reniant officiellement Maël et plaçant son fils, Ogrétoryc, à sa place. Aussitôt, Persaunn monta à la tour en informer Maël.

Il trouva le prince déchu assis à son secrétaire jonché d'une pile des livres préférés du prisonnier et de parchemins consignant les premiers commentaires de Maël sur l'Éthique du sage Greggyn, Ristolyn. Persaunn était persuadé que ce commentaire serait excellent, si seulement Maël pouvait vivre suffisamment longtemps pour le finir. Lorsque celui-ci se leva pour l'accueillir, le soleil fit briller les épaisses mèches de cheveux gris sur sa chevelure noir de jais.

« J'ai des nouvelles fort mauvaises à vous annoncer, lui dit Persaunn.

— J'ai été répudié ? » Il parlait d'un ton impassible. « Je m'en suis douté lorsque j'ai entendu les gardes parler de guerre à la frontière.

— Je crains que ce soit vrai.

— Eh bien, les idées de Ristolyn au sujet de la vertu vont m'être fort utiles. Il semble que le but consommé de ma vie ait été d'avoir une mort spectaculaire sur la place du marché. Je dirais que le courage sera la vertu la plus appropriée à cette fin, pas vous ?

— Écoutez. Vous ne serez pas pendu tant que j'aurais un mot à dire dans cette affaire.

— Alors, cela me laisse un espoir. Je suppose que c'est de l'espoir. Peut-être vaudrait-il mieux que je sois pendu et que je retrouve ma liberté dans l'Autre Monde, au lieu de rester moisir ici. Vous savez, je suis resté ici plus longtemps que je n'ai été prince en

Eldidd. N'est-ce pas amusant ? J'ai passé plus de la moitié de ma vie en tant qu'hôte de Glyn.

— Je parie que la liberté dans l'Autre Monde n'aura pas l'air aussi plaisante lorsque le bourreau placera la corde autour de votre cou. Je reviendrai dès que j'aurai parlé au Roi. »

L'après-midi était avancé lorsque les affaires de la cour permirent enfin à Persaunn d'avoir un entretien privé avec son suzerain. Ils sortirent dans le jardin boisé situé derrière le donjon. Au bord d'un ruisseau artificiel, un saule faisait traîner ses longues branches dans l'eau ; les roses étaient en fleur, seule touche de couleur dans ce minuscule espace vert, cultivé avec soin afin de paraître agréablement négligé.

« Je suis venu plaider pour la vie de Maël, Majesté, déclara Persaunn.

— Je me doutais bien que vous le feriez. Je suis moi-même à moitié enclin à le relâcher et à le laisser rentrer chez lui, mais je ne vois aucun moyen de pouvoir le faire, aucun. Il serait un ennemi acharné là-bas, et le pire de tout, comment Eldidd interpréterait ma clémence ? Comme une faiblesse, assurément, et je ne puis me le permettre. C'est aussi une question d'honneur.

— Sa Majesté a raison, vous ne pouvez pas le relâcher, mais il pourrait s'avérer utile à l'avenir.

— Il se peut, mais là aussi, Eldidd le prendra-t-il comme une faiblesse ?

— Les dieux considéreront votre clémence comme une force. Quelle bonne opinion importe le plus à Sa Majesté ? »

Glyn cueillit une rose, la posa au creux de sa main large et calleuse, et la regarda avec un léger froncement de sourcils.

« Majesté ? insista Persaunn. Je vous implore solennellement d'épargner la vie de Maël. »

Avec un soupir, Glyn lui tendit la rose.

« C'est d'accord, alors. Je ne peux vous refuser cela après tout ce que vous avez fait pour moi. Eldidd a toute une couvée d'héritiers, comme une vieille poule rusée, mais qui sait ? Il se peut qu'un jour, il regrette d'avoir renié Maël. »

Comme elle bénéficiait de la faveur et du parrainage du conseiller le plus important du Roi, le commerce d'herbes de Gavra avait prospéré dans la ville de Cerrmor. Elle possédait à présent sa propre demeure et sa propre boutique dans le quartier marchand et gagnait assez pour subvenir à ses besoins et à ceux de ses deux enfants, Ébrua et Dumoryc, les enfants illégitimes du prince. Depuis des années, Gavra supportait les commérages la traitant de catin qui avait des enfants avec tous ceux dont elle s'entichait. Elle préférait cela plutôt que de voir ses enfants tués en tant qu'héritiers d'une famille ennemie. À présent que Maël était officiellement déchu de son rang, elle songeait à dire la vérité à ses enfants, mais c'était inutile. Même s'il ne vivait pas à une lieue de chez eux, ils n'avaient jamais vu leur père.

Elle supposa que les soldats qui gardaient Maël savaient parfaitement bien qu'elle était sa maîtresse, mais ils tenaient leurs langues, en partie par solidarité masculine, par compassion pour la monotonie de la vie de Maël, mais principalement parce qu'ils étaient terrifiés de ce que Persaunn leur ferait s'ils dévoilaient leur secret. Lorsqu'elle monta à la tour ce jour-là, ils la félicitèrent même de la grâce de pendaison de Maël.

Dès qu'elle fut entrée dans la pièce, elle se jeta dans les bras de celui-ci. Un instant, ils restèrent serrés l'un contre l'autre, et elle put le sentir trembler.

« Que tous les dieux soient loués, tu vas vivre, finit-elle par lui dire.

— Oui, je suis en train de leur dire mille fois merci, effectivement. » Il s'interrompit pour l'embrasser. « Ah, mon pauvre amour, tu méritais un époux décent et une vie heureuse, non un homme tel que moi.

— Je suis tout à fait heureuse, au seul fait de savoir que tu m'aimes. »

Lorsqu'il l'embrassa à nouveau, elle se colla à lui, ayant l'impression qu'ils étaient tous les deux des enfants effrayés se blottissant l'un contre l'autre dans le noir, au milieu d'un cauchemar. *Persaunn ne permettra jamais qu'il soit pendu*, pensa-t-elle, *mais oh, chère Déesse, combien de temps notre cher vieil homme vivra-t-il ?*

Au bout de trois années de lutte acharnée, la guerre sévissant à la frontière d'Eldidd arriva à une impasse lorsque, au milieu de cet été, se produisit un événement auquel aucun des trois camps n'avait été préparé : la province de Pyrdon se rebella contre le trône d'Eldidd. Les espions de Glyn rapportèrent au galop la nouvelle selon laquelle il s'agissait non seulement d'une rébellion, mais encore qu'elle semblait avoir réussi. À Cwnol, ancien siège du gwerbret de Dun Trebyc, l'unique grande cité de Pyrdon, les forces rebelles avaient un meneur si brillant que ses hommes murmuraient qu'il était un maître de dweomer.

« En plus, la moitié de Pyrdon est encore couverte de forêts, remarqua Glyn. Il peut faire disparaître ses hommes entre les arbres s'ils sont en difficulté, puis ressurgir aussitôt pour tendre une embuscade. Il semble disposer d'une force importante. Euh... Je me demande s'il est payé par Cantrae ?

— Je n'en serais pas le moins surpris, Majesté, répondit Persaunn. Et il est dans notre intérêt de lui envoyer un peu d'argent nous aussi. »

Le reste de l'été, la frontière d'Eldidd resta paisible, et à l'automne, il apparut que si Cwnol menait une longue guerre, il aurait de grandes chances de la remporter. Lorsque Glyn envoya des messages aux rebelles, il les adressa à Cwnol, Roi de Pyrdon. Son dernier acte déterminant fut de fiancer la fille de six ans du prince Cobryn au fils de sept ans de Cwnol, signe de distinction royale que Cwnol récompensa en intensifiant ses incursions en Eldidd. Pourtant, même si le problème se soldait bien pour le camp de Cerrmor, Persaunn avait la mort dans l'âme. La guerre s'éternisait, interminable, et le royaume était déchiré, en lambeaux.

Par un jour d'automne pluvieux, Persaunn monta à la tour pour rendre visite à Maël, lequel, comme d'habitude, travaillait sur ses commentaires. Comme tant de projets, celui-ci avait dépassé la simple introduction à la pensée de Ristolyn que Maël avait prévue initialement.

« Cet aparté va mettre un terme à un chapitre corsé ! » Maël plongea sa plume dans l'encrier si violemment que la plume faillit se briser.

— Comme tant de vos apartés, mais de bons chapitres, en plus...

— C'est cette question de savoir ce qui représente le plus grand bien, voyez-vous. Malgré son intelligence, l'argumentation de Ristolyn ne me satisfait pas entièrement. Ses catégories sont un peu limitées.

— Vous autres, philosophes, êtes toujours plutôt doués pour multiplier les catégories.

— Moi, un philosophe ? Grands dieux, je ne me qualifierais pas ainsi.

— Vraiment ? Mais qu'êtes-vous donc alors ? »

Le visage de Maël se relâcha, et il resta bouche bée, médusé. Lorsque Persaunn se mit à rire, il se joignit à lui d'un air penaud.

« Rien d'autre, effectivement, répondit Maël. Depuis vingt ans, je me considérais comme un guerrier, rongeant son frein comme un cheval de bataille, impatient de retrouver sa liberté pour repartir au combat. Je me suis bercé d'illusions pendant au moins la moitié de ces années. À présent, je me demande si je pourrais même partir en guerre désormais. Je m'imagine assis sur un cheval, en train de me demander ce que Ristolyn voulait dire par le mot "fin" tandis que quelqu'un me désarçonnait du premier coup.

— Vous n'avez pas l'air mécontent. »

Maël alla jusqu'à la fenêtre sur laquelle une pluie cinglante tambourinait, d'un gris aussi argenté que les cheveux de l'ancien prince.

« La vue que j'ai d'ici est différente de celle que j'avais jadis. On ne voit pas les choses aussi nettement dans la poussière d'un champ de bataille. » Maël posa sa joue contre la vitre froide et regarda en bas. « Savez-vous ce qui est le plus étrange ? Si je ne m'inquiétais pas autant pour Gavra et les enfants, je serais heureux ici. »

Persaunn sentit comme une claque dweomérique. Il était temps que Maël soit libéré. Parce qu'il avait accepté son emprisonnement, il pouvait repartir libre.

« Dites-moi, Maël. Si vous étiez libre de le faire, épouseriez-vous Gavra ?

— Bien sûr. Pourquoi refuserais-je ? Je n'ai plus aucune place à la cour. Je pourrais légitimer nos enfants, également... si j'étais libre de le faire. Vraiment, je suis un philosophe. Je débats même de l'impossible et de ce qui est désespéré. »

Lorsqu'il quitta la chambre de Maël, Persaunn réfléchit au temps qu'il faisait. Comme il neigeait rarement sur la côte, il était possible, même si cela était désagréable, de voyager durant l'hiver. Il se rendit directement à sa chambre et contacta Primilla par le feu.

La boutique de Gavra occupait la moitié de la façade avant d'une maison, juste à l'intersection de la rue menant à la taverne de son frère. Tous les matins, lorsqu'elle sortait pour se mettre au travail, elle regardait les étagères où étaient empilées ses herbes, les barriques, les récipients, le crocodile séché pendu sous les avant-toits. *Ma maison*, pensait-elle, *et ma boutique. Tout ceci m'appartient, à moi et à moi seule.* Elle était l'une des rares femmes de Cerrmor à posséder des biens en son propre nom, même si en fait, il avait fallu que Persaunn intervienne personnellement pour qu'elle puisse le faire. Avec l'arrivée de l'hiver, qui lui amenait beaucoup de patients souffrant de fièvres et de congestions des poumons, d'engelures et d'arthrite, ses affaires prospéraient. Elle avait également un autre problème pressant à régler : les fiançailles d'Ébrua. Même si elle s'était laissé guider par l'amour, elle était déterminée à arranger un mariage solide et classique pour sa fille.

Heureusement, le garçon qu'Ébrua elle-même approuvait était un jeune homme honnête de seize ans, Arddyn, le fils benjamin d'une famille prospère qui travaillait dans les peaux tannées. Après avoir discuté des fiançailles officielles avec le père du garçon, elle monta au dun consulter Maël. D'une certaine manière, cette idée était stupide : il n'avait jamais rencontré la famille d'Arddyn et n'avait vu sa fille que de loin. Mais Maël l'écouta d'un air solennel, concentrant son esprit vif sur le problème avec une telle intensité qu'elle sut qu'il tenait à agir, à son instar, comme s'ils menaient ensemble une vie normale.

« Cela me semble un bon mariage pour des gens tels que nous, répondit enfin Maël.

— Oh, écoute-toi, mon royal amour. Des gens tels que nous, en effet !

— Madame oublie que je ne suis qu'un simple philosophe. Écoute, lorsque j'aurai fini mon livre, les prêtres du temple demanderont à leurs scribes d'en copier cinquante exemplaires, et je recevrai une demi-pièce d'argent par copie. Ce sera, mon amour, la seule fortune que j'aurai au monde, aussi, espérons que le clan d'Arddyn ne sera pas trop gourmand quant au montant de la dot de notre fille.

— Je pensais qu'ils prendraient en compte la part qu'a Ébrua sur ma boutique, et peut-être un peu d'argent.

— Voilà une très bonne chose. Une jeune fille qui a un philosophe pour père est bien malchanceuse. »

Lorsque Gavra quitta le dun, elle tomba sur Persaunn qui, amicalement, glissa son bras sous le sien et la raccompagna jusqu'à sa boutique. Comme les enfants préparaient le dîner dans la cuisine, ils purent discuter en privé. Persaunn posa quelques branches dans la cheminée et les alluma d'un claquement de doigts.

« Il fait frais aujourd'hui, remarqua-t-il. J'ai quelque chose de vraiment important à vous dire. Je pense que j'ai de très bonnes chances de faire libérer Maël. »

Gavra retint sa respiration.

« Ne lui dites rien pour le moment, poursuivit le vieil homme. Je ne veux pas lui donner de faux espoirs, mais il fallait que vous le sachiez. Vous aurez beaucoup de dispositions à prendre avant de partir.

— Avant de partir ? Oh, voyons, Maël voudra-t-il que je parte avec lui ?

— Allons, si vous en avez douté une seule minute, c'est la première chose stupide que je vous entends dire. »

Brusquement, Gavra dut s'asseoir. Elle se percha sur un tabouret au coin du feu et pressa ses mains tremblantes l'une contre l'autre.

« J'ai peur de ne pas avoir d'autre choix que de le renvoyer en Eldidd, expliqua Persaunn. Voulez-vous partir avec lui ? »

Elle regarda les étagères, la pièce, toutes les choses pour lesquelles elle avait tant travaillé depuis si longtemps. Elle devrait quitter sa fille mariée, également, et qu'allait dire Dumoryc lorsqu'elle lui présenterait un étranger comme étant son père ?

« Je suppose que oui. »

Persaunn leva un sourcil broussailleux.

« Eh bien, bon sang, poursuivit-elle, Eldidd ? Cela fait loin d'ici. Mais que ferait Maël sans moi ? Il mourrait de faim. Ou est-ce que je me lance des fleurs excessivement ?

— Pas le moins du monde, et vous le savez fort bien. » Le vieil homme s'interrompit pour esquisser un large sourire. « Il est probable que vous vivrez à la frontière occidentale d'Eldidd, et il n'y a pas un seul honnête herboriste là-bas à des lieues à la ronde, du moins, c'est ce que l'on m'a dit.

— Vraiment ? Mais que font les gens pour leurs malades ?

— Ils comptent sur les vieilles coutumes qui circulent dans leurs clans, probablement, certaines bénéfiques, d'autres mortelles. Vous voyez, ce genre de chose : “Ma grand-mère utilisait toujours du thé à base de digitale pour soigner les verrues.” Ils le feraient même si leur grand-mère avait laissé une pile de cadavres derrière elle. Ils ont vraiment besoin d'une femme comme vous là-bas. »

Gavra hésita sur le point de répliquer, mais elle savait qu'il avait trouvé le meilleur des appâts possibles.

« Je vois. Mais ce sera si difficile de me reconstituer une nouvelle clientèle, d'éduquer les gens...

— Ah bon ! Mais si vous aviez une vie de loisir, que feriez-vous ?

— Je deviendrais folle, probablement. Oh, très bien, Persaunn, vous avez gagné.

— Mm... Je ne savais pas que nous nous affrontions en duel. »

Gavra rit, puis continua à réfléchir tout haut.

« Eh bien, voyons voir. Si je constituais une nouvelle clientèle pour Dumoryc, et laissais celle-ci à Ébrua – ainsi que la boutique, cela ferait une dot magnifique.

Nous pourrions écrire le contrat de mariage selon nos termes, si je faisais ça. Elle n'aurait jamais à s'inquiéter de savoir si ses beaux-parents la répudieraient juste pour la couvrir de honte et lui dérober sa dot.

— Exactement.

— Eldidd commence à devenir intéressante. » Elle leva la tête, un sourire aux lèvres. « Et bien sûr, j'aime mon mari, de surcroît. Je dois tout simplement partir avec lui. »

Pour diverses raisons, Persaunn décida de fixer la libération de Maël au printemps. D'abord, les Rois du Peuple Sauvage l'avaient averti qu'il y aurait de nombreux orages violents au cours de l'hiver. Mais la raison la plus pressante, toutefois, venait de Maël lui-même, qui aurait refusé de quitter sa prison tant qu'il n'aurait pas vu son livre correctement copié, tâche qui allait prendre des mois. Pendant que les scribes du temple de Wmm travaillaient sur son livre, Persaunn influençait le Roi, dont le sens de l'honneur était le plus grand allié du conseiller.

Généreux comme il était, Glyn considérait Maël comme une source de profond embarras : son exécution, peu importait à quel point elle aurait été légale, lui était devenue d'autant plus navrante que les prêtres cultivés qualifiaient le prince d'érudit brillant et d'exemple à suivre pour tout le royaume. Lorsqu'il jugea que c'était le bon moment, Persaunn demanda carrément à Glyn de libérer Maël et de le laisser rentrer tranquillement en Eldidd.

« C'est la meilleure chose à faire, cher conseiller, vraiment. Mais il me faut essayer d'inventer une raison plausible pour justifier sa libération. Je ne veux pas qu'Eldidd se moque de mes faiblesses, mais je ne puis supporter l'idée que ce prince moisisse dans ma tour plus longtemps. »

Finalement, ce fut la rébellion de Pyrdon qui leur fournit le prétexte dont ils avaient besoin. Comme le Roi d'Eldidd avait désespérément besoin d'un été tranquille s'il voulait rappeler les rebelles à l'ordre, il offrit à Glyn de l'or pour qu'il réfrène ses incursions. Non seulement Glyn accepta cette proposition, mais il en profita pour proposer solennellement de libérer son prisonnier en échange d'un gage de dix chevaux. Après nombre de messages et de tergiversations du côté d'Eldidd, destinés à gagner du temps, le marché fut accepté et signé. Ce ne fut qu'à ce moment-là que Persaunn apprit à Maël la bonne nouvelle, alors que l'hiver s'éclaircissait déjà, préparant le retour du printemps.

Lorsque Persaunn monta dans la tour, il trouva Maël en train de caresser un exemplaire de son livre relié en cuir et écrit soigneusement à la main dans l'écriture pointue du temple. Le prince était si impatient de lui montrer qu'il s'écoula près d'une demi-heure avant que Persaunn puisse lui annoncer la nouvelle.

« Le vrai miracle est que le Roi va financer vingt autres exemplaires, acheva Maël. Savez-vous pourquoi ?

— Oui. C'est sa manière de célébrer votre libération. Il vous relâchera la semaine prochaine. »

Maël sourit, puis se mit à parler ; puis son visage se figea dans une expression de parfaite incrédulité. De ses ongles, il creusa la reliure lisse du manuscrit qu'il tenait.

« Je vous accompagnerai jusqu'à la frontière, poursuivit Persaunn. Gavra et votre fils nous retrouveront à la sortie de Cerrmor. Ébrua restera ici, mais là, vous ne pouvez pas la blâmer. Elle aime son époux, et elle ne vous a jamais vu. »

Maël hocha la tête, le visage livide comme la neige.

« Oh, au nom des dieux de nos deux peuples ! murmura-t-il. Je me demande si cet oiseau en cage sait encore voler ? »

Même si le prince Ogrétoryc et son épouse habitaient désormais dans une suite splendide à la cour, ils n'avaient jamais oublié l'époque où Primilla avait été la seule personne à leur faire la cour, et ils étaient habituellement disposés à la recevoir lors d'entrevues qu'ils réservaient aux artisans et aux marchands. Le prince était un jeune homme de grande taille aux cheveux noir de jais, aux yeux bleu vif et d'une beauté sèche, enclin à être expansif tant que l'on ne l'interrompait pas. Ce matin-là, Primilla lui apporta un présent, un petit émerillon pour son activité favorite, la chasse au faucon. Le prince prit immédiatement l'oiseau sur son poignet et pépia avec lui.

« Merci beaucoup, chère Madame. C'est un adorable petit oiseau.

— Je suis très honorée qu'il plaise à Son Altesse. Lorsque j'ai entendu que votre père avait été libéré, j'ai pensé qu'un présent s'imposait. »

Les yeux d'Ogrétoryc s'assombrirent brusquement, puis il reporta son attention sur l'émerillon, qui tourna sa tête chaperonnée vers lui, comme s'il reconnaissait une âme sœur. Sur sa chaise, près de la fenêtre, Laligga s'agita nerveusement.

« Bien sûr, dit-elle avec un sourire soigneusement composé. Nous avons été si heureux de la libération de Maël. Mais c'est étrange de penser que mon beau-père est devenu un scribe. »

Ogrétoryc lui décocha un regard de biais qui aurait pu signifier bien des choses houleuses.

« Merci de votre présent, chère Primilla, dit-il. Je vais l'emmener sur-le-champ à mon fauconnier. »

Comme il était clair que l'audience était levée, Primilla fit une révérence et se retira dans la partie publique de la grande salle royale, remplie de suppliants divers et de simples curieux. Lorsqu'elle parla avec les conseillers et les scribes qu'elle connaissait, elle releva un certain nombre d'allusions selon lesquelles nombreuses étaient les personnes influentes qui auraient été heureuses de voir Maël réhabilité à son ancien rang et son fils condamné à redevenir son simple héritier. Peut-être était-ce pour des raisons sentimentales ou par sens de l'honneur qu'ils pensaient cela. Peut-être. Primilla alla trouver le conseiller Cadlew et lui demanda sans détour pourquoi certains seraient heureux de voir Maël retrouver son rang de seigneur lige d'Aberwyn et de Cannobaen.

« Vous semblez très intéressée par les affaires de Maël, remarqua Cadlew.

— Bien sûr. La guilde a besoin de savoir à qui elle doit destiner ses présents. Nous n'aimons pas chercher à gagner les faveurs du mauvais seigneur.

— Vous avez raison. Mais ne le dites à personne autour de vous, n'est-ce pas ? La princesse Laligga se donne des airs depuis que son époux est devenu le prince d'Aberwyn. Nombreux seraient ceux qui se réjouiraient de la voir réduite à son ancienne condition. Et il y a des veuves, également, qui aimeraient bien consoler un prince vers la fin de sa vie.

— Tiens donc. Tout cela se résume-t-il à une simple affaire de femmes ?

— Loin de là. La princesse n'a pas offensé que les femmes vivant à la cour, et les veuves ont des frères qui voient là une occasion d'accroître leur influence.

— Je comprends. Pensez-vous que Maël sera réhabilité ?

— J'espère que non, pour son bien. Il serait sans doute très dangereux pour lui de continuer à être en bonne santé, mais vous n'obtiendrez pas un mot de plus de moi à ce sujet, chère Madame. »

Ce qu'elle avait entendu était largement suffisant. Primilla prit soin de contacter Persaunn immédiatement, car elle ne désirait pas voir Maël rentrer chez lui pour se faire empoisonner aussitôt par ses parents.

De la fenêtre de la chambre de Maël, la cour de Dun Cerrmor semblait aussi petite et bien rangée qu'un jouet pour enfant. De petits chevaux trottaient sur des pavés à peine visibles ; de minuscules hommes marchaient à grands pas et disparaissaient par de petites portes. Seuls les sons les plus bruyants parvenaient jusqu'à sa fenêtre. Cet après-midi-là, Maël était penché sur le rebord de la fenêtre et étudiait cette vue familière lorsqu'il entendit la porte s'ouvrir derrière lui.

« Sa Majesté Glyn, Roi du royaume de Deverry, approche, cria le garde. Tous à genoux. »

Maël se tourna et s'agenouilla juste au moment où le Roi entra à grands pas. Un moment, ils s'observèrent, quelque peu choqués et perplexes. Ils avaient tous les deux tant vieilli depuis leur dernière et brève rencontre.

« À compter d'aujourd'hui, dit enfin Glyn, vous êtes un homme libre.

— Je vous remercie du fond du cœur, Votre Majesté. »

Glyn jeta un coup d'œil à sa chambre, puis repartit en emmenant tous les gardes avec lui. Maël regarda le seuil de la porte vide pendant longtemps, jusqu'à ce que Persaunn finisse par apparaître à son embrasure.

« Levez-vous, mon ami, lança le vieil homme. Il est temps d'essayer vos ailes. »

Lorsque Maël le suivit dans le sombre escalier en colimaçon, il observa les murs, le plafond, chaque personne qu'ils rencontrèrent. Une fois dans la cour, la lumière du soleil l'éblouit comme de l'eau. Il regarda le ciel et vit le mur du dun se dresser au-dessus de lui, non vers le bas, et soudain, il fut pris de vertige. Persaunn attrapa son bras et le soutint.

« L'esprit est une bien étrange chose, dit le vieil homme.

— Effectivement. Je me sens comme ensorcelé. »

Au début, le bruit et la confusion étaient accablants. La cour entière semblait être emplie d'hommes qui criaient, riaient, ou conduisaient leurs chevaux avec fracas. Les servantes faisaient des allers et retours hâtifs chargées de seaux d'eau, de fagots de bois ou de denrées. Les couleurs vives rouge et argent de Cerrmor étaient partout, troublant sa vue de reclus. Pourtant, au bout de quelques minutes, les vertiges de Maël cédèrent la place à une avide curiosité : marchant lentement, il savoura tout ce qu'il voyait, que ce soit un magnifique seigneur à dos de cheval ou un tas de paille défraîchie près des écuries. Lorsque l'un des vautres du Roi se laissa caresser gracieusement, sa joie fut telle qu'il se sentit stupide, comme un enfant incapable d'évaluer les choses et qui se réjouit de tout. Lorsqu'il en fit la remarque à Persaunn, le maître de dweomer rit.

« Et qui peut dire que les idiots ne sont pas plus sages que nous tous ? dit-il. Allons à mes appartements. Gavra devrait bientôt nous rejoindre. »

Mais Gavra était déjà en train de les attendre dans la salle de réception dégarnie de Persaunn. Maël courut jusqu'à elle, la prit dans ses bras et l'embrassa.

« Oh, mon amour, dit-il. J'ai peur d'y croire. Je pense toujours que nous nous réveillerons demain pour découvrir que ce n'était qu'un rêve cruel.

— Il ne vaut mieux pas, après tout le mal que je me suis donné pour me débarrasser de ma boutique ! La transférer à Ébrua m'a donné une telle migraine que j'ai dû utiliser une de mes potions. »

Persaunn estima qu'il leur faudrait près de quatre jours pour atteindre la frontière où, comme cela avait été convenu, une escorte d'honneur de la cour d'Eldidd devait les attendre. Lors de leur troisième nuit sur la route, alors qu'ils mettaient le camp à environ quatre lieues à l'ouest de Morlyn, ce fut cependant un tout autre cortège qui vint à leur rencontre : Primilla, accompagnée de deux jeunes hommes armés de bâtons. Poussant un cri de bienvenue, Persaunn se dépêcha de les accueillir tandis qu'ils mettaient pied à terre, suivi de Maël.

« Qu'est-ce que cela signifie ? demanda Persaunn.

— Eh bien, je crains d'être venue vous apporter des nouvelles qui ne présagent peut-être rien de bon.

— Vraiment ? l'interrompit Maël. Voudrait-on m'empoisonner à la cour ?

— Je vois que le philosophe se souvient très bien de son ancienne vie de prince, remarqua Primilla. Vous avez raison. Mais je ne suis pas certaine que vous soyez véritablement en danger. C'est juste qu'il n'est jamais avisé de courir un risque inutilement. Nous sommes venus vous emmener dans un endroit sûr, et vous y resterez jusqu'à ce que je me sois assurée que nous pouvons nous rendre à la cour selon nos termes, non selon ceux des gens qui veulent votre mort.

— Merci, répondit Persaunn. Je n'ai pas sauvé la vie de ce garçon pour le perdre à cause d'un flacon de poison.

— Ne vous inquiétez pas. Nous nous faufilerons par les bois aussi silencieusement que des renards, et après... » Elle s'interrompit pour esquisser un sourire. « Et après, nous nous terrerons comme des blaireaux. »

Toute la semaine, comme les fermiers apportaient des charrettes entières de bois pour payer leurs taxes de printemps au Phare de Cannobaen, Avascaen se leva chaque jour longtemps avant le lever du soleil, les aidant à décharger leurs fagots et à les empiler dans les longs abris réservés à cet effet. Ce jour-là, lorsqu'il vit de la poussière sur la route, il supposa qu'il s'agissait encore d'un autre fermier.

« Voici les villageois, dit-il à Égamyn. Va vite voir dans quel abri il reste le plus de place. »

Soupirant après le caractère assommant de sa tâche, Égamyn partit sans se presser tandis que Avascaen poussait les portes grinçantes et gémissantes. La main toujours posée sur la barre rouillée, il resta pétrifié à regarder la troupe qui arrivait. Des cavaliers... des mules de somme... cette étrange femme aux mains bleues... et derrière eux – cela ne se pouvait pas... mais ce devait être lui, cheveux gris ou non. Poussant un cri à la limite du sanglot, Avascaen courut sur la route souhaiter la bienvenue au prince Maël qui était rentré chez lui. Lorsqu'il empoigna l'étrier du prince en signe de loyauté, Maël se pencha vers lui sur sa selle.

« Regarde-nous, Avascaen ! Lorsque je suis parti, nous étions tous les deux de jeunes garçons, et à présent, nous sommes vieux et grisonnants.

— Oui, mon prince, mais je suis heureux de vous revoir, quoi qu'il en soit.

— Et je suis heureux moi aussi. Veux-tu bien nous héberger ?

— Comment ? Mais bien sûr, Votre Altesse. C'est que, vous arrivez au parfait moment. Scwna vient d'aérer vos chambres, voyez-vous, comme elle le fait chaque printemps, et donc, elles sont propres et prêtes à vous accueillir.

— Vraiment ? Elle a fait cela tous les printemps ?

— Tous les ans. Nous sommes comme des blaireaux, mon prince. Nous attendons. »

Maël descendit de son cheval, saisit la main d'Avascaen et l'étreignit. Lorsqu'il vit des larmes dans les yeux du prince, Avascaen se sentit légèrement ébranlé lui aussi.

« Je ne suis plus un prince, dit Maël. Et je serais honoré de t'appeler mon ami. Eh bien, écoute, j'ai emmené ma nouvelle femme et mon fils, et prions pour que cette fois-ci, je reste. »

Lorsque le groupe entra en file dans la cour, Égamyn, Maryl et Scwna sortirent du donjon pour les accueillir. Avascaen lança à Égamyn un sourire suffisant.

« Ne t'avais-je pas dit qu'il reviendrait ? »

Il eut la satisfaction de voir son fils fort en gueule rester sans voix.

Après un agréable après-midi complice et un dîner de fête, Avascaen sortit allumer le phare. Juste au moment où le ciel disparaissait en se teintant d'un gris perlé, il provoqua des étincelles avec son fusil, alluma le petit-bois sec puis souffla dessus jusqu'à ce que les étincelles lèchent le bois d'allumage. Il ajouta assez de branches pour que le feu finisse par projeter sa lumière et son signal d'alarme sur l'océan. Il marcha jusqu'à l'extrémité de la tour et regarda le donjon aux fenêtres égayées par la lueur des lanternes. Le prince était rentré. *Je ne l'ai pas oublié et lui non plus*, pensa-t-il, *tout comme deux blaireaux. Le monde est un endroit gratifiant, rempli de justice*. Plus tard, lorsque la pleine lune fut à son zénith, Maël monta au sommet de la tour. Haletant, à bout de souffle, le prince s'appuya sur la rampe.

« Tu dois avoir de sacrées jambes, dit Maël.

— Oh, on s'habitue à ces marches, à la longue. »

Ils s'appuyèrent côte à côte sur la rampe et regardèrent l'océan, et les vagues moutonnantes, argentées sous le clair de lune, qui écumaient lorsqu'elles s'écrasaient sur la minuscule bande de plage dorée.

« T'ai-je dit que j'étais retenu au sommet d'une tour durant ma captivité ?

— Eh bien, comme c'est amusant ! Vous étiez donc dans votre tour, à regarder en bas, pendant que moi, j'étais ici, à faire la même chose.

— C'est exactement ça, mais le point de vue ici est

un véritable spectacle, beaucoup plus large que la vue que j'avais. Je désire rester à Cannobaen pour le restant de mes jours, mais cela dépend du prince Ogrétoryc. Ce domaine est à lui à présent, ce n'est plus le mien.

— S'il a l'effronterie de vous en dépouiller, alors, il devra se trouver un autre gardien de phare. » Avascaen réfléchit au problème pendant un moment. « Écoutez, mon frère possède plus de terres qu'il ne peut en cultiver tout seul. Il nous accueillera si les choses en arrivent là.

— Merci. Je peux gagner un peu d'argent en tant que correspondant épistolier également. »

Pendant quelques minutes, ils partagèrent un silence complice.

« Autrement, dit Maël, y a-t-il beaucoup de bateaux passant par ici ?

— Très peu, mais on ne peut jamais savoir quand quelqu'un peut avoir besoin de la lumière de ce phare. »

Comme la stratégie entière de Primilla consistait à présenter Maël comme une personne totalement incompétente pour les affaires de la cour, elle l'obligea à ne pas mâcher ses mots dans la lettre qu'il adressait à son fils, et elle fut contente du résultat.

« À Ogrétoryc, prince d'Aberwyn et de Cannobaen, et à mon fils, Maël le philosophe vous présente ses salutations. Bien que nous ne nous soyons jamais adressé la parole, Votre Altesse, il incombe à un père d'être franc avec la chair de sa chair. Je sais fort bien que vous espérez conserver votre rang et vos honneurs à la cour de mon frère le Roi. Et je n'ai qu'un seul désir : que vous les conserviez effectivement. Je suis devenu un simple érudit, indigne de s'acquitter des devoirs de la guerre et des affaires de la cour après toutes ces longues années d'emprisonnement. Tout ce que je souhaite, c'est vivre le restant de mes jours dans mon ancienne résidence de campagne de Cannobaen, ou, si Son Altesse le préfère, comme un simple villageois. Vous pouvez m'envoyer votre réponse par l'intermédiaire de Primilla, directrice de la guilde des teinturiers. Je crains pour ma vie dans les cercles de la cour. Or, je n'ai nulle envie de goûter à la liberté pour me retrouver empoisonné quelques semaines seulement après. Votre père, Maël le philosophe. »

Lorsqu'elle eut fini sa lecture, Maël se recula sur son fauteuil et lui adressa un sourire interrogateur.

« Cela fera parfaitement l'affaire, dit-elle.

— Bien. Vous savez, c'est une étrange sensation que de se montrer humble envers son propre fils. Mais si cela ne leur suffit pas que j'aie été répudié, maintenant, j'abdique. Cela devrait rétablir l'ordre des choses, comme dirait notre cher Avascaen. »

Lorsque Primilla retourna à Abernaudd, elle attendit une journée avant de remettre la lettre, afin d'entendre les bavardages qui circulaient. La cour – en fait, la ville entière – regorgeait de rumeurs. Le Roi avait effectivement envoyé une escorte d'honneur à la frontière pour recevoir Maël, mais à sa place, ils avaient trouvé Persaunn, le conseiller de Glyn, et le prince Cobryn de Cerrmor, qui leur avaient raconté que Maël avait décidé de voyager seul. Tout le monde suspectait une trahison, mais celle de Ogrétoryc, pas celle de Cerrmor.

« Eh bien, je dirai qu'ils parient sur le mauvais cheval dans cette course, déclara Cadlew. Si trahison il y a, c'est la princesse qui est derrière, pas le prince. Certains de ses hommes ont pu envoyer une troupe armée entière à la poursuite de Maël.

— Vraiment ? Alors, supposez que le philosophe ne soit pas mort. Personne n'a-t-il la moindre idée de l'endroit où il peut se trouver ?

— Les suggestions sont nombreuses, mais l'histoire

qui a fait le tour de la ville raconte que Maël est parti rejoindre les rebelles de Pyrdon, qui l'abriteraient pour avoir l'occasion de semer la panique ici, en Eldidd. Heureusement, ils sont trop faibles pour le soutenir s'il réclamait le trône – pour le moment en tout cas. Après tout, une fois qu'un homme a été prince, qui peut lui reprocher de vouloir retrouver son rang ? »

Le lendemain matin, Primilla rendit visite au prince et à la princesse. Les traits de Laligga étaient si tirés qu'on avait l'impression qu'elle n'avait pas dormi depuis des nuits ; Ogrétoryc avait l'air tout simplement déconcerté.

« Votre Altesse, j'ai une lettre de la part de votre père. »

Ogrétoryc se leva aussi vite qu'une flèche décochée par un arc. Laligga se recroquevilla sur sa chaise et les regarda, les yeux écarquillés, lorsque Primilla lui tendit le rouleau contenant le message.

« Mais où avez-vous vu mon père ?

— Sur la route. Son Altesse sait que je voyage souvent. Il semblait fort peiné et m'a demandé de vous remettre cette lettre lorsqu'il a appris que j'allais à Abernaudd.

— C'est le sceau d'Aberwyn, effectivement. » Ogrétoryc examina le tube. « Ce doit être le sceau qu'il avait sur lui lorsqu'il a été capturé. »

Pendant qu'il lisait la lettre, Laligga le regardait avec des yeux dont la bienséance était troublée par la peur.

« Eh bien, finit par dire Ogrétoryc, cela devrait mettre un terme à ces rumeurs selon lesquelles il a été assassiné sur la route. J'ai peur de m'être emporté, chère Madame, mais j'ai le cœur lourd ces derniers temps.

— Bien sûr, Votre Altesse. Il est certain que votre inquiétude au sujet de la vie de votre père doit être difficile à supporter.

— C'est vrai. » Le ton de sa voix la convainquit de

sa sincérité, ainsi que le dédain avec lequel il jeta la lettre sur les genoux de son épouse.

Hochant la tête, Laligga la prit et la lut. Primilla put voir les courants de son aura où la peur et la suspicion tourbillonnaient comme des démons.

« Madame est-elle satisfaite ? lui cracha Ogrétoryc.

— Et que pensait mon époux ? À quelle autre réaction s'attendait-il ? »

Lorsque leurs yeux se croisèrent, Primilla tourna la tête pour admirer une composition florale. Au bout d'un moment, Ogrétoryc détourna les yeux en jurant tout bas.

« Permettez-moi de vous raccompagner jusqu'à la porte, chère Madame, lui dit-il. Je vous remercie sincèrement de m'avoir apporté cette lettre. »

Le prince resta muet jusqu'à ce qu'ils soient hors de portée des oreilles de la princesse.

« Pouvez-vous me dire où se trouve Maël ? lui demanda-t-il.

— À Cannobaen, Votre Altesse.

— J'y avais pensé, mais écoutez, ne le dites à personne d'autre jusqu'à ce que j'aie pris mes dispositions. Que ma chère femme se mette dans tous ses états au sujet de cette lettre un peu plus longtemps. »

Tous les matins, Maël et Gavra allaient se promener le long des falaises et contempler l'océan. Comme les souvenirs de Cannobaen l'avaient hanté durant son emprisonnement, il lui semblait toujours incroyable de se trouver réellement là, de sentir la chaleur du soleil sur son dos et de respirer l'air pur et vif de l'océan. Souvent, l'après-midi, il montait au sommet de la tour et s'asseyait près des cendres du fanal pour surveiller la route. Comme le temps passait, il se se demanda combien de jours heureux il lui restait. Chaque journée qui s'écoulait sans aucune réponse d'Abernaudd était un mauvais présage des intrigues de la cour.

Pourtant, lorsque la réponse arriva, il fut pris de court. Il se trouvait dans sa chambre, un stylet à la main, prêt à tirer des traits sur un parchemin, lorsque le fils d'Avascaen, Maryl, entra en trombe dans la pièce.

« Votre Altesse, il y a vingt-cinq hommes à nos portes, et votre fils est avec eux. »

Sans réfléchir, Maël saisit son minuscule canif en guise d'arme et courut à l'extérieur, les cavaliers descendaient de leur monture dans un désordre plutôt pacifique. Maël n'eut aucun mal à distinguer le prince dans ce remue-ménage, parce que son fils, tout simplement, lui ressemblait de façon frappante. Souriant, Ogrétoryc s'avança sans se presser et lui tendit la main.

« Je suis heureux de vous voir, Père. Toute ma vie, j'ai entendu des histoires à votre sujet, et à présent, enfin, nous nous rencontrons.

— Moi aussi, je suis heureux. » Maël accepta la main qu'il lui offrait.

« Votre lettre m'a beaucoup peiné. Vous n'avez rien à craindre de moi, je le jure.

— Alors, la cour doit avoir beaucoup changé depuis la dernière fois que j'y suis allé.

— Je reçois des tas de conseils impies, si c'est ce que vous voulez dire, mais je tuerais quiconque lèverait la main sur vous. »

Il parlait si sincèrement que Maël faillit pleurer de soulagement.

« Alors, je vous en remercie. »

Ogrétoryc se tourna et regarda le donjon et la tour.

« C'est la première fois que je viens ici, voyez-vous. Lorsque j'étais enfant, Mère n'est jamais venue, parce que le fait de penser à quel point vous aimiez cet endroit la faisait pleurer. Une fois adulte, je suis parti en guerre la plupart du temps. C'est à vous à présent. Je vous ai cédé ce dun, et le Roi vous a gracieusement accordé un titre en plus. Les cachets de noblesse sont dans mes sacoches de selles.

— Grands dieux ! C'est fort généreux à vous. »

Ogrétoryc haussa les épaules, détournant toujours le regard.

« Il y a une chose que je dois vous dire, reprit-il. Il y a quelques années, lorsqu'ils ont envoyé la lettre vous répudiant, tout le monde était certain que Glyn vous pendrait. J'aurais imploré le Roi de ne pas envoyer cette lettre, mais je n'étais pas à la cour. » Il regarda enfin Maël. « C'est mon épouse qui s'était arrangée pour que je sois loin lorsque le Roi a pris sa décision. Je l'ai découvert bien plus tard.

— Eh bien, je ne voudrais pas trop vous peiner. Mais je doute que le Roi eût écouté votre plaidoyer. Néanmoins, je vous demanderai une faveur, celle de ne jamais avoir à rencontrer votre épouse.

— Je l'ai répudiée. Elle vivra sa vie dans un endroit tranquille et retiré du monde et de la cour. »

Et il y avait de la malice dans la voix du jeune prince.

Le lendemain matin, Ogrétoryc prit congé de bonne heure en promettant de revenir dans peu de temps si la campagne de cet été le lui permettait. Maël, attendant aux portes, lui dit au revoir d'un signe de la main, puis alla chercher Gavra, qu'il trouva en train d'examiner la cour près du potager de Scwna.

« Que fais-tu ? demanda-t-il.

— Je réfléchis à la manière dont ces pavés devront être retirés pour que nous puissions faire pousser un jardin d'herbes aromatiques. Scwna m'a dit qu'il y avait beaucoup de soleil à cet endroit.

— Je peux l'imaginer dès aujourd'hui. Pendant des années, les gens parleront de l'excentrique Dame Gavra de Cannobaen et de ses herbes.

— Je ne peux pas être une Dame. Je refuse.

— Tu ne peux pas le refuser. Tu as scellé ton sort en m'épousant. Tu sais, beaucoup de filles ont obtenu un titre grâce à leur beauté, mais tu es la première dont j'entends parler qui aura gagné le sien grâce à une décoction fébrifuge. »

Elle se mit à rire, et il l'embrassa, puis l'enlaça étroitement, enfin libre sous la chaleur du soleil.

Au cours de l'été 797, l'année de son cinquantième anniversaire, Glyn, Gwerbret de Cerrmor et prétendu Roi de tout le royaume de Deverry, mourut d'une congestion au cœur. Même si Persaunn s'inquiétait pour la santé du Roi depuis quelque temps, la soudaineté de sa mort le prit par surprise. Un matin, Glyn était sorti à la tête de ses hommes ; à midi, ils l'avaient ramené chez lui mort. Il avait eu une attaque alors qu'il était sur son cheval et avait rendu l'âme en quelques minutes. Pendant que sa femme en pleurs et que ses suivantes lavaient et préparaient son corps, son fils aîné, Camlann fut intronisé Roi devant ses loyaux vassaux dans la grande salle, où le grand prêtre de Bel le bénit, puis attacha la grosse broche circulaire royale sur sa cape. Lorsque ses vassaux s'avancèrent un par un pour s'agenouiller devant leur nouveau suzerain, Persaunn s'éclipsa loin de la confusion et se rendit dans ses appartements. Le temps était venu pour lui de quitter Cerrmor.

Plus tard dans la soirée, Persaunn était en train de faire ses bagages lorsque le nouveau Roi le convoqua. Camlann avait déjà emménagé dans la suite royale. Il se tenait debout, près de la cheminée, là où Persaunn avait si souvent vu son père faire les cent pas nerveusement. À trente ans, le nouveau Roi était solidement bâti, mais il était aussi beau que son père et se tenait aussi droit et magistralement que lui.

« On m'a dit que vous aviez l'intention de nous quitter, lui dit Camlann. J'espérais que vous me serviriez comme vous aviez servi mon père.

— Sa Majesté est très attentionnée. » Persaunn soupira à l'idée des mensonges qu'il aurait besoin de lui faire. « Mais la mort de votre père est un coup rude à supporter pour un homme aussi âgé que je le suis. Je n'ai plus de force pour les affaires de la cour, Majesté. J'espère seulement passer les dernières années qu'il me reste à vivoter et à honorer le souvenir de votre père.

— C'est présenté avec noblesse. Dans ce cas, cela me ferait plaisir de vous attribuer des terres près de Cerrmor, en récompense de vos longues années de service.

— Le Roi est très généreux, mais il devrait garder ce genre de faveurs pour les plus jeunes. J'ai de la famille qui m'accueillera, et c'est vers les siens qu'un vieil homme doit se tourner. »

Après avoir quitté Cerrmor, Persaunn se rendit à Cannobaen pour voir Maël et Gavra. Même s'il y avait une guerre ouverte à la frontière d'Eldidd, dans ses habits de vieil herboriste modeste, il franchit facilement les lignes et se fraya un chemin le long de la côte eldiddienne. Tard, par un jour d'été radieux, alors que les roses sauvages fleurissaient au bord des chemins, il atteignit le dun. De l'autre côté des portes, les anciennes armoiries des princes d'Aberwyn avaient été retirées, et un nouveau blason avait été suspendu, une paire de blaireaux se bagarrant avec la devise : « Nous attendons ».

Lorsque Persaunn fit entrer son cheval et sa mule, Maël accourut pour l'accueillir en criant. Il était bronzé et vigoureux, et eut un large sourire quand il attrapa la main de Persaunn et l'étreignit entre les siennes.

« Que faites-vous ici, loin des importantes affaires du royaume ? lui demanda Maël. Je suis ravi de vous revoir.

— Eh bien, Glyn est mort, et j'ai quitté la cour.
— Il est mort ? Je ne le savais pas.
— Vous semblez triste, mon ami.
— D'une certaine manière, oui, je le suis. Quelles qu'aient été ses raisons, Glyn fut le protecteur le plus généreux qu'un érudit ait jamais eu. Il m'a nourri pendant vingt ans, non ? De nombreux seigneurs ont eu une consécration élogieuse pour bien moins que ce qu'il a fait. Mais venez, entrez donc. Gavra sera heureuse de vous revoir, et nous avons eu une nouvelle fille, que nous voudrions vous présenter. »

Outre leur fille, Maël avait un autre trésor à lui faire découvrir, un livre très rare, qu'il avait trouvé au temple de Wmm au cours de l'une de ses rares visites à Aberwyn. Cette nuit-là, ils lurent chacun à leur tour des passages de cette récente traduction d'un dialogue du sage Rhwmane, Tull Cicryn, et veillèrent tard, discutant à maintes reprises de ces rares pensées remontant à l'Époque de l'Aube.

« J'ai dépensé une sacrée somme d'argent pour ce livre, remarqua Maël à un moment. Gavra a pensé que j'étais fou, et peut-être a-t-elle raison. Mais les prêtres m'ont dit que c'était le seul ouvrage de Cicryn qui ait été préservé du Grand Exil.
— C'est vrai, et c'est dommage que nous n'en ayons pas d'autres. La légende dit que Cicryn était un homme comme vous, un prince des Rhwmanes qui fut déchu de son rang parce qu'il avait soutenu le mauvais prétendant au trône rhwmane. Il a consacré le reste de sa vie à la philosophie.
— Eh bien, j'espère que son exil ne fut pas trop pénible, mais cela valait le coup d'avoir ces Discussions Tuscanes. J'ai l'intention d'inclure ses arguments contre le suicide dans mon nouveau livre. L'image centrale qu'il présente est des plus pertinentes et frappantes quand il dit que nous sommes semblables aux gardes

d'une armée, désignés par les dieux pour des raisons que nous ignorons, et que se suicider équivaudrait ainsi à déserter son poste.

— Comme il me semble l'avoir rappelé à un prince très jeune il y a très longtemps. »

Maël rit avec décontraction.

« Oui, c'est vrai, et mon tuteur avait entièrement raison. Écoutez, je voulais vous dire quelque chose. Vous êtes le bienvenu ici et vous pouvez rester pour le restant de vos jours si vous le souhaitez. Même si je ne peux vous offrir un logis raffiné, mais seulement la chaleur de Cannobaen en hiver.

— C'est fort généreux de votre part, et sincèrement, je suis tenté, mais j'ai de la famille chez qui aller.

— De la famille ? Bien sûr que vous devez avoir des parents. C'est que, je pensais que les maîtres de dweomer jaillissaient directement du sol.

— Comme les grenouilles sortent de la vase chaude ? Eh bien, nous ne sommes pas si étranges que cela – pas autant en tout cas. »

Lorsque Persaunn partit, il se faufila dehors de bonne heure, à l'aube, avant que la famille ne fût réveillée, simplement pour éviter à tout le monde de pénibles adieux. Lorsqu'il s'éloigna, il se retourna pour voir la pâle lueur du phare de Cannobaen au sommet de sa tour, et il sut qu'il ne reverrait jamais plus Maël. Il aurait aimé réellement avoir des parents chez lesquels aller, mais, bien sûr, les seules relations qu'il avait se trouvaient toutes à l'une des cours en guerre, qu'il devrait éviter un certain temps. Parce que, tout simplement, il devait faire semblant de mourir. De nombreuses années plus tard, un autre herboriste du nom de Persaunn pourrait réapparaître en des endroits où il avait jadis été connu, sans que personne ne lui pose d'embarrassantes questions au sujet de sa vie exceptionnellement longue.

Il décida de se diriger vers un endroit retiré au cœur du territoire de Cantrae, où il pourrait apporter ses compétences aux gens ordinaires du royaume déchiré. Il se demanda où il retrouverait Brangwen et si elle était peut-être déjà en vie, quelque part, dans un nouveau corps. Il ne pouvait rien faire, hormis suivre ses intuitions et laissa la chance le guider. Avec un long et douloureux soupir, il orienta son cheval sur la route du nord. Sa longue vie avait beau paraître miraculeuse aux autres, il était très fatigué.

Quant à Maël, Seigneur de Cannobaen, son épouse et lui vécurent de nombreuses et longues années de bonheur et moururent à quelques jours d'intervalle l'un de l'autre, de leur belle mort. Réputé pour sa sagesse, il devint connu sous le nom de « Maël le Prophète », et avait reçu le titre datant de l'Époque de l'Aube de « devin ». Bien que le peuple de Deverry l'eût appelé Maël y Gwaedd, avec l'accent eldiddien, son nom devint Maelwaedd, lequel fut transmis à tous ses descendants durant de longues générations.

Été
An de grâce 1063

Il ne faut jamais parler de « lier » un esprit dans un cristal ou un talisman. Si l'esprit choisit de vous servir de cette manière, très bien, parce qu'il gagnera en connaissance et en puissance en guise de récompense, mais laissons ce genre de discussion d'emprisonnement et d'assujettissement au Sentier Noir.

— *Le Livre Secret de Cadwallon Le Druide*

C'était une belle journée ensoleillée, et le soleil faisait miroiter les eaux de la Rivière Lit. Sire Camdel, autrefois Maître du Bain du Roi, longeait la rivière en chantant, juste des couplets de chansons, mélangés pêle-mêle sans aucun ordre particulier, parce qu'il avait beaucoup de mal à se souvenir des paroles. Il avait du mal, en fait, à se souvenir de quoi que ce soit, comme de la raison pour laquelle il se dirigeait vers les collines retirées de la province d'Yr Auddglyn. De temps en temps, la question lui traversait l'esprit, mais peu importait combien de temps il méditait dessus, il ne trouvait jamais de réponse. Il lui semblait tout simplement parfaitement normal d'être ici, à cent lieues de la cour, avec un mystérieux paquet de bijoux dans ses sacoches de selle. Il savait qu'il avait volé ces bijoux, mais il ne se rappelait plus pourquoi, ni à qui ils appartenaient.

« Je dois être ivre, dit-il à son hongre alezan. Mais pourquoi suis-je ivre et suis-je venu jusqu'ici ? »

Le hongre s'ébroua comme s'il se posait la même question.

À quelques lieues plus loin, la rivière tournait brutalement et, suivant le méandre, Camdel aperçut trois hommes à cheval. Confusément, il savait qu'ils l'attendaient. Bien sûr, il s'agissait de Sarcyn et d'Alastyr, et le troisième homme qui les accompagnait devait être un serviteur. Il était sans doute venu ici leur acheter de l'opium en échange de ces bijoux. Enfin, tout prenait un sens.

« Bienvenue, mon ami, dit Alastyr. Êtes-vous prêt à venir avec nous ? »

Camdel allait acquiescer lorsqu'il eut un éclair de lucidité : *Non ! Ils vont te faire du mal !* Cette pensée se fit si forte, si pressante, que sans s'arrêter, il tira violemment sur les rênes de son cheval pour faire volte-face.

« Eh là ! » Sarcyn éperonna sa monture et le poursuivit.

Vite, au galop !

Docilement, Camdel piqua des éperons, mais juste au moment où son cheval s'élançait au galop, celui-ci poussa un cri d'agonie et se cabra. Camdel fut projeté violemment en avant ; il se raccrocha à son encolure lorsque sa monture chancela. Il vit une épée scintiller et trancher la gorge du cheval. Juste à temps, il libéra ses pieds des étriers et roula de côté lorsque le hongre s'affala sur le sol. Il se releva en titubant, cherchant à tâtons la garde de son épée. Puis il reçut un coup puissant derrière la tête et tomba évanoui.

« Bon travail, Sarcyn, lança Alastyr. Gan, récupère ces sacoches de selle ! Nous devons repartir vite.

— Quel gâchis, remarqua Sarcyn en s'agenouillant près de Camdel. Il va falloir que nous dérobions un autre cheval.

— J'étais en train de me dire que nous ferions tout aussi bien de simplement le tuer. La situation est beaucoup plus dangereuse que je ne le pensais. N'oublie pas qu'avec cette maudite guerre qui sévit dans la région, nous pourrions tomber sur une patrouille ou autre chose de ce genre sur la route. »

Sarcyn releva la tête, un éclair de mutinerie dans les yeux.

« Je sais que je l'ai promis, mais... » Alastyr hésita, se rappelant l'avertissement de l'Ancien selon lequel son apprenti le détestait. « Ah, eh bien, il ne pèse pas bien lourd. Tu peux l'attacher sur ton cheval jusqu'à ce que nous en trouvions un autre.

— Je veux prendre ma revanche sur ce petit cochon puant. En plus, nous pouvons nous servir de lui pour le rituel.

— Oui, effectivement, et ce soir même. Bon sang, je suis exténué. »

Leur servant muet, Gan, se dépêcha de remonter sur son cheval avec les sacoches de selle. Bien que Alastyr fût tenté de les ouvrir et de contempler les bijoux, le temps leur manquait. Nerveusement, il regarda autour de lui, à demi effrayé de voir un quelconque seigneur noble et sa bande armée au complet se diriger vers eux. Camdel allait considérablement les ennuyer. Il se sentait blessé, réalisa-t-il, que Sarcyn le déteste, *après tout ce qu'il avait fait pour ce petit rat de gouttière !* Toutefois, il n'avait pas le temps de s'en inquiéter pour le moment et qu'il le détestât ou non, Sarcyn était trop utile pour qu'il se débarrasse de lui maintenant.

Il avait des élancements étourdissants à la tête, et des mains étaient posées autour de sa taille. *Mais où était-il ? Sur un cheval. Quelque part.* Camdel ouvrit les yeux et vit une grande prairie verte autour de lui. *L'Auddglyn.* Il avait essayé de s'enfuir. Avec un grognement, il se tortilla sur sa selle et réalisa que ses chevilles étaient attachées aux étriers.

« Alors, enfin réveillé ? » remarqua Sarcyn.

Camdel réalisa alors que Sarcyn était assis derrière lui et le maintenait sur sa monture. Il entendit le bruit d'autres chevaux derrière eux. Les vertes prairies se mirent à danser puis valsèrent, dans sa vision déformée par la douleur.

« Je m'excuse de vous avoir frappé à la tête, poursuivit Sarcyn, mais nous ne pouvions pas vous laisser repartir ainsi.

— Pourquoi ? Que me voulez-vous ? »

Sarcyn rit, d'un petit rire grommelant entre les dents.

« Vous le saurez ce soir. »

Il était trop épuisé pour en demander davantage. Même s'il était bien entraîné à manier les armes et avait effectivement remporté plusieurs tournois, Camdel n'était jamais parti en guerre ni n'avait réellement dépensé beaucoup d'énergie dans sa vie. La douleur occupa ses pensées pendant le reste de leur long et pénible voyage.

Ils finirent par arriver à une ferme, qui avait été abandonnée depuis un certain temps, à en juger le mur de terre qui s'effondrait autour d'elle et les trous dans le toit de chaume de la ferme elle-même. Lorsque les autres mirent pied à terre, Sarcyn libéra les chevilles de Camdel et le fit descendre du cheval, puis le poussa dans une grande pièce semi-circulaire qui avait jadis servi de cuisine. Des affaires de voyage étaient éparpillées partout sur le sol et des couvertures étaient empilées près de la cheminée.

« Allongez-vous et reposez-vous, lui dit Sarcyn. Je vais vous lier les mains et les pieds pour m'assurer que vous resterez ici. »

Une fois qu'il fut ligoté, Camdel s'allongea silencieusement et essaya de ne pas bouger sa tête qui le lançait. Les autres entrèrent, discutèrent de leur butin, puis passèrent dans une autre pièce. Malgré ses tentatives pour essayer de trouver le sommeil, Camdel entendit soudain un hurlement de colère.

« Elle n'est pas là ! Elle a dû tomber lorsque son maudit cheval s'est effondré ! Tout est là sauf la Grande Pierre de l'Ouest. Sarcyn, selle ton cheval et retourne là-bas pour la retrouver. »

La Grande Pierre de l'Ouest. Qu'est-ce que c'était ? Camdel se souvenait vaguement de ce nom, mais la douleur à sa tête l'empêchait de réfléchir. Il sombra dans l'inconscient, pour se retrouver dans un rêve effrayant où Alastyr le questionnait au sujet de cette mystérieuse pierre.

Lorsqu'il se réveilla, il faisait nuit, et un feu brûlait dans la cheminée. À côté, Alastyr et Sarcyn étaient assis par terre et parlaient doucement sur un ton empreint d'une rage folle, pendant que leur domestique se blottissait à l'ombre du mur. Lorsqu'il réalisa qu'ils n'avaient probablement pas retrouvé la pierre, il ressentit de la joie. Même s'il laissa échapper un grognement lorsqu'il essaya de bouger, la douleur était supportable.

« Donne-lui à manger et à boire, ordonna Alastyr. Je veux effectuer le rituel immédiatement. Tous les voyages astraux que je fais me laissent lessivé, je n'ai pas besoin de te le dire. »

Le cœur de Camdel se mit à battre la chamade. Tous les récits avec des magiciens malfaisants qu'il avait connus lui revinrent lorsque Sarcyn s'approcha de lui tranquillement.

« Oh, nous ne sommes pas les simples vendeurs d'opium que vous pensiez que nous étions, lui dit Sarcyn en s'agenouillant. Bientôt, vous en saurez davantage sur nous, Votre Seigneurie. Au début, vous allez détester ce que je vais vous faire, mais dans quelque temps, j'imagine que vous y prendrez goût, curieusement. Vous êtes du genre à aimer cela, tout simplement, espèce de sale petite mauviette répugnante. Votre Seigneurie ! »

Lorsque Sarcyn lui libéra les mains, elles tremblaient tant que Camdel put à peine tenir l'outre qu'il lui avait remise. Il avait si soif qu'il se força à les maîtriser et avala de longues gorgées. Sarcyn le regarda avec un petit sourire qui lui donna la chair de poule.

« Faim ? demanda-t-il.

— Non, souffla Camdel d'une voix entrecoupée. S'il vous plaît, laissez-moi partir. Mon père est riche, il vous donnera une rançon, grands dieux, je vous en prie, laissez-moi partir !

— Oh, jamais vous ne reverrez votre père, jeune homme. Vous venez avec nous à Bardek, mon beau, mon très noble et assuré seigneur. Lorsque vous ne serez plus d'aucune utilité pour mon maître, nous vous vendrons au marché aux esclaves. Mais seulement lorsque j'en aurai fini avec vous. Je pense que vous feriez mieux d'essayer de me satisfaire et de vous assurer que je ne me lasse pas de vous dès maintenant. »

Brusquement, Camdel comprit ses sous-entendus. Involontairement, il eut un mouvement de recul et les moqueries de Sarcyn le réduisirent au silence.

« Il ne pourra probablement pas manger, intervint Alastyr. Détache ses chevilles et amène-le ici. »

Lorsque Sarcyn le tira pour qu'il se lève, Camdel chancela. Il avait été attaché si longtemps qu'il avait du mal à marcher. À moitié en le poussant, à moitié en le portant, l'apprenti l'emmena dans une autre pièce, dans laquelle un morceau de velours noir, brodé d'étranges signes et de sceaux, était suspendu à un mur. Des lanternes étaient pendues à des crochets, et dans un coin, il y avait un petit brasero de bronze, d'où se dégageait un petit nuage d'encens. Au milieu, un solide anneau de fer était fixé à une trappe, laquelle donnait sans doute sur une cave ou une pièce courante.

« Tout est prêt, nous n'attendions que votre réveil », dit Alastyr, et Camdel détesta plus que jamais sa voix mielleuse. « Maintenant, si vous vous débattez trop, vous pourriez vous faire mal, aussi, restez tranquille. »

Sur ces mots, Sarcyn le poussa et le fit tomber au sol, face contre terre, si violemment qu'il en eut la respiration coupée. Rapidement, l'apprenti lia ses mains à l'anneau, puis s'écarta dans un coin. Lorsque Camdel leva les yeux, il vit Alastyr à un mètre à peine de sa tête. Ses mains étaient levées, paumes vers le haut, à peu près à hauteur d'épaules. À la lueur vacillante des chandelles, ses yeux semblaient briller lorsqu'il plongea son regard dans celui de Camdel. Brusquement, ce dernier fut incapable de détourner la tête, même s'il se débattait pour le faire. Les yeux d'Alastyr l'avaient piégé et le maintenaient immobile, et il eut l'impression que le vieil homme aspirait son énergie vitale, l'épuisant d'une manière mystérieuse qu'il ne pouvait comprendre.

Puis, Sarcyn s'agenouilla à côté de lui, commença à lui retirer son brigga, en le soulevant pour le défaire, et se mit à le caresser. Camdel se débattit comme un poisson au bout d'un hameçon, mais l'apprenti était trop fort. Tremblant de peur, il resta allongé à moitié nu et continua de fixer les yeux d'Alastyr lorsque Sarcyn lui écarta les jambes et s'agenouilla entre elles. Le vieil homme se mit à chanter dans une langue incompréhensible, un doux marmonnement rythmé qui était d'autant plus terrifiant qu'il était scandé avec une lenteur et une maîtrise parfaites.

Puis il sentit les mains de Sarcyn empoigner ses fesses. Lorsqu'il réalisa ce qui allait lui arriver, il voulut hurler, mais aucun son ne sortit de sa bouche.

À la lueur grise et humide de l'aube, le camp commençait à se réveiller. Les hommes bâillaient et juraient, les chevaux se stimulaient et tiraient sur leurs longes en poussant de doux ébrouements. À son poste de garde, près du ruisseau, Rhodry rangea son épée et posa son bouclier sur le sol en attendant que le capitaine vienne le relever de sa garde. De l'autre côté du ruisseau, il y avait un champ de blé d'un blond doré, mûr pour la moisson. *L'été arrive*, se dit Rhodry. *Mon tout premier été en tant que mercenaire*.

Enfin, le capitaine vint le relever d'un cri et d'un geste de la main. Rhodry se dépêcha de retourner au camp, posa son bouclier à côté de son tapis de couchage puis se rendit aux charrettes en bois pour aller chercher de l'avoine pour son cheval et à manger pour lui-même. Les vingt autres hommes de la troupe étaient déjà là. Il fit la queue et se plaça derrière Édyl, un jeune cavalier au visage carré qui était, du moins jusqu'alors, le seul de la bande à parler à un mercenaire.

« Bonjour, Rhodry. Je suppose que vous n'avez vu aucun ennemi s'approcher de nous à pas de loup, ou vous êtes-vous endormi à votre poste ?

— Oh, il était facile de rester éveillé, avec tous les ronflements et les bruits incongrus que vous faisiez. »

En riant, Édyl lui donna une tape amicale sur l'épaule. Plus loin, près de la charrette, le valet de chambre corpulent de Sire Gwivan se faufila à la tête de la file et récupéra le petit déjeuner de son maître.

« À quelle distance se trouve le dun de ce Sire Daen, au fait ? demanda Rhodry.

— À cinq lieues à peine. Si ces maudites charrettes ne se cassent pas encore, nous arriverons là-bas ce soir.

— À votre avis, nous nous ferons piéger dans un siège ?

— Eh bien, c'est la rumeur qui court, non ? Prions pour qu'elle ne soit pas fondée. »

Depuis qu'il s'était engagé au beau milieu de cette guerre, dans l'Auddglyn, Rhodry essayait encore de s'expliquer exactement ce qui se passait. D'après ce qu'il savait, Sire Daen et un certain Sire Laenrydd avaient une querelle de longue date, et un petit incident avait déclenché les hostilités. Chaque seigneur avait fait jouer ses alliances pour constituer une armée aussi grande qu'ils le pouvaient. Rhodry avait été engagé par un allié de Daen, Marclew, mais comme Marclew ne devait à Daen que vingt et un hommes, il était resté chez lui et avait envoyé son fils, Gwivan, à la tête de sa garnison. La honte de sa situation rongeait Rhodry constamment. Pas plus tard que l'été dernier, il avait été le *cadvridoc* d'une grande armée ; à présent, il n'était qu'un mercenaire, engagé pour épargner à un autre homme le devoir de partir en guerre.

Ils levèrent le camp en douceur et reprirent la route deux heures après l'aube. La moitié de la bande marchait d'un pas tranquille, menée par leur seigneur qui marchait à la tête de la colonne ; les charrettes roulaient en cahotant au milieu de la file ; le reste des cavaliers formait l'arrière-garde. En tant que mercenaire, Rhodry bouclait la file et inspirait la poussière soulevée par tous les autres. Il se surprit à penser à Jill et à se demander si elle était saine et sauve, de retour au dun avec le reste de la bande armée et, de ce fait, le seigneur veuf lui-même. Sa jalousie était un fidèle partenaire de route qui le rongeait constamment, l'accablant de souvenirs lui rappelant juste à quel point Jill était belle. Lorsqu'ils s'étaient engagés ensemble, il avait réussi à faire abstraction du fait qu'ils seraient séparés pendant des semaines entières, voire des mois, alors qu'il n'avait aucun moyen de savoir si elle lui resterait fidèle.

Lentement, la file irrégulière serpenta le long de petites collines jonchées d'arbres rabougris et de broussailles. Méthodiquement, Rhodry se remémora chaque homme du dun et se demanda si elle le trouverait séduisant. Pour lui, il était évident que tous ceux qui verraient Jill la désireraient ; la question était de savoir si elle accepterait les avances de quelqu'un. Soudain, le son d'une corne d'argent interrompit ses maussades spéculations. Poussant un cri involontairement, il se leva sur ses étriers et regarda autour de lui. Plus loin sur la route arrivait une troupe, armée et prête à se battre, alignée en travers du chemin et leur barrant le passage.

« Ennemis en vue, jeunes gens ! cria Gwivan. Aux armes ! »

Tout en délaçant son bouclier du pommeau de sa selle et en l'enfilant sur son bras gauche, Rhodry guida son cheval des genoux, le fit sortir de la colonne et avança rapidement jusqu'aux charrettes. La colonne de marche s'était dissoute pour céder la place à un tourbillon confus de cavaliers jurant et grognant tandis que les autres imitaient son exemple. Juste au moment où il atteignit la ligne de front, un autre cor retentit, et des collines, derrière eux, surgit une seconde troupe qui leur coupait toute retraite. Rhodry commença à se demander s'il reverrait Jill un jour, qu'elle lui soit restée fidèle ou non. Jurant tout bas, il sortit un javelot de son fourreau, placé sous sa jambe droite lorsque la troupe ennemie commença à faire avancer ses chevaux.

« Gwivan ! s'écria le capitaine du camp adverse. Rendez-vous, espèce de jeune idiot. »

Le seigneur fit avancer son cheval de quelques pas, devant ses hommes sinistres qui se bousculaient. Estimant qu'il y avait quarante hommes derrière eux et trente devant, Rhodry rassembla son courage et se prépara mentalement à mourir au combat, dans le cas où Gwivan refuserait de se rendre.

« Réfléchissez, jeune homme ! poursuivit le seigneur ennemi. Ce n'est même pas votre querelle. Laissez votre père payer une rançon pour vous et vos hommes. Tant que vous ne rejoignez pas le dun de Daen aujourd'hui, cela m'est bien égal de vous tuer. Il n'y a rien de déshonorant à se rendre lorsque la situation est aussi déséquilibrée, et en outre, nous pouvons négocier.

— Vous avez entièrement raison, Ynryc, lui répondit Gwivan. Mais que dirait Sire Degwyc ?

— Il n'est pas avec nous, et je vous donne ma parole

d'honneur qu'il ne vous fera aucun mal tant que vous serez sous ma responsabilité. »

Gwivan réfléchit si longtemps que Rhodry eut envie de jurer tout haut, frustré. Sa vie tenait à un fil, celui de querelles qui opposaient des hommes qu'il ne connaissait même pas.

« D'accord, répondit enfin Gwivan. J'accepte votre marché. »

Rhodry soupira bruyamment, soulagé.

Lentement, les ennemis s'avancèrent et les encerclèrent. Ynryc se posta près d'une charrette et les surveilla pendant que, un par un, Gwivan et ses hommes s'approchaient de lui et déposaient leurs armes. Rhodry arriva à la fin. Il jeta d'abord ses javelots dans la charrette, puis, lentement et avec réticence, remit son épée, une magnifique lame du plus fin acier, dont la garde avait été travaillée sous la forme du dragon d'Aberwyn. C'était l'unique chose qu'il aimait autant que Jill, et la déposer sur la pile lui fut très pénible.

« Voilà une bien belle épée, mercenaire, remarqua Ynryc. Un butin de guerre ?

— Non, Seigneur, c'est un présent d'un homme que j'ai bien servi. » Rhodry pensait à son père, qui lui avait donné cette épée.

« Vous avez dû vous battre vaillamment pour avoir mérité une telle lame. » Ynryc se tourna vers Gwivan, assis de mauvaise grâce sur son cheval, à côté de lui. « Votre père devra se montrer sérieux quant à ses obligations, s'il a effectivement de l'argent à dépenser pour engager un mercenaire. »

Gwivan avait les lèvres serrées.

« Ah, ce n'est pas de votre faute si votre père est avare, poursuivit Ynryc. À votre avis, paiera-t-il une rançon pour ce jeune homme ?

— Mon père est un homme d'honneur, répliqua Gwivan rageusement. Et il n'est pas avare.

— Il est juste un peu près de ses sous, alors ? »

Lorsque Ynryc éclata de rire, le visage de Gwivan s'empourpra de honte. Rhodry redouta le pire. Si le seigneur qui l'avait engagé refusait de payer sa rançon, il serait réduit à un moins que rien, à un serf, et resterait la propriété virtuelle de Ynryc pendant des années, jusqu'à ce qu'il puisse racheter sa liberté.

Sire Marclew était dans une telle colère que tout le monde dans la grande salle put entendre la nouvelle. Suivi d'un scribe et d'un chambellan troublés, il arpentait la pièce et débitait des insultes sur Ynryc, son clan et sa masculinité. Près du mur, Jill se tenait au milieu des servantes et observait le seigneur, un homme énorme, toujours très musclé malgré ses cheveux grisonnants. Il étreignit le message de Ynryc d'une main massive et le remua devant le scribe comme s'il le tenait responsable de l'avoir écrit, alors qu'il s'était contenté de le lire.

« L'effronté ! lança Marclew d'un ton hargneux. Surprendre mon fils sur la route en jouant un de ces sales tours minables, et après, me traiter de pingre ! » Il rendit le parchemin au scribe, qui le prit et se recula rapidement hors de portée. « Quelle était son offre, encore une fois, à ce bâtard ? »

Le scribe s'éclaircit la gorge et défroissa le message.

« Je sais que Sa Seigneurie tient à son argent, et le serre dans ses bras à la manière dont la plupart des hommes préféreraient serrer une femme, mais il ne fait aucun doute que la vie de son propre fils est suffisamment précieuse à ses yeux pour qu'il accepte de se séparer d'une partie de son trésor. Nous avons fixé le prix de sa rançon à vingt pièces d'argent deverriennes, et ce sera dix pièces d'argent pour chacun de ses hommes, cinq pour le mercenaire, et une par domestique.

— L'arrogant ! hurla Marclew. S'attendent-ils réellement à ce que je paie une rançon pour un misérable mercenaire ? Ils se fichent bien de moi, mais que je sois maudit si je le faisais. »

Tout en grognant, Marclew recommença à faire les cent pas. Le chambellan se tourna vers Jill et lui fit un signe, l'invitant à plaider auprès du seigneur pour la vie de Rhodry, mais elle hocha la tête négativement et sortit à grandes enjambées de la grande salle. L'une des servantes la suivit et l'attrapa par le bras.

« Que faites-vous ? Pourquoi n'implorez-vous pas la vie de votre compagnon ?

— Parce que j'ai assez d'argent pour payer sa rançon moi-même. Durant toutes ces années passées sur la longue route, je n'ai jamais été traitée aussi mesquinement par un seigneur, et je ne le supporterai pas une minute de plus. Si j'étais barde, je ferais une satire de Marclew.

— Oh, nombreux sont les bardes qui l'ont déjà fait, mais cela n'a pas arrangé les choses. »

Jill descendit aux écuries, où elle dormait dans une stalle vide, près de son cheval, Sunrise. Un palefrenier l'aida à le seller et lui indiqua le chemin du dun d'Ynryc, à environ un jour et demi de voyage.

« Bon, soyez prudente, jeune fille, lui recommanda-t-il. Il y aura autant de patrouilles dans les collines que de puces sur un chien.

— Oui. Pouvez-vous me donner un peu d'avoine pour mon cheval, ou votre radin de seigneur vous battrait-il si vous le faisiez ?

— Il ne le saura jamais. Vous voulez prendre soin d'un cheval comme celui-ci et c'est bien normal. »

Comme s'il savait qu'on le complimentait, Sunrise remua la tête et fit onduler sa crinière argentée sur son encolure dorée. Rhodry lui avait offert ce Chasseur de l'Ouest du temps où il était un seigneur lui-même, capable de faire de précieux présents à ceux de son entourage, et à la différence de Marclew, il s'était montré aussi généreux qu'un seigneur devait l'être.

Jill partit sans même prendre la peine de dire au revoir à Marclew, et elle galopa sur les premiers kilomètres, juste pour laisser son dun loin derrière elle. Lorsqu'elle atteignit les larges rives herbeuses de la Rivière Lit, elle ralentit l'allure et laissa Sunrise se détendre et marcher au pas. Soudain, son gnome gris apparut sur le pommeau de sa selle et s'y percha en équilibre précaire.

« Nous allons retrouver Rhodry, puis nous reprendrons la longue route, lui dit-elle. Marclew est un porc. »

Souriant largement, le gnome acquiesça de la tête.

« J'espère que Rhodry sera bien traité. Es-tu allé jeter un coup d'œil sur lui ? »

D'un hochement de tête énergique, le gnome répondit positivement aux deux questions.

« Tu sais, petit frère, il y a une chose que je ne comprends pas. Rhodry est à moitié un elfe, mais il ne peut pas te voir. »

Le gnome se cura les dents, de longues dents bleues, tout en réfléchissant, puis haussa les épaules et disparut. Apparemment, il ne comprenait pas lui non plus.

La route bifurqua vers de petites collines, quittant parfois la rivière lorsque l'eau traversait un profond canyon, puis la rejoignant dans les vallées. Des deux côtés s'étendaient des lieues et des lieues de pâturages broussailleux, s'étirant jusqu'aux collines. Çà et là, Jill apercevait des troupes de vaches blanches aux oreilles de rouille, surveillées par un berger aidé par de gros chiens gris et blanc. En fin de journée, à la sortie d'un grand virage qui suivait les méandres de la rivière, Jill aperçut des corbeaux sur sa droite. Dans l'herbe haute, ils s'envolèrent brusquement et se mirent à décrire des cercles, puis se posèrent près de leur proie.

Jill supposa que le cadavre était celui d'un veau, trop faible pour survivre, voire celui d'une vache tombée malade et morte avant que le berger ait pu la retrouver, mais brusquement, son gnome gris réapparut. Il saisit une rêne de ses doigts osseux, la remua énergiquement, puis montra les corbeaux.

« Tu veux que j'aille voir ? »

Il fit signe que oui, tout excité.

Jill attacha Sunrise à un buisson, près de la route, puis suivit le gnome. À leur approche, les corbeaux s'envolèrent, croassant avec indignation, et se posèrent sur un arbre, à proximité, pour garder un œil sur leur nourriture. Dans l'herbe haute gisait la carcasse d'un cheval toujours sellé et bridé, dont les sangles de cuir avaient profondément entaillé la chair gonflée. Elle en fit le tour mais les rapaces en avaient tant mangé qu'elle ne put dire comment le cheval était mort. La selle et la bride la rendaient perplexe. Si un cheval appartenant à une garnison s'était cassé une jambe, les soldats auraient rapporté les affaires qu'il transportait après avoir mis un terme à son agonie.

Retenant sa respiration, elle se rapprocha un peu plus. Il y avait de l'argent et de brillantes pierres précieuses sur la bride.

« Par tous les dieux et leurs maîtresses ! Qui aurait abandonné de telles affaires ? »

Le gnome, cependant, ne l'écoutait pas. Il était en train de fouiller dans l'herbe, l'écartant des deux mains pour voir ce que les tiges cachaient derrière, son petit visage maigre grimaçant sous l'effort de la concentration. Lorsque Jill le regarda, elle réalisa que quelqu'un d'autre avait fouillé la prairie, parce que l'herbe avait été piétinée sur un bon périmètre autour du cheval. Lorsqu'elle s'avança vers le gnome, quelque chose de doré clignota et attira son attention. Elle ramassa un bracelet, un demi-cylindre d'or pur, finement travaillé et orné de spirales et de rosettes. Même si elle n'avait jamais vu personne porter ce genre de bijoux, elle avait entendu des histoires dans lesquelles les grands guerriers de l'Époque de l'Aube le faisaient. Il devait s'agir d'un bijou de famille transmis depuis des siècles et valant assurément vingt fois son poids en or. Son poids... elle soupesa le bracelet dans sa main. Il n'y avait aucun doute là-dessus, on aurait dit qu'il ne pesait presque rien, même s'il avait l'air d'être en or massif.

« Eh bien, est-ce cela que tu cherches ? »

Les yeux plissés, confus, le gnome s'approcha d'elle. Il toucha le bracelet d'un doigt, le flaira de son long nez, puis sourit brusquement en dansant une petite gigue de victoire.

« Très bien alors. Nous allons l'emporter. »

Le gnome hocha la tête et tapa dans ses mains.

« Mais pourquoi est-il aussi léger ? C'est vraiment étrange. On dirait plus du bois que de l'or. »

Le gnome eut l'air perplexe, haussa les épaules et disparut.

Lorsque Jill enveloppa le bracelet dans ses chaussettes de rechange et les rangea dans ses sacoches de selle, elle se demanda qui avait tué le cheval et ce qui était arrivé à son cavalier. *Je devrais probablement essayer d'emporter la bride*, décida-t-elle, *si je peux supporter cette puanteur. L'un des seigneurs du coin devrait être capable d'identifier un tel objet si je le lui rapporte, et peut-être y aura-t-il une récompense.*

Brusquement, elle sentit un avertissement dweomérique, un frisson dans le dos comme si quelqu'un avait posé une main moite sur elle. Quelque chose de dangereux était à l'œuvre ici, quelque chose qui dépassait sa compréhension, mais elle pouvait le sentir aussi clairement qu'elle sentait l'odeur fétide du cheval mort. Elle renonça à essayer de dégager la bride, remonta en selle et repartit rapidement. Cet après-midi-là, elle parcourut une longue distance avant de mettre le camp, et elle dormit peu cette nuit, oscillant entre des périodes de sommeil et de veille.

Cette même nuit, Persaunn se trouvait dans une petite auberge à une trentaine de lieues à l'ouest. Depuis quinze jours, il était sur les trousses de Camdel, depuis que l'un des esprits qui animaient la Grande Pierre de l'Ouest était venu lui annoncer qu'elle avait été volée. Comme il dormait rarement plus de quatre heures par nuit, il était encore éveillé, à ruminer au sujet de ce vol consternant, lorsque le gnome gris de Jill apparut devant lui.

« Eh bien, bonsoir, petit frère. Jill est-elle dans les parages ? »

Le gnome secoua négativement la tête, puis dansa en rond, lui lançant un sourire fendu jusqu'aux oreilles.

« Qu'est-ce qu'il y a ? De bonnes nouvelles ? »

Le gnome acquiesça, puis fit un pantomime élaboré, utilisant ses mains pour décrire une petite chose ronde et scrutant l'objet comme s'il était en train de faire une séance de pyromancie.

« Oh grands dieux ! Tu veux parler de la Grande Pierre de l'Ouest ? »

Il acquiesça, puis imita quelqu'un en train de chercher quelque chose et trouvant enfin l'objet.

« Tu l'as trouvée ? Oh là, tu veux dire que c'est Jill qui l'a ? »

Le gnome acquiesça à nouveau. Pendant un court instant, Persaunn fut frappé de terreur.

« Réalises-tu que cela signifie qu'elle court un terrible danger ? Ceux qui ont volé la pierre sont prêts à tuer pour l'avoir. »

La bouche grande ouverte, le gnome poussa un petit gémissement, chose difficile à faire pour une créature du Peuple Sauvage.

« Retourne auprès d'elle. Au premier signe de danger, tu viens m'avertir, tu m'entends ? »

Le gnome hocha la tête puis disparut. Prêt à succomber à la panique en dépit de son esprit discipliné, Persaunn se tourna vers le brasero placé dans un coin de sa chambre. Sur un signe de sa main, le Peuple Sauvage du Feu fit rougir les charbons. Persaunn les fixa intensément et pensa à Jill.

Presque immédiatement, il la vit, en train de dormir seule au bord d'une rivière, au milieu de collines. Même si elle était endormie, elle était adossée à un arbre et tenait son épée dans une main. Au moins, elle semblait avoir compris qu'elle était en danger, mais il savait qu'une épée ne l'avancerait pas à grand-chose contre le genre d'ennemi qui l'attendait. Et, par tous les dieux, où se trouvait Rhodry ? Avec irritation, il pensa à ce dernier et vit le jeune homme, allongé sur ses couvertures, sur le sol d'une caserne surpeuplée. Tous les hommes réunis ici avaient l'air maussade et honteux. Persaunn élargit son champ de vision, franchit mentalement la porte de la caserne et vit des hommes armés postés à l'extérieur. Ainsi, Rhodry avait été capturé au cours d'une guerre ou d'une bataille. Jill était seule sur la route.

Persaunn jura si odieusement qu'il faillit perdre la vision, mais il la récupéra et reporta à nouveau son attention sur Jill. L'important à présent était de savoir où elle se trouvait. Utilisant son camp comme point de départ, il élargit la vision et décrivit des cercles de plus en plus grands jusqu'à ce qu'il comprenne qu'elle se trouvait au centre de la province d'Yr Auddglyn. Il rompit la vision et recommença à faire les cent pas nerveusement tout en dressant ses plans. Il devait aller vite. Il achèterait un deuxième cheval, décida-t-il, parce qu'il pourrait ainsi parcourir plus de distance par jour en répartissant son poids entre les deux montures.

« Je dois la retrouver à temps, dit-il tout haut. Et par tous les dieux, je jure que je le ferai, même si je dois éreinter tous les chevaux que je monterai. »

Pourtant, sa crainte redoubla, parce que le maître de dweomer noir qui se cachait derrière le vol devait être plus proche d'elle que lui. Il retourna auprès du brasero et veilla sur Jill à travers le feu.

Le miroir était posé sur un bout de velours noir, brodé de pentagrammes inversés, le symbole maléfique de ceux qui désiraient renverser l'ordre même de la nature. Deux chandelles étaient posées des deux côtés, dont la lumière était captée et focalisée au centre de la surface courbée de la glace. Alastyr était agenouillé au-dessus, s'arc-boutant des mains et regrettant de ne pas avoir de table appropriée. Comme il n'avait jamais vu la Grande Pierre de l'Ouest, il ne pouvait pas la repérer de manière simple et normale. Il prit une profonde inspiration et invoqua les noms maléfiques des *Seigneurs des Enveloppes et des Écorces*. Lorsqu'il prononça leurs noms, il sentit les esprits se rassembler, mais juste au-delà de sa portée mentale.

« Montrez-moi la pierre », siffla-t-il.

Au centre du miroir, des formes indistinctes allaient et venaient, mais aucune image nette ne se forma. Peu importa à quel point il jura après les esprits, ils le fuyaient, comme ils l'avaient fait toute la journée.

« Nous avons besoin de sang », dit Alastyr en relevant la tête.

Sarcyn sourit et se dirigea vers le coin de la cuisine dans lequel était accroupi Camdel, terrorisé. Lorsque Sarcyn le tira pour qu'il se lève, il se mit à gémir, mais l'apprenti le fit taire en le frappant.

« Vous n'allez pas mourir, expliqua Sarcyn. Il se peut même que vous aimiez ce que l'on va vous faire. Vous allez voir comment la douleur et le plaisir se mélangent bien, mon cher Seigneur ? »

La mâchoire pendante, Camdel s'appuya à moitié sur Sarcyn lorsque l'apprenti le traîna vers le miroir. Boitillant et traînant les pieds, Gan s'avança en jouant avec le couteau à fine lame du rituel. Sarcyn se tint derrière Camdel et se mit à le caresser. Chantant lentement, Alastyr invoqua les esprits qu'il avait formés à agir selon sa volonté. Trois gnomes noirs et tordus, ainsi qu'un farfadet doté d'une bouche immense et de dents rouge sang se matérialisèrent devant lui.

Gan taillada le revers de la main de Camdel. Le seigneur gémit, mais se laissa aller en arrière, dans les bras de Sarcyn, lorsque le sang coula. Les créatures déformées du Peuple Sauvage se regroupèrent autour de lui, récupérant les gouttes de sang sur leurs langues. Même si elles ne se nourrissaient pas du sang en lui-même, elles aspiraient le magnétisme brut que le liquide et l'état d'excitation sexuelle de Camdel dégageaient conjointement. Lentement, la blessure peu profonde arrêta de saigner. Les gnomes tendirent leurs mains aux griffes acérées vers Alastyr.

« Vous n'en aurez plus tant que vous ne m'aurez pas montré la pierre. Pas avant. »

Les esprits disparurent. Alors que Camdel tremblait, au de l'orgasme, Sarcyn retira sa main.

« Plus tard, chuchota-t-il à l'oreille de sa marionnette. Plus tard, nous referons le rituel. Vous allez finir par aimer ça... malgré vous. »

Camdel le regarda, le visage partagé entre l'envie et le dégoût. Alastyr les ignora et s'agenouilla près du miroir.

« Montrez-moi la pierre ! »

Dans le miroir éclairé par la lumière, des nuages se formèrent, tourbillonnèrent puis lentement se muèrent en une ombre noire. Souriant, Alastyr se pencha plus près lorsque l'ombre se transforma en formes solides : des collines sous un ciel nocturne, un cheval attaché près d'un arbre. Sous l'arbre, un jeune homme tenant une épée à la main faisait les cent pas. Ce n'était pas un garçon : c'était Jill, la guerrière qui avait déjoué ses plans l'année dernière.

« La pierre, murmura-t-il. Où est la pierre ? »

La vision fit comme un zoom et se focalisa sur les sacoches de selle de Jill.

« Maintenant, montrez-moi exactement où elle se trouve. »

La vision vacilla, puis se mit à s'élargir, à s'agrandir très rapidement – et soudain disparut dans un éclair de lumière blanche. À moitié aveuglé, Alastyr faillit tomber sur le miroir lorsque les créatures du Peuple Sauvage se matérialisèrent dans la pièce. À la manière dont elles se tordaient sur le sol devant lui, il put deviner qu'elles avaient été chassées de force. Une personne dotée d'un grand pouvoir dweomérique surveillait la jeune fille, et il put deviner de qui il s'agissait.

« Le Maître de l'Éther », chuchota-t-il.

Les gnomes acquiescèrent d'un signe de tête, puis disparurent. Alastyr se rassit sur ses talons et observa Sarcyn, debout devant lui, qui le regardait de son regard de marbre habituel.

« Le Maître de l'Éther, répéta l'apprenti. Retournons-nous à Bardek ? »

Le vieux Gan émit un gargouillis et gémit.

« Non, répondit Alastyr hargneusement. Je travaille depuis trop longtemps pour renoncer maintenant. »

Il travaillait en effet depuis des années : il avait trouvé des informateurs, posé des pièges, puis dépensé une telle énergie à ensorceler Camdel et maintenir son maléfice qu'il avait besoin de la moindre goutte de force magnétique qu'il pouvait aspirer de sa victime recroquevillée devant lui. Il refusait de s'enfuir à nouveau, pas tant qu'il n'aurait pas la pierre entre ses mains. En outre, il avait vu Jill en chair et en os l'été dernier dans une taverne d'Eldidd où elle était descendue avec son célèbre père. À l'époque, il avait pensé qu'il s'agissait d'un simple coup de chance, mais à présent, il était certain que c'étaient les Seigneurs des Enveloppes et des Écorces qui l'avaient guidé. Puisqu'il l'avait vue, il pouvait la repérer au moyen d'un procédé divinatoire normal, et Persaunn n'aurait aucun moyen de le détecter. Il se releva et s'étira.

« J'ai vu qui avait la pierre, annonça-t-il. Et nous devrions être capables de facilement la tuer. »

Jill se réveilla le lendemain matin, ankylosée et courbaturée, et constata que le soleil était déjà haut dans le ciel. Elle se leva rapidement, s'étirant et maudissant sa mollesse. Au moins, Sunrise avait fini de paître. Elle lui donna une musette d'avoine, puis mangea son pain et son fromage debout. Bien que la journée soit belle et ensoleillée, elle avait froid, comme si elle couvait une fièvre. Elle emballa ses affaires à la hâte, et Sunrise eut à peine le temps de finir son avoine qu'ils étaient déjà repartis.

Ce matin-là, la route les emmena loin de la rivière. Au fur et à mesure qu'ils avançaient, les montagnes sinistres qui séparaient l'Yr Auddglyn de la province de Cwm Pecl se dressaient, menaçantes et de plus en plus nettes, tels des nuages obstruant l'horizon. Vers midi, Jill traversait au trot un petit vallon quand elle aperçut de la poussière devant eux. Lorsque le nuage se dissipa pour laisser apparaître six hommes armés, elle desserra son épée dans son fourreau, mais lorsqu'ils arrivèrent à sa hauteur, les cavaliers la hélèrent d'un signe de main amical.

« Un moment, jeune homme, lui dit leur meneur.

Apportez-vous un message de Sire Marclew, par hasard ?

— Non, mais je me rends au dun de Sire Ynryc. Le mercenaire qu'il détient en otage est mon compagnon. »

Les cavaliers se penchèrent en avant sur leurs selles et la dévisagèrent.

— N'est-ce point un mauvais Wyrd pour une fille aussi jolie d'avoir un mercenaire pour mari ! s'exclama le chef des cavaliers avec un agréable sourire. Le vieux Marclew ne veut-il pas payer de rançon pour lui ?

— Des fleurs pousseront-elles en enfer ? Je suis venue négocier avec votre seigneur moi-même. Voulez-vous bien me laisser passer ?

— Ah, mais nous vous y escorterons volontiers. Vous constaterez que notre seigneur est nettement plus généreux que Marclew, mais je vous avertis : il est à court d'argent en ce moment. »

Au début, Jill resta sur ses gardes : la guerre avait atteint le stade où les viols étaient aussi fréquents que les meurtres Mais les six cavaliers la traitèrent galamment, témoignant de la sympathie pour sa situation délicate, et elle dut admettre qu'elle était heureuse de cette escorte armée inopinée, même si elle ne pouvait s'expliquer pourquoi elle savait qu'elle en avait besoin.

À une lieue et demie plus loin, ils arrivèrent au dun d'Ynryc, perché au sommet d'une colline. Derrière ses remparts se dressait un donjon de pierre massif presque aussi large que haut. Jill n'en avait jamais vu de pareil. On distinguait aussi l'habituel ensemble de cabanes et de réserves. Des chevaux, attachés en plein air à défaut d'écuries suffisamment grandes, remplissaient la cour pavée. Au bord du troupeau, Jill aperçut le cheval bai de bataille de Rhodry, attaché à l'écart, comme s'il partageait la honte de son propriétaire mercenaire.

L'un des gardes improvisés de Jill, un blond de forte carrure du nom de Arddyr, l'emmena dans la grande salle, aussi surpeuplée qu'une ville un jour de marché. Parmi les tables et les piles de tapis de couchage supplémentaires, il y avait près de deux cents guerriers assis ou debout, occupés à boire de la bière et à discuter des affrontements qui s'annonçaient. À la table d'honneur étaient assis quatre hommes vêtus du brigga écossais des nobles, qui étudiaient une carte en parchemin. Lorsque Jill suivit Arddyr, un seigneur ventripotent et grisonnant se tourna vers eux.

« Sire Ynryc ? dit Arddyr. Cette gente dame peut-elle vous interrompre un instant ? Vous souvenez-vous de Rhodry, le mercenaire ? Il s'agit de sa compagne, et Marclew refuse de payer sa rançon pour elle.

— Quel vieux cochon ! dit Ynryc en se tournant vers un autre seigneur.

— Eh bien, Maryl, j'ai gagné notre pari, et vous me devez une pièce d'argent.

— Oui. Je pensais avec foi que Marclew avait gardé un tant soit peu d'honneur, mais cela va me coûter cher. Néanmoins, jeune fille, je n'ai jamais entendu parler d'un mercenaire accompagné de son épouse auparavant.

— Je suis assurément la seule fille du royaume assez stupide pour le faire, Monseigneur, mais il est tout pour moi. Je n'ai pas cinq pièces d'argent, mais je vous donnerai tout ce que je possède pour le libérer. »

Ynryc hésita, mordilla la pointe de sa moustache, puis haussa les épaules.

« Une pièce de cuivre suffira, répondit-il. Pas une de plus.

— Si j'étais barde, Sire, je louerais votre nom comme il le mérite, avec les meilleurs versets que je pourrais chanter. »

Quelques instants plus tard, Arddyr introduisit Rhodry, qui portait ses sacoches de selle en bandoulière sur une épaule et son tapis de couchage enroulé sous son bras. Il jeta ses affaires par terre et s'agenouilla aux pieds du seigneur. Lorsque Jill lui remit la pièce de cuivre symbolique, Ynryc rendit à Rhodry son épée et lui demanda de se relever.

« Vous avez de la chance d'avoir une femme aussi courageuse, lança Ynryc. Promettez-moi de ne plus jamais vous battre contre moi dans cette guerre.

— De tout mon cœur, répondit Rhodry. Pensez-vous que je sois assez stupide pour me battre encore pour Marclew ? »

Tous les seigneurs rirent tout haut.

Comme Ynryc était aussi généreux qu'un seigneur se devait de l'être, il permit à Jill et Rhodry de manger avec ses domestiques ce soir-là et leur offrit le gîte dans son dun. Après avoir cherché partout dans le fort surpeuplé, un domestique leur trouva un endroit où dormir dans une remise. Entre des chapelets d'oignons et des fûts de bière, Jill étendit leurs couvertures pendant que Rhodry examinait chaque centimètre de son épée qu'il avait brandie à la lueur de la lanterne.

« Elle n'est pas ébréchée, au moins ? lui demanda-t-elle.

— Non, que soient remerciés les dieux de la guerre. » Il la rengaina et posa le fourreau à côté de lui. « Oh mon amour, un homme déshonoré comme moi ne te mérite pas.

— Je le sais, mais je t'aime tout de même. »

Un large sourire aux lèvres, il posa ses mains sur ses épaules, la caressa et l'attira contre lui.

« Je ne t'ai même pas remerciée correctement pour ma rançon, chuchota-t-il. Allonge-toi près de moi. »

Dès que ses lèvres touchèrent les siennes, Rhodry occupa toutes les pensées de Jill, mais ensuite, lorsqu'elle fut allongée dans ses bras, et qu'ils furent tous les deux à moitié endormis, elle sentit la peur s'immiscer à nouveau dans son esprit. Elle se réjouit qu'ils fussent en sécurité à l'intérieur d'un dun, entourés d'une petite armée.

« Tout ce que je peux dire, dit Alastyr pensivement, c'est qu'ils sont à une journée et demie de route. À présent que nous avons un cheval pour Camdel, nous devrions pouvoir accélérer un peu l'allure.

— Effectivement, Maître, répondit Sarcyn. Pouvez-vous atteindre son esprit ? Nous pourrions envoyer un sort pour l'embrouiller.

— Il se peut que cela s'avère nécessaire, mais pour le moment, je préfère l'éviter. Persaunn pourrait le détecter, tu comprends. »

Sarcyn comprenait. Bien qu'il soit resté à Bardek l'été dernier pour s'occuper des affaires de son maître là-bas, il avait entendu les récits concernant le Maître de l'Éther et ses pouvoirs immenses.

« Et voilà que ressurgit Rhodry, poursuivit Alastyr pensivement. J'aurai bien des choses intéressantes à rapporter à l'Ancien lorsque nous le verrons. »

Si nous sommes encore en vie pour le revoir, se dit Sarcyn. Il avait l'impression que tous leurs plans méticuleux étaient en train de s'effilocher, comme lorsqu'un fermier charge excessivement un vieux sac et que le tissu tombe en lambeaux au lieu de simplement se déchirer. Pourtant, il n'aurait jamais osé confier de tels doutes à son maître. Mal à l'aise, il regarda leur campement, Camdel recroquevillé dans une couverture comme un petit enfant, Gan assis près du feu et le regardant fixement, la bouche serrée, les yeux écarquillés de terreur. Alastyr se leva et s'étira.

« Dis-moi, Sarco, dit-il, n'as-tu jamais eu l'impression que quelqu'un nous espionnait ?

— Si, une ou deux fois. Pensez-vous que ce soit le Maître de l'Éther ?

— Non, parce que s'il savait où nous étions, il nous

poursuivrait comme un serpent. Mais si ce n'est pas lui, alors... »

Sarcyn haussa les épaules, finissant la phrase de son maître mentalement : *alors, ce doit être les Faucons de la Confrérie*. Moitié assassins, moitié apprentis dweoməriens, les Faucons servaient le Conseil de décision du dweomer noir et faisaient respecter ses ordres. Bien que la Confrérie soit trop peu structurée pour avoir un code au sens réel du mot, elle avait besoin d'un expédient pour s'occuper des traîtres. Les Faucons fournissaient tous les expédients dont n'importe quelle guilde aurait besoin.

« Mais pourquoi nous surveilleraient-ils ? demanda Sarcyn.

— N'ai-je point échoué l'été dernier ?

— Si, mais l'Ancien ne vous a pas tenu responsable.

— C'est vrai. » Alastyr hésita, sincèrement perplexe. « Alors, peut-être qu'il s'agit d'un sous-fifre de Persaunn ? » À nouveau, il hésita. « Je vais m'éloigner pour pouvoir méditer là-dessus dans le noir. »

Lorsque le maître s'éloigna, Gan leva la tête et le regarda avec des yeux hébétés. Édenté, il était si vieux, si déformé par le travail, portant des cicatrices çà et là, conséquences des colères d'Alastyr, que Sarcyn se demandait si le vieil homme muet se souciait encore de vivre. Il se surprit à penser à Évy, sa sœur si belle, Évy... L'esclavage la réduirait-elle un jour à une loque humaine semblable à ce Gan ?

« Ne vous fâchez pas, vieil homme. Nous tirerons les marrons du feu plus tard. »

Gan essaya d'esquisser un sourire sur ses lèvres tremblantes, puis se replongea dans la contemplation de leur feu de camp.

« Bien, j'ai juré de ne plus participer à cette guerre, dit Rhodry en bâillant. Quelle route prenons-nous alors ?

— Oh, nous pourrions aller vers l'est, à Marcmwr, répondit Jill. À cette époque de l'année, il y a toujours des caravanes se rendant à Dun Hiraedd.

— Oh grands dieux, j'en ai assez des marchands puants et de leurs mules malodorantes ! Je n'ai pas été élevé pour devenir la bonne d'une bande de roturiers commerçants.

— Rhoddo, tu n'as escorté que deux caravanes dans toute ta vie.

— Deux de trop. »

Jill posa ses mains sur une de ses joues et l'embrassa.

« Si c'est une effusion de sang que tu recherches, il y a des bandits dans ces montagnes. C'est pour cela que les caravanes ont besoin de gardes. »

Lorsqu'ils quittèrent le dun d'Ynryc, ils firent cap vers l'est, se dirigeant vers Marcmwr. La route montait constamment, traversant les collines, et ils laissèrent leurs chevaux marcher lentement. Les pâturages herbeux cédèrent la place à des bosquets de pins broussailleux et tordus, particuliers à cette région de Deverry. Lorsqu'ils pénétrèrent dans la sinistre et silencieuse forêt, Jill se rappela soudain le bracelet de bras qu'elle avait dans ses sacoches de selle.

« Rhodry ? Une chose bien étrange m'est arrivée au cours de mon trajet jusqu'au dun d'Ynryc. »

Lorsqu'elle eut raconté son aventure, Rhodry devint inquiet.

« Pourquoi ne l'as-tu pas dit à Ynryc ? finit-il par dire. Peut-être que ce cheval appartenait à un de ses alliés.

— Tu as raison. Elle sentit un frisson dans son dos. Pourquoi je ne lui ai pas dit ? J'ai... eh bien... j'ai juste oublié. »

Rhodry se tourna sur sa selle pour la regarder.

« C'est une affaire bien étrange à oublier.

— Je sais. » Elle frissonna convulsivement. « Il y a

du dweomer à l'œuvre. Crois-tu que je sois folle de te dire ça ?

— Si seulement je pouvais le rejeter aussi facilement. » Il arrêta son cheval. « Nous ferions mieux de retourner raconter cela à Ynryc. »

Jill accepta, mais lorsqu'elle fit virevolter son cheval, son gnome gris se matérialisa devant elle sur la route. La petite créature était dans tous ses états, roulant les yeux de peur et leur faisant signe de s'arrêter.

« Qu'y a-t-il ? demanda Jill. Il ne faut pas que nous rebroussions chemin ? »

Il secoua la tête négativement, si violemment qu'il faillit tomber par terre.

« Qu'est-ce qui se passe ? demanda Rhodry. C'est ton gnome ?

— Exactement, et il ne veut pas que nous retournions sur nos pas. Il est terrifié, Rhoddo. »

Le gnome disparut, puis réapparut sur les genoux de Rhodry. Il leva la main et le tapota sur la joue d'un air implorant. Même s'il ne pouvait pas le voir, Rhodry pouvait le sentir.

« Eh bien, le Peuple Sauvage m'a sauvé la vie une fois, dit-il. S'il pense qu'il y a du danger derrière nous, je suivrai son conseil. »

Le gnome sourit largement et lui tapota la main.

« En plus, poursuivit Rhodry, nous pourrions remettre ce bijou au tieryn de Marcmwr. »

Secouant la tête négativement, le gnome lui pinça le bras.

« Tu veux que nous le gardions ? » demanda Jill.

Soulagé, il sourit et acquiesça d'un signe de tête, puis disparut. Jill et Rhodry restèrent assis sur leurs chevaux pendant un instant et se dévisagèrent, perplexes.

« Écoute, dit finalement Rhodry. Laisse-moi juste le temps de sortir ma cotte de mailles de mes sacoches. Si seulement tu en avais une.

— Je pense que nous pourrions en acheter une à Marcmwr. Comme Ynryc s'est montré généreux pour ta rançon, nous avons assez d'argent pour pouvoir la payer.

— Oh, vraiment ? Et tu me racontes que nous n'avons pas un sou vaillant !

— Si tu l'avais gaspillé à boire à tout bout de champ, je ne pourrais pas m'acheter d'armure à présent.

— C'est vrai. Ah, tu dois m'aimer sincèrement, puisque tu t'es effectivement séparée d'une pièce pour payer ma rançon ! »

Elle se pencha et lui donna une bonne claque sur l'épaule.

Lorsque Rhodry se fut équipé, ils repartirent à vive allure, tous deux tenant leurs épées à la main, leurs boucliers parés sur leurs pommeaux de selle. La route serpentait le long des collines sans cesser de monter. Rhodry se retournait constamment et regardait le chemin par lequel ils étaient arrivés. Sa vue d'elfe était un allié, elle le savait, parce qu'il pouvait voir beaucoup plus loin qu'un homme ordinaire et repérer leurs ennemis longtemps avant que ceux-ci ne les aperçoivent. Les montagnes se dressaient menaçantes devant eux, noircies par les pins et zébrées çà et là par des affleurements de grès, semblables aux articulations du poing d'un géant. Chaque vallon ou canyon dans lequel ils arrivaient semblait dissimuler une embuscade, et pourtant, ils les traversèrent les uns après les autres sans encombre.

Enfin, ils escaladèrent une dernière colline et contemplèrent la plaine en contrebas, une plaine étroite bordée par des montagnes à l'est et des collines à l'ouest. Au bord d'une rivière s'étalait Marcmwr. Trois centaines de maisons rondes étaient groupées au milieu d'un grand espace dégagé, à l'intérieur de hauts remparts de pierre, comme si, effrayées, elles s'étaient resserrées les unes contre les autres, alors qu'en vérité, la plaine dégagée servait de pâturage aux chevaux et aux mules des caravanes marchandes qui venaient.

« Je n'ai jamais été aussi content de voir une ville, remarqua Rhodry.

— Moi non plus. »

Pourtant, elle ne se sentit entièrement en sécurité que lorsqu'ils eurent franchi ses portes en fer forgé et rejoint les gardes de la ville armés postés à côté.

« Ils ont failli faire demi-tour, maudits soient-ils ! » lança rageusement Alastyr. – C'est à cause de ce gnome, Maître, dit Sarcyn. Je l'ai vu les avertir quand j'étais sur le plan astral.

— Vraiment ? Alors, je ferai en sorte que cela ne se reproduise plus. » Alastyr réalisa alors que l'impression qu'il avait d'être surveillé de temps en temps pouvait simplement venir de ce gnome ou d'autres créatures du Peuple Sauvage qui les espionnaient. Il était donc temps de faire un exemple et de les effrayer.

Pendant deux jours, Rhodry et Jill restèrent à Marcmwr, dans une auberge tombant en ruine près de la porte nord de la ville, la seule de cette ville commerçante remplie d'auberges à accepter les mercenaires. Comme une cité de cette taille n'hébergeait pas d'armurerie, le premier jour, ils montèrent au dun du tieryn et négocièrent avec son chambellan une vieille cotte de mailles pour Jill. Le deuxième jour, Rhodry sillonna la ville, à la recherche d'un emploi. Finalement, il en trouva un auprès d'un marchand dénommé Séryl, qui s'était engagé à emmener une caravane d'armes et de produits de luxe à Dun Hiraedd.

Dun Hiraedd était une ville étrange et récente, fondée seulement quatre-vingts années plus tôt. Initialement, elle avait reçu le nom glorieux de Privddun Ricaid, le

« fort royal », mais la première bande armée mise en garnison là-bas l'avait surnommée le Fort de la Nostalgie, et ce nom lui était resté. Fondée sur charte du Roi, son unique but était de fournir un centre militaire et légal pour Cwm Pecl, une nouvelle province lentement colonisée par la population deverrienne en croissance. À l'époque de Jill et de Rhodry, cette vallée lointaine était toujours un endroit retiré, qui n'aurait jamais pu payer suffisamment de taxes pour entretenir un gwerbret si le Roi lui-même n'avait pas contribué à le subventionner. Chaque été, des agents du Roi engageaient des hommes tels que Séryl pour emmener des caravanes jusqu'à la cité du gwerbret.

Comme Séryl dépensait davantage l'argent du Roi que le sien, il se montra généreux quant aux gages de Rhodry, lui proposant une pièce d'argent par semaine, et il ne chicana pas pour la nourriture de Jill et de son cheval.

« Et j'aimerais que vous enrôliez quatre autres jeunes gardes, ajouta le marchand. Vingt pièces de cuivre par semaine pour chacun d'entre eux.

— D'accord, alors. Je ne devrais avoir aucun mal à trouver des volontaires dans une ville comme celle-ci. »

Rhodry retourna à l'auberge le cœur lourd. Il avait de très bonnes raisons pour vouloir ne jamais revoir Dun Hiraedd, mais comme l'achat de la cotte de mailles de Jill les avait laissés sans le sou, ils avaient désespérément besoin d'argent. L'aubergiste, un homme mince aux cheveux bruns grisonnants, l'attendait devant la porte de l'auberge.

« Alors ? » lança-t-il d'un ton brusque.

Lorsque Rhodry lui confia quatre des pièces que Séryl lui avait remises en gage, l'aubergiste retrouva le sourire et alla lui chercher une chope de bière. La taverne à demi circulaire et enfumée était bondée de jeunes gens qui le regardèrent avec un grand intérêt lorsqu'il régla sa note. C'était de pauvres hommes déguenillés, sales, mal habillés et armés à faible coût. Partout dans le royaume, on trouvait des hommes de ce genre, qui cherchaient une place dans la troupe d'un seigneur, acceptant des emplois de gardes en attendant mieux, tous motivés par le rêve de gloire de la bataille qui hantait le cœur de la plupart des Deverriens. Rhodry les laissa spéculer un peu plus longtemps et s'assit près de Jill, qui faisait durer sa chope de bière, assise à une table où elle pouvait s'adosser.

« Tu as trouvé un emploi ? lui demanda-t-elle.

— Oui. Garde de l'une des caravanes du Roi. »

Elle se contenta de hocher la tête d'un air distrait.

« Quelque chose ne va pas ? lui demanda-t-il.

— Je suis inquiète pour mon gnome. » Elle baissa la voix et se mit à murmurer. « Il n'est pas venu me voir depuis que nous sommes arrivés dans cette sale ville puante, et pendant que tu étais parti, j'ai essayé de l'appeler. Il me répondait toujours avant, mais cette fois, je n'ai pas réussi à le faire venir.

— Oh, eh bien, qui sait ce qui se passe dans leurs petites têtes ?

— Je suis sérieuse ! Sa voix tremblait d'inquiétude.

— Excuse-moi, alors, mais qu'a-t-il bien pu lui arriver ?

— Je l'ignore, mais compte tenu de ce que nous avons découvert... »

Elle faisait allusion, bien sûr, au fait qu'ils étaient entourés de dweomer. Rhodry lui tapota la main pour la rassurer, mais il ne put rien trouver de réconfortant à lui dire.

Tout était rouge autour de lui, et il était immobilisé. Il n'aimait pas cela, et il se mit en colère, essayant désespérément de bouger, jusqu'à finalement désespérer. Même s'il ne pouvait pas parler, il pouvait évoquer des images et des sentiments, et il se rappela qu'il était retourné librement dans sa vraie demeure, puis que d'autres créatures étaient apparues, des créatures répugnantes, déformées et cruelles, qui l'avaient attrapé et l'avaient piégé ici. Il se souvint de la terreur qu'il avait éprouvée et de la voix d'un homme en train de chanter. Puis, ce voile rouge était apparu, et il n'y avait plus eu que lui, ce voile, ce rouge, dans lequel il ne pouvait plus bouger. Une image du visage de Jill lui vint à l'esprit. Il sentit monter une bouffée de terreur et d'amour mêlés, et cela lui faisait mal. Le seul mot qu'il savait dire remplit toutes ses pensées : *Jill, Jill, Jill.*

Par une lourde et chaude matinée, la caravane se rassembla à la porte est de la ville. Jill maintint Sunrise à l'écart et regarda Séryl et Rhodry conférer sur l'ordre de marche au milieu des braiments et de la confusion ambiante. Il y avait quarante mules, chargées des dons du Roi, quinze muletiers, armés de longs bâtons, quatre gardes munis d'épées et le jeune domestique de Séryl, Namydd. Rhodry disposa ses hommes le long de la caravane, dit à Jill de se poster à l'avant avec le marchand, puis se réserva le dangereux poste de l'arrière-garde. Lorsque Séryl eut fini sa prière à Nwdd, dieu des commerçants, ils sortirent tranquillement sous le soleil brûlant pendant que les mules poussaient des braiments de protestation. Devant, les montagnes se dressaient sinistres, zébrées de traînées de pierres claires, aussi déchiquetées qu'une gueule pleine de crocs.

Compte tenu de la chaleur et de la pente abrupte de la route, la caravane mit un jour entier pour parcourir quatre lieues. Montant régulièrement, le chemin tortillait et serpentait à travers les collines rocheuses et les bois épais de pins tortueux qui offraient un millier d'emplacements idéaux pour des embuscades. Lorsque la caravane mit le camp pour la nuit, Jill suivit le mouvement pendant que Rhodry postait trois hommes pour monter la garde. Elle se proposa pour prendre un tour de garde, mais il refusa son offre. En revanche, il choisit trois muletiers pour renforcer la surveillance du campement, mais même si Séryl soutenait son autorité, les hommes devenaient aussi maussades que leurs mules.

« Écoutez, mercenaire, lui dit l'un d'entre eux, c'est vous qui êtes payé pour rester éveillé, pas nous.

— Vous pourrez dormir tout votre content dans l'Autre Monde si nous nous faisons surprendre par des bandits. Allez-vous suivre mes ordres, oui ou non ?

— Je ne reçois pas d'ordres de crapules comme vous. »

Rhodry lui assena un coup de poing dans le ventre du bras droit et un crochet du poing gauche dans la mâchoire. Jill admira la manière dont lc muletier se plia en deux et s'effondra au sol comme un sac de patates. Rhodry regarda les hommes qui avaient formé un cercle autour d'eux et étaient restés bouche bée.

« Qui est le prochain à contester mes ordres ? »

Ils regardèrent le muletier affalé par terre, puis Rhodry.

« Très bien, écoutez, lança l'un d'eux. Je vais prendre un tour de garde. Quand voulez-vous que nous prenions la relève ? »

Après une nuit paisible, la caravane reprit la route deux heures environ après l'aube et commença sa lente ascension du dangereux col de Cwm Pecl, où plus d'une caravane avaient été massacrées par des bandits. Une fois qu'ils l'auraient franchi, le danger serait moins grand, parce que Blaen, Gwerbret de Cwm Pecl, entretenait des patrouilles sur son domaine, de l'autre côté des montagnes.

« Écoutez, d'habitude, les bandits ne s'attaquent pas aux caravanes du Roi, raconta Séryl à Jill sur le trajet, parce qu'ils savent que le gwerbret déploiera ses forces pour les traquer. Après tout, ce sont ses biens qui seraient en jeu. »

Pourtant, Séryl n'avait pas l'air vraiment rassuré par ses propres paroles. Lorsque, juste à midi, ils arrivèrent au col, Jill jugea qu'il était à la hauteur de sa mauvaise réputation. D'une longueur de près de quatre lieues, il s'agissait d'une gorge bordée de deux à-pics, jonchée d'immenses rochers qui obligeaient les gens à passer à la queue leu leu.

« Cela va être dur, à vue d'œil, commenta Rhodry, pour les bêtes. Mais nous ne nous arrêterons pas tant que nous ne serons pas passés. »

Même les mules semblaient sentir le danger, parce qu'elles continuèrent à avancer rapidement sans recevoir un seul coup de fouet, ni aucune injure des muletiers. Rhodry ne cessait de descendre et de remonter la file, parlant à chaque garde les uns après les autres. Au bout d'une ou deux lieues, la route commença à s'élargir, mais elle serpentait toujours le long d'amas de pierres tombées. Chaque fois que Jill regardait Séryl, il se contentait de lui faire un signe de tête, puis se retournait pour surveiller la route devant lui. Enfin, Rhodry remonta à leur hauteur.

« Retournez derrière, dans la colonne, bon marchand. Je resterai ici désormais.

— Des ennuis en vue, mercenaire ? »

Rhodry acquiesça, regardant le sommet de la falaise jonché de grosses pierres, loin au-dessus d'eux.

« J'ai participé à suffisamment de batailles pour sentir les ennuis arriver, dit Rhodry. Et c'est le cas. »

Avec un grognement, Séryl fit sortir son cheval de la colonne et se dirigea à l'arrière, vers une position moins exposée. Lorsque Rhodry commença à détacher son bouclier de son pommeau de selle, Jill l'imita.

« Ai-je aucun espoir de te convaincre de retourner à

l'arrière et de te tenir à l'écart de ceci ? lui demanda-t-il en tirant un javelot.

— N'y pense même pas. » Jill regarda derrière elle et vit qu'il avait positionné tous les gardes juste derrière eux. « Lorsque j'ai tué Corbyn, je n'ai plus jamais voulu repartir en guerre, mais par Épona elle-même, je me battrai pour sauver ma peau. »

Il lui adressa un sourire crispé, comme s'il n'en attendait pas moins d'elle. Sur une autre demi-lieue, la route continua de serpenter, s'élargissant légèrement. La poussière qu'ils soulevaient était suspendue dans l'air immobile, telle une bannière annonçant leur arrivée. Jill sentit son estomac se nouer. Elle savait ce que participer à une bataille signifiait. Dans sa main, son épée clignota – la lame que son père lui avait donnée. *Oh, Père*, pensa-t-elle, *quelle bonne chose que vous m'ayez enseigné à m'en servir*.

Un peu plus loin, la route tournait brusquement, mais Jill les vit, une vingtaine d'hommes armés, bloquant le passage à une dizaine de mètres devant eux. Derrière elle, la caravane sombra dans la confusion, tandis que les muletiers tiraient les mules en criant pour qu'elles s'arrêtent et essayaient de passer avec leurs bâtons. Poussant son ancien cri de guerre, « Pour Aberwyn ! », Rhodry lança le javelot qu'il tenait à la main et tira son épée dans la foulée tandis que la flèche de guerre dessinait une courbe dans les airs. Hurlant, les bandits chargèrent, mais le cheval de leur chef tomba à genoux et s'effondra, le javelot de Rhodry planté dans la poitrine, et son cavalier roula sous les sabots des montures de ses propres hommes. Jill éperonna Sunrise lorsque Rhodry mena sa poignée d'hommes survoltés à la charge.

Ils étaient en infériorité numérique, assurément, mais le col était trop étroit pour que les bandits puissent les encercler et profiter de leur avantage. Ils étaient mal armés, en plus, portant principalement en guise d'armure des bouts de cuir assemblés les uns aux autres, des attelles et un bout de chaîne çà et là. Ils n'avaient ainsi jamais été confrontés à un guerrier fou furieux tel que Rhodry, qui hurla et cria en riant aux éclats tout en fonçant sur eux. Parfaitement silencieuse, Jill se retrouva face à un cavalier, riposta à son coup maladroit et le frappa au niveau de sa poitrine non protégée. Du sang jaillit et souilla sa chemise lorsqu'il tomba par-dessus l'encolure de sa monture. Le cheval à côté de lui se cabra pour essayer d'éviter le corps, mais Sunrise, entraîné à la bataille, se contenta de l'esquiver d'un pas léger et continua d'avancer. Lorsque le cheval retomba sur ses pieds, Jill assena un coup à son cavalier. Elle le poignarda sur le côté, juste au coin de sa cuirasse de cuir.

Brusquement, elle sentit un coup violent sur son dos, qui fut détourné par sa cotte de mailles, mais qui lui avait à moitié coupé le souffle. Elle s'était trop avancée. À l'aveuglette, elle fit volte-face et para tout juste un second coup sur son bouclier. Pendant que Sunrise essayait de se tourner dans la mêlée, elle fit des moulinets avec son épée, parant davantage qu'elle ne frappait. Lorsqu'elle entendit le fou rire de Rhodry s'approcher d'elle, elle redoubla de vigueur, distribuant des coups d'estoc çà et là, parant chaque coup qu'elle recevait, pendant que Sunrise esquivait, faisait de petites révérences et mordait vicieusement les chevaux qui l'entouraient. Le rire hystérique de Rhodry se rapprocha de plus en plus, dominant les hurlements et les cris de guerre ; puis, le cavalier qui se trouvait sur le flanc de Jill tomba, la gorge tranchée par l'épée de Rhodry. Il avait réussi à passer, et ils combattirent côte à côte, poignardant leurs ennemis tout en se dégageant de la mêlée. Soudain, un bandit se dégagea et repartit par le col, loin du rire touché par les dieux de Rhodry.

Un autre le suivit en hurlant. Faisant preuve du courage typique des gens de leur espèce, les brigands battirent en retraite, se poussant et se gênant les uns les autres pour se retirer du combat.

« Laissons-les partir ! ordonna Rhodry en criant. Retournons derrière et allons défendre la caravane ! »

Son rire le reprit lorsqu'ils virevoltèrent et chargèrent les quelques bandits qui s'étaient attaqué à la colonne. Jill vit l'un de leurs jeunes gardes se battre désespérément pour s'interposer entre Séryl et un féroce brigand. Juste au moment où Sunrise et elle le rejoignirent, le bandit tua le garçon. Avec un cri de colère, Jill le vengea en poignardant son meurtrier dans le dos et en le désarçonnant. Lorsque les autres bandits essayèrent de s'enfuir, Rhodry et les deux derniers gardes leur coupèrent la route. Jill saisit les rênes du cheval de Séryl. Son bras gauche portait une longue coupure qui saignait, et il était effondré sur le pommeau de sa selle.

« Je n'ai jamais pensé qu'un jour, une fille me sauverait la vie, chuchota-t-il. Néanmoins, merci beaucoup, mercenaire. »

Calmer les mules paniquées fut presque plus difficile que la bataille. Finalement, les muletiers qui avaient survécu les calmèrent à coups de fouet et de bâton et rassemblèrent le misérable troupeau au milieu du col. Jill fit de son mieux pour soigner les blessés pendant que Rhodry et les gardes cherchaient les survivants parmi les cadavres. Ils ramenèrent les hommes de la caravane à Jill, mais achevèrent les bandits en leur tranchant la gorge, aussi calmement que le Bourreau du Roi. Jill venait de finir de bander le dernier muletier blessé lorsqu'ils lui présentèrent le domestique de Séryl. Il était tombé de son cheval et avait été piétiné. Même s'il était toujours en vie, il crachait du sang et ses deux jambes étaient cassées.

« Ah grands dieux ! marmonna Séryl. Mon pauvre Namydd. »

Le jeune homme leva la tête, sans avoir l'air, visiblement, de le reconnaître.

« Nous ne pouvons pas le transporter, lança Séryl d'un ton brusque. Cela le tuerait.

— Il va mourir, de toute façon, répondit Jill. Je suis désolée, mon bon Monsieur, mais c'est la dure réalité. »

Séryl grommela à nouveau et caressa les cheveux du jeune homme. Jill le laissa seul avec son chagrin et alla retrouver Rhodry, qui était agenouillé près du dernier des bandits blessés, son poignard d'argent dégoulinant de sang à la main. Le bandit, qui ne pouvait pas avoir plus de quinze ans, gémissait si pitoyablement que Rhodry hésitait à l'abattre.

« Retire ta main, lui dit Jill. Il est mourant, de toute manière. »

Le bandit détourna le visage et pleura. Elle s'agenouilla à ses côtés.

« Je peux soigner cette plaie et te sauver. Mais nous diras-tu tout ce que tu sais si je le fais ?

— Oui. Ah, grands dieux, cela fait si mal. »

La coupure qu'il avait à l'aine était si profonde que Jill mit du temps à l'étancher. Une fois ceci fait, il était devenu si faible qu'il pouvait à peine parler, mais elle apprit qu'il était nouveau dans leur bande, un ancien apprenti qui avait fugué après avoir volé son maître, et qu'il y avait en tout trente et un brigands. Ils avaient laissé dix hommes derrière eux pour surveiller leur campement, ce qui était une information de mauvais augure.

« Ils vont sûrement revenir, dit Rhodry. Ils panseront leurs blessures ce soir, mais demain matin...

— Nous en avons tué douze sur trente et un.

— C'est vrai, mais s'ils ramènent avec eux les hommes frais de leur camp ? Nous avons perdu deux épéistes et six muletiers, en tout cas. Mais au moins, nous savons à quoi nous en tenir. C'est une bonne chose que tu aies décidé de sauver ce garçon.

— Il n'y avait pas que ça. J'ai l'impression qu'il y a quelque chose d'autre qu'il aurait dû nous dire. Ah, par les dieux, si seulement mon gnome revenait. Je suis sûre qu'il saurait ce qui se trame. »

Jill regarda le sommet des falaises. Elle savait qu'on la surveillait – elle n'avait jamais eu une telle certitude de toute sa vie – mais rien ne bougea dans les sinistres et silencieuses montagnes.

Juste au coucher du soleil, Namydd s'éteignit, ayant craché tout le sang de ses poumons. Jill dit ce qu'elle put pour réconforter le marchand, puis erra nerveusement à travers le campement. Les muletiers s'étaient assis tous ensemble, muets, épuisés, tels des moutons effrayés attendant que les loups en finissent avec eux. *Nous ne sommes pas loin de la frontière de Cwm Pecl*, pensa Jill, mais celle-ci pouvait tout aussi bien se trouver de l'autre côté de la Mer du Sud, vu la vitesse à laquelle ils pouvaient aller. C'est alors qu'elle eut une idée, imprudente, complètement folle, mais c'était la seule chance qu'ils avaient. Lorsqu'elle en parla à Rhodry, il pesta après elle.

« Ne sois pas idiote ! lui dit-il. D'après ce que nous savons, le reste de ces ordures est campé le long du col. Je ne te laisserai pas partir seule, un point c'est tout !

— Faire parvenir un message à l'une des patrouilles de Blaen est le seul espoir que nous ayons, et tu oublies que j'ai Sunrise. Même s'ils me voyaient, le temps qu'ils sellent leurs montures et descendent le col, ils ne rattraperaient jamais un Chasseur de l'Ouest. Je ne suis pas si lourde que cela, et même s'il est fatigué de la bataille, Sunrise a eu tout l'après-midi pour se reposer. »

Pendant qu'ils discutaient, elle continua à seller et à

brider le hongre doré. Rhodry jura, argumenta et la menaça, mais au final, elle n'en fit qu'à sa tête, tout simplement parce qu'elle avait raison : c'était leur unique espoir. La pleine lune se levait lorsqu'elle prit la route et laissa Sunrise trouver son chemin entre les rochers de ses longues foulées modérées. Elle garda son bouclier fin prêt et son épée à la main.

Pendant un long moment, Rhodry resta à la sortie du camp et regarda dans la direction que Jill avait prise. Finalement, il versa quelques larmes éparses, effrayé par le danger qu'elle courait, puis rentra au campement. Les hommes avaient allumé un petit feu, mais la plupart des muletiers étaient déjà endormis, noyant leur terreur de la seule manière dont ils le pouvaient. Les deux gardes restants, Lidyc et Myn, se levèrent à son arrivée et le regardèrent dans l'espoir aveugle que ce mercenaire avisé et expérimenté les sauverait peut-être encore une fois.

« Dormez un peu, leur dit Rhodry. Je prendrai le premier tour de garde. »

Ils hochèrent la tête. Myn fit mine de parler, puis se contenta de hausser les épaules. Rhodry prit son bouclier et son heaume et s'éloigna à une centaine de mètres du camp. Au clair de lune, il pouvait voir aussi nettement que s'il faisait jour, y compris les couleurs – héritage de son sang elfique. Monter la garde était déjà une tâche fastidieuse en temps normal, mais ce soir-là, rongé d'inquiétude pour Jill, il trouvait que le temps s'écoulait au ralenti. Dans les ombres trompeuses, il eut l'impression de voir quelque chose bouger. Des lapins, peut-être, ou des furets ? Lorsqu'il regarda dans la direction du mouvement, celui-ci s'arrêta, mais quoi que ce fût, c'était très petit et sans doute inoffensif. Enfin, lorsque la position de la lune indiqua qu'il était minuit bien passé, Lidyc vint prendre la relève.

« Vous auriez dû me réveiller plus tôt.

— Je me fatigue moins vite que la plupart d'entre nous. Lorsque vous changerez de garde, dites à Myn de me réveiller bien avant l'aube. »

Lidyc sourit, comme s'il pensait que Rhodry se surmenait simplement pour économiser ses hommes, mais c'était la simple vérité : Rhodry pouvait tenir des heures sans dormir, un autre don résultant de son sang mêlé. Lorsqu'il retourna au campement, il passa près du bandit blessé qui gémissait tout haut. Lorsqu'il s'agenouilla à côté du garçon, il jugea que les efforts de Jill pour le sauver avaient été une perte de temps. Le visage du bandit était devenu si rouge qu'il était évident que sa plaie s'était infectée.

« Quel mercenaire êtes-vous ? demanda-t-il tout bas.

— Rhodry. Pourquoi ?

— Où est la fille ?

— Elle est partie chercher de l'aide.

— A-t-elle vraiment les bijoux ?

— Les quoi ?

— Les bijoux. Ceux dont le vieil homme a parlé. Nous étions supposés la capturer et lui prendre les bijoux. »

Rhodry le saisit par les épaules.

« Dis-moi la vérité ! lança-t-il d'un ton brusque. Quel vieil homme ?

— Celui qui nous a engagés. » Le garçon n'arrivait plus à articuler ses mots et parlait d'une voix très faible. « Je ne connais pas son nom. Mais il nous a engagés pour capturer la fille.

— À quoi ressemblait-il ? »

Le garçon ne répondit pas et Rhodry le secoua à nouveau, mais il s'était évanoui. Poussant un grognement, Rhodry se leva et le laissa. Il était trop tard pour rattraper Jill à présent. Il se mit à nouveau à pleurer, puis sortit remplacer Lidyc. Bien des heures s'écoulèrent avant qu'il fût capable de s'endormir, en proie à cette nouvelle crainte qui le torturait. Il l'avait laissée partir seule, alors que c'était elle, tout ce temps, la seule et véritable proie de l'attaque qu'ils avaient essuyée.

À minuit, Sunrise commençait à traîner sérieusement les pieds. Jill mit pied à terre pour le soulager de son poids et marcha à côté de lui, tous deux chancelant de fatigue. Bien que son dos la brûlât sous le poids de sa cotte de mailles, elle décida de ne pas la retirer. Elle n'avait qu'une idée en tête, s'asseoir et se reposer, mais elle savait que si elle le faisait, elle s'endormirait. Un quart de lieue plus loin, elle parvint au point le plus élevé du col. Au bord de la route se dressait un pilier de pierre grossièrement découpé, gravé d'un étalon en train de se cabrer, le blason des gwerbrets de Cwm Pecl.

« Voir ce pilier vaut bien une bonne heure de sommeil. On ne doit plus être très loin à présent. »

Sunrise s'ébroua, épuisé, la tête pendante. Elle s'appuya contre le pilier et le laissa se reposer quelques minutes. Brusquement, elle eut conscience d'être surveillée, elle le sentit comme un frisson dans le dos. L'épée à la main, elle lâcha les rênes et fit quelques pas pour quitter la route, puis tourna lentement en rond, scrutant le sommet des falaises. Rien ne bougeait ; aucune silhouette ennemie ne se montrait sous le clair de lune. Elle saisit les rênes de Sunrise et reprit son chemin en marchant plus vite, poussée par une seconde vague de frayeur.

Ce sentiment s'intensifia au point que son dos ruisselait de sueur. On l'espionnait. À tout moment, juste derrière ce virage, ou après cet amas rocheux, était tendue l'embuscade qui signerait sa mort. Ils parcoururent un autre quart de lieue, mais ne tombèrent dans aucun guet-apens. Les falaises escarpées commençaient à s'effacer, et la route s'élargissait et se dégageait, offrant une meilleure prise de pied et donc un endroit plus propice pour lancer une attaque. Toujours, des yeux mystérieux les épiaient tandis qu'elle marchait à côté de son cheval et tapotait son encolure en nage, l'encourageant avec de doux mots.

Sunrise finit par tituber et faillit s'effondrer. Elle le laissa se redresser, sa tête traînant presque jusqu'au sol, et pensa à le laisser derrière elle. Brusquement, elle sentit leur observateur les quitter. Hébétée, elle regarda autour d'elle et aperçut, à moins de cent mètres, la tour d'un donjon derrière un mur bas de pierre dressé au bord de la route. Il ne pouvait s'agir que de l'un des célèbres postes de patrouille du Gwerbret Blaen, une petite bande armée placée en garnison près de la frontière et prête à réagir au moindre ennui, une dépense qu'aucun autre seigneur de Deverry ne prenait la peine de faire. Elle rejeta sa tête en arrière et rit.

« Allez, viens, mon vieil ami. Nous pouvons bien faire encore quelques mètres. »

Chancelant, Sunrise la laisser le mener jusqu'aux portes en fer forgé, sur lesquelles était gravé l'étalon symbole du gwerbret. Elle pria pour que quelqu'un l'entende crier, puis vit quelque chose briller sous le clair de lune : un cor d'argent, enchaîné à l'anneau de la porte. Elle l'attrapa et souffla dedans, poussant une longue note désespérée, pendant que Sunrise remuait la tête et s'ébrouait en signe de triomphe.

« Qui va là ? demanda une voix de l'autre côté de la porte.

— Un mercenaire. Il y a des bandits dans le col. »

Les portes s'ouvrirent en grinçant, puis le garde de nuit l'empoigna par le bras et la fit entrer en lieu sûr.

« Nous allons nous contenter d'attendre ici ? demanda Séryl.

— C'est la meilleure chose à faire, répondit Rhodry. Nous pourrons ainsi assurer nos arrières, dos à la falaise. »

Acquiesçant d'un signe de tête, Séryl le dévisageait comme un enfant affamé dévisage son père, certain, qu'il lui trouvera à manger, même quand tout espoir est vain. À la lueur grisonnante de l'aube, ils tournaient autour du campement pendant que Rhodry luttait contre son chagrin. Il était persuadé que Jill était morte. Sa propre mort, il pouvait l'affronter calmement, mais la sienne, non. Son seul réconfort était de savoir qu'il aurait bientôt l'occasion de se venger en emportant quelques-uns de ces bandits avec lui dans l'Autre Monde. Ils avaient fortifié le camp comme ils le pouvaient. Les paquets que portaient les mules avaient été empilés pour former une sorte de mur derrière lequel étaient postés les muletiers, le dos à la falaise, les mules attachées à côté. Rhodry répéta ses ordres. Lorsque lui et les deux autres épéistes, à cheval, se feraient tuer, les muletiers devraient faire paniquer les bêtes et envoyer le troupeau sur les bandits. La confusion en enverrait probablement quelques-uns outre-tombe.

« Et luttez jusqu'à la mort, conclut-il. Parce qu'ils ne vous accorderont aucune pitié. »

Rhodry, Lidyc et Myn montèrent en selle et se placèrent devant la barricade improvisée. Même si les jeunes étaient blêmes, ils conservaient leur calme, déterminés à mourir comme des hommes. Lentement, le soleil se mit à briller ; les minutes passèrent sans un bruit. Rhodry réalisa qu'il était impatient, désireux d'en finir vite, pressé de rejoindre sa bien-aimée dans l'Autre Monde. Ils entendirent enfin des bruits de sabot et le cliquetis des selleries, la clameur d'un grand nombre de cavaliers fonçant droit sur eux. D'un petit geste de son épée,

Rhodry entraîna les autres à leur rencontre. Arrivant au petit trot, la troupe apparut à la sortie d'un virage, vingt hommes en armure montant des chevaux frais, arborant sur leurs boucliers l'emblème rouge et or de Cwm Pecl. Rhodry entendit le camp derrière lui exploser de rire et frapper des mains, hystérique, mais il resta muet, le cœur trop gros pour pouvoir parler, parce qu'il savait à présent que sa tendre Jill était sauvée. Le capitaine de la troupe s'avança vers lui au trot.

« Alors, mercenaire, lui dit-il avec un large sourire. Il semble que tout le monde soit heureux de nous voir.

— C'est la première fois que j'apprécie autant quelqu'un dès la première rencontre, sincèrement. Quand l'autre mercenaire est-il arrivé chez vous ?

— Vers une heure après minuit, et c'est un jeune homme coriace, même s'il ressemble à un gamin de quatorze ans. Il était sur le point de s'effondrer sur place, mais a persisté à dire qu'il voulait revenir ici avec nous.

— Il est comme ça, c'est vrai. » Rhodry était plus que disposé à les laisser croire que Jill était un garçon. « Avez-vous amené un médecin ? Nous avons des blessés. » Il détacha son heaume et souleva le ventail.

« Oui. » Soudain, le capitaine le scruta du regard. « Je veux dire, Monseigneur.

— Ah, nom d'un cochon ! Ainsi, vous m'avez déjà vu auparavant, n'est-ce pas ?

— Plusieurs fois, Sire.

— Ne m'appelez plus jamais ainsi. Je m'appelle Rhodry, un point c'est tout. »

Le capitaine hocha la tête, exprimant sa compassion par un silence exaspérant. Rhodry fit virevolter son cheval et conduisit la bande armée au campement, mais lorsqu'il fit mine de descendre de selle, le capitaine se dépêcha de venir tenir la bride de sa monture.

« Cessez donc ! J'étais sérieux tout à l'heure.

— Très bien alors. Je vous appellerai Rhodry, tout court.

— C'est mieux. Alors, à quelle distance se trouve votre garnison ? Je voudrais aller faire l'éloge de notre jeune mercenaire.

— Elle se trouve à environ cinq heures de route pour un cheval frais, mais le jeune homme n'y sera plus lorsque nous arriverons. Je l'ai envoyé à Dun Hiraedd, vous comprenez, pour qu'il aille demander des renforts. Il a dit qu'il partirait à l'aube. »

Rhodry jura tout haut. Apparemment, le capitaine le considérait toujours comme Sire Rhodry Maelwaedd, compte tenu de ses explications empressées.

« J'ai dû amener tous les hommes que j'avais à ma disposition. Ces ordures n'attaquent pratiquement jamais les caravanes du Roi, parce qu'ils savent que nous les pourchasserions en force, c'est donc que quelque chose d'étrange se trame par ici. »

Rhodry écoutait à peine. Jill était repartie seule sur la route, et elle en savait encore moins que lui au sujet du danger qui la guettait.

« Elle m'a juste filé entre les doigts, fulmina Sarcyn. Je n'étais qu'à un quart de lieue derrière elle lorsqu'elle a atteint le poste de garde.

— Je sais, répondit Alastyr. J'étais en train de vous surveiller.

— Si vous y aviez pensé plus tôt... »

Et voilà, encore un signe de l'arrogance par trop familière de Sarcyn, mais Alastyr le laissa passer, parce qu'ils étaient beaucoup trop en danger pour se laisser aller à des querelles intestines. Bien qu'ils fussent tous deux de bons épéistes, ils étaient entourés de dix-neuf bandits en colère, et Alastyr ne pourrait jamais tous les ensorceler. Le nouveau chef de la bande qui venait d'être élu s'avança à grandes enjambées, les bras croisés sur la poitrine.

« Vous ne nous aviez jamais dit que cette fille savait se battre comme une vraie furie !

— Je vous ai avertis qu'elle était habile au combat. »

Le bandit grogna de manière alarmante. Alastyr sortit la bourse qu'il avait préparée pour eux.

« J'ai dit que vous seriez bien payés et j'étais sérieux. Tenez. »

Lorsque le bandit versa dans une de ses mains poilues les vingt pièces d'argent et le rubis carré aussi gros que son pouce que la bourse contenait, son visage s'égaya d'un large sourire édenté.

« Sans rancune, alors, dit-il en se retournant. Très bien, les gars. Nous avons ici un bijou que nous pouvons vendre à Marcmwr et qui nous permettra de vivre comme des rois pendant des mois. »

Lorsque les bandits applaudirent, Alastyr et Sarcyn montèrent sur leurs chevaux et repartirent, suivis du vieux Gan qui menait la monture de Camdel. Si les bandits essayaient par la suite de leur tendre une embuscade, à présent qu'ils les croyaient riches, Alastyr pourrait utiliser le dweomer pour dissimuler sa troupe et éviter une rencontre désagréable. Comme il pouvait se fier à Sarcyn pour les guider, il se permit d'entrer dans la transe la plus légère possible. Quelqu'un les espionnait. La nouvelle le frappa comme un poignard à la base de son crâne. Précipitamment, il ouvrit les yeux et rappela sa conscience dans le plan physique.

« Sarco ! s'écria-t-il. Notre espion est de retour. »

L'apprenti ralentit son cheval et attendit qu'Alastyr soit arrivé à sa hauteur.

« Ce doit être le Maître de l'Éther, répondit Sarcyn.

— Non, ce n'est pas lui. J'ai étudié ces choses trop longtemps pour ne pas pouvoir reconnaître des hommes tels que lui. Il doit s'agir des Faucons. Ce ne peut être qu'eux. »

Lorsqu'ils reprirent leur chemin, Alastyr eut envie de jurer, frustré. Le temps allait leur manquer. Si les Faucons les suivaient, ils devraient quitter Deverry. Il aurait été prudent, en fait, qu'ils fassent demi-tour et se dirigent vers le port le plus proche aussi vite qu'ils le pouvaient. Un moment, Alastyr hésita, tenté de prendre cette décision, puis il se rappela la remarque de l'Ancien, selon laquelle Sarcyn le détestait. Un apprenti qui a perdu son respect pour le dweomer noir est un homme dangereux. Si l'Ancien avait envoyé les Faucons justement pour surveiller Sarcyn, et pas lui ? Cela ressemblerait bien au vieil homme, d'agir ainsi dans l'ombre.

Par ailleurs, ils étaient si près de mettre la main sur Jill, trop près pour renoncer maintenant. Alastyr était certain que s'il la capturait en vie, il pourrait l'échanger à Persaunn contre l'assurance de pouvoir quitter Deverry sain et sauf... avec la Pierre.

Jill avait voulu attendre Rhodry au poste de garde, mais aucun mercenaire ne pouvait refuser un ordre direct du capitaine d'un gwerbret, à moins de se faire fouetter, et elle accepta d'apporter un message important à ce dernier, mais non sans réticence. Comme Sunrise était trop fatigué pour repartir, le palefrenier lui donna un cheval noir et robuste pour commencer son voyage. Le capitaine lui avait déjà remis un gage officiel ; tant qu'elle serait au service du gwerbret, tous les vassaux de Blaen lui donneraient un étalon frais et un repas pour accélérer l'acheminement du message.

« Maintenant, écoutez-moi, dit Jill au garçon d'écurie. Vous avez intérêt à ce que Sunrise soit là à l'arrivée de Rhodry.

— Mais pour qui nous prenez-vous, pour des voleurs de chevaux ?

— Nombreux sont les grands seigneurs qui ont “marchandé” un cheval que son propriétaire n’avait aucune intention de vendre.

— C’est vrai, mais votre cheval est en lieu sûr. Je vous dirai même ceci, mercenaire. Nous autres, à Cwm Pecl, nous exécrons les voleurs de chevaux parmi tous les autres voleurs du royaume. On ne se contente pas de leur couper les mains. Ils reçoivent quinze coups de fouet et se font pendre sur la place publique.

— Magnifique. Alors, je peux partir l’esprit tranquille. »

Jill quitta le poste à vive allure, alternant trot et petit galop jusqu’à ce qu’elle soit sortie des montagnes. Sur les pentes plus douces des contreforts, elle poussait son cheval au grand galop de temps en temps. Juste avant midi, elle parvint au dun d’un seigneur, prit un repas et un cheval frais, et repartit au galop. Rapidement, les collines disparurent derrière elle et elle se retrouva au milieu des prairies vallonnées de Cwm Pecl. Même si une grande partie de la province n’était pas adaptée à l’agriculture, elle était idéale pour faire paître le bétail. Dans les prairies souvent inondées s’étalant au milieu de bosquets de bouleaux blancs, elle voyait de nombreux troupeaux de chevaux, paissant tranquillement sous la surveillance de bergers à cheval, ou des vaches blanches aux oreilles couleur de rouille, mastiquant leur déjeuner à l’ombre des arbres.

Sur cette contrée plus plate, elle put maintenir une allure entre le galop et le trot, puis changea de cheval deux fois encore. La ville se situait à une bonne vingtaine de lieues du poste qu’elle avait quitté, distance que seul un messager pressé comme elle pouvait espérer couvrir en une seule journée. À son troisième changement de cheval, le soleil était bas dans le ciel et le seigneur qui l'avait accueillie lui fit remarquer que le messager du gwerbret était le bienvenu s'il voulait passer la nuit chez lui. Jill réfléchit, mais un de ses avertissements dweomériques la coupa comme un couteau. Elle devait repartir, et aussi vite que possible.

« Merci, Sire, mais ce message est extrêmement urgent.

— C'est vous qui décidez, alors, mercenaire. »

Lorsqu'elle repartit, elle lança son cheval au plein galop, et le frisson dweomérique ne la quitta pas de tout le trajet. Quelqu'un savait où elle était, et cette personne la suivait dans l'intention de lui faire du mal. Après la nuit agitée qu'elle avait passée, elle était à deux doigts de s'endormir sur sa selle chaque fois qu'elle laissait son cheval marcher ou s'arrêter pour se reposer, mais elle se réveillait d'elle-même et éperonnait sa monture au trot pour les maintenir tous les deux éveillés. Chaque fois qu'elle croisait quelqu'un sur la route, elle le hélait et lui demandait de s'écarter au nom du gwerbret. Avec des cris de surprise, les voyageurs sortaient de la route et la laissaient passer.

Enfin, elle franchit la crête d'une petite colline et vit la cité du Gwerbret de Dun Hiraedd au pied de la motte, entourée de hauts remparts de pierre et qui s'étendait de part et d'autre d'une rivière. Celle-ci miroitait si intensément sous le soleil couchant que Jill put à peine la regarder de ses yeux épuisés. Le coucher du soleil. Les portes de la ville allaient fermer pour la nuit. Elle lança son cheval au galop et descendit la colline à toute vitesse, se ruant vers les portes qu'elle atteignit juste au moment où elles allaient se refermer.

« Un message pour le gwerbret ! hurla-t-elle. Du col de Cwm Pecl ! »

Les portes restèrent ouvertes. Lorsqu'un garde sortit en courant à sa rencontre, elle se glissa à terre et brandit le gage avec un grand geste du bras.

« Très bien, mercenaire, lui dit le garde. Je vous emmène au dun sur-le-champ. »

Lorsque les portes coulissèrent derrière eux pour se refermer, le soulagement de Jill fut si fort qu'elle sut qu'il était inspiré par le dweomer. Ici, pendant un petit moment, elle serait en sécurité.

Le garde de la ville la fit traverser un dédale de rues pavées et de maisons rondes serrées les unes contre les autres. Des chandelles brillaient à travers les fenêtres ; les gens se dépêchaient de rentrer après leur journée de travail ; çà et là, une odeur de cuisine se dégageait d'une maison et faisait grogner l'estomac de Jill. À l'autre bout de la ville se dressait une petite motte artificielle, entourée de murs de pierre. Il y avait plus de portes et plus de gardes, mais le gage qu'elle portait leur permit d'entrer dans la cour de l'immense dun de Blaen, où trois tours surplombaient abris et écuries. Lorsqu'un page eut emmené le cheval de Jill, le garde de la ville qui l'accompagnait la fit entrer dans la grande salle.

La pièce était animée par des feux de cheminée et des chandelles. Jill resta près de la porte, les yeux plissés, pendant que le garde alla parler au gwerbret. À l'une des cheminées, les domestiques étaient en train de servir le dîner d'une bande armée composée d'une centaine d'hommes attablés à de longues tables. Près de la cheminée d'honneur, le gwerbret dînait seul. Lorsqu'elle regarda l'élégante maçonnerie, les tentures raffinées, les verres à pied d'argent et les candélabres posés sur les tables, Jill eut envie de maudire toute la patrouille du col. Pourquoi ces idiots n'avaient-ils pas adressé le message au capitaine du gwerbret, au lieu de l'obliger à faire ainsi irruption pendant le dîner d'un grand seigneur ? Un mercenaire sale comme elle aurait dû attendre à l'extérieur, dans la cour.

Blaen lui-même se montra peu rassurant. Lorsque le

garde lui parla, il se leva, remua la tête avec arrogance, et se tint debout en figeant ses épaules dans un port majestueux. Il était beaucoup plus jeune qu'elle ne s'y attendait, âgé d'environ vingt-deux ans, et il lui rappelait Rhodry de manière frappante, avec ses yeux bleu vif et ses cheveux noir de jais, même si, naturellement, il n'était pas aussi beau que lui.

« Approchez, mercenaire, lança-t-il d'un ton brusque. Quel est ce message ? »

Jill s'avança précipitamment et commença à s'agenouiller, mais elle était si exténuée qu'elle perdit son équilibre et faillit s'affaler par terre.

« Je vous demande pardon, Votre Grâce, balbutia-t-elle. Cela fait deux jours que je cavale et je me suis battue avant.

— Par les fesses des dieux ! Allons, relevez-vous et prenez une chaise. Page ! Apportez de l'hydromel ! Allez chercher un tranchoir ! Allez ! Ce jeune homme doit mourir de faim. »

Avant que les pages surpris n'aient pu intervenir, Blaen la saisit par les épaules, l'aida à se relever et l'installa sur sa propre chaise. Il lui mit un verre d'hydromel dans la main, puis se percha sur le bord de la table, oubliant son repas derrière lui.

« Je parie que je peux deviner de quoi il s'agit, dit-il. Il y a encore des problèmes dans ce col hanté par les démons.

— Exactement, Votre Grâce. »

Pendant que Jill racontait son histoire, le capitaine de Blaen vint l'écouter. Il s'agissait d'un robuste trentenaire portant une cicatrice à peine visible sur une joue. Lorsqu'elle eut fini, le gwerbret se tourna vers lui.

« Comyn, prenez cinquante hommes et des chevaux de réserve et partez dès ce soir. Je... allons, attendez un moment. » Blaen saisit une tranche de rôti de bœuf dans un plat en or et le posa devant Jill. « Servez-vous, prenez du pain, jeune homme. Maintenant, écoutez, Comyn. Chassez ces sales bandits jusque dans l'Yr Auddglyn. Si le Gwerbret Ygwimyr a l'audace de s'en plaindre, dites-lui que cela signifie la guerre si nous n'avons pas leurs têtes sur des pieux dans une semaine ou deux.

— Oui, Votre Grâce, et je vous envoie un messager à la minute où il y aura quelque chose à vous rapporter. »

Jill continua de manger pendant qu'ils mettaient au point les détails. Lorsque Comyn partit rassembler ses hommes, Blaen prit son verre d'hydromel et le vida d'un trait aussi vite que s'il avait bu de l'eau. Un page s'avança doucement et le remplit à nouveau.

« Apparemment, vous avez à peine touché à votre verre, jeune homme, remarqua Blaen. Quel genre de mercenaire êtes-vous pour boire aussi lentement ? Comment vous appelez-vous, au fait ?

— Jill, Votre Grâce, et je ne suis pas un homme mais une fille. »

Blaen la regarda fixement, puis rejeta la tête en arrière en riant.

« Je dois devenir vieux et aveugle, remarqua-t-il, toujours en souriant. Ainsi, vous êtes une fille. Qu'est-ce qui pousse une demoiselle à prendre la longue route ?

— L'homme que j'aime est mercenaire, et j'ai quitté ma famille pour le suivre.

— Eh bien, c'était stupide de votre part, mais qui sait ce que les femmes sont capables de faire ! » Il écarta le problème d'un haussement d'épaules. « Très bien, Jill. Nous ne pouvons pas vous faire dormir dans les casernes, aussi, je vous donnerai une chambre dans le donjon pour la nuit. »

Plus tôt ce même jour, la patrouille de Cwm Pecl escortait ce qui restait de la caravane de Séryl à leur poste frontière avant de repartir chasser les bandits.

Rhodry les aida à transporter Séryl dans un lit, dans la caserne, veilla à ce que ses gardes et les muletiers soient nourris correctement, puis se rendit aux écuries pour s'assurer que Sunrise était en bonne santé. Le palefrenier lui dit que Jill était bien repartie à l'aube, à titre de coursier.

« Elle ne devrait donc pas tarder à arriver à Dun Hiraedd, à l'heure qu'il est. » Rhodry regarda le coucher du soleil à travers la porte.

« Exactement. Êtes-vous déjà allé dans notre cité auparavant, mercenaire ?

— Une ou deux fois. Bon, je vais aller chercher mon repas. »

Lorsqu'il eut mangé, Rhodry alla voir le bandit blessé, qui avait été enfermé dans une réserve. Cette précaution s'avéra inutile, parce que le jeune homme était mourant. Non seulement il avait trop de fièvre pour parler, mais Rhodry pouvait sentir l'odeur nauséabonde de sa blessure infectée même à travers les bandages. Il donna de l'eau à boire au garçon, puis se rassit sur ses talons et l'examina. Jamais il n'avait vu une blessure sérieuse s'infecter si rapidement – et pourtant, il en avait connu, des batailles. Comme les bandits n'étaient pas réputés pour manger comme des princes, le jeune homme avait assurément été mal nourri pendant quelque temps et donc anormalement faible. Mais malgré tout, l'infection aurait dû se propager plus lentement, d'autant plus que Jill avait posé un bandage propre sur la plaie juste après qu'il avait été blessé. Si quelqu'un avait voulu faire taire le jeune garçon, il n'aurait pu mieux s'y prendre.

« Mais est-ce juste de la chance ? » se demanda Rhodry tout haut.

Le garçon mourant gémit et suffoqua pendant son sommeil enfiévré. La veille, Rhodry était prêt à lui trancher la gorge, mais à présent, il ressentait une soudaine pitié pour lui.

Jill se réveilla tard dans la matinée et regarda autour d'elle, désorientée. Que faisait-elle dans ce lit luxueux à baldaquin brodé ? Finalement, elle se rappela l'hospitalité de Blaen qui l'avait hébergée la veille. Lorsqu'elle tira le baldaquin, elle constata que le soleil affluait à travers les fenêtres et trouva un page rôdant d'un air hésitant dans l'embrasure de la porte.

« Ma... euh... Madame ? dit le garçon. Le gwerbret requiert votre présence au déjeuner. Dois-je demander que l'on vous prépare un bain ? Vous avez tout juste le temps.

— Un bain ? Ce serait formidable. Mais c'est déjà l'heure de déjeuner ? Grands dieux ! Dites-moi, l'épouse du Gwerbret sera-t-elle présente à table ? Je ne sais même pas comment elle s'appelle.

— Elle s'appelle Canyffa, mais elle est partie rendre visite à son frère. »

Jill en remercia les dieux. Elle n'avait pas hâte de voir une noble dame examiner minutieusement ses bonnes manières à table. Après son bain, elle sortit sa deuxième chemise, qui était relativement propre, de ses sacoches de selle, puis décida qu'elle ferait mieux de changer de chaussettes également. Elle se souvint alors du bracelet de bras, qui aurait dû être enveloppé dans ses chaussettes de rechange. Mais il n'était plus là.

« Nom d'un chien ! L'un de ces sales muletiers a dû le voler. »

Avec irritation, elle fouilla dans ses deux sacoches de selle, mais le bracelet n'était tout simplement pas là. En revanche, au fond d'une des sacoches, coincé sous le rabat cousu, Jill sentit quelque chose de dur et petit. Elle dégagea l'objet et trouva un anneau doré incrusté d'un beau et magnifique saphir, sur la monture duquel étaient gravés deux minuscules dragons. Jill l'examina longuement.

« Comment t'es-tu introduit dans mes affaires ? Ce doit être les créatures du Peuple Sauvage, volant le bracelet... » Elle s'arrêta, évaluant le poids de l'anneau dans sa main. « Le bracelet pesait à peu près autant, non ? »

Le saphir brillait à la lumière du soleil. Jill se sentit complètement idiote, de parler à un anneau comme s'il pouvait la comprendre. Elle trouva un morceau de chiffon et l'enveloppa dedans soigneusement, puis le replaça dans la doublure de la sacoche de selle. Un gwerbret l'attendait, et elle n'avait pas le temps de s'en inquiéter maintenant.

Il s'avéra que Blaen lui faisait l'honneur de la convier à sa table, parce que la vie qu'elle menait sur la longue route l'intriguait. Comme elle savait que Rhodry avait honte de son exil, elle fit de son mieux pour révéler le moins de choses possible à son sujet au cours du repas, tâche qui devint facile lorsqu'elle mentionna que son père était Cullyn de Cerrmor.

« Ça alors, pas étonnant que vous supportiez la longue route aussi bien, dit Blaen avec un large sourire. C'est que, Jill, j'ai rencontré votre père autrefois. J'étais un petit garçon alors, âgé de six ou sept ans, je crois, et mon père l'avait engagé. Je me souviens l'avoir regardé de toute ma hauteur, et avoir pensé que je n'avais jamais rencontré d'homme plus effrayant que lui.

— Père fait cet effet, effectivement.

— Mais c'était un guerrier formidable. Je ne me rappelle pas exactement pourquoi, mais mon père a fini par lui donner, outre ses gages, un magnifique fourreau orné d'or pour le récompenser de ses services. À présent, fait-il toujours partie du monde des vivants ? »

À partir de ce moment-là, Jill put passer le temps en racontant les divers exploits de son père au fil des ans.

Lorsque leur repas fut terminé, Blaen lui donna sans réfléchir une poignée de pièces pour la remercier d'avoir apporté le message.

« Et quand cette caravane arrivera-t-elle ici, à votre avis ? demanda le gwerbret.

— Pas avant trois jours, au moins, Votre Grâce. Certains étaient blessés.

— Ah. Eh bien, à leur arrivée, demandez au chef de la caravane de venir me voir. »

Jill rassembla ses affaires, sortit du dun et s'engagea dans les rues animées de la ville, qui était l'unique colonie humaine digne de ce nom de toute la province. Sous les arcs des murs, la rivière traversait la ville et la partageait en deux, une partie à l'ouest, réservée aux riches et au gwerbret lui-même, et une à l'est pour les citadins ordinaires. Tout le long de ses berges s'étiraient des prés communaux, où des vaches paissaient sous le soleil brûlant de l'après-midi.

Arrivée à la porte est, Jill trouva finalement une auberge appelée *Le Renard qui court*, qui avait tant besoin de clients qu'elle y fut acceptée. Dès qu'elle fut seule dans sa chambre, petite et sale, elle ouvrit ses sacoches de selle et en sortit l'anneau. Cette fois-ci, un seul dragon était enroulé autour de sa monture.

« Je ne deviens pas folle. Tu dois être un objet dweomérique. »

La pierre brilla de mille feux un instant, puis retrouva l'éclat d'une gemme ordinaire. Jill haussa les épaules, enveloppa à nouveau l'anneau et le plaça dans la bourse qu'elle portait autour du cou, et dans laquelle elle ne gardait que quelques sous. Lorsqu'elle descendit dans la taverne de l'auberge, elle s'offrit une chope de bière la plus brune qu'il y avait pour se détendre. Grands dieux, voilà qu'elle se retrouvait dans une ville qu'elle ne connaissait pas avec une pierre magique en sa possession et Rhodry à des lieues d'elle ! *Persaunn, oh Persaunn*, pensa-t-elle, *je prie chaque dieu du ciel pour que vous soyez ici !*

Il arrive, résonna une pensée dans sa tête. *Il viendra nous sauver tous les deux.*

Jill faillit s'étouffer en buvant sa bière, si bien qu'elle toussa et recracha le liquide dans sa chope. L'aubergiste s'approcha d'elle hâtivement.

« Il y avait une mouche dedans ? » Il lui tapota le dos.

« Non. Merci. »

D'un hochement de tête compatissant, il s'éloigna prestement. *C'est le bouquet !* pensa Jill. *Je dois en apprendre davantage sur cette pierre.* Même s'il devait y avoir plusieurs bijoutiers dans une ville de cette taille, elle n'avait pas l'intention de parler ouvertement d'une pierre qui pouvait changer de forme et envoyer des pensées dans l'esprit des gens. Mais il y avait d'autres sources d'information pour une personne qui savait où les trouver.

La taverne était pleine. À une table étaient assises un troupeau de jeunes femmes débraillées qui mangeaient de la bouillie en guise de petit déjeuner, assez tardivement à cette heure-ci de la journée ; à une autre table, il y avait une poignée de gardes de caravane ambitieux ; à une troisième, de jeunes hommes qui auraient pu être des apprentis commerçants. Lorsque l'aubergiste vint remplir à nouveau la chope de Jill, elle se vanta délibérément, loua la générosité de Blaen et raconta qu'elle n'avait jamais été aussi bien payée pour avoir apporté un message. Bien sûr, elle paya l'aubergiste avec l'escarcelle qu'elle portait ouvertement à sa ceinture, non avec celle bien remplie pendue à son cou. Ensuite, elle sortit se promener dans les rues.

Le soleil de l'après-midi brûlait les rues pavées bien entretenues. Des commerçants prospères se dépêchaient de vaquer à leurs affaires ou parcouraient les rues nonchalamment, en discutant pour passer le temps. Des femmes portant des paniers ou des seaux d'eau regardaient le poignard de Jill et traversaient ostensiblement la rue. Jill prenait toutes les étroites allées qu'elle pouvait trouver, marchant sans se presser, lentement, comme perdue dans ses pensées. Enfin, dans une ruelle, entre un boulanger et un cordonnier, le poisson mordit à son hameçon. Un jeune homme la croisa et lui rentra dedans. Il s'excusa courtoisement et reprit sa route hâtivement, mais Jill se retourna rapidement et lui saisit le poignet. Avant qu'il ait pu s'échapper en se tortillant, elle le jeta violemment contre le mur en pierre de la boutique du cordonnier et le frappa à lui couper le souffle. La prise de Jill, un petit homme maigre aux cheveux blonds et au nez verruqueux, leva la tête et la regarda en reprenant son souffle.

« Je vous demande pardon, mercenaire, je ne voulais pas vous offenser.

— M'offenser ? Le Seigneur des Enfers peut supporter cet affront. Mais rends-moi ma bourse. »

Le voleur donna des coups de pied et s'échappa de côté, mais Jill le rattrapa et l'écrasa à nouveau, le visage contre le mur. Pendant qu'il gémissait et se débattait, elle plongea sa main dans sa chemise et récupéra sa bourse, ainsi qu'une petite dague habilement dissimulée qu'elle retira, par précaution, de son fourreau. Lorsqu'elle l'obligea à se retourner en le tirant, il gémit et cessa de se débattre.

« Écoute, dit Jill. Si je t'emmène aux hommes du gwerbret, ils te couperont les mains sur la place du marché. »

Le visage du voleur devint livide.

« Mais si tu me dis qui est ton maître, je te laisserai partir.

— Je ne peux pas ! Cela me coûterait la vie, pas seulement mes mains.

— Oh, espèce d'idiot, que crois-tu que je vais faire ? M'empresser d'aller le dire au gwerbret ? » Elle lui tendit le fourreau de sa dague en premier. « Tiens, reprends ça. »

Pendant qu'il réfléchissait, son visage se recolora. Finalement, il reprit la dague qu'elle lui tendait.

« Ogwern, répondit-il. Vous le trouverez à l'auberge du *Dragon Rouge*, sur la rive est de la rivière, à côté des prés communaux. Vous ne pouvez pas la manquer. L'auberge se trouve juste à côté du vendeur de bougies. »

Puis il se retourna et courut, aussi vite qu'une biche effrayée dans la forêt. Jill le suivit sans se presser, le laissa retourner auprès d'Ogwern et annoncer son arrivée avant de se présenter elle-même. Elle pensa qu'il avait eu raison au sujet de la boutique du marchand de bougies : elle était difficile à manquer. Dans une cour ensoleillée, devant une longue réserve, il y avait une montagne de suif qui dégageait tranquillement sa mauvaise odeur sous la chaleur du soleil. De l'autre côté de l'étroite ruelle se trouvait une petite auberge en bois, au toit dégarni de chaume, avec des volets gauchis non peints aux fenêtres. Contrairement à la plupart des auberges, sa porte était fermée. Lorsque Jill frappa, celle-ci s'entrouvrit légèrement pour révéler un œil sombre et méfiant pressé dans l'entrebâillement de la porte.

« Qui êtes-vous ? demanda une voix masculine et grave.

— Le mercenaire qui demande à voir Ogwern. Celui-ci se sentira floué s'il refuse de me parler. »

La personne qui l'avait interrogée ouvrit la porte en riant. Il s'agissait d'un homme très gros à la bedaine rebondie, avec des bajoues qui pendaient des deux côtés de sa gorge de taureau.

« J'aime votre audace. Je suis Ogwern. Entrez. »

La taverne en forme de demi-cercle, puant la paille et

la fumée de bois, renfermait quatre tables cabossées et branlantes. Sur l'insistance de Jill, ils s'assirent là où elle pouvait garder son dos contre le mur. Un aubergiste, aussi blond et mince que Ogwern était gros, leur apporta des chopes d'une bière étonnamment bonne et que Jill régla.

« Alors, ma respectable dame, dit Ogwern. Bien que, à vrai dire, aussi respectable que vous soyez, vous ne pouvez pas être une dame, si vous connaissez la longue route. Quel bon vent vous amène ?

— Une affaire simple. Vous savez probablement que j'ai apporté un message à votre gwerbret du col de Cwm Pecl.

— Oh, cela m'arrive d'écouter les potins qui sont dignes d'intérêt.

— Très bien alors. Je suis arrivée en ville avec un cheval appartenant à l'un des vassaux du gwerbret, mais ma monture arrivera ici plus tard, avec la caravane que j'escortais. C'est un cheval de valeur, et je ne voudrais pas qu'on me le vole. Je pensais qu'un peu d'argent bien placé lui assurerait un voyage en toute sécurité.

— Rien de plus simple, et vous avez effectivement frappé à la bonne porte. De quel type de cheval s'agit-il ?

— D'un Chasseur de l'Ouest, un hongre de couleur dorée, en plus.

— Dressé pour la bataille ?

— Oui. »

Ogwern réfléchit, agitant une de ses mains grasses en l'air.

« Eh bien, si c'était un étalon, cela vous aurait coûté dix pièces d'argent, finit-il par dire. Mais pour un hongre, nous dirons huit.

— Comment ? Grands dieux ! C'est tout simplement du vol !

— Veuillez ne pas utiliser de termes aussi désagréables. Cela dérange mon cœur gras mais précieux. Disons sept pièces, alors.

— Trois, et pas un sou de plus.

— Six. Laissez-moi vous rappeler que les clients sont nombreux pour un animal d'une telle valeur.

— Cinq... Deux maintenant, et trois lorsque nous serons repartis en toute sécurité.

— Quatre si vous me payez la totalité maintenant. Je vous jure que mes hommes respecteront mes ordres.

— Ha !

— Ils y sont contraints. Où vous croyez-vous, Madame la mercenaire ? Dans la cité du Roi elle-même, ou autre lieu de ce genre, grouillant de personnes et de règles civilisées ? Pas le moins du monde. Je suis au courant de tout ce qui se passe ici et en outre, nous ne sommes pas nombreux. Juste une petite bande, mais tous triés sur le volet et dignes de confiance. Eh bien, euh, peut-être pas tous. En fait, moi et mes parents, principalement.

— Je suis d'accord alors, et je vous offre une autre chope de bière pour sceller notre marché. »

Lorsque Jill compta l'argent qui protégerait Sunrise, Ogwern l'examina de ses yeux bruns perçants.

« Laissez-moi vous donner un conseil, lui dit-il en empochant les pièces. Notre pieux et ignoblement honnête gwerbret a mis en place une patrouille de surveillance pour protéger la ville, des gardes qui circulent par équipe de six à tout moment, arpentant les rues avec rien de mieux à faire que de plonger leur nez dans les affaires des autres.

— Au nom du Seigneur des Enfers ! Elle fit semblant d'être écœurée. Et patrouillent-ils aussi de nuit ?

— Oui. Révoltant, dirais-je. Ah, le père de Blaen était un homme merveilleux... accommodant, fort distrait par la guerre, et plutôt stupide, juste comme un noble seigneur devrait être. Blaen, hélas, tient plus de son intelligente mère, et la vie semble bien dure depuis qu'il a hérité du rhan.

— C'est vraiment dommage, même si j'admets que je suis heureuse qu'il fasse de son mieux pour exterminer tous les bandits.

— C'est vrai. Les sales rustres, je hais les brigands ! J'espère sincèrement que vous en avez tué plusieurs lorsqu'ils ont attaqué votre caravane.

— Eh bien, là, vous parlez comme un homme du gwerbret.

— Ne soyez pas malpolie s'il vous plaît. » Ogwern posa une main grassouillette sur le tas de chair situé plus ou moins près de son cœur. « Les bandits sont des idiots assoiffés de sang, qui encombrent les routes et obligent les honnêtes gens à engager des gardes du corps. Ticns, s'ils n'étaient pas là, un vrai voleur pourrait s'approcher d'une caravane sans faire de bruit et s'amuser un peu. En plus, ils ne me paient pas de taxes.

— Oh oh ! Ainsi, voilà la vraie source d'irritation pour vous, n'est-ce pas ? »

Ogwern grogna, simulant d'être vexé, puis continua à l'observer. Jill réalisa qu'il voulait lui demander quelque chose autant qu'elle souhaitait lui soutirer une information.

« Juste une simple question, finit-il par dire, mais j'ai entendu dire, bien sûr, que votre caravane venait de la province d'Yr Auddglyn. Je suppose que vous êtes allés à Marcmwr.

— Je suis restée là-bas quelques jours. Pourquoi ? »

Pendant un moment, il fronça les sourcils derrière sa chope de bière.

« Eh bien, répondit-il enfin, je suppose qu'un mercenaire n'aurait aucun intérêt à voler des bijoux. »

Tout excitée, Jill sentit son cœur battre la chamade.

« Pas le moindre, répondit-elle. Je sais que nous

sommes tous cousins avec vous autres, voleurs, mais ce n'est pas la même chose que d'être frères.

— C'est vrai. J'ai entendu quelques nouvelles intéressantes venant de Deverry, voyez-vous. Un certain individu serait allé dans l'Yr Auddglyn avec un grand sac rempli de bijoux volés. Ce type m'a l'air d'un parfait idiot, en tout cas. Parce qu'il a essayé de se faire passer pour un marchand, mais son cheval portait une selle et une bride dignes d'un gwerbret... et la selle d'un guerrier, pour couronner le tout. »

Jill fit de son mieux pour ne paraître que modérément intéressée.

« Maintenant, si les pierres sont toujours dans l'Yr Auddglyn, poursuivit Ogwern, d'un air légèrement méditatif, cela ne me concernerait pas. Mais certains types de là-bas ont essayé de trouver ce soi-disant marchand, naturellement, pour le soulager du poids qu'il transportait. Ils l'ont pisté jusqu'à l'Aver Lit, et hop ! Voilà qu'il a disparu. Comme par magie !

— Ah, ah ! Et donc, vous vous demandiez si, peut-être, il n'était pas entré dans votre territoire. Il devait transporter des choses de grande valeur, effectivement, si tous les voleurs du royaume étaient à ses trousses.

— De très grande valeur. Il paraît que les pierres volées appartiennent au Roi en personne.

— Oh, allons, comment quelqu'un pourrait voler quelque chose au Roi ?

— C'est une bonne question, mercenaire, une très bonne question effectivement. Mais je ne fais que répéter ce que j'ai entendu. Et l'une de ces pierres serait un rubis aussi gros que votre pouce. Savez-vous quelle valeur aurait une telle pierre ? Et puis, il y en a qui parlent d'une opale de la taille d'une noix. Habituellement, une opale n'est pas aussi précieuse que les autres pierres, mais un caillou de cette dimension vaudrait une vraie fortune.

— Assurément. J'ai entendu quelqu'un parler d'un anneau incrusté d'un saphir lorsque j'étais à Marcmwr. Croyez-vous qu'il fasse partie du même trésor ?

— Cela se pourrait, oui. Les yeux d'Ogwern se mirent à briller entre les replis de peau. Qu'avez-vous entendu ?

— Eh bien, cet anneau serait maudit. » Jill réfléchissait vite, essayant de décrire les pierres dweomériques avec des termes qu'il pouvait comprendre. « Il serait capable d'envoyer des pensées dans votre esprit. Et il y avait également un truc concernant son aspect... ah oui, je me souviens. Parfois, il serait complètement terne, semblable à un bout de rocher, et par moments, il deviendrait tout brillant.

— Allons, écoutez, ne vous moquez jamais des pierres précieuses maudites. J'ai manipulé bien des bijoux dans ma grasse mais précieuse vie, et vous seriez surprise du genre de pouvoir que certains possèdent. Une vraie gemme a sa propre vie. Pourquoi, à votre avis, les hommes les convoitent-ils tant ? » Il marqua une pause, tambourinant sur la table du bout des doigts. « Une pierre maudite, hein ? Cela pourrait expliquer certaines choses. Deux garçons de Deverry ont essayé de suivre ce type, mais ils ont tous deux trouvé une fin tragique. L'un d'eux est tombé d'une fenêtre, alors qu'il essayait de passer à l'intérieur, comme si quelqu'un l'avait poussé, a raconté son partenaire. J'ignore ce qui est arrivé au deuxième. »

Les mauvaises créatures du Peuple Sauvage l'ont fait trébucher et l'ont jeté dans une rivière. Jill faillit crier tout haut.

« Quelque chose ne va pas ? demanda Ogwern avec brusquerie. Vous êtes toute pâle.

— Oh, rien, ce n'est rien. Je suis encore fatiguée de mon long voyage. »

Entre-temps, la taverne s'était remplie. Par petits

groupes, de jeunes hommes étaient entrés discrètement, avaient commandé des chopes de bière et s'étaient installés ensemble dans un coin tranquille et sombre. La plupart d'entre eux, à en juger l'odeur de suif et de peaux tannées qu'ils dégageaient, étaient d'honnêtes apprentis buvant un verre en attendant que les épouses de leurs maîtres les appellent pour dîner. D'autres, toutefois, regardaient avec un grand intérêt le maigre aubergiste dégager des poulets rôtis de leurs pics, au coin de la cheminée.

« Restez dîner avec moi, dit Ogwern à Jill. La cuisine d'ici est nettement meilleure que celle du *Renard qui court*. Leur fille de cuisine est réputée pour se curer le nez quand elle remue le ragoût. »

La nourriture était en effet nettement meilleure que ce que Jill aurait pu deviner. L'aubergiste lui apporta un tranchoir contenant la moitié d'une volaille et du pain frais, et pour Ogwern, un poulet entier et une miche de pain. Au bout de quelques instants, le jeune homme verruqueux que Jill avait pris la main dans le sac entra discrètement. Ogwern lui fit signe de s'approcher en brandissant impérieusement une cuisse de poulet.

« Jill, je vous présente mon fils, en fait, mon fils unique, hélas. » Il se tourna vers lui. « Bocc, je te présente Jill. J'espère qu'il n'y a aucun malaise entre vous ?

— Aucun de mon côté, répondit Jill.

— Du mien non plus. » Bocc lui fit une petite révérence.

Jill l'observa attentivement. Bien qu'il fût aussi mince que son père était gros, elle pouvait voir une ressemblance, en particulier la forme de leurs petits yeux et l'inclinaison de leurs nez. Bocc se pencha et piqua dans le poulet d'Ogwern.

« Eh bien, Jill, dit Bocc, puisque vous avez été dans l'Yr Auddglyn...

— Nous en avons discuté, intervint Ogwern. Elle... »

Quelqu'un frappa haut et fort à la porte. Lorsque l'aubergiste se dépêcha d'aller l'ouvrir, certains des jeunes garçons se rapprochèrent des fenêtres. L'aubergiste regarda dehors par la porte, puis remua la tête. Tout le monde se décontracta.

« Ce ne sont pas les gardes », murmura Ogwern à Jill.

L'aubergiste recula, faisant entrer un grand homme aux épaules carrées, vêtu d'un brigga gris simple et d'une chemise tachée de sueur, retenue par un lourd ceinturon auquel étaient accrochés un fourreau et une épée qui semblaient valoir cher. Sa démarche tranquille et maîtrisée indiqua à Jill qu'en outre, il savait manier son épée. Lorsqu'il se dirigea à grands pas vers la table d'Ogwern, Bocc s'écarta en hâte. Jill comprit sa réaction. Elle n'avait jamais vu d'yeux tels que ceux de cet inconnu blond, des yeux d'un bleu métallique totalement froids, déterminés, comme s'il avait vu tant de choses révoltantes qu'il ne pouvait considérer le monde qu'avec mépris. Réfléchissant à peine, elle posa sa main sur la garde de son épée. Lorsque l'étranger surprit son geste, il sourit, contractant convulsivement ses lèvres.

« Euh, bonsoir, dit Ogwern. Je suppose que vous aimeriez me parler ?

— Peut-être. Cela dépend de ce que ce mercenaire a à me dire. »

Sa voix n'était pas particulièrement désagréable, elle était simplement froide et sèche, mais Jill frissonna lorsqu'il se tourna vers elle.

« Je ne pense pas que nous nous connaissons, bon Monsieur, lui dit-elle.

— Non. Mais je vois que vous avez un bijou volé sur vous. Je vous l'achète contre de l'or. »

Jill était consciente que Ogwern les regardait, hébété

et surpris, comme s'il pensait qu'elle l'avait dupé depuis le début.

« Vous vous trompez, répondit Jill. Je n'ai aucun bijou à vendre. Que pensez-vous que j'ai ?

— Une opale. Une opale plutôt de grande taille. Je sais que les voleurs comme vous négocient, mais je vous promets que je vous paierai bien plus qu'aucun bijoutier contrebandier. Elle est dans cette bourse que vous portez autour du cou. Sortez-la.

— Si j'avais cette opale, je vous la vendrais. » Jill sentit une force inconnue l'obliger à parler. « Mais le seul bijou que je possède est une broche. »

Contrarié, l'étranger plissa les yeux. Jill sortit sa bourse, l'ouvrit et en sortit... une broche ronde, comme elle s'y attendait, une broche en laiton plutôt simple, incrustée de verre en guise de pierres, mais étrangement légère pour sa taille.

« Ne vous jouez pas de moi, jeune fille, lança hargneusement l'étranger.

— Je vous jure que ceci est le seul bijou que je possède. »

L'étranger se pencha par-dessus la table et la regarda droit dans les yeux. Son regard la transperça, d'une manière qui lui fit penser à Persaunn, comme s'il était en train de sonder son âme.

« Est-ce vraiment le seul bijou que vous possédez ?

— Oui. » Elle avait du mal à parler. « C'est le seul bijou que j'ai. »

Les yeux de l'étranger semblaient s'assombrir, et elle sentit alors qu'il essayait de plonger davantage dans son esprit. Faisant appel à toute sa volonté, elle détourna les yeux, remua la tête et saisit sa chope, s'apprêtant à lui jeter à la figure s'il essayait à nouveau de l'ensorceler. L'étranger posa ses mains sur ses hanches et regarda autour de lui, franchement déconcerté.

« Eh bien, que se passe-t-il ? lança Ogwern avec brusquerie. Jill vous dit la vérité.

— Je le sais, espèce de sale porc graisseux ! Avez-vous la pierre ? Savez-vous où elle est ?

— Quelle pierre ? » Ogwern reposa sa cuisse de poulet et s'essuya les mains sur sa chemise. Jill vit le petit éclat métallique qui signifiait qu'il avait saisi sa dague. « À présent, écoutez-moi, vous ne pouvez pas venir faire le fanfaron dans une auberge honnête telle que celle-ci. Je vous prie de nous exposer votre affaire, et nous verrons si nous pouvons vous aider. »

L'étranger hésita, foudroyant Ogwern du regard.

« Très bien, répondit-il enfin. Je suis à la recherche d'une opale particulière, aussi grosse qu'une noix, mais parfaitement polie. N'essayez pas de me dire que vous n'en avez pas entendu parler. Les nouvelles de ce genre circulent très vite.

— Oui, et je ne vous mentirai pas. La dernière fois que j'en ai entendu parler, c'était dans l'Yr Auddglyn. Si cette pierre se trouvait quelque part en Cwm Pecl, je le saurais, mais ce n'est pas le cas. J'aimerais bien y jeter un coup d'œil moi-même. »

À nouveau, l'étranger hésita, regardant autour de lui de ses yeux déterminés. Il avait beau se maîtriser rigoureusement, Jill vit un soupçon de peur en lui, elle le sentit si nettement qu'elle sut qu'il avait essayé de créer une sorte de lien entre eux en la regardant dans les yeux. Elle fut aussi dégoûtée que si elle s'était retrouvée dans un nid d'araignées.

« Maintenant, écoutez-moi, dit-il à Ogwern. Elle doit être en route pour Dun Hiraedd. Lorsqu'elle arrivera, vous mettrez vos mains grasses dessus et vous me la vendrez. Je vous paierai largement, mais je vous préviens, soit c'est moi qui achèterai cette opale, soit vous mourrez. Vous m'avez compris ?

— Mon bon Monsieur ! Tout ce que je voudrais tirer

de cette opale, c'est le profit, et comme c'est ce que vous me proposez, je vous garantis que vous l'aurez. Pas besoin de me menacer.

— Il est fort possible que d'autres gens vous abordent. Compris ? Vous ne la vendez à personne d'autre, autrement, je vous éventrerai et répandrai partout votre graisse pendant que vous me supplierez de vous achever. »

Le calme avec lequel il parlait faisait bien comprendre que sa menace n'était pas à prendre à la légère. Ses joues tremblant de terreur, Ogwern acquiesça d'un signe de tête.

« Je reviendrai ici de temps en temps pour voir si vous l'avez. Mettez-la-moi de côté. Elle ne devrait pas tarder à arriver. »

L'étranger tourna les talons avec dédain, sortit sans se presser et claqua la porte derrière lui. Bocc essaya de parler mais sa gorge resta nouée.

« Par tous les enfers, chuchota Ogwern. Ai-je vraiment vécu cela ?

— Je crains que oui, répondit Jill. J'espère qu'il ne dort pas au *Renard qui court*. Je ne voudrais pas rentrer et me retrouver nez à nez avec lui dans la taverne de l'auberge.

— Nous allons le vérifier facilement. Bocc, prends quelques gars avec toi. Ne te risque pas à suivre cette ordure ; contente-toi de demander autour de toi.

— Quelqu'un l'a sûrement vu, répondit Bocc. Je parie qu'il est dehors, dans la foule. »

Avec quelques amis, Bocc sortit par la porte arrière. Ogwern soupira et regarda les restes de son plat.

« Je n'ai plus faim du tout, dit-il. Apprécierez-vous un morceau de ce poulet, Jill ?

— Non, merci. C'est un vrai miracle que vous n'ayez plus faim.

— Ne soyez pas malpolie s'il vous plaît. Il posa sa main sur son cœur blessé et rengaina sa dague en même temps. Un homme ne peut qu'encaisser autant d'insultes. Un tas de graisse ? Ah ! »

Il s'écoula plus d'une heure avant que Bocc revienne plus furtivement encore que d'habitude. Le visage blême, il raconta à Ogwern qu'en dépit de tous les efforts qu'ils avaient déployés lui et ses amis, leurs recherches avaient été vaines : il n'avait trouvé aucune trace de l'étranger.

« Es-tu fou ? bafouilla Ogwern. Dun Hiraedd n'est pas si grande que cela.

— Je sais, mais il n'est pas là, et personne ne l'a pas même vu entrer, ni sortir. Et le plus étrange de tout, c'est que nous l'avons aperçu en train de se diriger vers les murs de la ville. Puis, il s'est engagé dans une ruelle, et c'est comme s'il s'était envolé. Père, je le jure ! Il a tout simplement disparu.

— Oh, par les fesses roses des dieux, dit Ogwern sans grande conviction. Prions pour que l'on ne tarde pas à retrouver ce bijou, que nous puissions avoir ce maudit or et nous débarrasser de cet individu. »

Peu de temps après, Jill retourna à son auberge. Elle marcha d'un pas rapide, rasant les bâtiments, constamment sur le qui-vive, et s'arrêta devant l'entrée pour s'assurer que l'étranger ne l'attendait pas avant d'entrer. Une fois dans sa chambre, elle barra sa porte et ferma les volets de l'intérieur. Elle dormit par terre, l'épée à portée de main, mais rien ne troubla son sommeil hormis ses rêves remplis de têtes coupées, de caves ténébreuses et des yeux de cet étranger la regardant d'un air furibond.

Rhodry passa cette même journée à fulminer d'impatience. Jill était seule et en danger, et il était là, lié par son honneur à jouer l'infirmière d'un marchand blessé et de ses mules puantes. Comme il avait juré à Séryl qu'il les escorterait jusqu'à la ville, il n'avait pas d'autre choix que de rester avec lui jusqu'à ce qu'il soit en état de voyager. Vers midi, le jeune bandit blessé mourut. Rhodry aida les autres à l'enterrer, juste pour avoir une occupation et pour faire passer le temps. Enfin, une heure environ avant le coucher du soleil, la patrouille revint.

« Nous les avons suivis jusque dans l'Yr Auddglyn, conta le capitaine. Mais je ne peux franchir la frontière sans autorisation, et nous devrons donc attendre que notre gwerbret nous envoie un message.

— Alors, par tous les dieux de l'Autre Monde, j'espère que ce message ne tardera pas à arriver. »

Le message arriva plus vite que prévu. Alors que la patrouille allait s'installer pour dîner, Comyn arriva avec cinquante hommes et autant de chevaux de réserve. Dans la cohue, Rhodry put facilement se retirer. La dernière chose qu'il souhaitait était que Comyn le reconnaisse. À défaut d'un meilleur endroit pour se cacher, il alla dans la cabane servant de cuisine, où les serviteurs, affolés, étaient trop occupés à préparer cinquante repas imprévus pour le remarquer, à l'ombre du mur, au coin de la cheminée. Le feu s'embrasa lorsqu'un domestique posa des brochettes de porc à rôtir dessus et que la graisse fondit.

Rhodry regardait les flammes dansantes et maudissait son maudit Wyrd. Il était là, à se cacher d'un homme qu'il respectait et qui jadis l'avait honoré. La lueur dorée des flammes semblait se moquer de lui tandis qu'elles vacillaient et s'embrasaient pour mourir l'instant d'après, à l'image de l'honneur et de la gloire des hommes. Les charbons ardents semblaient former des images, comme s'il pouvait voir dedans Aberwyn et sa ville adorée de Dun Cannobaen, comme s'il pouvait voir Persaunn. Rhodry sentit soudain un frisson lui parcourir le dos. Il voyait Persaunn, ou plutôt une image nette du visage du vieil homme, flottant au-dessus du feu. Puis, une pensée lui vint à l'esprit, et c'était la voix du vieil homme qu'il entendait.

« Vous ne devenez pas fou, jeune homme. Je suis réellement en train de vous parler. Répondez-moi mentalement.

— Je vais essayer. Mais que se passe-t-il ?

— Pas le temps de vous expliquer maintenant. Nos ennemis pourraient nous entendre. Mais il faut que vous alliez à Dun Hiraedd. Jill court un grave danger. Partez demain dès l'aube.

— Comment ? Je partirai ce soir !

— Non ! » L'image de Persaunn afficha une mine sévère. *« Ce serait totalement imprudent de prendre la route de nuit et seul. Vous m'entendez ? Attendez l'aube pour partir !*

— Bien sûr, oui alors. Oh grands dieux, elle n'a même pas son gnome avec elle.

— Comment ? Qu'est-ce que vous voulez dire ?

— La petite créature a disparu au cours de notre voyage. Jill était morte d'inquiétude pour elle.

— Eh bien, je la comprends. Je vais m'occuper de lui. »

Soudain, l'image disparut. Rhodry releva la tête et se retrouva face à un domestique qui le dévisagea d'un air furieux.

« Vous avez besoin de quelque chose, mercenaire ? demanda-t-il sèchement.

— Non. Je vais juste vous laisser passer et me retirer. »

Lorsqu'il sortit, Rhodry luttait avec son sens de l'honneur. Il avait beau avoir donné sa parole à Séryl, il savait que Jill était la seule chose au monde qui le pousserait à rompre son serment. Son humeur se dégrada encore lorsque, en traversant la cour plongée dans le noir, il aperçut quelque chose bouger du coin de l'œil. Instinctivement, il se retourna et porta sa main sur la garde de son poignard : rien. Une faible lueur passait à travers la porte ouverte de la cuisine, et dans le noir, il eut l'impression à nouveau que quelque chose avait bougé.

Rhodry tira sa dague et s'avança prudemment. L'espace d'un instant, il eut l'impression de voir une minuscule silhouette vaguement humaine mais profondément animale, debout dans le noir et lui souriant. La créature disparut, l'abandonnant à ses interrogations : devenait-il fou par-dessus le marché ?

Au cours de ces derniers jours, il était arrivé à Persaunn de se demander pourquoi le gnome gris de Jill n'était pas venu le trouver, mais il avait supposé que la loyale petite créature avait peur de quitter Jill, tout simplement. À présent, il pouvait deviner qu'il s'était mis à dos le maître de dweomer noir. Cette nuit-là, il campa au bord de la route, dans l'Yr Auddglyn, au coin d'un joyeux feu de camp destiné à ses séances de pyromancie. Dans son for intérieur, il remerciait les dieux d'avoir incité Rhodry à poser les yeux sur ce feu à une telle distance de lui. Bien que Rhodry n'ait pas de vrai talent pour le dweomer, son sang elfique le rendait particulièrement sensible au dweomer qui agissait extérieurement sur lui. C'était pour cette même raison que Persaunn était inquiet autant pour Jill que pour lui.

Persaunn se concentra fermement sur la tâche qui l'attendait et fit abstraction de son inquiétude. Lorsqu'il invoqua ses amis du Peuple Sauvage, ils apparurent immédiatement et affluèrent, un gnome jaune et obèse, des lutins bleus, des gnomes gris, des gnomes verts, des sylphes semblables à des formes cristallines flottant dans l'air, et des salamandres bondissant dans le feu.

« Connaissez-vous votre petit frère gris qui suit Jill partout dans le royaume ? »

Ils hochèrent la tête, faisant froufrouter leurs minuscules têtes.

« Et vous connaissez l'homme mauvais que je poursuis ? Eh bien, je crains qu'il n'ait mis la main sur votre frère. »

Un murmure d'angoisse l'envahit.

« Essayez de découvrir où il se trouve, mais restez loin, très très loin du méchant homme. Vous m'entendez ? Soyez très prudents ! »

Soudain, ils disparurent, et le feu retrouva son allure normale. Persaunn reporta son attention sur lui et pensa à Jill. Il la vit d'un seul coup, assise dans une taverne crasseuse à côté d'un homme gras et gros, mais il eut beau essayer d'attirer son attention, il ne put l'influencer suffisamment pour la pousser à regarder le feu. Il put sentir toutefois à quel point elle était effrayée, et sa peur entretint la sienne. Finalement, il bannit la vision et se leva pour faire les cent pas nerveusemcnt.

Les créatures du Peuple Sauvage revinrent quelque temps plus tard, un large sourire aux lèvres, et dansèrent triomphalement. Persaunn compta rapidement les têtes pour s'assurer qu'elles étaient toutes indemnes.

« Je suppose donc que vous l'avez trouvé. »

Se frottant le ventre, le gnome jaune s'avança et hocha la tête. Lorsqu'il arrondit son index sur le pouce pour indiquer un objet petit et carré, Persaunn put deviner facilement de quoi il voulait parler.

« Le méchant sorcier l'a emprisonné dans une pierre. »

Le gnome confirma de la tête.

« Maintenant, attaquons-nous à la partie difficile, mes amis. Je dois savoir où se trouve cette pierre. Le méchant sorcier l'a-t-il toujours avec lui ? »

Lorsque le gnome fit signe que non, Persaunn poussa un soupir de soulagement. La créature montra le visage rouge d'une salamandre.

« C'est une pierre rouge. »

Oui, c'était cela. Après que les petites créatures

eurent fini pantomimes élaborées et imitations astucieuses, Persaunn comprit tout ce qu'ils avaient à lui expliquer. L'esprit élémentaire du gnome était emprisonné dans un des rubis dérobés au Roi lui-même ; le magicien noir l'avait donné à un bandit aux cheveux roux ; ce bandit l'avait emporté dans une ville pour le vendre. Même si le nom de cette ville était difficile à mimer, finalement, un lutin avait sauté sur les épaules d'un gnome pendant que les autres avaient mimé quelque chose de grand.

« Marcmwr ! Un grand cheval ! »

Dansant et tourbillonnant, ils tournèrent autour de lui, puis disparurent. Se sentant un peu las après tous ces efforts de devinettes, Persaunn se rassit près du feu. Cela ressemblait bien à un maître de dweomer noir d'emprisonner un esprit dans une pierre précieuse et de la donner à une personne ignorant tout à ce sujet, condamnant ainsi la pauvre créature à rester piégée pour l'éternité. Heureusement, il arriverait le lendemain avant midi à Marcmwr.

« Puis, nous continuerons jusqu'à Cwm Pecl, remarqua-t-il en s'adressant au feu. C'est une bonne chose que je connaisse des chemins plus rapides pour traverser ces montagnes que ce maudit col. »

En restant dans les écuries, là où il dormait, Rhodry réussit à éviter Comyn toute la soirée. Une fois que le capitaine et ses hommes fatigués se furent installés dans les casernes quelques heures après le coucher du soleil, Rhodry retourna au donjon, où Séryl avait reçu une chambre au premier étage. Le marchand était éveillé, regardant d'un air ébahi la lueur des bougies danser dans la pièce.

« Bonsoir, bon Monsieur, lui dit Rhodry. Je suis venu vous demander une faveur. Je sais que je vous ai promis de rester avec vous, mais un homme du gwerbret m'a apporté un message de Jill. Il semblerait qu'elle ait des ennuis.

— Eh bien, vous feriez mieux de partir demain, si vous voulez. » Poussant un soupir, Séryl se redressa en s'appuyant sur un coude et jeta un coup d'œil autour de lui. « Voyez-vous cette bourse sur ma cape ? Prenez-la, mercenaire, je vous remercie beaucoup pour ce que vous avez fait. Je serais mort sans vous. »

Même si son sens de l'honneur le harcelait, Rhodry prit la lourde bourse remplie d'argent. Lorsqu'il quitta la chambre, il réalisa qu'il avait menti à Séryl, et que c'était le premier mensonge qu'il faisait de sa vie. Il commençait à penser comme un mercenaire, et il fut envahi d'un hiraedd si sombre qu'il faillit pleurer.

Cette nuit-là, il eut du mal à s'endormir. Comme il était déterminé à atteindre Dun Hiraedd avant le coucher du soleil, il élabora soigneusement son plan. Non seulement son cheval s'était bien reposé, mais en plus il avait Sunrise. En répartissant son poids entre les deux montures, il pourrait filer à vive allure, et si le hongre bai se fatiguait trop, il pourrait l'échanger contre un autre cheval peut-être, dans un quelconque dun seigneurial.

Mais le lendemain matin, Rhodry se fit réveiller par le bruit de la pluie. Même s'il partait malgré tout, prêt à faire le voyage trempé pour l'amour de Jill, son allure serait ralentie. Sur la route, pataugeant dans la boue, il maudit sa malchance et se demanda s'il ne s'agissait que de hasard. Si quelqu'un avait voulu l'empêcher d'atteindre Dun Hiraedd avant la nuit, cette personne n'aurait pu être plus chanceuse.

« Cela devrait ralentir ce sale mercenaire, remarqua Alastyr en levant les yeux du feu. La route s'est transformée en boue bien glissante.

— Magnifique, Maître. Ainsi, je devrais pouvoir le

rattraper à une bonne distance de la ville, dit Sarcyn. Êtes-vous sûr que je ne devrais pas tout simplement le tuer ? Je sais que c'est un excellent épéiste, mais je peux l'ensorceler et ralentir ses gestes.

— Je suis tenté de te dire de mettre ton plan à exécution et de me débarrasser de lui, mais l'Ancien m'a ordonné de l'épargner. »

Il n'y avait rien à répondre à cela, bien sûr. Sarcyn sentit la peur lui nouer l'estomac de ses mains glacées. Même s'il essayait de garder espoir, chaque jour où la pierre leur échappait était une journée qui les rapprochait de l'échec, un échec qui pourrait signer leur mort, que ce soit de la main du dweomer de Lumière ou de celle des Faucons de leur propre Confrérie : celle-ci ne tolérait jamais les faibles et les incapables longtemps. Alastyr avait l'air hagard, comme s'il partageait lui aussi ces désagréables pensées.

« Eh bien, il est fort possible que Rhodry ait la pierre, dit le maître. Après tout, ils voyagent ensemble ; leurs affaires passent de l'un à l'autre tout le temps. Si seulement je pouvais repérer cette maudite pierre moi-même ! Bon, nous savons que Jill l'a eue à un moment donné. Le Peuple Sauvage est catégorique à ce sujet. Si Rhodry ne l'a pas, je devrai simplement les invoquer à nouveau, mais grands dieux, avec le Maître de l'Éther aux aguets, c'est plutôt risqué.

— Oui, en effet. Tout ce que nous savons, c'est que cette maudite pierre est tombée de ses affaires au cours de ce combat avec les bandits.

— Exactement. Très bien, va voir notre balourd de voleur d'abord, puis prends la route et retrouve le mercenaire. Si tout ceci ne marche pas, je me faufilerai en ville et essayerai d'envoûter Jill moi-même. J'avais oublié qu'elle devait posséder un don pour le dweomer.

— Et un don puissant, Maître. Elle m'a repoussé comme une mouche. »

Alastyr grogna et fixa le feu. Sarcyn sella son cheval, dit à Gan de garder un œil sur Camdel, puis quitta leur campement installé dans les bois et prit la route sous une pluie dweomérique pour Dun Hiraedd.

Du côté des montagnes où se trouvait Persaunn, le temps était dégagé et chaud, et il atteignit Marcmwr bien avant midi. Comme il gardait un œil sur chaque orfèvre du royaume qui servait les Poignards d'Argent – ce genre d'orfèvres faisait habituellement des affaires avec les voleurs également – il savait à quelle boutique s'adresser, un petit atelier à l'est de la ville. Juste sous le toit de chaume crasseux était accrochée une enseigne avec l'image effacée d'un verre en argent. Lorsqu'il ouvrit la porte, des cloches d'argent tintèrent au-dessus de sa tête, et Gédryc sortit d'une pièce intérieure pour l'accueillir. L'orfèvre, un petit individu aux mains immenses perdait sérieusement ses cheveux.

« Eh bien, si ce n'est pas le vieux Persaunn ! dit-il en souriant. Quel bon vent vous amène ici, mon bon herboriste ?

— Une affaire d'objets volés que vous avez achetés. »

Gédryc blêmit.

« Eh bien, ne me faites pas perdre mon temps, lança Persaunn d'un ton brusque. Je ne vous remettrai pas aux autorités si vous vous contentez de me donner le rubis.

— Le rubis carré aussi gros que mon pouce ?

— Celui-là même. Je suppose qu'il est passé entre vos mains.

— Vous avez raison. C'est que, si j'avais su que c'était le vôtre, je ne l'aurai pas touché.

— Ce n'est pas le mien, mais en tout cas, je suis content que ce soit vous qui l'ayez. L'avez-vous déjà taillé ?

— J'allais le faire cet après-midi. Pour le rendre un

peu moins reconnaissable, disons, mais cela me faisait mal au cœur d'abîmer une pierre comme celle-ci. Vous savez, je l'ai payée une fortune.

— Et c'est là votre malchance. Voulez-vous ajouter votre main droite au prix que vous avez déjà payé ? Ah, je vois que non. Montrez-moi cette pierre. Je suis pressé. »

Lorsque Gédryc lui remit l'énorme rubis, Persaunn le tint délicatement dans la paume de sa main. Grâce à sa seconde vue, il vit un faible motif de lignes de force cristallin, l'esprit emprisonné dans la pierre.

« Merci, dit Persaunn. Je vous fais confiance pour vous rappeler que l'honnêteté coûte moins cher que ce genre d'objets ?

— Oui, je m'en souviendrai. Euh, je suppose que vous ne pouvez pas me dire de quoi il s'agit ?

— Vous avez entièrement raison. Je ne le puis. Bonne journée, Monsieur l'orfèvre. »

Le rubis serré dans sa main, Persaunn sortit de la boutique à grands pas. Une fois dehors, il s'arrêta près de ses chevaux, jeta un coup d'œil autour de lui et vit qu'il n'y avait personne à proximité. Il ouvrit sa main et scruta le rubis. Contrairement aux matières entièrement inertes, tels que la terre ou le cuir, la structure cristalline des pierres leur conférait une conscience extrêmement ténue, extrêmement rudimentaire, qui peut être influencée par un maître de dweomer ayant suivi les longues années d'apprentissage nécessaires pour pouvoir le faire. Normalement, cette influence subtile consiste à faire vibrer la gemme en réponse à un certain sentiment, comme lorsqu'un maître de dweomer réalise un talisman de courage, par exemple. Ceux qui ont reçu un entraînement poussé peuvent faire vibrer une pierre en parfaite harmonie avec un certain esprit élémentaire, si bien que la pierre aspire l'esprit et le piège en elle. Habituellement, libérer cet esprit est un procédé difficile, mais pour Persaunn, ce fut l'affaire d'une minute pour persuader la gemme de libérer son habitant involontaire. Il vit les lignes de force du rubis faiblir et disparaître. Tout à coup, le gnome gris le tenait par les jambes, la tête levée, le visage déformé par la joie et la gratitude.

« Ainsi, te voilà, petit frère, chuchota Persaunn. Désormais, ne t'approche plus jamais de ce méchant homme. Retourne auprès de Jill. Tu lui manques. »

Le gnome le serra une dernière fois, puis disparut. Persaunn glissa le rubis dans la bourse qu'il portait à son cou, monta sur sa monture, attrapa la longe de l'autre cheval et sortit de la ville rapidement. Même s'il n'avait pas beaucoup de provisions, il décida d'attendre pour en acheter parce qu'il connaissait un endroit où la nourriture était meilleure que celle qu'offrait Marcmwr.

Dès que la ville fut loin derrière lui, Persaunn sortit de la route principale et guida son cheval vers le nord, directement dans les contreforts. Pendant plusieurs heures, il longea d'étroites pistes bordées de pins, pendant que les collines autour de lui devenaient de plus en plus abruptes et rocailleuses. Enfin, il parvint à un à-pic d'une trentaine de mètres présentant un affleurement de pierre blanche se dressant de manière imposante au-dessus de lui. À sa base, il y avait d'énormes blocs de pierre, que l'on aurait dit disséminés par la main d'un géant. Persaunn mit pied à terre et guida ses chevaux entre les rochers jusqu'au pied de la falaise. Comme il n'avait pas emprunté ce chemin depuis longtemps, il étudia les arêtes et les sillons gravés dans la pierre un certain temps avant de retrouver le bon motif et de le presser fort de la paume de sa main. Bien qu'il n'entendît rien, il put imaginer l'immense cloche qui avait retenti à l'intérieur de la falaise. Puis il attendit, tracassé. Finalement, il perçut un raclement au-dessus de lui, leva les yeux et vit un volet de pierre s'ouvrir, révélant un visage à barbe méfiant.

« Tarko ! s'écria Persaunn. J'ai besoin d'emprunter votre route, si votre peuple me le permet.

— Mais quand avons-nous refusé quoi que ce soit au Maître de l'Éther ? Reculez-vous un peu, Seigneur, je vais vous ouvrir la porte. »

Persaunn écarta ses chevaux du chemin et Tarko disparut à l'intérieur. Quelques minutes plus tard, des cailloux tombèrent et rebondirent par terre ; un panache de poussière apparut sur la paroi de la falaise. Avec un crissement, une immense porte s'ouvrit dans la montagne. Une lanterne à la main, Tarko fit signe à Persaunn d'entrer. Il était grand pour un nain, mesurant près d'un mètre cinquante, et encore plus musclé que la plupart de ses confrères. Sa barbe grise était soigneusement taillée de près.

« On ne vous a pas vu depuis des années, Monseigneur, remarqua-t-il lorsque Persaunn amadoua les chevaux nerveux pour les faire entrer dans le tunnel. En fait, nous n'utilisons plus beaucoup cette porte à présent que votre peuple s'est installé près d'ici. Vous avez de la chance, vraiment. Une équipe est partie chasser, et j'étais donc ici pour les faire rentrer.

— Vous ne pouvez pas savoir à quel point je suis content que vous soyez là. J'ai besoin d'arriver à Dun Hiraedd plus vite que jamais.

— Eh bien, la grande route ne peut aller plus droit. »

Elle était droite, effectivement. Au bout de dix lieues à peine, Persaunn sortirait des montagnes, et la route le conduirait à seulement cinq lieues de la cité.

« Ces chevaux seront épuisés lorsque j'aurai traversé les montagnes, remarqua Persaunn.

— Laissez-les-nous et prenez deux de nos montures.

— Je vous remercie. Je pourrai donc voyager toute la nuit, également. »

Persaunn monta en selle et faisant un signe de main à Tarko, se mit en route. Les bruits de sabots retentirent sous la haute voûte du tunnel jalonné de blocs de pierre parfaitement taillés et éclairé par des champignons et des mousses phosphorescents cultivés avec soin. Bientôt, il arriverait dans l'une de ces grandes cavernes où des puits d'air laissaient entrer le soleil, et où il pourrait acheter suffisamment de provisions pour son trajet.

À cause du bruit soporifique du tambourinement de la pluie sur le toit, Jill dormit jusque tard ce matin-là. À son réveil, elle resta allongée dans son lit un instant et se demanda si elle descendrait dans la taverne de l'auberge. Une journée terrible s'annonçait, elle le savait, une journée passée dans l'angoisse de l'attente et semée de dangers, assez semblable à une journée de guerre. Mentalement, elle pouvait encore voir les yeux déterminés et menaçants de l'étranger. Finalement, elle se leva et s'habilla. Elle venait de boucler son ceinturon lorsque son gnome apparut.

« Grâce soit rendue à tous les dieux ! »

Lorsqu'elle lui tendit les bras, il courut vers elle et d'un petit bond, posa ses minuscules bras autour de son cou. Elle le serra fort et le balança comme un bébé tandis que des larmes coulaient sur ses joues.

« Mon pauvre petit, j'étais si inquiète ! J'avais peur qu'il ne te soit arrivé malheur. »

Il se recula pour la regarder et secoua la tête positivement d'un air grave.

« Quelque chose d'horrible t'est arrivé ? »

Il se serra contre elle et trembla de terreur.

« Ma pauvre petite créature ! Tu es sain et sauf à présent. Dis-moi, comment t'es-tu échappé ? »

Se concentrant fortement, il ferma les yeux, essayant visiblement de trouver un moyen de lui expliquer.

« *C'est Persaunn qui l'a sauvé, espèce d'idiote, qui d'autre ?*

— Écoute-moi, espèce de sale petite pierre arrogante ! Ne m'insulte pas ainsi ! Sans toi, je ne serais pas enfoncée dans ce pétrin jusqu'au cou.

— *Je sais, mais j'en vaux la peine.*

— Quelle vantarde !

— *Eh bien, si c'est comme ça que tu le prends, je ne t'adresserai plus la parole.* »

Jill était trop contente d'avoir retrouvé son gnome pour faire attention aux menaces de la pierre dweomérique. Pendant un long moment, elle resta assise par terre en le tenant sur ses genoux et fut aux petits soins pour lui. Lorsqu'il s'en alla, il disparut lentement, comme à contrecœur : il s'évapora progressivement, un membre à la fois, devint translucide, puis ne laissa qu'une traînée dans l'air, puis plus rien.

Souriant intérieurement, Jill descendit à la taverne et prit un bol d'une bouillie pleine de grumeaux douteux. Elle était en train de trier dedans et de chercher les charançons lorsque Bocc entra. Il passa sans se presser près de sa table, lui jeta un coup d'œil comme s'il ne l'avait jamais vue auparavant, puis lui chuchota : « Venez au *Dragon Rouge* » tout bas. Jill monta chercher sa cape dans sa chambre, puis se dépêcha sous la bruine d'arriver à l'auberge, où elle retrouva un Ogwern pâle et couvert de sueur, assis à sa table habituelle. Ses gros doigts tremblaient si fort qu'il dut porter sa chope de bière aux lèvres des deux mains.

« Des ennuis ? lui demanda-t-elle.

— Vous vous rappelez l'individu d'hier soir ? Eh bien, il est revenu. Il est entré ici il n'y a pas une heure, aussi culotté et sérieux qu'hier, et il s'est assis à côté de moi sans même me demander la permission. Si je ne trouve pas cette opale pour lui, a-t-il dit, il me transforme en saucisses ! L'effronté !

— Eh bien ! Il tient absolument à avoir cette pierre. Je veux dire que c'est un risque énorme d'être venu ici, en plein jour.

— Oh, je n'en suis pas sûr. » Ogwern marqua une pause et avala une bonne gorgée de bière. « Car voici le plus étrange de tout. Je sais que cela semble fou, Jill, mais je vous jure sur ma tête que c'est vrai. Lorsqu'il est parti tout à l'heure, j'ai décidé de le suivre. C'était assez facile, parce que les rues étaient bondées et qu'il avançait sans même jeter un regard derrière lui. Il marchait donc d'un pas tranquille, et je l'ai suivi à une bonne distance. Il s'est dirigé directement vers les prés communaux, au bord de la rivière. Vous connaissez ce bouquet de bouleaux, près du pont ?

— Oui.

— Eh bien, il est entré dedans et a disparu. Je veux dire qu'il a tout bonnement disparu ! Il s'est enfoncé sous le couvert des arbres, et j'ai attendu. Et attendu, longtemps, très longtemps. Mais je ne l'ai jamais vu revenir, et les fourrés de bouleaux ne sont pas aussi denses que des noisetiers ou d'autres arbres, vous savez. Alors, je suis entré dans le fourré, mais il n'était plus là.

— Allons ! Vous perdez votre sang-froid. Vous avez dû le manquer lorsqu'il est reparti.

— Aurais-je la position que j'occupe si je ne pouvais même pas voir un homme en plein jour ? Et ne me dites pas que je me fais vieux. Ce serait vraiment indélicat »

Jill haussa les épaules, totalement effrayée. *Ce doit être un maître de dweomer*, pensa-t-elle. Elle savait à quel point le dweomer pouvait être dangereux aux mains d'un fou ; là, elle était confrontée à un homme qui l'utilisait de sang-froid et à de mauvaises fins.

« Je voudrais vous offrir un travail, poursuivit Ogwern. Je veux vous engager comme garde du corps, pour protéger ma précieuse personne. Une dague ne pourra pas faire grand-chose contre cet homme, mais si je dispose d'une épée, mieux vaut qu'elle soit entre les mains de quelqu'un d'autre que moi si cela peut me rendre le moindre service. Je vous propose une pièce d'argent par nuit, mercenaire.

— Je marche, alors. Ce type peut avoir les yeux du Seigneur des Enfers, je parie qu'il saigne comme tous les autres hommes.

— Espérons sincèrement que nous n'aurons pas à verser son sang sur le plancher de ma chambre. Pouah ! Je déteste recevoir des menaces. »

Un coucher de soleil pluvieux surprit Rhodry à une dizaine de lieues de Dun Hiraedd. Attentif à l'avertissement de Persaunn, qui l'avait dissuadé de ne pas voyager de nuit, il proposa à un fermier quelques pièces de cuivre pour pouvoir dormir dans son étable. Pour deux pièces de plus, la femme du fermier lui proposa un bol de ragoût et un quignon de pain. Rhodry les accepta avec gratitude et mangea avec toute la famille installée autour d'une longue planche servant de table, devant la cheminée. La paille grise sur le sol sentait le cochon. Les fermiers, qui mangeaient avec des mains sales, ne s'adressèrent pas une seule fois la parole avant d'avoir fini leur repas arrosé de bière trop délayée, mais à sa grande surprise, Rhodry appréciait leur compagnie. Lorsqu'il eut terminé son repas, il s'attarda un peu, les écouta vaguement parler de leur prochaine journée de dur travail et contempla le feu en espérant et redoutant à la fois un autre message de Persaunn. Mais rien n'apparut dans les flammes.

Soudain, les chiens se levèrent d'un bond et sortirent par la porte ouverte à toute vitesse en grognant et en aboyant. Le fermier jeta un coup d'œil à l'épée de Rhodry.

« C'est une chance que vous soyez là, finalement. Voulez-vous venir avec moi dehors, mercenaire ?

— Volontiers. »

Le fermier attrapa une torche enduite de poix, la plongea dans le feu un bref instant pour l'allumer, puis sortit en hâte, suivi de près par Rhodry, qui tenait son épée à la main. Devant les portes de l'enceinte en terre, les chiens aboyaient furieusement après un homme qui se tenait de l'autre côté de la barrière. Il tenait la longe d'un cheval, et Rhodry remarqua qu'il portait une épée. Lorsque le fermier cria après les chiens, ceux-ci cessèrent d'aboyer, mais continuèrent de grogner et de montrer leurs dents à l'étranger tant que celui-ci resta. Aucun coup de pied ni aucun juron ne purent les faire taire.

« Que puis-je faire pour vous ? demanda le fermier.

— Rien en ce qui vous concerne, mon bon Monsieur, répondit l'étranger avec un sourire déplaisant. Je veux juste parler à ce mercenaire. »

Rhodry sentit un petit frisson lui nouer le ventre. Comment ce type savait-il qu'il était là ? L'étranger l'observa avec une intensité particulière. Brusquement, Rhodry réalisa que l'individu s'intéressait à lui sexuellement ; il devait probablement sourire lui-même de cette manière lorsqu'il voyait une jolie femme. Il fut si dégoûté qu'il se recula.

« Je cherche une pierre précieuse volée, dit l'étranger. On m'a dit à Marcmwr que c'était vous qui l'aviez.

— Je ne suis pas un voleur.

— Bien sûr que non, mais si vous avez cette opale, je vous l'achèterai une pièce d'or. C'est bien plus que ce que vous pourriez tirer d'un bijoutier.

— Je n'ai pas de pierre précieuse. »

L'étranger se pencha et le regarda droit dans les yeux. Pendant un instant, Rhodry se sentit aussi désorienté que s'il avait bu trop d'hydromel.

« Vous n'avez aucune pierre précieuse ?

— Aucune. »

Hochant vivement la tête, l'étranger recula et relâcha son regard.

« Donc, vous ne l'avez pas, dit-il. Merci. »

Avant que Rhodry ait pu rajouter quoi que ce soit, l'étranger remonta sur son cheval et repartit. Les chiens grognèrent jusqu'à ce qu'il fût hors de vue. Rhodry se retourna en remuant la tête et vit aussi clairement que les chiens deux minuscules créatures, une jaune et grosse, l'autre grise et décharnée, qui le fixaient. Lorsqu'il les regarda bouche bée, elles sourirent et disparurent.

Sarcyn avait trouvé une grande cabane en bois, certainement destinée aux divers vachers qui s'égaraient avec leur cheptel. Elle puait mais il faisait sec à l'intérieur et elle comportait une petite cheminée dans un coin. Il installa son cheval à un bout de la pièce, puis se prépara un feu. Lorsqu'il pensa à Alastyr, le visage de son maître apparut aussitôt. Apparemment, il était resté près de son feu de camp, attendant de ses nouvelles.

« *Il ne l'a pas,* lui dit mentalement Sarcyn.

— *C'est ce que je redoutais.* » Même les pensées d'Alastyr semblaient lasses. « *Eh bien, je devrai obliger les esprits à la retrouver. Si c'est la fille qui a la pierre, tu devras retourner en ville.*

— *Oui. Mais je ne pourrai pas y arriver ce soir.*

— *Bien sûr que non. Cela peut attendre jusqu'à demain.* »

L'image d'Alastyr disparut. Sarcyn allait se lever lorsqu'il vit, juste un bref instant, un autre visage qui le regardait de l'autre côté des flammes : un visage noir, aux yeux plissés. Poussant un juron, il se leva tant bien que mal et s'éloigna du feu avant que les yeux aient pu voir où il se trouvait.

Jill et Ogwern restèrent dîner au *Dragon Rouge*. Pendant qu'il s'efforçait de venir à bout d'un immense bol de ragoût, Jill piochait dans son plat et songeait à contacter les gardes de la ville. Mais à quoi cela lui servirait d'aller trouver le gwerbret et de l'importuner avec des histoires de pierres maudites et de maîtres de dweomer noir ? Blaen la mettrait certainement aux arrêts pour ivresse publique si elle essayait. Lorsqu'ils eurent fini de manger, Jill et Bocc allèrent chercher ses affaires au *Renard qui court*, puis montèrent dans les appartements d'Ogwern, deux petites pièces situées au-dessus de l'auberge. Dans l'une d'elles, il y avait un lit ; dans l'autre, un coffre en bois, une petite table et deux bancs. Jill laissa tomber son tapis de couchage par terre et s'assit dessus pendant que Ogwern fit le tour de la pièce et alluma des lanternes en étain. Il alla ensuite à la fenêtre en se dandinant pour regarder par la fente des volets, puis retourna auprès de la cheminée en soupirant profondément.

« Oh, allons, finit par dire Jill. Pensez-vous que notre dangereux ami apparaîtra d'un seul coup au beau milieu de votre lit ?

— Cela ne me surprendrait pas le moins du monde. Ogwern se laissa tomber sur un banc en soupirant encore une fois. Je suis vraiment peiné. Si j'aimais ce genre de choses, je me serais fait mercenaire moi-même.

— Cela vous aurait empêché de vous empâter.

— Ne soyez pas désobligeante, je vous prie. Un homme ne peut qu'ignorer tant d'insultes. Me transformer en saucisses, vraiment ! Le... » Ogwern se tut, tendant l'oreille.

Quelqu'un montait d'un pas lourd les escaliers. Jill desserra son épée de son fourreau en se levant. Quelqu'un frappa violemment à la porte, s'arrêta, puis martela la porte à nouveau.

« Je sais que vous êtes là. » C'était une voix différente de celle à laquelle ils s'attendaient. « Allez, mon bon Monsieur. Ouvrez. Cela vaudrait mieux pour vous. »

Jill et Ogwern échangèrent un regard empreint de perplexité.

« Qui êtes-vous ? lança Ogwern d'un ton sec. Que voulez-vous ?

— Je veux juste vous parler... vous parler affaire. »

Haussant les épaules, Ogwern débarra la porte et l'entrouvrit légèrement. Jill entendit un grognement lorsque leur visiteur heurta le carré de bois de plein fouet et poussa le gros voleur hors de son passage. Il entra alors furtivement en claquant la porte derrière lui. C'était un homme svelte et grand, dont les yeux noirs semblaient étrangement joyeux. Souriant, il affichait un petit rictus sur ses lèvres charnues au milieu de son visage basané. Vêtu d'une chemise ordinaire enfilée par-dessus son brigga, il ne semblait pas armé, mais quelque chose dans sa manière de se tenir, les mains à moitié levées au niveau des hanches, éveilla les soupçons de Jill qui supposa qu'il devait dissimuler des armes sous ses habits. Elle se recula, à moitié dissimulée dans le noir, pour surveiller de plus près les mains de l'étranger.

« Vous êtes bien loin de Bardek, mon bon Monsieur, dit Ogwern.

— Oui, effectivement. Parce que je suis à la recherche d'une pierre particulière. »

Ogwern gémit et leva les deux mains en l'air.

« Comme la moitié des hommes de ce royaume, semblerait-il. Vous cherchez cette maudite opale, je suppose.

— Exactement. Ainsi, on vous a déjà abordé ?

— Qu'est-ce que cela vous fait, bon Monsieur ? »

L'étranger se mit à rire, ou plutôt à glousser, en fait, puis fit une petite chiquenaude du poignet. L'instant d'après, il tenait à la main un long couteau doté d'une large lame doublement incurvée, et de ce fait doublement redoutable. Ogwern ravala sa salive et recula d'un pas.

« Il n'y a aucun signe de cette opale, aucun.

— Je ne vous crois pas. »

Ogwern poussa un petit cri et regarda Jill. L'étranger la fixa droit dans les yeux, puis haussa les épaules, ignorant totalement le fait qu'elle était armée. Un moment, Jill resta pétrifiée, incrédule, mais l'étranger s'avança vers Ogwern et fit un mouvement vif pour saisir sa chemise, le couteau levé. Jill dégaina son épée et s'accroupit en position de combat.

« Ogwern ! Appelez les gardes de la ville ! »

D'un mouvement du poignet, Jill tenta de désarmer l'inconnu mais celui-ci se recula vivement en poussant un cri de surprise. Comme par dweomer, un second couteau du même style que le premier apparut dans sa main gauche. Ogwern courut à la fenêtre et ouvrit les volets violemment. À ce moment-là, l'étranger allongea une botte à Jill, puis bondit de côté en portant un coup de couteau. Lorsqu'elle para sa lame sur son épée, il eut le souffle coupé, surpris, mais il était suffisamment fort pour utiliser son long couteau comme une arme de parade. D'une torsion du bras, il l'obligea à baisser son épée et allongea une autre botte de son long bras.

Jill recula d'un bond juste au moment où Ogwern se mettait à hurler « À l'aide ! Au meurtre ! » à pleins poumons. Comme un animal piégé, l'étranger chargea. Ce n'était pas un bandit maladroit, mais un guerrier entraîné du même niveau qu'elle, dont la technique lui était inconnue car il utilisait ses couteaux alternativement pour attaquer et parer. C'était un combat à mort, et tandis qu'ils échangeaient coups et ripostes dans la minuscule pièce, le bruit des lames s'entrechoquant fer contre fer retentissait.

Des bruits de pas se firent entendre dans les escaliers. « Ouvrez au nom du gwerbret ! »

L'étranger fit une attaque désespérée, mais l'espace d'un instant, il relâcha sa concentration et Jill se fendit et le coupa à l'épaule droite, se recula prestement et para une de ses lames, faisant voler son couteau de sa main moite. Poussant un petit cri, l'étranger se recula contre le mur. Jill fit tomber le deuxième d'un revers juste au moment où six gardes vêtus d'un tabard rouge et or ouvrirent la porte de force et firent irruption dans la pièce.

« Ah, grands dieux, cher Cinvan, s'exclama Ogwern. Jamais un honnête citoyen n'a été plus content de vous voir.

— Vraiment ? » Le chef des gardes, un homme robuste aux cheveux noirs grisonnants, laissa échapper un sourire dédaigneux. « Que se passe-t-il ? Mais dites-moi, c'est encore cette femme mercenaire !

— Oui, c'est moi, et je vous prie de nous emmener au gwerbret sur-le-champ.

— Ne vous inquiétez pas pour cela », répondit Cinvan.

Haletant, l'étranger s'adossa au mur. Il posa sa main gauche sur sa blessure et la pressa fort, essayant d'étancher le sang coulant sur son bras. Lorsqu'il regarda Jill, ses yeux brillèrent de colère.

« Étanchez la blessure de cet homme, aboya Cinvan. Et désarmez la femme mercenaire, également. »

Jill remit son épée et sa dague à l'un des gardes pendant qu'un autre fouillait la chambre d'Ogwern à la recherche d'un chiffon. L'étranger ne la quitta pas une minute des yeux. Soudain, il sourit, comme s'il avait pris une décision. Il retira sa main de sa plaie, la frotta sur sa chemise comme pour l'essuyer, puis la porta à sa bouche.

« Arrêtez-le ! » Jill se jeta sur lui.

Trop tard : il avait avalé le poison. Il se convulsa en

arrière, tout rigide, sa tête percuta le mur, puis il se tordit, toujours aussi tendu qu'un arc bandé, et tomba par terre. Ses talons tapèrent le bois ; puis il resta allongé, immobile, un filet de bave grise à l'odeur amère aux coins des lèvres.

« Par tous les dieux ! » murmura Cinvan.

Des gouttes de sueur coulant sur ses bajoues, Ogwern entra d'un pas lourd dans sa chambre à coucher. Ils l'entendirent tous avoir un haut-le-cœur et recracher dans un pot de chambre et le laissèrent tranquille. Le garde semblait vouloir suivre son exemple.

« Venez, les gars, dit Cinvan un tantinet trop fort. Vous deux, emportez ce cadavre. Nous allons bousculer un peu notre aubergiste pour qu'il aille voir le gwerbret.

— Avec votre permission ! » Ogwern revint, tremblant d'indignation. « Est-ce ainsi que l'on traite un honnête citoyen lorsqu'il fait noblement appel aux hommes du gwerbret ?

— Taisez-vous, lui siffla Jill. Pour votre propre bien, Ogwern, vous feriez mieux de prier que Sa Seigneurie puisse intervenir dans cette affaire. »

Ogwern la regarda, haussa les épaules, puis acquiesça d'un signe de tête. Jill se sentait malade. De quoi avait eu peur l'étranger, pour sourire ainsi tandis qu'il s'apprêtait à mourir ?

Ce fut une sinistre petite procession qui défila dans la cellule de garde éclairée par des bougies, qui se trouvait derrière le donjon de Blaen. Pendant que Cinvan alla chercher le gwerbret, ses hommes déposèrent le cadavre rigidifié sur une table et demandèrent à Jill et Ogwern de s'agenouiller à côté. Quelques minutes plus tard, Blaen entra à grandes enjambées, un verre d'hydromel à la main. Il jeta un coup d'œil au cadavre, prit une bonne gorgée, puis écouta attentivement le rapport de Cinvan.

« Très bien, dit Blaen lorsqu'il eut fini. Maintenant, mercenaire, que faisiez-vous dans cette affaire ?

— Je travaillais, rien de plus, Votre Grâce. » Jill hésita ; en dépit du respect qu'elle avait pour Blaen, en tant que mercenaire, sa loyauté allait davantage aux voleurs qu'à ce symbole vivant de la loi. « Ogwern m'a offert une pièce d'argent par jour pour le protéger, parce qu'il avait reçu des menaces.

— Et pourquoi cet homme vous menaçait-il ? » Blaen se tourna vers Ogwern.

« Eh bien, Votre Grâce. » Ogwern essuya son visage collant de sueur sur sa vaste manche. « Vous comprenez, initialement, les menaces provenaient d'un autre individu, pas de celui-ci. Je détiens une partie de l'auberge du *Dragon Rouge*, et ce type est venu dans la taverne et a juré que je l'avais dupé. J'ai donc engagé Jill, et c'est alors qu'est intervenu ce parfait étranger... » Il montra le cadavre d'un geste de la main. « ... Qui a fait irruption chez moi en disant qu'il était venu régler cette histoire de dette. »

Comme on aurait pu s'y attendre, Blaen semblait intrigué par cette petite histoire ambiguë.

« Il parlait de la même dette ? finit-il par demander.

— Je suppose que oui, Votre Grâce, répondit Ogwern. Je ne peux que supposer que cet homme était l'ami de celui qui avait juré que je l'avais escroqué.

— Ha ! grogna Cinvan. Vous l'avez plutôt plumé, vraisemblablement.

— Mon bon Monsieur ! » Ogwern lui jeta un regard blessé. « S'il pensait que je l'avais volé, il aurait dû venir vous trouver.

— C'est vrai, répondit Blaen. Bon, vous voulez dire que l'homme qui vous a menacé est toujours quelque part en liberté ?

— Exactement, Votre Grâce, et sincèrement, je crains toujours pour ma grasse mais précieuse personne. Des témoins pourront attester de ses menaces, Votre Grâce, et des témoins dignes de confiance. »

Blaen réfléchit en sirotant son hydromel et en étudiant le cadavre gris violacé.

« Eh bien, finit-il par dire. Il n'y a pas l'ombre d'un doute qu'un individu portant du poison dans sa chemise ne médite rien de bon. Nous aurons une audition officielle demain matin à ce sujet dans ma cour de justice. Pour le moment, Ogwern, vous pouvez partir. Cinvan, dites à un de vos hommes de monter la garde à sa porte toute la nuit. L'audience se déroulera vers deux heures après midi, et donc emmenez vos témoins avec vous.

— Oui, Seigneur. » Ogwern se leva et fit une révérence étonnamment gracieuse. « Je suis sincèrement reconnaissant que Sa Seigneurie assure la sécurité de nous autres, pauvres et honnêtes citoyens de cette cité. »

Ogwern marcha à reculons et prit congé, le dos courbé, du redouté gwerbret. Jill supposa qu'il courrait sur tout le trajet dès qu'il serait sorti du dun. Blaen se tourna vers Cinvan.

« Dites-moi à présent, Garde, pensez-vous vraiment que ce gros bonhomme soit un voleur ? J'ai du mal à le croire, personnellement.

— Je sais que Votre Grâce en doute, mais je vous le jure, un jour ou l'autre, je le piégerai avec suffisamment de preuves pour convaincre toute une assemblée de conseillers.

— Dans ce cas, nous lui couperons les mains, mais pas avant. Quant à vous, mercenaire, je ne veux pas que vous quittiez subrepticement la ville à l'ouverture des portes. Cinvan, nous la mettons aux arrêts.

— Mais Votre Grâce, balbutia Jill, c'est lui qui a attaqué en premier.

— Certainement, mais je veux que vous participiez à l'audience publique pour en témoigner en personne.

Écoutez, jeune fille, ce n'est pas comme si je vous accusais de crime ou d'autre chose de ce genre. Il s'est empoisonné tout seul, après tout. C'est juste que je sais avec quel mépris les mercenaires respectent les lois.

— Comme il plaira à Sa Grâce alors, mais sans vouloir vous offenser, Seigneur, si je dois passer devant un tribunal pour quoi que ce soit, j'ai le droit d'avoir un de mes parents à mes côtés.

— Demain, nous n'aurons rien de plus qu'une audition, mais vous avez parfaitement raison. Si j'estime que cette affaire requiert une audience publique complète, alors nous attendrons qu'arrive le parent que vous aurez convoqué, s'il habite à une distance raisonnable.

— Il arrivera avec cette caravane, Votre Grâce, celle qui s'est fait attaquer. Il s'appelle Rhodry Mael... je veux dire Rhodry d'Aberwyn. »

Cinvan émit un curieux son, comme s'il s'étouffait, mais Blaen rejeta la tête en arrière et rit.

« Vous avez commencé à dire Rhodry Maelwaedd, n'est-ce pas ? Grands dieux, Jill, c'est mon cousin, le fils de la sœur de ma mère.

— Alors, ce n'est pas étonnant qu'il vous ressemble autant, Votre Grâce.

— Exactement. Tous les grands clans ont un degré de consanguinité aussi élevé qu'un troupeau de chevaux de Bardek. Eh bien, relevez-vous ! Quelle belle manière de traiter l'épouse de mon cousin ! Quelle joie ce sera de revoir Rhodry. Lorsque j'ai appris la nouvelle de son exil, j'ai été furieux, mais Rhys a toujours été un petit goujat entêté, et je sais qu'il ne m'écoutera jamais au sujet de son coup de folie. Cinvan, trouvez une chaise pour la gente dame. »

La seule chaise que le corps de garde recelait était un tabouret en bois, mais Jill l'accepta avec gratitude.

« C'est que, en vérité, Votre Grâce, dit-elle, je ne suis ni une dame, ni l'épouse légale de Rhodry.

— Il ne vous a pas encore épousée décemment, vraiment ? Eh bien, je lui en toucherai deux mots. Où sont vos affaires ? Cinvan, envoyez un de vos hommes les chercher. Jill restera dans mon donjon cette nuitée. »

Lorsque le garde fut parti, Cinvan s'acquitta de la sinistre tâche consistant à fouiller le cadavre. Blaen observa Jill avec un petit sourire paternel. Entre nobles, les cousins d'un seigneur étaient beaucoup plus importants pour celui-ci que ses frères, qui rivalisaient entre eux pour hériter des terres et de l'influence de leurs parents. *J'ai eu une chance de mercenaire*, se dit Jill, *mais je me demande ce que Rhodry va penser de tout ça*. Brusquement, elle espéra sincèrement qu'il fût là, à côté d'elle, qu'elle puisse se jeter dans ses bras et oublier toutes ces histoires de dweomer noir.

« Eh bien, dit Blaen, à présent, puisque nous sommes pratiquement de la même famille, dites-moi honnêtement. Vous en savez davantage sur cet individu que vous ne voulez l'admettre.

— C'est la première fois de ma vie que je le vois, Votre Grâce. Mais cet autre homme, celui à cause duquel Ogwern m'a engagée pour le protéger ? Lui, je l'ai vu, j'en conviens. Votre Grâce va croire que je suis folle, mais je vous jure qu'il a des pouvoirs dweomériques. Il est entré dans le Dragon Rouge pour provoquer du grabuge. Lorsque j'ai essayé de l'arrêter, il m'a regardée dans les yeux et a failli m'ensorceler. Pendant une minute, j'ai été incapable de réfléchir ou de bouger. »

Derrière eux, Cinvan jura tout haut.

« Je vous demande pardon, Votre Grâce, dit-il, mais regardez ceci. »

Le garde tendit un petit médaillon pendu au bout d'une chaîne. C'était un médaillon rond en plomb, gravé d'un pentagramme inversé, d'un mot bardékien et de trois étranges sceaux.

« C'était autour de son cou. Je pense que les propos de Jill au sujet de la sorcellerie ne sont pas aussi insensés qu'ils le paraissent. »

Dans son feu, Alastyr regarda le Bardékien mourir et vit son corps se débattre encore et se convulser tandis que son double éthérique bleu pâle se séparait du cadavre et s'élevait dans les airs, flottant au-dessus de la matière inerte gisant par terre. Il rompit la vision et se rassit sur ses talons pour réfléchir. Seul un Faucon aurait transporté du poison sur lui de cette manière. La question à présent était de savoir combien il en restait ? Ils ne voyageaient jamais seuls, mais il se pouvait que l'Ancien n'en ait engagé que deux – ils ne revenaient pas chers, après tout.

Pour changer, Jill lui avait fait une faveur, supposa-t-il, pour tout le bien que cela lui ferait. Le corps du Faucon était peut-être mort, mais il lui ferait sans doute payer avant d'aller aux Pays des Enveloppes et des Écorces. Alastyr rit dans sa barbe et se leva – trop vite, beaucoup trop vite.

Il eut du mal à respirer, fut pris d'étourdissement, et un voile brumeux et doré crépita devant ses yeux. Il dut faire appel à toute sa volonté exercée pour repousser ce brouillard et se retenir de s'évanouir. Accroupi de l'autre côté du feu, Gan leva la tête et émit un gargouillement.

« Reste où tu es, marmonna Alastyr, j'ai simplement besoin de me reposer. »

Il alla jusqu'à ses couvertures d'un pas chancelant et tomba sur ses genoux, puis s'affala en gémissant. Beaucoup plus tard, il se souvint qu'il avait oublié d'avertir Sarcyn.

Comme Blaen insistait pour traiter Jill comme l'épouse légale de son cousin, son chambellan lui attribua une grande chambre dotée d'une cheminée privée, d'un lit richement brodé et de bougeoirs d'argent fixés le long des murs. Lorsqu'un page lui eut apporté de l'eau chaude, elle prit un agréable bain, posa le seau d'eau sale hors de la chambre pour qu'un page l'emporte, puis barra la porte de l'intérieur. Comme elle n'avait pas fait grand-chose de toute la journée, son court combat à l'épée l'avait laissée sur les nerfs sans l'avoir fatiguée. Pendant un moment, elle tourna en rond, regardant les flammes des bougeoirs vaciller le long des murs. La pièce, le donjon, étaient parfaitement silencieux, mais elle eut soudain la certitude que quelqu'un était présent.

Pas un bruit, pas même la subtile différence signifiant qu'un autre corps présent absorbait le son d'une pièce ne se fit entendre, mais elle pouvait sentir que quelqu'un la regardait, une présence palpable. Se sentant devenir complètement folle, elle tira sa dague d'argent et arpenta lentement la chambre. Elle trouva à peine une souris dans un coin et pivota pour ne surprendre que les candélabres et les ombres. Pourtant, quelque chose était là ; elle n'avait jamais eu une telle certitude dans sa vie : quelqu'un l'épiait. Un moment, lorsqu'elle regarda autour d'elle, elle vit une ombre bouger entre elle et les chandelles brûlant sur le bougeoir mural, mais lorsqu'elle se retourna, elle ne vit rien.

Pas à pas, elle se dirigea prudemment jusqu'à la fenêtre et ouvrit les volets. Personne n'était en train d'escalader la tour de pierre lisse ; loin en contrebas, la cour sombre était vide. Lorsqu'elle leva les yeux, elle put voir les étoiles, la grande traînée de la Route Neigeuse loin au-dessus d'elle – lumineuse, mais froide, indifférente à son sort et à celui de tout être mortel. Brusquement, elle se sentit désespérée et éprouva un profond chagrin ; rien n'avait plus d'importance, ni son honneur, ni sa vie, pas même son amour pour Rhodry, rien, puisque tout ce que la vie représentait n'était qu'une petite tache de lumière par rapport aux ténèbres qui embrassaient tout, semblable à l'une de ces étoiles insignifiantes, indifférentes et cruelles. Elle se pencha par-dessus le rebord de la fenêtre et sentit son désespoir grandir et lui retirer toute énergie et toute volonté. *Pourquoi se battre ?* pensa-t-elle. *La nuit gagne toujours ; pourquoi la combattre ?*

Loin à l'horizon, au-delà de la cité endormie, le dernier quartier de lune se leva, lueur blafarde au milieu de la nuit. La lune ne tarderait pas elle aussi à sombrer dans les ténèbres et à disparaître. *Mais elle se lèvera encore*, pensa Jill, *et ce sera à nouveau la pleine lune*. La lune était une promesse dans le ciel, revenant et se transformant en un grand phare d'argent qui répandait sa lumière sur tout et tous, hommes de bien comme hommes du mal, une fois la nouvelle lune passée. « *Mais seulement pour disparaître à nouveau.* » Cette pensée était celle d'un autre, pas la sienne. Ce n'est qu'à ce moment-là qu'elle réalisa qu'elle était en train de se battre, de lutter contre un ennemi qu'elle ne pouvait voir, avec des armes qu'elle n'avait jamais utilisées.

Cette prise de conscience chassa le désespoir, le brisa comme se rompt une corde trop tendue. Elle se retourna et scruta la chambre. À la lueur enfumée des chandelles, elle aperçut une silhouette humaine, une forme bleu pale et vacillante, un spectre lumineux loin d'être un corps solide. Elle eut la chair de poule lorsqu'elle reconnut la svelte silhouette de l'homme qui s'était empoisonné.

« Au nom de la Déesse elle-même, lança Jill d'un ton rageur, la Lumière finit toujours par gagner ! »

Il vacilla comme une flamme de bougie dans un courant d'air, puis disparut, mais d'après ce qu'elle savait, il reviendrait la tourmenter, dans ses rêves peut-être, où elle serait sans défense contre lui. Pleurant abondamment, elle s'assit au bord de son lit et plaqua ses mains tremblantes entre ses genoux. Aucune de ses techniques d'escrime les plus efficaces ne l'aiderait dans cette bataille. Seul le dweomer pouvait combattre le dweomer. Elle réalisa alors que rejeter ses talents dweomériques l'avait laissée impuissante, que continuer à les nier ne ferait qu'attirer en permanence des choses surnaturelles qu'elle ne pouvait ni influencer ni maîtriser, parce qu'elle n'en avait pas la connaissance et n'y avait pas été formée. Car même si chacun peut tenir une épée, seul un guerrier entraîné est capable de désarmer quelqu'un. Ce fut à ce moment-là qu'elle pensa à Persaunn et qu'elle se souvint qu'il était en chemin.

Maintes fois elle avait vu le vieil homme contacter d'autres maîtres de dweomer par l'intermédiaire d'un feu. D'après ce qu'elle savait, seul un maître pouvait faire une telle chose, pas une ignorante comme elle, mais elle se leva et se dirigea lentement vers les chandelles sur leur bougeoir. C'était sa première tentative consciente d'utiliser le dweomer, et elle se sentit stupide, puis embarrassée, et finalement effrayée, mais elle s'efforça de scruter les flammes en pensant à Persaunn. Un instant, elle eut conscience d'un vide dans son esprit, puis une sorte de pression se forma, comme lorsqu'une personne oublie temporairement un nom qu'elle connaît bien et le cherche mentalement, complètement frustrée de ne pas le retrouver.

L'appréhension qu'elle ressentait à l'idée d'utiliser le dweomer grandit. Elle avait peur de celui qui la traquait, quelle que soit son identité. Cette peur s'amplifia jusqu'à ce qu'elle se rappelle soudain ce qu'elle avait toujours su, que la peur était sa clef, que la violence de ses sentiments briserait les murs de son esprit.

« Persaunn ! s'écria-t-elle. Aidez-moi ! »

Et là, dansant au-dessus des flammes, elle aperçut son visage, une image nette dans laquelle elle put le voir froncer ses sourcils broussailleux, surpris, les yeux troublés.

« *Grâce aux dieux, enfin, vous m'appelez.* » Sa voix résonna dans sa tête. « *J'essaie de vous contacter depuis des jours.* »

Il parlait d'un ton si neutre qu'elle émit un rire nerveux proche de l'hystérie.

« *Essayez de vous calmer, autrement, vous perdrez la vision*, lui dit-il d'un ton sec. *Imaginez que c'est un combat à l'épée, mon enfant. Vous savez concentrer votre volonté.* »

Elle réalisa qu'elle savait le faire, maintenant qu'il le lui avait indiqué : il s'agissait de la même concentration, froide et implacable, à laquelle elle avait recours lorsqu'elle observait les mouvements d'un ennemi.

« *Je vous ai vue aujourd'hui, et j'ai vu cet individu s'empoisonner*, poursuivit Persaunn. *Cela ne m'étonne pas que vous soyez si troublée. Maintenant, écoutez-moi, il semblerait que nous ayons affaire à plus d'un ennemi, mais assez curieusement, nous pouvons tourner cela à notre avantage. Savez-vous ce qu'ils désirent ?*

— *L'opale que je possède, du moins, que je pense posséder. Cette maudite petite pierre arrogante continue de changer de forme quand je la porte.* »

Il glousssa avec une telle bonne humeur qu'elle sentit sa peur s'envoler.

« *C'est bien elle, assurément, et j'admets que les esprits qui l'habitent peuvent parfois être irritants. C'est un talisman empli de vertus nobles, voyez-vous, et ses gardiens prennent la fierté un peu trop au sérieux. Mais dites-moi, le spectre de l'étranger vous ennuie-t-il ?*

— Je ne sais pas. On me tourmente. Je vous ai appelé parce que des pensées ne cessaient de surgir dans mon esprit, et j'ai senti quelqu'un me surveiller.

— Alors, ce n'est pas lui. Ne vous inquiétez pas. Je vais poser un sceau sur vous. Allez dormir et reposez-vous, mon enfant. Je suis pratiquement arrivé à Dun Hiraedd. »

Son image disparut. Jill s'allongea, mais elle n'éteignit pas les chandelles et garda sa dague d'argent à côté d'elle, sous son oreiller. Elle était persuadée qu'elle ne trouverait jamais le sommeil, mais elle se réveilla soudain dans une pièce ensoleillée. À l'extérieur, dans le couloir, elle entendit un page siffler, et ce bruit simple et humain fut pour elle la plus belle musique du monde. Elle se leva et alla regarder par la fenêtre. Le soleil réchauffait les hommes qui traversaient la cour sans se presser, en riant et en discutant. Il lui semblait impossible de croire aux batailles dweomériques à présent, impossible qu'elle ait ainsi bandé sa volonté pour discuter avec Persaunn par l'intermédiaire d'un feu. Frissonnant, elle s'éloigna de la fenêtre et se dépêcha de se vêtir. Elle voulait se retrouver entourée d'autres gens.

Une fois qu'elle fut descendue dans la grande salle, elle ne put oublier le souvenir de sa peur, logé dans un recoin de sa tête. Attablés, les cavaliers prenaient leur petit déjeuner et plaisantaient, tandis que les domestiques allaient et venaient hâtivement. Blaen lui-même était de bonne humeur et discutait avec Jill comme s'il avait complètement oublié cette histoire d'étranger empoisonné. Les membres officiels de sa cour, le chambellan, le barde, ses conseillers et ses scribes, allaient et venaient, s'arrêtant pour présenter leurs hommages à leur suzerain et saluer Jill gravement. Blaen cassa une miche de pain aux noix et lui en donna courtoisement un morceau. Elle était heureuse de voir que le gwerbret ne buvait pas de bière, ni d'hydromel, au petit déjeuner.

« Ah, quelle joie ce sera de revoir mon cousin, s'écria-t-il. Nous avons passé nombre de bons moments ensemble lorsque nous étions enfants. Pour vous raconter un peu, nous étions pages tous les deux à Dun Cantrae, dont le gwerbret était un homme âgé plutôt opiniâtre, et donc, nous étions toujours en train de faire les quatre cents coups. » Il s'interrompit un instant et leva les yeux tandis qu'un page accourait. « De quoi s'agit-il, garçon ?

— Il y a un vieil homme des plus étranges aux portes du donjon, Votre Grâce. Il dit qu'il doit vous voir sur-le-champ pour une affaire de la plus grande importance, mais il ressemble à un mendiant et affirme s'appeler personne.

— Persaunn, par tous les dieux ! s'écria Jill.

— Vous connaissez cet homme ? demanda Blaen quelque peu surpris.

— Oui, Votre Grâce, et pour le bien de Rhodry autant que pour moi, je vous supplie de lui parler.

— Eh bien, soit alors ! Fais-le entrer, garçon, et souviens-toi de toujours te montrer courtois envers les personnes âgées, qu'elles soient de modeste allure ou non. »

Le page repartit hâtivement et Jill frissonna, ayant l'impression que la salle ensoleillée et trépidante était soudain devenue irréelle. Comme s'il avait été contaminé par son malaise, Blaen se leva et regarda la porte les sourcils froncés, puis Persaunn entra à grands pas, sa cape brune déchirée rejetée sur ses épaules et se balançant derrière lui. Il s'agenouilla devant le gwerbret avec une agilité que de nombreux jeunes courtisans auraient enviée.

« Excusez-moi de requérir votre attention, Votre

Grâce, dit Persaunn, mais l'affaire dont je veux vous parler est très urgente.

— Tout homme souhaitant avoir recours à ma justice est le bienvenu. Qu'est-ce qui trouble votre cœur, mon bon Monsieur ?

— Cet individu qui s'est empoisonné la nuit dernière.

— Grands dieux ! s'exclama Blaen, ébahi. Cette histoire a-t-elle fait le tour de la ville si rapidement ?

— Oui, du moins, elle a fait le tour de ceux qui ont tendu l'oreille pour l'écouter. Votre Grâce, je suis venu vous épargner l'effort d'enterrer cet homme. Sa Seigneurie sait-elle où se trouve son corps ?

— C'est que, y a-t-il un lien de parenté entre vous ?

— Eh bien, étant donné que chaque clan a ses brebis égarées, on peut dire cela, oui. »

Perplexe, le gwerbret jeta un coup d'œil à Jill.

« S'il vous plaît, Votre Grâce ? lui dit-elle. Je vous prie de faire ce qu'il vous demande.

— Très bien alors. Il n'y a pas de mal à ce qu'il demande. »

Brûlant sans doute de curiosité, Blaen accompagna Persaunn et Jill dans la cour et alla chercher un garde. Le cadavre avait été enveloppé dans une couverture et posé dans une petite remise habituellement utilisée pour stocker du bois. À eux deux, Persaunn et Jill le traînèrent dehors et le posèrent sur les pavés. Persaunn s'agenouilla et découvrit le visage du cadavre.

« Un Bardékien, hein ? » Le vieil homme se rassit sur ses talons. « Eh bien, voilà une chose bien étrange ! »

Il posa ses mains sur ses cuisses et regarda le cadavre un long moment. À sa position relâchée et l'expression endormie de ses yeux, Jill se douta qu'il était entré en transe. De temps en temps, sa bouche bougeait sans faire de bruit, comme s'il était en train de parler. Enfin, il regarda en l'air en hochant la tête, et ses yeux étaient empreints de colère.

« Quel esprit vil et mesquin ! Bien, nous allons l'envoyer reposer à jamais, qu'il le veuille ou non. »

Faisant signe à Jill et à Blaen de s'écarter, il se redressa au niveau de la tête du défunt et tendit ses mains en l'air, comme s'il faisait une prière adressée au soleil. Pendant un long moment, il resta dans cette position, concentré, le visage figé ; puis, lentement, il baissa les mains en dessinant deux arcs de cercle réguliers jusqu'à ce que l'extrémité de ses doigts indique le corps mort posé sur les pavés. Le cadavre s'enflamma brusquement, se consumant au milieu d'un feu surnaturel et spectral, teinté d'un bleu argenté au sommet et au creux des flammes. Persaunn prononça trois mots incompréhensibles et les flammes devinrent d'un blanc incandescent et s'élevèrent dans les airs, trop vives pour qu'on puisse les regarder. Poussant un juron, Blaen leva un bras et se cacha le visage. Jill plaqua ses deux mains sur ses yeux. Elle entendit un gémissement torturé, un long soupir de terreur mêlé curieusement à du soulagement, comme lorsqu'un blessé sait que sa mort approche et le libérera de sa douleur.

« C'est fait ! s'écria Persaunn. C'est fini ! »

Jill leva la tête juste à temps pour le voir frapper trois fois au sol. Là où gisait le cadavre, il n'y avait plus qu'un petit tas de cendres blanches. Lorsque Persaunn claqua des doigts, une petite brise se leva et les dispersa, puis retomba aussi soudainement qu'elle s'était levée.

« Là, dit le vieil homme. Son âme est libérée de son corps et en chemin pour l'Autre Monde. » Il se tourna vers le gwerbret. « Il se trame d'étranges choses dans votre rhan, Votre Grâce.

— Assurément, balbutia Blaen. Par le cul noir et poilu du Seigneur des Enfers, qu'était-ce que tout cela ?

— Du dweomer, bien sûr. À quoi cela ressemblait-il ? »

Blaen fit un pas en arrière, le visage livide, la bouche crispée. Persaunn lui lança un sourire doux et patient du genre de ceux que les mères ont pour leurs enfants lorsqu'ils ont trébuché sur quelque chose qu'ils sont trop jeunes pour comprendre.

« Il est temps que tout le monde, dans le royaume, apprenne la vérité au sujet du dweomer, dit Persaunn. Sa Grâce peut se féliciter d'être l'un des premiers. Sa Seigneurie voudra-t-elle nous permettre, Jill et moi, de prendre congé un court instant ? J'ai une affaire urgente à régler en ville. »

Blaen regarda les pavés, chatoyant encore sous la chaleur, puis frissonna.

« Comme Monseigneur le voudra. » Le gwerbret avait soudainement élevé le rang de Persaunn. « Je vous en prie. »

Persaunn attrapa le bras de Jill et l'entraîna d'un pas ferme.

« Je suis si heureuse de vous revoir, lui dit-elle. Je suis si effrayée.

— Et vous pouvez l'être. Maintenant, écoutez-moi, mon enfant, le danger n'est pas encore passé. Il faut que vous le compreniez. Restez près de moi et faites exactement ce que je dirai. »

Jill faillit pleurer de déception.

« Lorsque je vous ai vue dans les flammes, vous protégiez Ogwern le voleur, poursuivit-il. Emmenez-moi jusqu'à lui. Si vous avez passé une sale nuit hier soir, je parie que lui aussi. Cet individu essayait d'aspirer votre force vitale de manière à pouvoir maintenir son... disons, le spectre bleu que vous avez vu... en vie pendant quelque temps.

— Comment le savez-vous ?

— Il vient de me le dire, bien sûr. Comme il est mort depuis un certain temps, il n'a pas pu me dire grand-chose, parce que son spectre commençait déjà à se décomposer et à s'affaiblir. Aussi, je l'ai juste envoyé écouter son jugement, même si j'aurais aimé lui soutirer davantage d'informations. »

Jill se sentit se rigidifier, effrayée par ce récit de fantômes.

« Allons, allons, dit Persaunn. C'est une chose parfaitement ordinaire, mais ce n'est pas le bon moment pour que je vous l'explique clairement. Voyons ce qui est arrivé à Ogwern. »

Lorsqu'ils arrivèrent au *Dragon Rouge*, ils découvrirent que Persaunn avait eu raison de se faire du souci. L'aubergiste effrayé leur raconta que Ogwern avait été malade toute la nuit et qu'il était dans sa chambre. Ils se dépêchèrent de monter, trouvèrent la porte fermée, mais lorsque Jill frappa, Bocc leur ouvrit.

« J'ai appris que Ogwern était malade, dit Jill. J'ai amené un herboriste en qui nous pouvons avoir confiance.

— Merci à tous les dieux de l'Autre Monde, lui répondit-il avec une sincère piété. Ça a été horrible, vraiment. Je n'aurais jamais pensé qu'un jour, j'éprouverais de la gratitude envers un garde de la cité, mais si notre gwerbret n'avait pas posté ce solide individu à la porte, Père se serait jeté par la fenêtre, je vous le jure. »

Persaunn hocha la tête d'un air grave, comme s'il s'était attendu à de tels événements. Ils entrèrent et trouvèrent Ogwern allongé sur son lit, une couverture bleue usée remontée jusqu'à son cou massif. Bien qu'il regardât au plafond, il avait l'air plus terrifié que malade.

« La nuit dernière a été un véritable enfer, raconta Bocc. Nous étions en train de boire un verre en bas, et soudain, il s'est mis à trembler et à délirer.

— Je ne veux pas en entendre parler. » Ogwern tira la couverture par-dessus sa tête. « Fichez la paix à un homme mourant, tous autant que vous êtes.

— Vous n'allez pas mourir, répondit Persaunn d'un ton brusque. Je suis herboriste, mon bon Monsieur, aussi découvrez-vous et décrivez-moi vos symptômes. »

Ogwern replia sa couverture jusqu'à ce que ses yeux noirs apparaissent.

« Je deviens fou. Oh quel triste sort ! Plutôt mourir que devenir fou, préparez-moi donc un doux poison, Monsieur l'herboriste.

— Je ne ferai rien de la sorte. Arrêtez de divaguer et décrivez-moi vos délires.

— Dis-lui, Père, intervint Bocc. Parle-lui des poulets. »

Ogwern gémit et remonta la couverture à nouveau.

« Il s'est mis à parler de boire du sang, raconta Bocc. Il voulait tuer des poulets et boire leur sang.

— C'était horrible. » Ogwern replia la couverture. « Je ne sais vraiment pas quoi dire. Je me suis senti soudain terrifié, mon bon Monsieur, et je me suis mis à trembler de tous mes membres et à suer toute l'eau de mon corps. Je savais que j'étais maudit, voyez-vous, que j'allais mourir, peu importait ce que j'avais fait. » Ogwern laissa sa voix s'estomper légèrement. « Mais je devais boire ce sang. C'était écœurant. Je n'ai jamais été aussi terrorisé de toute ma vie.

— Et après, il s'est mis à hurler qu'il valait mieux mourir vite que lentement, intervint Bocc. Il a saisi sa dague, et nous nous sommes donc jetés sur lui, moi et quelques-uns des garçons présents, et nous l'avons empêché de se tuer, le temps que le garde de la ville arrive. Après, il a essayé de sauter par la fenêtre, nous l'avons donc attaché au lit, mais il a continué à délirer et à hurler qu'il voulait mourir.

— Ah, je commence à comprendre, répondit Persaunn. Après, à la première lueur du jour, il s'est calmé subitement.

— Exactement. » Reprenant espoir, Ogwern se rassit, révélant qu'il était entièrement habillé sous sa couverture. « Ce fut si soudain, comme si la fièvre retombait !

— Exactement, sauf que ce n'était pas la fièvre, mais du poison. Écoutez, Ogwern, un de vos ennemis en ville a dû introduire une herbe particulière dans votre boisson : *oleofurtiva tormenticula smargedinni.* » Persaunn prononça ce mot savant impressionnant avec emphase. « Heureusement, votre poids vous a sauvé d'une dose fatale. Ce poison déséquilibre les humeurs, accordant la victoire aux humeurs chaudes et aqueuses sur celles qui sont froides et sèches et qui alimentent les facultés intellectuelles. C'est pourquoi vous désiriez boire du sang, vous comprenez, pour assouvir vos humeurs. Ensuite, lorsque votre corps a senti le poison agir, votre esprit n'a pas compris ce qui se passait et n'a pas pu entreprendre d'actions rationnelles pour le combattre, et c'est ainsi que ce poison bien pensé a doublé ses propres effets.

— Grands dieux ! murmura Ogwern. C'est démoniaque, cher Monsieur.

— Vous devrez vous surveiller très attentivement désormais. En raison du poison résiduel, ne mangez que des aliments secs et froids pendant deux semaines, du pain salé, des pommes, de la viande blanche de volaille froide. Cela nettoiera vos humeurs.

— Oui, je le ferai, mon bon herboriste. Grands dieux, j'ai bien failli mourir ! »

Mais puisqu'il n'était pas mourant au bout du compte, Ogwern se leva de son lit et insista pour donner une pièce de cuivre à Persaunn pour sa consultation.

« C'est dommage, en un sens, que je ne sois pas malade, dit-il d'un air sombre. À présent, je vais devoir affronter ce satané gwerbret cet après-midi. Écoutez, Jill, racontez aussi peu de choses que possible. Maintenez ce que vous avez dit, que vous êtes seulement mon garde du corps, et laissez-moi lui expliquer le reste.

— Nous avons passé des heures à élaborer cette histoire, ajouta Bocc. C'est un chef-d'œuvre, vraiment. »

Lorsqu'ils partirent, Persaunn insista pour descendre jusqu'au temple de Bel, près de la rivière, de manière à pouvoir glisser la pièce volée d'Ogwern dans le chaudron de donations pour les pauvres. Sur le chemin, Jill ne cessa de regarder nerveusement autour d'elle, s'attendant à moitié à ce que des ennemis bondissent des remparts de la ville.

« Persaunn, comment le spectre de cet homme mort a-t-il pu mettre du poison dans la bière d'Ogwern ?

— Comment ? Oh, eh bien, je mens aussi bien qu'un mercenaire alors, si vous avez cru à toute cette histoire. J'ai juste inventé le nom de la plante médicinale sur le coup, pour calmer Ogwern. Il a besoin de rester sur ses gardes, mais je ne pouvais pas lui dire la vérité, parce qu'il ne m'aurait pas cru.

— Vous voulez dire que ce n'était pas un vrai poison ?

— Non. Le nom que j'ai donné est de l'ancien Rhwman, et il veut dire "petit tourment couleur d'émeraude pour les gros voleurs".

— Mais alors, que s'est-il réellement passé ? »

Persaunn jeta un coup d'œil autour de lui, vers la berge. Près de l'eau, il y avait quelques garçons gardant les vaches qui paissaient. À part eux, ils étaient seuls dans les pâturages communaux.

« Cet homme agissait sur l'esprit d'Ogwern de la même façon qu'il a essayé d'influencer le vôtre, expliqua Persaunn. Je doute qu'il ait voulu vous pousser au suicide, parce que s'il l'avait fait, Blaen aurait placé vos effets sous bonne garde, et dans ce cas, il leur aurait été impossible de récupérer l'opale. Mais il voulait vous tourmenter, vous faire souffrir. Comme il existe une espèce de lien entre nous, j'ai pu poser des sceaux sur vous à distance, mais je n'ai rien pu faire pour notre pauvre voleur avant d'arriver ici. Je m'assurerai ce soir qu'il passe une paisible nuit.

— Mais pour les poulets ? Cela semble si stupide, de vouloir boire du sang de poulet.

— Pas du tout. Le sang frais dégage une certaine substance dont le spectre du Bardékien avait besoin. Il aurait pu se nourrir de cette substance pour se renforcer. »

Jill se sentit si mal que cela dut transparaître sur son visage, parce que Persaunn posa une main apaisante sur son épaule.

« Comprenez-vous pourquoi j'ai dissimulé cette histoire à Ogwern et lui ai dit n'importe quoi de réconfortant ? Ah, grands dieux ! Jamais je n'ai souhaité que de telles choses vous arrivent. J'ai essayé de vous laisser agir seule sur votre Wyrd, mais il me semble qu'il vous a conduite tout droit dans la gueule du loup.

— Oui, apparemment. Est-ce réellement mon Wyrd qui m'a menée ici ?

— Formulons-le ainsi, oui – c'est la chance, purement et simplement, qui vous a conduite à ce cheval mort dans l'Auddglyn, mais c'est votre Wyrd qui vous a montré cette pierre au milieu de l'herbe. Si le Peuple Sauvage ne vous faisait pas confiance, vous ne l'auriez jamais vue. Maintenant, retournons au dun. Je n'en dirai pas plus ici, en public. »

Il était près de deux heures de l'après-midi lorsque Rhodry arriva finalement à la porte sud de Dun Hiraedd. Il mit pied à terre, puis conduisit ses deux chevaux à travers une petite foule de fermiers qui transportaient leurs produits et leurs poulets au marché. De l'autre côté des portes se prélassaient deux gardes de la ville. Lorsqu'il passa à côté d'eux, il remarqua que l'un marmonnait quelque chose à l'autre ; puis ils s'avancèrent et lui bloquèrent le passage. Sortant de l'ombre des remparts arrivèrent deux autres gardes ; l'un d'eux attrapa les rênes de ses chevaux, l'autre son bras armé.

« Vous êtes mercenaire, n'est-ce pas ? Il n'y a aucun souci pour le moment, jeune homme, mais vous venez avec nous.

— De quoi donc s'agit-il ?

— Ordres de Sa Seigneurie, le Gwerbret de Dun Hiraedd. "Guettez un mercenaire qui ressemble à un Eldiddien et amenez-le seul." Nous avons eu assez d'ennuis en ville récemment, avec les gens de votre espèce.

— Qu'a donc fait Jill ?

— Oh, vous la connaissez, alors ? demanda le premier garde avec un large sourire désagréable. Elle semble être mêlée à cette affaire de suicide, voilà tout. Sa Grâce doit être en pleine audience publique en ce moment même, nous vous emmenons donc à lui sur-le-champ. »

Rhodry était trop inquiet pour protester quand les gardes le désarmèrent. Lorsqu'ils s'enfoncèrent dans les rues, il garda le silence, maussade. Il espérait pouvoir éviter Blaen, lequel (du moins le pensait-il) devait sans doute le mépriser en raison de son exil déshonorant, mais à présent, il était confronté à la perspective de le revoir uniquement pour l'implorer d'épargner la vie de Jill. *Mais qu'a-t-elle fait ?* pensa-t-il. *Si je la sors sans encombre d'ici, je lui donnerai une bonne fessée !* Dans la cour du dun, les gardes confièrent leurs chevaux à un page, puis le poussèrent à l'intérieur du donjon. Rhodry n'était pas rentré dans Dun Hiraedd depuis deux ans, depuis qu'il était venu pour le mariage de Blaen. Il regarda, étourdi, la grande salle où il avait jadis dîné à titre d'invité d'honneur ; puis les gardes le poussèrent dans les escaliers en colimaçon jusqu'au premier étage. Les lourdes portes en chêne de la salle de justice étaient ouvertes, les gardes entrèrent simplement et attendirent.

À l'angle du mur, sous une rangée de fenêtres, Blaen était assis à une table, secondé d'un scribe placé à sa gauche et de deux conseillers situés à sa droite. Comme aucun prêtre n'était présent, Rhodry devina qu'il ne s'agissait que d'une audition, non d'une audience publique. Devant le gwerbret étaient agenouillés Jill, quelques jeunes hommes négligés et un individu particulièrement très gros. Des gardes étaient postés autour, armés de longs bâtons. Dans le coin, Persaunn était assis sur une chaise à moitié ronde. Rhodry se sentit profondément soulagé, sachant que le vieil homme ne laisserait jamais personne faire de mal à sa Jill bien-aimée.

« Très bien, Ogwern, disait Blaen. J'admets que les menaces de cet homme étaient suffisantes pour justifier votre désir d'avoir un garde du corps.

— C'était horrible, Votre Grâce, répondit le voleur gras. Car un pauvre mais honnête aubergiste comme moi n'a pas le temps de s'entraîner à l'épée.

— Même un goret doit avoir des défenses.

— Sa Grâce est toujours prompte à plaisanter, mais je préfère les acheter que de devoir les faire pousser. Sincèrement, engager ce mercenaire a été une excellente affaire, vu comment ce méchant homme a attenté à ma vie. »

Blaen hocha la tête, puis jeta un coup d'œil à Jill.

« Eh bien, mercenaire, je commence à croire que vous aviez une bonne raison de verser le sang en premier.

— Merci, Votre Grâce, et vraiment, je ne pouvais pas savoir que cet individu allait s'empoisonner. »

À cette affirmation, Rhodry s'oublia et s'avança. Poussant un juron, les gardes le saisirent et le tirèrent en arrière. Blaen se tourna vers eux.

« Faites-le avancer. Ainsi, vous avez mis la main sur ce misérable rustre de mercenaire, n'est-ce pas ?

— Il est rentré par la porte sud avec une impudence peu commune, Votre Grâce, répondit l'un des gardes. Et il avait un Chasseur de l'Ouest avec lui, qu'il a certainement volé, à mon avis.

— Assurément. Il a toujours apprécié les chevaux des autres. »

Blaen essaya de réprimer un sourire, mais Rhodry comprit le jeu auquel il s'adonnait.

« Blaen, espèce de bâtard ! lança Rhodry d'un ton brusque. C'est encore une de tes sales plaisanteries. »

Alors que tout le monde dans la salle avait le souffle coupé par cette insulte, Blaen éclata de rire et se leva, traversant la pièce à grands pas pour prendre la main de son cousin.

« Eh bien, oui. Je pensais que nous pourrions rire un peu en arrêtant le pauvre mercenaire que tu es. Ah, grands dieux, je suis si heureux de te revoir. »

Lorsqu'ils se serrèrent la main, Rhodry eut envie de pleurer.

« Moi aussi je suis heureux, répondit-il. Mais que fais-tu avec ma femme ?

— Rien, je te l'assure. Je me comporte mieux avec les femmes qu'un certain parent à moi que je ne mentionnerai pas. »

Avec un large sourire, Rhodry lui donna un petit coup de poing sur l'épaule. Tout le monde les dévisageait, et Blaen se rappela soudain qu'il était en train de présider une session judiciaire.

« Va auprès du vieux Persaunn, veux-tu ? Mettons rapidement un terme à cette sinistre histoire. »

Lorsque Rhodry s'exécuta, Persaunn lui lança un faible sourire. Les yeux du vieil homme étaient profondément inquiets. Rhodry découvrit pourquoi lorsque le garde s'avança pour apporter une pièce à conviction au sujet de l'étranger qui s'était empoisonné au lieu d'affronter le gwerbret et qui portait une sorte de talisman magique autour du cou. Blaen réfléchit au problème un moment, annonça qu'il jugeait que personne n'était responsable de sa mort, puis clôtura l'audition.

« Dun Hiraedd se portera certainement mieux sans lui, dit-il gaiement. Alors, ainsi soit-il. »

Ogwern et ses témoins se levèrent, saluèrent le gwerbret, puis se ruèrent tout bonnement vers la sortie. Lorsque les conseillers perplexes se rassemblèrent autour de Blaen pour le questionner au sujet de l'empoisonnement, Rhodry se dirigea vers Jill à grands pas et la prit par les épaules.

« Grands dieux, mon amour ! Quelle est cette affaire ?

— Je ne le sais pas vraiment. Rhoddo, tu ne peux pas savoir à quel point je suis contente de te voir. »

Lorsqu'il l'enlaça et la serra contre lui, il la sentit trembler de terreur. Comme il ne l'avait jamais vue avoir peur de quoi que ce soit auparavant, il sentit son ventre se nouer.

« Allons, mon amour, lui dit-il. Nous avons mené ensemble de dures batailles avant cela. Nous remporterons celle-ci également.

— J'espère que tu as raison. C'est tout ce que je peux dire. »

Le dos contre un bouleau, Alastyr était assis tranquillement sur le sol et essayait de conserver son calme. Il avait tenté de repérer Jill sans succès, malgré tous les efforts qu'il avait déployés. Cela ne pouvait signifier qu'une seule chose : Persaunn était arrivé et avait posé un sceau sur elle. Lorsqu'il entendit des bruits de sabots se diriger vers lui, il se leva d'un bond, pensant que le Maître de l'Éther l'avait peut-être trouvé. Mais il ne s'agissait que de Sarcyn, qui mit pied à terre à l'entrée du camp et entraîna son cheval vers les arbres.

« Déjà de retour ? demanda Alastyr.

— Je n'ai pas traîné à Dun Hiraedd. On parle partout dans la ville de ce vieil homme de modeste allure qui vient d'arriver et semble avoir de l'influence sur le gwerbret. »

Alastyr débita un chapelet de jurons. Sarcyn resta debout et se contenta de le regarder, impassible, jusqu'à ce qu'il eût terminé ses imprécations.

« Ton cheval est-il fatigué ? demanda Alastyr. Si nous voulons tirer les marrons du feu, il faut que nous trouvions un endroit où nous cacher pour quelque temps. Nous ne pouvons pas camper comme des brigands au bord de la route. Ce matin, je suis allé dans l'Éther pour inspecter les environs et je pense que j'ai trouvé l'endroit parfait.

— Je prendrai l'un des chevaux frais et attacherai Camdel sur le mien. Il est un peu plus léger que moi.

— Très bien. Prépare-le. Je sellerai mon cheval moi-même. Nous devons nous hâter. »

Cet après-midi-là, aucun barde ni aucun gerthddyn n'avaient eu public plus attentif que Persaunn, et il ne put résister à la tentation d'en jouer. Dans la chambre privée de Blaen, une petite pièce simple comprenant une cheminée, cinq chaises, le bouclier de Blaen et rien d'autre, Rhodry, Jill et le gwerbret lui-même le regardaient assis pendant qu'il se tenait debout, appuyé contre le chambranle de la cheminée. Après que l'inévitable hydromel eut été servi et que le page fut reparti, Blaen lui fit un signe avec son verre à pied.

« Alors, bon sorcier, dit le gwerbret d'un ton ferme. Vous me devez une explication.

— Effectivement, Votre Grâce, et vous l'aurez. Jill, donnez-moi le bijou que vous avez dans votre bourse. »

Lorsqu'elle lui remit une broche ronde de faible valeur, il la posa dans la paume de sa main et la tendit pour que tout le monde la vît, puis donna mentalement une brève instruction aux esprits liés au bijou.

« Voici, Votre Grâce, la Grande Pierre de l'Ouest.

— Cette vilaine broche ? » bredouilla Blaen.

À ce moment précis, la broche changea de forme et se mit à briller et à vaciller, comme si elle fondait. Brusquement, une immense opale de la taille d'une noix apparut dans la main de Persaunn. Elle était si parfaitement polie que sa surface reluisait, captant la lumière de la fenêtre et la transformant en un éclat flamboyant dans ses veines profondes, tandis qu'un arc-en-ciel iridescent jouait sur celles-ci. Lorsque son auditoire haleta, Persaunn put sentir à quel point les esprits qui habitaient la pierre étaient suffisants. Ils étaient d'une classe supérieure aux créatures du Peuple Sauvage, de l'ordre habituellement appelé esprits planétaires, bien que leur connexion ne se fasse pas avec les planètes elles-mêmes, mais plutôt avec les forces que celles-ci représentaient.

« Oh, grands dieux ! s'exclama Jill. Est-ce cela que je transportais depuis tout ce temps ?

— Telle est sa véritable forme. Elle est gardée par des esprits, voyez-vous. Ceux-ci peuvent projeter des illusions lorsque cela est nécessaire, et déplacer la pierre – pas loin, mais suffisamment pour la dissimuler lorsqu'elle est en danger. Nos déplaisants ennemis ignoraient ces deux choses, et c'est pourquoi nous avons réussi à contrecarrer leurs projets jusqu'à présent. »

Persaunn laissa chacun ruminer cette information en glissant la pierre dans la bourse qu'il portait à son cou. Les esprits poussèrent un soupir de soulagement, bruit audible dans ses pensées, au fait de se retrouver près de lui. À plusieurs reprises, Blaen fit mine de parler, mais crut bon de se taire. Finalement, le maître de dweomer lui adressa un signe poli de la tête, donnant au gwerbret la permission de prendre la parole dans son fort.

« Et qui, mon bon sorcier, sont ces ennemis dont vous parlez ?

— Des hommes qui obéissent au dweomer noir, naturellement. Vous remarquerez, Votre Grâce, que je continue à dire “nos” ennemis. Car cette pierre appartient au Roi en personne, et le dweomer noir la convoite pour lui faire du mal à lui et à tout le royaume. »

Blaen et Rhodry jurèrent tous les deux à voix haute, furieux. Qu'ils soient, l'un un seigneur respecté, et l'autre un homme en exil déshonoré, ils avaient tous deux prêté un serment de fidélité à leur suzerain lige.

« Le Roi vit au cœur de la meilleure forteresse de tout Deverry, remarqua Blaen d'un ton brusque. Comment ont-ils pu lui voler cette pierre ?

— Avec grande difficulté. J'imagine qu'ils fomentent ce plan depuis très longtemps, vraiment. L'opale est l'une des pierres dweomériques les plus puissantes au monde. Il y a un siècle environ, un certain maître de dweomer l'a façonnée et a demandé à des esprits de l'habiter, puis l'a offerte à la famille royale. » Persaunn soupira un peu, se rappelant simplement les longues heures que cela lui avait pris pour polir et tailler la pierre en une sphère parfaite. « Je ne peux vous décrire tous ses pouvoirs, et je suis certain que vous le comprendrez. Mais pour la garder en sécurité, divers maîtres de dweomer sont nommés pour être ses gardiens. Lorsque l'un d'eux meurt, un autre prend sa place. Maintenant, c'est à mon tour de tenir ce poste. » Là, il faillit faire un lapsus et dire « encore à mon tour ». « Le secret de cette pierre est transmis par le Roi au prince Héritier désigné, et c'est ainsi que la famille royale en sait suffisamment pour pouvoir la conserver précieusement. Elle la garde dans ses appartements, non dans la salle du trésor royal. Aucun voleur ne pourrait corrompre les serviteurs fidèles du Roi qui ont accès à ces pièces, bien sûr. Cependant, il y a plus d'une manière d'agir sur l'esprit d'un humain qu'avec de l'or. Dites-moi, Votre Grâce, et Rhodry vous également, n'avez-vous jamais rencontré un homme appelé Camdel à la cour ?

— Si, répondit Blaen. C'était le Maître du Bain du Roi, n'est-ce pas ? Un homme plutôt fier, si je me souviens bien, mais la Reine semblait l'apprécier pour son élocution soignée.

— C'était un arrogant, intervint Rhodry. J'ai remporté un duel contre lui une fois, et il a fait la tête toute la journée.

— C'est bien lui, répliqua Persaunn. C'est le fils puîné du gwerbret de Blaeddbyr. Je crains que son arrogance ne soit qu'un de ses défauts, malgré tout, il ne mérite pas ce qui lui est arrivé. Les hommes du dweomer noir l'ont pris en leur pouvoir, corps et âme, et ils l'ont utilisé comme un fermier utilise une pioche – pour déterrer une pierre.

— Comment ? répondit Blaen. Je ne peux pas m'imaginer Camdel en train de voler le Roi !

— De lui-même, jamais il ne l'aurait fait, Votre Grâce. Mais là, j'ignore toujours comment les maîtres du dweomer noir sont entrés en contact avec lui. J'ai un ami à Dun Deverry qui essaie en ce moment même de le découvrir. Mais dès qu'ils ont eu une prise sur lui, Camdel a perdu tout contrôle sur ses actions. Je parie que ces derniers mois ont été comme un rêve pour lui, un long rêve éveillé et confus qui s'est transformé en cauchemar.

— Puisque c'est ainsi, répondit Blaen, d'un ton grommelant, mon épée et ma bande armée sont à votre disposition, bon sorcier. Savez-vous où se trouvent ces hommes ?

— Non, Votre Grâce, et vous pouvez ainsi voir les limites du dweomer. Je peux empêcher ces idiots pernicieux de savoir où je suis, mais hélas, ils peuvent faire la même chose de leur côté. »

Blaen frissonna à l'entendre parler de voyage astral et de dweomer. Même si Persaunn n'aimait pas dévoiler tant de secrets, il n'avait pas vraiment le choix. Il l'ignorait encore, mais il pourrait peut-être avoir besoin de l'aide de Blaen.

« Jusqu'à ce matin, poursuivit-il, ils ne pouvaient pas se trouver à plus d'une journée de Dun Hiraedd, mais il est possible qu'ils prennent la fuite pour sauver leur vie, je n'en sais rien. Si je les rattrape, je les ferai disparaître de la surface de cette terre.

— Bien, répondit Blaen d'un ton pensif, si nous divisons ma garnison en plusieurs escouades, nous pourrions commencer à battre le pays. Quelqu'un l'aurait sans doute remarqué, si des étrangers bizarres parcouraient le rhan.

— Nous pourrions en arriver à cela, Votre Grâce, mais j'aimerais attendre un peu. À cause de Camdel, vous comprenez. Si ce maître de dweomer noir repère vos hommes – ce qui est fort probable – il lui tranchera la gorge, tout simplement, et prendra la poudre d'escampette. Si possible, j'aimerais récupérer notre jeune seigneur encore en vie. J'ai quelques tours dans mon sac, moi aussi. »

Blaen hocha la tête. Persaunn lui-même était plus inquiet qu'il ne voulait le montrer. Il pouvait demander aux créatures du Peuple Sauvage de trouver le magicien noir, mais cela les exposerait à un grave danger. De même, il pouvait se projeter sur le plan éthérique dans son corps de lumière, mais cela signifierait risquer une bataille ouverte avec ses ennemis. En reconstituant ce que Jill lui avait dit, il se doutait que le maître de dweomer noir avait des apprentis avec lui ; seulement, il ignorait combien ils étaient. S'il se faisait massacrer au cours d'une bataille astrale, Jill et Rhodry se retrouveraient sans défense contre eux, et ils se vengeraient sans doute d'une terrible manière. Bien qu'il ait appelé d'autres amis magiciens à la rescousse, il allait s'écouler bien des jours avant que le plus proche arrive. Entre-temps, Camdel pourrait fort bien être mort.

« Ah, eh bien, dit enfin Persaunn. Cette maudite affaire est comme un jeu de Gwiddbwcl, Votre Grâce. Ils ont Camdel, qui leur sert de fou du roi, et ils essaieront de le sortir du plateau pendant que nous placerons nos hommes et essaierons de les arrêter. Malheureusement, je ne suis pas certain que ce soit à notre tour de jouer. Jill, venez, j'aimerais vous parler en privé. Je veux entendre chaque détail des journées que vous avez passées seule, et il n'est pas nécessaire que Sa Grâce et Rhodry vous entendent. »

Docilement, Jill se leva, le regard rempli d'un espoir désespéré. Du fond du cœur, Persaunn pria qu'il soit capable de la garder en vie.

Lorsque la porte de la chambre se referma derrière Jill et Persaunn, Blaen avala une longue gorgée de ce qu'il lui restait d'hydromel, et Rhodry l'imita. Un instant, ils se regardèrent, se comprenant sans avoir besoin de se parler. Rhodry savait parfaitement qu'ils étaient tous les deux terrifiés. Finalement, Blaen soupira.

« Tu es tout crasseux, mercenaire. Appelons les pages pour qu'ils te préparent un bain. Je me ferai resservir également.

— Tu as assez bu d'hydromel pour aujourd'hui. »

Un court instant, Blaen sembla furieux ; puis il haussa les épaules.

« Oui, effectivement. Allons te préparer ce bain. »

Pendant que Rhodry prenait son bain dans l'élégante chambre qu'il devait partager avec Jill, Blaen resta assis au bord de leur lit et lui tendit le savon comme un page. Tout en pataugeant dans le baquet en bois, Rhodry espéra pouvoir éliminer toute cette histoire de dweomer aussi facilement que la crasse qu'il avait accumulée sur la route.

« À ton avis, ai-je des goûts étranges en matière de femmes ? demanda-t-il au bout d'un moment.

— Tu en as toujours eu. Mais sincèrement, Jill est la femme parfaite pour toi et la vie que vous menez. Je suis peiné de voir cette dague d'argent pendre à ta ceinture.

— C'est mieux que de crever de faim. Je ne pouvais pas faire grand-chose d'autre.

— C'est vrai. J'ai parlé à ta très respectable mère la dernière fois que je suis allé à la cour. Elle m'a demandé de convaincre Rhys de rompre ton ban, mais il n'a pas écouté un seul mot de ce que je lui ai dit.

— Ne gaspille plus ta salive pour cela. Il a toujours souhaité mon départ, et comme un idiot, je lui ai fourni l'occasion qu'il attendait. »

Rhodry sortit du baquet et prit la serviette que lui tendait Blaen.

« Je n'ai aucune alliance officielle avec Aberwyn, remarqua Blaen. Je peux t'offrir une place ici, avec moi. Tu pourrais épouser Jill et être mon écuyer ou quelque chose dans ce genre. Si Rhys le prenait mal, que ferait-il ? Il est bien trop loin pour me déclarer la guerre.

— Je te remercie, mais lorsque j'ai accepté cette dague, j'ai juré que je la porterai avec fierté. Je suis peut-être un exilé, mais que je sois maudit si je romps en plus mes serments. »

Blaen leva un sourcil interrogateur.

« Ah, nom d'un chien, soupira Rhodry. La vérité est que, je pense que ce serait pire encore, de vivre sous ton toit, à regarder tes respectables invités sourire d'un air méprisant au frère déshonoré du gwerbret d'Aberwyn. Je préfère encore suivre la longue route. »

Blaen lui tendit son brigga.

« Eh bien, j'éprouverais la même chose, répondit-il. Mais tu resteras toujours le bienvenu dans mon dun. »

Rhodry ne répondit rien, de peur de pleurer et de se couvrir de honte. Pendant qu'il s'habillait, Blaen tira sa dague d'argent et joua avec, la soupesant et testant du pouce son tranchant.

« Cette lame est bien affûtée, remarqua-t-il.

— Déshonorante ou non, c'est la meilleure dague que j'ai jamais eue. Les dieux seuls savent comment les forgerons fondent le métal avec lequel elle est faite, mais en tout cas, celui-ci ne se ternit jamais. »

Blaen lança le poignard sur le bois empilé près de la cheminée, et la lame s'enfonça profondément dans sa cible en sifflant.

« C'est une lame magnifique, assurément. Bon, tout le monde sait qu'un poignard d'argent apporte la honte avec lui, mais le dweomer, je l'ignorais. »

Même si Rhodry savait qu'il ne faisait que plaisanter, cette pensée fit mouche dans son esprit. C'était étrange, à présent qu'il y réfléchissait, que le dweomer l'ait conduit d'abord à ce poignard d'argent, et qu'ensuite, son premier été sur la longue route l'ait ramené au dweomer.

« Quelque chose ne va pas ? demanda Blaen.

— Non, rien, vraiment. »

Et pourtant, il sentit son Wyrd l'appeler, comme un sifflement dans le vent.

Bien que Salamander soit venu plusieurs fois à Dun Deverry, il y restait rarement longtemps, parce que les rues animées fournissaient à un gerthddyn beaucoup trop de concurrents. À cette époque, la ville était un dédale spiralé de rues s'étirant à mi-chemin autour du Loc Gwerconedd ; la ville la plus grande du royaume abritait ainsi près de deux cent mille personnes, qui exigeaient toutes des divertissements plus sophistiqués que quelques tours de passe-passe exécutés avec des foulards. Dans les nombreux parcs et places de marché en plein air disséminés dans toute la cité, on pouvait voir des *gerthddynion* et des acrobates, des ménestrels de Bardek, des forains avec leurs ours savants ou leurs cochons dressés, des jongleurs et des bardes errants, qui essayaient tous consciencieusement de délester les passants de leur argent. Dans cette cohue, personne ne remarquait un gerthddyn, même un gerthddyn qui posait de temps en temps des questions sur le commerce de l'opium.

Comme il essayait d'éviter d'attirer l'attention, il avait oublié ses exigences et était descendu dans une auberge passable dans les vieux quartiers de la ville, au bord de l'Aver Lugh, un quartier de petits artisans et de respectables commerçants. *La Gerbe de Blé* hébergeait des artistes, et il pouvait y recueillir tous les cancans qui circulaient. Il n'était pas difficile d'entendre parler du crime de Sire Camdel ; au contraire, même quelques semaines après le vol qu'il avait commis, la cité bourdonnait encore d'histoires à ce sujet.

« Il paraît que le Roi a envoyé des messagers à tous les gwerbrets du royaume, remarqua cet après-midi-là Elic l'aubergiste. Ce que j'aimerais savoir, c'est comment un homme peut échapper à toutes ces bandes armées et autres individus lancés à sa poursuite ?

— Il est peut-être mort, répondit Salamander. Une fois que la nouvelle s'est répandue, tous les voleurs du royaume ont dû le suivre de près.

— C'est vrai. » Elic réfléchit un instant, suçant la pointe de ses longues moustaches. « C'est peut-être vrai, effectivement. »

Il y avait un client de *La Gerbe de Blé* qui se tenait soigneusement à l'écart des autres, pour la simple raison qu'il venait de Bardek et parlait peu le deverrien.

Énopo avait près de vingt-cinq ans, une peau très basanée, et il ne portait aucun maquillage facial, ce qui signifiait que ses parents l'avaient chassé de leur demeure et de leur clan pour une raison inconnue. Il parcourait les routes de Deverry avec un *wela-wela*, un instrument bardékien complexe qui se posait à plat sur les genoux du musicien et avait une trentaine de cordes à pincer et à frotter avec une plume. Comme il connaissait bien le bardékien, Salamander s'était rapproché du ménestrel, qui fut terriblement heureux de trouver quelqu'un parlant sa langue natale. À la fin de leur journée de travail, ils se retrouvaient dans la taverne de l'auberge pour comparer leurs recettes et se plaindre de l'avarice des habitants de la cité la plus riche du royaume.

Ce jour-là, Salamander avait remarquablement bien travaillé, et il acheta une grande bouteille de bon vin de Bardek pour eux deux. Lorsqu'ils s'installèrent à une table près du mur pour la boire, Énopo en savoura chaque gorgée.

« Un bon millésime, déclara-t-il. Ah, cela m'évoque de tristes souvenirs de chez moi.

— Je vous crois, effectivement. Écoutez, vous n'êtes pas obligé de me répondre si vous ne le souhaitez pas, mais...

— Je sais. » Il lança un large sourire à Salamander. « Votre cœur de conteur brûle de connaître les raisons de mon exil. Eh bien, je n'ai pas peur d'entrer dans les détails, mais tout a commencé à cause d'une femme mariée, de très noble naissance, qui était beaucoup trop belle pour l'homme riche, vieux et laid qu'elle avait épousé.

— Ah. Voilà une histoire plus fréquente qu'on ne croit.

— Oh, oui Bien plus. » Il poussa un profond soupir. « Laid ou non, son époux avait une grande influence sur les consuls de Bardek. »

Pendant un moment, ils burent en silence, Énopo regardant dans le vague comme s'il se remémorait la beauté de celle qu'il aimait désespérément. Salamander jugea que si Énopo lui racontait le motif de son exil, c'est qu'il lui faisait désormais confiance, suffisamment pour que Salamander puisse agir.

« Vous savez, le vin n'est pas le seul produit délicat que Bardek produit, remarqua le gerthddyn avec désinvolture. Lorsque j'ai visité votre merveilleux et raffiné pays, j'ai pu apprécier une pipe ou deux d'opium.

— Tiens donc. » Le ménestrel se pencha. « Je vous prie de faire très attention avec cette fumée blanche. J'ai vu des hommes sombrer dans une telle décadence à cause de l'opium qu'ils se sont vendus en esclavage juste pour s'assurer d'en avoir plus.

— Vraiment ? Grands dieux, je l'ignorais ! Une bouffée de temps en temps aurait-elle le même effet sur un homme ?

— Oh, non, mais comme je vous l'ai dit, vous devez y faire très attention. C'est comme l'alcool. Certains hommes peuvent boire et rester sobres ; alors que d'autres deviennent de vrais ivrognes. Et la fumée d'opium a une force d'attraction plus puissante que l'alcool. »

Salamander fit semblant de réfléchir attentivement à ce qu'il avait dit pendant qu'Énopo le regardait avec un léger sourire.

« Je sais ce que vous voulez me demander, gerthddyn, dit-il. Mais je ne connais personne qui en ait à vendre.

— Eh bien, si c'est aussi dangereux que vous le dites, cela vaut sans doute mieux pour moi, mais je me posais la question, c'est tout.

— D'après ce que j'ai compris, en fait, seuls les nobles de cette ville achètent de l'opium.

— Vraiment ? » Salamander se rassit droit comme un piquet. « Où avez-vous entendu cela ?

— C'est un homme de mon pays, un marchand, qui me l'a dit, il est venu ici il y a... oh, environ un mois, je crois. Il m'avait rendu visite à la demande de mon père, juste pour voir si je me portais bien et si tout allait bien pour moi, et il m'a donné un peu d'argent, envoyé par mes frères, également. Nous avons eu un excellent dîner bien arrosé. » Un bref instant, il parut mélancolique. « Mais à un moment, au cours de notre conversation, le vieux Lalano a parlé de la fumée d'opium. Les marchands de chez nous commencent à en vendre aux Deverriens, m'a-t-il dit, en secret. Il s'en inquiétait, parce que ce commerce est peu recommandable à Bardek et qu'il savait que c'était contraire à vos lois d'ici. Aussi, lorsque nous en avons parlé, nous nous sommes demandé qui aurait assez d'argent pour acheter des produits de contrebande.

— Qui d'autre, à part les nobles, c'est évident.

— Les nobles ou les riches marchands, peut-être, mais ces soi-disant seigneurs sont certainement doués pour maintenir un marchand dans la pauvreté. »

N'était-ce pas intéressant ? se dit Salamander. *Si Camdel fumait de l'opium, cela expliquerait certainement comment le magicien noir avait refermé ses griffes sur lui.* Il décida qu'au cours des prochains jours, il se renseignerait discrètement autour de lui en se faisant passer pour un client désireux d'acheter de l'opium. À ce moment-là, il sentit le petit coup sec dans son esprit qui signifiait qu'une autre personne dotée de talents dweomériques essayait de le contacter. Avec désinvolture, il se leva de table.

« Excusez-moi un instant, Énopo. J'ai juste besoin d'aller aux toilettes. »

D'un signe de la main, le ménestrel le congédia. Salamander se dépêcha de sortir et fit le tour, jusque dans la cour de l'étable, où se trouvait un abreuvoir, qui captait les dernières lueurs du soleil. Il regarda l'eau miroitante fixement et ouvrit son esprit, s'attendant à voir Persaunn. Au lieu de cela, ce fut le visage beau mais sérieux de Valandario qui le regarda. Salamander fut trop surpris pour lui dire quoi que ce soit.

« Ainsi, te voilà, lui dit-elle. Ton père m'a demandé de te contacter. Il veut que tu rentres sur-le-champ.

— Je ne peux pas. Je suis en mission pour le compte du Maître de l'Éther. »

Les yeux d'un gris orageux de Valandario s'écarquillèrent.

« Je ne peux pas vous dire ce que je fais exactement, poursuivit-il, mais des méfaits sinistres et dangereux sont...

— Moins de bavardage, espèce de pie ! Je dirai à ton père que tu seras en retard, mais rentre dès que tu le peux. Il t'attendra à la frontière d'Eldidd, près de Cannobaen. Ne lui désobéis pas cette fois, s'il te plaît. »

Son visage disparut. Comme toujours lorsqu'il était confronté à son ancien professeur de dweomer, Salamander avait mauvaise conscience, même si cette fois-ci, il n'avait rien fait de mal.

Au dîner ce soir-là, Blaen insista pour traiter son cousin comme un invité d'honneur. Chaque fois qu'un page l'appelait « Monseigneur », Rhodry tressaillait, et entendre un domestique utiliser un de ses anciens titres, celui de Maître de Cannobaen, lui fit monter des larmes aux yeux. Toute cette politesse exprimée avec les meilleures intentions ne faisait que lui rappeler sa province adorée d'Eldidd, ses côtes sauvages et sa vaste forêt de chênes intacte depuis un temps immémorial. Il fut profondément soulagé lorsque Jill et lui purent se retirer de la table du gwerbret et remonter dans leur chambre.

Il était tard alors, et Rhodry avait bu un peu plus et était beaucoup plus fatigué qu'il ne voulait l'admettre. Tandis qu'il se débattait pour retirer ses bottes, Jill ouvrit les volets de leur fenêtre et se pencha au-dehors, pour regarder les étoiles. La lueur des chandelles faisait danser les ombres autour d'elle et briller ses cheveux comme de fins fils dorés.

« Au nom de tous les dieux et de leurs épouses, s'exclama Rhodry. Si seulement tu avais laissé ce maudit bijou dans l'herbe lorsque tu l'as trouvé.

— Et quel bien cela aurait fait ! Et si ce maître noir l'avait trouvé ?

— Eh bien, oui, c'est vrai. Tu as raison, je suppose.

— Oh, je sais, mon amour ! » Elle se retourna. « Toute cette histoire de dweomer te fait peur à toi aussi.

— Ah bon ? Vraiment ?

— Bien sûr. Que crois-tu que j'allais faire ? Te quitter pour suivre la route du dweomer ?

— Euh, eh bien... » Brusquement, il réalisa qu'elle avait entièrement raison et mis à jour cette angoisse qui le rongeait. « Ah, mince alors, cela semble si stupide maintenant que je t'entends le dire tout haut. »

Elle le regarda, la bouche crispée, comme si elle était en train de débattre de ce qu'elle allait dire, puis soudain, elle se mit à sourire. Elle se pencha et tendit ses mains vers quelque chose, puis prit dans ses bras ce qu'il supposa être son gnome gris et le berça.

« Quelque chose ne va pas ? lui demanda-t-elle. Non ? Bien. Tu es juste venu nous voir, alors ? C'est gentil, petit frère. »

L'entendre parler à quelque chose qu'il ne pouvait pas voir mais qu'il savait réel lui donna des frissons et fit croître son angoisse. Lorsqu'il la regarda à la lueur des bougies, il se rappela son enfance, quand il pensait que le Peuple Sauvage existait peut-être réellement et qu'il pouvait peut-être le voir. Parfois, lorsqu'il jouait dans la réserve de chasse de son père, il avait eu l'impression qu'une créature étrange le regardait d'un buisson ou d'un arbre. Mais ensuite, Rhodry avait rejeté le Peuple Sauvage comme les histoires que sa nourrice lui racontait pour le distraire. Son dur-à-cuire de père s'était assuré de rayer tout trait de fantaisie dans le caractère de son fils.

« Voici Rhoddo, dit Jill. Dis-lui bonsoir. »

Rhodry sentit une petite main lui serrer le doigt.

« Bonsoir, répondit-il en souriant. Comment se porte notre cher petit gnome ? »

Soudain, il le vit, une sorte de nuage gris, avec de longs bras et un nez verruqueux. Il lui souriait tout en serrant le bout de son doigt dans sa main tordue. Rhodry retint son souffle.

« Tu le vois, n'est-ce pas ? chuchota Jill.

— Oui, effectivement. Grands dieux ! »

Jill et le gnome échangèrent un sourire de triomphe ; et la créature disparut. Rhodry contempla Jill bouche bée.

« J'ai demandé à Persaunn cet après-midi pourquoi tu ne pouvais pas voir le Peuple Sauvage », lui expliqua-t-elle, aussi calmement que si elle discutait de ce qu'elle allait servir à son époux pour le dîner. « Et il m'a répondu que tu pouvais probablement les voir, avec cette trace de sang elfique dans tes veines. Être entouré de dweomer lui ouvrira les yeux, a-t-il dit.

— Et il avait raison. » Rhodry s'assit calmement, se remémorant ses souvenirs. « Au cours de ces dernières semaines, tu sais quoi ? J'ai vu... eh bien, ce n'était pas eux, exactement... mais des choses.

— Nous sommes entourés de dweomer depuis des semaines.

— C'est vrai. Mais pourquoi est-ce aussi important pour toi que je puisse les voir ?

— Eh bien, cela pourrait devenir utile. » Elle détourna le regard, soudain inquiète. « Ils porteront nos messages et autres choses de ce genre, si nous nous retrouvons séparés à nouveau. »

Et c'était donc cela, une fois encore, la vérité qu'il ne voulait pas affronter : le dweomer noir les traquait. Il la serra dans ses bras et l'embrassa avec fougue, juste pour chasser sa peur.

Après l'amour, Rhodry dormit d'un sommeil de plomb pendant une grande partie de la nuit, mais peu de temps avant l'aube, il fit un rêve si inquiétant qu'il se réveilla en sursaut, se rasseyant droit comme un i dans leur lit. La chambre était baignée de la lueur grise de l'aube, et Jill dormait encore à côté de lui. Il se leva et enfila son brigga, puis se dirigea vers la fenêtre pour regarder dehors, juste pour chasser l'impression persistante de son rêve. Lorsque quelqu'un frappa à la porte, il poussa un cri, mais il ne s'agissait que de Persaunn, qui se faufilait dans la pièce.

« Alors, jeune homme, je me demandais si vous aviez fait d'étranges rêves cette nuit.

— Par le grand Tarn en personne ! Oui, j'ai fait des rêves bien étranges, effectivement. »

Poussant un bâillement ensommeillé, Jill s'assit et les regarda d'un regard trouble.

« Racontez-moi votre rêve, dit Persaunn.

— Je montais la garde aux portes d'un petit dun. Jill était à l'intérieur, et je devais la surveiller. Puis, un épéiste est venu jusqu'aux portes, et il a refusé de me répondre lorsque je lui ai demandé le mot de passe. Il s'est moqué de moi, me traitant de tous les noms et évoquant mesquinement mon exil. Je n'ai jamais été aussi furieux de toute ma vie. J'ai tiré mon épée, et j'allais défier ce bâtard quand je me suis rappelé que j'étais de garde, et je suis donc resté à mon poste, devant la porte. Finalement, j'ai pensé à appeler le capitaine. Et ce qu'il y a de plus étrange, c'est que, lorsque le capitaine est venu en courant, c'était vous, et vous teniez une épée.

— C'est vrai.

— Oh, alors, écoutez ! s'exclama Jill en se mêlant à leur conversation. Rhodry a-t-il eu un rêve prémonitoire ?

— C'était un rêve on ne peut plus vrai, répondit Persaunn. Vous savez, Rhodry, vous avez un sens de l'honneur très grand si vous le respectez même dans votre sommeil. Ce rêve vous montrait une chose réelle de manière imagée, comme dans une chanson de geste. Le dun était votre corps, et l'homme que vous pensiez être représentait votre âme. Cet épéiste était un de nos ennemis. Il essayait d'attirer votre âme loin de votre corps, parce que lorsqu'un homme dort, son âme peut aller dans les Terres Intérieures. Et si vous l'aviez suivi, vous vous seriez battus sur son terrain, un endroit bien étrange. Il aurait gagné la bataille !

— Et que se serait-il passé alors ? Aurais-je été mort ?

— J'en doute. » Persaunn réfléchit un instant. « Il aurait plus vraisemblablement capturé votre âme et se serait emparé de votre corps. Vous auriez eu l'impression de rêver tout le temps, voyez-vous, pendant qu'il aurait gardé votre corps sous son contrôle. Hum ! Je me demande qui il voulait tuer : Jill ou moi ? Peut-être les deux. Dans les deux cas, vous auriez fini par vous réveiller et vous vous seriez retrouvé une épée ensanglantée à la main et l'un de nous gisant à vos pieds. »

Rhodry se sentit malade comme s'il avait mangé de la viande avariée.

« Heureusement que j'ai monté la garde, poursuivit le magicien. Mais désormais, si vous faites un rêve ou même si un caprice non fondé vous inquiète, dites-le-moi aussitôt. Ne vous sentez pas gêné de le faire.

— Entendu, alors !

— Bien. Le vieil homme se mit à arpenter la pièce. Bon, je viens d'apprendre une importante nouvelle. Nos ennemis ne battent pas en retraite. Ce rêve était un défi, Rhodry. Ils vont résister et se battre pour avoir la pierre. »

Après sa tentative infructueuse de s'emparer du corps de Rhodry, Alastyr, épuisé, sombra dans la confusion comme sous l'effet de l'alcool. Il n'avait jamais soupçonné que le mercenaire eut une telle volonté. Plus il y réfléchissait, plus il se disait qu'un guerrier endurci devait développer une certaine force de concentration pour pouvoir survivre au combat. Le plus étrange était cependant la sensation que procurait l'esprit de Rhodry et l'aspect de son âme lorsqu'il rêvait sur le plan astral. Étant donné la force de sa volonté, même s'il était inexpérimenté, sa projection en rêve aurait dû être exceptionnellement solide, mais elle avait tremblé en permanence, ressemblant parfois davantage à une flamme de forme humaine qu'à un corps solide. Quelque part, dans le puits de connaissances d'Alastyr se trouvait l'explication de ce phénomène. Il s'assit calmement et laissa son esprit vagabonder et faire de subtiles associations d'idées.

« Par les puissances obscures elles-mêmes ! » s'exclama-t-il soudain.

Surpris, Sarcyn leva la tête et se tourna vers lui.

« Je viens de réaliser quelque chose, poursuivit Alastyr. Je suis prêt à parier que le père de Rhodry n'est pas plus Tingyr Maelwaedd que je ne le suis. Je donnerai ma main à couper que ce jeune homme est à moitié Elcyion Lacar.

— Vraiment ? Alors, ce n'est pas étonnant que toutes les prédictions de l'Ancien se soient avérées fausses.

— Tout juste. Bien, il sera intéressé par cette nouvelle.

— Si nous sommes encore en vie pour la lui annoncer. »

Alastyr allait répliquer, mais il se contenta de hausser les épaules. Une fois encore, il se demanda s'ils ne feraient pas mieux de simplement tuer Camdel et de s'enfuir pour sauver leur vie. Mais il y avait la pierre. Si seulement il possédait la Grande Pierre de l'Ouest, il pourrait assujettir les esprits qui l'occupaient et utiliser une puissance indescriptible pour ses propres fins et poursuivre les plans des puissances du mal. Après des années d'étude, il savait que la Grande Pierre de l'Ouest avait un lien direct avec l'esprit du Roi de Deverry, un lien qui pourrait être utilisé pour le faire sombrer lentement dans la folie et plonger le royaume dans le chaos. Les maîtres du dweomer noir pourraient alors agir à leur guise dans Deverry. Sarcyn le regardait de ses yeux noirs, impassibles.

« Songerais-tu à t'enfuir tout seul, jeune homme ? grogna Alastyr. J'ai le moyen de te retrouver si tu essaies.

— Je ne songeais à rien de la sorte, Maître. »

Le dweomer d'Alastyr lui permit de savoir que son apprenti lui disait la vérité, mais il sentait toujours une autre pensée, tapie sous la surface de son esprit. *Il était temps*, décida-t-il, *de remettre un peu son apprenti à sa place*.

« Occupe-toi des chevaux et de ta marionnette, lui dit-il. J'ai besoin d'être seul un instant. »

Sarcyn sortit de l'écurie de la ferme isolée qu'ils s'étaient appropriée en tuant tout simplement le vieux fermier auquel elle appartenait. Sur la paille, dans une stalle vide, était accroupi un ouvrier agricole qu'ils avaient épargné parce qu'il pouvait leur être utile. C'était un homme résistant d'une quarantaine d'années, qu'ils avaient si profondément ensorcelé qu'il se leva docilement lorsque Sarcyn claqua des doigts.

« Donne à manger et à boire aux chevaux, lui

ordonna l'apprenti. Après, viens dans la cuisine pour ton prochain travail. »

L'ouvrier acquiesça, titubant comme s'il avait bu.

La cuisine était une grande pièce ronde, isolée du reste de la maison par des cloisons en osier. La ferme était d'un style ancien, comprenant une cheminée centrale située sous une ouverture pratiquée dans le toit de chaume destinée à évacuer la fumée. Dans la paille dispersée sur le sol, Camdel était allongé, recroquevillé comme un bébé. Lorsqu'ils avaient fouillé la ferme, Sarcyn avait trouvé une chaîne en fer avec une menotte qui avait sans doute été utilisée pour retenir un bœuf. À présent, elle reliait une des chevilles de Camdel à un anneau de fer destiné à accrocher une marmite près de la cheminée. Lorsque Sarcyn le détacha, Camdel gémit et se rassit.

« Tu veux déjeuner, mon petit ? Il y a de la bonne bouillie. »

Mal rasé, crasseux, le jeune seigneur acquiesça. Plus tard, décida Sarcyn, il laisserait sa créature prendre un bain.

« Le pire est presque passé, dit-il par bravade, malgré ses doutes. Une fois que nous serons de retour à Bardek, nous aurons une belle maison où vivre et nous te trouverons des habits décents et d'autres affaires. »

Camdel eut un sourire forcé et timide. *C'est curieux*, pensa Sarcyn, *à quel point les hommes sont différents*. Certains luttaient contre sa domination jusqu'au bout ; d'autres découvraient qu'ils avaient un penchant pour les étranges plaisirs sexuels qu'il leur faisait découvrir À sa grande satisfaction, Camdel faisait partie de ces derniers. Lorsqu'il regarda le seigneur manger, Sarcyn réalisa qu'il appréciait les goûts de Camdel. Il sentit une étrange émotion le ronger et le harceler, si étrangère qu'il mit du temps à l'identifier : de la culpabilité. Brusquement, il se souvint des larmes qu'il avait versées, enfant, après avoir été violé par Alastyr. *Cela en valait la peine*, se dit-il, *parce que c'est lui qui m'a conduit sur la voie des guerriers*. Néanmoins, ce triste réconfort sonna faux, même à ses propres oreilles.

Sarcyn se dirigea vers la porte à grands pas et trouva l'ouvrier qui l'attendait, aussi hébété qu'un animal perdu Sarcyn émit un filet de lumière, le resserra autour de son aura, puis envoya une décharge.

« Va nous acheter à manger. Tu ne diras rien hormis l'histoire que nous t'avons décrite. Regarde-moi, mon gars. »

L'ouvrier leva la tête et le fixa dans les yeux.

« Je vais aller chercher des lapins, murmura-t-il. Je ne dirai que ce que vous m'avez dit.

— Bien. Tu peux partir à présent. »

L'ouvrier se leva et se dirigea vers les écuries d'un pas traînant. Sarcyn traversa les petites chambres de la ferme, contourna la cheminée et entra dans la réserve. Là, il s'arrêta en poussant un grognement de surprise. Alastyr était debout, devant la fenêtre, et le cadavre du fermier défunt était là lui aussi, dressé sur ses pieds, pâle, gris et exsangue, néanmoins vivant, se balançant sur ses jambes maladroitement. Alastyr lança un regard mauvais et un sourire de triomphe à son apprenti.

« J'ai lié des créatures du Peuple Sauvage dans son cadavre. Elles le maintiendront en vie pendant quelque temps, et elles obéiront à nos ordres. Maintenant, dis-moi, petit chien, peux-tu rivaliser avec mon pouvoir ?

— Non, Maître, vraiment pas.

— Alors, fais attention lorsque tu me parles, ou tu finiras de la même manière, un jour ou l'autre. »

Sarcyn se sentit si écœuré qu'il voulut se retourner pour sortir de la chambre en courant, mais il s'efforça de regarder la créature calmement pendant que son maître jubilait. Il songea furtivement à s'enfuir, mais il savait qu'il était trop embourbé dans cette fange pour en sortir.

Persaunn insista pour que Jill et Rhodry déjeunent avec lui dans sa chambre. Lorsqu'un page arriva, annonçant que le gwerbret voulait que son cousin mange à ses côtés, Persaunn déclina l'invitation sous prétexte qu'il était occupé. Même s'il doutait que Alastyr puisse envoûter un cavalier de la troupe de Blaen – ni, en fait, personne d'autre du dun – la situation était beaucoup trop dangereuse pour en courir le risque. Il suffirait qu'une fille de cuisine pourvue d'un couperet se fasse envoûter par un sortilège inhabituellement puissant pour que ses projets trouvent une fin abrupte. En y réfléchissant, c'était étrange que le maître de dweomer noir ait été capable d'agir sur l'esprit de Rhodry au cours de son sommeil. L'ennemi qu'il affrontait devait être celui qui avait provoqué la guerre en Eldidd l'été dernier, se disait-il, quelqu'un qui avait vu Rhodry et avait eu l'occasion de l'étudier.

Il eut une autre preuve confirmant ses soupçons plus tard, au cours de la même journée. Juché sur le rebord de la fenêtre, il regardait Jill et Rhodry jouer aux dés. Dès que l'un gagnait toutes les pièces en jeu, ils se partageaient la somme en deux et recommençaient. Pour se distraire, Persaunn se mit à utiliser sa seconde vue pour voir qui gagnerait à chaque partie. Il venait de prédire que la chance de Rhodry allait tourner lorsque Blaen lui-même entra dans la pièce.

« Comyn vient de rentrer du col de Cwm Pecl, annonça-t-il. Ils ont supprimé les bandits, et il a ramené un prisonnier. Celui-ci sait peut-être quelque chose d'intéressant.

— Oui, peut-être, dit Persaunn. Je pense que je vais courir le risque de sortir d'ici pour superviser son interrogatoire. Venez, mercenaires. Je ne veux pas que vous sortiez de mon champ de vision. »

Dehors, à côté du corps de garde, il y avait une petite tour carrée qui servait de cachot pour les criminels attendant leur procès ou leur punition. Ils entrèrent dans une petite pièce, faiblement éclairée par une minuscule fenêtre, et constatèrent que les gardes n'avaient pas lambiné. Un homme était attaché à un pilier en pierre, le torse nu. À côté, un assortiment de fers et de pinces était posé sur une table. Le bourreau, un homme costaud aux bras aussi musclés que ceux d'un forgeron, était en train de poser des morceaux de charbon dans un brasero et de souffler dessus.

« Cela devrait être chaud et prêt dans une minute, Votre Grâce, dit-il.

— Bien. Ainsi, voici le rat que mes terriers ont déterré ? Rhodry, l'as-tu déjà vu auparavant ?

— Oui. C'est l'un des bandits qui nous ont attaqués, effectivement. »

Le bandit posa sa tête en arrière contre le pilier et regarda le plafond si désespérément que Persaunn supposa qu'il regrettait de ne pas être mort avec le reste de sa bande. Même si Persaunn désapprouvait la torture par principe, il savait qu'il ne pourrait rien dire pour dissuader le gwerbret d'en user. Blaen s'avança lentement et frappa le prisonnier au visage.

« Regarde-moi, espèce de porc. Je te laisse le choix. Tu peux mourir rapidement avec ma miséricorde, ou très lentement, torturé jusqu'à la mort. »

Le bandit se mordit les lèvres. Lorsque le bourreau posa un fer peu épais dans le brasero pour le chauffer, le charbon siffla et dégagea une odeur de chair brûlée. Poussant un cri, l'homme se tortilla jusqu'à ce que Blaen le fasse taire d'une gifle.

« Nous savons que quelqu'un vous a engagés pour attaquer la caravane. Qui ? »

Le bourreau récupéra le fer et cracha dessus. Le fer grésilla.

« Je ne sais pas grand-chose, balbutia le bandit. Je vous dirai tout ce que je sais.

— Bien. » Blaen lui adressa un sourire modéré. « Alors, je t'en prie, parle.

— Notre chef s'appelait le Loup, et il est allé à Marcmwr pour récolter des informations sur les caravanes et les autres convois prévus. Après, il est revenu et nous a dit qu'il avait un petit travail pour nous. Ce vieux marchand voulait que nous capturions la fille qui accompagnait cette caravane. Cela semblait facile, selon le Loup, aussi nous avons accepté l'argent du vieux schnoque. Il avait un plan. Nous devions attaquer la caravane, le Loup avait comme objectif de capturer la fille avec quelques hommes, et les autres devaient se retirer avant d'essuyer la moindre perte. Nous ignorions qu'elle savait se battre comme le Seigneur des Enfers. "Ne la blessez pas", avait-il dit. Baliverne ! Comme si l'un d'entre nous aurait pu le faire. » Il s'arrêta pour lancer à Jill un regard venimeux.

« Continue. » Blaen le frappa une deuxième fois.

« Et nous ne devions pas blesser l'autre mercenaire non plus, si nous pouvions l'éviter en tout cas. » Il regarda Rhodry. « Il connaissait votre nom. "Ne blessez pas Rhodry", a-t-il dit, "sauf si cela est nécessaire pour sauver votre peau. Il n'est pas aussi important que la fille, mais je n'aimerais pas le voir mourir." Lorsque vous avez tué le Loup, nous avons vite oublié ce que le vieil homme nous avait dit, espèce de sale bâtard. »

Rhodry se contenta de sourire. *Oh, vraiment ?* pensa Persaunn, *ce doit être le même maître de dweomer noir, alors ! Mais pourquoi voulait-il garder Rhodry en vie ?* Vraisemblablement, son ennemi désirait prendre Jill en otage pour que Persaunn le laisse partir, mais pourquoi Rhodry ?

« De toute manière, Votre Grâce, reprit le bandit, nous n'avons pas pu mettre la main sur la fille. Nous avons donc choisi un nouveau capitaine et sommes allés trouver le vieil homme. Nous voulions le tuer, pour nous venger, mais il nous a donné tant d'argent que nous l'avons épargné.

— À quoi ressemblait-il ? demanda Persaunn en s'avançant. Était-ce un Bardékien ?

— Non, c'était un Deverrien. Il était habillé comme un marchand et ressemblait beaucoup à un homme de Cerrmor. Il avait une petite voix mielleuse qui portait sur les nerfs. Un de ses hommes l'a appelé Alastyr. Il avait un domestique et un autre homme avec lui, un épéiste, qui m'a donné la chair de poule. Il nous regardait comme s'il aurait aimé nous trancher la gorge, juste pour nous voir mourir.

— Il l'aurait probablement aimé le faire. Avaient-ils un prisonnier avec eux ?

— Oui, un brun attaché à l'un de leurs chevaux. Son visage était couvert d'ecchymoses et vraiment amoché, et il ne regardait personne. Il était plutôt mince et gracieux, du genre efféminé.

— Ce doit être Camdel, sans aucun doute, intervint Blaen.

— Je crains que ce ne soit vrai, répondit Persaunn. Très bien, Votre Grâce. J'ai bien peur qu'il n'y ait plus rien à soutirer de ce bandit.

— Pendez cette vermine en public demain à midi. » Blaen se tourna vers le bourreau. « Mais assurez-vous qu'il ait une mort paisible. »

Une subite odeur d'urine se dégagea et le prisonnier s'évanouit.

Lorsqu'ils quittèrent la tour, Persaunn retourna dans sa tête les informations du bandit. Il se rappela le témoignage du capitaine de Cerrmor, selon lequel le passager qu'il avait emmené à Bardek avait également une voix mielleuse et ressemblait à un Cerrmorien typique. Il était peu probable qu'il y ait deux maîtres de dweomer noir aussi similaires. Et cet Alastyr n'avait qu'un seul apprenti. La bataille semblait tourner de plus en plus en sa faveur.

Il réalisa également qu'il pensait connaître son adversaire, mais constata qu'il avait tort. Il avait certes un vieil ennemi, un magicien noir avec lequel il avait croisé le fer plusieurs fois au cours de ce dernier siècle, un Bardékien particulièrement versé dans la lecture des présages et de l'avenir. La guerre de l'année passée en Eldidd, la tentative de s'emparer de l'opale dweomérique, même en laissant Rhodry en vie, à titre d'expérience – tout cela correspondrait parfaitement aux machinations de Tondalo. *Bien sûr*, se rappela Persaunn, *Tondalo pouvait tenir les ficelles à distance*. Le Bardékien devait avoir près de cent cinquante ans et être probablement trop faible pour faire de longs voyages. Même si les maîtres du dweomer noir pouvaient se maintenir en vie par des moyens surnaturels, ils ne pouvaient pas rester en bonne santé, surtout vers la fin. La nature elle-même essayait de contrecarrer leurs plans, simplement parce qu'ils allaient à l'encontre de ses principes, comme l'eau essayant de remonter à contre-courant.

Piégé dans la poigne puissante d'Alastyr, le lapin marron et blanc se débattit, essayant de dégager sa patte arrière pour le griffer, mais Alastyr cogna sa tête contre la table de la cuisine jusqu'à ce qu'il s'évanouisse. Il lui trancha la gorge avec son couteau, puis se pencha sur le côté pour sucer le sang chaud qui coulait directement de la plaie. Il avait beau l'avoir pratiquée pendant des années, cette méthode le dégoûtait toujours, mais malheureusement, c'était le seul moyen pour être sûr de récupérer tout l'effluent magnétique du sang déversé. Il n'avait jamais pu comprendre pourquoi d'autres maîtres du dweomer noir laissaient leurs serviteurs préparer leur viande. Au fur et à mesure qu'il s'abreuvait, il sentit le flux de force magnétique le pénétrer et eut l'impression de rajeunir légèrement. Il s'essuya soigneusement la bouche avec un chiffon, puis se mit à dépecer et à découper le lapin.

Ce faisant, il éprouva une peur d'une violence inouïe et sentit son sang se figer dans ses veines. Même s'il voulait fuir, il avait peur de retourner auprès de la Confrérie avec un autre échec sur les mains. L'Ancien pourrait peut-être le pardonner, particulièrement parce qu'il avait découvert que c'était le sang elfique de Rhodry le facteur qui avait ruiné ses calculs, mais les autres maîtres du Sentier Noir le considéreraient comme un faible. Et une fois qu'un homme s'était affaibli, il était susceptible de se faire attaquer, déchirer et de voir tout son pouvoir lui être retiré. Même le suicide valait mieux que cela. L'idée de la mort le fit trembler de la tête aux pieds. Après tout, c'était uniquement la peur de mourir qui l'avait poussé à se tourner vers la magie noire depuis toutes ces années. Bientôt, il devrait se résoudre à s'enfuir ou à lutter. Bientôt. Très bientôt. Même si le dweomer n'envoyait aucun avertissement de danger aux adeptes du Sentier Noir, la simple logique lui disait que l'heure approchait.

Il chassa ses maussades pensées et trouva Sarcyn devant lui, en train de le regarder.

« Que veux-tu ? lui demanda Alastyr d'un ton brusque.

— Je voulais seulement m'occuper du lapin pour vous, Maître. C'est à moi de vous servir. »

Alastyr lui remit son couteau, puis lava ses mains couvertes de sang dans un seau d'eau. À côté, Camdel était assis, recroquevillé dans la paille.

« Si nous devons nous enfuir, dit Alastyr, Camdel devra mourir. Il ne ferait que nous ralentir. »

Gémissant, le jeune seigneur eut un mouvement de recul. Sarcyn leva la tête, le couteau à la main, les yeux emplis d'une colère assassine.

« Je ne vous laisserai pas le tuer.

— Vraiment ? Et qui es-tu pour me laisser faire ou ne pas faire ce que je veux ? »

Alastyr envoya une vague de haine le long du lien qui reliait son aura à celle de Sarcyn, puis un petit tourbillon de colère. Haletant, Sarcyn lâcha le couteau lorsque ses émotions se traduisirent en pure souffrance physique. Se tordant de douleur, il tomba à genoux, le visage convulsé tandis qu'il essayait de dissimuler son supplice. Poussant un grognement hargneux, Alastyr le relâcha et le laissa, tremblant sur le sol.

« Désormais, tu t'abstiendras de parler tant que je ne t'aurais pas adressé la parole, s'exclama-t-il hargneusement. Je dois réfléchir. »

Il se dirigea vers la fenêtre et regarda dehors à l'aveuglette, sentant sa peur lui nouer l'estomac et bouillonner en lui. Un moment, il se retourna et vit Sarcyn et Camdel serrés dans les bras l'un de l'autre. *Espèce d'imbéciles !* pensa-t-il, *peut-être que je les tuerai tous les deux, au bout du compte !*

Lorsque l'heure du dîner arriva, Jill prit son repas à l'étage dans la chambre de Persaunn, en compagnie du vieil homme et de Rhodry. Contrairement à elle, qui n'avait pas d'appétit, Rhodry engloutit des oignons frits et un rôti de bœuf entier comme le vrai guerrier qu'il était, mangeant aussi gaiement qu'avant une bataille parce qu'il savait que son repas était peut-être le dernier. *Mais que suis-je alors ?* pensa Jill, *une peureuse, assurément*. Elle avait beau détester ce mot, elle dut admettre qu'elle était terrifiée à l'idée que le dweomer noir voulait la capturer pour ses propos. Finalement, elle ne supporta plus de les regarder manger et alla à la fenêtre.

Contempler le soleil doré d'un soir d'été lui rappela que le monde réel et concret était toujours là, laissé intact par le dweomer, et pourtant, elle savait qu'elle ne le verrait plus jamais de la même manière. Une question la hantait, presque aussi effrayante que le dweomer noir lui-même : comment en savait-elle autant à ce sujet ? Même si elle avait été entraînée dans des événements qui auraient dérouté la plupart des gens, elle avait su tant de choses de manière si instinctive : que le bijou pouvait changer de forme, que l'apprenti avait des pouvoirs dweomériques maléfiques et pouvait les utiliser pour vérifier si elle disait la vérité, qu'elle pouvait contacter Persaunn par l'intermédiaire d'un feu. Avec réticence, lentement, elle fut forcée de réaliser que non seulement elle avait un don pour le dweomer, mais encore un don puissant.

Empoignant le rebord de la fenêtre, elle se pencha par-dessus et se rassura en regardant le train-train ordinaire des domestiques qui s'affairaient dans la cour, à ses pieds. Puis elle aperçut Bocc, qui s'était tapi près de la porte principale du dun et regardait autour de lui d'un air interrogateur. *Il veut sûrement me parler*, pensa-t-elle. Et pourquoi était-elle allée à la fenêtre juste au moment propice pour le remarquer ?

« Quelque chose ne va pas, mon enfant ? lui demanda Persaunn. Vous êtes un peu pâle.

— Oh, ce n'est rien, mais Bocc est aux portes du dun, et à mon avis, nous ferions mieux de lui parler. »

Persaunn insista pour envoyer un domestique aller chercher Bocc au lieu de descendre dans la cour. Le pauvre enfant était si nerveux de se retrouver à l'intérieur du donjon du gwerbret qu'il ne supporta pas de rester assis. Il arpenta la pièce nerveusement, serrant la chope de bière que Jill lui avait servie.

« Eh bien, Monsieur l'herboriste, dit-il, êtes-vous absolument certain que personne ne nous écoutera ?

— Je le jure. Je mentirai même au gwerbret si cela peut te protéger.

— Très bien, alors. Il but une gorgée de bière. Je pense que nous avons retrouvé l'homme qui a essayé d'empoisonner mon père. »

Jill mit un moment à se souvenir du mensonge que Persaunn avait raconté à Ogwern, mais le maître de dweomer resta le dos droit sur sa chaise et sourit.

« Oh, vraiment ? Alors, raconte-moi tout.

— Après vos avertissements, voyez-vous, nous avons beaucoup réfléchi. C'est un étranger qui a dû mettre ce sale poison Machin-Chouette dans la bière de Père, parce qu'il est des plus loyal et des plus juste lorsqu'il s'agit de partager le butin et que personne ici n'aurait voulu se débarrasser de lui. Aussi, nous avons supposé qu'un autre clan essayait de marcher sur nos plates-bandes. Nous nous sommes donc tous dispersés, pour repérer tous les étrangers que nous avions vus et nous les avons suivis. Nous avons dépensé pas mal d'argent, également, pour glaner des informations. Et donc, juste avant midi, j'ai eu un coup de chance lorsqu'un drôle d'individu est arrivé en ville pour faire des courses à la foire du marché. Quelqu'un m'a dit que c'était un ouvrier agricole, mais il avait acheté une cage pleine de lapins. Or, je vous le demande, pourquoi un fermier dépenserait-il de l'argent à acheter des lapins quand ses champs en sont pleins ?

— C'est une bonne question, bien plus que tu ne peux le savoir, mon ami.

— J'ai donc pris mon cheval et je l'ai suivi. J'ai été aussi prudent que possible au début, mais il n'a pas jeté un coup d'œil en arrière une seule fois. À la manière dont il était assis sur son cheval, le dos voûté, on aurait dit qu'il était malade ou quelque chose dans ce genre, et j'ai pu le suivre de plus près. Il s'est rendu à une ferme, effectivement, et j'ai commencé à croire que j'avais suivi une mauvaise piste. Mais comme j'étais sur place, j'ai dépensé quelques pièces dans le village d'à côté, et j'ai entendu une étrange histoire. Cette ferme appartient à un veuf âgé qui est devenu un peu étrange au cours de ces dernières années. Tout le monde pensait qu'il n'avait pas un seul ami au monde, mais voilà que soudain, il reçoit des invités. Un des garçons du village cherchait une vache perdue près de sa ferme et il a vu un type seller un cheval coûteux dans la cour. Heureusement, ce garçon a dû se remettre à la recherche de sa vache, et il n'est donc pas allé leur poser des questions.

— Il a été chanceux parmi les chanceux, fit remarquer Persaunn doucement.

— C'est ce que j'ai pensé, répondit Bocc en hochant la tête. Parce que je parie que ces invités appartiennent à un autre clan, et que le pauvre vieil homme est allé rejoindre son épouse dans l'Autre Monde.

— J'ai la désagréable impression que tu as raison. Persaunn se leva et se mit à arpenter la pièce avec Bocc. Décris-moi exactement où se trouve cette ferme et tout ce que tu peux te rappeler de ses alentours. »

Bocc réussit à se rappeler un grand nombre de détails. Apparemment, il pouvait mémoriser un endroit et le transformer mentalement en une image précise, parce que lorsqu'il décrivit la ferme, il regarda dans le vague, ses yeux bougeant comme s'il fixait une image que personne d'autre ne pouvait voir. La ferme isolée était perdue dans les collines ; environ une fois par mois, un voisin allait voir si le vieil homme se portait bien, mais à part cela, les villageois le voyaient rarement.

« Un endroit parfait pour se cacher quand on a des idées de meurtre en tête, remarqua Persaunn lorsque Bocc eut achevé sa description. À présent, écoute-moi, dis à ton père de me laisser m'occuper de cette affaire.

Je ne peux pas t'expliquer pourquoi, mais ces individus sont beaucoup plus dangereux que vous le pensez.

— Je ferai ce que vous me dites, alors. Eh, mon bon Monsieur, Ogwern jure que vous êtes un maître de dweomer.

— Vraiment ? Le dweomer n'est-il pas pure fioriture dans un conte de barde ?

— Oh, vous savez, on voit bien des choses étranges lorsque l'on travaille dans la rue.

— C'est vrai. Eh bien, Ogwern est un homme perspicace, malgré son surpoids, et je vais te prouver qu'il avait raison. Tu veux sortir d'ici sans te faire voir, n'est-ce pas ? »

Bocc grogna lorsqu'il se rappela où il se trouvait.

« Très bien, alors, poursuivit Persaunn. Si tu me jures que tu ne voleras rien tant que durera le sort, je te rendrai pratiquement invisible pendant quelques minutes. »

Même si Bocc prêta serment en toute sincérité, Jill était choquée. Elle n'avait jamais vu Persaunn parler aussi ouvertement de ses pouvoirs lorsque cela n'était pas vraiment nécessaire. Quand le vieil homme fit sortir Bocc de la pièce dans les ombres du couloir, le voleur se transforma soudain en une curieuse silhouette floue. Il avait à peine fait quelques pas qu'il sembla disparaître. Rhodry jura tout haut. Souriant largement, Persaunn referma la porte de sa chambre.

« La chasse est ouverte, annonça Persaunn. Les maîtres du dweomer noir sont connus pour manger de la viande fraîche mais pas pour leur habileté à piéger les lapins. Je parie que cet ouvrier est lui aussi victime d'un maléfice.

— Ils sont juste à portée de main ! lança rageusement Jill. Ces bâtards arrogants. »

Rhodry regardait la porte fermée, la bouche crispée et légèrement déformée, comme s'il avait avalé quelque chose de travers.

« Qu'y a-t-il, mon amour ? demanda-t-elle.
— Ce garçon est un voleur, et donc Ogwern aussi.
— Oh, allons, mon innocent amour, tu viens juste de le réaliser ?
— Ne me taquine pas ! Il nous a aidés, et je devrais le récompenser, mais je dois, sur mon honneur, le dénoncer à Blaen.
— Comment ! Rhodry, tu ne peux pas faire ça !
— Allons, jeune homme, intervint Persaunn. Je méprise les voleurs moi aussi, mais je sais des choses sur Ogwern depuis des années et je n'ai jamais rien dit. Savez-vous pourquoi ? Parce qu'en tant que voleur, c'est un petit joueur. En outre, il tient ses hommes de main tranquilles, il ne commet jamais de crime et fait de son mieux pour éviter les meurtres. S'il n'est plus là, qui sait quel individu vicieux pourrait lui succéder ?
— Très bien, dit Rhodry. Mais je me trouve être l'hôte de mon cousin, alors qu'en toute vertu, il aurait pu me rejeter et me fermer la porte au nez. Je ne puis me taire et me moquer de sa justice.
— Espèce d'idiot ! » Jill eut envie de l'empoigner et de le secouer. « Pourquoi en fais-tu toute une histoire ? Le dweomer noir est tout autour de nous.
— Cela n'a rien à voir. C'est une question d'honneur.
— Allons, allons. » Persaunn posa une main paternelle sur l'épaule de Rhodry. « Je sais que vous passez un moment difficile, jeune homme, à choisir entre deux actes déshonorants. Regardez-moi, voulez-vous ? Là, merci. Maintenant, vous n'allez rien dire à Blaen au sujet des voleurs de sa cité. Vous avez déjà oublié, non ? Le jeune Bocc n'est pas un voleur, Ogwern non plus. Ils me doivent juste quelques faveurs ; c'est pour ça qu'ils nous ont aidés. Rappelez-vous cela, jeune homme. »
Lorsque Persaunn retira sa main, Rhodry cligna des yeux, comme s'il était ébloui.

« Qui était ce jeune homme, au fait ? Un garçon d'Ogwern ?

— Oui, répondit Persaunn. Vous savez que je suis toujours disposé à soigner gratuitement les pauvres.

— C'est vrai, et c'était bien honnête de sa part de courir ce risque, en tout cas. Je m'assurerai que Blaen lui donne une récompense. »

Jill dut faire des efforts pour conserver une expression normale sur son visage.

« Rhodry, voudriez-vous aller chercher Blaen ? poursuivit Persaunn. Je pense que nous devrions accepter son offre au bout du compte. »

Dès que la porte se fut refermée derrière lui, Jill se tourna vers Persaunn.

« Eh ! s'écria-t-elle. Vous m'aviez dit qu'ensorceler les gens était mal.

— C'est vrai, mais pas lorsque c'est la seule manière de sauver une vie. Si Rhodry avait dénoncé Ogwern au gwerbret, quand la nouvelle se serait répandue, combien de temps, à votre avis, votre homme aurait survécu ?

— Pas bien longtemps. J'allais utiliser cet argument, en fait. Les voleurs ne l'auraient pas considéré comme un homme d'honneur.

— Exactement. Il n'aurait été qu'un traître de mercenaire pour eux. Vous savez, mon enfant, je suis très heureux de ne pas avoir juré de ne jamais mentir. De nombreux maîtres de dweomer le font, et cela leur assure la faveur des Seigneurs du Wyrd, mais je préfère être un peu plus flexible concernant de telles affaires. »

Persaunn avait l'air si sournois en prononçant ces paroles que Jill fut obligée d'en rire.

« Vous voilà de meilleure humeur, dit-il. Maintenant, voudriez-vous monter la garde à la porte ? Je dois aller sur le plan astral. »

Lorsque le Peuple Sauvage eut embrasé le bois posé dans la cheminée, Persaunn s'agenouilla et regarda intensément les flammes bondissantes. Comme il connaissait très bien les régions habitées de Cwm Pecl, il avait reconnu la ferme en question d'après la description de Bocc. En fait, de nombreuses années de cela, il s'y était rendu pour soigner un enfant malade. Lorsqu'il évoqua le souvenir qu'il avait de lui-même en train de suivre le sentier par un après-midi radieux, aussitôt, l'image dans les flammes lui montra ce chemin tel qu'il était en cet instant, sous la lumière déclinante de la soirée. Mentalement, il suivit la route jusqu'à l'endroit où aurait dû se trouver la ferme. Mais rien n'apparut, hormis une prairie sauvage, pas de maison, ni de mur, ni même une vache broutant dans les environs. *Alastyr avait donc posé un sceau astral sur la ferme*. D'un claquement de doigts, Persaunn éteignit le feu.

« Les avez-vous vus ? demanda Jill.

— Non, ce qui signifie qu'ils sont là. Oh, Alastyr peut se cacher de moi, assurément, mais il a oublié ce que cela signifie d'avoir pour ennemis des hommes qui font confiance à leurs yeux, non au dweomer. » Il sourit gentiment. « Il va s'en souvenir. »

À présent qu'il avait pris une décision, Alastyr se sentait beaucoup plus calme. Il entra dans la cuisine à grands pas et trouva Sarcyn et Camdel assis à la table. Sarcyn releva la tête avec un mouvement de recul qui le remplit de satisfaction.

« Nous partons à l'orée du jour, annonça Alastyr. Je préfère tenter notre chance avec la Confrérie, plutôt qu'avec le Maître de l'Éther.

— Très bien, Maître. Je préparerai nos affaires ce soir.

— Bien. Il se tourna vers Camdel. Quant à vous, si vous coopérez avec nous, je vous épargnerai. Nous voyagerons vite, et si vous nous causez le moindre souci, vous êtes mort. Compris ? »

Camdel acquiesça d'un signe de tête effrayé. Alastyr tourna les talons et retourna dans la chambre rituelle. Il devait maintenir sa garde.

Son plan était risqué, Persaunn le savait, mais il devait agir vite. Lorsqu'il s'assit sur sa monture, dans la cour éclairée par des torches, en compagnie de Jill et de Rhodry, Persaunn eut un frisson. La bataille qui l'attendait serait rude, et il devrait affronter deux adversaires si l'apprenti de son ennemi avait les compétences pour se battre aux côtés de son maître. Autour de lui, vingt-cinq des meilleurs soldats de Blaen sellaient leurs chevaux, pendant que le gwerbret marchait dans la cour, parlant à un homme ici et là. Bien que Persaunn fît un pari aventureux en emmenant Blaen avec eux, il avait besoin de quelque chose pour lui servir de diversion.

« À présent, rappelez-vous ce que je vous ai dit, murmura-t-il aux deux mercenaires. À mon signal, nous quittons discrètement la troupe. »

Ils acquiescèrent d'un signe de tête. Dans le cliquetis des selleries et des fourreaux, les cavaliers montèrent en selle. Faisant signe à Jill et Rhodry de le suivre, Persaunn s'avança vers le gwerbret.

« Sa Seigneurie est-elle certaine de savoir comment trouver la ferme ?

— Un aveugle pourrait la trouver avec les instructions que vous nous avez données. Ne vous inquiétez pas, bon sorcier. Nous déterrerons ces rats de leurs trous. »

Lorsque les cavaliers se mirent en route, Persaunn resta avec Rhodry et Jill à l'arrière. Il tendit ses rênes à Rhodry et lui dit de guider son cheval sur la route. Comme il avait besoin d'entrer en légère transe, il aurait déjà assez de mal à rester sur sa selle sans à avoir à s'inquiéter de son cheval. Alors que les cavaliers suivaient avec fracas la route encore enténébrée, Persaunn ralentit sa respiration et retira sa conscience du monde qui l'entourait. De l'extérieur, il avait l'air à moitié endormi, dodelinant de la tête au gré des mouvements de son cheval. À travers ses yeux à demi clos, il regarda les cavaliers et se mit au travail.

Tout d'abord, il invoqua les Grands Illuminés et vit un faisceau de lumière imaginaire venir à lui. Il médita sur l'image, la visualisa encore plus nettement dans son esprit, jusqu'à ce qu'elle s'incarne indépendamment de sa volonté sous la forme d'une épée sertie de lumière. Mentalement, il saisit celle-ci par la garde et utilisa la lame pour tracer une intense sphère de lumière autour et au-dessus de la troupe armée. En raison des mouvements de son cheval et des bruits environnants, il lui était très difficile de se concentrer, mais il finit par solidifier la sphère et les sceaux – des étoiles à cinq branches des Rois des Éléments – posés à chaque point cardinal, au zénith et au nadir. Dès que la sphère se mit à briller de mille feux, il invoqua la grande Lumière qui brille derrière tous les dieux et lui demanda la permission de toucher aux ténèbres. Lentement, avec précaution, il retira la lumière de la sphère en laissant sa structure jusqu'à ce qu'il ne reste plus qu'une sphère solide et noire, invisible à des yeux normaux, mais arrêtant les incursions astrales comme un bouclier.

Une fois la sphère créée, Persaunn put ramener son esprit dans le monde normal. Il fut consterné de constater que la troupe avait parcouru près d'une lieue et demie ; pratiquer le dweomer à dos de cheval était encore plus difficile qu'il ne l'avait pensé. Pendant l'heure qui suivit, il se contenta de se reposer, jusqu'à ce qu'ils se retrouvent à moins de deux lieues de la ferme. Il retourna un court instant dans son état de transe, invoqua la lumière et la laissa réinvestir la sphère en attente, puis jeta un nouveau manteau de ténèbres sur Jill, Rhodry et lui-même. À présent, il ne pouvait qu'espérer qu'Alastyr avait eu le bon sens de monter une garde astrale. Dans ce cas-là, il verrait cette sphère, marquée des sceaux de la lumière, se diriger droit sur sa cachette. Persaunn voulait qu'il panique, qu'il perde complètement pied.

« Jill, Rhodry, chuchota-t-il. Maintenant ! »

Ils ralentirent leurs chevaux pour s'adapter à son allure et suivirent la troupe de loin sur une centaine de mètres, jusqu'à ce qu'ils soient à une bonne distance derrière le gwerbret qui ne se doutait de rien. D'un rapide geste de la main, Persaunn indiqua à ses deux mercenaires de quitter la route au petit trot. Ils suivirent une petite piste secondaire plus étroite mais qui menait plus directement à la ferme, entrèrent au galop dans un bosquet de bouleaux, puis poursuivirent leur route, dissimulés sous les arbres. Lorsque Blaen remarquerait qu'ils n'étaient plus avec eux, ils se trouveraient déjà bien loin devant sa troupe.

Au bout d'un moment, ils arrivèrent à un petit ruisseau coulant entre deux collines et Persaunn fit arrêter sa minuscule troupe armée.

« Très bien, mercenaires. La ferme se trouve juste de l'autre côté de cette colline. Voici vos ordres. Je vais m'allonger ici et entrer dans une profonde transe. Vous attacherez les chevaux et monterez la garde près de mon corps. Il est possible qu'Alastyr envoie son apprenti pour essayer de me tuer.

— Il ne passera jamais mon épée, répondit Rhodry.

— Sans aucun doute... mais si je perds cette bataille, nous nous reverrons un jour ou l'autre dans l'Autre Monde. Il se tourna vers Jill. Si je meurs, mon enfant, priez, du fond du cœur, et de toute votre âme, la Lumière qui brille derrière la Lune, et ne me dites pas que vous ne savez pas de quoi je veux parler. »

Jill retint son souffle, mais même s'il avait de la

peine pour elle, Persaunn n'avait plus le temps de discuter. Il étala sa cape sur le sol, s'allongea sur le dos et croisa ses bras sur sa poitrine, une main posée sur l'épaule opposée. D'abord, il invoqua les Seigneurs de la Lumière, puis resta tranquillement allongé, rassemblant ses forces. Près de lui, Jill et Rhodry étaient debout, l'épée tirée. Lorsqu'il ferma les yeux, il se demanda s'il les reverrait un jour.

Lentement, prudemment, Persaunn invoqua mentalement son corps de lumière, un simulacre bleu pâle de son propre corps, simplifié à l'essentiel et relié à son plexus solaire par une corde d'argent. Lorsque Persaunn transféra sa conscience dans cette forme, il eut l'impression que son corps physique chutait brutalement. L'espace d'un instant, il se sentit écœuré ; puis il entendit un bruit, un petit claquement sec telle une épée cognant contre un bouclier, et il se retrouva à l'intérieur du simulacre, dont il utilisait les yeux. Son corps physique gisait au-dessous de lui dans un monde empli de la lumière bleue du plan éthérique. Comme il s'en était retiré, son propre corps ressemblait à un vulgaire morceau de chair morte, mais il pouvait voir Jill et Rhodry, deux volutes de flammes en forme d'œufs, dont les auras vibraient autour d'eux. Les arbres et l'herbe émettaient une lumière rouge terne caractéristique de la force vitale végétale.

Persaunn s'éleva à environ trois mètres au-dessus de son corps, sa corde d'argent se déroulant derrière lui comme la ligne d'un pêcheur, puis il regarda autour de lui. Le ruisseau qui traversait le vallon pourrait bien lui être utile, jugea-t-il, parce que traverser de l'eau vive dans un corps de lumière était extrêmement dangereux. Dans la lumière bleue, le ruisseau luisait d'un reflet argenté, et au-dessus de lui dérivait son flux élémentaire, visible sous la forme d'un mur changeant et fumeux, agité, qui constituait un véritable piège, si seulement il pouvait y attirer sa proie. Il gagna de l'altitude et se laissa flotter vers la crête de la colline. Il était temps qu'il lance son défi.

En bas, de l'autre côté de la colline, s'étendait une prairie herbeuse, et au milieu de cette prairie, la ferme, une maison ronde tombant en ruine, abritée par une muraille en terre, quelques remises et quelques arbres fruitiers si anciens que leur éclat de vie rouge tirait sur le brun. Persaunn se sourit à lui-même ; les sceaux étaient levés. Alastyr avait dû repérer la troupe armée et laisser tomber ses sceaux, paniqué. Brusquement, il vit un homme sortir en courant de la ferme et se diriger vers une cabane, les bras chargés de sacoches de selle. Il décida qu'il ferait mieux d'occuper ses ennemis pour les empêcher de songer à tuer Camdel.

Mentalement, Persaunn façonna une lance de lumière bleue, puis l'envoya violemment sur l'aura zébrée de noir de l'homme qui courait. Lorsqu'elle atteignit son but, l'individu lâcha les sacoches de selle et poussa un cri. Même si son corps physique ne souffrait pas, son esprit exercé devait avoir senti la lance le brûler comme du fer chaud. Fondant comme un faucon, Persaunn survola la ferme lorsque le fuyard y rentra en courant.

« Alastyr ! cria-t-il mentalement. Alastyr, je suis venu pour toi ! »

En guise de réponse, il entendit un hurlement retentir dans la lumière bleue. Comme un serpent jaillissant du sol, Alastyr se précipita à sa rencontre. Son simulacre était une immense silhouette vêtue d'une robe noire, ornée de beaux bijoux et tissée de sceaux. Sa corde d'argent était enroulée comme une ceinture trois fois autour de sa taille, et des têtes coupées y étaient accrochées. Le visage qui se dissimulait au fond de la capuche était pâle et cruel, ses yeux brillaient d'un éclat sinistre, deux lueurs noires chez un fantôme blanc. Persaunn invoqua la Lumière et sentit son propre corps astral vibrer et briller d'intensité. En réponse, Alastyr se gonfla et noircit comme s'il voulait aspirer toute la lumière de l'univers et l'éteindre. La bataille avait commencé : qui disperserait le corps de lumière de l'autre et soumettrait son âme, nue et sans défense, à la puissance des forces supérieures qui se cachaient derrière chaque guerrier ?

Persaunn frappa en premier, d'une vague de lumière qui fit danser Alastyr et le fit flotter comme une épave à la mer. Il frappa à nouveau, envoyant d'un seul coup son ennemi valser vers le haut, mais lorsqu'il le suivit, il sentit les forces d'Alastyr agir sur lui – une force de décomposition, comme si une centaine de mâchoires le tiraient et essayaient de le déchirer de tous côtés. Il dut consacrer une grande partie de sa volonté à maintenir son simulacre, puisant de plus en plus de lumière et reformant son corps astral aussi vite qu'Alastyr pouvait le déchirer. Il consacra le reste de son énergie à son attaque, une pluie de flèches et de longues lances dorées qui repoussèrent Alastyr de-ci de-là, tandis que Persaunn tournait autour en se rapprochant peu à peu de lui, le harcelant de vagues de lumière qui battaient contre l'obscurité et la faisaient reculer.

Toute sa stratégie consistait à obliger Alastyr à sortir de la lumière bleue et à entrer dans la première sphère des Terres Intérieures proprement dite, où il aurait des forces plus puissantes à sa disposition. Pour le moment, Alastyr était trop puissant. Les yeux noirs au fond de la capuche brûlaient de colère. Persaunn continua à le marteler de lances de lumière, tandis qu'Alastyr ripostait en envoyant vagues de ténèbres sur vagues pour le mordre et le griffer. Lorsqu'un coup suffisamment puissant de Persaunn déchira quelques-uns des sceaux pompeux de sa robe noire, Alastyr poussa un cri animal et battit en retraite. Persaunn courut le risque d'essayer de former une barrière derrière lui, utilisant une partie de sa volonté pour épingler son ennemi et une autre pour ouvrir un passage vers les Terres Internes. Trop tôt : Alastyr s'échappa et envoya un flot de ténèbres semblable à une mer démontée.

Un instant, Persaunn plongea et tomba. Il sentit son simulacre se distendre autour de lui comme une cape qui glisse et il invoqua désespérément la Lumière. Tout ce qu'il pouvait faire était de lutter pour se soigner et repousser les coups les plus dangereux d'Alastyr tandis que celui-ci ne cessait de l'attaquer tout en se rapprochant. Telles de grosses pierres noires palpables, ses coups faisaient mouche. Soudain, Persaunn vit le voile d'eau au-dessus du ruisseau se rapprocher de plus en plus, beaucoup trop ! Il se rétablit violemment et s'envola vers le haut rapidement, feintant, avant qu'Alastyr, surpris, n'ait pu réagir. Pourtant, il avait à peine réparé son corps de lumière brisé que son ennemi le poursuivit d'une vague de ténèbres semblable à une vomissure de poison.

Persaunn lança un mur de lumière droit sur le visage d'Alastyr, qui déchira et décomposa les têtes coupées accrochées à sa ceinture, mais il sentait qu'il s'affaiblissait tandis que son ennemi continuait de l'attaquer, déversant de ses mains tordues des éclairs de ténèbres. Soudain, Alastyr poussa un cri dont le son se répercuta dans la lumière bleue, et il descendit en piqué comme une hirondelle chassant des moucherons dans un champ. Au-dessous de lui, sa corde d'argent pendait, rompue. Quelqu'un avait tué son corps physique, et Persaunn ne put que supposer que c'était Jill, voire Blaen, qui l'avait fait.

Néanmoins, ce n'était pas le moment de se laisser aller sous le choc de cette aide inopinée. Le simulacre d'Alastyr était en train de se disloquer, révélant le double éthérique bleu pâle qui se cachait derrière. Pendant que le maître du dweomer noir luttait contre son inévitable décomposition, Persaunn forma une porte conduisant aux Terres Intérieures, deux piliers, un noir et un blanc, entre lesquels se forma un vide de couleur indigo. Dès que les piliers furent stables, il envoya une explosion de lumière qui poussa Alastyr vers eux, puis se dépêcha de le suivre. Même s'il avait perdu la première bataille, l'ennemi était loin d'être maîtrisé, et Persaunn le savait.

Il se lança à travers la porte sur les talons du maître noir en fuite, chacun se ruant le long du sentier, poussé tels des bouts de parchemin par un vent bleu violacé furieux, tandis qu'autour d'eux, des voix, des rires et des cris, des bribes de mots entrecoupés portés par le courant bleu foncé, et des images – des visages, des bêtes, des étoiles – tourbillonnaient et les fouettaient comme une volée d'oiseaux survoltés. Persaunn envoya des vagues de lumière devant lui, frappant Alastyr, le blessant encore et encore jusqu'à ce que le dernier morceau de sa robe noire tombe et tourbillonne à côté de lui, déchiré par des fissures qui s'ouvraient dans le vide. Le vent souffla sur eux, les poussa et les envoya enfin tête baissée dans un feu de lumière violet, au-dessous duquel une rivière coulait loin en contrebas, eau fragile et mouvante d'un type dont aucun cours d'eau sur terre n'était constitué et qu'aucun homme n'avait jamais goûté. Là, le silence régnait, le vent était tombé, et autour d'eux s'étendaient des champs de fleurs, ou de choses qui avaient la forme de fleurs, des fils lunaires, blancs et pâles comme la mort.

Bouleversé, le double éthérique d'Alastyr fondit et voltigea, essayant désespérément de s'échapper désormais, non de remporter la victoire. La Terre Lunaire dans laquelle ils se battaient était une porte menant à de nombreuses autres contrées, la Terre Verte de Persaunn lui-même, la Porte Orange du monde des formes, la terre rayonnante des Grands Illuminés ; ici également était accolée la sphère du dweomer noir proprement dite, le Continent Noir des Ténèbres, la Terre des Enveloppes et des Écorces. Si Alastyr pouvait s'échapper dans les Ténèbres, son âme survivrait et agirait pour le mal pour des éternités. Persaunn pouvait le voir essayer d'ouvrir une porte, les mains agitées, sa bouche baragouinant à toute allure les mots du rituel d'ouverture de son monde. Il envoya une lance de lumière droit sur lui, qui le fit voler juste au moment où le premier pilier se formait, puis il détruisit la porte à moitié constituée.

Hurlant, Alastyr essaya de s'enfuir, mais Persaunn piqua vers lui et fit pleuvoir un déluge de lumière pour le capturer. D'une main, Persaunn envoya lance après lance et piégea Alastyr dans une cage de lumière, tandis que son double éthérique se jetait contre les barreaux ardents et les mordait, paniqué. Une fois son ennemi capturé, Persaunn forma une autre porte, cette fois-ci constituée de piliers dorés de soleil, entre lesquels apparut le bleu pur d'un ciel d'été.

« Son jugement ne m'appartient pas ! s'écria Persaunn, c'est à vous qu'il revient ! »

Entre les piliers jaillit une flèche de lumière géante, chatoyante et changeante, laquelle s'élança directement sur Alastyr qu'elle frappa si violemment que son double se brisa en mille pitoyables morceaux. Il y eut un cri, puis le gémissement d'un petit enfant. L'espace d'un instant, Persaunn aperçut le bambin qui tremblait comme la flamme d'une bougie, un bébé vagissant doté des yeux furieux d'Alastyr. Puis la lumière grossit, enveloppa la minuscule forme et l'entraîna de l'autre côté du portail, sur le chemin du Hall de Lumière où il recevrait son jugement.

« C'est fini ! s'exclama Persaunn. C'est fini ! »

Trois puissants coups de tonnerre retentirent à travers la lumière violette, pendant qu'en contrebas, les fleurs d'un blanc cadavérique se balançaient. Persaunn s'agenouilla et courba la tête, non par adoration, mais en signe de loyauté, puis il laissa la porte se refermer. Épuisé, il sentit sa corde d'argent le tirer et le rappeler vers son corps physique, qui gisait au loin.

Sarcyn dégagea son poignard du cœur d'Alastyr et l'essuya sur le visage de son défunt maître.

« Vengeance ! Et quel parfum doux comme le miel elle possède. »

Il se leva et courut à la cuisine, juste à temps pour voir l'ouvrier sortir comme un ouragan par la porte de derrière. Sarcyn le laissa partir ; il n'avait pas de temps à perdre à poursuivre une personne qui en savait si peu sur eux. Gémissant tout bas, Camdel était allongé dans la paille, près de la cheminée. Lorsque Sarcyn s'agenouilla à côté de lui, il se recula à la vue du coutcau qu'il tenait.

« Je ne vais pas te tuer, mon petit, lui dit Sarcyn en le rangeant. Je vais te retirer tes chaînes. Nous devons partir vite. »

Lorsque Camdel gémit tout haut, Sarcyn hésita, envahi par un sentiment qu'il ne comprit pas entièrement. C'était une vie pénible et malheureuse qui attendait son petit seigneur dressé, en dépit du plaisir sexuel qu'il éprouvait à se faire tourmenter par son maître.

« Ah, mince ! dit Sarcyn brusquement. Tu vas le revoir, finalement, ton maudit père. »

Se traitant d'imbécile, à succomber ainsi au premier sentiment de pitié qu'il ressentait depuis des années, Sarcyn se releva et saisit le sac en cuir renfermant les livres d'Alastyr.

« Portez-vous bien, mon cher et noble seigneur », lui dit-il.

Camdel laissa couler deux fines traînées de larmes sur ses joues, éprouvant un atroce soulagement. En courant, Sarcyn sortit dans la cour de la ferme où son cheval l'attendait, sellé et fin prêt.

« Gan ! Maudit sois-tu ! Où es-tu ? »

Pas de réponse. Sarcyn se tourna et regarda autour de lui. Il n'y avait personne. Apparemment, le vieil homme avait vu l'occasion de recouvrer sa liberté et l'avait saisie. *Pas le temps de te soucier de lui maintenant*, pensa Sarcyn. Son cheval trépignait et remuait la tête.

« Chut, tout doux ! Nous partons. »

Après avoir rangé les précieux livres dans une sacoche, Sarcyn monta sur son cheval et partit au galop, dirigeant sa monture vers les collines, loin de la route principale. Depuis qu'ils s'étaient réfugiés dans cette ferme, il avait imaginé bien des itinéraires pour s'enfuir. Il avait parcouru près de cinq cents mètres lorsqu'il entendit le fracas de sellerie qui signifiait l'arrivée du gwerbret et de ses hommes. Rapidement, il mit pied à terre et maintint la bouche de son cheval fermée alors que le vacarme s'approchait, passait à côté d'eux, puis finit par diminuer lentement.

« Tout cela pour cet idiot », murmura-t-il.

Pourtant, lorsqu'il remonta en selle, il sut que le danger était loin d'être passé. Dès que la Confrérie aurait appris le sort d'Alastyr, des assassins se lanceraient à sa poursuite – et ils étaient déjà à Deverry. Il devrait rester en cavale, se cacher et se déplacer constamment, tout en étudiant les livres qu'il avait récupérés et en apprenant les ficelles du pouvoir. Peut-être pourrait-il garder suffisamment d'avance sur les Faucons pour recueillir assez de connaissance magique pour sauver sa vie. Peut-être. C'était le seul espoir qu'il lui restait.

Dès que Persaunn était entré en transe, Jill s'était postée au milieu des arbres tandis que Rhodry était resté près du vieil homme. Le pâle clair de lune illuminait le ruisseau et transformait les bouleaux blancs en arbres fantômes. Dans le silence teinté de dweomer, elle était douloureusement consciente du bruit de sa propre respiration. Persaunn était si calme qu'elle était sans cesse tentée de s'agenouiller à côté de lui pour vérifier s'il était toujours en vie. Tout d'un coup, elle entendit un bruit derrière elle et s'affola, l'épée levée et en garde.

« Ce n'était qu'un lapin », lui dit Rhodry.

Comme elle savait qu'il pouvait voir dans le noir, elle se retourna, gardant ses yeux fixés sur la crête de la colline, à la recherche d'un déplacement signifiant que des ennemis s'agitaient dans la nuit. Soudain, Persaunn gémit. Jill s'avança et à cet instant, il se tourna sur le côté. Confuse, pensant qu'il avait été empoisonné, elle se jeta à ses côtés. Il se rassit à moitié, puis s'allongea sur le flanc, mais pendant tout ce temps, ses yeux étaient restés fermés et sa respiration lente et contrôlée. Il donna un coup de pied, manquant Rhodry de peu, puis s'affala sur le ventre, avec un élan semblable à celui d'un crabe, qui le déporta trente centimètres plus loin. Lorsque sa tête faillit heurter un rocher, Jill le saisit par les épaules et essaya de le retenir, mais la force de sa transe la surpassait. Avec facilité, il se débarrassa d'elle et tomba sur le côté. Jurant, Rhodry se jeta à terre pour l'aider.

Et c'est ainsi que pendant ce qui leur parut une éternité, ils se débattirent avec le corps de Persaunn qui se tortilla, se crispa et balança ses bras dans tous les sens. Un moment, il frappa Rhodry à la mâchoire, mais celui-ci tint le coup, même s'il se mit à jurer plus fort. Jill ne pouvait que prier la Déesse qu'elle tienne à distance les ennemis qui pouvaient approcher. Enfin, Persaunn se détendit et elle put le voir sourire au clair de lune. Sa bouche bougeait comme s'il était en train de parler ; puis il resta allongé et totalement immobile.

« Oh, grands dieux, s'exclama-t-elle. Est-ce qu'il va mourir ? »

Juste à ce moment-là, Persaunn ouvrit les yeux et lui sourit.

« Qu'ai-je fait ? leur demanda Persaunn. Je sautais ?

— Comme un poisson sur le banc d'une rivière. » Rhodry relâcha son étreinte.

« Cela arrive de temps en temps au cours des transes. » Le vieil homme se rassit, regardant autour de lui comme s'il était un peu hébété. « L'un d'entre vous a-t-il tué le corps d'Alastyr ?

— Non, répondit Jill. Nous sommes restés avec vous.

— Alors, Blaen et ses hommes sont certainement déjà arrivés à la ferme. Pas le temps de vous expliquer. Nous devons nous dépêcher. »

Et pourtant, ils arrivèrent à la ferme au même moment que Blaen et sa troupe armée. À la tête de ses hommes, le gwerbret trotta jusqu'à eux. À la lueur grise de l'aube, il avait l'air profondément contrarié.

« Grâce soit rendue à tous les dieux, vous êtes sains et saufs, lança-t-il d'un ton brusque. Nous vous avons cherchés partout dans les collines.

— Je vous dois des excuses, Votre Grâce, répondit Persaunn. Mais la bataille est déjà finie. »

Camdel les entendit tous pénétrer dans la cour de la ferme. Il se raidit, chaque muscle de son corps étant pris de spasme sous le coup de la panique, lorsqu'il réalisa qu'il n'allait pas mourir de faim mais être délivré. Avec un gémissement, il s'agenouilla tant bien que mal, en faisant cliqueter la chaîne fixée à sa cheville. Il mit un temps indéfinissable selon lui pour se lever et faire quelques pas. Sur la table de cuisine était posé un long couteau qui lui trancherait la gorge ou lui ouvrirait les veines parfaitement, si seulement il pouvait l'atteindre. Il voulait mourir et n'attendait que cela, c'était la seule solution pour effacer sa honte et lui faire oublier les affreuses vérités que Sarcyn lui avait révélées à son sujet.

La chaîne lui permit d'atteindre la table, mais le couteau était de l'autre côté, à deux mètres de lui. Il se pencha sur le rebord de la table, s'étira, ne put se soulever suffisamment pour s'allonger dessus, s'étira encore et encore mais put à peine effleurer le manche du couteau du bout des doigts. De dehors lui parvenaient des voix, dont deux qu'il reconnut : celles du Gwerbret Blaen et de Sire Rhodry d'Aberwyn, présents pour constater ce qui était arrivé au Maître du Bain du Roi. S'allongeant une dernière fois, étirement qui lui fit mal à l'épaule, il toucha le couteau. Il put tout juste refermer deux doigts sur son manche comme des ciseaux, mais lorsqu'il se mit à le tirer vers lui, sa main douloureuse fut prise d'un spasme et envoya le couteau sur le sol. L'arme rebondit sur le bord de la cheminée et retomba hors de sa portée.

Sanglotant, haletant, il se laissa tomber de la table et s'accroupit dans la paille. Pourquoi Sarcyn ne l'avait-il pas tué ? Peut-être son maître savait-il qu'il voulait mourir et l'avait laissé en vie pour comble de ses tourments. *Blaen te pendra*, se dit-il, *parce que tu as volé le Roi*. Il se raccrocha à cette idée réconfortante : bientôt, il se balancerait au bout d'une corde sur la place du marché de Dun Hiraedd. Dehors, les voix se rapprochèrent.

« J'espère seulement que nous trouverons Camdel en vie. » C'était Blaen, qui voulait assurément avoir le plaisir de le pendre.

« Moi aussi, répondit une voix inconnue. Mais je vous avertis, Votre Grâce, il se peut qu'il soit fou.

— Ah, le pauvre garçon ! La voix de Blaen était empreinte de pitié. Eh bien, personne ne peut le tenir responsable de ses actes, d'après ce que vous m'avez dit. »

Camdel sentit sa nuque se crisper. Blaen n'allait pas le pendre. Il était pardonné, et il devrait vivre avec ce qu'il savait sur lui-même. Il se mit à hurler et continua de crier tout en se balançant sur le côté. Vaguement, il entendit des bruits de pas et des hommes crier mais il poursuivit ses hurlements, jusqu'à ce que quelqu'un s'agenouille devant lui et le saisisse par les épaules. Il releva la tête et vit le visage de Blaen, tordu à la fois d'horreur et de pitié.

« Tuez-moi, balbutia Camdel. Pour l'amour de tous les dieux, je vous supplie de me tuer. »

La bouche de Blaen bougea mais il ne put dire un mot. Un vieil homme avec une épaisse chevelure blanche et des yeux bleus perçants s'agenouilla à côté du gwerbret.

« Camdel, regardez-moi, lui dit-il. Je suis un guérisseur et je vais vous aider. Regardez-moi juste, jeune homme. »

Sa voix était si douce que Camdel fit ce qu'il lui avait demandé. Les yeux bleus grandirent et remplirent le monde, comme s'il contemplait un lac à l'onde transparente. Lorsque le vieil homme posa une main sur son bras, il sentit son sang se réchauffer, une chaleur apaisante et réconfortante qui détendit tous ses muscles crispés et le rasséréna.

« Plus tard, nous devrons discuter de ce qui vous est arrivé, mais pour le moment, il n'est pas nécessaire que vous vous en souveniez. »

Camdel se sentit grisé, éprouvant une agréable ivresse euphorique.

« Il est déjà en train d'oublier, n'est-ce pas, jeune homme ? Bien sûr que oui. Vous savez seulement que vous êtes très malade, et que nous allons vous aider. »

Camdel acquiesça, pensant que sa longue maladie l'avait laissé dans un état fiévreux et confus. Il s'accrocha à la main du vieil homme et pleura de gratitude : il était sauvé.

Dès qu'il avait vu à quel point Camdel était brisé, Rhodry était sorti de la cuisine promptement. L'homme était devenu fou, son esprit était en morceaux et les morceaux avaient été dispersés pour toujours – du moins, c'est ce qu'il pensait. Mourir au combat, Rhodry pouvait le faire, mais affronter de telles souffrances ? Se sentant l'estomac noué, il erra jusqu'à l'entrée principale de la ferme, où deux hommes de Blaen montaient la garde.

« Alors, ont-ils retrouvé Camdel, Sire ? demanda Comyn.

— Ne m'appelez plus jamais ainsi.

— Excusez-moi, mercenaire.

— C'est mieux, et oui, ils l'ont trouvé, mais ce n'est pas joli à voir. »

Comyn frissonna.

« J'ai chargé certains des gars de fouiller la ferme, remarqua le capitaine. Juste au cas où il resterait quelqu'un qui se cacherait à l'intérieur.

— Bonne idée. Quelqu'un est-il déjà entré ?

— Personne ne veut y aller, et je ne peux ordonner à quelqu'un de faire ce que je suis effrayé de faire moi-même.

— Eh bien, vous avez un mercenaire à vos ordres. Je me porte volontaire. Cela vaut mieux que de laisser Blaen le faire et s'exposer à qui sait quels risques, avec tout ce dweomer autour de nous. »

Comyn hésita, puis tendit son bouclier à Rhodry.

« On ne sait pas ce que vous trouverez dedans, non ?

— Non. » Rhodry plaça le bouclier sur son bras gauche. « Merci. »

Rhodry tira son épée lorsque Comyn ouvrit la porte d'un coup de pied. La ferme était grande, mesurant près de dix-huit mètres de diamètre, et comme la plupart des maisons de ce type, elle était découpée comme une tarte en petites pièces triangulaires, séparées les unes des autres par des cloisons en osier. Rhodry entra dans ce qui avait été une sorte de petit salon, meublé de deux chaises en bois, d'un coffre gravé placé sous une fenêtre et sur le mur duquel une étagère en bois exposait fièrement trois assiettes en terre cuite laquées. Il y avait tellement de poussière sur le sol qu'il avait laissé des empreintes de pieds.

Des ouvertures auxquelles étaient suspendues des couvertures servaient de portes aux différentes pièces. Comme celle qui se trouvait à sa droite devait mener à la cuisine et à Camdel, Rhodry décida de prendre celle de gauche. Il s'en approcha prudemment, puis brandit son épée et fit tomber la couverture. Lorsque celle-ci s'effondra par terre, il vit une chambre à coucher, avec de la paille fraîche sur le sol et deux paillasses garnies de foin. Il entra, toucha de la pointe du pied plusieurs tapis de couchages et des piles de sacoches de selle, le tout éparpillé dans la pièce comme si quelqu'un avait récemment fouillé dedans. Mais même si ces affaires semblaient parfaitement ordinaires, il refusa d'y toucher. D'après ce qu'il savait, elles regorgeaient de dweomer.

La couverture suspendue à l'entrée suivante avait été tirée d'un côté. Il resta sur le seuil d'une chambre beaucoup plus grande que les deux premières et regarda d'un air interrogateur les socles de charrues, les vieilles affaires d'équitation et les quelques meubles cassés éparpillés un peu partout dans la pièce. Près de la porte, à l'autre bout de la chambre, était assis un corps gris et bouffi, portant des habits de fermier et tenant une hache à deux mains. Rhodry supposa que le fermier avait dû essayer de se défendre lorsque le maître du dweomer noir l'avait attaqué, puis tué.

« Eh bien, vieil homme, dit-il en entrant, nous vous offrirons une sépulture appropriée. »

Le corps leva la tête et le regarda. Rhodry cria tout

haut et resta pétrifié un instant tandis que le cadavre se mettait lentement sur ses pieds. Ses orbites avaient beau être vides, il leva sa hache et s'avança vers Rhodry en titubant comme s'il le voyait. Rhodry eut envie de vomir, mais il leva son bouclier et fit un pas de côté quand un coup maladroit mais violent s'abattit sur lui et le manqua de peu. Lorsque la chose se tourna vers lui, il allongea son épée vers le haut pour riposter à sa lente parade et lui trancha la gorge. Un liquide noir jaillit, dégageant une odeur âcre, mais le cadavre leva calmement sa hache encore une fois et s'avança.

Le rire hystérique de Rhodry s'empara de lui. Sanglotant et gloussant, il esquiva, allongea une botte et entailla l'aisselle du cadavre. Du liquide puant jaillit encore, mais la chose continuait d'avancer et le frappa. Lorsqu'il para son coup sur son bouclier, il entendit le bois craquer : le guerrier surnaturel était puissant. Le rire de Rhodry se changea en cri lorsqu'il tailla dur et coupa à moitié le bras droit de la créature. Celle-ci se contenta de transférer sa hache à son bras gauche et frappa à nouveau. Rhodry esquiva son coup, contourna l'adversaire et le frappa dans le dos. Lentement, il se retourna pour lui faire face.

Au loin, Rhodry entendit des cris se rapprocher, mais il resta concentré sur la hache que la créature brandissait latéralement comme si elle voulait abattre Rhodry tel un arbre. Il esquiva, para un coup sur son bouclier et lui ouvrit le bras, mais le cadavre bougeait toujours. Rhodry était gêné par la pagaille de la pièce tandis qu'ils en faisaient le tour. Un moment, il glissa ; la hache passa à un centimètre à peine de sa tête. Il se releva d'un bond, riant à gorge déployée, et mit toute sa force décuplée par sa frénésie guerrière dans son coup. L'épée s'enfonça profondément dans la chair et fit craquer les os du cadavre qu'il avait frappé à la nuque.

Sa tête pendillant au bout d'un morceau de muscle et

de peau, le mort-vivant balança sa hache sur le bouclier de Rhodry. Le bois et le cuivre se fendirent jusqu'à l'ombon, et la moitié de l'écu tomba. Rhodry se baissa vivement et esquiva la hache, puis frappa la chose sur son bras gauche. Même si elle avait enfin lâché sa hache, elle continua d'avancer vers lui. Il fit un bond rapide en arrière. Être touché par les doigts du cadavre aurait été pire encore que de recevoir un coup d'épée. Désespérément, il lui ouvrit le ventre. Aucun boyau ne se répandit, et toujours, la chose avançait sur lui.

« Arrêtez, au nom du Maître de l'Éther ! »

Le cadavre suintant et tout abîmé resta cloué sur place. Persaunn entra, et Rhodry jeta son épée et son bouclier, tomba à genoux et vomit, se fichant de ceux qui pouvaient le voir. Il entendit d'autres voix, puis des hommes se bousculèrent dans la chambre. Comyn s'agenouilla à côté de lui lorsqu'il s'essuya la bouche sur la manche de sa chemise.

« Vous allez bien, mercenaire ? Par le cul poilu du Seigneur des Enfers, qu'est-ce que cette chose ?

— Si seulement je le savais, mais en tout cas, c'est la première fois de ma vie que je suis aussi heureux que l'on m'ait prêté un bouclier. »

Lorsqu'il se releva, il entendit Persaunn scander un chant dans une étrange langue. Lorsque le vieil homme eut fini, le cadavre se déforma, ses genoux fléchirent, et il se posa plus qu'il ne tomba sur le sol. Persaunn frappa trois fois par terre. Rhodry vit l'espace d'un instant de laides créatures du Peuple Sauvage déformées danser sur le cadavre avant de disparaître.

« Après cela, jeune homme, lui dit le maître de dweomer, vous me demanderez mon avis avant de fouiner dans des lieux étranges.

— Je vous en donne ma parole d'honneur. »

Et pourtant, il n'avait pas encore vu le comble de l'horreur. Persaunn marcha jusqu'à l'ouverture conduisant à la dernière chambre et retira la couverture pour révéler une petite pièce sans fenêtre, avec un morceau de velours noir pendu sur le mur incurvé. Sur le velours étaient brodées une étoile à cinq branches inversée et d'autres marques que Rhodry ne put reconnaître. La pièce puait l'encens et dégageait comme une odeur de poisson.

Allongé au milieu de la pièce gisait le cadavre d'un homme vigoureux aux cheveux gris, dont les bras étaient tendus des deux côtés. Il ressemblait à un homme de Cerrmor ordinaire, mais qui avait suscité une haine effrénée, parce qu'il avait été poignardé à la poitrine à maintes reprises qu'il devait être mort longtemps avant d'avoir reçu le dernier coup de poignard porté. Le spectacle de ce cadavre laissa Rhodry de marbre, contrairement à celui de la pièce qui le terrifia à un tel point que lorsque Persaunn entra, il voulut lui crier de rester dehors. Il s'efforça toutefois de le suivre, mais uniquement parce qu'il était certain que Persaunn avait besoin de protection. À la faible lueur de la chambre, on aurait dit que des choses bougeaient, à moitié visibles, silencieuses. Persaunn poussa le corps du bout de sa botte.

« Ainsi, Alastyr, dit-il, nous nous rencontrons enfin en chair et en os. Tu as été vraiment très rusé, parce que je ne me souviens guère t'avoir déjà vu auparavant. » Il jeta un coup d'œil à Rhodry. « Voici l'homme qui voulait votre mort, celui qui se cachait derrière Loddlaen pendant la guerre de l'été dernier. »

Plus par étonnement que par colère, Rhodry dévisagea son ancien ennemi. Comme il s'était imaginé le magicien noir sous les traits d'un démon de forme humaine, il fut curieusement déçu de constater qu'il ressemblait à un homme si ordinaire. En revanche, la pièce, elle, était particulièrement diabolique. La terreur irrationnelle qu'il éprouvait grandit jusqu'à ce que Persaunn pose une main rassurante sur son épaule.

« Le danger est passé depuis longtemps, lui dit le magicien. C'est le soupçon de sang elfique que vous avez dans vos veines qui vous rend si sensible.

— Vraiment ?

— Oui. Nous sommes dans la pièce où Alastyr effectuait ses rituels de dweomer pervers, comprenez-vous. Ah, grands dieux, pauvre Camdel !

— Que lui faisaient-ils, ils l'obligeaient à y assister ?

— Y assister ? Ah ! Ils l'utilisaient pour leurs rituels. Il s'est fait violer plusieurs fois ici même.

— Oh, nom d'un chien ! Comment peut-on violer un homme ?

— Ne prétendez pas avoir la naïveté qu'un homme élevé à la cour ne saurait posséder. Vous savez très bien ce que je veux dire. Ils le tailladaient également lorsqu'ils le violaient, pour répandre le sang nécessaire à leurs esprits tordus. »

Si Rhodry avait eu autre chose à recracher, il aurait vomi à nouveau. Persaunn l'observa.

« Blaen et moi sommes d'avis de dire au Roi que Camdel est mort, dit le vieil homme. Votre sens de l'honneur vous permettra-t-il de garder notre secret ? »

Rhodry regarda la chambre et se demanda à quoi elle devait ressembler pour un homme immobilisé au sol.

« Camdel était peut-être un voleur, répondit-il enfin. Mais pour une fois, je n'ai pas un mot à dire dans cette affaire. »

Il fallut l'aide de Persaunn et de Blaen pour faire monter Camdel sur un cheval qu'ils trouvèrent dans les écuries, parce que le jeune seigneur n'était pas totalement conscient. Il balançait de manière si alarmante sur sa selle que Persaunn finit par l'y attacher. Plus tard, Persaunn retirerait le charme – beaucoup plus tard, une fois qu'il aurait trouvé un autre serviteur du dweomer pour démarrer le long processus de guérison de l'esprit du jeune homme.

« Eh bien, cher sorcier, dit Blaen, êtes-vous certain de ne courir aucun danger en restant ici tout seul ?

— Absolument certain. Le travail que j'ai à effectuer ne me prendra pas trop de temps. Je devrais être de retour au dun pour le déjeuner.

— Vous savez sans doute de quoi vous parlez, alors, et je ne veux pas savoir de quoi il s'agit. »

Lorsque la troupe remonta en selle, Persaunn trouva l'occasion de dire quelques mots à Jill, qui bâillait sur sa monture.

« Camdel dormira quelques heures lorsque vous serez rentrés. Puis-je vous demander d'être à côté de lui à son réveil ?

— Bien sûr. Nous ne voulons pas le laisser tout seul de toute manière, juste au cas où il se souviendrait de quelque chose au sujet de ce qui lui est arrivé. »

Persaunn eut de la peine. *Si seulement cette petite idiote pouvait le comprendre*, pensa-t-il, *elle ferait un si merveilleux guérisseur !* Pourtant, jamais il ne pourrait influencer son Wyrd, et il le savait. Il attendit jusqu'à ce que la troupe soit hors de vue, bâillant lui aussi sous le soleil chaud du matin. Même sa vitalité surnaturelle avait ses limites. Avec ironie, il médita sur le fait que ce soir-là, il aurait sa première nuit complète de sommeil en cinquante ans.

Les hommes de Blaen avaient déjà enterré Alastyr et ce qui restait du corps du fermier dans les collines. Persaunn alla dans la chambre rituelle, déchira le morceau de velours, puis le jeta dans la cheminée pour que le Peuple Sauvage du Feu s'en débarrasse. Pendant que le tissu fumait et grésillait, il fouilla partout et trouva le stock de sel du fermier dans un petit pot de terre et quelques branches utilisées pour transférer le feu de la cheminée à une chandelle. Comme il n'avait pas d'encens, de la fumée ordinaire ferait l'affaire.

Lorsqu'il retourna dans la chambre, l'atmosphère semblait déjà un peu moins lourde, juste grâce au fait d'avoir retiré ce symbole blasphématoire du mur. Même s'il voulait effectuer les bannissements sur-le-champ, la chambre recelait des secrets qui seraient perdus une fois qu'il les aurait accomplis. Il s'assit en tailleur devant une petite tache brune de sang d'Alastyr, posa le sel et les bouts de bois à côté, puis ralentit sa respiration jusqu'à ce que son esprit soit parfaitement focalisé. Il composa l'image d'une étoile à six branches afin qu'elle brille sous la forme de deux triangles entrelacés, un rouge et un bleu. Lentement, il fit sortir l'image de son esprit jusqu'à ce qu'elle semble briller en face de lui.

Dans l'hexagone central, il visualisa le corps d'Alastyr tel qu'il l'avait vu la première fois, à l'aube, puis projeta son esprit dans le passé, en imaginant d'abord uniquement la pièce telle qu'elle aurait eu l'air à la lueur des bougies. Comme le meurtre était récent, une vraie vision remplaça son imagination en quelques secondes. Il vit l'apprenti blond à genoux, en train de monter la garde au niveau de la tête de son maître. Sa bouche était crispée, esquissant un petit sourire terrifiant tandis qu'Alastyr se convulsait et se tordait au cours de sa transe ; ensuite, sa main se porta à sa ceinture et sortit un poignard. Pendant un moment, l'apprenti resta immobile, comme s'il savourait ce moment, puis plongea le poignard dans le cœur de l'homme sans défense, à plusieurs reprises, interminablement. Comme il se fichait de voir les coups qu'il lui avait portés, Persaunn rompit la vision et rappela l'étoile en lui-même.

« Ainsi, c'était lui, mon aide inattendue ? Et ce doit être lui également qui a pris les livres et les autres objets rituels d'Alastyr. Enfin, en supposant qu'il en avait avec lui. »

Des créatures du Peuple Sauvage, accroupies dans tous les coins de la pièce, hochèrent toutes la tête pour indiquer qu'effectivement, Alastyr voyageait avec tous les impedimenta habituels d'un maître du dweomer noir. C'étaient des esprits d'aspect plutôt pitoyable, tout tordu et déformé par les ingérences d'Alastyr.

« Et pourtant, il a laissé le tissu derrière lui. Était-il pressé parce que nous arrivions ? »

À nouveau, les créatures lui répondirent positivement.

« Est-ce pour cela qu'il n'a pas tué Camdel ? »

Cette fois-ci, elles remuèrent la tête négativement. Un gnome noir avec des canines saillantes s'allongea par terre et fit semblant de trembler de peur, pendant qu'un autre s'avançait à côté de lui, serrant sa main levée comme s'il tenait un couteau. Puis, il fit mine dc s'agenouiller en rangeant son arme, et tapota gentiment l'autre gnome à l'épaule.

« Seigneur ! Vous voulez dire qu'il a eu *pitié* de Camdel ? »

Les esprits acquiescèrent d'un air grave.

« Eh bien, jamais je ne l'aurais pensé ! Euh. Eh bien, mes amis, ce ne sont pas vos affaires. Bientôt, vous serez libérés de ces affreuses formes. Aidez-moi à réaliser les bannissements, et après, vous pourrez retourner auprès de vos rois. »

Lorsqu'ils sautèrent en l'air, il sentit leur joie le submerger, aussi palpable que de l'eau.

« Est-il réveillé ? demanda Rhodry.

— En quelque sorte. » Jill paraissait peu convaincue. « C'est difficile à dire. »

Rhodry entra dans la chambre et se força à regarder Camdel, qui était allongé sur le lit, torse nu. Il était sale, couvert d'ecchymoses et de coupures présentant d'épaisses croûtes un peu partout. Enfin, il ouvrit les yeux et regarda en l'air avec méfiance, comme s'il s'attendait à ce que Rhodry lui fasse quelques cicatrices de plus.

« Voulez-vous manger quelque chose ? demanda Jill.

— Non, murmura Camdel. De l'eau ? »

Pendant que Jill remplissait un verre d'eau, Camdel dévisagea Rhodry les yeux grands ouverts, terrorisé.

« Oh allons, vous souvenez-vous de moi ? Nous nous sommes rencontrés à la cour, je m'appelle Rhodry Maelwaedd, fils puîné du gwerbret d'Aberwyn. »

À ces mots, un faible sourire se dessina sur les lèvres de Camdel, qui se rassit pour prendre le verre d'eau. Le tenant à deux mains, il le sirota lentement en regardant la pièce. Le soleil de fin d'après-midi passait obliquement par les fenêtres et faisait ressortir les grains de poussière dansant dans les rais de lumière dorée. Aussi heureux qu'un enfant, Camdel sourit à ce spectacle. Rhodry sentit sa répugnance grandir et détourna le visage. Et si les maîtres du dweomer noir avaient mis la main sur sa chère Jill ? Lui auraient-ils fait quelque chose de similaire ? Dans son for intérieur, il se jura solennellement que si c'était dans son pouvoir de débarrasser le monde de ces hommes maléfiques, il serait prêt à mourir pour les éradiquer de la surface de la terre.

« Rhoddo, veux-tu appeler un page ? demanda Jill. J'aimerais de l'eau pour qu'il puisse prendre un bain.

— Un bain ? » Camdel semblait ivre. « J'aimerais beaucoup en prendre un, oui. »

Rhodry quitta la chambre avec plaisir. Même s'il ne tenait Camdel responsable de rien, il ne pouvait pas supporter de le voir.

Lorsqu'il eut chargé les pages de leur commission, Rhodry rejoignit Blaen à la table d'honneur. Celui-ci, naturellement, buvait de l'hydromel, et pour la première fois de sa vie, Rhodry décida d'essayer de le suivre. Pendant que son cousin le regardait en souriant légèrement, il but d'un trait autant d'hydromel qu'il put.

« Cela requinque un homme, remarqua Blaen. Et permet d'oublier.

— Oui, exactement. As-tu entendu ce...

— ... qui est arrivé à Camdel ? Oui. »

Rhodry but une autre gorgée d'hydromel. Aucun d'entre eux ne parla à nouveau des heures durant.

Dans les contreforts de la partie occidentale du Cwm Pecl, Sarcyn menait son cheval fatigué le long d'une piste étroite traversant des bosquets de pins. Dans sa fuite, il s'était dirigé aveuglément vers l'ouest, recherchant un endroit isolé où il pourrait se cacher un jour ou deux, mais à présent, il lui venait à l'esprit qu'il ferait mieux de continuer à se déplacer. Les hommes du gwerbret et, pire encore, le Maître de l'Éther, devaient être en train de le traquer. Pourtant, dans sa lassitude, il se demanda s'il ne valait peut-être pas mieux qu'il se rende au gwerbret et laisse celui-ci le pendre, au lieu de tomber dans les mains de la Confrérie des Ténèbres : les membres de cette dernière feraient durer sa mort des semaines durant.

« Mais j'ai les livres, chuchota-t-il à mi-voix. Un jour, j'aurai le pouvoir de leur résister. »

Vers le coucher du soleil, il trouva un vallon, un ruisseau et plein d'herbe pour son cheval. Il mit le camp, puis déroba un peu de bois mort dans le coteau boisé et s'alluma un petit feu avec son silex et son fusil. Son ventre gargouillait mais il ignora sa faim. Il avait déjà pris un repas ce jour-là, et il avait besoin d'économiser ses maigres provisions. Pendant un moment, il contempla le feu et rumina ses plans. Dispersées dans tout le royaume, un certain nombre de connaissances pourraient l'abriter pendant quelques jours au moins. Il ne pouvait se permettre de passer plus de temps au même endroit, même s'il devait étudier les livres d'Alastyr. Brusquement, il se sentit las, trop las pour réfléchir – une lassitude bien soudaine, comme il devait le réaliser par la suite.

Comme un enfant, il se pelotonna dans ses couvertures et s'endormit près du feu. Il se réveilla en sursaut au contact de mains sur ses bras. Il cria et se débattit, donna des coups de pied et se tortilla, mais une corde de cuir s'enroula autour de ses poignets et serra puis un homme lui coinça les genoux et l'immobilisa. À la lumière du feu mourant, il put voir ses assaillants, deux Bardékiens à la peau claire habillés comme des Deverriens. L'un deux attacha solidement ses poignets ; l'autre, ses chevilles, en dépit de ses balancements et de ses tortillements. Lorsqu'ils en eurent fini avec lui, il resta allongé, haletant sur le sol sous leurs regards malveillants.

« Alors, petit, dit le plus grand des deux. Tu as tué ton maître, n'est-ce pas ? »

Sarcyn se raidit de terreur, pris d'un frisson qui commença à la base de sa colonne vertébrale et ondula vers le haut.

« Je vois que tu sais qui nous sommes, poursuivit l'assassin. Les Faucons de la Confrérie, bien sûr. L'Ancien nous a chargés de suivre Alastyr et de garder un œil sur lui. Nous vous surveillons depuis le début, petit, mais jamais nous n'avions pensé assister à un meurtre.

— Je parie que l'Ancien suspectait quelque chose de ce genre, remarqua le second. Il ne dit jamais ce qu'il pense.

— Peut-être, effectivement. » Il donna à Sarcyn un violent coup de pied à la tête. Mais tu paieras pour ça, petit, et lentement, lorsque tu auras dit à nos maîtres tout ce que tu sais. Nous avons perdu un de nos hommes à cause de l'opale, vois-tu. Tu paieras pour lui également. »

Le monde vacilla comme un feu après le coup qu'il avait reçu, mais Sarcyn se mordit la lèvre très fort pour se retenir de crier. La peur avait beau le faire trembler, il se fit une promesse solennelle : il ne leur dirait rien du tout, peu importait l'ingéniosité qu'ils déploieraient pour le torturer, parce qu'ils n'auraient aucune pitié pour lui, même s'il leur obéissait. Lorsque les Faucons partirent chercher leurs chevaux, dissimulés quelque part dans les arbres, il se ratatina sur lui-même et se cramponna à sa volonté. C'était tout ce qu'il lui restait, sa capacité à se concentrer et à se maîtriser. Il chassa sa peur, cessa de trembler et resta aussi mou qu'une biche prise dans un filet tout en regardant le feu.

Bien que Persaunn fût rentré vers midi, Jill n'eut pas l'occasion de lui parler avant le coucher du soleil, parce que le magicien s'occupa de Camdel tout l'après-midi, lavant et soignant ses diverses blessures tout en apaisant son esprit. Après le dîner, il envoya un page la chercher et elle le rejoignit dans sa chambre, où les derniers rayons du soleil entraient à flots par la fenêtre. Jill restait assise sur un coffre pendant qu'il arpentait nerveusement la pièce.

« Comment va Camdel ? demanda-t-elle.

— Il a l'air endormi, que les dieux en soient remerciés. Il m'a raconté certaines des aventures qui lui étaient arrivées, mais je me suis assuré qu'il ne se les rappelle pas. Il est encore trop faible pour affronter ses souvenirs maintenant.

— Sans doute. Pourquoi... eh bien, pourquoi l'utilisaient-ils de cette manière ? »

Il pencha sa tête d'un côté et l'observa à sa manière, d'un air étrangement rusé.

« En toute justice, je ne devrais pas vous le dire, dit-il

finalement. Et en outre, je pensais que toutes ces histoires de dweomer vous faisaient peur.

— Oh, Persaunn, ne me taquinez pas !

— Très bien, alors. Eh bien, lorsque deux personnes couchent ensemble, une certaine quantité d'une substance appelée effluent magnétique se dégage. Je sais que vous ignorez ce que c'est, et croyez donc ce que je vais vous dire sur parole. Cet effluent possède diverses propriétés, mais au fond, c'est une sorte d'aliment vital. Il est également présent dans le sang. Les maîtres du dweomer noir sont entraînés à aspirer cet effluent quand il y en a et à l'utiliser pour rétablir leur propre vitalité. Lorsque son apprenti utilisait Camdel, Alastyr se nourrissait tout simplement de leur plaisir sexuel. »

Jill se sentit malade et eut envie de vomir.

« Répugnant, n'est-ce pas ? remarqua Persaunn. Bon, à présent, cela me fait penser à quelque chose. Cet apprenti – Sarcyn, du moins, c'est ainsi que Camdel l'a appelé – s'est échappé. Rhodry et vous devrez être très prudents lorsque vous repartirez.

— J'ai pensé à cela toute la journée, en fait.

— Je projette de le retrouver, mais j'insiste pour que vous restiez tous les deux avec Blaen, peu importe à quel point Rhodry peut avoir honte. Dans l'état actuel des choses, ce Sarcyn est assez faible et a des ennemis pires que moi.

— Qui ?

— Vous souvenez-vous de l'homme qui s'est empoisonné dans la chambre d'Ogwern ?

— Oh, grands dieux ! N'aviez-vous pas dit qu'ils étaient plusieurs ?

— Si, et grâce aux dieux, j'espère qu'ils seront trop occupés avec ce Sarcyn pour penser à se venger sur vous. Toutefois, restez toujours sur vos gardes. Sarcyn a une bonne longueur d'avance sur moi et, bien sûr, je ne peux pas le repérer. Je ne l'ai jamais vu en chair et en os. »

Dès que l'idée lui vint, elle lui sembla évidente, sans qu'elle sache pourquoi. Elle resta assise tranquillement pour y réfléchir, sentant sa peur de Sarcyn grandir ainsi que celle d'utiliser le dweomer de sang-froid. Si elle exprimait son idée, elle savait qu'elle ferait ainsi le premier pas qui l'engagerait sur une route très étrange. Mais était-ce réellement le premier pas qu'elle faisait ? Légèrement perplexe, Persaunn la dévisagea jusqu'à ce que, finalement, elle prenne sa décision.

« Moi, je l'ai vu en chair et en os, lui dit-elle. Vous pouvez le repérer par mon intermédiaire, non ? J'ignore pourquoi j'en suis sûre, mais vous pouvez m'utiliser comme une paire d'yeux, non ?

— Grands dieux ! Vous avez tout à fait raison, mais êtes-vous certaine de m'autoriser à le faire ? Cela signifie que je prendrai le contrôle de votre volonté.

— Bien sûr que oui. Vous devriez savoir que je vous confierai ma vie. »

Persaunn faillit pleurer. Hâtivement, il se détourna et s'essuya les yeux sur la manche de sa chemise sale pendant qu'elle se demandait pourquoi la bonne opinion qu'elle avait de lui importait tant à un homme qui avait des pouvoirs tels que les siens.

« Eh bien, merci, finit-il par dire. Laissez-moi juste demander du bois à un serviteur, et nous allumerons un feu. »

Lorsque les flammes furent vives, le crépuscule avait cédé la place à une nuit de velours. Persaunn fit asseoir Jill sur une chaise devant la cheminée et se tint debout derrière elle. Bien qu'elle fût effrayée, cette peur s'accompagnait du même type d'exaltation qu'elle ressentait juste avant un combat. Lorsqu'il posa sa main sur sa nuque, juste à la jonction entre la colonne vertébrale et le crâne, ses doigts lui parurent tout d'abord normaux ; puis la chaleur qu'ils dégageaient augmenta et sembla pénétrer ses veines, se diffuser dans son corps, dans son crâne et son esprit, jusqu'à ce qu'enfin elle se concentre entre ses yeux.

« Regardez le feu, mon enfant, et pensez à Sarcyn. »

Elle s'exécuta et le vit allongé, endormi près d'un feu de camp, quelque part dans une contrée vallonnée. L'image était petite au début ; puis elle grandit pour remplir le foyer et tout son esprit, jusqu'à ce qu'elle se retrouve en train de planer au-dessus de la scène comme un rêve éveillé. Lorsqu'elle survola le vallon, elle vit deux hommes quitter les arbres en haut de la colline et commencer à épier le dormeur qui ne se doutait de rien. Lentement, ils se déplacèrent en silence, glissant au-dessus du sol comme des furets. Bien qu'elle détestât Sarcyn, une minute seulement auparavant, elle fut soudain terrifiée pour lui.

Dans sa vision mêlée de transe, elle essaya de crier et de le réveiller, mais aucun son ne sortit. Elle fondit sur lui et lui saisit les épaules, mais son contact incorporel ne put le réveiller. Juste au moment où les deux hommes sautèrent sur lui, elle s'éloigna rapidement et se tint de l'autre côté du feu pendant que les Faucons attachaient leur prisonnier tout en le raillant. Elle les vit s'éloigner à grandes foulées, laissant Sarcyn seul. Soudain, elle entendit la voix de Persaunn dans sa tête – parlant par l'intermédiaire de son esprit.

« Invoquez la Lumière et renoncez aux Ténèbres. »

Sarcyn regarda directement Jill. Elle put voir ses yeux se plisser tandis qu'il la dévisageait d'un air interrogateur ; ce qu'il pouvait voir, bien sûr, elle ne pouvait le savoir. Comme son esprit et celui de Persaunn étaient étroitement entremêlés, elle sentit qu'elle était en train de verser de vraies larmes pour le prisonnier, tandis que celui-ci gisait et tremblait devant elle. Mais ce chagrin, elle le savait, était celui de Persaunn.

« Invoquez la Lumière. »

Pendant un long moment, Sarcyn la regarda, puis pleura, remuant les lèvres sans qu'elle puisse déchiffrer ce qu'il pouvait être en train de dire. Elle regarda autour d'elle et vit les Faucons revenir avec leurs chevaux chargés. Apparemment, Persaunn les avait vus lui aussi.

« Revenez maintenant ! » Sa voix résonna fort dans sa tête. *« Ils ont le pouvoir de vous voir s'ils regardent dans votre direction avec leur seconde vue. Pensez à moi, mon enfant. Revenez dans la chambre. »*

Elle imagina Persaunn, puis la pièce ; brusquement, ses yeux s'ouvrirent, et elle se retrouva contemplant le feu qui brûlait devant elle. Persaunn avait retiré ses mains. Elle se leva en s'étirant, étrangement ankylosée.

« Je n'ai jamais pensé qu'ils auraient suivi Alastyr de cette manière, dit Persaunn. Je dois agir vite si je veux tirer notre apprenti de ce traquenard.

— Comment ? Pourquoi voulez-vous le sauver, après tous les méfaits qu'il a commis ?

— Il paiera pour ces crimes, assurément, mais dans les règles de la Loi.

— Mais c'est l'individu le plus haineux que j'ai jamais... »

Persaunn leva la main pour obtenir le silence.

« Pourquoi ne descendriez-vous pas dans la grande salle retrouver votre cher Rhodry ? Je dois réfléchir à ce que je dois faire. »

Dès que Jill fut partie, Persaunn reprit ses allers et venues en réfléchissant à ce qui devait être fait. Il était déterminé à sauver Sarcyn des Faucons, plus pour le bien du royaume que pour celui de l'apprenti. S'il mourait en jurant et en hurlant sous la torture, sa haine et sa douleur le hanteraient dans sa vie future, faisant de lui une vraie menace pour tous ceux qui vivraient autour de lui. Et après tout, s'il avait eu pitié de Camdel, quelque part dans son âme se cachait une lueur de gentillesse qui pouvait être ranimée et devenir un feu de purgation.

« Si nous le sortons de là, en tout cas, fit remarquer Persaunn au gros gnome jaune, qui se prélassait près du feu. Ils vont sans doute retourner à Bardek. Je me demande comment ils vont le faire monter clandestinement sur un bateau ? Probablement dans un grand coffre ou quelque chose de ce genre. »

Le gnome se gratta le ventre pensivement. Persaunn songea à demander à Blaen d'envoyer une troupe sur leurs traces, mais les Faucons avaient une bonne longueur d'avance. En outre, comme ils avaient reçu une formation dweomérique, ils pourraient voir leurs poursuivants et se cacher très efficacement. *Je pourrais peut-être accompagner cette troupe*, se dit Persaunn, *si nous comblons notre retard*. Rattraper les Faucons leur prendrait du temps, après tout, puisqu'ils avaient choisi de passer par les montagnes.

Les montagnes. Persaunn gloussa tout seul en s'agenouillant près du feu pour contacter le seul maître de dweomer du royaume qui pouvait l'aider à présent.

Lorsque les Faucons se furent occupés de leurs chevaux, ils retournèrent au feu de camp. Sarcyn gisait immobile et les écoutait discuter jusqu'à ce qu'il ait enfin discerné leurs noms. Le plus grand, celui aux yeux brun-jaune qui témoignaient d'une trace de sang Anmurdio dans ses veines s'appelait Dékanny, tandis que l'autre, qui semblait également être le chef, se dénommait Karlupo. Lorsqu'ils eurent mangé, Dékanny s'agenouilla à côté de Sarcyn, le saisit par les poignets pour lever ses bras par-dessus sa tête, puis remonta sa chemise jusqu'à ce qu'elle lui recouvre le visage et l'aveugle. Sarcyn resta tranquille, invoquant sa volonté et écoutant le Faucon chantonner pour lui-même tandis qu'il s'affairait près du feu. Enfin, ce dernier revint vers lui.

« J'ai une dague à la main. Je l'ai chauffée. »

Sarcyn rassembla toutes ses forces et toute sa volonté. Dékanny gloussa comme une fille, puis posa l'acier chauffé sur le sein droit de Sarcyn. Même si la douleur le marqua au fer rouge, celui-ci ne poussait pas un cri.

« Je vais retourner la lame à présent, mon petit. »

La douleur le lança au niveau du sein gauche. Il lutta pour réprimer le cri qui se formait dans sa gorge. Soudain, il sentit ses intestins se vider.

« Quelle puanteur ! Je vais te retourner et marquer tes fesses pour ça.

— Non ! dit Karlupo, non loin de lui. Tu en as fait assez pour une nuit. Il doit être dans une forme décente lorsqu'il rentrera au pays, parce que les maîtres voudront qu'il résiste aussi longtemps que possible.

— Ah, il pourra guérir sur le bateau.

— J'ai dit : assez. »

Puis le monde tournoya, et Sarcyn s'évanouit. Il se réveilla au milieu de la nuit pour découvrir qu'il était allongé dans ses propres excréments. Ils avaient rabaissé sa chemise, et le lin rêche frottait contre ses brûlures, faisant suinter un liquide purulent. Il resta éveillé un long moment, luttant pour se retenir de gémir, puis s'évanouit à nouveau.

Le lendemain matin, ils le réveillèrent à coups de pied et le mirent en position assise en le tirant. Karlupo avait préparé de la bouillie dans une petite bouilloire et lui en apporta un bol.

« Je détache tes mains pour que tu puisses manger, lui dit-il. Mais si tu nous poses le moindre problème, Dékanny aura le plaisir de te corriger avant que nous reprenions notre route. »

Sarcyn détourna la tête. Il était déterminé à se laisser

mourir de faim pour succomber plus vite sous la torture.

« Tu vas manger », lança Karlupo d'un ton brusque.

Face à un nouveau refus, ils s'agenouillèrent chacun d'un côté. Dékanny lui ouvrit les mâchoires pendant que Karlupo lui enfonça une cuillerée de bouillie. La nourriture l'étouffa, si bien qu'il dut l'avaler par pur réflexe. Ils lui firent manger le bol entier, et l'humiliation qu'il ressentit lui fit aussi mal que les brûlures qu'il avait reçues.

La douleur reprit dès qu'ils furent en selle. Avec le mouvement de son cheval, sa chemise frottait sur ses brûlures encore à vif, et sous le soleil brûlant, il suait, si bien qu'il n'eut plus qu'une idée en tête : mourir et mettre un terme à sa douleur. Vers le milieu de la matinée, ses poignets liés se mirent à gonfler, la corde pénétrant dans sa chair gonflée. Lorsqu'ils s'arrêtèrent pour le déjeuner, sa lèvre inférieure lui faisait mal, également. Il réalisa qu'en luttant contre sa douleur, il l'avait mordillée jusqu'au sang.

« Mangeras-tu tout seul, petit ? demanda Karlupo. Ou veux-tu que nous te donnions ta bouillie comme ce matin ?

— Je mangerai. »

Karlupo détacha ses liens et le surveilla, une épée à la main, lorsqu'il mangea du bœuf haché et des biscuits. Puis ils remontèrent à cheval, et il souffrit le martyre à nouveau.

Ils avaient bien progressé dans les montagnes et suivaient une étroite piste qui serpentait le long d'immenses rochers. De temps en temps, ils passaient à gué un torrent ou longeaient une falaise fissurée en train de s'effondrer. Sarcyn remarqua à peine le chemin qu'ils avaient emprunté. Il avait un nouveau désagrément à ajouter à sa douleur : faire du cheval toute la journée dans son brigga crasseux et trempé avait mis ses cuisses et ses fesses à vif. Finalement, Dékanny ralentit l'allure pour se retrouver à son niveau.

« Nous allons bientôt installer le camp. J'aurai quelques minutes pour jouer de nouveau avec toi. Je veux que tu choisisses. Je peux poser la lame chauffée sous tes aisselles ou sur ton dos... deux fois, bien sûr. Tu me diras ce soir ce que tu préfères. »

Sur ces paroles, il ralentit encore pour se poster à l'arrière-garde et laisser Karlupo prendre la tête. Sarcyn se mit à trembler sans pouvoir trouver la volonté de faire cesser ses tremblements. Il savait exactement ce que Dékanny faisait. S'il ne se décidait pas, naturellement, il subirait les deux tortures, mais s'il choisissait, ce serait le premier pas qu'il ferait dans sa collaboration avec son persécuteur. Ils voulaient qu'il commence à capituler, à devenir le partenaire de sa propre souffrance, et que naisse ainsi une affreuse complicité, presque sexuelle, entre le persécuteur et le persécuté.

« Dékanny ! s'écria-t-il. Je ne choisirai pas. »

De derrière parvint un gloussement d'excitation efféminé. Ils s'enfoncèrent dans un passage rocheux, couvert de taillis et de broussailles. Un moment, Sarcyn leva la tête et l'un des taillis sembla se transformer en visage. Hâtivement, il regarda ailleurs. S'il délirait, il perdrait toute volonté de résister. Il se concentra sur sa respiration et essaya de porter son esprit loin de son corps palpitant et douloureux, pendant que les ombres se faisaient de plus en plus sombres et que la nuit se rapprochait inexorablement.

Deux heures avant le coucher du soleil, ils firent halte dans un vallon si étroit qu'il ressemblait davantage à une crevasse située entre deux collines. Sarcyn s'assit par terre et observa chaque mouvement que faisait Dékanny lorsque les deux Faucons installèrent le camp et donnèrent aux chevaux des rations supplémentaires d'orge pour compenser l'absence d'herbe. Bientôt, très bientôt, il sentirait brûler la lame chaude à quatre reprises.

« Laissons-le manger d'abord, dit finalement Karlupo. Il ne pourra rien avaler lorsque tu auras joué avec lui.

— Très bien. Je le laisserai se reposer entre chaque marque, également. »

Sarcyn mordilla sa lèvre ensanglantée et fixa le sol comme s'il pouvait réduire le monde entier à ce petit carré de rocher. Soudain, il entendit Dékanny hurler. Il leva la tête et vit le Faucon tituber, une flèche plantée dans son épaule gauche, tandis qu'un essaim de petits hommes se ruait dans le vallon. Ils étaient de petite taille, mesurant près d'un mètre cinquante tout au plus, mais ils étaient solidement bâtis et armés comme des guerriers. Leurs longues haches s'abattirent efficacement, deux fois, trois fois, et Karlupo gisait mort, la tête coupée, amputé des deux jambes jusqu'aux genoux. Dékanny essaya de courir, mais une grande hache vola et se planta dans ses jambes. Il tomba en hurlant et se fit trancher la gorge d'un coup de lame net et précis. Les guerriers sourirent et se rassemblèrent autour des cadavres. Ce ne fut qu'à ce moment-là que Sarcyn réalisa qu'aucun d'entre eux n'avait poussé le moindre cri au cours de cette bataille inégale.

Retirant son heaume, l'un des guerriers s'approcha à grands pas de Sarcyn. Il avait un visage basané et ridé, une épaisse barbe grise et des sourcils noirs broussailleux.

« Vous, parlez deverrien ?

— Oui.

— Bien. Je parle langue de Deverry. Pas bien bien, mais je parle. D'autres parlent bien bien, à l'intérieur. Parlez donc. Moi, Jorl. Vous, levez ?

— Je ne sais pas si je le peux. Écoutez, mon bon Jorl. Je ne comprends pas. Qui êtes-vous ?

— Peuple des montagnes. Vous, pas inquiet, jeune homme. Nous, sauver vous. Vous, sain et sauf. »

Sarcyn laissa tomber sa tête et pleura, versant des larmes d'enfant, tandis que Jorl libérait ses mains à l'aide d'un petit poignard.

Il fallut plusieurs nains pour faire remonter Sarcyn sur sa monture. Ils rassemblèrent les autres chevaux, puis se mirent en route à pied, tirant l'apprenti derrière eux. Celui-ci essaya vaguement de comprendre pourquoi ils l'avaient sauvé, mais il lui fallut toute sa volonté et son attention pour rester sur sa selle. Finalement, alors que le crépuscule gris tombait, ils descendirent une étroite vallée et se dirigèrent droit vers une falaise. Lorsqu'ils s'en approchèrent, Sarcyn entendit comme un grincement.

« Oh, par les dieux ! »

Une immense porte s'entrouvrit lentement à la surface de la falaise. Lorsqu'ils l'atteignirent, elle était grande ouverte et stabilisée. Lorsque Jorl fit entrer sa troupe dans un tunnel carré au plafond élevé, d'autres nains s'avancèrent, portant des lanternes et parlant dans une langue que Sarcyn n'avait jamais entendue auparavant. Il jeta un coup d'œil en arrière et vit derrière lui la porte se refermer lentement à l'aide d'un treuil. La vue du crépuscule disparaissant dans l'entrebâillement de la porte lui fit tourner la tête. Brusquement, des mains le touchèrent et le saisirent pour le faire descendre doucement. Le visage de Jorl se pencha vers lui.

« Nous, attendre litière. Pour porter vous. »

Sarcyn voulut le remercier, mais sa tête tourna et les ténèbres l'enveloppèrent.

Lorsqu'il se réveilla, il était allongé sur une étroite paillasse, dans une chambre plongée dans un noir complet. Au début, il paniqua, parce qu'il n'y avait pas la moindre fente ni le moindre chatoiement de lumière, pas même les variations de noir qu'il y a dans une chambre normale pendant la nuit. Progressivement, il prit conscience qu'il était propre, nu sous une couverture moelleuse, et que ses brûlures ne le lançaient que légèrement. Sa lèvre ouverte elle aussi avait été enduite d'un baume à l'odeur agréable. Quelques minutes plus tard, une porte s'ouvrit sur un rectangle de lumière éblouissant. Un homme mesurant près d'un mètre vingt entra, dressant une lanterne.

« Le Peuple Sauvage m'a dit que vous étiez réveillé, annonça-t-il. Pouvez-vous manger ?

— Je pense que oui.

— Je vais vous apporter quelque chose, alors. »

Il posa la lanterne sur une petite table près de la porte, puis sortit en refermant la porte derrière lui. Sarcyn entendit le bruit d'une lourde barre reposée à l'extérieur. Ainsi, il était prisonnier, même s'il était bien traité. Pourtant, la pièce avait beau ne mesurer que trois mètres de long et avoir été creusée dans le roc de la montagne, elle était loin de ressembler à une cellule. Sur le sol était posé un solide tapis rouge, et à côté de la paillasse et de la table, il y avait une chaise rectangulaire avec un haut dossier et un siège rembourré qui avait l'air très confortable – pour une personne aux jambes courtes. Près de la porte, recouvert avec sobriété d'un morceau de tissu, il y avait un pot de chambre, à côté duquel étaient posés ses habits, lavés, séchés et soigneusement pliés.

Lentement, parce qu'il était encore pris de vertige, il se leva et s'habilla. Il ne fut pas surpris de constater que son épée n'était nulle part. Il finissait juste de se vêtir lorsque le nain revint, portant un plateau en bois sur lequel étaient posés deux bols.

« Vous aimez les champignons ?

— Oui.

— Bien. » Il posa le plateau sur la table. « Tous les

meubles sont un peu petits pour vous, n'est-ce pas ? Mais bon, vous ne resterez pas longtemps ici.

— Pouvez-vous me dire où je vais aller ? »

Le nain ne répondit pas, la tête penchée sur le côté pendant qu'il réfléchissait, puis il haussa les épaules et se dirigea vers la porte. Il la maintint légèrement ouverte pour que Sarcyn puisse voir deux soldats armés postés dehors avant de parler.

« Le Maître de l'Éther viendra vous chercher. »

Il sortit, claquant la lourde porte juste au moment où Sarcyn bondit vers elle, plus par terreur que dans une tentative raisonnée de s'échapper. Il se heurta à la porte et resta le dos voûté devant, bras et jambes écartés, écoutant le bruit de la barre remise en place, puis il se mit à pleurer, la gorge serrée, sanglotant presque silencieusement. Finalement, il s'éloigna de la porte et se mit à arpenter la pièce. Près du haut plafond, il y avait une ouverture qui devait servir de prise d'air, mais ne mesurant que trente centimètres, celle-ci était bien trop petite pour qu'il puisse se faufiler dedans. Peut-être pouvait-il faire semblant d'être malade, puis maîtriser son gardien... mais il y avait les gardes. Ou même retirer son aura et se faufiler dehors – si jamais ils rouvraient la porte avant l'arrivée de Persaunn. Il pouvait peut-être invoquer le Peuple Sauvage pour faire diversion ; ou demander à l'une des créatures de débloquer la porte.

Soudain, il cessa ses va-et-vient quand une pensée lui traversa l'esprit à la vitesse d'une flèche : il ne voulait pas s'enfuir. Il se rassit très lentement par terre, près de la table et y réfléchit encore et encore : il n'avait aucune envie d'être libre. Il était las, épuisé jusqu'au tréfonds de son âme, bien trop fatigué pour fuir, car s'il s'échappait, il serait toujours en train de courir, de fuir Persaunn, la loi, les Faucons, la terreur de ses propres souvenirs, encore et toujours, sans cesse obligé de mentir et de se tenir aux aguets.

Une biche dans une réserve de chasse serait plus tranquille que moi en fait.

Il sourit, d'un sourire amer et crispé, à ses propres paroles. Ainsi, il allait mourir. Persaunn le remettrait au gwerbret, sans doute, et il se ferait exécuter. C'était mieux que de finir entre les mains des Faucons, bien sûr. Au pire, il se ferait écarteler sur une roue, mais il avait vu et entendu suffisamment de choses au sujet de Blaen pour savoir qu'il serait condamné plus probablement à une miséricordieuse pendaison. Il éprouva un plaisir pervers, également, à réaliser que toutes les informations cruciales qu'il avait recueillies mourraient avec lui. L'Ancien ne saurait jamais rien du sang mêlé de Rhodry. Lorsqu'il sourit à cette idée, il réalisa qu'il détestait l'Ancien depuis des années, qu'il les détestait tous, maîtres du dweomer noir comme apprentis, ainsi que tous les Faucons qu'il avait pu rencontrer, il les détestait en fait autant qu'ils devaient le détester, lui. Eh bien, il serait débarrassé d'eux, désormais.

Lorsqu'il leva ses mains, il s'attendait à les voir trembler, mais elles étaient parfaitement fermes. Il voulait mourir. Il comprit soudain que sa mort inévitable ne serait pas une exécution, mais un suicide assisté. Pendant des années, il s'était senti comme un homme vide et creux, une marionnette ; à présent, la carapace, mince et fausse qu'il présentait au monde devait se dissoudre et être avalée par le vide qui le rongeait. La lassitude qu'il éprouvait depuis si longtemps prendrait fin. Il sourit à nouveau, et ce faisant, il sentit la chaleur et le calme l'envelopper, comme s'il flottait dans un bain chaud parfumé, comme s'il volait à quelques centimètres au-dessus du sol, si léger et si calme, en sécurité, qu'il voulait mourir. Personne ne le forcerait plus jamais à aller à l'encontre de sa propre volonté ; personne ne lui ferait plus jamais de mal. Toujours le sourire aux lèvres, il tira le plateau vers lui. Il était parfaitement calme et avait très faim.

Lorsqu'il eut fini de manger, la sérénité qu'il éprouvait se transforma en une lassitude si profonde qu'il ne put maintenir sa tête plus longtemps. Il s'allongea sur le ventre, la posa sur ses bras repliés et regarda les ombres que la lanterne projetait sur le sol. Par instants, il flottait hors de son corps, le réintégrant ensuite, balançant entre le plan éthérique et le plan physique sans effort, ni contrôle conscient. Lorsque la porte de la cellule s'ouvrit et que Persaunn entra à grands pas, accompagné du nain qui lui avait apporté à manger, il se trouvait hors de son corps. Même si Sarcyn n'avait jamais vu le vieil homme auparavant, il savait qu'il avait devant lui le Maître de l'Éther grâce à l'aura qu'il dégageait, un halo de lumière dorée et pâle presque aveuglant.

« Vers et baves ! s'écria le nain. Est-il mort ?

— Je ne le crois pas. » Persaunn s'agenouilla près du corps de Sarcyn et posa une main sur sa nuque. « Il n'est pas mort, il est en transe. »

Soudain, Sarcyn sentit la lumière bleue tourbillonner autour de lui. Il eut l'impression que son corps l'aspirait ; il eut beau se débattre, son corps tira sur sa corde d'argent jusqu'à ce que, finalement, il entende comme un sifflement et un petit bruit sec. Grognant, il ouvrit les yeux et vit Persaunn penché au-dessus de lui.

« Bien, dit le nain. Je serai juste dehors si vous avez besoin de moi. »

Sarcyn fixa le sol jusqu'à ce qu'il entende la porte claquer ; puis, très lentement, il tourna la tête et regarda son adversaire. Il lui sembla qu'il aurait dû dire quelque chose, pousser un cri de défi peut-être, ou faire la simple remarque qu'il était prêt et disposé à mourir, mais il se sentait las à nouveau, et aucun mot ne lui vint à l'esprit. Pendant ce qui sembla durer une éternité, Persaunn se contenta de le regarder.

« C'est moi qui ai arrangé votre sauvetage, dit enfin Persaunn. Vous l'ont-ils dit ?

— Oui. Est-ce un sauvetage ou un autre traquenard ?

— Espèce de jeune idiot ! À votre avis, que vais-je faire, vous torturer peut-être ?

— Je suis sûr que vous n'avez pas besoin de moyens aussi grossiers.

— Grands dieux, n'avez-vous rien entre vos deux oreilles ? C'est moi qui vous ai parlé à travers le feu, et qui vous ai dit d'invoquer la Lumière. C'est ce que vous avez fait, et me voici. »

Il sourit. Sarcyn s'étonna longtemps de le voir sourire.

« Dites-moi, reprit Persaunn. Êtes-vous disposé à vous racheter ?

— Tout ce que je veux, c'est mourir.

— Oh, votre vœu sera exaucé, j'en ai bien peur. « Persaunn devint triste. » Mais une fois exécuté, vous n'aurez pas l'occasion de vous libérer une fois pour toutes des Ténèbres.

— Comment ça ? Où ? Dans l'Autre Monde ?

— Oh, allons, jeune homme ! Croyez-vous vraiment que lorsqu'un homme meurt, c'en est fini de lui ? Quelle formation à l'eau de rose vous avez reçue ! »

Sarcyn le regarda, médusé, et pourtant, il se mit brutalement à se rappeler des allusions et des indices – voyager dans le plan éthérique dans une conscience libérée de la chair, Alastyr se vantant de vivre pour toujours dans la Terre des Enveloppes et des Écorces. Sa haine l'envahit lorsqu'il réalisa à quel point Alastyr l'avait trompé.

« Le grand secret ! Pas dans l'Autre Monde, mais dans ma prochaine vie !

— Tout juste ! Ce sera un vrai défi, jeune homme.

Un vrai combat. Rien de ce que je vous propose d'aussi grand n'est gratuit. Renoncerez-vous aux Ténèbres et vous tournerez-vous vers la Lumière ? »

Sarcyn hésita à peine le temps d'un battement de cœur.

« Oui, Ô Maître de l'Éther. Oui, je le veux. »

Puis il se mit à pleurer, se recroquevilla tel un enfant et sanglota, au-delà de tout mot et de toute pensée.

Même si Persaunn avait assuré qu'il était capable de ramener un dangereux prisonnier seul, ni Jill ni Rhodry ne voulurent le laisser faire. À présent, ils comprenaient pourquoi le magicien avait refusé de laisser les hommes de Blaen les accompagner. Remplis d'un respect mêlé de crainte silencieux, ils étaient assis sur un long banc de pierre près de la paroi d'une immense caverne et regardaient les nains faire leur marché. Mesurant au moins une centaine de mètres de diamètre et s'élevant facilement sur deux fois cette distance en hauteur, la caverne était éclairée par des puits de lumière entrant à flots loin au-dessus d'eux. Juste en face, de l'eau dégoulinait le long du roc, collectée dans des bassins artificiels. De temps en temps, un nain remplissait un seau dans l'un de ces bassins et le rapportait pour une tâche domestique. Au centre de la caverne, près d'une centaine de personnes, membres du peuple de la montagne, négociaient et faisaient du commerce. La plupart des articles en vente étaient des aliments étalés sur des tissus rugueux : des champignons, des chauves-souris, des racines cultivées à la dérobée à la surface de la terre, du gibier chassé également sournoisement.

« Ces gens mènent une vie difficile, remarqua Jill.

— Beuh ! Ils le méritent.

— Oh, je t'en prie, mon amour. Essaie de le prendre de bonne grâce. »

Rhodry se contenta de se renfrogner. Lorsqu'ils

étaient arrivés à la porte gardée par les nains, l'un des gardiens avait brandi un petit poignard devant eux. Celui-ci s'était mis à chatoyer dès qu'il s'était approché de Rhodry et avait suscité un vaste tollé de cris et de jurons. Seule l'intervention de Persaunn les avait empêchés de faire attendre Rhodry dehors. Même si des gens s'avançaient vers eux sans se presser de temps en temps et échanger quelques mots plaisants avec Jill, ils ignoraient Rhodry totalement, comme s'il était un loup ou un animal apprivoisé dangereux qu'elle aurait emmené.

Vêtue d'une robe brune et rêche qui lui tombait jusqu'aux chevilles, une petite femme ne dépassant pas un mètre de hauteur s'approcha d'eux. Dans une écharpe accrochée autour de ses hanches, elle portait un bébé. Comme Jill n'avait aucune idée de la durée de vie de ces gens ni de la vitesse à laquelle ils grandissaient, elle ne put deviner l'âge de l'enfant, mais celui-ci se rassit le dos droit et regarda autour de lui d'un œil aussi alerte qu'un enfant humain d'environ un an.

« Ah, dit la femme. Vous devez être la fille qui est venue avec le Maître de l'Éther.

— Oui, c'est cela. Est-ce une fille ou un garçon ?

— Une fille.

— C'est un précieux trésor, vraiment. »

Les joues du bébé se creusèrent de deux fossettes et elle se mit à gazouiller. En dépit de son front bas dissimulé par une petite frange de cheveux noirs et bouclés et de son gros et large nez, elle était si minuscule, si fragile, et pourtant si vive que Jill eut envie de la prendre dans ses bras.

« Puis-je vous demander quelque chose ? poursuivit Jill. Pourquoi tant de gens de votre peuple parlent-ils le deverrien ?

— Oh, nous faisons souvent du commerce avec les fermiers des contreforts. C'est un peuple pacifique, et ils gardent nos secrets en échange d'un peu de notre argent. Il n'y a rien de tel que des métaux précieux pour se faire des amis... ou des ennemis. »

Sur ces dernières paroles, elle regarda Rhodry d'un air lourd de sous-entendus.

« S'il vous plaît, répliqua Jill, qu'a donc fait mon compagnon ?

— Il a fait briller le talisman des gardes, non ?

— Oui, c'est vrai, mais qu'est-ce que cela signifie ?

— Eh bien, vous savez. » La femme réfléchit un instant. « En fait, je l'ignore. Personne ne le sait, je parie. Mais nous avons un poème, un vieux proverbe. « Là, elle débita à toute allure quelque chose dans sa propre langue. » Cela veut dire qu'un ennemi est proche, lorsque la Lame de Garde brille.

— Ah, je vois. Sans doute. »

La femme hocha la tête, puis reprit son chemin, parlant doucement à son bébé.

« Je souhaite par tous les dieux que Persaunn revienne vite », lança Rhodry d'un ton brusque.

Son souhait fut exaucé quelques minutes plus tard lorsque le maître de dweomer sortit d'un tunnel à l'autre bout de la caverne. Il y avait avec lui le nain qui s'appelait Larn ; et derrière eux, deux guerriers armés d'une hache et Sarcyn, qui marchait le dos voûté, tel un homme très âgé. Jill et Rhodry se levèrent et se dépêchèrent d'aller les trouver. La mâchoire pendante, Sarcyn la regarda, et dans ses yeux, elle lut une lassitude si profonde qu'elle recula. Il sourit, la bouche légèrement contractée.

« Je ne vous poserai aucun problème. »

Sarcyn tint parole. Et il ne dit pas un mot non plus, au cours de leur longue chevauchée qui les ramena à Dun Hiraedd.

Flottant au-dessus du feu, l'image du visage de Salamander souriait. Persaunn espérait de tout cœur que juste une fois dans sa vie bercée dans l'ignorance, le gerthddyn prendrait quelque chose au sérieux.

« *Ainsi,* lui dit mentalement Salamander, *le témoignage de Camdel signifie que j'avais raison pour l'opium.*

— Effectivement. Je veux que tu ailles trouver un certain Sire Gwaldyn sur-le-champ. Il est associé au Prévôt du Roi et il me connaît bien. Que Gwaldyn arrête cette Anghariad dès qu'il le peut, et dis-lui de prendre toutes ses précautions pour la surveiller. Je parie que les seigneurs de la cour seront nombreux à vouloir l'empoisonner pour qu'elle cesse de remuer la langue.

— J'irai le voir à la première lueur de l'aube demain. Combien de temps dois-je rester à Dun Deverry ?

— Jusqu'à mon arrivée. Liddyn l'apothicaire – tu l'as déjà vu, je crois – est en route pour ici, il arrive de Dun Cantrae. Je lui confierai Camdel, puis viendrai rapporter la Grande Pierre de l'Ouest au Roi. Cela te dérange-t-il de m'attendre là-bas ?

— Pas le moins du monde. En fait, vous me faites une sorte de faveur en me demandant de rester, parce que mon cher et estimé père désire que je rentre.

— Eh bien, écoute, s'il a besoin de toi, je peux envoyer quelqu'un d'autre à la capitale.

— Ne vous inquiétez pas, ô Maître de l'Éther. » Salamander prit un air mélodramatique « *Je peux exactement deviner de quoi il s'agit : il veut me réprimander pour mes errances. Je lui ai dit que je rentrerai à l'automne. Cela sera suffisamment tôt pour entendre encore un de ces sermons soigneusement composés et*

lourds de sous-entendus précis quant à mes fautes, le tout livré par sa voix de barde retentissante. »

Lorsqu'ils eurent fini leur conversation, Persaunn éteignit le feu, parce que les nuits d'été étaient chaudes. Sur le rebord de la cheminée étaient posés trois livres d'Alastyr que les nains lui avaient rendus. L'un d'eux était une simple copie du *Livre Secret de Cadwallon le Druide ;* les deux autres, écrits en bardékien, s'intitulaient *La Route du Pouvoir* et *L'Épée du Guerrier*, composés de fadaises prétentieuses et de rituels extrêmement dangereux. Pour passer le temps, Persaunn ouvrit *L'Épée du Guerrier*.

« En vérité, comme toute chose doit être dominée par la Volonté du véritable Guerrier, même les endroits secrets des Ténèbres, il est une vérité admirable et absconse que ceux qui se battent sous le Sceau de... »

S'étranglant de rire, Persaunn referma le livre violemment et le posa de côté.

« Je me demande pourquoi ces gens ne peuvent jamais écrire dans un style digeste, remarqua-t-il au gnome jaune. Abscons, effectivement ! »

Le gnome se gratta le ventre, puis saisit une poignée de charbon dans la cheminée et l'éparpilla sur le tapis. Avant que Persaunn ait pu l'attraper, il disparut. Persaunn était en train de ramasser le dernier morceau de charbon lorsque quelqu'un frappa à la porte.

« C'est Jill.

— Entrez, mon enfant, entrez. »

Elle referma la porte, puis s'y adossa comme si elle était exténuée.

« Je suis venue vous dire au revoir. Rhodry et moi partons ce matin.

— Par les dieux ! Si tôt ?

— Oui. C'est à cause de la manière dont Blaen traite Rhodry. La générosité dont il fait preuve ne fait que renforcer le sentiment de honte de Rhoddo. Parfois, je ne comprends pas du tout les gens liés par leur sens de l'honneur.

— Ils ont un champ plein de cailloux à labourer. Mais j'avais espéré que vous resteriez ici jusqu'à ce que j'aie réglé mes affaires, au moins.

— Moi aussi. Vous allez me manquer.

— Vraiment ? » Il sentit sa gorge se nouer. « Vous me manquerez également, mais vous pourrez toujours me contacter par le feu.

— Oui, c'est vrai. » Elle resta muette pendant si longtemps qu'il se rapprocha d'elle pour la regarder. « J'y réfléchissais. Parfois, je regrette de ne pas être simplement partie avec vous lorsque vous vouliez que j'étudie la pharmacopée, mais à présent, il est trop tard.

— À cause de notre Rhodry ? »

Elle acquiesça, reprenant ses réflexions.

« Mais bon, finit-elle par dire. Un de ces jours, il me mettra sûrement enceinte, et je ne pourrai plus le suivre. Si je retourne à Dun Gwerbyn pour être avec mon père, il ne pourra même pas me rendre visite à cause de sa mise au ban. Mais que je sois maudite si je termine serveuse dans une auberge comme maman. Aussi, je me demandais, voyez-vous, si peut-être...

— Bien sûr, mon enfant ! » Persaunn eut envie de danser, jubilant. « Il n'y a aucune raison pour laquelle vous et moi, ainsi que votre enfant, ne puissions nous installer quelque part, là où le peuple a besoin d'un herboriste et de son apprenti. »

Elle sourit, si soulagée qu'elle eut l'air d'être plus qu'une femme, une enfant.

« Sans le sens de l'honneur tenace de Rhodry, poursuivit-il, nous pourrions le faire sur-le-champ, mais je ne l'imagine pas disposé à chercher des herbes comme un fermier.

— Oh, il le pourrait... lorsque la lune deviendrait pourpre et tomberait du ciel.

— Exactement. Mais c'est entendu, alors. Nous y réfléchirons plus tard. Dans les provinces du Nord, il y a un certain nombre de villes qui ont suffisamment besoin d'un herboriste pour ignorer le fait qu'un mercenaire passe l'hiver avec lui. »

Lorsque Jill partit, Persaunn resta près de la fenêtre un long moment et se sourit à lui-même. *Enfin !* pensa-t-il. Bientôt, son Wyrd commencerait à se dénouer ; bientôt, il pourrait la guider vers le dweomer. Bientôt. Pourtant, malgré sa joie, il sentit un frisson l'avertissant que rien dans sa vie liée au dweomer ne serait plus jamais simple.

Épilogue
An de grâce 1063

Le vent furieux du Wyrd d'un homme déforme sa vie.
Sauvage il est, et inconnue est sa route.
Redoutable est l'idiot qui déclare
qu'il le voit sous le soleil étincelant.
Dans un miroir de ténèbres, le Wyrd le regarde.

— *Poème Gnomique de Gwéran, Bardd Blaedd*

« Pourquoi Valandario n'a-t-elle pas ordonné à Ébañy de rentrer ? demanda Calonderiel. Cela fait des mois que le Maître de l'Éther n'a plus besoin de lui.

— Parce que, en mon for intérieur, j'espérais qu'il ferait quelque chose seulement parce que je le lui aurais demandé, répondit Devaberiel. Juste une fois. »

Calonderiel réfléchit à cela d'un air grave. Ils étaient assis dans la tente de Devaberiel, et un feu brûlait sous l'ouverture pratiquée au milieu de son toit. De temps en temps, une goutte de pluie traversait les déflecteurs et faisait crépiter les flammes.

« Tu sais, dit enfin le chef de guerre, tu fulmines trop contre ton fils. Je suis sûr, mon cher barde, que lorsque tu cries après un homme tout haut, cela lui fait mal au crâne.

— Et t'ai-je demandé ton avis ?

— Non, mais tu l'as tout de même.

— Venant de toi, d'entre tous...

— Ah, je nous connais fort bien tous les deux. N'est-ce pas pour cela que tu es en colère contre moi, en ce moment même ? »

Devaberiel réprima une réplique chargée de colère.

« Eh bien, oui, finit par dire le barde. Je suppose que tu as raison. »

Calonderiel sourit et lui passa l'outre d'hydromel.

L'automne tirait alors à sa fin. Le soleil las se levait

tardivement et à grand-peine et restait tout juste six heures avant de disparaître derrière les nuages chargés de pluie. Bien que la majorité de leur peuple soit retournée vers le sud, à son camp d'hiver, Devaberiel et quelques amis étaient restés à la frontière d'Eldidd, menant leurs chevaux de prairie en prairie à la recherche d'herbe fraîche, chassant le cerf gris et les vaches sauvages abandonnées depuis l'époque où les Eldiddiens avaient essayé de revendiquer les régions limitrophes du royaume. En dépit de ses remontrances, Devaberiel était inquiet pour son fils. Et si Ébañy avait été capturé ou était tombé malade dans les villes crasseuses des hommes, et s'il avait été tué par des brutes ou des bandits ?

Finalement, juste deux jours avant le jour le plus court de l'année, alors qu'il tombait des cordes et que le vent gémissait autour des tentes, Ébañy arriva trempé jusqu'aux os et tremblant de froid, l'air si misérable que Devaberiel n'eut pas le cœur de le réprimander sur-le-champ. Il aida son fils à attacher ses chevaux avec les autres, puis l'emmena dans sa tente où il faisait chaud et lui fit changer de vêtements. Ébañy se blottit près du feu et prit une outre d'hydromel, reconnaissant.

« As-tu fait assez de provisions pour cet été ? lui demanda le barde.

— Oh oui, et quelle étrange affaire cela fut. » Ébañy s'essuya la bouche sur le revers de la main et passa l'outre à son père. « Voilà. Je suis prêt à vous entendre, ô estimé père. Vous pouvez me sermonner, me gronder, me réprimander et me fustiger tout votre content. Je suis conscient que je n'arrive qu'à la fin de l'automne, au sens strict et le plus limité du terme.

— J'étais juste inquiet pour toi, c'est tout. »

Ébañy releva la tête, surpris, et reprit l'outre d'un grand geste.

« C'est que..., poursuivit Devaberiel, aussi doucement qu'il le put, Deverry est un endroit dangereux.

— C'est vrai. Je suis désolé. Je suis tombé sur cette fille à Pyrdon, vous comprenez, sur le chemin du retour, et elle a trouvé ma personne très divertissante, en fait.

— Oh. Eh bien, voilà une excuse raisonnable. »

À nouveau, Ébañy le dévisagea, les yeux écarquillés. Devaberiel sourit, se réjouissant de l'effet qu'il avait produit.

« Ne veux-tu pas savoir pourquoi je t'ai demandé de rentrer ?

— Eh bien, je me suis imaginé que vous vouliez me traiter de bon à rien, de vaurien, de fainéant, ou peut-être d'imbécile heureux.

— Rien de la sorte. J'ai d'importantes nouvelles à t'annoncer. Cette année, au printemps, j'ai découvert que tu avais un demi-frère dont j'ignorais moi-même l'existence. Sa mère est une Deverrienne comme la tienne, et il est devenu mercenaire.

— Rhodry !

— C'est son nom, effectivement.

— Ah, par le Soleil Noir lui-même, nous nous sommes rencontrés, et juste au début du printemps. Je n'ai pas cessé de le dévisager, me demandant pourquoi j'avais l'impression de le connaître. C'est que, Père, il vous ressemble beaucoup.

— C'est ce que l'on m'a dit. Te souviens-tu de cet anneau d'argent, celui avec les roses ? Il est pour lui. Seulement, je ne peux pas parcourir tout le royaume, aussi, au retour du printemps, voudras-tu aller le lui porter ?

— Bien sûr. Après tout, comme je l'ai déjà vu, je peux le repérer facilement. » Subitement, Ébañy fut parcouru d'un frisson.

« Il me semble que tu as attrapé froid. Je vais rajouter du bois dans le feu.

— Ce n'est pas ça. C'est le dweomer qui m'a fait frissonner. »

Devaberiel eut envie de frissonner lui aussi. Réaliser que son fils était l'une des personnes que les elfes appelaient « les amis des esprits » lui donnait toujours la chair de poule. Il partit chercher la bourse de cuir et la remit à Ébañy, qui fit tomber l'anneau dans la paume de sa main.

« C'est une étrange babiole. » Ébañy se mit à parler en deverrien. « Je me souviens de la première fois où vous me l'avez montrée, il y a de cela toutes ces années. Je voulais si fort cet anneau, pour une raison ou une autre, et pourtant, je savais qu'il ne m'appartenait pas.

— Le convoites-tu toujours ?

— Non. » Il approcha ses doigts de l'anneau et regarda le feu. « Je vois Rhodry. Il est quelque part dans le Nord, parce qu'il est au beau milieu d'une congère. L'anneau palpite dans ma main lorsque je le regarde, c'est donc véritablement le sien. Oh, il lui tarde de retrouver Rhodry, mais je pense qu'au final, cet anneau pourrait bien le conduire à sa mort.

— Comment ? Au nom des dieux barbares, peut-être devrais-je jeter cet objet dans une rivière.

— Il trouverait un homme pour le repêcher. » La voix d'Ébañy était douce, à moitié avinée. « Et notre cher Rhodry ne mourra pas tant que son Wyrd ne viendra pas le chercher. Qui pourra empêcher cela, alors ? Pas même son propre père, et vous le savez très bien. »

Pourtant, Devaberiel avait la mort dans l'âme, à l'idée que son fils soit témoin de si graves événements.

Il s'écoula un long moment avant que l'Ancien puisse entièrement reconstituer l'histoire de la débâcle d'Alastyr à Deverry. Lorsqu'était arrivé le moment convenu pour le retour d'Alastyr et des Faucons, il avait su que quelque chose s'était mal déroulé et avait envoyé des espions dans tout le royaume. Avant le retour de ces derniers, il avait reçu des nouvelles alarmantes de sources plus ordinaires. À Deverry, les gardes du Roi et les hommes du gwerbret de Cerrmor avaient fait une rafle et arrêté plusieurs des agents les plus importants de leur commerce d'opium. Heureusement, Anghariad avait été empoisonnée avant d'avoir pu dévoiler leurs secrets sous la torture, et Gwenca savait peu de choses sur le dweomer noir, outre les radotages superstitieux auxquels le gwerbret ne croyait pas. Toutefois, les arrestations avaient porté un sérieux coup à leur commerce d'opium, qui fournissait à la Confrérie des Ténèbres une partie substantielle de ses revenus.

Néanmoins, la pire des nouvelles était arrivée avec le retour de ses espions Comme l'Ancien le pensait depuis longtemps, Alastyr et ses apprentis étaient morts, et ses livres du pouvoir entre les mains de Persaunn. L'Ancien eut envie de savoir ce que Sarcyn avait dit au vieil homme avant sa pendaison publique ; il ne pouvait tout simplement pas croire que Persaunn aurait raté l'occasion de soutirer la plus petite information à l'apprenti en le torturant. Toutefois, ce qui le mit en colère et le fit fulminer pendant des heures fut le dernier tour que Persaunn leur avait joué. Lorsque, reconnaissant d'avoir récupéré la Grande Pierre de l'Ouest, le Roi avait offert une faveur au maître de dweomer, Persaunn lui avait demandé de nommer à sa cour son « neveu », Madoc, le Maître du Feu. Sa présence empêchait ainsi le dweomer noir de pouvoir s'introduire à la cour du Roi directement.

Pendant plusieurs jours, l'Ancien s'enferma dans son étude et se plongea dans les données astrologiques et les notes écrites qu'il avait prises sur ses méditations. Quelque part dans ces documents devaient se trouver des indications subtiles de ces événements, qu'il avait apparemment manquées auparavant. Pourtant, il ne trouva rien qui indiquât le rôle que Rhodry avait joué dans la débâcle des plans d'Alastyr. Pour Jill, c'était pire encore, un code entier à déchiffrer, parce qu'il n'avait ni sa date de naissance, ni celles de ses parents, dont le modeste statut social rendait probable le fait que ces précieuses données n'avaient pas été consignées et étaient donc perdues pour toujours. Finalement, il décréta qu'il n'avait fait aucune erreur, que quelque chose était à l'œuvre et perturbait tous ses soigneux calculs, quelque chose qui dépassait son contrôle et son entendement.

Poussant un soupir qui ressemblait à un grognement, il se souleva tant bien que mal de sa chaise et alla jusqu'à la fenêtre en se dandinant. Dehors, tremblant dans le vent froid de l'hiver, les vignes fleurissantes éclaboussaient le mur du jardin de taches rouge écarlate. Deux esclaves parcouraient le carré de gazon, ratissant les feuilles mortes. L'Ancien les vit à peine, l'esprit ailleurs, tourné vers Deverry. Si seulement il avait pu s'y rendre ! Impossible, bien sûr ; non seulement il était en mauvaise santé, dans un tel état de faiblesse que le voyage en mer l'aurait tué, mais en outre, le Maître de l'Éther le connaissait trop bien. Pendant un moment, il faillit paniquer. Sa délicate position dans la Confrérie dépendait du succès de ses prédictions, non de conseils qui menaient à la catastrophe. Si les autres membres du Conseil décidaient qu'il avait fait son temps ? Il se calma, se rappelant qu'il avait toujours plus de pouvoir que la plupart et qu'il était encore loin de s'avouer vaincu.

Il alla à la porte, sonna le gong pour appeler son majordome, puis dit à son esclave qu'il ne devait être dérangé en aucun cas, sauf si la maison prenait feu. Il s'installa ensuite dans son fauteuil et ralentit sa respiration pour se préparer à son travail. L'Ancien avait découvert et élaboré au cours de longues années une très curieuse forme de méditation qui était devenue la source de nombre de ses prédictions les plus précises. À Bardek, à cette époque-là, où les parchemins et le matériel d'écriture étaient extrêmement coûteux, les érudits avaient développé un intelligent système pour exercer leurs mémoires à stocker les informations. D'abord, le sujet apprenait à visualiser des images mentales nettes d'objets ordinaires, par exemple, une bouteille de vin en argent. Une fois qu'il pouvait garder cette image en tête quelque temps, aussi nettement que s'il était assis devant elle, il faisait la même chose avec des objets de plus en plus complexes, jusqu'à ce qu'il puisse finalement se souvenir d'une pièce entière remplie de meubles, et que cette pièce soit exactement la même à chaque fois qu'il invoquait son image.

À ce stade-là, il avait commencé à se constituer un musée de souvenirs, l'imaginant et le visualisant pièce par pièce. Dans chaque salle, il avait placé des objets symbolisant les choses dont il voulait se souvenir, et ces images étaient habituellement amusantes ou grotesques pour mieux stimuler sa mémoire. Par exemple, un marchand d'épices trouvait sa place dans son musée dans une pièce où il stockait les informations au sujet de certains clients importants. Si une femme riche détestait le poivre noir, par exemple, il plaçait une statue d'elle en train d'éternuer violemment. Si, à un certain moment, il se rappelait que cette cliente avait une lubie particulière, il entrait mentalement dans la pièce, l'inspectait et voyait l'image qui lui rappellerait de lui apporter en cadeau telle ou telle autre épice.

Or, il est évident que cette méthode de mémorisation avait de nombreux points communs avec les premières étapes d'un apprentissage du dweomer, et l'Ancien l'avait réalisé dès qu'il avait commencé le sien. Jeune, il avait reçu une formation d'employé du gouvernement, un emploi qui requérait avant tout cette méthode de mémorisation, parce que, à cette époque, l'idée même de classer des papiers et des informations par ordre alphabétique n'avait pas encore été trouvée. Mentalement, le jeune esclave eunuque qui était encore connu sous le nom de Tondalo s'était constitué d'immenses archives dans lesquelles il pouvait entrer et retrouver le lieu de chaque document important à sa charge. Lorsqu'il avait racheté sa liberté – et était devenu un homme riche en épuisant les richesses d'une administration corrompue –, il avait passé un après-midi fort agréable à réduire ces archives en cendres, avec une imagination précise.

Cette technique était restée extrêmement précieuse, en particulier lorsqu'il tomba par hasard sur un moyen de la développer. C'était arrivé une centaine d'années plus tôt, alors qu'il était en train de travailler sur un problème particulièrement difficile pour la Guilde des Ténèbres, qui consistait à savoir s'il fallait assassiner ou non un certain magistrat de Bardek. Lorsque des espions lui avaient rapporté des informations sur ce consul et la situation politique dans sa ville-État, Tondalo les avaient rangées dans une pièce mentale, parce qu'elles étaient beaucoup trop scandaleuses pour être consignées par écrit. À un moment, il était retourné dans cette pièce et avait découvert que certains des objets qu'il y avait placés avaient changé. Une statue représentant un jeune garçon nu – le véritable amour du consul – tenait un bol que l'Ancien n'avait pas placé là, et à côté du garçon pleurait une femme. Aiguillonné par ce changement, Tondalo avait vu la solution à leur problème : le garçon tenait du poison dans le bol ; la femme était sa mère. Un des membres les plus présentables de la guilde avait influencé cette dernière pour qu'elle se mette suffisamment en colère et dénonce publiquement les vices du consul. Lorsque la foule se fut occupée de lui, la Guilde n'avait plus eu besoin d'envoyer un assassin à sa porte.

Cette série particulière de symboles avait changé uniquement par intuition ; l'Ancien avait compris clairement que, comme dans un rêve, une partie de son esprit avait résolu le problème pendant que sa partie consciente avait cherché un autre moyen. Mais cela lui avait donné une idée. S'il inventait une pièce spécifique – voire un temple – et la remplissait de symboles dweomériques ? Se changeraient-ils lorsque les marées du futur les toucheraient et lui dévoileraient-ils les secrets des temps à venir ? Même si cela lui avait pris des années, à la fin, l'Ancien avait mis cette idée en pratique.

Cet après-midi-là, il s'assit dans sa chaise et invoqua son Temple du Temps. Comme cette opération était purement mentale, il resta entièrement éveillé, se concentrant seulement avec une intensité dépassant la portée d'un esprit non exercé. Le premier bâtiment était une grande tour carrée, bâtie en pierre blanche, qui se dressait au sommet d'une colline ; l'un des versants de la colline était éclairé par la lumière du jour, l'autre, par le clair de lune. Il se dirigea vers le deuxième versant et entra par l'une des quatre portes qui donnaient sur le rez-de-chaussée de la tour de onze étages. Chaque mur comptait sept fenêtres, et au centre, il y avait un escalier en colimaçon de cinquante-deux marches. Il monta, regardant à peine la collection d'objets qui remplissait chaque pièce, jusqu'au dernier étage.

Là où il les avait placées, tout autour de l'escalier, se dressaient les statues de quatre elfes, deux hommes et deux femmes, tous le dos tourné aux escaliers, comme s'ils regardaient par les fenêtres. Plus loin, il y avait une statue de Rhodry, ressemblant au maximum aux descriptions que l'Ancien avait entendues, sauf qu'il avait vêtu la statue de rouge. Aux pieds de Rhodry se trouvait le dragon bleu et argent d'Aberwyn. À côté, il y avait une statue stylisée destinée à représenter Jill, une jolie blonde tenant une épée dans sa main. Juste derrière elle, il y avait... il n'y avait rien. L'Ancien sentit un frisson lui parcourir le dos lorsqu'il réalisa que l'image d'Alastyr avait entièrement disparu. Il aurait dû s'y attendre, supposa-t-il ; cela montrait que le temple était étroitement lié à des forces supérieures. Tout autour, il y avait d'autres symboles et objets divers, une statue de Persaunn, un grand arc elfique brisé, diverses créatures du Peuple Sauvage tenant des objets qui avaient des associations dans l'esprit de l'Ancien, mais il les ignora au début et traversa la salle jusqu'à l'une des fenêtres.

Dehors, un brouillard tourbillonnait, et il se détendit les nerfs avant de le scruter. D'étranges créatures venaient parfois ici, parce que même si le temple avait été initialement une simple entité mentale, au fil des nombreuses années pendant lesquelles l'Ancien l'avait façonné, il avait commencé à acquérir une réalité astrale, tout comme n'importe quelle image le ferait si on lui insufflait suffisamment d'énergie. Pourtant, ce jour-là, il ne vit que le clair de lune percer la brume au lieu d'images énigmatiques d'événements à venir. Il fit le tour de toutes les fenêtres éclairées par le clair de lune, mais à chaque fois, il fut déçu. Lorsqu'il retourna vers les escaliers, quelque chose attira son attention, et il s'arrêta pour examiner la statue de Rhodry. Elle était différente, un petit détail avait changé. Il l'examina jusqu'à ce qu'il trouve enfin ce que c'était. Il y avait de petites roses poussant autour de l'index de la main gauche de Rhodry, des roses d'un blanc cadavérique si parfaitement formées que leurs épines avaient fait couler une goutte de sang sur le doigt de la statue. Perplexe, il se détourna, s'arrêta et regarda à nouveau : les statues des elfes se moquaient de lui.

Soudain, il fut terrifié. Il entendit de petits bruits, un bruissement aux fenêtres comme si quelque chose essayait d'entrer. Lorsqu'il descendit l'escalier, il discerna des rires au loin, une musique semblable à un murmure que le vent avait subitement portée jusqu'à sa tour. Pris de panique, il courut, descendit les marches bruyamment, bondissant d'étage en étage, jusqu'au silence réconfortant du rez-de-chaussée, où les statues de magistrats décédés depuis longtemps le regardèrent comme s'ils désapprouvaient sa précipitation.

Là, il se calma. La tour n'était qu'une image mentale, sa propre construction, une tour irréelle, et il avait été stupide de céder à cette inexplicable frayeur. Tout ce qu'il avait à faire était d'ouvrir les yeux et le temple disparaîtrait, retournant au fond de sa mémoire. Toutefois, il se demanda à quel point son temple était devenu réel et s'il pouvait le retrouver – lui ou une étrange vision déformée de son temple – quelque part sur le plan astral, s'il s'y projetait pour le voir. Un moment, il eut peur d'ouvrir les yeux, de se retrouver piégé dans sa vision. Mais il se força à sortir par l'une des portes éclairées par le soleil, à regarder mentalement les versants de la colline... et à ouvrir les yeux.

La pièce familière lui apparut, son bureau, sa pile de rouleaux de parchemin, le sol carrelé, la fenêtre ouverte. Poussant un soupir de soulagement, il se leva sur ses jambes tremblantes et alla sonner un domestique. Un de ses jeunes apprentis apparut presque aussitôt.

« Apporte-moi du vin frais, du blanc, mais pas une de mes meilleures bouteilles. »

L'esclave fit un petit salut de la tête, puis ressortit vivement. L'Ancien retourna à sa chaise en se dandinant et se rassit lourdement, maudissant tout bas Rhodry Maelwaedd et tout son clan. Puis il se rappela que Rhodry n'était qu'une source d'irritation mineure par rapport au Maître de l'Éther. C'était Persaunn qui avait anéanti Alastyr, Persaunn qui avait capturé son apprenti, Persaunn qui s'était opposé comme le rempart d'un dun entre l'Ancien et son but ultime, qui consistait à déchaîner tant de haine et de soupçons entre les Deverriens et le Peuple de l'Ouest qu'une guerre ouverte devait éclater entre eux. En fin de compte, c'était les Deverriens qui devraient remporter la victoire. Les elfes étaient peu nombreux et avaient peu d'enfants, alors que les humains copulaient comme des rats. S'il parvenait à déclencher une longue guerre, le monde serait alors débarrassé des elfes.

Non pas que l'Ancien détestât les elfes au sens émotionnel du terme. Ils se trouvaient tout simplement sur son chemin, avec leur sens instinctif de l'honneur et leur affinité pour le dweomer de Lumière. Il n'avait pas besoin de leurs obscures prédictions et de leurs projections mentales pour savoir que si, un jour, leur dweomer joignait ses forces au dweomer de Deverry, sa Confrérie des Ténèbres serait condamnée. Or, il n'avait pas l'intention de permettre une telle chose. Les Maelwaedd, et particulièrement Rhodry, étaient désignés par les présages comme étant ceux qui devaient réconcilier les elfes et les hommes d'une manière alambiquée que l'Ancien ne pouvait comprendre, et donc, ils devaient mourir eux aussi. Mais cet après-midi-là, l'agacement qu'il ressentait à l'idée que Rhodry avait ruiné ses projets se transforma en un sentiment proche de la haine tandis qu'il ruminait à ce sujet en finissant sa bouteille de vin. Sa colère grandit et se déversa contre tout le clan de Rhodry et surtout contre le protecteur de Rhodry, Persaunn lui-même.

Il réfléchit longuement, jusqu'à ce qu'il trouve enfin le germe d'un plan. Tous les membres de la Confrérie étaient menacés par la tournure que les événements avaient prise cet été. Il pourrait sans doute demander au Conseil de siéger et convaincre ses membres d'unir leurs forces pour repousser cette menace. Ils devraient dresser leurs plans prudemment, agir lentement et dissimuler leur vraie puissance dweomérique jusqu'à la fin, mais si tout allait bien, ils remporteraient la victoire.

« Oh oui, dit-il tout haut. Le Maître de l'Éther mourra. »

Incarnations et réincarnations des personnages principaux

Aujourd'hui 1062	vers 643	vers 696	vers 773
Persaunn	Galrion	Persaunn	Persaunn
Jill	Brangwen	Lyssa	Gweniver
Rhodry	Blaen	Gweran	Ricyn
Lovyan	Rhodda	Cabrylla	Dolyan
Cullyn	Gerraent	Tanyc	Dannyn
Seryan	Ysolla	Cadda	Macla

Pour les épisodes qui se déroulent vers les ans de grâce 643 et 697, voir *Le Sortilège de la dague*.

Glossaire

Aber (deverrien) : Désigne une embouchure de rivière, un estuaire.

Alar (elfique) (pluriel : alarli) : Groupe d'elfes, qui peuvent être de la même famille ou non, qui choisissent de voyager ensemble pendant une durée indéterminée.

Alardan (elf.) : Réunion de plusieurs alarli, généralement l'occasion d'une grande partie de beuverie.

Angwidd (dev.) : Inexploré, inconnu.

Annwn (gallois, littéralement, « nulle part ») : Nom du monde dans lequel les Deverriens ont émigré.

Aura : Champ d'énergie électromagnétique qui imprègne et se dégage de tout être vivant.

Aver (dev.) : Désigne une rivière.

Bara (elf.) : Enclitique qui indique que l'adjectif qui précède le nom dans un mot composé elfique est le nom de l'élément suivant l'enclitique, comme can + bara + melim = Puissante Rivière (Puissante + Nom marqueur de nom + rivière).

Bel (dev.) : Le dieu suprême du panthéon deverrien.

Bel (elf.) : Enclitique, de fonction similaire à bara, sauf qu'il indique qu'un verbe qui le précède est le nom de l'élément qui suit d'un terme composé, comme dans Darabeldal, Lac Coulant.

Brigga (dev.) : Pantalon ample en laine porté par les hommes et les garçons.

Cadvridoc (dev.) : Meneur de guerre. Ne désigne pas un

général au sens moderne du terme : le cadvridoc est censé demander l'avis et le conseil des seigneurs nobles qui sont à ses ordres, mais c'est lui qui prend la décision finale.

Capitaine (traduit du deverrien « pendaely ») : Le commandant en second, après le seigneur lui-même, de la troupe armée d'un noble. Un détail intéressant est que le terme « taely » (qui est la racine ou la forme non déformée de « -daely ») peut désigner soit une garnison, soit une famille en fonction du contexte.

Conaber (elf.) : Instrument de musique similaire à la flûte de pan mais avec une gamme plus limitée.

Consul : Magistrat élu d'une cité-État, à Bardek.

Corps de Lumière : Forme-pensée artificielle (voir plus loin) construite par un maître de dweomer, qui lui permet de voyager à travers les plans internes d'existence.

Cum (elf.) : Désigne une vallée.

Dal (elf.) : Désigne un lac.

Donjon (dev.) : Tour d'habitation la plus haute d'un château. à l'origine, dans les Terres Intérieures, ces tours comprenaient une seule et grande cheminée au centre du rez-de-chaussée et un certain nombre de baraques ou de petites chambrettes à l'étage, sur les ailes. Mais à l'époque où se déroule notre histoire, cet ancien modèle de tour a évolué, les étages étant dotés de cheminées et d'âtres des deux côtés de la structure.

Double éthérique : Essence réelle d'une personne, structure électromagnétique qui maintient le corps et qui est le siège réel de la conscience.

Dun (dev.) : Synonyme de fort.

Dweomer (trad. du deverrien dwundddaevad) : Au sens strict du terme, système de magie dont le but est l'illumination personnelle grâce à l'harmonie avec l'univers naturel sous tous ses plans et toutes ses manifestations ; au sens populaire, magie, sorcellerie.

Les Elcyon Lacar (dev.) : Les Elfes ; littéralement les « Esprits brillants » ou les « Fées brillantes ».

Ensorceler : Produire un effet similaire à l'hypnose en

manipulant directement l'aura d'une personne. (L'hypnose ordinaire agit uniquement sur la conscience de la victime et rencontre ainsi plus de résistance.)

Esprits : Créatures vivant à travers des créatures incorporelles propres aux divers plans non physiques de l'univers. Seuls les esprits élémentaires, tels que les Créatures Sauvages (trad. du dev. Elcyon goecl.) peuvent se manifester directement dans le plan physique. Tous les autres ont besoin d'un véhicule, tel qu'une gemme, de la fumée d'encens ou le magnétisme dégagé par des plantes fraîchement coupées ou du sang fraîchement versé.

Fola (elf.) : Enclitique qui montre que le nom qui le précède dans un mot composé elfique est le nom de l'élément qui suit l'enclitique, comme dans Corafolamelim, la Rivière Hibou.

Forme-Pensée : Image ou forme tridimensionnelle qui a été façonnée dans une substance soit éthérique, soit astrale, généralement sous l'action d'un esprit entraîné. Si plusieurs esprits entraînés collaborent à modeler la même forme-pensée, celle-ci existera de manière autonome pendant une durée basée sur la quantité d'énergie concentrée en elle (concentrer de l'énergie dans une forme-pensée permet alors de la doter d'une âme). Les dieux ou les saints se manifestent généralement sous la forme de formes-pensées adoptées intuitivement par les gens sensibles au dweomer, tels que les enfants, ou ceux ayant un soupçon de deuxième vue ou de sixième sens. Il est également possible pour de nombreux esprits non entraînés de faire des formes-pensées mal définies et floues qui peuvent être vues de la même manière, tels que les Manifestations du Démon.

Geis : Tabou, interdiction de faire quelque chose. Enfreindre un geis entraîne une pollution rituelle et la disgrâce si ce n'est l'inimitié active des dieux. Dans les sociétés qui croient sincèrement au geis, une personne qui le rompt meurt généralement très rapidement, soit d'une dépression morbide soit d'un accident qu'elle s'est infligée inconsciemment, à moins qu'elle ne réalise des rites d'amendement.

Gerthddyn (dev.) : Littéralement, un musicien, un ménestrel itinérant et un artiste de rang généralement inférieur à celui de barde.

Les Grands Illuminés : Esprits jadis humains mais à présent désincarnés qui vivent sur un plan d'existence élevé non connu et qui se sont dévoués à l'illumination de tous les êtres doués de sensation. Ils sont aussi connus chez les Bouddhistes sous le nom de Boddhisattvas.

Gwerbret (dev.) : Rang de noblesse le plus élevé juste au-dessous de la famille royale elle-même. Les gwerbrets (en deverrien, gwerbretion) agissent comme les magistrats en chef de leurs régions et même les rois hésitent à outrepasser leurs décisions en raison de leurs nombreuses et anciennes prérogatives.[1]

Hiraedd (dev.) : Forme particulièrement celte de dépression, marquée par une profonde envie tourmentée d'obtenir quelque chose d'inaccessible ; va ainsi, et en particulier, du mal du pays au troisième pouvoir.

Javelot (trad. du deverrien picecl) : Comme l'arme en question ne mesure qu'environ trois pieds de long, une autre traduction possible serait « fléchette de guerre ». Le lecteur ne doit pas l'imaginer comme une lance ou un de ces immenses javelots utilisés aux Jeux olympiques.

La Lumière Bleue : Autre nom du plan éthérique (voir plus loin).

Lwdd (dev.) : Prix du sang ; sorte de rançon payée pour le meurtre d'un seigneur noble ; diffère du wergeld en ce que la valeur du lwdd est négociable dans certaines circonstances, au lieu d'être fixée de manière irrévocable par la loi.

Malover (dev.) : Cour de justice complète et officielle présidée à la fois par un prêtre de Bel et soit un gwerbret, soit un tieryn.

Melim (elf.) : Désigne une rivière.

1. L'équivalent d'un gwerbret serait un duc.

Mor (dev.) : Désigne un océan, une mer.

Pan (elf.) : Enclitique, similaire à fola défini précédemment, sauf qu'il indique que le nom qui le précède est pluriel, ainsi que le nom du mot suivant, comme dans Corapanmelim : Rivière des Hiboux. Rappelle que l'elfique indique toujours une pluralisation en ajoutant un morphème semi-indépendant, et que cette semi-indépendance se reflète dans les divers enclitiques syntaxiques.

Pecl (dev.) : Loin, éloigné, distant.

Plan astral, ou *l'astral* : Plan d'existence directement « au-dessus » ou « dans les limites » du plan éthérique (voir plus loin). Dans d'autres systèmes de magie, il est souvent appelé Annale ou Disque Akashique ou la Mine d'Images.

Plan éthérique : Plan d'existence juste au-dessus du plan physique. Avec sa substance et ses courants magnétiques, il retient la matière physique dans une matrice invisible et constitue la véritable source de ce que nous appelons la vie.

Pyromancie : Art de voir des gens et des endroits à distance par magie, en utilisant comme support de vision les braises d'un feu.[2]

Rhan (dev.) (pluriel : rhyn) : Unité territoriale politique. Il y a donc des gwerbretrhyn, des tierynrhyn, zones sous le contrôle d'un gwerbret ou d'un tieryn. La taille des divers rhyn (dev. rhannau) varie largement, en fonction davantage des caprices de la succession et des fortunes de guerre que d'une définition légale.

Sigil : Chiffre magique abstrait, représentant généralement soit un esprit particulier, soit un type particulier d'énergie ou de puissance. Ces chiffres, qui ressemblent beaucoup à des gribouillages géométriques, dérivent de diagrammes secrets magiques, selon diverses règles.

Taer (dev.) : Pays, contrée.

2. Il est également possible pour un maître de dweomer de repérer quelqu'un en se transférant sur le plan éthérique.

Tieryn (dev.) : Rang de noblesse intermédiaire au-dessous du gwerbret et au-dessus d'un seigneur ordinaire (ev. arcloedd).[3]

Wyrd (trad. du deverrien tingedd) : Sort, fortune, destin, les problèmes inéluctables qui résultent de la dernière incarnation d'un être sensible, karma.

Ynis (dev.) : Désigne une île, un îlot.

3. Sorte de comte ou de vicomte, éventuellement un marquis.

Remerciements

Je dois de nombreux remerciements à Bill et Katie Daniel, qui ont effectué la révision de ce livre et du *Sortilège de la dague* beaucoup plus facilement en saisissant les versions antérieures sur des disquettes. Je dois également remercier tous mes amis et parents, en particulier mon mari, Howard, qui supportent mes humeurs lorsque j'écris.

RÉALISATION : GRAPHIC HAINAUT À CONDÉ-SUR-L'ESCAUT
IMPRESSION : BRODARD ET TAUPIN À LA FLÈCHE
DÉPÔT LÉGAL : JANVIER 2008. N° 91315 (44901)
IMPRIMÉ EN FRANCE